BLACK-OUT

John J. Nance

BLACK-OUT

ROMAN

Traduit de l'américain
par William Olivier Desmond

Albin Michel

Titre original :

BLACKOUT

© John J. Nance, 2000
Tous droits réservés, y compris droits de reproduction totale ou partielle,
sous toutes formes.
Édition publiée avec l'accord de G.P. Putnam's Sons,
une filiale de Penguin Putnam Inc.

Traduction française :

© Éditions Albin Michel S.A., 2001
22, rue Huyghens, 75014 Paris

www.albin-michel.fr

ISBN 2-226-12116-1

À ma mère,
la poétesse texane Peggy Zuleika Lynch,
dont la créativité pleine de dynamisme
et l'amour de la vie éclairent le chemin.

NOTE DE L'AUTEUR

Les chapitres de ce roman portent en épigraphe l'heure locale suivie de l'heure zouloue. Dans le monde de l'aviation, l'heure Z, ou
heure zouloue, se réfère au Temps universel, autrefois connu sous le
nom de GMT, Greenwich Mean Time.

C'est ainsi qu'avec l'heure d'hiver, l'heure locale de la Côte Est des
États-Unis est en avance de cinq heures sur l'heure Z ; par exemple,
lorsqu'il est 16.00 h à Washington (DC), il est 21 00 h Z. En horaire
d'hiver, l'heure de Londres est l'heure Z ; celle de l'Allemagne, Z plus
une heure ; celle de Hong Kong, Z plus huit heures ; celle du Viêt
Nam, Z plus sept heures.

Prologue

*À bord du vol SeaAir 122, en vol au-dessus du golfe
du Mexique, 180 nautiques au sud-ouest de Tampa, Floride
11.43 heure locale/1643 zouloue*

Karen Briant se retint de sourire devant le spectacle : Jim Olson étirait au maximum le mètre quatre-vingt-cinq de son corps athlétique, et elle avait la ceinture de son jean à hauteur du nez tandis que, sur la pointe des pieds, il s'escrimait sur la fermeture du compartiment à bagages, au-dessus d'eux. Celui-ci finit par céder et elle entendit Jim ouvrir son sac de cabine et fouiller dedans. Puis il poussa un grognement de satisfaction et referma le sac avant de la regarder à nouveau.

« Bien. Je me sens mieux, à présent, dit-il en refermant le compartiment à bagages.

— Et peut-on savoir exactement, cher monsieur, ce que vous aviez peur d'avoir oublié ? » lui demanda-t-elle tandis qu'il se glissait à sa place, près du hublot. Elle fit gonfler de la main la chevelure auburn qui lui retombait sur les épaules et le regarda, prenant un air faussement soupçonneux. « Ne me dis pas que c'est encore un de ces trucs de ta boutique de lingerie préférée... » Un bikini de plus, ce serait vraiment trop. Elle se sentait déjà presque nue dans la robe de plage ultradécolletée qu'il lui avait offerte.

Il lui répondit par une grimace et un signe de dénégation, et se mit à examiner l'aile droite de l'énorme avion de ligne, un Boeing/McDonnel-Douglas MD-11. Il remarqua, au loin,

9

des cumulus étagés en hauteur. Il se tourna vers les yeux verts pétillant de malice de Karen et se mit à rire sans contrainte. Une façon de réagir qu'elle aimait particulièrement chez lui.

« Rien d'important, chère madame, répondit-il, sa voix couvrant une annonce de routine sur la *Public Adress*, la sono de bord.

— Si, c'est important, protesta-t-elle. Quand j'accepte de passer une semaine aux îles Canaries avec un homme, je tiens à m'assurer qu'il a emporté tout ce qu'il faut...

— Qu'entends-tu par "tout ce qu'il faut" ? demanda Jim, soulevant les sourcils.

— Eh bien, tu es pilote, non ? Les pilotes sont supposés savoir tout ce qu'il faut emporter. Et puis il est évident qu'il y a dans le sac, au-dessus de nos têtes, un truc que tu craignais d'avoir oublié.

— Et à présent, je suis rassuré », répondit-il, résistant à l'envie de lui offrir tout de suite la bague de fiançailles, alors qu'il surfait sur une petite vague de soulagement à l'idée qu'il ne l'avait pas oubliée à Houston.

Non, pas maintenant... cela va dépendre de cette semaine passée ensemble.

Il voulait être sûr.

Elle lui étreignit la main et pouffa pendant qu'il regardait par le hublot ; il calculait mentalement la distance qui les séparait de l'alignement de cumulo-nimbus culminant à quelque 60 000 pieds au-dessus du golfe du Mexique, au nord de la trajectoire suivie par l'appareil. Il se demandait ce que les pilotes voyaient sur leur radar. Modeste par sa taille et néanmoins violent, un ouragan menaçait La Nouvelle-Orléans au nord de cette ligne, mais ils devraient normalement passer sans encombre au sud — du moins, s'il fallait en croire les prévisions météo qu'il avait consultées quelques heures auparavant. *Détends-toi, sinon tu vas finir par crier ! Tu ne voles même pas sur ta compagnie ! Sans compter que nous sommes en vacances. Ils sont parfaitement capables de s'en sortir sans moi.*

Il répondit à la pression de la main de Karen, tandis que lui parvenait une bouffée légère de son parfum et qu'une onde d'excitation le parcourait à l'idée des jours à venir.

Ils allaient passer une merveilleuse semaine.

L'ancien sergent-chef Rafe Jones, dans le véhicule équipé pour les tests qu'il effectuait à titre civil pour le compte de l'Air Force, quitta un instant du regard le fouillis d'instruments complexes qui l'entourait et, plissant les yeux derrière ses lunettes de soleil, essaya de distinguer le vieil appareil de combat, un chasseur-intercepteur F-106, dont l'image ondulait dans la chaleur et qui, à l'autre bout de la piste, attendait l'ordre de prendre l'air qu'allait lui donner l'équipe de contrôle à distance.

Rafe prit une profonde inspiration, savourant les arômes si particuliers, en provenance du golfe du Mexique, que lui apportaient des bouffées d'une agréable brise. Il vérifia une dernière fois les données affichées par les instruments qui reliaient le véhicule de contrôle et l'avion, constatant que rien n'avait bougé. Il avait de nouveau la bouche sèche, et pas par manque d'eau. Car c'était le moment qui lui mettait toujours les nerfs en pelote : celui où on lançait un véritable avion, mais sans pilote, au-dessus d'une zone habitée, avec pour seule sécurité un flux régulier d'ordres transmis par radio. Un pilote embarquait parfois sur les F-106 jouant le rôle de cibles mouvantes, mais aujourd'hui il n'y avait qu'un mannequin bourré d'électronique dans le cockpit.

Il jeta un coup d'œil à Randy et Bill, les techniciens de vol chargés du contrôle de l'appareil.

« Rafe ? Peux-tu me répéter exactement le but de la mission, aujourd'hui ? demanda Randy par l'interphone.

— Approche-contact à environ trente nautiques au sud, répondit Rafe, se représentant mentalement la Zone d'Opérations militaires — la ZOM — créée à cet effet.

— Dis donc, c'est fichtrement proche du pré carré de Fidel, non ?

— Nous, on n'est au courant de rien, répliqua Rafe avec un sourire. Nous n'avons aucune raison de confirmer ou de nier nos intentions d'énerver La Havane.

— Ouais, évidemment. Clins d'œil et discrets coups de coude, c'est le mot d'ordre. »

La tour de contrôle donna l'autorisation d'envol pour le F-106 sans pilote. Rafe adressa un signe de tête à son équipe et vit Bill pousser la manette des gaz à fond et se préparer à desserrer les freins.

À bord du vol SeaAir 122. 230 nautiques au sud de Tampa, Floride 12.43 heure locale/1701 zouloue

Une série d'éclairs, en provenance des nuages à l'aspect hargneux, au nord, illumina les hublots de gauche du MD-11, captant toute l'attention de Karen et lui raidissant le dos. Jim sentit la main de la jeune femme qui se contractait sur le bras du siège tandis qu'elle se tournait pour regarder.

« Nous ne risquons rien. Nous sommes largement au sud de l'orage », la rassura-t-il, avant d'être lui-même intrigué par un éclair incongru, à droite de l'appareil. Le MD-11 s'inclina brusquement sur ce côté. Il se redressa presque aussitôt et le nez retrouva l'horizon.

De toute évidence, il a débranché le pilote automatique et l'appareil a perdu de la portance, pensa-t-il. Il jeta un coup d'œil à Karen, mal à l'aise.

« Il doit y avoir un orage en cours de formation juste devant nous, ma chérie, dit-il en se forçant à lui sourire. Les pilotes ont dû se demander comment le contourner et ont changé d'avis au dernier moment. On préfère cependant manier les commandes en douceur, en général. »

L'inclinaison était à présent supérieure à trente degrés, ce qui était normalement le maximum pour un appareil de ligne.

Pourquoi augmente-t-elle ?

Le nez se redressa comme s'ils s'apprêtaient à monter, mais il aurait fallu plus de puissance pour cela, et le bourdonnement des moteurs n'avait pas augmenté. Il y eut un nouveau et soudain mouvement de roulis, mais vers la gauche, cette fois ; l'appareil se mit à piquer du nez.

Jim se sentit devenir plus léger, au fur et à mesure que le pilote poussait le manche vers l'avant, dans le cockpit. Un frisson glacé lui parcourut le dos, tandis qu'il essayait de déterminer quelle manœuvre déclenchait, normalement, de tels mouvements.

Il n'y en avait aucune. Celle-ci n'était pas normale.

Jim regarda en direction des hublots de droite, intrigué de

n'apercevoir aucun nuage dans cette direction. Et pourtant, il y avait eu un éclair de ce côté.

« Jim ? » fit Karen d'une voix tendue. Elle se tenait assise en avant sur son siège, sans avoir conscience que les remous s'accentuaient et que l'appareil gagnait de la vitesse.

Des voix s'élevèrent autour d'eux, preuve que l'inquiétude était à présent largement partagée par les autres passagers ; bientôt, ce fut un murmure collectif accompagné de coups d'œil angoissés. Le MD-11 accentua encore son virage, son nez plongea un peu plus, la vitesse augmenta et l'énorme appareil se tourna brutalement vers les nuages d'orage qui grossissaient au nord.

« Qu'est-ce qu'ils fabriquent là-dedans, Jim ? » demanda Karen, le visage blême. Elle lui serrait la main tellement fort qu'il en avait la circulation coupée. Sa réponse resta bloquée un instant dans sa tête, tandis qu'il défaisait sa ceinture de sécurité. « Reste ici. Je vais voir ce qui se passe dans le cockpit. »

Elle ne dit rien, lui lâchant la main à contrecœur, et il se leva. Il s'éloigna, se retourna un instant et songea qu'elle était vraiment ravissante.

Un mouvement de roulis avait ramené l'appareil sur la droite. Le nez se redressait légèrement, mais les mouvements étaient brusques et excessifs, comme si les pilotes devaient lutter pour contrôler l'avion. Jim avança rapidement, les yeux braqués sur la porte du cockpit, à vingt-cinq mètres de lui, bien conscient que son intervention dans les affaires d'une autre compagnie aérienne risquait d'être fraîchement accueillie. Devant lui, il y avait deux membres du personnel de cabine ; s'ils continuaient d'afficher un sourire très professionnel, on n'en lisait pas moins aussi une certaine inquiétude dans leurs yeux.

Les forces d'accélération contradictoires auxquelles Jim était soumis le déséquilibrèrent et il alla s'aplatir contre les sièges, à droite de l'allée. Il se débattit pour rester debout, mais la cabine penchait comme un yacht sur le point de chavirer pendant un coup de vent ; de toute évidence, le virage sur la droite du MD-11 était mal coordonné, à croire que l'un des pilotes poussait en même temps sur le palonnier gauche.

Bon Dieu, qu'est-ce qui se passe ? pensa Jim tandis que montaient autour de lui des soupirs effrayés et qu'il s'efforçait de reprendre sa progression. Quelque chose allait mal, très mal, mais il ne pouvait s'agir d'une perte de contrôle ; les gouvernes fonctionnaient, mais par à-coups brutaux, donnant des ordres contradictoires.

Il avançait avec détermination, s'appuyant au dossier des sièges, et sa main effleurait au passage la tête des passagers apeurés. Un bruit de vaisselle et d'ustensiles qui dégringolaient lui parvint du coin-cuisine situé devant lui ; d'autres objets s'échappèrent d'un chariot au moment où une hôtesse, les yeux écarquillés, le vit qui s'avançait.

« Monsieur ! cria-t-elle, tendant la main, doigts écartés. Monsieur ! Asseyez-vous immédiatement et attachez votre ceinture ! » Elle passa dans l'allée pour lui bloquer le passage.

« Je suis pilote ! répliqua-t-il, regrettant aussitôt la nullité de sa réponse.

— Cela m'est égal, monsieur... » commença-t-elle, s'interrompant au moment où, la gravité soudain réduite à zéro, elle se mit à flotter vers le plafond sous les yeux de Jim.

Devant lui, deux douzaines de rayons de soleil surgirent par les hublots de première classe et se déplacèrent du plancher au plafond tandis que l'avion roulait sur la droite. Il saisit la paroi de séparation et se propulsa sous l'hôtesse comme un astronaute, sa vision périphérique lui permettant de voir un instant la surface de l'océan à travers un hublot.

On vole sur le dos ! Ce phénomène potentiellement fatal n'était qu'un élément de plus dans une séquence d'événements d'une incroyable bizarrerie. De tout son être, il se concentrait sur la porte du cockpit, maintenant à moins de dix mètres de lui. Elle serait verrouillée, mais il fallait qu'il l'atteigne, qu'il entre, et arrête ce qui se passait !

L'énorme MD-11 roulait toujours, revenant à l'endroit tandis que la gravité reprenait possession des passagers, non sans faire retomber brutalement au sol chariots et personnel de cabine. Devant lui, la moitié des compartiments à bagages s'étaient ouverts, et ils déversaient leurs projectiles au petit bonheur sur la tête des gens.

Une femme âgée avait flotté au-dessus de son siège pendant le passage à zéro-G, puis était lourdement retombée

14

dans l'allée ; Jim trébucha en voulant enjamber cet obstacle imprévu. La gravité s'accentuait et le sifflement des filets d'air, à l'extérieur, ne faisait que s'amplifier, obligeant l'appareil à se cabrer, tandis qu'ils continuaient à rouler et à foncer (sans aucun doute, maintenant) vers les eaux du golfe du Mexique.

Jim tenta de s'agripper à un dossier de siège, griffant la tête d'un homme au passage. C'étaient des cris de terreur suraigus qui montaient à présent autour de lui. Une fois de plus, il tira de toutes ses forces, se lança en avant et alla s'écraser douloureusement contre la porte du cockpit. Il tira frénétiquement sur la poignée, laquelle était verrouillée, comme il s'y était attendu.

Le temps s'était dilaté ; les secondes duraient autant que des minutes, il était envahi du sentiment horrible de n'aller nulle part. Aucun moyen de dire s'ils volaient sur le dos ou non, mais une chose était sûre : ils plongeaient, et il ne leur restait que quelques secondes. Appuyant un pied contre le montant, Jim tira de toutes ses forces sur la poignée.

La porte ne bougea pas.

Il essaya une nouvelle fois, plus fort encore, mais la serrure était solide.

La vitesse relative augmentait. Ils ne devaient pas être à plus de dix mille pieds de la surface. Le hurlement des filets d'air était devenu assourdissant. Une brève image mentale de sa fiancée abandonnée dans la cabine de la classe touriste, derrière lui, lui rendit son énergie. Il étreignit une fois de plus la poignée, banda ses muscles au-delà de tout ce qu'il aurait cru possible et tira ; la douleur explosa dans ses mains tandis que le vacarme effroyable d'un vol devenu pratiquement supersonique balayait toutes ses autres sensations.

La porte céda et il se hissa jusque dans le cockpit juste à temps pour voir le pare-brise envahi par le moutonnement des vagues et les eaux bleues, tandis que le MD-11 parcourait, le temps de son ultime battement de cœur, les derniers mètres qui le séparaient de la surface.

1

Hong Kong, Chine
Deux mois plus tard, 12 novembre — jour un
19.12 heure locale/1112 zouloue

L'agent spécial du FBI Katherine Bronsky poussa un petit cri lorsqu'elle tomba à la renverse du lit *king-size* et disparut derrière, atterrissant assez peu élégamment sur la hanche.

Merveilleux ! Je suis encore bonne pour un bleu de la taille de Cleveland.

« Kat ? Kat ? »

La voix masculine en provenance de l'ordinateur portable lui parvenait à peine, avec l'obstacle du lit, sur le fond de la rumeur intense qui montait du centre animé de Hong Kong et cascadait par la porte-fenêtre du balcon, qu'elle avait laissée entrouverte.

Elle se mit en position assise et regarda par-dessus le lit, chassant d'un souffle une mèche de cheveux égarée devant ses yeux. Elle se sentait parfaitement idiote.

C'est vraiment gênant ! Encore une chance qu'il ne puisse pas me voir.

Sur l'écran de l'ordinateur, l'assistant du directeur adjoint Jake Rhoades arborait une expression perplexe, tandis qu'il faisait des efforts parfaitement inutiles pour voir sa correspondante, depuis son bureau de Washington. Le couvercle du portable comportait une minuscule caméra sur le bord, mais Kat l'avait recouverte d'une petite culotte pendant qu'elle s'habillait. Ce tout nouveau système vidéo sécurisé

17

était certes rigolo, mais il y avait des limites à ce qu'elle était prête à montrer à Washington.

« Je crois que dans l'intérêt de la-vérité-toute-la-vérité, je dois admettre que le bruit sourd que vous venez d'entendre était celui que j'ai fait en heurtant le sol. J'ai trébuché », expliqua-t-elle à haute voix, sans préciser toutefois que l'accident lui était arrivé pendant qu'elle essayait d'enfiler ses collants debout. Elle avait bien cru rester ficelée dedans. « Désolée de vous avoir interrompu. Vous veniez de m'avertir de ne pas mettre le Bureau dans l'embarras, mais sans me dire pour quelle raison. »

Jake Rhoades ignora ce rappel. « Vous êtes sûre que tout va bien, là-bas ? Je ne vous vois toujours pas. Mon écran ne montre qu'un truc flou et vaporeux.

— Je ne veux surtout pas que vous me voyiez. » Elle éclata de rire tout en se remettant à sautiller sur un pied pour finir d'enfiler l'autre jambe de son collant. « Je suis en petite tenue », ajouta-t-elle en consultant le réveil, sur la table de nuit.

Il y eut un petit rire narquois en provenance de Washington. « Eh bien, puisque vous en parlez... il y en a au Bureau qui seraient ravis de voir ça. »

Elle finit d'ajuster son collant et secoua la tête, feignant d'être choquée, même s'il ne pouvait pas voir son expression. « Ce que je voulais dire, monsieur, c'est que j'étais dans une tenue inadéquate pour apparaître sur votre écran d'ordinateur, devant mes collègues de sexe masculin, dont certains ne sont peut-être pas de marbre.

— Ah ! Techniquement, je suis donc content que vous ne l'ayez pas fait ; je n'aurais pas aimé être accusé de délectation sexuelle.

— Pas de *délectation*, de *harcèlement*, Jake. Vous ne voulez pas être accusé de harcèlement sexuel.

— De cela non plus. Et si on revenait à l'accident de Cuba, d'accord ? »

Kat passa derrière le bureau pour se regarder dans la psyché. Écouter attentivement ce que lui disait Jake ne l'empêchait pas d'être assez satisfaite de ce qu'elle voyait. Elle avait perdu plus de six kilos au cours des derniers six mois et retrouvé un ventre presque plat — de quoi être fière de soi. Une preuve en béton de sa capacité à s'autocontrôler.

« Je croyais que le MD-11 était un appareil de ligne américain », observa-t-elle après avoir consulté ses notes. Elle ajusta son soutien-gorge et mit de l'ordre dans la cascade de cheveux châtain clair qui lui retombait sur les épaules. Jake Rhoades était un responsable important du FBI à Langley, le quartier général du Bureau, et elle un simple agent de terrain ; elle lui rendait compte lors des missions spéciales qu'on lui assignait. Elle n'avait cependant pas de mal à communiquer avec son supérieur et leurs relations, tout en restant professionnelles, étaient cordiales. Elle pouvait le taquiner sans crainte. Il y eut une réponse marmonnée du Beltway et elle regarda vers l'appareil, se demandant si le signal n'allait pas être interrompu.

« Désolé, Jake. Vous pouvez répéter ?

— Je disais qu'il serait peut-être bien que je vous dresse le tableau de la situation.

— Bonne idée. » Elle consulta sa montre et tourna son regard vers le canapé sur lequel elle avait disposé deux blouses. On l'attendait en bas dans une demi-heure et il fallait qu'elle ait l'air à la fois très professionnelle et très féminine. Le coûteux tailleur anthracite acheté spécialement pour la conférence était prêt. Mais quelle blouse mettre dessous, pour faire passer le bon message ?

« Très bien, enchaîna Jake. Vous connaissez déjà les grandes lignes de l'affaire, n'est-ce pas ? »

Elle s'avança d'un pas vif vers le canapé, se tenant le menton pour examiner les deux blouses. Elle hocha affirmativement la tête, toujours invisible, en direction de l'écran. « Je crois que oui », dit-elle en lissant de la main la plus plissée des deux, d'où montaient encore des effluves de son parfum préféré. « Voyons. Un MD-11 s'est écrasé pour des raisons inconnues à un nautique à l'intérieur des eaux territoriales cubaines. Aucun survivant. Trois cent vingt-six victimes. Le Président a ordonné un blocus naval du secteur, déclenchant une réaction hystérique de la part de Castro, laquelle a provoqué une contre-réaction tout aussi hystérique : Cuba aurait abattu l'appareil pour avoir pénétré à l'intérieur de l'espace aérien cubain — hypothèse d'autant plus incongrue que de nombreux appareils de commerce empruntent le ciel cubain tous les jours. L'enregistrement des voix dans le cockpit et la boîte noire des données de vol sont restés introuvables pendant trois semaines, puis ont mystérieusement fait leur réapparition, leur petit cœur battant fidèlement au fond de l'eau, si bien que le National Transportation Safety Board, le NTSB, se demande sérieusement si quelqu'un n'aurait pas déjà récupéré les boîtes une première fois et ne les aurait pas bricolées. Les trois dernières minutes d'enregistrement ont disparu, alors que l'appareil n'a cessé d'être alimenté en énergie. » Elle se redressa et regarda vers l'écran. « C'est bien ça ? »

Jake avait haussé les sourcils. « Je suis impressionné, Kat. Vous savez écouter. »

Elle prit la blouse blanche toute simple et la tint à bout de bras. Le vêtement avait un aspect austère, presque rébarbatif, mais qui convenait bien à un topo important sur *les lignes aériennes face au terrorisme*. « Je n'ai rien oublié ?

— Non, pas vraiment, sinon que nous savons par ailleurs avec certitude que Cuba possède un petit sous-marin et que certains indices laissent à penser qu'il aurait pu récupérer ces boîtes noires et les altérer pour dissimuler ce qui s'est vraiment passé. Et vous savez aussi que le Bureau et le NTSB travaillent la main dans la main dans cette affaire, ce qui signifie que nous en prenons largement pour notre grade, en termes de pression médiatique.

— Ne vous inquiétez pas. Je ne dirai pas un mot là-dessus aux journalistes.

— Vous risquez de ne pas avoir le choix. Une grande conférence internationale sur le terrorisme aérien, avec vous dans le rôle de la dernière intervention, c'est trop beau pour un type à la recherche d'un scoop. Je ne vous demande pas de ne pas leur parler. Mais surtout, pas d'hypothèses, pas de spéculations ! Tous les barjots commencent à sortir du bois armés de toutes les théories de conspiration imaginables et essayent de relier l'affaire à celles des vols de la Swissair, d'Egypt Air, du TWA 800 et Dieu sait quoi encore. Je parie qu'ils vont trouver un lien avec l'accident de la navette *Challenger* et le naufrage du *Titanic*.

— Ainsi fonctionnent les théoriciens de la conspiration, en effet. » Kat étudia, sur l'écran, les traits de Jake. On lisait une extrême fatigue dans ses yeux. Il n'avait que quarante-six ans mais en paraissait dix de plus.

« Exact. Écoutez, Kat. Le Président et ses gens nous mettent une pression terrible, ainsi qu'au NTSB, pour que nous trouvions une explication ne mettant en cause ni Cuba, ni une conspiration, ni des extraterrestres, ni des terroristes. Le Bureau ne va pas se laisser faire, évidemment, pas plus que le NTSB, mais je dois avouer que ça devient insupportable. Tout ce que je voulais vous dire, c'était ceci : ne soufflez pas sur les braises en pointant dans une direction ou une autre.

— Autrement dit, s'ils me demandent s'il peut s'agir d'un acte terroriste... ?

— Répondez que nous ne disposons pas d'informations suffisantes pour faire la moindre hypothèse un peu sérieuse. Qu'une panne mécanique massive et brutale est tout aussi possible que n'importe quoi d'autre. La phrase favorite au NTSB, d'après ce qu'on m'a dit, est qu'il est trop tôt pour affirmer ou infirmer quoi que ce soit.

— Pigé.

— Je suis sérieux, Kat. Faites *très* attention. Un mot de trop devant les médias, et on ne parlera plus que de vous. Une fois de plus.

— Et... vous voulez dire que ce ne serait pas bien, qu'on parle de moi ?

— Kat !

— Je plaisantais, patron, répondit-elle en se retenant d'éclater de rire. Mais... et si c'est vraiment Cuba ?

— Eh bien, après l'inévitable invasion de nos forces terrestres, vous pourrez solliciter un poste officiel d'attachée pour le Bureau à La Havane. J'ai presque pitié de Fidel, s'il est responsable de ça.

— Existe-t-il une chance qu'il s'agisse de terrorisme, Jake ? Et pas de réponse en langue de bois, s'il vous plaît. »

Il y eut un long silence ne présageant rien de bon, à l'autre bout de la ligne, puis un soupir.

« S'il s'agit d'un acte de terrorisme, et pas d'une panne mécanique ou d'une gaffe des Cubains, alors on peut dire que nous sommes dans la merde jusqu'au cou. Nous n'avons aucune idée de la façon dont ils s'y sont pris, même si la possibilité d'un missile n'est pas à exclure. C'est pourquoi je doute... »

En fond sonore, elle entendit un téléphone.

« Vous pouvez attendre une seconde, Kat ?

21

— Bien sûr », répondit-elle, consultant de nouveau sa montre, tout au mystère de l'accident du MD-11 et au manque frustrant d'indices. Ses yeux revinrent se poser sur le canapé. *La blouse plissée. J'aime paraître féminine. Si ça pose un problème à ces messieurs, qu'ils se débrouillent avec !* Elle prit la blouse et la mit avec un sourire, songeant aux compliments et aux regards flatteurs qu'elle lui avait déjà valus. Elle la boutonna, retira la jupe gris foncé de sa pince, l'enfila et l'ajusta de manière à ce que l'ourlet tombe exactement au-dessous du genou, se demandant si Jake allait encore en avoir pour longtemps. Un léger voile de laque sur les cheveux, un coup d'œil rapide sur ses notes et elle serait prête.

La voix de Jake s'éleva de nouveau. « Toujours là, Kat ? »

Elle se dirigea vers l'ordinateur en finissant d'attacher sa jupe. « Toujours, Jake.

— Je dois y aller. Bonne chance. »

Elle fit disparaître la petite culotte qui pendait devant l'objectif de la caméra, arborant un grand sourire. « Merci pour votre soutien, monsieur ! Je vous ferai mon rapport demain.

— Ah... Est-ce qu'un responsable chevronné peut se permettre de dire à une subordonnée que son apparence, euh... est conforme aux meilleures traditions du Bureau ? »

Le sourire de Kat s'agrandit encore, et elle inclina légèrement la tête de côté. « Il le peut, il le peut.

— Alors je vous le confirme. »

Elle lui adressa un salut martial. « Bien, monsieur. Les meilleures traditions. Je suppose que c'est une allusion au code d'habillement secret de J. Edgar[1] ? » Elle éclata de rire devant la confusion momentanée qu'afficha son supérieur, ses yeux pétillant encore sous l'effet du compliment. Jake était marié et respectueux de la morale, mais aussi très viril.

« Ah, ce que je voulais dire...

— Je sais ce que vous vouliez dire, Jake, et j'apprécie, croyez-moi. »

Sur quoi elle coupa la communication et referma le portable, consultant une fois de plus sa montre. *Vingt minutes !*

Elle fit une dernière retouche à son maquillage pour qu'il

---

1. Allusion à J. Edgar Hoover, patron du FBI de 1924 à sa mort, homosexuel qui ne détestait pas se travestir. (*N.d.T.*)

ne jure pas sous l'éclairage violent de la grande salle de conférence, vingt étages plus bas. Un peu de laque, des boucles d'oreilles, des escarpins gris foncé, et la veste du tailleur. Puis elle parcourut rapidement ses notes, une dernière fois.

C'est si facile pour les hommes ! Une chemise, une cravate, un costume croisé et hop, ils sont prêts.

Les effluves exotiques du bois de santal la sollicitèrent une fois de plus et elle ferma les yeux pour inhaler profondément. Le mobilier était de cette essence. Teck et bois de santal contrastaient avec le bouquet de fleurs tropicales, odorantes et fraîches, envoyé à chacun des intervenants, avec un plateau de fruits, du fromage et du champagne. Un concerto de Bach égrenait doucement ses notes en fond sonore, ajoutant une touche de classe.

Elle prit un morceau de brie fait à cœur et but quelques gorgées d'eau minérale dans un verre à vin, essayant de ne pas regarder l'horloge numérique qui semblait la narguer, sur la table de nuit. Un superbe coucher de soleil, dans une incroyable gamme de rouges et d'orange, flamboyait au-delà du balcon comme une palette vivante, remplissant le port de ses rutilements. On ne pouvait ignorer un tel débordement, et cela lui rappela les couchers de soleil que son père lui signalait, souvent aux moments les plus incongrus — comme le jour où il avait interrompu pour cela ses réprimandes, elle pouvait avoir huit ans à l'époque.

Ou bien neuf, peut-être ?

Elle sourit à ce souvenir. Il pouvait être ferme à un moment donné, voire même dur, l'incarnation d'une autorité absolue, et un admirateur presque enfantin des beautés de la nature l'instant suivant. Un agent expérimenté du FBI à la main de fer mais à l'âme de poète.

Elle se pencha sur les boutons, à côté du lit, et monta le son de la musique. Deux jours plus tôt, en arrivant dans la chambre, elle avait été accueillie par du Vivaldi, ce qui n'avait fait que renforcer l'impression d'élégance absolue qu'elle ressentait à chaque lever et coucher de soleil, dans ce port exotique dont le seul nom était synonyme d'intrigue.

Elle fit coulisser la porte-fenêtre et passa sur le balcon, serrant les bras contre elle sans y penser tandis qu'elle s'imprégnait de la splendeur du paysage qu'elle avait sous les yeux.

Regarde où j'en suis, Papa, un agent du FBI de plein droit, envoyée en mission au paradis ! pensa-t-elle, mais la petite vague de fierté et de joie fut tempérée par l'idée qu'elle ne pourrait jamais plus décrocher le téléphone pour partager un tel moment avec lui.

Son sourire s'évanouit tandis qu'elle étudiait le rougeoiement qui s'assombrissait à l'ouest.

Tu me manques, Papa. Mais je m'en sors bien.

2

Hong Kong, Chine
12 novembre — jour un
21.05 heure locale/1305 zouloue

Kat Bronsky, debout derrière le pupitre en bois de rose sculpté dressé dans l'immense auditorium, compta dans sa tête jusqu'à cinq, afin que la pause produise tout son effet. Le silence était pratiquement total dans le public ; chacune des 1 600 personnes présentes était suspendue à ses lèvres, l'esprit encore plein des images qu'elle venait de leur décrire dans toute leur crudité : celles de la célèbre affaire de piratage aérien qui s'était achevée récemment à New York.

« Nous avons retardé l'ordre de donner l'assaut à nos équipes antiterroristes pendant dix-huit heures », reprit-elle, s'efforçant de bien articuler et de ne pas parler trop vite, pour donner aux différents interprètes installés en cabines, derrière les rideaux, le temps de faire leur travail.

« Dix-huit heures ponctuées d'exigences continuelles, de menaces continuelles, exigences et menaces contenues par la seule arme que nous ayons réellement eue à notre disposition : l'art subtil de négocier un délai. Mais pendant ces dix-huit heures... »

Elle s'interrompit une fois de plus, prenant le temps d'admirer les énormes lustres qui pendaient du plafond et enregistrant toute la scène — jusqu'aux discrets effluves de tabac qui montaient d'une salle où, en principe, il était interdit de fumer. Tous connaissaient la conclusion, mais ils étaient captivés par le talent de l'oratrice.

« ... Soudain, l'écoutille avant droite du 747 s'ouvrit, et au lieu de rafales d'armes automatiques et de cadavres, ce furent trois pirates de l'air épuisés, vaincus, qui en émergèrent, les mains en l'air, permettant aux deux cent quatre-vingt-sept passagers, tous vivants, ne comptant aucun blessé, de rentrer chez eux et de retrouver les leurs. Voyez-vous, tout est là. Nous sommes des êtres humains. Même le pire d'entre nous reste un être humain. On ne peut pas à chaque fois régler ce genre de situation avec autant de succès, bien entendu, mais il est toujours possible de manipuler jusqu'à un certain degré les individus les plus hystériques et les plus délirants, et pour le plus grand bien de tous, si l'on refuse de céder à la panique. Je vous remercie. »

Elle recula d'un pas et adressa un signe de tête au public, se demandant ce qui allait se passer. La conférence avait été riche d'enseignements, mais elle en avait joué l'épilogue et la plupart des délégués étaient fatigués et ne songeaient plus qu'à partir. Néanmoins ils se levèrent et l'applaudirent vigoureusement. Certains représentants asiatiques s'inclinèrent même dans sa direction.

Seigneur, une *standing ovation*! Les applaudissements, nourris et bruyants, se prolongèrent. Elle n'en revenait pas. Elle n'était plus capable de contrôler le sourire qui s'étalait sur son visage.

L'organisateur de la conférence fit son apparition aux côtés de Kat alors que les applaudissements commençaient à faiblir et annonça à l'assistance qu'elle disposait de dix minutes pour poser des questions. Une main se leva, trop loin au fond de la salle pour qu'elle puisse distinguer celui à qui elle appartenait, et un appariteur équipé d'un micro se précipita.

Kat répondit sans peine aux questions concernant le piratage de l'AirBridge 737 dans lequel elle avait joué le rôle central et qui l'avait rendue célèbre au sein du Bureau, puis à plusieurs autres portant sur les tactiques à employer. Tout à son succès et s'efforçant de dissimuler sa satisfaction, elle faillit ne pas relever le nom et la profession du dernier qui l'interrogea.

« Robert McCabe du *Washington Post*, agent Bronsky. Nous avons tous en mémoire l'accident du MD-11 survenu il y a plusieurs mois aux limites des eaux cubaines. Jusqu'ici, ce crash est resté inexpliqué, et les Cubains affirment qu'ils n'y sont pour rien. Est-il possible que l'appareil ait été abattu par des terroristes, s'il ne l'a pas été par Cuba ? Et, si cette possibilité a été envisagée, quelle arme auraient-ils utilisée ? »

Robert McCabe ? se dit-elle, s'efforçant de ne pas paraître décontenancée. *Jake avait raison... qu'est-ce qu'un journaliste d'investigation du* Post *peut bien fabriquer à Hong Kong ?*

Elle s'éclaircit la gorge. « Me demandez-vous mon opinion personnelle, monsieur McCabe, ou souhaitez-vous connaître la réaction officielle du Bureau ?

— Je prends tout le lot, répliqua-t-il, ce qui provoqua une vague de rires dans la salle. Je vous en prie, donnez-moi votre meilleure évaluation de l'affaire.

— Je ne peux pas m'exprimer au nom du Bureau sur une enquête en cours », objecta Kat avec un sourire forcé, regrettant que l'homme n'ait pas décidé de se rasseoir ; le capital de sympathie qu'elle avait accumulé risquait de fondre. « Et comme vous le savez, le FBI est impliqué à fond dans celle-ci, ce qui signifie qu'il m'est interdit de la commenter. D'autres questions ? ajouta Kat en regardant ostensiblement ailleurs.

— Oui », dit McCabe dans le micro.

Les yeux de Kat revinrent sur lui.

« Nous sommes venus ici pour assister à la conférence internationale la plus importante de l'histoire concernant la piraterie aérienne, et vous êtes ici, agent Bronsky, en tant que négociatrice lors des prises d'otages ; vous êtes l'une des spécialistes du FBI dans ce domaine et à l'origine de l'intérêt que porte actuellement le Bureau aux actes terroristes internationaux, aériens en particulier.

— Et votre question est, monsieur McCabe ?

— J'y viens. Pour couronner le tout, votre excellent topo laisse à penser qu'il n'y a pas un seul délégué, dans cette salle, qui en sache plus que vous sur la question. Cependant, et même s'il n'y a pas eu prise d'otages, vous voudriez nous faire croire que vous n'êtes pas au courant des détails concernant l'enquête qui cherche à déterminer si l'accident du MD-11, au large de Cuba, a été ou non un acte terroriste ? »

Un murmure parcourut le public au fur et à mesure que parvenaient les traductions simultanées.

27

« Oh, je suis tout à fait au courant de tous les détails, monsieur McCabe, mais je me rends compte aussi que le temps qui nous avait été imparti est épuisé. » Un gros-porteur passait quelque part au-dessus, et elle se surprit à épier les subtiles vibrations qui parcouraient le bâtiment.

« Je me demande, s'entêta McCabe, pour quelle raison personne ne semble vouloir parler ouvertement de la possibilité d'un acte terroriste. Le FBI n'avait pourtant pas traîné pour en arriver à cette conclusion, dans l'affaire du crash de l'appareil de la TWA à Long Island, en 1996.

— En effet, et nous nous étions complètement fourvoyés, si je peux me permettre de vous le rappeler, rétorqua Kat, consciente qu'elle devait à tout prix éviter de paraître irritée. Écoutez, nous ne sommes pas à une conférence de presse, monsieur McCabe. Et notre temps est déjà dépassé. Merci encore », ajouta-t-elle à l'intention du public, à qui elle adressa un signe de tête avant de s'éloigner du pupitre. Elle se permit de parcourir la salle des yeux et put constater que le charme qui avait régné à la fin de son intervention était rompu.

Quel casse-pieds ! pensa-t-elle, tandis que l'organisateur de la conférence reprenait le micro pour la remercier une dernière fois avant de déclarer la séance levée.

Au pied de l'estrade, Kat se retrouva entourée par une nuée de délégués qui désiraient lui parler, lui tendaient leur carte et la félicitaient pour la qualité de son speech.

Les dégâts n'ont peut-être pas été si graves que cela, se dit-elle. Mais l'envie de retrouver Robert McCabe et de lui rentrer dedans la poussa à ne faire que de courtes réponses tout en se frayant un chemin vers la sortie. Le sac à l'épaule, serrant son porte-documents en cuir contre elle, elle s'arrêta un instant sur le seuil de la porte et regarda autour d'elle ; ses yeux finirent par s'arrêter sur un personnage qui se tenait à quelques mètres, pratiquement en face d'elle.

Robert McCabe l'attendait manifestement. Il la regardait de ses grands yeux noisette, appuyé dans une position inconfortable contre un énorme pilier en béton, les deux mains

28

dans les poches. Un attaché-case qui contenait probablement un ordinateur portable était à ses pieds.

La mâchoire serrée, Kat parcourut la courte distance qui les séparait, ignorant les arômes opulents de café qui montaient d'un chariot à espresso, afin de ne pas céder au désir d'aller en prendre un.

« Alors, monsieur McCabe, qu'est-ce qui a bien pu me valoir l'honneur de cette attaque ? De ce petit numéro de sabotage d'exposé ? »

Il eut un sourire désarmant — tout en dents, à la Kennedy, son visage bronzé encadré par une tignasse de cheveux noirs un peu en désordre. *Un mètre soixante-quinze, approche de la quarantaine, et probablement ancien d'une grande université de l'Est*, estima Kat. Il était très jeune pour un lauréat du prix Pulitzer, mais il était beaucoup plus séduisant que sur les photos de lui qu'elle avait pu voir dans la presse.

McCabe se redressa, sortit les mains de ses poches et les leva en un geste de capitulation. « Honnêtement, agent Bronsky, je ne cherchais pas à saboter votre présentation. »

Elle le fixait, l'air intraitable. « Ça paraît difficile à croire. »

Il la fixait lui aussi, un regard pénétrant, intense. « Écoutez... commença-t-il.

— Non ! C'est vous qui allez m'écouter, monsieur McCabe ! Je veux savoir précisément ce que... »

Elle s'interrompit. Il venait de poser un doigt sur ses lèvres, avec un petit mouvement de tête en direction de plusieurs délégués qui se tenaient non loin, discutant dans un nuage de fumée. Ce geste ne fit que l'irriter davantage. Baissant cependant la voix pour la réduire à un murmure, furieuse d'avoir perdu son sang-froid, elle ignora l'agréable arôme d'eau de cologne qui émanait de lui. « Je veux savoir ce que vous avez exactement cherché à faire en m'asticotant sur la catastrophe du MD-11 et sur le terrorisme.

— J'ai à vous parler », répondit-il simplement.

Kat eut un léger mouvement de recul et arqua les sourcils. « Il me semble pourtant que c'était exactement ce que vous faisiez. Me parler de quoi ? »

Les yeux de McCabe s'étaient portés sur un autre groupe d'hommes qui discutaient un peu plus loin ; on distinguait leurs voix avec en fond sonore le vacarme lointain qui venait de la rue, par-dessus la conversation du groupe le plus proche d'eux. Le journaliste ne les quitta pas du regard quand il répondit. « De cet accident. Des raisons qui m'ont poussé à vous poser ces questions. » Elle remarqua qu'il ne souriait plus.

Elle secoua la tête, dégoûtée. « Désolée de vous décevoir, mais vous n'obtiendrez pas la moindre déclaration de ma part. »

McCabe leva une main, paume tournée vers elle. « Non, c'est le contraire. C'est moi qui ai quelque chose à vous dire. Je ne cherche pas une interview. Je n'ai pas oublié le rôle que vous avez joué dans l'affaire du détournement d'avion du Colorado. Je vous ai suivie. »

Elle essaya de ne pas paraître surprise. « Vous m'avez suivie jusqu'ici ? »

Son regard se reporta vivement sur elle. « Non, je veux dire que j'ai suivi votre carrière. Le *Post* m'a envoyé couvrir la conférence. C'est pour cette raison-là que je suis ici. »

Kat garda le silence quelques instants, essayant de déchiffrer son expression. Il secoua la tête et roula des yeux avant de rompre lui-même le silence. « Écoutez, je suis désolé... je crains de m'être mal fait comprendre. Je vous ai asticotée, tout à l'heure, parce qu'il fallait que je sache si vous étiez la bonne personne à qui m'adresser. (Il regarda rapidement autour de lui.) Vous l'êtes. Pourrions-nous aller dans un endroit un peu plus privé ?

— Et pour quelle raison ? » demanda Kat, prenant conscience de la présence d'un délégué qui attendait patiemment, à distance respectueuse, de pouvoir lui parler. Elle lui sourit et eut un geste de la main — *une minute, s'il vous plaît* — avant de revenir à McCabe.

« Parce que... » Il s'interrompit, poussa un soupir, secoua la tête en fixant un instant le sol, se passa la langue sur les lèvres ; il était manifestement en proie à l'indécision. Puis il regarda une fois de plus autour de lui, comme s'il faisait l'inventaire du personnage qui attendait et des différents individus qui traînaient autour d'eux. Puis il hocha la tête et se rapprocha d'elle.

« Bon, d'accord. Écoutez. Il s'est passé quelque chose. Le hasard a voulu que je me retrouve en possession d'informations extrêmement inquiétantes, effrayantes, même... je devrais peut-être dire *d'allégations*. Mais en provenance d'une source offrant les garanties les plus solides. Je ne savais trop ce que je devais en faire, sur le moment, mais à présent...

— Des allégations à propos de quoi ? » Elle remarqua qu'un deuxième délégué l'attendait.

« De l'accident du MD-11 et de ce qui a pu le provoquer.

— Je vous l'ai dit tout à l'heure, monsieur McCabe. Je ne participe pas à cette enquête. »

Une fois de plus, il leva la main, paume ouverte. « Écoutez-moi tout de même. Je vous en prie ! Il est arrivé ce matin quelque chose dont je ne veux pas parler ici, quelque chose qui tend à me faire penser que l'information que j'ai reçue était on ne peut plus juste. » Il attendit sa réaction et sourit nerveusement tout en se passant la main dans les cheveux.

Elle poussa un soupir et secoua la tête. « Peut-être, mais pourquoi vous adresser à moi ? Je ne suis même pas en service commandé ici, à Hong Kong. Enfin si, mais seulement comme déléguée à la conférence.

— Vous appartenez au FBI, agent Bronsky. Même quand vous prenez votre douche, même quand vous dormez, vous *êtes* FBI. C'est vous-même qui l'avez déclaré dans une interview, je m'en souviens, après le détournement du Colorado. Je m'adresse à vous parce que vous savez beaucoup de choses sur le terrorisme international. Et je vous demande de m'écouter parce que j'ai changé mes réservations et que je dois m'envoler pour Los Angeles dans quelques heures, vers minuit, et que, pour vous parler franchement, je suis mort de frousse à l'idée que je suis le seul à savoir ce que je crois à présent savoir. »

C'était une inquiétude très réelle qu'on lisait dans son regard. « C'est donc une information que vous avez recueillie ici, à Hong Kong ?

— Non. À Washington. Mais je refuse absolument d'en discuter ici, d'accord ?

— Vous dites que vous partez vers minuit. Est-ce sur Meridian Airlines ? » demanda Kat. Elle avait parlé d'un ton froid, circonspect.

« Oui.

— Alors, nous sommes sur le même vol. »

Il eut une expression de surprise. « Vraiment ? Dans ce cas... je suis descendu dans un hôtel juste au bout de la rue.

Je dois y retourner payer ma note et reprendre mes bagages. Je vais prendre un taxi et je passerai vous prendre, disons... dans trois quarts d'heure. Si vous acceptez que mon journal vous offre le repas, nous irons dîner ensemble et je vous expliquerai tout ça. »

Kat secoua la tête, puis adressa un nouveau sourire à son fan club, à quelques mètres de là, pour l'inviter à patienter. Ils étaient maintenant quatre à l'attendre.

« Je vous en prie, ajouta McCabe sans élever le ton.

— J'ai une meilleure idée, monsieur McCabe. Nous parlerons pendant le vol.

— Non, je vous en prie ! J'ai horreur de devoir évoquer la thèse du complot, mais ce que j'ai à vous dire est trop grave pour que je puisse vous en parler dans un avion plein à craquer. » D'une main prudente, il lui toucha le bras. « Écoutez. Je ne plaisante pas. Cette affaire risque d'être on ne peut plus sérieuse et je ne sais pas à qui d'autre je peux en parler. »

Kat l'étudia attentivement pendant quelques secondes, se demandant quel genre de coup tordu pouvait dissimuler cette requête.

Aucun, estima-t-elle. Elle soupira et acquiesça. « Très bien, monsieur McCabe. Dans trois quarts d'heure. Ça m'agace de devoir le reconnaître, mais vous avez piqué ma curiosité.

— Génial ! » s'exclama-t-il, se retournant aussitôt pour partir.

Elle le regarda s'éloigner, se rappelant brusquement que plusieurs personnes l'attendaient pour lui parler.

3

Hong Kong, Chine
12 novembre — jour un
21.40 heure locale/1340 zouloue

Robert McCabe replia l'édition internationale de *USA Today* et la glissa dans un compartiment latéral de la mallette contenant son ordinateur. Il consulta sa montre, l'esprit ailleurs, au moment où l'ascenseur s'ouvrait au trente-deuxième étage. Quarante-cinq minutes, il avait été un peu optimiste. Il devait se presser s'il voulait retrouver Kat Bronsky à l'heure dite.

Il fonça dès l'ouverture des portes et faillit entrer en collision avec un gaillard solidement charpenté. « Désolé », marmonna-t-il. Il s'engagea d'un pas vif dans le long couloir, prenant tardivement conscience que les portes de l'ascenseur ne s'étaient pas refermées. Il avait parcouru une dizaine de mètres lorsqu'il fut pris du besoin irrationnel de regarder par-dessus son épaule. Il s'arrêta et fit volte-face.

L'homme, un brun à la forte corpulence, se tenait toujours au même endroit. Aux aguets. Il retenait les portes de la cabine d'une main, ayant à l'autre un sac de commissions en plastique aux couleurs de Mercedes-Benz.

Leurs regards se croisèrent un instant, puis l'homme se tourna sans un mot et entra dans l'ascenseur, laissant les portes se refermer.

Bizarre, se dit Robert, se rappelant toutefois que s'il était fort loin d'être une célébrité, on avait vu sa photo un peu partout lorsqu'il avait gagné le prix Pulitzer.

Il contourna un chariot de service stationné au milieu du couloir et adressa un signe de tête à la femme de chambre. Tout en repêchant la carte magnétique au fond de sa poche, il se demanda pourquoi le battant s'ouvrait sous la simple poussée de sa main.

Il resta quelques instants perplexe. Il avait pourtant vérifié la fermeture de sa porte avant de partir, non ? C'était le genre de détails auquel il faisait toujours attention.

Suis-je bête... la femme de chambre, pardi. Sans doute venait-elle juste de l'ouvrir.

Robert regarda autour de lui, mais la femme et son chariot avaient disparu, ce qu'il trouva curieux. Pris d'un sentiment de malaise croissant, il finit d'ouvrir la porte en grand, entra d'un pas précautionneux, trouva l'interrupteur et s'arrêta brusquement lorsque la lumière se fit.

Il régnait un désordre indescriptible. Les tiroirs gisaient sur le sol, leur contenu renversé, comme celui de ses valises. Il y en avait partout. On avait déchiré les ourlets de son costume gris. Ses disquettes étaient éparpillées sur le lit et plusieurs d'entre elles étaient tordues et inutilisables.

Dieu du Ciel !

Le spectacle, dans la salle de bains, ne valait pas mieux. La pièce empestait l'eau de cologne ; les éclats du flacon vert étaient répandus sur le carrelage.

Il posa la petite mallette contenant son ordinateur sur le bord du lit et se dirigea vers les placards pour les examiner, puis il pensa à aller claquer la porte de la chambre, qu'il verrouilla. Son cœur cognait.

Au moment où il poussait le verrou, le téléphone sonna, ce qui le fit sursauter. Il alla aussitôt décrocher mais il n'y avait que silence sur la ligne ; au bout d'un instant, il y eut le bruit caractéristique d'un combiné qu'on raccroche. Lui-même en fit autant. Le téléphone se remit à sonner presque sur-le-champ.

Il décrocha encore. Une nouvelle fois, quelqu'un écouta sans rien dire, pendant près de quinze secondes, avant de couper la communication.

Le frisson qui avait monté le long de son échine lorsqu'il

était entré lui parcourut de nouveau le dos, une vague d'appréhension glacée ; il se sentait sous la surveillance d'une entité invisible et malintentionnée. Celui ou ceux qui avaient fouillé sa chambre savaient qu'il venait d'y retourner.

Il n'avait pas le temps d'appeler les services de sécurité. Il jeta son sac de voyage sur le lit et se mit à y empiler ses affaires aussi vite qu'il le put. Et si quelqu'un frappait à la porte ? Il n'y avait aucune autre issue. Il était au trente-deuxième étage.

Les sonneries lancinantes du téléphone recommencèrent, chacune d'entre elles étant comme un rappel de la présence invisible.

Son costume gris était définitivement fichu et il décida de l'abandonner. Il jeta en dernier son rasoir au milieu des vêtements en désordre et dut batailler ferme pour remonter les fermetures éclair. Soudain, il eut la sensation qu'il étouffait, dans cette chambre ; il était en nage, mais était-ce dû à ses efforts ou à la peur, il n'aurait su le dire.

Le téléphone le poursuivait toujours de sa sonnerie lorsqu'il se rua sur la porte. Avant d'ouvrir, il pensa à regarder par l'œilleton pour étudier l'image déformée du couloir.

Vide.

Il ouvrit et se jeta à l'extérieur, tenant son sac de voyage d'une main et le portable de l'autre, avec la sensation d'être un gamin pris de panique fuyant une maison hantée. Les ascenseurs se trouvaient à une trentaine de mètres et il partit dans leur direction au pas de course, le sac heurtant désagréablement ses tibias. Dans la chambre 3205, le téléphone sonnait toujours.

Arrivé aux ascenseurs, il enfonça brutalement le bouton d'appel. Des relents âcres de tabac empuantissaient encore l'air, et il parcourut des yeux le mobilier du couloir : une petite table, deux chaises, une plante en pot et un sac de commissions en plastique abandonné contre un mur.

Un sac portant le logo de Mercedes.

Il fut pris d'une panique aveugle en se rappelant l'inconnu fortement charpenté qu'il avait failli heurter ici même, dix minutes auparavant. De toute évidence, l'homme était revenu. Ou bien ne s'était jamais éloigné. *C'est probablement ce type qui a mis ma chambre sens dessus dessous,* conclut Robert. Il se souvint du bref instant où leurs regards s'étaient croisés, froids, et l'hésitation de l'homme devant l'ascenseur prit brusquement tout son sens.

Aucune cabine en vue. Il y avait un escalier de secours à une dizaine de mètres et il s'élança dans cette direction ; il dut se battre avec la porte qui paraissait vouloir le coincer, lui et ses bagages. Puis il se mit à dévaler l'escalier quatre à quatre, soulagé d'entendre le lourd battant pare-feu se refermer bruyamment dans son dos.

Il s'arrêta au vingt-neuvième étage, hors d'haleine, se demandant s'il ne pourrait pas risquer de prendre l'ascenseur à ce niveau. Il régnait dans la cage d'escalier une odeur d'humidité chargée d'étranges relents d'ail et de cette odeur de poussière caractéristique des endroits clos peu fréquentés. *Ce serait tout de même mieux que de se taper vingt-neuf étages avec ces bagages.*

Il tourna le bouton de porte donnant sur le couloir. La porte était verrouillée. Il essaya à plusieurs reprises, mais rien ne bougea.

Il y eut un bruit en provenance du haut. Une porte pare-feu qu'on ouvrait, puis de lourds bruits de pas sur le palier.

Une fois de plus, son estomac se creusa sous l'effet d'un irrépressible sentiment de panique, contre lequel il avait de plus en plus de mal à lutter. Il se mit à secouer aveuglément la porte fermée, le nez collé à la petite ouverture vitrée et grillagée donnant sur le couloir ; mais celui-ci était vide, et le battant paraissait impossible à ébranler.

Le bruit de pas changea. Quelqu'un descendait l'escalier, à un rythme tranquille, confiant — et d'autant plus menaçant. L'inconnu savait qu'il n'y avait pas d'issue pour la proie qu'il poursuivait.

Robert dévala aussi silencieusement qu'il le put l'escalier jusqu'à l'étage suivant ; là aussi, la porte palière était verrouillée. Au moment où il se retournait, une petite affichette attira son attention. Elle précisait qu'il n'y avait aucune issue, dans cette cage d'escalier, avant le rez-de-chaussée.

Le dos collé au battant, il essaya de réfléchir. *Calme-toi, bon Dieu, calme-toi ! Qu'est-ce qui prouve que je suis poursuivi et en danger ?*

Mais le souvenir de sa chambre d'hôtel sens dessus dessous et du téléphone ne cessant de sonner répondit à la question.

Il souleva de nouveau ses bagages et s'élança dans la cage

d'escalier, courant le plus possible sur la pointe des pieds ; le bruit de pas, au-dessus de lui, s'accéléra soudain.

Le cœur battant la chamade, l'esprit concentré sur une seule idée : s'échapper, il glissait presque à chaque pas à force de vouloir accélérer. Au moment où il prenait le virage, sur le palier du vingt-deuxième étage, calculant le bond qu'il lui fallait faire pour atteindre la prochaine volée de marches, la porte pare-feu s'ouvrit brusquement devant lui et l'envoya par terre. Son sac de voyage, emporté par l'élan, alla heurter le mur avec un bruit sourd dont l'écho se répercuta dans la cage d'escalier en béton.

« Oh ! Je suis désolée ! » C'est au travers du brouillard de sa panique que lui était parvenue la voix féminine. Deux toutes jeunes filles, âgées de quinze ans tout au plus, tenaient la porte ouverte et se demandaient ce qu'elles devaient faire pour cet homme hagard qu'elles venaient d'expédier au tapis.

Robert se releva rapidement, reprit le sac et se jeta dans la sécurité du couloir afin de gagner les ascenseurs, passant devant les deux gamines interloquées. Il les entendit qui laissaient la porte se refermer et le suivaient dans le couloir.

« Vous allez bien, monsieur ? » demanda l'une d'elles, à une dizaine de mètres derrière lui, tandis qu'il appuyait sur le bouton d'appel des cabines.

« Ouais, ça va, ça va, leur cria-t-il. Mais surtout, ne laissez personne entrer par cette porte !

— Je... je ne comprends pas. »

Un tintement annonça l'arrivée de l'ascenseur. Les portes de la cabine allaient s'ouvrir d'un instant à l'autre, et son poursuivant arriver — lui aussi d'un instant à l'autre — à hauteur de la porte pare-feu, à présent verrouillée, donnant sur l'étage.

Il se tourna vers les jeunes filles. « Ne laissez personne venir de l'escalier de secours, d'accord ? N'ouvrez pas cette porte. Personne ne doit entrer par ici. » Leur expression ahurie lui fit comprendre que c'était une bataille perdue d'avance.

Les portes de la cabine s'ouvrirent ; grâce au ciel, l'ascenseur était vide. Il s'élança à l'intérieur et enfonça les boutons REZ-DE-CHAUSSÉE et PORTES FERMÉES à plusieurs reprises.

Les portes ne coulissèrent pas.

37

Le bruit caractéristique de la porte pare-feu qui s'ouvrait parvint jusqu'à lui. Une voix masculine noya les répliques affolées des gamines.

Finalement, le système de fermeture se déclencha, mais déjà des pas pesants se dirigeaient vers la batterie d'ascenseurs. Les portes coulissaient avec une lenteur désespérante. Robert se cala dans un angle pour rester hors de vue, tandis que les pas s'accéléraient ; puis une main masculine se coula entre les deux battants sur le point de se rejoindre ; elle en saisit un et tenta de le repousser, mais le mouvement de fermeture était trop avancé et la main finit par se retirer.

La descente commença, dans un chuintement atténué que couvraient les battements du sang dans la tête de McCabe. Rapidement, il installa le portable sur le sac de voyage et dégagea la poignée. S'il parvenait à perdre son expression de panique et à circuler dans le hall d'entrée comme un client normal de l'hôtel, il avait une chance de disparaître dans la foule et de trouver un taxi.

Non, pas le hall ! Il a pu avertir quelqu'un en bas pour qu'on m'attende !

Il enfonça la touche MEZZANINE juste à temps, arrêtant la cabine un étage au-dessus du hall. Il sortit précipitamment. D'où il était, on voyait le hall en contrebas, et il courut jusqu'à la rampe. De ce poste d'observation, il parcourut la foule des yeux et repéra deux hommes en costume noir au moment où ils bondissaient vers l'escalator et grimpaient les marches quatre à quatre, tenant chacun un walkie-talkie.

La nouvelle giclée d'adrénaline qui l'envahit le propulsa à travers les doubles portes du couloir le plus proche, lequel donnait dans une grande salle de service attenante aux salons de réception de l'hôtel. Il entendait le personnel bavarder des deux côtés, dans ce vaste espace, mais personne ne fit attention à lui et il put courir jusqu'à l'autre bout ; de là, il dégringola deux volées de marches, franchit une nouvelle série de portes et se retrouva dans la blanchisserie de l'hôtel, au milieu de nuages de vapeur. Courant toujours, il passa devant deux employés sidérés et trouva un petit escalier au fond de la salle. Il y eut quelques cris de colère, mais personne ne chercha à l'arrêter.

Il ouvrit brutalement la porte et s'avança dans l'obscurité humide d'une allée qui desservait l'arrière de l'hôtel. Il fit claquer le lourd battant pare-feu derrière lui, son écho métallique lui donnant un sentiment de délivrance.

L'allée débouchait sur une rue adjacente. Il la parcourut au pas de course et se retrouva au milieu de la foule qui déambulait, s'y perdant avant de se rendre compte qu'elle le ramenait vers l'entrée principale de l'hôtel.

Un groupe de clients en sortaient à ce moment-là pour se diriger, au milieu des passants, vers les bus qui les attendaient ; ils discutaient joyeusement entre eux et presque tous tenaient des sacs de commissions à la main. Des sacs qui lui disaient quelque chose.

Il en regarda un plus attentivement et, sous le choc, reconnut l'emblème de Mercedes-Benz. Il y en avait des centaines identiques.

Robert McCabe s'immobilisa brusquement, secouant la tête. Le sac Mercedes qu'il avait aperçu dans le couloir du trente-deuxième aurait pu appartenir à n'importe qui. Il y en avait partout dans l'hôtel. Il avait paniqué inutilement.

Mais alors, qui l'avait poursuivi dans l'escalier de secours ? Le type n'avait-il pas franchi une porte en principe impossible à ouvrir depuis l'intérieur ?

Bon sang ! Évidemment ! pensa-t-il avec une grimace. *Il avait une clef pour la bonne raison qu'il faisait partie du service de sécurité de l'hôtel. J'ai probablement dû déclencher une alarme lorsque j'ai moi-même ouvert la porte donnant sur l'escalier.*

Il se sentit idiot, tandis qu'il poussait un profond soupir et reprenait d'un pas plus tranquille la direction de l'entrée de l'hôtel, les jambes en coton. De toute évidence, personne ne l'avait poursuivi. Il s'était laissé emporter par son imagination, sa panique déclenchée par ce qui était sans doute un simple cambriolage, sans lien avec le terrorisme ou le crash du MD-11, ou avec quelque conversation qu'il aurait eue avec des agents du FBI et que quelqu'un aurait surprise.

Comme espion, je ne vaudrais pas grand-chose, se dit-il. *Grimper comme ça aux rideaux au moindre coup de téléphone...*

Les odeurs de Hong Kong commencèrent à éveiller ses autres sens : effluves âpres des divers produits de la mer, opulentes exhalaisons montant des poubelles mêlées aux délicieux arômes en provenance d'un restaurant de grillades. Une brève averse avait laissé la rue luisante, et les lumières s'y reflétaient dans un kaléidoscope de couleurs.

Il regarda l'entrée de l'hôtel et vérifia sa montre. Il lui faudrait se dépêcher, s'il voulait signaler le cambriolage et rendre sa chambre par téléphone. C'est à peine s'il allait avoir le temps de héler un taxi.

L'allée de l'hôtel réservée aux taxis était exceptionnellement encombrée et Robert dut jouer des coudes pour se frayer un chemin au milieu d'un groupe de délégués, dont plusieurs semblaient vouloir le repousser, deux notamment, l'un à sa droite et l'autre à sa gauche, comme s'ils cherchaient à l'éloigner de l'entrée principale, tandis qu'il devait se débattre avec son sac et son ordinateur.

Il n'y avait pas moyen de s'en débarrasser. Leurs mauvaises manières étaient ridicules et il s'arrêta brusquement pour les laisser partir. Mais les deux hommes s'arrêtèrent aussi, et il sentit au même moment quelque chose de dur et de métallique s'enfoncer dans ses côtes.

« C'est un canon de pistolet », expliqua calmement l'homme qui se tenait à sa droite.

« Que... qu'est-ce que vous voulez ? réussit à dire Robert.

— Continuez à marcher. Regardez droit devant vous. »

Il essaya de se dégager, mais des mains l'empoignèrent solidement par les bras, et la poignée de son sac lui fut arrachée. De nouveau, la voix parla dans son oreille. « J'ai un silencieux, monsieur McCabe. »

Accent américain, estima-t-il, une pensée qui lui fit encore plus peur.

« Il est pointé avec précision sur votre colonne vertébrale. Essayez encore de vous dégager, vous entendrez juste un petit bruit. Une balle de neuf millimètres fera son chemin jusqu'à votre moelle épinière et vous la sectionnera proprement. Quant à nous, nous disparaîtrons. Vous pouvez en revanche coopérer et conserver l'usage de vos jambes.

— D'accord, d'accord, je vous suis. Qui êtes-vous ? »

Le canon s'enfonça un peu plus dans son flanc. Robert grimaça de douleur. « La ferme, dit la voix.

— Écoutez, je ne...

— J'ai dit LA FERME ! » Cela tenait plus d'un rugissement retenu que d'un cri, mais l'effet était le même.

Devant lui, Robert vit une limousine sombre qui attendait le long du trottoir. L'homme corpulent du trente-deuxième

40

étage, au visage dépourvu d'expression, descendit du côté passager pour ouvrir la portière arrière.

« Où sont ses affaires ? demanda-t-il.

— Je les ai », répondit le porte-flingue. L'autre homme lâcha le bras gauche de Robert tandis que le premier le poussait vers l'arrière du véhicule.

Il avait l'impression que le temps se distendait. Qui que fussent ces hommes, il était mort s'il montait dans cette voiture. Il en était convaincu. Il n'avait que quelques secondes pour agir.

Il sentit le canon du revolver quitter son flanc droit, tandis que son deuxième agresseur faisait le tour de la voiture. Le gros costaud remonta à l'avant et il ne resta plus que le porte-flingue entre lui et une chance, une chance ténue, de leur échapper.

Il se tourna vers la droite pour regarder l'homme au revolver, un mouvement soudain qui surprit l'homme et lui fit redresser son arme.

« Vous avez bien mon ordinateur, n'est-ce pas ? » demanda Robert.

L'homme répondit par un sourire diabolique, indifférent au fait que son visage était parfaitement visible. Il était clair qu'il ne s'attendait pas à ce que le journaliste vécût assez longtemps pour l'identifier.

« Excellente idée de poser cette question, monsieur McCabe. C'était précisément ce que nous cherchions, pour tout vous dire. Quel dommage que vous ne l'ayez pas laissé dans votre chambre. » L'homme brandit la petite mallette contenant l'ordinateur, qu'il tenait à la main gauche, tandis que de la droite il laissait le canon du revolver pointer vers le sol. L'arme était parfaitement visible pour Robert.

Elle ne comportait pas de silencieux.

Dans le soudain coup de pied que Robert donna, il y avait toute l'énergie de celui qui tente une ultime manœuvre pour survivre. Il avait parfaitement bien visé ; le bout de sa chaussure taille quarante-cinq s'enfonça directement dans l'entrejambe de son agresseur, le soulevant littéralement de terre. L'homme poussa un cri perçant, suivi d'une salve assourdissante de l'automatique avant que sa main tressautante ne le lâche. Il y eut dans la foule un mouvement de recul et les têtes se tournèrent pour voir ce qui se passait.

41

La force de son coup de pied avait propulsé Robert contre la voiture, mais il donna aussitôt un coup de reins et plongea pour récupérer la mallette que le porte-flingue venait de lâcher. Il réussit à la rattraper avant qu'elle ne touche le sol, fit une seule roulade, rebondit sur ses pieds et se mit à courir comme si sa vie en dépendait — ce qui était exactement le cas. Il passa devant l'entrée de l'hôtel et traversa la rue encombrée, ignorant l'agitation créée, les hurlements des freins et les coups d'avertisseurs qui accompagnèrent sa course frénétique et zigzagante. Il repéra ce qui lui parut être une allée à une trentaine de mètres et, évitant les piétons comme il le pouvait, il s'y engouffra pour se faufiler entre des empilements de cartons, dérapant des quatre fers, pour finir par déboucher dans une étroite rue commerçante pleine de gens qui le regardaient, stupéfaits.

Il entendait qu'on courait et criait derrière lui, mais il avait l'avantage de la surprise, même si elle ne lui valait qu'un répit de quelques secondes ; il avait à présent la certitude horrible que sa parano était justifiée. On avait réellement lancé une équipe à ses trousses pour le tuer à cause de ce que des gens croyaient qu'il savait.

La rue était un véritable chaos de charrettes à bras et d'éventaires couverts de marchandises, disposés devant chacun des minuscules magasins et constituant une véritable mer d'obstacles. Une cacophonie de musiques diverses emplissait l'air, allant du rap asiatique à des vieux refrains des Beatles, tandis qu'il zigzaguait à nouveau, le portable lui battant le flanc. Il fonça ainsi sous des bannes multicolores, au milieu de myriades d'arômes de nourriture et de fumée ; il s'efforçait de repérer les entrées d'immeubles, se demandant lesquels possédaient une sortie sur une autre rue.

À hauteur du deuxième pâté de maisons, il bouscula brutalement un marchand qui se mit en colère et l'attrapa par la manche, l'interpellant en mandarin. Robert s'arracha à sa prise et s'excusa en anglais, en profitant pour essayer de repérer ses poursuivants, derrière lui. Il ne doutait pas qu'ils fussent à ses trousses ; peut-être même l'attendaient-ils à l'autre bout.

Il lui fallait disparaître, et rapidement.

Une petite boutique regorgeant de tissus exotiques apparut à sa droite, et il s'accroupit derrière un empilement de marchandises avant de foncer dans l'entrée. Il courut droit au fond du magasin et fit irruption, à travers un rideau de perles, dans une petite pièce où un couple âgé partageait son repas du soir.

L'homme bondit sur ses pieds, les yeux écarquillés, brandissant ses baguettes comme une arme.

« Vite ! dit Robert, hors d'haleine. Désolé de vous déranger, mais il faut que je sorte par-derrière.

— Quoi ?

— Vous n'avez pas une porte, là au fond ?

— Pourquoi ? demanda le vieil homme, soupçonneux, le menaçant toujours de ses baguettes.

— Parce qu'on me poursuit ! Pas la police, ni l'armée ! C'est quelqu'un qui veut me tuer, OK ?

— Elle vient maintenant ?

— Quoi ?

— Chasser vous ?

— Oui ! » répondit Robert, ne comprenant pas très bien.

Le visage du vieillard s'éclaira et il hocha la tête. « Moi comprendre. Vous venir par là. »

Franchissant un deuxième rideau de perles, ils atteignirent une petite porte que l'homme ouvrit avant de se mettre de côté pour laisser passer Robert. Au passage, il le prit par le bras pour lui parler à l'oreille d'un ton d'urgence. Son haleine empestait l'ail. « Deux coins de rues par-là, vous entrer dans centre commercial. Descendre sous-sol. Acheter billet cinéma, entrer, sortir par porte derrière écran. Vous revenir dans rue deux blocs plus loin. Grand secret. Marche toujours. »

Robert s'arrêta pour le regarder, intrigué. « Est-ce que... cela arrive souvent ? »

L'homme secoua la tête. « Non, non, non. Mais quand ma femme chasser moi, comme ça je fais ! » Il sourit, exhibant des dents en mauvais état. « Elle aime beaucoup chasser moi dans la rue, crier après moi. Tradition dans famille. Tous nos amis rient.

— Vous blaguez !

— Non, non, non. Juste jeu, mais quand ma femme en colère, elle fait peur.

— Les femmes », observa Robert avec un sourire.

Le vieil homme acquiesça, son sourire édenté s'agrandissant encore. « Les femmes... »

Le cinéma était de construction relativement récente et Robert s'efforça de se fondre dans la foule qui franchissait les portillons ; puis il se dirigea rapidement vers la sortie que lui avait décrite le vieux Chinois. Il découvrit un long couloir qui conduisait à des marches et de là, comme promis, à une sortie donnant sur la rue.

En ouvrant la porte, il trouva un taxi garé le long du trottoir, juste en face. Il se précipita vers le véhicule et se glissa vivement à l'intérieur, lançant l'adresse de l'hôtel de Kat Bronsky au chauffeur et se recroquevillant instinctivement pour échapper aux regards.

« Seulement l'hôtel ? demanda le chauffeur, peu séduit par la courte distance de la course que voulait faire ce curieux personnage.

— Non. Ensuite on ira au restaurant, et puis à l'aéroport. Grande course, gros pourboire, mais plus de questions. »

Le chauffeur acquiesça et démarra en trombe.

4

Hong Kong, Chine
12 novembre — jour un
22.10 heure locale/1410 zouloue

Debout sous la partie couverte de l'allée desservant l'hôtel, Kat Bronsky inhalait malgré elle les fumées d'échappement. L'air écœuré, elle consulta sa montre. Il était temps de laisser tomber.

Voilà. Je me suis fait avoir.

Jusqu'au moment où McCabe avait fait son apparition, elle n'avait pas envisagé de garder la même tenue pour retourner à Los Angeles, ni de quitter l'hôtel de bonne heure. À présent, elle se retrouvait sans chambre, ses valises faites attendant à côté d'elle. Elle pouvait toujours retourner dans l'hôtel avec ses bagages et aller manger dans l'un des restaurants de l'établissement, ou encore prendre un taxi seule jusqu'au nouvel aéroport de Chep Lap Kok, ce qui lui semblait une meilleure idée.

Lorsque McCabe pointera son nez dans l'avion, il va y avoir droit.

Elle croisa le regard du portier, imposant dans son uniforme rutilant, et lui fit comprendre qu'elle avait besoin d'un taxi. D'un coup de sifflet expérimenté, l'homme en fit aussitôt venir un sous le vaste auvent, et dit à un groom de charger les bagages de la dame. Elle avait déjà une jambe dans le véhicule lorsqu'un autre taxi arriva dans un crissement de freins et fit halte derrière elle. La portière arrière s'ouvrit en

45

grand, et il en surgit le journaliste prodigue qui se précipita vers elle, le regard fou.

« Je... ah, je suis désolé... je suis en retard. Il est arrivé quelque chose.

— Apparemment », répondit-elle. Elle redescendit de son taxi et s'approcha de lui, mains sur les hanches. Il était hors d'haleine, ce qui paraissait curieux de la part de quelqu'un qui descendait d'un taxi. « Vous aviez dit trois quarts d'heure, lui rappela-t-elle.

— Je peux vous expliquer, mais pas ici. » Il ne put s'empêcher de regarder par-dessus son épaule avant de revenir à elle. « Nous devons absolument ficher le camp d'ici. »

Ils firent passer les bagages de Kat dans le taxi de Robert et elle alla le rejoindre à l'arrière ; à peine la portière était-elle refermée que le chauffeur s'élançait au milieu du trafic.

« Et où allons-nous dîner ?

— Ah... pour commencer, on va aller jusqu'à un point de vue sur la baie que je connais. »

Elle secoua la tête. « Je n'ai pas l'habitude d'aller contempler le paysage avec des journalistes que je viens de rencontrer. Même par une belle soirée comme celle-ci, vous ne m'emmèneriez pas voir une course de sous-marins. »

Il se retourna complètement sur son siège pour étudier la circulation, derrière eux, sans prêter attention à sa tentative d'humour. « Je crois que ça va, dit-il doucement. Je ne vois personne. »

Elle l'attrapa par le bras pour avoir son attention. « La Terre appelle Robert McCabe... Qu'est-ce qui vous arrive ? On dirait que vous venez de voir un fantôme. »

Il se passa la langue sur les lèvres et regarda autour de lui avant de se laisser aller dans le siège. Puis il lui raconta les événements qu'il venait de vivre, finissant son récit au moment où ils arrivaient au point de vue.

« Seigneur Dieu ! s'exclama-t-elle. Mais qu'est-ce qu'ils voulaient, exactement ?

— Ils ne l'ont pas dit, mais il ne peut s'agir de rien d'autre que... des informations dont je vous ai parlé. »

Elle hocha la tête. « OK. On y est. Et maintenant, racontez-moi tout. »

Il se pencha en avant et fit la grimace. « Oh, merde ! Ils ont gardé mon sac de voyage.

46

— Des choses importantes, dedans ? »

Il secoua la tête. « La seule chose importante est l'ordinateur. » Il tendit une poignée de billets au chauffeur et lui demanda d'arrêter le moteur et d'attendre. « Si quelqu'un vous demande si vous êtes libre, dites que vous êtes là pour profiter de la soirée, c'est tout. Pas de client, d'accord ?

— D'accord. »

Kat suivit McCabe lorsqu'il quitta le sentier pour se diriger vers un bosquet. Au-delà, le scintillement des lumières de la ville formait un vaste tapis lumineux, et une brise légère et rafraîchissante apportait jusqu'à eux les effluves caractéristiques d'un grand port maritime.

« Par là », dit-il en la faisant passer derrière de grands buissons pour rejoindre une petite clairière qu'éclairaient abondamment les lumières reflétées de la ville. « Voulez-vous vous asseoir sur l'herbe ?

— Dans cette tenue ? » Elle rit et s'approcha d'un banc en ciment qu'elle inspecta avec soin avant de s'y installer. « Il fera l'affaire. Il m'a l'air propre. »

Robert s'assit à côté d'elle, un bras sur le dossier du banc pour faire face à Kat. Il avait les traits tirés et l'expression sérieuse, et il tendit l'oreille au passage d'un 747 qui venait de décoller, ses feux de position clignotant ; il donnait l'impression d'avancer à petite vitesse.

« Je pense, agent Bronsky... commença-t-il.

— Attendez, le coupa-t-elle, un doigt levé. Appelez-moi Kat, d'accord ? *Agent Bronsky,* j'ai un peu trop l'impression qu'il s'agit de mon père.

— Oh ?

— Mon père a fait sa carrière au FBI, lui aussi. Il était assistant du directeur adjoint, à sa mort. Désolée pour l'interruption. »

Il haussa les épaules. « Voici ce que je voulais vous dire hors de portée des oreilles indiscrètes, Kat : je crois qu'il existe des preuves que l'accident du MD-11 de SeaAir, dans les eaux cubaines, est le résultat d'un acte terroriste. »

Elle hocha la tête, la mine sérieuse, elle aussi. « Vous pensez qu'il existe des preuves, dites-vous ? C'est une manière curieuse de présenter les choses. Quelles preuves ?

— Je ne sais pas encore. »

47

Elle inclina la tête de côté et souleva les sourcils. « Vous ne savez pas ?

— Je vais vous expliquer pourquoi. »

Kat hocha une fois de plus la tête, lentement. « Je l'espère bien. Par exemple, pourquoi pensez-vous que l'accident a été le fait d'un acte terroriste et non la conséquence d'une panne mécanique, ou du tir d'un missile cubain ?

— Parce qu'on vient d'attenter à ma vie il y a à peine une heure, Kat, peut-être après qu'on m'a vu vous parler, et de toute façon à cause d'un événement qui s'est produit à Washington il y a quelques jours. J'estime que nos agences de renseignements sont terrifiées par quelque chose qu'elles ne peuvent contrôler et qu'elles tentent de dissimuler. »

Elle leva la main. « Bon, bon, d'accord. Commençons par le commencement. Vous dites que quelqu'un vous a donné des informations. Est-ce que ce sont les preuves auxquelles vous venez de faire allusion ?

— Non. Et oui. C'est de Walter Carnegie, de la Federal Aviation Administration, que je veux vous parler. Un de mes vieux amis. Cela remonte à vingt ans, lorsqu'il est entré dans la Defense Intelligence Agency en tant qu'analyste en terrorisme, alors que j'étais moi-même journaliste débutant aux chiens écrasés. Wally a passé quinze ans à la DIA puis à la CIA, avant d'entrer dans la FAA pour essayer d'accroître leur efficacité dans les affaires de détournement d'avion.

— Mais qu'est-ce qu'il vous a donné ?

— Rien. C'est ce qu'il m'a dit.

— Et qu'est-ce qu'il vous a dit ?

— Un mois après la catastrophe du MD-11 de SeaAir, il m'a appelé depuis une cabine téléphonique, un après-midi, complètement paniqué. Il m'a confié qu'il était tombé par hasard sur une information ayant un rapport avec l'accident. Ce qu'il avait appris l'avait mis dans tous ses états et l'inquiétait terriblement.

— Ne vous en a-t-il pas dit davantage ?

— Il n'est pas entré dans les détails et ne m'a donné aucune preuve matérielle ; simplement, il a posé des questions, à propos de l'accident, qui semblent avoir beaucoup agité quelqu'un. Deux voyous venaient de le menacer de mort dans une station de métro. Il a tout d'abord pensé qu'il s'agissait de types de la compagnie... de la CIA. Mais le temps

48

de m'appeler, il n'en était plus bien sûr. Il disait que c'était la première fois qu'un truc pareil lui arrivait.

— Mais enfin, Robert, que diable possédait-il, comme information ? Sur quoi enquêtait-il ? En quoi était-il concerné par l'affaire ? Vous me dites qu'il posait des questions...

— Oui, pour le compte de la FAA, dans son rôle d'analyste d'actes terroristes. Il m'a dit textuellement que lorsqu'il est allé voir les gens des renseignements, tous réagissaient comme s'ils étaient terrifiés à la seule idée de parler de l'affaire SeaAir.

— Vous l'avez déjà dit.

— Laissez-moi finir. Terrifiés, et bien décidés à ne pas coopérer, parce qu'ils pensaient que la catastrophe était la déclaration de guerre d'un nouveau groupe terroriste, extrêmement organisé, dont la CIA et la DIA ignoraient tout. Ils ne savaient rien et ne voulaient pas l'admettre.

— Quoi d'autre ?

— D'après Wally, les transporteurs aériens pousseraient le Président à déclarer carrément au pays que l'accident du SeaAir n'a pas été un acte terroriste. Le FBI n'a-t-il pas subi ce genre de pressions ? »

Par précaution, elle ignora la question. « Terminez, à propos de Carnegie.

— Il disait qu'il avait des preuves en béton, mais il était terrifié. Il n'a pas voulu me donner davantage de détails. Il avait un besoin désespéré de raconter à quelqu'un ce qu'il avait trouvé. À l'en croire, le temps jouait contre lui.

— Que voulait-il dire par là ?

— J'aimerais bien le savoir. Je lui ai demandé s'il pouvait me transmettre une copie de son dossier, et il m'a répondu que celui-ci était entièrement verrouillé. Il l'a même répété.

— Verrouillé ?

— Ouais. » Robert leva la main pour empêcher Kat de continuer dans cette voie.

« Votre ami est-il quelqu'un de crédible ?

— On ne peut plus crédible, même s'il lui arrivait parfois de voir l'ombre d'une conspiration là où il n'y avait rien.

— Si j'ai bien compris, il ne vous a pas dit ce qu'il détenait, ni parlé de ses preuves ; il ne vous a en somme rien donné directement. A-t-il fait une hypothèse sur ce qu'aurait pu vouloir ce soi-disant nouveau groupe terroriste ? Cela n'a aucun sens de descendre un appareil sans avoir un objectif en tête. Les pirates de l'air les plus obtus en ont un.

— Je ne sais pas. Comme je vous l'ai dit, il n'est jamais venu à notre rendez-vous. Je ne suis pas arrivé à le joindre par téléphone ou autrement, ce jour-là ni le lendemain. Je suis même passé chez lui. Il n'y était pas. Le surlendemain, je partais pour Hong Kong.

— Vous n'avez pas essayé de l'appeler depuis ici ? demanda Kat, qui remarqua l'expression douloureuse de Robert lorsqu'il acquiesça.

— Walter Carnegie est mort, Kat. »

Elle croisa les bras et le regarda pendant quelques instants. « De quelle manière ?

— Suicide, d'après sa secrétaire.

— Et bien entendu, vous ne le croyez pas. »

Il secoua la tête. « Le pape serait un candidat au suicide plus crédible.

— Ne vous a-t-il rien laissé par écrit ? Oui, évidemment, vous ne pouvez pas encore le savoir. Vous devez attendre d'être de retour.

— Cela ne date que de ce matin. Depuis, je n'ai pas cessé d'essayer de mettre de l'ordre dans tous ces éléments. Pourquoi assassiner Wally, sinon pour le faire taire ou pour récupérer les preuves qu'il aurait pu détenir ? Il disait qu'une action terroriste était à l'origine de la catastrophe, que le groupe était nouveau, puissant et inconnu. Trois jours plus tard, il était mort. Il s'agissait déjà là d'une coïncidence un peu trop troublante pour moi — avant même que j'aie une chance de poser la moindre question. »

Kat mordillait machinalement son index, se rappelant la conversation qu'elle avait eue avec Jake Rhoades, juste avant la conférence. Il avait lui aussi utilisé le mot *terrifié* pour décrire l'attitude de l'administration. McCabe n'en était pas moins l'un des meilleurs et des plus dangereux enquêteurs d'un grand journal...

Elle se tourna brusquement vers lui. « Vous me jurez, sur ce que vous avez de plus cher, de ne jamais, jamais en parler à personne, quoi qu'il arrive ? » lui demanda-t-elle, suivant des yeux le décollage d'un nouveau Jumbo, dans le ronronnement opulent de ses moteurs. Même elle, titulaire d'un brevet de pilote, ne pouvait s'empêcher d'admirer le spectacle.

Il acquiesça, les sourcils levés. « Bien entendu. J'ignore tout, on ne m'a rien dit. Vous savez quelque chose ? »

Elle secoua la tête. « Probablement pas, sinon le fait qu'il avait raison sur un point : il est exact que l'administration voudrait que l'accident n'ait rien à voir avec Cuba ou une action terroriste.

— Il avait au moins vu juste sur ce point.

— Mais nous n'avons pas la moindre théorie qui tienne la route, et nous ne savons même pas s'il existe un groupe terroriste qui aurait pu vouloir abattre ce MD-11. Sans compter que nous ignorons ce que sont les soi-disant preuves dont il disposait. » D'une claque, elle écrasa un moustique, le premier qu'elle voyait de la soirée.

« Vous subissez cependant des pressions de l'administration pour rejeter la thèse terroriste, n'est-ce pas ?

— Ce n'est pas ce que j'ai dit, Robert. Pas officiellement. En fait, je n'ai rien dit du tout, ajouta-t-elle lentement. La vérité, c'est que nous n'avons pas eu cette conversation, et maintenant que j'y pense, je ne suis même pas venue ici.

— D'accord, d'accord. Mais tout cela ne contribue guère à éclaircir le mystère. Mon ami est mort et j'ai l'intime conviction qu'il a été assassiné, en particulier depuis que j'ai été attaqué à mon tour. Si ces types, à l'hôtel, avaient réussi à me faire grimper dans leur voiture, je serais sans doute moi-même mort, à l'heure qu'il est. » Il se déplaça sur son siège pour la regarder bien en face. « Vous n'êtes pas d'accord ? Vous me croyez parano ? »

Elle secoua la tête. « De toute façon, comme dit le vieux proverbe, ce n'est pas parce que vous êtes parano que ces types ne voulaient pas s'en prendre à vous. Non. » Elle poussa un soupir et reprit, d'un ton plus calme : « D'après ce que vous m'avez raconté, ils pouvaient très bien, en effet, avoir l'intention de vous tuer. D'un point de vue psychologique, ça se tient. Un professionnel qui fait un enlèvement en se montrant sans crainte à visage découvert ne s'attend pas à être confronté plus tard à un témoin. »

McCabe déglutit laborieusement. « Oh, Seigneur ! Je viens juste de me rendre compte que s'ils ont su où me trouver, ils savent aussi sur quel vol je dois repartir ce soir. Ils peuvent aussi bien m'attendre à l'aéroport. Et vous aussi pourriez être en danger. »

Elle se leva et se mit à aller et venir devant le banc. « C'est du délire, Robert ! Nous n'avons que ce que vous m'avez dit, n'est-ce pas ? »

Il acquiesça.

« Eh bien, hormis l'hypothèse sur la mort de Carnegie et la tentative d'enlèvement, nous ne nous appuyons que sur de vagues spéculations basées sur les confidences qu'il vous a faites, reprit-elle en se tournant pour regarder les lumières du port, à travers les arbres. Je suis désolée, mais ce n'est même pas suffisant pour provoquer une réunion de travail afin de déterminer s'il faut ou non lancer une enquête.

— Je ne comprends pas. »

Elle fit volte-face. « Écoutez. Nous ne savons même pas si Walter Carnegie avait à vous donner autre chose qu'une simple hypothèse sur la catastrophe du SeaAir. Vous avez admis vous-même qu'il avait tendance à voir des conspirations partout. Et, du moins pour le moment, alors que nous sommes ici, à Hong Kong, vous ne pouvez même pas affirmer avec certitude qu'il a été assassiné.

— Peut-être — mais alors, qui étaient ces types qui ont retourné ma chambre et essayé de me tuer ?

— Je ne le sais pas, et vous non plus. Vous n'avez pas d'ennemis ?

— Beaucoup, probablement, y compris la compagnie du téléphone, en Virginie. Mais c'est la première fois qu'on s'en prend à moi de cette manière. »

Kat reprit ses allées et venues et remit en place ses cheveux qu'une petite rafale de vent avait dérangés. « S'il existe un nouveau groupe terroriste, s'ils ont appris que Carnegie vous avait parlé, s'ils savent que votre ami détenait des preuves ou des informations compromettantes pour eux, ils devraient être assez bien informés aussi sur le fait que vous ne vous êtes jamais rencontrés, tous les deux, ce qui signifie que vous ne pouvez pas être en possession de ces fameuses informations compromettantes. Et que, par conséquent, vous ne devriez pas les inquiéter. » Elle se tourna pour regarder le journaliste pendant quelques secondes inconfortables. « Vous persistez à dire que vous ne possédez aucune information ?

— Pas la moindre ! Aucune lettre, pas de coup de fil, pas de disquette, rien.

— Dans ce cas, pour quelle raison vous poursuivre jusqu'à Hong Kong avec autant d'acharnement ?

— Ils savent peut-être qu'il m'a envoyé quelque chose, mais moi je l'ignore parce que je ne l'ai jamais reçu. L'une de ces crapules m'a dit que c'était mon ordinateur qu'ils voulaient récupérer. Ils s'attendaient peut-être à trouver ce qu'ils cherchaient sur mon disque dur. »

Elle acquiesça, plongée dans ses pensées, contemplant sans la voir la ville brillamment éclairée. « Il pourrait s'agir du disque... ou alors ils soupçonnent que vous avez reçu quelque chose par modem. » Elle se tourna vers lui. « Mais vous avez récupéré votre ordinateur, n'est-ce pas ? Avant même qu'ils aient une chance d'y jeter un coup d'œil ?

— Oui. Il est rangé dans le... » Il eut un geste en direction du parking.

« ... dans le taxi. » Kat acheva la phrase pour lui tandis qu'il bondissait du banc et qu'ils partaient tous les deux en courant vers l'endroit où s'était garé leur chauffeur.

Le taxi n'avait pas bougé. Tout était coupé, radio, lumière et moteur, mais, grâce à la chiche lumière d'un réverbère, ils distinguaient la tête du chauffeur mollement appuyée contre la vitre de sa portière.

« Oh, mon Dieu ! » s'exclama Kat tandis qu'ils s'approchaient du véhicule tout en inspectant prudemment les environs. Du bout des doigts, Kat toucha le bras du chauffeur, presque sûre de découvrir du sang.

L'homme se réveilla en sursaut et poussa un cri de frayeur.

« Excusez-moi, dit Kat. Vous étiez dans une position bizarre et j'ai cru que vous étiez blessé.

— Désolé. Je me suis endormi. »

Kat se redressa et regarda vers la ville. Elle prit une profonde inspiration avant de se tourner de nouveau vers le chauffeur. « Encore cinq minutes, d'accord ?

— D'accord.

— Vous voulez bien prendre votre ordinateur, Robert ? »

Celui-ci s'exécuta, et Kat et lui s'éloignèrent d'une douzaine de mètres en direction du point de vue. Étonné, McCabe la vit déployer l'antenne d'un téléphone par satellite. Puis elle prit une carte de visite dans son sac à main et leva les yeux vers lui. « J'ai rencontré le responsable de la sécurité à l'aéroport de Chep Lap Kok aujourd'hui, expliqua-t-elle. On va voir ce qu'il est capable de faire pour vous. »

Son appel fut relayé à plusieurs reprises, mais elle finit par joindre l'homme lui-même. La conversation ne dura que quelques instants, puis elle le remercia et coupa la communication.

« Nous allons rejoindre une équipe du service de sécurité à plusieurs kilomètres du terminal. Elle nous conduira directement à l'appareil. Si jamais vos poursuivants vous attendent à l'aéroport, ils n'auront aucune chance de nous repérer. M. Li a eu la gentillesse de dire qu'il s'occuperait lui-même des formalités de police et de douane pour nous, et qu'ils renforçaient la sécurité sur ce vol. »

Robert poussa un soupir de soulagement. « Merveilleux. Merci.

— Hé, je prends cet avion, moi aussi. Au fait, repartez-vous tout de suite après pour Washington, une fois à Los Angeles ?

— Oui, c'est réservé. »

Elle se mordilla la lèvre inférieure avant de reprendre la parole. « J'avais l'intention de lézarder pendant une journée sur la plage de Newport Beach, mais je vais vous accompagner. Je ne suis pas sûre que nous ayons quoi que ce soit de concret, mais nous allons en parler à mon patron, si vous êtes d'accord.

— Je le suis. »

Ils restèrent silencieux pendant quelques instants, tandis que Kat regardait un autre appareil de ligne quitter la piste de l'aéroport et s'élever dans la nuit. Des roulements de tonnerre intermittents accompagnaient leur conversation, depuis quelques minutes, et des éclairs zébraient le ciel au loin, à l'ouest comme à l'est. Un front orageux s'approchait manifestement depuis l'ouest, et les décharges électriques se multipliaient. Le vent commençait à souffler plus fort, même si la température restait plaisante.

« On m'a déjà tiré dessus, Kat : en Bosnie, en Somalie et à Ryad. Mais toujours parce qu'en tant que journaliste, ma présence était indésirable. N'importe quel autre reporter aurait essuyé les mêmes coups de feu. Mais je n'ai jamais été une cible à titre personnel, si je puis dire, et je trouve ça très désagréable. »

Elle acquiesça. « Je peux l'imaginer.

— Alors, d'après vous, quelle est l'hypothèse la plus probable ?

— Vous voulez savoir qui vous poursuit et qui aurait tué Carnegie ? Ou si ce sont bien des terroristes qui ont abattu le MD-11, pour commencer ?

— Les deux. »

Elle garda quelques instants le silence, se mordillant de nouveau la lèvre, essayant de trouver un lien logique dans toute cette affaire. « Eh bien, apparemment, il y a quelqu'un qui est extrêmement inquiet de ce que Carnegie a pu découvrir ; mais leur tactique n'est celle ni de la CIA ni de la DIA — et c'est un euphémisme. Ce qui veut dire qu'on pourrait avoir affaire, du moins en théorie, à un nouveau groupe terroriste, dangereux, prêt à tout, et qui a décidé de se débarrasser de vous. Si c'est le cas, il s'agit forcément d'un groupe privé, très bien organisé, et dont l'origine n'est à chercher ni du côté du Moyen-Orient ni de celui des fondamentalistes. Je ne sais pas, Robert. Carnegie peut très bien avoir eu raison lorsqu'il a pensé qu'il s'agissait d'un nouveau groupe cherchant à atteindre un objectif étrange, nouveau, inconnu, dont ils n'ont pas parlé au reste du monde.

— D'après tout ce que je sais, cela suffirait à terrifier la CIA. »

Elle acquiesça.

« Peut-être, avança Robert, avons-nous affaire au genre de situation où on se dit : *nous ne pouvons pas le contrôler, alors faisons comme si ça n'existait pas*, non ?

— Voilà qui sent la théorie de la conspiration. J'ai pour règle de ne pas croire à ce genre de choses.

— Moi aussi. La plupart des groupes, aussi déterminés soient-ils, ne sont même pas capables de prendre une décision unanime sur un restaurant. À mon avis, Oswald a agi tout seul, et les seuls extraterrestres, ici, sont de Guadalajara.

— Mais ?

— Mais, eh bien... on comprend facilement pourquoi les transporteurs aériens ne tiennent pas à ce que la catastrophe de SeaAir soit d'origine terroriste. Si Wally avait raison, et s'il existe un groupe d'enragés avec de l'argent, des moyens et une cause, ils ne vont pas en rester à l'attentat du SeaAir. Ils continueront à descendre des appareils jusqu'à ce qu'ils aient toute notre attention. »

Kat le regardait, secouant la tête. « Mon Dieu, Robert ! Pouvez-vous imaginer les réactions des compagnies aériennes, si tout le pays pouvait entendre ce que vous venez de dire ? »

5

Chep Lap Kok/Aéroport international de Hong Kong
13 novembre — jour deux
00.15 heure locale/1615 zouloue

Le véhicule de la sécurité freina sèchement pour s'arrêter sous la queue de l'appareil de Meridian, le vol 5. Kat descendit et leva les yeux, sans prêter attention à l'odeur du kérosène, nullement préparée à la vision de la masse monstrueuse qui la surplombait : celle du Boeing 747-400 qui attendait de la transporter, elle et près de trois cents autres personnes, jusqu'à Los Angeles via Honolulu — soit sur un quart de la circonférence de la planète.

« Seigneur ! s'exclama-t-elle tandis que McCabe la rejoignait, son sac de voyage à la main.

— Puis-je au moins citer cette remarque dans mon article ? demanda-t-il en se tordant à son tour le cou.

— Cet engin est incroyable, reprit-elle, oubliant apparemment les deux policiers qui les avaient escortés jusqu'au rendez-vous prévu. J'ai volé sur des 747 pendant des années, mais je n'en avais jamais vu un depuis le niveau du sol.

— Je sais. On y accède toujours par des passerelles situées à plus de six mètres au-dessus du sol. Les passagers ne se rendent jamais véritablement compte de leur taille réelle, ni de leur poids. Lorsqu'on décollera, ce soir, l'appareil pèsera dans les trois cent quarante tonnes. »

Les policiers les entraînèrent à l'arrière d'un véhicule de service garé près de la porte avant droite de l'avion. La

57

cabine s'éleva sur ses vérins à onze mètres au-dessus du sol, jusqu'au niveau principal où les attendait Britta Franz, le chef de cabine. Grande blonde bien proportionnée, dotée d'un accent allemand prononcé bien que citoyenne américaine depuis vingt ans, Britta respirait l'autorité. Les officiers des douanes qui avaient attendu avec elle expédièrent rapidement les formalités, jetant un simple coup d'œil sur les passeports, puis ils s'inclinèrent et prirent congé.

« À présent que tout est en règle, dit Britta, permettez-moi de vous accompagner jusqu'au pont des premières. »

Robert regarda son billet, puis se tourna vers Britta. « Il me semble que nous voyageons en classe touriste. »

Elle sourit. « Plus maintenant. On vous a surclassé — j'espère que vous ne vous en formaliserez pas.

— Absolument pas ! » répondit vivement Kat, avec un grand sourire.

À peine s'étaient-ils installés dans les sièges luxueux que Britta réapparaissait, arborant une expression mortellement sérieuse. Deux officiers de police chinois l'accompagnaient. « Je... je suis désolée de vous ennuyer, Mrs Bronsky, mais ces deux personnes ont insisté pour...

— Katherine Bronsky ? » demanda l'un des policiers, avec un léger accent.

Kat sentit Robert se tendre à côté d'elle, tandis qu'elle étudiait les yeux des deux hommes. Ils n'avaient pas trente ans, étaient impeccablement habillés et paraissaient totalement dépourvus d'humour.

« Oui, je suis l'agent spécial Bronsky, du Federal Bureau of Investigation. Que puis-je faire pour vous ?

— Nous accompagner, s'il vous plaît.

— Je ne peux pas manquer ce vol. » Elle regarda Britta. « De combien de temps disposons-nous ? »

Le chef de cabine fronça les sourcils. « Moins de cinq minutes.

— Vous devez venir. S'il vous plaît, reprit le premier policier. Prenez vos bagages avec vous.

— Écoutez, c'est le responsable des services de sécurité de l'aéroport en personne qui nous a conduits à bord... » Mais le plus proche des deux hommes secouait négativement la tête.

« Il appartient à un service différent. » Il fit un geste en direction de l'escalier. « S'il vous plaît.

— Et vous, à quel service appartenez-vous ?

— À la police de Hong Kong. »

Kat détacha sa ceinture et se leva. « Une minute, s'il vous plaît. Attendez-moi un peu plus loin. »

Les deux hommes s'inclinèrent et battirent en retraite jusqu'à l'escalier du pont supérieur, et Kat se tourna calmement vers Robert. « Je n'ai aucune idée de ce que signifie toute cette histoire, mais je vais le trouver et j'arriverai par le prochain vol. Je n'aurai probablement qu'un retard d'une douzaine d'heures sur vous quand je débarquerai à Washington.

— J'aime autant vous attendre à Los Angeles », dit-il soudainement.

Elle le regarda une seconde, songeuse. « Entendu.

— Attendez, j'ai autre chose à vous donner. »

Elle le regarda griffonner quelques chiffres sur une carte de visite, qu'il lui tendit ensuite. « Mon numéro de *beeper* aux États-Unis. En arrivant à Los Angeles, transmettez-moi un numéro de téléphone où je puisse vous rappeler, et patientez. Je ne serai pas loin. Je vais adopter profil bas en arrivant là-bas et vous attendre.

— Restez bien planqué, surtout. » Elle lui tendit la main, s'attendant à serrer normalement la sienne. Au lieu de cela, Robert la souleva délicatement et la pressa un instant, la laissant légèrement décontenancée.

La porte avant du 747 se referma dans le dos de Kat tandis qu'elle suivait les deux policiers dans le couloir d'accès. Elle eut la surprise de voir que sa valise l'attendait. Elle la prit, obligée de lutter contre la colère qu'elle sentait monter en elle, à l'idée d'avoir dû renoncer à prendre ce vol à cause de vulgaires complications bureaucratiques. Quelqu'un de haut placé avait de toute évidence peu apprécié l'initiative prise par le responsable de la sécurité ; mais il était tout de même bizarre qu'on n'ait pas fait aussi débarquer McCabe. Il était clair que la courtoisie professionnelle ne protégeait pas le FBI, cette semaine, à Hong Kong.

Kat déploya la poignée de sa valise pour la faire rouler derrière elle pendant qu'elle suivait à contrecœur les deux policiers, impatiente d'en découdre avec l'olibrius qui s'était mis en travers de ses plans.

À la sortie du couloir d'accès, elle s'arrêta et, les mains sur les hanches, attendit la réaction des deux policiers, manifestement mal à l'aise. « Où me conduisez-vous, précisément, et pour quel motif ? »

L'un des hommes lui indiqua le corridor. « Par ici, s'il vous plaît. »

Elle secoua la tête. « Pas tant que vous ne m'aurez pas dit où nous allons.

— Nous sommes chargés de vous conduire jusqu'à notre supérieur.

— Pourquoi ? » Elle vit la plus totale confusion se peindre sur leurs visages. Elle poussa un soupir et reprit la poignée de sa valise. « Laissez tomber. Allons-y. »

Moins de deux cents mètres plus loin, ils ouvrirent une porte latérale et la firent passer dans un petit bureau où se trouvaient plusieurs autres policiers en uniforme, ainsi qu'un homme en costume trois-pièces à l'air important qui lui tendit un téléphone.

« S'il vous plaît », dit-il simplement. La pièce empestait le tabac froid, mais elle ignora ce détail et prit le combiné, s'attendant à entrer en communication avec un haut fonctionnaire chinois.

« Agent Katherine Bronsky du Federal Bureau of Investigation des États-Unis, commença-t-elle, sur le ton le plus officiel possible. Qui est à l'appareil ? »

Il y eut un petit rire familier à l'autre bout du fil, qui se perdit pour laisser la place à un ton plus sérieux. « Ici l'adjoint au directeur Jacob Rhoades, également du Federal Bureau of Investigation des États-Unis.

— Jake ? Mais que diable...

— Désolé, Kat. Changement de plan. »

Elle roula des yeux avant de tourner à nouveau son attention vers la voix de Jake. « J'étais sur le point de rentrer dans le lard de ces types ! Qu'est-ce qui se passe ?

— Vous savez que nous avons un consulat, à Hong Kong.

— Évidemment.

— Eh bien, ils ont besoin de vous. Ou plus précisément, ils ont besoin d'un agent du FBI pour traiter une question

60

de sécurité. On voulait envoyer quelqu'un la semaine prochaine, mais ils ont insisté.

— Une... question de sécurité ?

— J'ignore les détails, mais une voiture devrait vous attendre quelque part pour vous y conduire et vous y laisser pour la nuit, puis on vous fera prendre le premier vol demain matin, lorsque vous aurez réglé le truc qui les tracasse.

— C'est une procédure habituelle, Jake ?

— Les voies du Département d'État sont impénétrables. Je vous en prie, aidez-moi à régler ça.

— Oui, évidemment. De toute façon, mon avion doit déjà être en bout de piste.

— Rien qu'une nuit.

— Ouais, mais ils m'avaient installée en première classe. Demain, je risque de voyager dans la soute à bagages. » Elle s'interrompit, ne voulant pas parler de McCabe sur une ligne qui n'était pas sécurisée.

« J'ai entendu dire que vous aviez fait un carton, à la conférence. Félicitations.

— Les nouvelles vont vite.

— Voyons, Kat ! Nous sommes au FBI. En principe nous devons tout savoir.

— Ah, j'ignorais. » Elle eut un petit rire, ravie du compliment.

Le chauffeur du consulat l'attendait, comme promis. Elle lui laissa porter sa valise tandis qu'elle le suivait, dans le hall du terminal flambant neuf, en direction de la sortie. Elle se demanda un instant si les hommes qui avaient tenté d'enlever Robert McCabe surveillaient les lieux et s'ils savaient qu'elle s'était trouvée avec lui.

Toute cette affaire lui paraissait surréaliste. Si McCabe n'avait pas été quelqu'un de son envergure, un personnage dont la réputation n'était plus à faire, elle aurait diagnostiqué une crise de paranoïa aiguë. *Mais au fait... qu'est-ce que je sais vraiment, à propos de McCabe ?*

Le cours de ses réflexions se trouva brusquement interrompu par la vue de deux Asiatiques qui se tenaient juste au-delà de la zone de sécurité, sur un côté ; tous deux portaient des costumes sombres, tous deux la suivaient des yeux. Kat continua de regarder droit devant elle en passant devant eux, s'efforçant de voir ce qu'ils faisaient en vision périphérique, certaine qu'ils continuaient à l'observer.

Quelques dizaines de mètres plus loin, elle s'arrêta et jeta un coup d'œil par-dessus son épaule ; les deux hommes détournèrent vivement les yeux au moment précis où deux jeunes femmes, qu'ils étaient apparemment venus attendre, émergeaient à leur tour de la zone de sécurité, leur adressant de grands signes et des sourires. Quelques secondes plus tard, avec des rires et des exclamations, les deux couples passèrent devant Kat sans un seul regard.

Elle eut un petit reniflement de mépris pour elle-même et secoua la tête. *Quelle sûreté d'instinct, Kat ! Ma parole, la parano de McCabe est en train de déteindre.*

Elle se tourna vers le chauffeur et lui fit signe de continuer, regrettant de ne pas être en première classe en compagnie du journaliste, à bord du 747.

6

Chep Lap Kok/Aéroport international de Hong Kong
13 novembre — jour deux
00.25 heure locale/1625 zouloue

Dan Wade, qui se trouvait à la hauteur de l'office de la première classe, eut un mouvement d'hésitation mais ne put s'empêcher de regarder à nouveau derrière lui, essayant de suivre des yeux une ravissante jeune femme qui portait une minijupe en cuir noir, partiellement fendue dans le dos, et dans laquelle venait se perdre, diablement excitante, la couture de ses bas de couleur sombre. Il essaya de détourner le regard avant d'être pris sur le fait par Britta, mais c'était trop tard.

« Danny ! Arrêtez de reluquer mes passagères de cette façon ! le taquina-t-elle tandis qu'il essayait de prendre un air innocent.

— Je me demandais simplement si elle n'allait pas prendre froid, avec une jupe aussi courte.

— Ouais, j'en doute pas, Président Carter.

— Quoi ? s'étonna Dan, qui n'avait pas compris l'allusion.

— Vous ne vous en souvenez pas ? Quand il a avoué avoir ressenti du *désir dans son cœur* pour une autre femme que la sienne ? Eh bien, vous ressentez du désir. Une femme voit ça tout de suite.

— Ou plutôt, une mère supérieure, marmonna Dan.

— Si vous croyez que je n'ai pas entendu ! » répliqua Britta.

63

Le chef d'escale avait tendu une poignée de documents de vol à travers la porte avant de la refermer, et Bill Jenkins, seul homme du personnel de cabine sur le vol, les avait à son tour tendus à Dan Wade, le copilote. Jenkins, personnage au visage rond, à la calvitie naissante et à la bonne humeur communicative, était un vétéran approchant la quarantaine dont le grand souci était de pouvoir payer des études supérieures à ses triplés. Il fronça les sourcils en examinant les papiers. « Quelles sont les prévisions météo, Dan ? C'était rudement moche à voir, il y a un instant. »

Le copilote acquiesça, pouce tendu vers le plafond. « Dans une heure, l'orage va péter de partout, dans le secteur. Il faut ficher le camp d'ici sans traîner.

— Pour parler vulgairement.

— Pour parler vulgairement, bien sûr, répondit Dan avec un sourire.

— Est-ce que vous êtes au courant, là-haut, enchaîna Bill Jenkins, que nous avons toute une délégation de gros bonnets à bord, ce soir, y compris les maires de quelques grandes villes ?

— Oui, vaguement. Avec le capitaine, on a essayé de calculer le poids en moins qu'allaient faire toutes ces outres gonflées de leur importance. »

Jenkins éclata de rire et montra la cabine de première classe. « Si jamais on perd un moteur, prévenez-moi. Puisqu'ils ne manquent pas d'air, je leur demanderai de faire un discours. » Il adressa un clin d'œil à une hôtesse, qui le lui retourna tandis qu'ils regardaient le copilote escalader l'escalier. Dan, qui venait d'avoir cinquante ans et était divorcé depuis peu, s'intéressait beaucoup aux femmes, en ce moment.

Dans le cockpit, à quelque quinze mètres au-dessus du sol, le capitaine Pete Cavanaugh enclencha le démarreur du moteur extérieur droit. Le conducteur du tracteur-avion ralentit le mouvement en marche arrière du 747-400. Dan Wade, dans le siège de droite du cockpit, vérifia le contrôle des moteurs et demanda par radio à la tour de contrôle l'autorisation de rouler, puis il regarda Cavanaugh, souriant.

« Tu es sûr que tu es bien réveillé, Pete, on peut y aller ?

— Oh, fiche-moi la paix, Dan ! répondit le capitaine, simulant l'écœurement. Je n'ai tout de même pas dormi pendant tout le temps de repos.

— Jamais vu comportement aussi antisocial que cette hibernation, insista Dan en secouant tristement la tête. Dire que je n'ai même pas pu te faire quitter la chambre pour venir dîner, hier au soir !

— J'adore ces repos de trente-six heures, figure-toi. Pas de gazon à tondre, pas de téléphone, pas de petits-enfants ou de chats pour me réveiller à sept heures du matin, et pas de copilote pour me casser les pieds. Je n'ai qu'un boulot à faire : me reposer. Alors, qu'est-ce que tu dirais de ça, avant qu'on procède à la check-list ? »

Dan répéta la phrase en singeant son commandant de bord : « Qu'est-ce que tu dirais de ça, avant qu'on procède à la check-list ? »

Pete fit la grimace. « Dire qu'il y a dix mille comédiens qui meurent de faim à Los Angeles...

— Et que j'essaie d'être drôle. Bon, d'accord. Prêt pour la check-list. » À cet instant, tout le ciel, au sud, se zébra d'une série massive d'éclairs. « Au fait, est-ce que nous avons l'autorisation de rouler dès que le remorqueur nous aura lâchés ? J'espère que oui, parce que j'aimerais fichtrement qu'on se téléporte d'ici.

— Qu'on se téléporte ? répéta Pete en roulant des yeux. Seigneur, délivrez-vous des fanas de science-fiction. »

Le cliquetis de la Public Adress retentit doucement, tandis que Britta s'engageait dans l'escalier pour gagner le pont inférieur. La voix de Pete Cavanaugh s'éleva dans la cabine. Il avait tout du commandant de bord expérimenté, se dit Britta, y compris la voix. Un timbre profond, calme, rassurant. Cavanaugh mesurait plus d'un mètre quatre-vingt-cinq ; mince comme un fil, il arborait un sourire perpétuel sous une auréole de cheveux argentés, soigneusement coiffés à la Jules César. Le chef de cabine sourit intérieurement. Elle le croyait tellement imperturbable que même après avoir perdu une aile, il aurait été capable de lui commander un café pendant la chute.

Dan, le copilote, était quant à lui plus excitable, plus agité. Personnage plein d'humour et amical, il avait quelques kilos de trop ; son signe distinctif — et la calamité de son existence — était sa crinière buissonnante : des cheveux noirs, bouclés, qu'il essayait constamment de rabattre sur son crâne. En dépit de ses efforts pour les glisser sous sa casquette de copilote, on aurait dit qu'une ou deux boucles s'en échappaient toujours, l'empêchant à jamais d'afficher tout le sérieux que sa fonction lui imposait. Les femmes paraissaient adorer son aspect légèrement négligé de chiot abandonné. Lorsque Dan Wade et son mètre soixante-douze faisait équipe avec Pete Cavanaugh, leur côté Mutt et Jeff ou Laurel et Hardy poussait les gens à se retourner sur eux.

Britta atteignit le bas des marches au moment où Pete achevait son petit discours d'accueil. Dix heures de vol jusqu'à Honolulu, avait-il dit, météo correcte, vol de routine. Les passagers s'installaient dans le cadre somptueux de la première classe tandis qu'elle passait parmi eux. Presque tous avaient tombé la veste et enlevé leurs souliers, et les télés individuelles que comportait chaque siège étaient déjà branchées, maintenant que la démonstration des gilets de sauvetage venait d'être effectuée. Une odeur de cuir fin emplissait l'air.

« Avez-vous eu votre couverture, monsieur ? » demanda Britta à un homme d'allure distinguée, qui lui répondit par un sourire et un hochement de tête. Elle continua à avancer, vérifiant que tout le monde avait attaché sa ceinture, que personne ne paraissait mécontent.

Une Noire, portant une coiffure rasta et affichant un sourire irrésistible, leva les yeux sur Britta. Elle essayait vainement de gonfler plusieurs coussins au-delà de leur capacité.

Britta jeta un coup d'œil sur l'arrière de l'énorme appareil, se demandant si elle aurait le temps de parcourir toute la cabine. *Je le prendrai*, pensa-t-elle.

Alice, Jaime et Claire, tous de vieux amis, s'occupaient de fermer l'office avant. Britta passa dans la classe affaires, puis dans la classe touriste, inspectant les passagers des yeux. Elle repéra le groupe de quarante-cinq personnes qui venaient d'effectuer un tour de dix jours en Chine et retournaient aux États-Unis ; elles avaient l'air fatigué, mais la plupart paraissaient de bonne humeur. L'accompagnatrice croisa son regard et lui adressa un petit signe, depuis sa place.

Venant de quelque part vers l'arrière, Britta entendit le son métallique d'une radio à ondes courtes. Elle s'avança dans l'allée et repéra un adolescent portant le badge rayé rouge et blanc obligatoire pour tous les mineurs non accompagnés. Il s'apprêtait à glisser dans son logement la prise des écouteurs qui réduiraient un scanner portatif au silence.

« Je suis désolé, monsieur, vous devez débrancher cet appareil », lui dit gentiment Britta, qui ne s'attendait pas à la réaction du gosse.

L'adolescent arracha l'écouteur de son oreille et lui adressa un regard meurtrier. « Ce n'est pas dangereux pour les instruments de l'avion. »

Elle s'agenouilla près de lui. « Le règlement de bord impose que nous nous assurions que tous les appareils de radio, y compris celui-ci, soient éteints pendant que nous sommes en vol. D'accord ?

— C'est un scanner d'aviation, vu ? Alors, du balai ! » rétorqua-t-il.

Britta sentit le 747 tourner à gauche. La dernière annonce avant le décollage allait intervenir d'un instant à l'autre. Elle n'hésita pas : d'une main, elle arracha l'écouteur de l'oreille du garçon.

« Aïe ! Vous m'avez fait mal ! »

Britta adopta un ton bas et autoritaire. Son accent allemand ne faisait qu'intensifier l'effet intimidant de son timbre. « Ou bien vous coupez cette radio sur-le-champ, ou bien vous pouvez dire définitivement adieu à votre appareil. »

L'adolescent la foudroya du regard, mais l'idée qu'elle allait peut-être mettre sa menace à exécution le décida à obtempérer et à éteindre sa radio. « D'accord, d'accord.

— Quel est votre nom, jeune homme ?

— Steve Delaney.

— Eh bien, Steven Delaney, il serait peut-être temps d'apprendre les bonnes manières. »

Il voulut parler, mais elle leva un doigt et il jugea prudent de se taire.

Le chef de cabine se redressa et laissa le garçon à sa bouderie. Elle se tourna vers l'office arrière au moment précis où le commandant bloquait les freins, l'expédiant de tout son long dans l'allée. Elle se releva immédiatement et s'examina, défroissant sa blouse et se passant la main dans les cheveux, non sans essayer de sourire aux passagers qui, autour d'elle, la regardaient avec un peu d'inquiétude. Tous étaient assis, ceinture bouclée, mais deux des autres hôtesses avaient aussi été jetées à terre et elle vit Bill Jenkins, un peu plus loin, qui s'époussetait, à l'avant de l'appareil. Le bruit d'objets dégringolant dans l'office arrière était parvenu à ses oreilles et elle se rendit rapidement sur place pour évaluer les dégâts. La voix de Pete Cavanaugh s'éleva de nouveau dans la sono de bord.

Désolé pour cet arrêt un peu brutal, les amis. Un appareil qui n'aurait jamais dû être ici vient de nous couper la route et je n'avais pas le choix.

Dans le cockpit, le commandant secouait la tête, incrédule, tandis que Dan Wade appuyait sur le bouton ÉMISSION de la radio. « Contrôle sol Hong Kong ? Ici Meridian 5. Nous avons dû procéder à un arrêt d'urgence pour laisser passer un avion d'affaires qui nous a coupé la route. D'où sortait-il ? »

Une voix à l'accent américain s'éleva avant que le contrôleur ait eu le temps de répondre. « Désolé, Meridian. On a cru que vous alliez nous laisser passer.

— Qui parle ?

— Global Express Two-Two-Zulu.

— Vraiment sympa, Two-Two-Zulu ! Nous avions la priorité et nous ne savions même pas que vous étiez sur le tarmac.

— Eh bien, il n'y a pas eu de casse.

— Allez donc raconter ça aux passagers et aux hôtesses ! rétorqua Dan, qui vit Pete lever la main droite pour lui signifier de se calmer.

— Ça suffit, Dan.

— Meridian 5, attention au départ d'urgence juste devant vous, fit tardivement la tour de contrôle.

— Qu'est-ce que c'est que ce vol ? demanda Dan par la radio, de la colère encore dans la voix.

— Nous sommes en mission d'évacuation sanitaire, Meridian, intervint à nouveau le pilote du Global Express. Je vous présente toutes nos excuses. »

Dan secoua la tête. « Voilà qui aurait été génial pour couronner ta carrière à six mois de la retraite, Pete. Écrabouiller un jet d'affaires de quarante millions de dollars avec un Boeing qui en vaut cent soixante-quinze. »

Pete eut un petit rire. « C'est vrai. Ce n'est pas ainsi que j'aimerais qu'on se souvienne de moi. Contacte la cabine, Dan, et vérifie que tout le monde va bien. »

Dan appela par le téléphone du réseau intérieur et Britta décrocha dès la première sonnerie.

« Non, personne n'a rien, mais ce serait bien si vous pouviez ne pas recommencer, d'accord ?

— Désolé. Je me doute que l'on doit avoir des gens morts de frousse à bord.

— On en a *toujours*. Et pour savoir qu'ils sont morts de frousse, j'ai un bon indice : c'est quand le cliquetis des rosaires qu'on égrène est tellement fort qu'on ne vous entend plus sur la Public Adress. »

Dan éclata de rire. « Le vôtre ou ceux des passagers ?

— Le mien. Et je ne suis même pas catholique.

— Alors ce sont peut-être vos dents. »

Britta préféra ne pas répondre et eut un regard en direction des hôtesses qui ramassaient les derniers objets tombés dans l'office. Puis la voix de Pete s'éleva à nouveau dans le circuit de bord.

Eh bien, mes amis, je vous renouvelle mes excuses pour ce petit exercice de freinage. Il nous prouve au moins le bon fonctionnement du système. Nous devons remercier celui qui nous l'a fait faire, un pilote d'ambulance au tempérament sanguin, mais si je ne m'étais pas arrêté, il m'aurait fallu expliquer à qui de droit pourquoi je l'avais compacté et réduit à la taille d'un skateboard. Imaginez un goujon venant provoquer une baleine.

Nous sommes actuellement en bout de piste et prêts à partir et... la tour de contrôle nous a demandé d'attendre quelques minutes son feu vert. J'aimerais que le personnel de cabine aille s'asseoir, étant entendu que nous risquons de devoir patienter un petit moment ici. Heureux de voler avec vous ce soir. Je reprendrai contact brièvement après le décollage.

Pete poussa un soupir et consulta l'écran du radar de bord ; il y vit un orage approcher sous la forme d'un alignement de taches rouges menaçantes, à quinze nautiques. « Je déteste qu'on nous fasse poireauter comme ça en bout de piste.

— C'est probablement à cause de cette évacuation sanitaire, dit Dan. On va probablement dans la même direction. C'est une procédure américaine qu'ils semblent suivre.

— Je n'en reviens tout de même pas, observa Pete, étudiant toujours le front orageux qui se rapprochait, qu'on puisse choisir d'utiliser un appareil aussi prétentieux et hors de prix qu'un Bombardier[1] Global Express. Avec son rayon d'action de six mille nautiques, c'est le grand rival du Boeing Business Jet et du Gulfstream 5. Rappelle un peu le Challenger de Canadair. D'ailleurs, c'est le même fabricant.

— Ça y est, autorisation de décollage imminente, Pete », le coupa Dan, tenant son écouteur d'une main tout en notant l'autorisation de l'autre, avant de la répéter à la tour de contrôle. Il fit un signe de tête au capitaine et revint à la fréquence de la tour.

« Contrôle sol de Hong Kong, ici Meridian. Sommes prêts à partir. »

La voix teintée d'accent chinois confirma l'autorisation de décollage. Pete poussa les poignées des gaz et dirigea l'appareil de 375 tonnes vers la piste. Dan égrena les dernières vérifications de sa liste et alluma les phares d'atterrissage.

« Plein pot, Dan. Les deux doigts dans le nez. »

Le copilote secoua la tête, prenant une mine dégoûtée. « *Plein pot*, hein ! Bon sang, vous autres, les types de la Navale, on vous changera jamais. Commandant, la bonne terminologie, c'est *Affichage de puissance, N1 vérifié, auto-alimentation enclenchée !* »

Il y eut une autre série d'éclairs au sud-ouest, tandis que l'énorme appareil s'élançait, les indicateurs de vitesse reprenant vie sous les yeux des deux pilotes dont le regard ne cessait d'aller et venir d'un contrôle à l'autre, sur le tableau de bord. Vérifiant constamment que tout était normal.

« Badins actifs des deux côtés, quatre-vingts nœuds, annonça Dan.

— Bien reçu », répondit Pete, ses yeux parcourant une fois de plus les cadrans, avant de retourner sur la piste qui semblait se dérouler de manière léthargique sous le ventre du 747, alors que celui-ci approchait de sa vitesse de décollage.

Le commandant tira délicatement sur le manche à balai et le nez de l'avion s'éleva, augmentant l'angle d'attaque des ailes ; puis l'effet de sustentation fut supérieur au poids de

---

1. Il s'agit bien entendu du nom de l'avionneur et non d'un appareil militaire. (*N.d.T.*)

l'appareil, et le gros oiseau quitta gracieusement le tarmac. Dans le cockpit, on ressentit plutôt qu'on entendit la légère secousse produite par les seize roues du train d'atterrissage principal se décomprimant complètement.

« Taux de montée positif, on relève le train », ordonna Pete.

Dan posa la main sur la poignée contrôlant le train d'atterrissage et énonça la formule convenue : « Compris, train relevé », tout en plaçant la commande sur la position *up*.

C'était le moment limpide que Dan préférait, celui de la transition entre la terre et l'air, le moment où les lois de l'aérodynamique se chargeaient de l'effort physique permettant à l'avion de tenir en l'air. C'était pour vivre ce moment précis qu'il était devenu pilote : la sensation émanant de la puissance des moteurs et le rugissement du flux d'air, tout cela convergeait pour réaliser le vol sustenté sur une autoroute invisible de molécules de gaz. Voler était excitant, même sur un petit monomoteur ; mais soulever un tel géant — une coque métallique plus longue qu'un terrain de football et plus lourde qu'une maison — tenait de la magie, un acte dont le mystère restait pour lui insondable. Chaque décollage suscitait en lui un même émerveillement.

Les lumières du train d'atterrissage s'allumèrent dans l'ordre, indiquant que toutes les roues étaient relevées et verrouillées. Dan mit le système commandant le train en position *off*, neutre, et regarda à sa droite, s'imprégnant du clignotement des lumières qui témoignaient de la présence d'une civilisation au sol, et le 747 s'éleva au-dessus des eaux, gagnant régulièrement de l'altitude dans la nuit.

7

Consulat des États-Unis, Hong Kong, Chine
13 novembre — jour deux
00.55 heure locale/1655 zouloue

Kat Bronsky marqua un temps d'arrêt devant l'entrée du consulat américain, regardant les éclairs de l'orage qui montait, humant l'odeur des fleurs ; elle ne comprenait pas pourquoi elle se sentait aussi distraite. Elle sourit à l'officier consulaire qui l'attendait sur le pas de la porte et entra, prenant mentalement note de penser, avant de se mettre au lit, à téléphoner au service des douanes, à Honolulu, afin qu'elles accordent un traitement de faveur à Robert McCabe.

Elle se demanda aussi si le 747 avait déjà décollé. Elle s'imaginait confortablement installée en première classe, à côté du journaliste, mais pas seulement pour des raisons professionnelles. Elle ressentait une réelle attirance pour lui, aucun doute, même si les inquiétudes qu'elle éprouvait pour son sort restaient au centre de ses préoccupations. Elle avait un intérêt de propriétaire pour ce qu'il pensait savoir, mais elle trouvait aussi agréable l'idée de mieux le connaître. En dépit de la mauvaise impression initiale qu'il lui avait faite, McCabe lui paraissait quelqu'un de vraiment bien.

C'est une conclusion dangereuse, se morigéna-t-elle. *Au moins les sales types sont-ils égaux à eux-mêmes ; les types sympas sont ceux qui vous mènent en bateau.*

L'officier consulaire lui expliqua qu'il avait prévu une réunion à sept heures, le lendemain matin, sur une affaire criminelle dans laquelle était impliqué un membre du consulat.

72

Avec un peu de chance, elle pourrait prendre le vol qui partait vers midi pour Los Angeles.

Elle le remercia et suivit un aide qui la guida jusqu'à la maison réservée aux hôtes de passage ; l'idée de se coucher dans un bon lit et de pouvoir dormir six heures lui paraissait un luxe.

À bord du Meridian 5,
peu après le décollage de Chep Lap Kok
Hong Kong International Airport

« Sacrée vue, hein ? »

Robert McCabe se détourna du hublot. L'homme qui avait parlé, impeccablement habillé, approchait la quarantaine ; il était assis dans l'autre rangée.

Robert s'arracha un sourire, légèrement irrité d'être forcé au dialogue. « Oui.

— Vous devriez avoir une bonne vue sur Kowloon, lorsque l'appareil virera à l'est. »

Robert acquiesça et regarda de nouveau à gauche.

« Êtes-vous un de nos clients réguliers ? » demanda l'homme.

Pour la deuxième fois, Robert se détourna de la vue pour regarder son interlocuteur. « Je vous demande pardon ?

— Un de nos habitués ? J'ai l'impression de vous connaître. »

Robert esquissa un sourire et fit un signe de dénégation. « Non. Première fois que je vole avec cette compagnie. »

Il y eut le claquement d'une ceinture de sécurité, et l'homme se pencha sur son siège, lui tendant la main. « Je m'appelle Rick Barnes, et je suis président de Meridian Airlines. Et vous êtes... ?

— En train de profiter pleinement de la vue », répondit Robert, essayant de cacher le déplaisir qu'il éprouvait à avoir été interrompu dans sa contemplation. Les splendeurs que lui avait annoncées Barnes défilaient à présent à sa gauche sans qu'il puisse les voir, tandis qu'il serrait à contrecœur la main de l'homme. « McCabe, ajouta-t-il, Robert McCabe.

— Et vous travaillez pour... ?

— Le *Washington Post.*

— Vraiment ? Eh bien, j'ai l'impression que nous nous

73

sommes déjà rencontrés. Votre visage me paraît tout à fait familier. Très heureux de vous avoir parmi nous. »

Robert acquiesça et regarda à sa gauche, sentant le regard de Barnes peser sur sa nuque.

« Étiez-vous à Hong Kong pour couvrir la réunion commerciale dont les membres sont avec nous à bord ce soir ? » demanda Barnes.

Le journaliste soupira et se tourna à nouveau, un sourire contraint aux lèvres. « Nous parlerons un peu plus tard, si vous le voulez bien, monsieur Barnes. Je voudrais profiter de la vue.

— Oh, bien sûr ! » répondit l'homme, avec un geste pour inviter Robert à se tourner. Puis le jeune vice-président se leva et se dirigea vers l'office, saluant au passage, d'un signe de tête, le couple qui se trouvait dans la deuxième rangée de sièges.

Le Dr Graham Tash lui rendit son salut de la même manière, puis il serra discrètement le bras de son épouse et lui murmura à l'oreille : « Grand exemple de respect des règles de sécurité. Nous venons à peine de décoller et il est déjà debout dans l'allée.

— Tu ne l'as pas reconnu, chéri ? demanda Susan Tash.

— J'aurais dû ?

— C'est l'un des fondateurs de la chaîne de magasins Costclub. Il s'était déjà fait un bon milliard de dollars à l'âge de trente ans et il ne sait pas trop quoi faire de son argent.

— Alors il s'est offert une compagnie aérienne ?

— Mieux que ça. D'après *Forbes Magazine*, qui lui a consacré tout un article, il a commencé par entrer dans le conseil d'administration puis, quand il a eu la majorité, il s'est fait élire président, bien qu'il n'y connaisse pratiquement rien en aviation. Meridian est son nouveau joujou.

— Je ne l'envie pas, répondit Graham. Moi aussi, j'ai mon jouet. » Il serra de nouveau le bras de sa femme et il la sentit qui reculait légèrement, tandis qu'elle prenait une mine faussement offensée.

« Ne me dites pas, Docteur, que vous voyez votre nouvelle épouse comme un jouet ! »

Il prit un air blessé. « Bon, attends une minute. Vérifions. Tu es suprêmement belle, tu es roulée comme une déesse, plus sexy que Bardot et Monroe réunies, intelligente au-delà de tout ce qu'il est possible d'imaginer et sexuellement insatiable. Ouais ! Tu es incontestablement mon jouet préféré. »

Elle lui donna un coup à l'épaule, essayant d'avoir l'air insulté, mais son sourire la trahissait.

Il sourit à son tour. « Cela veut-il dire que tu ne viendras pas me rejoindre dans cinq minutes dans les toilettes pour une petite séance chaude ?

— Chut ! Tiens-toi bien ! murmura-t-elle. N'oublie pas que tu es un chirurgien connu.

— Non, sérieusement, je crois que ce voyage a été une excellente idée, ma chérie.

— Je croyais que Hong Kong te plaisait particulièrement.

— Ce qui me plaît, c'est d'être avec toi. N'importe où. Cela fait des siècles que je ne me suis pas senti aussi heureux. C'est incroyable... ma propre infirmière ! Là, tout le temps sous mon nez en salle d'op !

— Oui, c'est romantique, n'est-ce pas ? Je peux raconter aux gens comment nous avons flirté pendant que tu opérais une appendicite, comment les choses ont commencé à devenir sérieuses pendant une réduction d'intestin et comment nous sommes tombés carrément amoureux lors d'une intervention à cœur ouvert. »

Il se pencha sur elle pour l'embrasser au moment où le 747 virait brutalement sur la droite, jetant tous les passagers du pont supérieur du même côté.

« Qu'est-ce que c'était que ce foutu truc ? » s'écria Dan Wade, pendant que Pete Cavanaugh ramenait l'appareil dans son assiette normale et enfonçait le bouton de la radio. « Hong Kong, ici Meridian 5. Un appareil vient juste de couper notre trajectoire de vol par la droite, très près, nous frôlant presque. Je dirais qu'il nous a manqués d'environ quatre cents mètres.

— Bien reçu, Meridian, aucun trafic identifié dans votre secteur.

— Vous n'aviez rien, il y a une minute ? insista Dan.

— Non monsieur. Il n'y avait... » Il y eut un temps mort et la voix d'un autre contrôleur s'éleva sur la fréquence, sans doute celle du responsable de la tour. « Meridian 5, attendez. »

Une trentaine de secondes s'écoulèrent avant que l'homme reprenne la parole. « Apparemment, il semble

75

qu'on ait eu un écho radar brut intermittent dans ce secteur, il y a une minute, Meridian. Nos ordinateurs ne l'ont pas estimé valide et nous ne vous en avons donc pas parlé. Sinon, nous avons un DC-10 en approche et le Global Express qui a pris l'air avant vous. »

Tour de contrôle de Hong Kong
Chep Lap Kok/Hong Kong International Airport

Le contrôleur tira sur la manche de son supérieur. « Two-Two-Zulu a disparu, monsieur. Le Global Express. »

Le responsable de la tour regarda celui dont il venait de prendre le relais. « Où était-il ? »

Le contrôleur pointa, sur son écran radar dont l'image était traitée par ordinateur, un point situé à plusieurs nautiques devant le Meridian 5. « Ici. Les données ont commencé à dégringoler, puis tout a disparu. »

Le superviseur prit une profonde inspiration. Un avion qui disparaissait dans l'espace aérien chinois devenait aussi, instantanément, un problème politique, en particulier depuis que Hong Kong avait été réintégré dans le giron de la Chine. Officiellement, la seule raison pour laquelle un appareil pouvait être manquant était l'accident.

« Est-ce que vous l'avez vu perdre de l'altitude ? »

Le contrôleur secoua la tête. « Non, monsieur. L'écho est resté stable jusqu'au moment où il a disparu.

— Et s'il s'agissait d'un simple problème de retour radar ? Vous n'avez rien vu, après sa disparition ? »

Le contrôleur secoua de nouveau la tête et indiqua un autre point sur l'écran. « Il y a bien cet autre écho. Aucun signal par transpondeur. Juste un écho radar brut. »

Le superviseur examina la tache sombre que, dans leur jargon, les contrôleurs appellent « écho non identifié », autrement dit, le simple écho radar d'un objet métallique volant, non confirmé et complété par les informations électroniques communiquées, d'ordinaire, par le transpondeur de l'appareil.

Le contrôleur suivit du doigt la tache intermittente et manipula une commande permettant d'améliorer la précision de l'écho ; il se mit à briller plus nettement, se déplaçant latéralement, mais indiscutablement, vers le 747.

Le superviseur appuya sur le bouton *transmission*. « Meridian 5, ici Hong Kong. Nous avons de nouveau cet écho intermittent à trois heures de votre position, altitude inconnue. »

À bord de Meridian 5, Dan s'efforçait de regarder par la vitre latérale. « On ne voit rien par là, Pete ! »

Le commandant secoua la tête. « Tu crois que l'aviation chinoise pourrait s'amuser à ce petit jeu ? » Il activa le bouton de sa radio. « S'il s'agit des militaires, Hong Kong, dites-leur de ficher le camp immédiatement. C'est une violation caractérisée du droit aérien. »

Le chef de la tour répondit pratiquement sur-le-champ. « Nous n'avons aucune explication, Meridian. Par ailleurs, l'appareil d'affaires qui était juste devant vous vient de disparaître. Avez-vous eu un contact quelconque avec le Global Express Two-Two-Zulu ? »

Dan et Pete échangèrent un regard.

« C'est très bizarre. Qu'est-ce qui a pu leur arriver ? demanda Pete alors que la voix venue de la tour s'élevait de nouveau, tendue, rapide.

— Nous venons de perdre cet écho, Meridian. Nous informons les autorités militaires.

— Dan, cherche donc le numéro de notre base aérienne à Taïwan. Juste au cas où. »

Le copilote prit son porte-documents, en retira le manuel approprié et se mit à le feuilleter jusqu'à la bonne page. Il était sur le point de relever les yeux lorsque, brusquement, l'univers donna l'impression d'exploser dans une décharge de lumière d'une épouvantable violence qui satura le cockpit, lui brûla les yeux et le repoussa contre son siège dans des souffrances atroces. Un cri inhumain, monta du siège voisin et le 747 vibra quelques instants, comme pris dans une onde de choc.

Dan avait les yeux en feu. Il fermait les paupières de toutes ses forces mais la douleur n'en était pas moins insupportable et il avait devant lui un champ de blancheur sans borne à la place d'obscurité.

« Pete ! Ça va, Pete ? »

Il y eut un autre cri guttural en provenance du siège gauche, et Dan tendit une main vers son commandant. Il sentit le corps de Cavanaugh qui s'effondrait latéralement sur son siège.

« Pete ! Dis-moi quelque chose, Pete ! »

À tâtons, Dan chercha le manche à balai, en face du commandant, mais celui-ci ne le tenait plus.

« Pete, pour l'amour du Ciel, réponds-moi ! »

Aucun son ne lui parvint du siège gauche.

Il avait la voix du chef de la tour de Hong Kong dans l'oreille, lui demandant ce qu'il avait vu. Dan aurait bien voulu répondre, mais il était en proie à la plus totale confusion, ses yeux étaient comme deux charbons incandescents de douleur intense, son commandant restait sans réaction, et le 747 faisait des embardées, aucun des pilotes ne le contrôlant.

Vite, le pilote automatique !

Dan leva la main au-dessus de sa tête et, toujours à tâtons, trouva le gros bouton carré qui engageait le système. Il le poussa et sentit la machine géante se redresser.

Mon Dieu, qu'est-ce qui a pu se passer ? Pas de dépressurisation. Le pare-brise est intact.

Ils avaient réglé la commande du pilotage automatique de manière à prendre de l'altitude à 0,74 mach avant que Pete l'ait déconnecté, se souvint-il. Il lui fallait aussi brancher les automanettes. Mais devait-il prendre de l'altitude ? Peut-être que non.

Se déclarer en situation d'urgence... revenir... faudra peut-être larguer du carburant, nous sommes lourds.

Dan brancha finalement les automanettes et enfonça le bouton maintenant l'altitude, espérant ne pas s'être trompé. Il entendit le bruit de la carburation qui s'ajustait tandis qu'il tâtonnait pour trouver la commande de la radio.

« Hong Kong ; Hong Kong ! Il n'y aurait pas eu une explosion nucléaire quelque part devant nous ? Quelque chose... quelque chose a explosé juste là !

— Répétez, Meridian.

— Quelque chose a explosé droit devant nous ! Je crois que nous avons été touchés. Nous ne sommes que deux dans le cockpit, et le capitaine reste sans réaction. Je suis en pilotage automatique... je suis le copilote, et mes yeux ont été très gravement atteints. Je ne vois plus rien. J'ai besoin de votre aide. »

La voix qui lui parvint du sol trahissait presque autant d'angoisse que la sienne. « Ah, Meridian, ici Hong Kong. Votre cap est actuellement zéro huit deux degrés, et vous paraissez vous maintenir à une altitude de mille deux cents pieds, vitesse trois cent quarante nœuds. Quelles sont vos intentions ?

— Bon sang, Hong Kong, je n'en sais rien. Je suis... ah... il faut que je me calme et que j'essaie... que j'essaie d'évaluer exactement la situation, n'est-ce pas ? Restez en contact. Faites-moi virer, au besoin, pour que je reste à portée par radio. » Dan se rendit compte que la peur et la douleur le faisaient haleter, causant une hyperventilation. Il s'obligea à respirer plus lentement et s'efforça de repousser la douleur au fond de sa conscience pour se donner une chance de gérer cette crise.

« Il va falloir faire demi-tour, aucun doute là-dessus. Ah... et nous déclarer... c'est-à-dire, je déclare que nous sommes en situation d'urgence.

— Bien compris, Meridian. Urgence enregistrée. Il faut que vous sachiez que Hong Kong est actuellement sous la menace d'orages très violents et que la pluie a commencé à tomber. Ce qui arrive de l'est est encore pire. On vous garde à l'écart en attendant ; pour le moment, conservez le même cap. Avez-vous été touchés par la foudre, Meridian ? »

C'est peut-être ça, pensa Dan. *Mais non, pas possible. La foudre ne peut pas être aussi brillante.*

« Une autre question, Meridian. Avez-vous des pilotes de remplacement à bord ? »

Les coups de poignard qui lui transperçaient les yeux allaient en empirant et l'empêchaient d'arriver à penser normalement ; il dut faire un effort énorme pour rester en contact et surmonter la douleur.

« Non, Hong Kong, nous ne sommes que deux à bord. »

Il faut que je fasse monter quelqu'un ici ! se dit-il, tâtonnant de la main gauche à la base de l'interphone. Ne trouvant pas le bon bouton du premier coup, il appuya finalement sur réseau intégral ; presque tous les membres du personnel de cabine décrochèrent des différents points de l'appareil.

« Britta, vous êtes là, Britta ?

— Oui, je suis là. C'est Dan ? Vous avez une drôle de voix.

— Je vous en prie... montez tout de suite ici. Nous avons

un gros problème. J'ai besoin que vous — non, attendez ! Faites un appel sur la Public Adress et demandez s'il n'y a pas un pilote à bord... même si cela doit ficher la frousse à tout le monde.

— Ça me fiche la frousse à moi aussi... mais j'arrive. »

Britta Franz sentit son estomac se contracter et devenir tout bizarre tandis qu'elle branchait la sono de bord, puis portait le micro à sa bouche, s'efforçant de parler calmement.

Mesdames et messieurs, c'est votre chef de cabine qui vous parle. Je vous prie de m'écouter attentivement. Notre équipe de navigants demande que toute personne à bord disposant d'un brevet de pilote veuille bien se faire connaître en appuyant sur le bouton d'appel.

Il y eut un silence complet parmi les passagers qui ouvraient de grands yeux, du moins ceux qui pouvaient la voir depuis les rangées de gauche de l'appareil.

Bill Jenkins apparut à côté d'elle, attendant sans rien dire pendant qu'elle renouvelait son appel.

Je répète... S'il y a une personne, sur cet appareil, qui est titulaire d'un brevet de pilote, elle est priée d'appuyer immédiatement sur le bouton d'appel. Je... j'ignore la raison pour laquelle les pilotes m'ont fait cette demande, mais je vous prie d'y répondre. Personne... ?

Bill se pencha vers elle. « Je vais continuer à ta place, Britta. Il vaudrait mieux que tu ailles là-haut. »

Le chef de cabine lui tendit le combiné sans un mot et se précipita jusqu'à l'escalier, se mettant même à courir une fois en haut ; elle tenait déjà la clef du cockpit à la main, mais la porte n'était pas verrouillée.

Instinctivement, elle referma le battant dans son dos, laissant ses yeux s'adapter à la faible lumière qui régnait dans la cabine de pilotage. Pete était bien assis à sa place, mais quelque chose n'allait pas : il s'était affaissé sur le côté gauche de son siège, la tête renversée en arrière.

« Dan ? Qu'est-ce qui se passe ?

— Regarde comment va Pete ! Vite, regarde comment il va ! »

Britta se sentit la gorge sèche tandis qu'elle se tournait vers le commandant. Un frisson de peur la parcourut quand elle se rendit compte qu'il avait les yeux ouverts. Elle posa la main sur son cou, à la recherche de la carotide, comme elle avait appris à le faire avant d'entamer un bouche-à-bouche, mais elle ne trouva aucun pouls. Elle lui souleva la tête, mais celle-ci retomba mollement sans vie, de l'autre côté.

« Oh, mon Dieu, Dan ! Il ne respire plus ! Je ne trouve pas le pouls !

— Peux-tu le dégager de son siège et lui faire la respiration artificielle ? »

Elle se tourna alors vers le copilote, se demandant seulement maintenant pourquoi il se tenait tête baissée.

« Danny, quelque chose ne va pas ?

— Je n'y vois plus rien, Britta. Il y a eu une explosion juste devant nous.

— Oh, mon Dieu !

— J'ai branché le pilote automatique. Occupe-toi de Pete, pour le moment, pas de moi !

— Tu ne vois *rien* ?

— Britta ! Occupe-toi de Pete ! »

Elle acquiesça, la respiration rapide. « D'accord. Ah, je vais avoir besoin d'un coup de main. »

Elle se précipita sur la porte et l'ouvrit ; ses yeux tombèrent tout de suite sur la personne qu'elle espérait voir. Elle avait pris l'habitude de mémoriser le nom de ses passagers de première classe, et ce qui avait toujours été un sujet de fierté pour elle fut comme un cadeau du Ciel en cet instant.

« Docteur Tash ! »

Le médecin et sa femme n'avaient guère quitté la porte du cockpit des yeux depuis qu'ils avaient vu la responsable de cabine y entrer précipitamment. Il la fixa du regard tout en se levant de son siège.

« J'arrive.

— J'ai besoin d'aide ! Le pilote a été blessé et il ne respire plus. »

Elle s'écarta pour laisser passer le médecin qui entra vivement dans le cockpit. McCabe s'était lui aussi avancé. « Puis-je être utile ? demanda-t-il.

81

« — Probablement », répondit Britta.

Le Dr Tash était penché sur le commandant, les yeux écarquillés par la stupéfaction tandis qu'il passait en revue les différents signes vitaux possibles. « Comment fait-on reculer ce siège ?

— Il est commandé électriquement. Les boutons sont au bout du repose-bras, à gauche », intervint Dan.

Robert se joignit au médecin pour manœuvrer le poids mort du commandant hors du siège ; ils le tirèrent aussi délicatement qu'ils le purent par la porte du cockpit jusque dans l'allée avant, où attendait Susan Tash.

« Il faut faire une réanimation, Susan. Ses voies aériennes sont dégagées. Commence par la respiration. Mademoiselle ? ajouta Graham en direction de Britta. Puis-je avoir le matériel de secours de l'appareil ? »

Elle acquiesça et disparut aussitôt dans le cockpit, dont elle ressortit en tenant une grande boîte métallique blanche. Graham l'ouvrit.

« Puis-je faire quelque chose ? demanda Robert.

— Voyez comment va le copilote. »

Plusieurs des occupants de la cabine de première classe s'étaient levés et regardaient la scène, ne sachant trop ce qu'ils devaient faire. Britta s'en rendit compte et tendit une main. « Gardez votre calme ! On vous donnera des explications dans une minute. Le copilote est aux commandes. » Elle s'agenouilla à côté de Pete et se tourna vers le médecin. « C'est grave ? »

L'homme secoua la tête. « Je ne sais pas encore. » Il mit le stéthoscope en place et commença à chercher un battement de cœur pendant que Susan finissait sa première série de bouche-à-bouche.

Rien.

« C'est un matériel de réa complet ? demanda Susan.

— Pas tout à fait. Mais il y a un défibrillateur. »

Robert McCabe était entré pendant ce temps dans le cockpit et s'était approché du copilote.

« Qui est là ? » demanda Dan en sentant une présence. La question prit le journaliste au dépourvu. Les lumières de la cabine étaient tamisées, mais pas à ce point.

« Euh... Robert McCabe. Vous allez bien ?

— Non.

— Que... qu'est-ce qui s'est passé ? » Robert voyait que le copilote gardait les yeux complètement fermés ; il avait en outre la tête baissée et son visage exsangue et grimaçant trahissait une grande souffrance.

Dan secoua la tête. « Il y a eu une explosion juste en face de nous. L'intensité de la lumière était insupportable. Je crois que j'ai perdu temporairement la vue. »

Robert sentit son cœur s'accélérer et se dit que ce n'était pas possible, que ce genre de chose ne pouvait pas arriver.

« Le commandant ? Comment va le commandant ? demanda le copilote.

— Vous dites que... vos yeux...

— Je n'y vois rien ! OK ? Vous êtes médecin ?

— Non, mais il y en a un qui s'occupe du commandant.

— Alors dites-moi ce qu'il a. »

Le journaliste sentit la tête lui tourner. Il jeta un coup d'œil derrière lui, vers la porte. « Il est... on lui fait la respiration artificielle. Il n'a plus de pouls. »

Un cri angoissé monta du siège de droite, dans la cabine. L'homme respirait vite et à petits coups, souffrant manifestement le martyre. « Faites venir le médecin. »

Robert se tournait déjà pour repartir mais Dan l'arrêta. « Hé ! Vous n'êtes pas pilote, par hasard ?

— Non.

— Aucune expérience du pilotage ?

— Désolé, aucune.

— Bon. S'ils trouvent un autre pilote, qu'on le fasse venir ici tout de suite. »

Robert quitta le cockpit l'estomac noué, en proie à la plus totale confusion. Qu'est-ce qui avait bien pu exploser ? Un missile ? Possible. Quelle était la situation politique, en ce moment ? Il ne se rappelait plus rien, tout d'un coup, mais l'éventualité d'une attaque par les Chinois lui traversa brièvement l'esprit.

Sinon, qu'est-ce qui aurait pu aveugler temporairement un pilote ? se demanda-t-il — comprenant ce que les implications de la chose avaient de cauchemardesque. *Oh, mon Dieu ! Une explosion nucléaire...* Mais pourquoi n'avaient-ils pas ressenti une onde de choc ? Et l'appareil n'aurait-il pas été réduit en miettes ? *Peut-être pas, si l'explosion a eu lieu suffisamment loin, ou si ce n'était qu'une bombe de faible capacité. Mais on risque d'être tous condamnés à terme par les radiations.*

Robert s'arrêta de l'autre côté de la porte. « Ah, docteur, le copilote vient de me dire qu'il ne peut rien voir. Qu'il a besoin de vous. »

Graham Tash leva les yeux une seconde et croisa le regard du journaliste. « Un instant. »

Robert acquiesça et disparut de nouveau dans le poste de pilotage. Graham regarda sa femme. « OK. Prête ?

— Prête. »

Le corps de Pete se convulsa une fois. Graham dégagea le défibrillateur et porta vivement le stéthoscope à la poitrine du commandant. Puis il se redressa et secoua la tête. « Continue ! »

Susan Tash se remit aussitôt à peser rythmiquement sur la poitrine de Pete tandis que Graham se levait et courait au cockpit. Robert s'effaça pour le laisser entrer et le médecin se présenta au copilote. « Laissez-moi examiner vos yeux », ajouta-t-il.

Dan leva la tête en direction de la voix du médecin. « Ils me font trop mal. Je ne crois pas que je peux les ouvrir. »

Graham se pencha sur le copilote, plaçant son pouce de manière à lui ouvrir l'œil gauche. « Essayez de décontracter votre paupière, si vous pouvez.

— Je vais essayer... Aïe ! La lumière ! C'est horrible ! »

Graham laissa la paupière se refermer. « Désolé. Je vais essayer de vous trouver des antalgiques dès que je pourrai. Pour l'instant, je dois m'occuper du commandant.

— C'est grave, pour mes yeux ?

— Je ne sais pas. Ce n'est pas comme le commandant. Quelque chose vous a aveuglé, mais les dégâts sont internes. »

Il se dirigeait déjà vers la porte lorsque l'urgence mortelle, dans la voix de Dan, l'arrêta.

« Combien de temps faut-il pour recouvrer la vue ? Je veux dire... dans un cas de cécité temporaire ? »

Graham Tash haussa les épaules. « Impossible à dire. Cela peut prendre plusieurs jours. Je ne peux pas être plus précis.

— Docteur... avec nos réserves actuelles de carburant, nous ne disposons pas de plusieurs jours, ni même d'un. Mais, dans le meilleur des cas, de huit heures. »

8

À bord du Meridian 5 en vol, ouest de Hong Kong
13 novembre — jour deux
01.15 heure locale/1715 zouloue

Rick Barnes avait mis un certain temps à sortir du confort de son siège de première classe, lorsqu'il avait vu qu'on tirait le commandant, inerte, du poste de pilotage. Le PDG de Meridian Airlines finit par surmonter son état de choc, posa son Bloody Mary et se leva pour proposer son aide à la passagère en robe jaune qui tentait de ranimer Pete Cavanaugh. Mais il pria pour qu'elle refuse, car il ignorait tout des procédures de réanimation.

Britta, qui assistait Susan, leva les yeux sur lui et sourit. « Merci, monsieur Barnes. Si vous voulez bien me remplacer, je vais en profiter pour aller voir ce qui se passe dans le cockpit. »

Rick s'agenouilla, essayant de détecter un signe de vie chez le commandant ; il s'efforçait de garder une expression impassible.

« Très bien, lui dit Susan Tash, vous allez me remplacer pour la prochaine série. Deux... trois... quatre... cinq... » Elle pesait rythmiquement sur la poitrine de Pete et comptait. Elle se remit alors en position de bouche-à-bouche et fit signe à Rick Barnes de se placer au-dessus de la poitrine du commandant, un doigt levé pour lui dire d'attendre son signal.

« Allez-y, dit-elle en se redressant.

— Qu'est-ce que je fais ? »

85

Susan le regarda comme s'il avait perdu l'esprit. « Vous ne savez pas faire ça ?

— Cela fait longtemps que j'ai suivi la formation », s'excusa-t-il en mentant. Mais déjà, Susan avait repris le massage cardiaque. « Deux... trois... allez chercher le steward... quatre... ramenez-le... cinq... ou ramenez-en un autre... six... pour qu'il me donne un coup de main. »

Rick se leva tandis que Susan reprenait le bouche-à-bouche. Il avait vaguement conscience qu'une voix, sur la Public Adress, réclamait une fois de plus quelqu'un sachant piloter. Pourquoi ? Un pilote ne suffisait-il pas ? Ils volaient toujours : c'était donc qu'il y avait au moins un pilote aux commandes.

« Et si vous vous dépêchiez ? lui lança sèchement Suzan.

— Oui. Désolé. » Il se dirigea rapidement vers l'escalier conduisant au pont principal, à l'instant où le steward arrivait en haut des marches et se pétrifiait, reconnaissant son PDG.

« Êtes-vous pilote, monsieur Barnes ? »

Rick eut un reniflement et secoua la tête, comme s'il venait d'être insulté. « Non. Mais nous avons besoin de quelqu'un du personnel de cabine pour aider cette dame à ranimer le commandant. »

C'est à cet instant que le steward repéra le pilote gisant sur le sol. Il passa devant Barnes sans trop se retenir de le bousculer au passage et courut aux côtés de Susan Tash. « Je suis Bill Jenkins, steward du bord. Qu'est-ce qui lui est arrivé ? »

Elle secoua la tête. « Une explosion, paraît-il. Nous l'avons perdu, Bill. »

Jenkins regarda vers le cockpit comme Britta en sortait, nullement préparé aux informations qu'elle lui communiqua rapidement.

« As-tu trouvé quelqu'un sachant piloter, là en bas ? » demanda-t-elle à son collègue stupéfait.

Bill secoua la tête. « J'ai répété l'annonce trois fois, dont une en mandarin. Personne. »

Britta se frotta les tempes. « Il faut bien qu'il y ait quelqu'un. Essaie encore. Demande quiconque possède la moindre formation en aéronautique, qu'il ait ou non son brevet, ou même si celui-ci date d'un siècle. »

Bill enjamba précautionneusement le commandant pour aller décrocher le combiné de la Public Adress pendant que

Britta s'agenouillait de nouveau à côté de Susan. Graham Tash était revenu et avait repris le défibrillateur.

Sur le pont principal, en dessous, le murmure des voix inquiètes se mêlait au bruit de fond des moteurs et du souffle de l'air. Les passagers se regardaient les uns les autres avec des expressions angoissées, n'ayant aucune idée de ce qui pouvait se passer.

La voix de Bill Jenkins s'éleva au-dessus de cette rumeur et un silence absolu se fit sur-le-champ, chacun n'ayant qu'un désir, entendre des propos rassurants, des propos qui leur expliqueraient que tout allait bien.

Au lieu de cela, ils eurent droit à une autre invitation pressante : *quiconque* ayant des connaissances en aéronautique devait appuyer sur le bouton d'appel. Il y avait une telle note d'urgence et de peur dans cette requête que plusieurs passagers se levèrent, regardant autour d'eux, hébétés, ne sachant que faire.

Ceux qui s'étaient levés furent immédiatement apostrophés par les hôtesses. « Avez-vous une formation de pilote, monsieur ? Savez-vous piloter, madame ? Vous levez-vous pour répondre à notre appel ? » Toutes ces questions fusèrent à la vitesse grand V, chargées d'espoir, mais il n'y eut qu'une seule réponse positive.

« Excusez-moi, fit un homme de haute taille, si j'ai bien compris on a demandé quelqu'un ayant de l'expérience en aéronautique. J'en ai un peu. »

Puis quelqu'un appuya sur le bouton d'appel et Alice Naccarato courut jusqu'à la place correspondante.

« Hé, mademoiselle ! » fit une voix.

Alice s'arrêta et se tourna ; son regard passa par-dessus un adolescent pour s'arrêter sur le visage blême d'un homme, assis près du hublot.

« Non, pas lui, moi », dit l'adolescent.

Ah oui, pensa Alice, *le gosse dont Britta m'a parlé.*

« Je m'appelle Steve Delaney et je sais bien que je suis un mineur non accompagné, mais je m'y connais en pilotage et vous avez besoin d'un pilote, c'est bien ça ?

— Vous savez piloter, Steven ?

— Je peux m'en sortir.

— Avez-vous votre brevet ?

— Non, mais...

— Avez-vous déjà tenu les commandes d'un appareil de cette taille ?

— Non. »

Alice esquissa un sourire. La dernière chose dont Dan avait besoin dans son cockpit, c'était bien d'un adolescent amateur qui se prenait pour Superman.

« J'apprécie que vous vous soyez proposé, Steve, mais nous venons juste de trouver un pilote expérimenté, et je pense qu'il vaut mieux se fier à lui.

— Ouais, je connais la chanson.

— Je suis désolée », répondit Alice en se redressant. Le garçon prit une mine boudeuse et regarda ailleurs.

Dans le cockpit, l'interphone retentit et Dan s'érafla les articulations en se précipitant pour décrocher.

« Cockpit.

— Dan ? C'est Bill. J'ai trouvé un type d'un certain âge ayant une expérience de vol... qui date de la guerre de Corée.

— Bien. Un type de l'Air Force ?

— Non, c'est un Britannique. Mais il n'était pas dans l'aviation militaire. Il dit qu'il a pris des leçons de pilotage en aviation civile à l'époque. Il s'appelle Sampson. »

Dan eut un petit ricanement. *C'est bien ma veine !* « Merci. Envoie-moi Mr Sampson. »

Julia Manson, qui occupait le siège 28G, avait déjà décidé depuis un moment qu'elle avait mieux à faire que de rester assise à se ronger les sangs. Après tout, au cours des dix jours précédents, les quarante-cinq membres de son groupe avaient attendu d'elle qu'elle réponde à toutes les questions et règle tous les problèmes. La soixantaine bien sonnée, elle était fière d'assumer pleinement ses responsabilités, et elle refusait de se laisser traiter en mineure par les propos rassurants de l'équipage.

Elle se leva et se rendit rapidement à l'office situé en milieu de cabine, où elle trouva l'une des plus jeunes hôtesses, une brunette aux beaux yeux sombres et au teint olivâtre ; la jeune femme donna cependant à Julia des informations que celle-ci regretta d'avoir demandées. Le commandant était mort, il y avait eu une sorte d'explosion devant l'appareil, et le copilote était aux commandes.

« Mon Dieu, c'est affreux ! Mais est-ce que le copilote ne devrait pas nous dire quelque chose, au moins ? demanda Julia, essayant de retrouver son sang-froid.

— Madame, je vous ai dit tout ce que je sais moi-même. » L'hôtesse avait eu une réaction courtoise mais ferme. L'instinct de Julia lui commanda de pousser un peu plus loin.

« Comment vous appelez-vous, ma mignonne ?

— Nancy, répondit la jeune femme sans cesser de parcourir des yeux les autres passagers.

— Eh bien, Nancy, nous revenons nous poser à Hong Kong, n'est-ce pas ?

— Pour tout dire, je n'en sais rien.

— On ne peut pas se contenter de cette réponse, tout de même. Vous ne voulez pas décrocher cet interphone et essayer de vous renseigner ? Vous comprenez, j'ai à mes basques quarante-cinq pèlerins qui s'attendent à ce que je sois au courant. Qu'est-ce que je dois leur répondre ? » Julia se rendit compte que sa voix tremblait.

Nancy secoua la tête. « Madame, dès que nous apprendrons quoi que ce soit, je vous le ferai savoir. Et maintenant, retournez à votre place, s'il vous plaît.

— Sûrement pas. Pas tant que je n'ai pas des informations plus substantielles à donner à mes gens.

— Madame...

— Je m'appelle Julia, Nancy.

— Écoutez, Julia... moi aussi, je suis inquiète, parce que...

— Je ne veux pas le savoir, Nancy. Vous faites partie du personnel en cabine, et vous êtes supposée savoir ce qui se passe, d'accord ? À quoi devons-nous nous attendre ? »

L'hôtesse haussa les épaules et pinça les lèvres, tandis que des larmes montaient à ses paupières, trahissant la tension dans laquelle elle se trouvait. Elle lutta pour se contrôler, mais c'était un combat perdu d'avance. « Je... je ne sais pas... (Elle agita la main droite en l'air, luttant encore pour ne pas craquer.) Franchement, je suis morte de frousse, et j'apprécierais... beaucoup... que vous me laissiez seule pour le moment. »

Julia se sentit ébranlée dans sa détermination, en regardant cette jeune femme qui devait avoir quarante ans de moins qu'elle ; elles partageaient une même appréhension, celle que l'on éprouve lorsqu'on s'avance en territoire inconnu et dangereux. Julia fit un pas en avant pour prendre maternellement l'hôtesse dans ses bras.

« Meridian 5, ici Hong Kong, où en êtes-vous ? » La voix tonnante qui montait des haut-parleurs du cockpit fit sursauter Robert McCabe. Il se tenait derrière la console centrale, agrippé au siège vide du commandant, et parcourait des yeux la jungle technologique de cadrans, d'appareils de mesure et de boutons qui encombraient tout le tableau de bord.

Dan Wade prit une inspiration chevrotante et appuya sur le bouton d'émission avant de parler, d'une voix basse et laborieuse, dans le minuscule micro placé devant sa bouche.

« Appareil... ah... stable pour le moment... cherchons quelqu'un à bord... un pilote... parce que je ne suis pas... pas en état...

— Désolé d'insister, monsieur, mais pouvez-vous nous répéter ce qui est arrivé ? »

Dan soupira. « Sais pas, Hong Kong. Un truc a explosé juste en face de nous. Tout l'appareil a été secoué, j'ai été aveuglé et cela a provoqué une crise cardiaque... ou quelque chose comme ça chez le commandant. Me demandez pas ce que c'était. Jamais entendu parler d'un truc qui puisse être aussi brillant et douloureux, en dehors d'une explosion nucléaire, comme je vous l'ai déjà dit... pourtant, ce n'est pas mon impression. Ah... au fait, Hong Kong, l'explosion s'est produite juste après que l'appareil non identifié nous a coupé la route. »

Il y eut un silence de la part de la tour de contrôle, suivi d'une réaction tellement singulière qu'elle fit frissonner Dan. « Meridian, Global Express Two-Two-Zulu a complètement disparu. Est-il possible que vous soyez entrés en collision ? »

Le copilote déglutit péniblement, essayant d'imaginer le 747 pulvérisant l'autre appareil, beaucoup plus petit. Jamais cela ne serait arrivé sans provoquer au moins une dépressurisation... Et cependant, c'était la seule explication logique, en dehors d'une attaque caractérisée.

« Soit on a tiré un missile qui a explosé juste devant nous, soit nous l'avons heurté. S'il a disparu, c'est que nous l'avons heurté. Mais si nous n'avons aucun dégât...

— Êtes-vous en état de poser l'appareil, Meridian ? »

Dan essaya d'estimer les conséquences qu'il y aurait à décrire la sinistre vérité sur une fréquence radio ouverte. S'il n'y avait pas d'autre pilote à bord, il ne disposerait que d'une solution : utiliser le système de pilotage automatique et laisser l'appareil se poser tout seul, manœuvre qui exigerait un calage ultra-fin du pilote et de l'alimentation automatiques, tout en restant prêt à intervenir littéralement à l'aveuglette en cas d'approche incorrecte.

Aucune raison de leur dorer la pilule, décida-t-il. Il ne voyait plus rien — il n'était même pas capable d'entrouvrir une paupière. Pour le moment, il était aveugle à cent pour cent.

« Hong Kong, reprit Dan d'une voix contrainte et étranglée, je suis le seul pilote à bord et j'ai complètement perdu la vue. Mais... euh... le pilote automatique fonctionne et je vais nous poser avec.

— Bien compris, Meridian. »

Le Dr Tash entra dans le cockpit et effleura le bras du copilote.

« Qui est là ? demanda Dan

— Le médecin, Dan.

— Comment va Pete ? »

Le médecin s'éclaircit la gorge. « Je suis désolé, Dan. Mais nous l'avons perdu.

— Oh, mon Dieu... mais comment cela a-t-il pu arriver ? »

Graham posa une main sur l'épaule du copilote. « Je ne sais pas. Probablement une coronaire. Peut-être une crise cardiaque. »

La respiration de Dan se fit de nouveau chevrotante, et il dut déglutir avant de parler. « Il ne lui restait que six mois avant la retraite... Il... il voulait faire un tour du monde avec sa femme...

— Nous avons fait tout ce que nous avons pu. Il n'y a pas eu le moindre battement de cœur. »

Dan secouait la tête. « Il a toute une grande famille. Des enfants, des petits-enfants... » Il se tut quelques instants, prit une profonde inspiration qui le fit grimacer de douleur et

91

ajouta : « Dites, est-ce que les toubibs ont toujours avec eux leur petite sacoche noire ?

— Non, pas vraiment. Mais il y a une trousse d'urgence à bord.

— Je... j'ai besoin de quelque chose contre la douleur. Pas trop fort... il ne faut pas que je perde conscience... juste pour l'atténuer suffisamment... j'ai du mal à supporter la douleur et à penser correctement en même temps.

— J'ai ce qu'il vous faut, Dan, répondit Graham. Et précisément pour les raisons que vous indiquez, je ne vais vous administrer qu'une dose raisonnable.

— Vous pouvez faire vite ? »

Le médecin eut un peu de mal à déboutonner la manche gauche du pilote ; il la lui remonta sur le bras avant de déchirer avec les dents une compresse à l'alcool. Il nettoya une zone de peau, prit dans la seringue la bonne quantité d'anesthésique et l'injecta dans la veine de Dan. « Ça devrait vous faire du bien tout de suite. »

Le copilote poussa un soupir et hocha la tête. À ce moment-là, un Bill Jenkins aux yeux écarquillés se présenta dans l'encadrement de la porte. Quelqu'un se tenait derrière lui. « Dan ? J'ai Mr Geoffrey Sampson avec moi. »

Dan acquiesça. « On n'a pas le temps de se faire des politesses, monsieur Sampson. Asseyez-vous à gauche, sur le siège du commandant, et attachez votre ceinture.

— Très bien, répondit l'homme avec un accent du plus pur Oxford, avant de s'exécuter.

— Monsieur Sampson ? reprit Dan dès qu'il eut entendu le clic de la ceinture de sécurité.

— Vous pouvez m'appeler Geoffrey.

— Ouais, Geoffrey. Écoutez, je vais avoir besoin de votre aide pour faire voler cet appareil.

— Oh, mon Dieu ! On risque d'avoir un problème, commandant. Je n'ai qu'une expérience affreusement limitée.

— Je m'appelle Dan.

— Oui. Je n'ai pris que quelques leçons de vol sur un petit monomoteur, pendant les années cinquante... rien à voir avec ce cockpit.

— Vous connaissez les trucs essentiels ? Vitesse, altitude, direction, assiette ?

— La plupart, oui. »

92

Une fois de plus, Dan dut faire un effort pour ralentir sa respiration. Il se sentait la tête soudain légère — probablement un effet de la morphine.

« Eh bien, Geoffrey... ah... » Il s'interrompit et secoua la tête comme pour s'éclaircir les idées. Il fut récompensé par une onde de douleur. Il s'entendit gémir — et décida qu'il ne recommencerait pas. Il déglutit péniblement, la bouche sèche comme de l'amadou. « OK, reprit-il. Étudiez attentivement toutes les commandes importantes et les différents cadrans, et dites-moi ceux que vous connaissez.

— Entendu.

— Il va falloir... laisser le pilote automatique poser l'appareil à Hong Kong, puisque je ne vois rien.

— Je ne suis pas sûr d'avoir bien compris... voulez-vous dire que vous êtes devenu aveugle ?

— C'est précisément le problème.

— Oh, mon Dieu !

— Avez-vous appris à voler aux instruments ?

— Non ! Et je suis tout à fait incapable de faire voler cet engin ! Je... je... »

Robert posa une main rassurante sur l'épaule de l'Anglais tandis que Dan levait la main gauche pour interrompre ses protestations. « Du calme, Geoffrey, du calme. Vous n'allez pas le piloter. L'appareil se chargera de tout. Vous allez juste être mes yeux. Vous lirez les instruments les plus importants et vous regarderez ce qui se passe pour être sûr que le pilote automatique ne se désengage pas. D'accord ?

— Très bien. Je peux essayer, mais il faut que vous compreniez que je suis incapable de tenir les commandes d'un tel appareil.

— Je le comprends. Vous êtes toujours là, Robert ?

— Oui, Dan.

— Et le toubib ?

— Juste derrière vous, Dan. »

Le copilote poussa un nouveau soupir chevrotant. « OK. Regardez tous ce panneau. » De la main, il indiqua des boutons-poussoirs surmontés de témoins lumineux — le système qui branchait et débranchait le pilote automatique. « Tant que les témoins sont allumés, l'avion se pilote lui-même. S'ils s'éteignent, nous devons prendre la relève. Bon. Vous voyez ce radar, Geoffrey ? » Il pointa vers un écran et l'Anglais acquiesça. « Est-ce que vous... une minute. »

Une fois de plus, Dan se prit la tête entre les mains et frissonna de tout son corps. Les trois hommes, dans l'étroite cabine, échangèrent des regards inquiets. Au bout de près de trente secondes, le copilote se redressa sur son siège.

« Désolé. Bon. Est-ce que vous voyez une grosse zone en rouge, droit devant nous ? Si oui, il s'agit d'orages bourgeonnants dans lesquels nous ne tenons pas à entrer.

— Non, pas dans l'axe de vol, répondit Sampson. Par contre, il y en a une grosse sur la gauche. Laissez-moi lire la distance... environ soixante nautiques.

— Parfait ! Continuez de surveiller cela aussi. »

Dan se pencha légèrement en avant et, de la main, effleura ses paupières gonflées. Il avait la tête qui tournait et la nausée, il souffrait le martyre, il était fatigué et effrayé, mais la façon de procéder devenait plus claire dans son esprit. *C'est possible. C'est un tout nouvel appareil, l'équipement fonctionne, et le nouvel aéroport de Hong Kong a une piste d'atterrissage très longue. Je dois pouvoir y arriver !*

Il se redressa. « Est-ce que Britta est par là ?

— Non, Dan, c'est toujours Graham Tash. »

Dan acquiesça, essayant une fois de plus de déglutir. « Très bien... ah... ne bougez pas. » Il appuya sur ÉMISSION. « Contrôle Hong Kong, ici Meridian 5. Je vais avoir besoin des caps pour... non. Je vais avoir besoin d'un peu plus de temps pour préparer l'atterrissage. C'est possible ?

— Bien compris, Meridian. Virez à gauche ou à droite tout de suite au cap deux huit zéro. Vous êtes toujours stable à douze mille pieds.

— Très bien. Virage à gauche, cap deux huit zéro. » Il inclina la tête vers le siège de gauche. « Geoffrey ? Est-ce que vous voyez le petit cadran que je vous montre, sur le tableau central ?

— Oui.

— Qu'est-ce que vous lisez ?

— Heu... zéro huit zéro.

— Zéro huit zéro ?

— Exact.

— Regardez droit devant vous, à présent. Le compas, ou

94

la boussole, si vous préférez — ce que nous appelons le HSI — sur l'écran vidéo. » Le copilote soupira profondément.

« Je le vois.

— Quel est le cap indiqué en dessous de la petite ligne, la ligne de foi, en haut de l'écran ?

— Je crois bien que c'est la même chose, Dan. On se dirige au zéro huit zéro, comme vous dites.

— Bon, parfait. » Il haletait presque à présent. *Faut que je respire lentement ! J'ai un peu moins mal. Je devrais être capable d'y arriver. Je dois prendre mon temps.* « Geoffrey ? Ce cadran que je viens de vous montrer indique le cap que nous avons demandé au pilote automatique de prendre. À présent, tournez le petit bouton, en dessous — le sélecteur de cap — en sens inverse des aiguilles d'une montre jusqu'à ce qu'il indique deux huit zéro, OK ?

— Compris, Dan. J'y vais. »

Le 747 entama un virage à gauche et Dan sentit l'appareil changer de cap. Il allait devoir régler des fréquences pour l'atterrissage aux instruments et il leur faudrait descendre en douceur à 3 000 pieds, tout en vérifiant qu'une bonne demi-douzaine d'autres choses étaient en position correcte ; mais avec un petit coup de main, cela lui paraissait possible.

Pour la première fois depuis plusieurs minutes, il se remit à espérer.

9

À bord du Meridian 5 en vol, ouest de Hong Kong
13 novembre — jour deux
01.36 heure locale/1736 zouloue

Lucy Haggar, qui venait récemment d'être élue maire de la ville d'Austin, au Texas, détacha sa ceinture de sécurité et repoussa en arrière son impressionnante crinière argentée avant de se rendre jusqu'à l'office où se tenaient Claire Brown et Alicia Naccarato, dans un silence tendu. La cinquantaine bien sonnée, toujours en excellente condition physique et encore séduisante, le nouveau maire était une femme qui avait l'habitude de commander.

Elle rabattit le rideau qui masquait l'entrée et passa la tête dans l'office. « Excusez-moi, les filles, mais j'ai une question à vous poser.

— Oui, madame, répondit Claire en se tournant vers Lucy Haggar.

— Qu'est-ce qui se passe vraiment ? Et ne me racontez pas d'histoires. On ne fait pas appel aux talents de pilote des passagers sans qu'il y ait un sacré problème à bord. Les pilotes seraient-ils morts, par hasard ? »

Elle avait posé la question sur le ton de la plaisanterie, mais Claire, une jeune rouquine, prit une profonde inspiration et hocha affirmativement la tête. « Oui, l'un d'eux est mort. »

Lucy se mit à battre involontairement des cils et sentit son estomac lui remonter dans la gorge. Tous les progrès qu'elle avait accomplis depuis des années dans son combat pour surmonter sa peur de l'avion s'évaporèrent en un clin d'œil.

« Vous blaguez... oh, Seigneur, non, vous ne blaguez pas... »

Claire lui fit signe d'entrer. « Vous êtes bien le maire Haggar, n'est-ce pas ? »

Lucy acquiesça. « Oui.

— Eh bien, madame le maire, nous ne savons pas grand-chose, sinon qu'il y a eu une sorte d'explosion devant l'avion et que le commandant est mort.

— Mais il y a un copilote, non ? Dites-moi qu'il va bien ! »

Claire pinça les lèvres et hésita un instant de trop.

« Oh, mon Dieu ! Le copilote est blessé, c'est ça ? »

L'hôtesse acquiesça.

« Gravement ?

— Pour être franche, je l'ignore.

— Oh, Seigneur ! Quand je pense que j'étais venue ici pour vous demander d'aller dire à quelqu'un, là-haut, de faire une annonce ! J'avais déjà peur, mais maintenant, je suis terrifiée ! »

Un grésillement des haut-parleurs annonça le branchement de la Public Adress — et la réponse que le maire attendait. On entendit un homme se racler la gorge puis commencer à parler d'une voix tendue.

Mesdames et messieurs... ici Dan Wade, copilote sur cet appareil. Je vais vous parler très franchement, et je vous demande de rester calmes et de garder votre sang-froid. Quelque chose d'une nature inconnue a explosé devant notre 747 il y a quelques minutes. Il n'est pas impossible que nous ayons heurté un autre avion et qu'il ait explosé. Il est aussi possible qu'on ait tiré un missile sur nous... et que ce missile ait explosé juste devant le cockpit...

La transmission s'interrompit pendant quelques secondes.

... Désolé. Bref, quelle que soit la chose qui a explosé, elle a entraîné une réaction physique violente chez le commandant de bord et je suis absolument désolé de devoir vous annoncer que le commandant Pete Cavanaugh est décédé... raison pour laquelle on a demandé s'il y avait un pilote breveté à bord.

La sono fut de nouveau coupée, puis remise. On entendit des bruits de frottement et un soupir laborieux. Puis la voix

97

de Dan Wade s'éleva de nouveau dans une cabine où régnait un silence absolu. Ils étaient plus de deux cents passagers à regarder en direction des haut-parleurs, comme s'ils avaient pu voir dans le poste de pilotage.

Ah, les amis... Je suis... le seul pilote restant. Normalement, ce ne serait pas un problème, mais j'ai moi aussi été blessé par l'explosion de lumière qui m'a aveuglé, au moins temporairement. Cependant... notre avion est intact et ce superbe Boeing 747 flambant neuf est parfaitement capable d'atterrir tout seul, aux instruments. J'ai simplement un certain nombre de réglages à faire, et c'est à quoi je m'emploie en ce moment. Il est vrai que je ne vois absolument rien. Il est vrai aussi que j'ai terriblement mal et je me rends compte que ma voix est un peu bizarre. Mais je connais ce poste de pilotage par cœur, et j'ai plusieurs personnes autour de moi qui me servent d'yeux. La situation est-elle sérieuse ? demanderez-vous. Bien sûr. Nos chances sont-elles bonnes ? Elles sont excellentes. Je ne vais pas venir vous raconter que nous ne courons aucun risque, mais on devrait s'en sortir. De toute façon... une petite prière ne peut pas faire de mal. Nous nous arrêterons sur la piste d'atterrissage et nous attendrons qu'on vienne nous remorquer, parce qu'il ne serait pas sûr que je ramène l'avion au parking. Voilà. Vous savez tout. Désolé de ne pas vous avoir ménagés.

Il s'écoula bien vingt secondes avant que Lucy Haggar et les deux hôtesses puissent exhaler.

« D'accord, dit finalement Lucy. J'avais demandé qu'on me dise la vérité toute crue, j'ai été servie. C'est un bourbon sec dont j'ai besoin, à présent. Sinon de toute la bon Dieu de bouteille.

— Je peux vous trouver ça », lui proposa Claire, mais le maire l'arrêta d'un geste de la main, tête inclinée. Elle avait un sourire étrange sur le visage.

« Je plaisantais, mon petit. Il vaut mieux être à jeun quand on tombe dans un cauchemar. Mais plus tard, j'irai faire la fermeture de plusieurs bars de Kowloon avant de prendre le train pour retourner à Austin. »

Elle fit demi-tour et regagna sa place, tandis que Bill Jenkins traduisait l'annonce en mandarin.

Le signal d'alerte indiquant que le pilote automatique venait de se débrancher fut comme un choc électrique qui traversa la conscience de Dan Wade, et il sursauta lorsque le 747 entama un plongeon.

« Bon Dieu ! » Il se saisit du manche à balai, tournant instinctivement la tête vers le siège du commandant. Sa main gauche tâtonnait déjà sur le panneau de contrôle, au-dessus des pare-soleil, à la recherche du bouton carré ; il l'enfonça tout en essayant de maintenir l'appareil sur une trajectoire aussi rectiligne qu'il le pouvait, de l'autre main.

Le contact familier du panneau avait quelque chose de rassurant et, pendant une fraction de seconde, il oublia presque qu'il avait perdu la vue. Mais la réalité revint avec encore plus de force, telle une lame de fond chargée de peur. Il tâta le pansement que le Dr Tash lui avait mis sur les yeux quelques minutes auparavant. La peur le rongeait, le distrayait de ce qui aurait dû être son unique objectif : préparer l'atterrissage. En dépit des paroles rassurantes qu'il avait dispensées aux passagers un peu plus tôt, rien n'était moins assuré qu'un atterrissage sans incident ; cette réalité occultait ses capacités de jugement, le poussant à précipiter les choses pour en être débarrassé.

Il avait l'impression qu'il faisait une chaleur étouffante dans le cockpit, mais il n'avait pas le temps de partir à la recherche du bouton contrôlant la température. Il avait très soif, également.

« Quelle est notre altitude, Geoffrey ? demanda-t-il au passager invisible pour lui, sur le siège de gauche.

— Je... je regarde », répondit l'Anglais ; son accent cultivé ne dissimulait pas complètement la peur qui l'habitait. « Je crois que l'altimètre indique... Oui, juste en dessous de douze mille pieds.

— Bien. Vérifiez qu'elle reste constante. »

Il y eut un nouveau silence.

« Elle est constante.

— Dites-moi, Geoffrey, vous avez appuyé sur le bouton, sur le côté du manche à balai ?

— Oui. Je suis absolument désolé. J'essayais simplement de me familiariser avec tout ça.

— C'est celui qui débranche le pilote automatique. Je vous demanderai d'appuyer dessus lorsque nous aurons touché le sol, mais seulement lorsque je vous l'ordonnerai, d'accord ?

— Certainement. »

J'ai sans aucun doute commis une erreur en faisant venir ce type ici, pensa Dan. Quelques heures d'instruction sur avion léger il y a quarante ans ne l'avaient en rien préparé à se retrouver dans cette véritable capsule spatiale qu'était le cockpit du 747. Mais avait-il eu le choix ?

« Première règle, Geoffrey, ajouta Dan en brandissant l'index, la voix légèrement chevrotante, ne jamais pousser, tourner, heurter, tordre ou changer quoi que ce soit ici sans savoir précisément ce que vous faites, ou sans que je vous l'aie demandé. Il faut absolument, absolument, vous m'entendez, que le pilote automatique reste branché.

— Je comprends. Je vous présente mes excuses. »

Dan transpirait abondamment ; il respirait par à-coups, ses mains tremblaient.

« Comment vous vous sentez ? » lui demanda Graham Tash d'un ton neutre. Question surtout rhétorique. Il voyait bien comment se sentait le copilote : l'homme souffrait atrocement, luttait contre la douleur, et était mort de peur, comme tous ses passagers.

Il émit un petit bruit sarcastique, commença à secouer la tête et grimaça. « Comment je me sens ? Désolé, doc. Je... j'essaie seulement de tenir le coup et de régler... ah... tout ça. OK ? On vole droit et on a du carburant en masse — en fait on en a trop — et je m'apprête simplement à poser ce monstre.

— La piqûre vous a aidé ?

— Elle a atténué la douleur, mais j'ai tout de même l'impression qu'on me plonge des poignards brûlants dans les yeux et dans le visage. Jamais... jamais je n'ai ressenti une douleur pareille... mais si vous me donnez trop d'antalgiques, je risque de perdre conscience. »

Dan tourna son visage bandé vers le passager britannique, dans le siège du commandant. « Geoffrey ?

— Oui, Dan.

— Nous devons réviser une fois de plus notre procédure. » Il se frotta le front au-dessus du pansement avant de continuer. « Je vais... vous énumérer les étapes par lesquelles il faudra passer et si... si vous me lisez toutes les indications que je vous demanderai, je... » Il s'arrêta et grimaça, tandis qu'une onde de douleur le submergeait une fois de plus. Puis, dans un effort surhumain, il continua. « En d'autres termes, lorsque Hong

100

Kong nous commandera de nous aligner sur le localiseur
— autrement dit l'onde radio qui nous conduira jusqu'à la
piste — je mettrai la main sur le sélecteur de cap que je vous ai
montré il y a deux minutes... ici. » Dan posa un doigt sur le pare-
soleil et gémit. Il prit une profonde inspiration et se cala de nouveau dans son siège. « Bon. Ce truc... ah... c'est le sélecteur de
cap. Quels chiffres indique-t-il ?

— Deux huit zéro, Dan.

— Parfait. »

Au comble de l'inquiétude, Geoffrey Sampson vit le copilote se prendre la tête dans les mains et gémir.

« Ça ne va pas, Dan ? demanda Robert McCabe, qui prit le
copilote par l'épaule et le secoua doucement. Dan ? »

Dan Wade fit oui de la tête, mais en la gardant baissée.
Puis il inspira, chevrotant plus que jamais. « Je... ça va. Non,
c'est un foutu mensonge. Ça va pas du tout. J'ai mal... mais
ça va aller. J'essaie juste de tenir le coup. Geoffrey... après le
cap, il faudra changer l'altitude pour commencer à descendre... ici. » C'est en faisant manifestement un effort coûteux
que le copilote tendit la main jusqu'à hauteur du bouton de
réglage de l'altitude.

« J'ai bien compris », dit Geoffrey Sampson.

Dan lui montra alors l'indicateur de vitesse de l'air : « Ensuite, je vais commencer à nous ralentir..., dit-il, parlant avec
difficulté, avec cette commande et... armer... le mode d'approche. C'est à ce moment-là que j'aurai besoin d'une lecture précise des chiffres de votre part pour être sûr que je
fais les bons réglages.

— Je comprends, Dan. Et ensuite, l'avion atterrira tout
seul, c'est ça ? »

Il y eut un silence dans le siège de droite. « Si... si je... si les
réglages sont bons, il nous posera en douceur. Il faut taper le
bon numéro de fréquence radio et... sortir les volets et le
train... mais le pilote automatique devrait s'en charger. La
seule chose que vous aurez à faire, en dehors de me lire les
chiffres, sera de débrancher le pilote automatique en
appuyant sur le bouton, quand je vous le dirai... celui que
vous avez déclenché accidentellement.

— Je comprends. »

Dan s'affaissa de nouveau et se mit à se frotter furieusement le
front. Robert s'était assis dans le siège rabattable situé juste derrière le fauteuil du commandant. Le médecin, resté debout

101

derrière le copilote, observait son patient d'un œil inquiet. Soudain, Robert se leva et prit le bras de Graham, le guidant au fond de l'étroite cabine pour un conciliabule à voix basse.

« Je ne suis pas médecin, mais je me demande tout de même s'il va résister, si on ne lui administre pas d'autres antalgiques. Vous avez vu ses réactions, n'est-ce pas ? »

Graham acquiesça, l'air sinistre. « Oui, il faut qu'il coupe le contact toutes les quelques minutes pour tenir le coup. Mais il refuse de prendre davantage de calmants et, à la vérité, tout me laisse penser qu'on se retrouverait sans pilote si je lui en donnais à nouveau.

— Vous ne voulez pas lui reposer la question ? »

Le médecin accepta d'un bref mouvement de tête et alla retrouver le copilote tandis que Robert reprenait son siège.

« Dan ? C'est le toubib. Vous tenez bon ? » demanda Graham en lui mettant la main sur l'épaule.

Il n'y eut pas de réponse.

« Dan ? C'est le Dr Tash. Vous m'entendez ? »

Dan acquiesça lentement. « Ouais, ouais, doc. Je suis là... c'est simplement... ça fait affreusement mal.

— Écoutez... peut-être qu'une petite rallonge de calmant vous ferait du bien.

— Non, non ! Je suis désolé... mais je dois surmonter ça... Il faut que je revoie avec Geoffrey... ce qu'il faudra faire si... Dieu m'en garde... si nous devons reprendre de l'altitude pour tourner en rond. »

Robert eut un coup d'œil pour le visage inquiet du médecin. Graham déglutit, partageant l'appréhension du journaliste, puis se pencha vers lui pour lui murmurer à l'oreille :

« Surveillez-le, vous voulez bien ? Il faut que j'aille parler à ma femme.

— Bien sûr. »

À la porte du cockpit, Graham se retourna. La scène qu'il avait sous les yeux avait quelque chose de surréaliste, comme s'il la voyait à travers un verre déformant. Un rêve terrifiant, sur fond de ronronnements électroniques et du rugissement étouffé de l'écoulement d'air ; il resta un instant désorienté, pris de tournis.

L'homme assis dans le siège de gauche, Sampson, n'était qu'un simple passager comme lui, moins d'une heure auparavant. Mais en un clin d'œil, tout avait basculé : à présent leur vie à tous dépendait d'un système automatique et d'un pilote aveugle et ravagé de douleur.

Peut-être cela marcherait-il ? L'angoisse de ne pas savoir lui coupait les jambes.

À travers la vitre, Graham aperçut une paroi de cumulus boursouflés qui barrait l'horizon, droit devant, illuminés par les phares d'atterrissage. L'impact était inévitable, bien que sans danger. La certitude de cette collision imminente allait être une glaçante répétition en costume de ce qui risquait d'arriver à Hong Kong dans une heure, si le copilote perdait connaissance. Il se sentit détaché, se demandant quelle impression lui donnerait le choc, si les nuages avaient été solides. Ils se précipitaient dessus à plus de trois cents nœuds à l'heure. Il ne ressentirait aucune douleur et n'aurait pas le temps de crier. Encore moins celui de dire à Susan à quel point il l'aimait.

À l'idée de sa ravissante femme, il se tourna vers la cabine de première classe, où ils occupaient deux sièges de la troisième rangée. Il lui avait fallu négocier deux mariages — et deux divorces — avant de trouver Susan, alors qu'il l'avait eue près de lui pendant tout ce temps-là : elle travaillait comme panseuse dans son équipe chirurgicale. Il l'avait toujours admirée, parfois désirée, mais jamais connue. « Mais si, tu m'as toujours connue, aimait-elle à lui dire. Mais pas au sens biblique, c'est tout. »

Il poussa le battant et croisa son regard, envahi de joie devant la chaleur du sourire qu'elle lui adressa. Il essaya de le lui rendre mais la terrifiante idée qu'ils pourraient perdre leur délicieuse nouvelle vie était trop paralysante.

Susan était terrifiée, elle aussi, mais elle arrivait mieux à le cacher. Elle avait aidé à déplacer le corps du commandant dans un petit recoin réservé au personnel, derrière le cockpit, puis elle était retournée s'asseoir pour attendre son mari. Qu'elle ait réussi à lui sourire le stupéfiait.

Graham parcourut la distance qui les séparait sans prêter attention à l'expression angoissée qu'on pouvait lire sur le visage des autres passagers. Il s'assit à côté de Susan et lui prit la main.

« Ça va mal ? demanda-t-elle doucement avec un signe de tête en direction du cockpit.

— Si tous les instruments fonctionnent, pas de problème. »

10

À bord du Meridian 5, en vol, ouest de Hong Kong
13 novembre — jour deux
01.44 heure locale/1744 zouloue

Dans la section de la classe affaires, le Dr Diane Chadwick jeta une fois de plus un coup d'œil à sa montre, bien consciente qu'elle ne faisait que repousser l'inévitable. L'idée qu'une crise sérieuse, au cours d'un vol réel, était pour elle l'occasion idéale de prendre des notes sur les attitudes et les comportements lui avait fait l'effet d'une plaisanterie cruelle lorsqu'elle lui avait traversé l'esprit pour la première fois. Elle avait bien trop de mal à contrôler sa propre peur pour se soucier de celle qu'éprouvaient les autres. Il y avait tout de même des limites à ce qu'on pouvait attendre, professionnellement, d'une psychologue du comportement, non ?

Mais c'est exactement mon champ de recherche ! se rappela-t-elle, ayant du mal à détacher ses doigts du repose-bras auquel ils paraissaient soudés. Elle avait rédigé des articles savants sur les réactions des passagers et du personnel d'équipage pris dans des situations de ce genre, et elle se retrouvait elle-même au beau milieu d'une expérience de laboratoire imprévue — et grandeur nature. *De quoi vais-je avoir l'air auprès de la NASA, lorsque je retournerai à Ames, si l'on s'en sort, et que je devrai admettre que je n'ai pas été capable de faire autre chose que de rester clouée sur mon siège comme une débile catatonique ?*

Il y avait un carnet de notes dans son volumineux sac à main. Il lui fallut mobiliser toute sa volonté pour l'ouvrir et en retirer le bloc et un stylo.

Devant elle s'étendaient quatre rangées de classe affaires, puis huit rangées de première classe, allant jusqu'à l'avant de l'appareil. Elle avait jusqu'ici essayé de comprendre ce qui se passait rien qu'en étudiant les nuques qui s'étageaient devant elle, mais cela ne suffisait plus.

OK. Debout, maintenant ! Diane détacha sa ceinture et essaya de sourire à son voisin, un Asiatique discret qui se rongeait les ongles et ne lui prêtait aucune attention. Elle lissa de la main sa chevelure châtain clair et ajusta ses lunettes, ayant l'intention de parcourir l'allée, tout d'abord vers l'avant, puis jusqu'à l'arrière du 747, et de prendre mentalement les notes qu'elle jetterait ensuite sur le papier.

Deux hôtesses la regardèrent passer sans intervenir. C'était un atout, pensa-t-elle, de savoir s'habiller de façon neutre. Elle aimait à se « déguiser en femme vraiment féminine » quand elle en avait l'occasion, c'est-à-dire en dehors des cercles académiques ; cependant, même quand elle n'était pas en représentation professionnelle — comme pour ce voyage à Hong Kong, où elle était venue assister à la conférence sur le terrorisme international — le style « couleur de muraille » restait celui dans lequel elle se sentait le plus à l'aise.

Elle atteignit l'extrémité de la cabine de première classe et fit demi-tour, s'efforçant de garder son calme lorsqu'elle revint sur ses pas. Les cinq premières rangées étaient occupées par des hommes et des femmes — une délégation politique, avait-elle entendu dire. Une femme, debout, parlait à un homme à l'expression hagarde, mais la plupart étaient assis, ceinture bouclée, s'étreignant les mains ; quelques-uns contrôlaient mieux leur peur et devisaient calmement. Les regards que l'on jetait à Diane ne duraient que le temps de s'assurer qu'elle n'était pas une porteuse de nouvelles, bonnes ou mauvaises.

Dans l'office, au bout de la première classe, une troisième hôtesse avait entre-temps rejoint les deux premières. Elles échangeaient des propos sur un ton paisible, tout en s'assurant que les boissons continuaient à circuler. Diane entendit quelques rires étouffés, et une blague nerveusement lancée qu'elles essayèrent de garder pour elles. Un steward, nettement plus âgé que les jeunes femmes, vint les rejoindre et, posant les mains sur les épaules de deux des hôtesses, leur dit des choses rassurantes.

Une image paternelle, ou du moins est-ce celle qu'il essaie de donner, conclut la psychologue. *Probablement plusieurs dizaines d'années d'expérience. Il faudra que je me renseigne.*

L'ambiance calme qui régnait en classe touriste la surprit. Partout où elle regardait, les gens se parlaient les uns aux autres sur un ton sérieux, faisant des gestes vers l'avant ou le plafond, interpellant systématiquement les membres du personnel de bord qui passaient. L'atmosphère n'était pas à la panique, même s'il régnait une certaine tension ; elle savait, par les études qu'elle avait faites, que les passagers pouvaient perdre leur sang-froid s'ils avaient l'impression qu'on ne leur disait pas la vérité.

Sur sa gauche, assise rangée vingt-trois, une jeune femme pleurait. Elle essayait de se dissimuler et son compagnon, une expression dégoûtée sur le visage, s'efforçait de faire savoir au monde entier que la situation le laissait totalement indifférent et qu'il n'était pas sujet à l'instabilité émotionnelle du sexe dit faible.

Elle lui demande son soutien et il la rejette.

Dans la troisième cabine touriste, une femme aux cheveux gris bouscula un peu Diane au passage, avec une assurance très officielle, et se pencha sur la première rangée de passagers pour leur parler, répétant son manège avec la deuxième. Diane tendit l'oreille pour savoir ce qu'était son message — lequel se réduisait à une paraphrase approximative de ce qu'avait déclaré le pilote un peu plus tôt.

« C'est simplement parce qu'il est comme tous les pilotes et qu'il joue la prudence, vous savez. En fait, ces appareils n'ont pas réellement besoin de quelqu'un aux commandes, sauf pour programmer leurs super-ordinateurs, alors ça ne devrait pas être un problème, d'accord ? Détendez-vous. On va avoir droit à une nuit gratuite à Hong Kong, vous allez voir ! »

Un peu plus loin vers l'arrière, un adolescent était assis près du hublot, l'air furieux. C'était la première expression de colère véritable que Diane observait. Il avait le badge rayé des enfants non accompagnés agrafé à sa chemise et portait un petit écouteur relié à un appareil qu'il tenait à la main.

À hauteur de l'office, à l'arrière de l'appareil, elle poussa un profond soupir. Elle allait à présent essayer de s'intéresser plus particulièrement à quelques-uns des passagers, comme ce jeune couple qui se serrait les mains tellement fort qu'ils devaient en avoir la circulation coupée, ou l'homme obèse qui faisait une patience tout en engloutissant compulsivement des chips. L'éventail d'émotions humaines qu'elle avait sous les yeux était impressionnant.

Ayant oublié sa propre peur, elle resta près de l'office pour prendre ses notes.

Dans le cockpit, Robert McCabe surveillait attentivement Dan Wade. Sa respiration rapide, la sueur qui lui coulait sur le visage dans l'habitacle pourtant plutôt frais, sa manière hachée et tendue de parler, tout trahissait une tension terrible, pour ne pas parler de la douleur. Jusqu'ici, Dan avait résisté ; mais combien de temps pourrait-il encore tenir ? Telle était l'angoissante question. Le copilote devait avoir à peine dépassé quarante ans et paraissait physiquement en bonne condition, ce qui n'empêcha pas Robert de prier pour qu'il ait aussi un cœur particulièrement solide.

Il y eut soudain un mouvement à l'entrée du cockpit et Rick Barnes entra, refermant la porte derrière lui. Il adressa un signe de tête à Robert puis, pointant le menton en direction de Geoffrey Sampson, articula en silence : « Qui est-ce ? » Robert les présenta et Barnes tendit la main à l'Anglais.

« Heureux de faire votre connaissance. Je suis le PDG de la compagnie. Merci pour votre aide.

— Je puis vous assurer, monsieur Barnes, que mes efforts sont uniquement motivés par le sens de mon intérêt bien compris. »

Rick se tourna alors vers l'homme assis dans le siège de droite, et la vue de ses yeux bandés lui fit courir un frisson dans le dos. « Ah, Dan ? Rick Barnes. »

Le copilote exhala un long soupir. « Oui, monsieur Barnes ? »

Rick hésita, ne sachant pas trop quoi dire. « Ah, je... je voulais juste...

« — Venir prendre ma place ? Seigneur, si seulement vous pouviez. »

Rick eut un petit rire nerveux. « Bon sang, non, certainement pas. Simplement... ramenez-nous au sol sans casse, Dan. Je n'ai aucune idée de l'état de vos yeux, bien sûr, mais je vous promets que nous vous ferons soigner par les meilleurs médecins que nous pourrons trouver. »

Dan eut un instant envie de répliquer par une vanne sur les récentes coupes budgétaires dans la protection médicale du personnel navigant, puis y renonça. Ce n'était pas le moment. Barnes avait la frousse, comme tout le monde.

« Je vous remercie pour votre soutien, monsieur Barnes, mais il vaudrait mieux que vous alliez vous rasseoir, à présent. »

Le PDG acquiesça. « Vous avez raison. Je me tiens juste de l'autre côté de la porte, si vous avez besoin de moi... je ne sais pas... par exemple s'il peut être utile que le patron de votre compagnie enguirlande quelqu'un au sol. »

Il se tourna pour laisser passer Britta, qui arrivait avec une petite bouteille d'eau qu'elle plaça dans la main de Dan. « Comment te sens-tu, Danny ?

— Ça va, je crois. Dommage que tu ne saches pas piloter, comme Karen Black.

— Comme qui ? demanda Britta, une expression intriguée sur le visage.

— C'était... dans un film. Peu importe, c'est sans intérêt.

— Oh, bon Dieu ! Tu veux parler de ce film épouvantable, *Airport* je-ne-sais-pas-quoi ? » Britta laissa passer quelques secondes sans rien dire, ses yeux parcourant le cockpit, avant d'ajouter, d'une voix plus douce : « Dan... il faut que je sache exactement où on en est, et exactement ce que tu veux que je fasse. »

Le copilote tourna la tête comme pour la regarder, puis arrêta son geste. « Nous allons probablement commencer la manœuvre d'approche dans dix minutes, Britta. Que tout le monde soit attaché. Fais-les mettre en position repliée, qu'ils enlèvent leurs lunettes. Rappelle-leur comment on exécute une sortie d'urgence et par où ils devront passer... Il y a un autre détail important.

— Oui ?

— C'est toi, Britta, qui devras décider du moment de l'évacuation et de la façon dont elle devra se faire. Si... si les choses tournent mal et si tu es sans nouvelles de moi, assure-toi que nous sommes immobilisés et fais sortir tout le monde. D'accord ?

— Je suis sûre que tu vas réussir, Dan. Que nous allons nous en sortir. »

Le copilote prit une nouvelle fois une longue inspiration chevrotante. « Je vais faire de mon mieux, mais il faut qu'on retrouve le sol tant que je suis encore à peu près en état. »

Britta se mit à lui masser les épaules, regardant par le pare-brise pour essayer de discerner des éléments familiers. Il n'y avait que quelques rares lumières visibles au sol, dans l'obscurité, et une vague lueur indiquant la présence d'un bourg ; sur la gauche, des éclairs illuminaient par intermittence la surface de l'océan et crevaient les nuages de leur staccato brillant, dans un chaos digne de Van Gogh.

Le chef de cabine se pencha sur Dan et lui donna un baiser léger sur la joue. « J'en suis convaincue, Dan. Tu nous en sortiras. » Elle se redressa. « Qui veux-tu avoir avec toi ici, dans le cockpit ? Il y a Mr McCabe. Doit-il rester ?

— Je n'arrive pas à croire que vous vous rappeliez mon nom, s'étonna Robert.

— Britta, répondit Dan, il faut que tu ailles en cabine. Reste en haut, mais dans la cabine... Mr Sampson ne doit pas bouger de son siège. Et que Mr McCabe, s'il le veut bien, reste où il est, derrière moi. Et si jamais tu trouves un pilote planqué quelque part, tu me l'amènes *manu militari*, Britta !

— Tu peux compter là-dessus.

— Un dernier truc... Empêche Rick Barnes d'entrer dans le cockpit. Il ne me remonte pas exactement le moral. » Le copilote se tut un instant et se frotta le front, il respirait vite. « Ce dont j'aurais besoin, en réalité, c'est que Leslie Nielsen se tienne derrière moi, et me rappelle toutes les dix secondes que tout le monde dépend de moi. » Il essaya de sourire, tournant la tête avec prudence.

Génial, pensa Britta. *S'il a gardé son sens de l'humour, c'est que nous allons nous en sortir.*

« Je veux juste que tu saches que nous dépendons tous de toi, Danny ! » lança-t-elle, parodiant la célèbre réplique de

Nielsen dans *Y a-t-il un pilote dans l'avion ?* le film-culte de toute l'industrie aérienne.

Les haut-parleurs branchés sur la tour de Hong Kong reprirent vie. « Meridian 5, à quelle distance de Chep Lap Kok souhaiteriez-vous entamer votre approche aux instruments ? »

Dan leva la main droite pour demander le silence dans le cockpit. « Hong Kong, j'ai besoin de beaucoup d'espace pour être sûr que... nous sommes bien alignés. Pouvez-vous... me voir sur vos radars... suffisamment loin pour une approche de cinquante nautiques ?

— Meridian 5, notre radar météo indique une ligne d'orages violents à quarante nautiques à l'ouest, se déplaçant plein est à dix nœuds. On préférerait vous tenir à l'écart de ce mauvais temps.

— Très bien, Hong Kong. Un virage sur trente nautiques pour m'aligner, alors, si j'ai bien compris.

— C'est faisable, Meridian, répondit le contrôleur. Appelez-nous quand vous serez prêt, monsieur. Virage à gauche, cap au un huit zéro.

— Un huit zéro, bien reçu. »

Britta Franz descendit jusqu'au pont principal et réunit Bill Jenkins, Claire Brown, Alice Naccarato, Nancy Constanza et quatre autres membres de son équipe, dans l'office situé en milieu de cabine, pour leur donner brièvement ses instructions. Elle essaya de se montrer le plus optimiste possible.

« Bon. C'est pour faire face à ce type de situation que nous avons été formés. Les gens croient que nous sommes de simples bonniches de luxe qui n'ont qu'à leur servir des boissons, mais c'est le moment de montrer que nous sommes aussi des professionnels. C'est moi qui donne les ordres, s'il n'en vient pas de Dan. Vous connaissez le protocole. Si j'ordonne l'évacuation, faites évacuer. N'ouvrez en aucun cas ces portes ni ne faites tomber les toboggans tant que nous ne sommes pas à l'arrêt. Et ne prenez aucune décision de vous-mêmes, sauf si vous êtes sûrs que je ne suis plus en état d'ordonner l'évacuation. Compris ? »

Tous acquiescèrent.

« On va s'en sortir, les enfants. Dan est blessé, mais c'est un pro et il va nous ramener au sol sans bobo. »

Britta retourna rapidement sur le pont supérieur pour fermer l'office, sans se rendre compte que quelqu'un la suivait dans l'escalier et l'appelait, car la voix ne lui était pas connue.

« S'cusez-moi ! J'ai dit, s'cusez-moi ! »

Britta se retourna.

« J'ai essayé de vous rattraper, en bas, dit la femme. C'est vous, la *mamma* en chef ?

— Je vous demande pardon ? répondit Britta, dont les sourcils se soulevèrent légèrement devant cette façon de présenter les choses.

— Oui, la *mamma* en chef, mon chou. Ou, si vous préférez, la patronne du personnel de cabine, le garde-chiourme en chef, la...

— Je suis la responsable du personnel de cabine, en effet, si c'est bien ce que vous voulez dire. » Britta regretta instantanément le ton sur lequel elle avait répondu. Elle s'était hérissée devant la familiarité bonhomme de la femme, et avait réagi avec condescendance.

« Oui, exactement ce que je veux dire, mon chou. » La Noire eut alors un sourire éclatant et regarda autour d'elle, vers Graham et Susan Tash. « Écoutez, ma mignonne, vous m'auriez sans doute pardonné mon langage si vous aviez su que j'étais noire, ce qui était pourtant le cas jusqu'au moment du décollage, mais figurez-vous que d'entendre appeler un type sachant piloter m'a fait complètement perdre mes couleurs, si vous voyez ce que je veux dire... »

Britta ferma les yeux et secoua la tête, comme si elle voulait tout reprendre à zéro. « Désolée... Pouvez-vous me rappeler votre nom ? »

La femme tendit la main, renouvelant son sourire, et l'hôtesse la lui serra de manière minimaliste. « Je m'appelle Dallas Nielson, siège 2-A, en bas. Je fais partie de vos passagers de première classe, d'accord ? Non, je ne suis pas une clandestine sortie de la soute à bagages. Ne vous laissez pas impressionner par ma coiffure, ajouta-t-elle en secouant ses lourdes mèches rasta.

— Je suis désolée, je ne voulais pas sous-entendre... »

Dallas Nielson leva la main pour l'arrêter. « Ce n'est rien, mon chou, c'est juste que je suis tellement nerveuse que j'ai le débit à Warp Sept. C'est dans *Star Trek*...

— Oui, je connais *Star Trek*, cependant... » voulut l'interrompre Britta.

Mais le grand sourire revint sur les lèvres de Dallas, qui enchaîna : « Bien, bien ! Vous voyez, on a quelque chose en commun, toutes les deux, en dehors du fait que nous sommes piégées dans un avion géant sans pilote. »

Nancy Constanza venait à son tour de monter l'escalier et s'était placée derrière Dallas de manière à attirer l'attention de Britta. Celle-ci regarda sa jeune collègue et, en dépit de son intention de ne pas l'agresser, lui lança : « Quoi ? Qu'est-ce qu'il y a encore ? »

Nancy eut un mouvement de recul, comme si elle avait été giflée. « Je suis désolée, Britta, mais j'ai besoin de votre aide. L'accompagnatrice de voyage, en bas... »

Britta secoua la tête, peu fière d'elle-même. « Non, c'est moi qui suis désolée. Je n'avais aucune raison de te parler sur ce ton, Nancy. Donne-moi deux secondes, s'il te plaît. »

Le chef de cabine se tourna à nouveau vers Dallas Nielson, cherchant encore à savoir où la Noire voulait en venir. « Seriez-vous par hasard titulaire d'un brevet de pilote, Miss Nielson ?

— Moi ? Seigneur Dieu, je suis déjà suffisamment dangereuse au volant d'une voiture.

— Alors je ne vois pas très bien pourquoi nous avons cette conversation, ou ce que je pourrais faire pour vous. Je n'ai pas beaucoup de temps, et il faut que je prépare les passagers pour l'atterrissage.

— Britta, n'est-ce pas ?

— Oui.

— OK, Britta, j'ai juste une question à vous poser, mais elle vaut son pesant de cacahuètes. Comment diable un pilote aveugle pourra-t-il poser ce monstre ? Ça fait un moment que je suis assise là en bas à ruminer cette question, comme une petite fille bien sage, mais il faut que je sache.

— Oh... » Britta jeta un coup d'œil vers le cockpit, puis revint sur Dallas. « Nous disposons d'un système de pilotage automatique qui peut assurer tous les paramètres de vol jusqu'à l'atterrissage, arrêt compris. Veuillez rejoindre votre place, s'il vous plaît. »

Mais Dallas hochait déjà la tête d'un air dubitatif. « Je me suis mal exprimée. Je sais bien que ce système existe, j'ai entendu ce qu'a dit le pilote. Tout est automatique, moteurs, freinage... Mais comment va-t-il pouvoir régler tout ça, s'il ne voit pas les commandes ? Quelqu'un l'aide-t-il ? Allez, mon petit. Pas la peine de me sortir la rengaine habituelle. Je n'ai pas de brevet de pilote pour voler sur ce genre d'appareil, mais je sais beaucoup de choses sur son fonctionnement et je me dis que je pourrais peut-être monter là-haut et donner un coup de main. Qu'en pensez-vous ? C'est pas une idée ? »

Britta secoua la tête. « Vous choisissez mal le moment, Miss Nielson. Sauf si vous savez piloter.

— Dallas, pas Miss Nielson, mon chou. Le bon moment, ce sera quand ? Une fois qu'on se sera crashés ? Après qu'on aura laissé ce malheureux pilote nous planter à côté de la piste parce qu'il n'avait personne à côté pour lui lire les instruments ? À moins qu'ils aient un bidule pour les lire en braille ?

— En br... quoi ? Certainement pas, répliqua Britta. Mais, à moins d'être pilote, vous n'avez rien à faire dans le cockpit dans un moment aussi critique. Nous avons déjà quelqu'un possédant une expérience du pilotage qui assiste le copilote pour la lecture des instruments. » L'image du journaliste assis derrière l'Anglais lui vint à l'esprit et elle dut faire un effort pour la chasser.

« Je voudrais au moins passer la tête par la porte et lui offrir d'être ses yeux pour vérifier tout ce que l'autre type pourrait lui dire. Je sais ce que je fais.

— Et comment ? Comment saurez-vous ce que vous faites, si vous n'êtes pas pilote ?

— Parce que j'ai passé des centaines d'heures à étudier les instruments de bord des 747 pendant les années où j'étais ingénieur, voilà comment. »

Britta resta bouche bée. « Ingénieur de vol ? Vous êtes ingénieur de vol ? Dieu du Ciel, vous ne pouviez pas le dire plus tôt ? »

Non, mon chou, pensa Dallas. *Pas ingénieur de vol, mais un ingénieur radio qui s'ennuyait à périr et qui jouait à des jeux vidéo comme le simulateur de vol de Microsoft — mais tu n'as pas besoin de le savoir.*

« Très bien, reprit Britta. Suivez-moi, vite ! » Elle commença à se tourner, mais interrompit un instant son mouvement. « Cependant, s'il vous demande de partir, pour quelque raison que ce soit, promettez-moi de rejoindre votre place sur-le-champ. »

Dallas posa avec douceur une main sur l'épaule de Britta et parla d'une voix amicale et chaude, baissant le ton. « Mon chou, je suis peut-être aussi adroite qu'un éléphant dans un magasin de porcelaine, mais pas idiote au point d'aller casser les pieds à un pilote aveugle qui tente de poser la baleine d'avion qui se trouve trimballer mes fesses. »

Britta lui fit signe de la suivre dans le cockpit. Elle montra à Dallas le siège amovible, derrière le fauteuil du commandant de bord, et expliqua rapidement à Dan pour quelle raison elle lui amenait quelqu'un de plus ; puis elle se tourna pour partir.

« Vous savez lire les instruments ? demanda Dan à la nouvelle venue.

— Vous voulez dire les trucs comme l'indicateur de changement d'altitude, le HSI, l'altimètre, la vitesse de l'air, la vitesse relative, le compas ?

— C'est une réponse qui vaut dix sur dix, Miss...

— Dallas.

— OK, Dallas. Monsieur McCabe ? Voulez-vous la laisser s'asseoir à votre place, s'il vous plaît ? »

Mais déjà Robert s'était levé et proposait son siège à la Noire.

« Il y a un deuxième siège amovible là-derrière, monsieur McCabe. Il doit être rabattu contre la paroi.

— Je le vois.

— Très bien, reprit Dan. Installez-vous et contrôlez ce que nous faisons, Dallas. L'homme qui est juste devant vous... » Dan dut prendre une longue inspiration avant de pouvoir continuer. « ... ah... s'appelle Geoffrey Sampson. Vous allez écouter ce que je lui demande, et vous interviendrez aussitôt s'il semble cafouiller.

— Bien compris, chef. »

Britta s'était arrêtée un instant sur le seuil de la porte ; elle eut le plaisir de constater que la femme s'était tue et étudiait les instruments du tableau de bord comme quelqu'un qui en avait l'habitude. Du coup, elle sentit une petite bouffée d'espoir dénouer un peu son estomac.

11

Tour de contrôle de Hong Kong
Chep Lap Kok/Hong Kong International Airport
13 novembre — jour deux
01.55 heure locale/1755 zouloue

Le chef d'escale, à la tour de contrôle de Hong Kong, et deux des contrôleurs n'avaient cessé de se consulter pour savoir comment traiter au mieux l'urgence qu'était devenue le vol Meridian 5. Une fois prêts, ils feraient venir l'appareil par l'ouest et l'aligneraient avec précision sur la piste 7 ; à ce moment-là, le 747 volerait en pilotage automatique, dirigé par radioguidage grâce au Système d'Atterrissage aux Instruments (*Instrument Landing System*, ILS), capable de le diriger sur une cible imaginaire à une quinzaine de mètres au-dessus de l'extrémité de la piste. Le nouvel et coûteux aéroport de Hong Kong, Chep Lap Kok, avait été doté du dernier cri en matière d'équipements électroniques et l'ILS était précis et sûr ; il envoyait un faisceau régulier d'ondes radio capable de donner les indications les plus précises au pilote. Tout avion volant dans des conditions normales devait arriver à quinze mètres au-dessus du début de piste, parfaitement dans l'axe de celle-ci.

Le chef d'escale avait autorisé l'ouverture de lignes téléphoniques directes avec le centre d'opération de Meridian Airlines, à Los Angeles, et s'était entretenu avec les autorités américaines, notamment un haut fonctionnaire de l'American Federal Aviation Administration (FAA), ainsi qu'avec des

115

responsables des forces aériennes chinoises. Le consulat américain de Hong Kong lui-même avait été mis au courant, étant donné qu'il y avait des citoyens américains à bord et que personne ne savait si l'explosion était le résultat ou non d'un acte hostile. Les services des douanes et de l'immigration, la police de Hong Kong, les casernes de pompiers concernées et tous ceux qu'il fallait mettre en alerte rouge dans le cadre de ce genre de situation étaient sur le pied de guerre.

Mais que ce soit à l'est, à l'ouest ou au sud, personne ne savait rien de cette explosion. La mention faite initialement par le pilote aveuglé d'une éventuelle explosion nucléaire à distance avait touché une corde ultra-sensible parmi les autorités des pays concernés, et leur angoisse se réverbérait de Pékin à Washington. La possibilité que le Meridian 5 soit entré en collision avec le Global Express qui avait disparu des écrans juste avant l'incident n'inquiétait qu'à peine moins les responsables. Cependant, la question de plus en plus insistante de savoir ce qui, exactement, avait pu aveugler l'équipage du 747 était secondaire aux yeux du chef d'escale ; avant tout, celui-ci voulait que son personnel ramène l'appareil sain et sauf à terre.

Un des contrôleurs eut un geste en direction de l'ouest. « Quelles sont ses chances, d'après vous ? »

Le chef d'escale prit une profonde inspiration avant de répondre. « Il y a des 747 qui atterrissent tous les jours ici aux instruments.

— Oui, monsieur. Je comprends. Mais vous n'avez pas répondu à ma question. »

Consulat des États-Unis
Hong Kong, Chine

Après avoir refermé la porte de sa suite, Kat se débarrassa de tous ses vêtements et se glissa entre les élégants draps de percale du lit *king-size*, prenant plaisir à humer le parfum des fleurs qui embaumaient la pièce. À peine avait-elle fermé les yeux que le téléphone se mettait à sonner. L'officier consulaire qui l'avait accueillie s'excusa et la mit au courant de l'affaire du Meridian 5.

Kat resta muette pendant quelques instants, serrant le combiné contre son oreille, toujours assise dans son lit. Robert était une cible. Son avion se trouvait à présent dans une situation très délicate, et avait peut-être été attaqué.

« Je vais avoir besoin d'un moyen de transport pour me rendre tout de suite à l'aéroport », dit-elle en se frottant les yeux.

Il y eut un court silence à l'autre bout de la ligne. « Tout de suite ?

— Tout de suite. »

À bord du Meridian 5, en vol

La voix qui montait des haut-parleurs de la Public Adress était laborieuse, mais claire.

> *Ah, les amis... ici votre pilote. Je suis prêt à entamer l'approche de Hong Kong. Voici... ce que je voudrais vous dire. Il y a... plusieurs personnes avec moi dans le cockpit pour m'aider à faire les bonnes manœuvres et lire les instruments à ma place. Avec... le pilotage automatique, on devrait effectuer un atterrissage en douceur. Cependant, je ne vous mentirai pas. Si quelque chose va de travers dans le système et qu'il faut que je reprenne les commandes, ça pourrait rudement secouer. Tout ce que je peux dire, c'est que je ferai de mon mieux. Et quelle que soit votre religion, quelques prières seraient les bienvenues. Surtout, restez à vos places et suivez à la lettre les instructions que le personnel de cabine vous donnera. Ils parlent en mon nom.*

Un silence pétrifié remplit la cabine des passagers lorsque la sono s'éteignit, comme si cette annonce venait de réactiver la peur que la plupart des gens avaient réussi à maîtriser jusqu'ici.

Britta Franz se tenait à la tête de la cabine touriste, comme privée de sentiment, simplement consciente de l'agitation produite par deux cents personnes vérifiant leur ceinture de sécurité, ajustant leurs oreillers, se prenant par la main et essayant de se rassurer ; certains, la tête inclinée, priaient ostensiblement.

117

Elle tapota Claire à l'épaule, se voulant confiante, et repartit vers l'escalier pour faire savoir que le pont principal était prêt.

Et moi, qui me rassurera ? se demanda-t-elle, s'en voulant aussitôt pour s'être laissée aller à s'apitoyer sur son sort.

Dans le cockpit, Dan Wade manœuvra la poignée qui commandait le train d'atterrissage. Les quatre jeux de roues principaux et la roue avant descendirent se mettre en place avec une secousse, et le pilote trouva rassurantes les vibrations qui firent légèrement trembler l'appareil.

« Que... comment sont les témoins lumineux du train d'atterrissage ? demanda-t-il.

— Tous verts, répondit Geoffrey Sampson. Certains sont restés rouges un peu plus longtemps, mais à présent ils sont tous verts.

— Très bien. Bon... dites-moi maintenant quelle est la distance d'approche. »

Sampson se pencha de nouveau en avant, fouillant des yeux la cohue des multiples cadrans qui tous affichaient des chiffres.

« C'est la DME que vous voulez, mon chou ? » demanda Dallas Nielson depuis son siège.

Dan tourna sa tête bandée vers la voix. « Vous savez ce que c'est ?

— Bien sûr. Système de mesure des distances. Il indique onze milles, et on peut voir les lumières de l'aéroport là-devant, à peu près à cette distance. Il y a des éclairs légèrement sur la gauche, presque droit devant, et des nuages noirs au-dessus des pistes. L'altitude est toujours de trois mille pieds.

— Exact ! s'exclama Geoffrey en écho. Oui, c'est bien l'instrument que vous m'avez montré tout à l'heure. » Il pivota dans son siège pour regarder Dallas, installée juste dans son dos. « Vous ne croyez pas que vous devriez être à ma place, Miss Nielson ?

— Non. Il vaut mieux que je ne touche à rien. Mais je peux vous aider à lire les instruments. »

Il y eut un nouveau soupir haletant et épuisé du copilote. « Ah, n'hésitez pas à parler, s'il vous plaît. »

Dallas ne put retenir un petit rire. « S'il y a bien une chose

118

qu'on ne m'a jamais reprochée, c'est d'hésiter à parler, mon chou. » Elle regarda vers Robert McCabe, roula des yeux et lui adressa un grand sourire auquel il lui fut impossible de résister, et qu'il lui rendit donc.

La main droite de Dan vint se poser sur le manche, alors que le pilote automatique était toujours branché. « Dans environ deux milles... on va intercepter la ligne de descente. Les témoins sur le cadran que je vous ai indiqué... vont changer. Dites-moi quand cela se produira, et ce que vous voyez. À ce moment-là, les gaz vont se réduire un peu et nous entamerons la descente. »

Il se pencha une fois de plus en avant, respirant laborieusement, puis releva la tête. « À ce moment-là, je devrai savoir à quelle vitesse nous descendons. C'est un point essentiel.

— Vous voulez parler du taux de descente ? » demanda Dallas.

Dan acquiesça. « Vous savez où il se trouve ?

— Bien sûr.

— Les chiffres changent, Dan, intervint Geoffrey.

— Comment ?

— C'est... je crois que c'est comme vous avez dit. On a intercepté la ligne de descente. Le bouton où il y a écrit GS est passé au vert et les poignées des gaz reculent.

— Nous descendons, Dan, ajouta Dallas. À environ cinq ou six cents pieds par minute. » Il y eut une petite série d'éclairs juste au nord de la piste, mais elle essaya de les ignorer. Que pouvaient-ils faire, les contourner ?

La voix du contrôleur de Hong Kong emplit le cockpit. « Meridian 5, autorisé à l'atterrissage. Les équipes de secours et le matériel sont en place.

— Bien reçu, Hong Kong. Altitude ?

— Deux mille six cents, répondit Dallas.

— Vitesse ?

— Cent soixante nœuds.

— Je vais... sortir les volets d'un poil. Que l'un de vous me confirme qu'ils sont bien à vingt-cinq degrés.

— Vingt-cinq degrés, confirmé, dit Geoffrey.

— Et on ne s'incline ni à droite ni à gauche ? On est bien horizontal ? »

C'est Dallas qui répondit. « Horizon parfait, nous sommes

à deux mille pieds et la piste est droit devant nous. Ça va marcher comme sur des roulettes, vous allez voir ! »

Dan chercha en tâtonnant, de mémoire, le bouton qui commandait la Public Adress : « OK, les amis, dit-il, tout le monde en position de sécurité.

— Mille cinq cents pieds, annonça Dallas. Pas mal d'éclairs, Dan, juste à gauche de l'aéroport. »

Le copilote acquiesça, et sa main gauche tâtonna parmi les différentes commandes, au-dessus du pare-soleil. « Est-ce que je suis sur la manette de la vitesse ?

— Non ! répondit Geoffrey, sur l'altitude. C'est le bouton juste à gauche. Oui, c'est ça.

— Mille trois cents, annonça Dallas.

— La vitesse ? demanda Dan.

— Cent soixante.

— Je veux cent cinquante. Je tourne dans le bon sens ?

— Oui... Continuez... Encore deux graduations. Encore une. Là ! On est sur cent cinquante.

— La poignée des gaz devrait se régler toute seule, dit Dan.

— Elle revient, confirma Geoffrey.

— Mille pieds », continua Dallas, regardant les lumières qui balisaient la piste se rapprocher lentement. Le formidable rayonnement qui montait de Hong Kong constituait la toile de fond de l'aéroport, à l'est. « La piste d'atterrissage est tout éclairée. »

La main de Dan tâtonna sur le tableau de bord pour s'assurer que les phares étaient bien allumés.

« Neuf cents pieds », annonça Dallas. Tacitement, c'était elle qui avait pris en charge d'annoncer l'altitude.

« Avertissez-moi tout de suite à la moindre chose anormale ! demanda Dan.

— Sept cents pieds. Piste droit devant.

— Vitesse ?

— Cent cinquante, répondit Geoffrey.

— Six cents pieds.

— Très bien. Juste au-dessous de cent pieds, l'appareil va commencer à se cabrer de lui-même et les indications vont changer comme je vous l'ai dit.

— Quatre cents.

« — On devrait être à un mille, à présent, et dans l'axe de la piste, exact ?

— Exact, mon chou ! C'est magnifique ! Un rang de perles dans la nuit — et on est juste à trois cents pieds. »

Robert McCabe se rendit compte qu'il retenait sa respiration, tandis que l'énorme appareil de ligne descendait majestueusement vers ce qui semblait être une piste trop courte et trop étroite pour l'accueillir.

« Deux cents pieds... »

Il y eut un violent éclair juste devant eux, suivi d'un soudain chamboulement sur le tableau de bord. Des commutateurs changèrent de position, des témoins d'alerte s'allumèrent dans le tableau de l'ILS. Un pilote ayant des yeux aurait immédiatement compris que le faisceau radio qui les guidait venait d'être brusquement coupé.

« Il est arrivé quelque chose, Dan ! » dit Dallas, réussissant à contrôler sa voix et se demandant comment elle allait lui expliquer ce qui se passait.

L'alarme sonore de l'ILS retentit et le copilote comprit sur-le-champ ce que cela voulait dire.

« Oh, mon Dieu ! gémit Dan, la voix brisée.

— Il y a des petites lumières rouges qui clignotent partout, dit Dallas, mais tenez bon ! Continuez à descendre ! La piste est juste droit devant !

— Faites-nous toucher terre, Dallas ! Faites-nous toucher terre ! L'assiette est horizontale ?

— On penche un peu à droite... et le nez est trop cabré... Baissez... encore un peu... redressez-le vers la gauche... Non, Dan ! Vous penchez encore trop à droite !

— Altitude ?

— Ah... cent pieds ! Moins ! Ça descend, mais un peu trop vite ! Redressez à gauche ! À gauche ! »

Dan Wade ramena le manche vers la gauche, l'inclinant fortement de ce côté-là, l'extrémité de l'aile à quinze mètres à peine au-dessus du sol. L'énorme machine commença à dériver vers le bord de la piste.

La voix de Geoffrey Sampson retentit dans le cockpit. « On n'est plus dans l'axe de la piste ! On ne peut pas atterrir, Dan !

— TROP À GAUCHE ! BRAQUEZ À DROITE, DAN, ET TIREZ ! » cria Dallas.

L'extrémité de l'aile gauche heurta sèchement le sol. La soudaine embardée à gauche fut contrariée par le formidable impact des seize roues du train principal, sur l'herbe qui jouxtait la piste. Le nez se mit à se redresser, réagissant à la traction frénétique que le pilote aveugle exerçait sur le manche.

« On... repart ! » dit Dan qui poussa en même temps les commandes des gaz à fond. Instinctivement, il contra l'embardée à gauche par le palonnier et le manche, ce qui suffit à faire quitter le sol au 747, nez redressé ; mais il n'avait pas assez de vitesse et ne tenait en l'air, à trois mètres du sol, que grâce au coussin d'air comprimé par son passage. « PARLEZ-MOI ! » hurla-t-il.

Il y eut une autre série d'éclairs aveuglants, accompagnée en même temps d'un roulement de tonnerre, et tout cela laissa un instant Geoffrey et Dallas paralysés. C'est la Noire qui retrouva sa voix la première, mais elle préféra ne pas mentionner quelque chose que le pilote n'avait pu voir et contre quoi il ne pouvait rien faire. « Nous... nous tenons... ne le laissez pas toucher à nouveau ! On est à peine au-dessus du sol, mais les ailes sont presque à l'horizontale ! La piste est à droite ! Montez un peu !

— Vitesse ?

— Bon Dieu, Dan ! Cent... cent vingt !

— Dan... » fit Geoffrey d'une voix presque détachée. Puis il ajouta : « DAN ! IL Y A UNE TOUR DROIT DEVANT NOUS ! »

Le copilote tira brutalement le manche à lui.

« Oh, Seigneur ! » s'exclama Dallas, tandis que la tour peinte de carrés rouges et blancs disparaissait sous le nez de l'appareil. Il y eut un bruit de frottement métallique assourdi. L'appareil trembla violemment de toutes ses membrures. Les moteurs étaient poussés au maximum, le nez dressé.

« Bon Dieu, Dan, on l'a touchée !

— Dallas ! Donnez-moi l'angle de montée ! L'angle du nez !

— Je regarde, je regarde ! Dix degrés, on dirait !

— Aidez-moi à le garder comme ça ! L'assiette est horizontale ? »

Il y eut une explosion étouffée, en provenance de la gauche de l'appareil, suivie par le déclenchement d'une alarme sonore ; une lumière rouge se mit à clignoter sur le tableau de bord, juste devant eux, tandis que le 747 dérivait une nouvelle fois vers la gauche.

« Qu'est-ce que c'est que ça ? s'écria Dallas.

— Il y a une lumière rouge sur la poignée, là ! intervint alors McCabe. On peut lire le chiffre *deux* dessus !

— Le moteur numéro deux est en feu », dit Dan, appuyant automatiquement sur le palonnier pour compenser le déséquilibre de l'aile droite. « Il est foutu. Faut que vous m'aidiez à garder l'appareil dans son assiette, tous. Parlez-moi ! PARLEZ-MOI ! Geoffrey, continuez à me donner les degrés d'inclinaison aile droite/aile gauche !

— Les ailes sont horizontales à présent, répondit Sampson, les yeux écarquillés.

— Votre horizon est bon et nous montons rapidement. » Dallas respirait vite, à petits coups, essayant de se contrôler.

« Altitude ?

— Euh... trois cents pieds. On grimpe toujours. »

Dan trouva la poignée des ailerons et les ramena à quinze degrés. *Le train !* pensa-t-il. Fallait-il tenter le coup ? Il était peut-être endommagé, mais il lui fallait diminuer la traînée. Cela pouvait attendre encore un peu, décida-t-il.

Sa main gauche lâcha la commande des gaz et chercha les extincteurs des moteurs.

« Altitude ?

— Euh... cinq cents pieds, on monte toujours. Vitesse, cent quarante nœuds, à présent.

— Une question vitale, Dallas. La poignée que je tiens en ce moment... est-ce bien celle où clignote le voyant lumineux ?

— Oui.

— Et on peut lire *deux* dessus ?

— Oui ! Attention, vous penchez à droite. JUSTE UN PEU !

— Aile gauche trois degrés trop bas, annonça Geoffrey. Deux degrés. »

Dan tira puis tourna la poignée déclenchant l'extincteur du moteur numéro deux. « Altitude ?

— Huit cents pieds... on grimpe toujours !

— Je vais remonter le train », dit Dan, mettant la poignée qui le commandait en position RELEVÉ. Le bruit du train d'atterrissage qui remontait et se verrouillait retentit dans l'appareil, accompagné d'une légère secousse.

« Vitesse ?

— Cent quatre-vingts... non, cent quatre-vingt-dix, répondit Dallas. On approche les mille pieds. Les ailes sont toujours horizontales, mais beaucoup de témoins se sont éteints. Il n'en reste que quelques-uns.

— Est-ce que nous avons franchi les collines ?

— Oui », confirma Dallas.

Dan releva complètement la commande des volets et prit une profonde inspiration. « Il va falloir que vous me parliez tout le temps ! Nous devons à présent prendre un cap à l'ouest et monter à cinq mille pieds. Ne me laissez pas trop cabrer le nez ni trop rouler sur une aile ou l'autre.

— Je vois toujours les instruments, mais seulement de ce côté, dit Geoffrey.

— PARLEZ-MOI, BON DIEU !

— D'accord, Dan, d'accord, fit précipitamment Dallas. L'aile droite est un peu basse d'un ou deux degrés, le nez est à environ dix degrés.

— Je vais toucher le bouton d'un système qui s'appelle APU, Dallas. Le générateur auxiliaire. Est-ce bien APU que vous lisez ?

— Oui. APU. »

Il le brancha et appuya sur le bouton *émission* de son manche à balai.

« Hong Kong, ici Meridian 5. Je crains bien qu'on ait démoli votre balise ILS. J'ai besoin de coordonnées d'une zone de sécurité en altitude et direction pendant que nous réfléchissons à la conduite à suivre. »

Pas de réponse.

« Hong Kong, Hong Kong, vous m'entendez ? Ici Meridian 5. »

Une fois de plus, la main gauche de Dan tâtonnait sur le tableau, au-dessus du pare-soleil, et essayait de brancher le système de pilotage automatique ; mais il n'obtint aucune réaction.

« Dallas ? Geoffrey ? Les témoins du pilote automatique ne se sont pas allumés ?

— Non. Ils sont toujours éteints. Qu'est-ce que ça signifie ?

— Oh, Seigneur... que nous n'avons plus de pilote automatique. Qu'il faut que je pilote manuellement. Vous vous retrouvez avec un foutu pilote aveugle aux commandes !

124

— Oh, non ! gémit Geoffrey.

— Hong Kong, Hong Kong, ici Meridian 5. Je vous en prie, répondez ! »

La radio resta silencieuse, comme le fit Dan pendant un certain temps. Ce fut McCabe qui rompit le silence.

« Comment se fait-il qu'ils ne réagissent pas, Dan ? »

Le copilote tendit la main vers un petit cadran circulaire contenant deux aiguilles de boussole.

« Est-ce que... vous voyez deux témoins rouges, ici ? Ce sont des drapeaux alarme. »

Dallas se pencha. « Oui, deux. »

Dan indiqua alors l'un des cadrans d'affichage réservés à la radio de navigation, sur la console centrale. « Vérifiez s'il indique bien un zéro neuf point cinq, et dites-moi si les témoins sont toujours allumés. »

Il entendit le cliquetis que fit le réglage auquel procéda Dallas. Il fut suivi d'un silence de quelques secondes.

« Les témoins sont toujours là, Dan. »

Elle le vit s'affaisser sur son siège. « Dan ? Ça va, Dan ? On penche un peu à droite, on pique un peu du nez. »

Le copilote secouait la tête. « Si je n'arrive pas à rebrancher le pilote automatique, impossible de faire l'approche aux instruments. Et si nous n'arrivons pas à trouver la balise...

— Je ne comprends pas, dit Robert.

— Lorsque nous avons démoli la tour de l'ILS, notre propre récepteur ILS a aussi été endommagé. J'ai bien peur que nous n'ayons détruit la seule chose qui pouvait nous ramener à terre. »

12

Tour de contrôle de Hong Kong
Chep Lap Kok/Hong Kong International Airport
13 novembre — jour deux
02.09 heure locale/1809 zouloue

« Quelle direction prend-il ? » demanda le chef d'escale, penché vers le contrôleur de service et regardant, sur l'écran radar, le faible écho du vol Meridian 5 qui s'éloignait lentement de Hong Kong.

« Il est sur un cap zéro huit zéro, à peu près. Mais son transpondeur ne fonctionne plus. Nous n'avons qu'un simple écho radar. »

Le chef acquiesça. « Ce n'est pas surprenant. Il a dû perdre des équipements lorsqu'il a démoli la tour d'ILS de la piste sept. Ce qui m'étonne, en revanche, c'est qu'il vole encore.

— Meridian 5, ici Hong Kong. Vous nous recevez ? » Le contrôleur leva les yeux vers son supérieur. « Je n'ai pas cessé de l'appeler. Soit il ne nous entend pas, soit il ne peut pas émettre.

— Les deux, peut-être. Continuez d'essayer, de toute façon.

— Meridian 5, ici Hong Kong. Vous nous entendez ? »

Toujours pas de réponse.

« J'ai demandé au vol de Cathay Pacific qui vient de partir de regarder s'ils ne le voyaient pas, mais il y a un front orageux à l'est qui ne va pas leur faciliter les choses. Que peut-on faire d'autre ? »

Le chef d'escale réfléchit longtemps avant de secouer finalement la tête. « S'il est réellement aveugle et s'il n'y a aucun autre pilote dans l'appareil pour l'aider à faire voler cet engin, sa seule chance reste l'atterrissage aux instruments. L'autre balise ILS de la piste sept fonctionne, mais il lui faudra trouver le faisceau tout seul. Vérifiez tout de même que cette balise est opérationnelle.

— Oui, monsieur. »

Le chef se redressa. « Continuez de l'appeler. Demandez-lui de décrire un cercle, même s'il ne répond pas, au cas où lui pourrait nous entendre. Sinon... si vous perdez son écho radar... notez soigneusement sa dernière position et appelez-moi là-haut. »

La possibilité qu'une défaillance des équipements de l'aéroport ait failli provoquer le crash était politiquement intolérable — tout autant que l'idée qu'un système de guidage pour atterrissage aux instruments flambant neuf ait pu tomber en panne. La balise ILS avait été frappée par la foudre ; ils n'y étaient pour rien.

Il y avait encore une autre idée, une idée qui le rendait malade : ce pilote réduit à l'impuissance, son équipage et ses passagers n'avaient-ils pas perdu leur dernière chance d'atterrir sans casse ?

Mais il y a peut-être un autre pilote à bord, après tout, tenta-t-il de se rassurer.

À bord du vol Meridian 5

« Altitude ? demanda Dan.

— On vient de franchir cinq mille pieds et on monte régulièrement, répondit Geoffrey.

— Votre aile gauche plonge encore un peu, Dan », lui signala Dallas.

Il corrigea l'assiette au moment où retentissait le signal de l'interphone. « Et maintenant ?

— Mieux... elles ont presque retrouvé l'horizontale... ça y est. »

Dan tendit la main vers un interrupteur du tableau supérieur et l'enclencha.

« Hé ! c'est une bonne idée d'éclairer le cockpit, commenta Dallas.

— Robert ? demanda Dan. Pouvez-vous décrocher ce combiné, placé sur la console centrale ? Demandez ce qui se passe.

— Tout de suite. » McCabe prit le téléphone et entendit la voix mal assurée d'une hôtesse l'appelant d'en bas. « Commandant ? Je crois qu'on a touché quelque chose. On entend un bruit terrible qui monte de la soute. »

De la main, Robert abrita le micro du combiné. « Il est au courant. Tenez bon. »

Dan tendit la main vers la console centrale, derrière les poignées des gaz, et changea les réglages de sa radio avant de rappeler Hong Kong, mais il n'obtint une fois de plus que le silence.

« L'aile gauche est trop basse de cinq degrés, Dan, l'avertit Geoffrey.

— Redressez un peu vers la droite, fit en écho Dallas, et faites un peu plonger le nez. Vous êtes encore cabré... à dix degrés, je dirais.

— Vitesse ? (La voix de Dan se réduisait à un croassement rauque.)

— Deux cent soixante — non, deux cent soixante-dix nœuds », répondit aussitôt Dallas.

Dan Wade réduisit un peu les gaz, tendant l'oreille vers le sifflement lointain des moteurs. « Altitude ?

— Euh... on approche les sept mille pieds.

— Aidez-moi à passer en vol horizontal, Dallas. On va essayer de stabiliser l'appareil. Lisez-moi l'angle d'attaque.

— Très bien, on est à dix degrés... huit... cinq... trois. »

Dan poussa encore le manche d'un centimètre. « Et maintenant ?

— Toujours trois degrés positifs. On descend un peu. »

Il tira légèrement le manche à lui et régla le compensateur d'assiette, le système qui permet de ne pas avoir à trop pousser ou à trop tirer sur le manche.

Une fois de plus, il appela Hong Kong.

Et une fois de plus, il n'obtint qu'un silence radio complet sur la ligne.

« C'est... c'est bien ce que je craignais, dit-il calmement.

— Relevez un peu le nez, Dan, et redressez à droite, très

peu, reprit Dallas. Qu'est-ce que vous craigniez ? Qu'est-ce que vous avez conclu ? »

Il eut encore un long soupir chevrotant. « J'en conclus que... nous n'avons ni radio, ni guidage radio, ni pilote automatique. J'en conclus que nous avons bousillé quelque chose dans le compartiment de l'électronique et que nous sommes en train de dépressuriser, car mes oreilles se bouchent.

— Et qu'est-ce qu'on fait ? demanda Geoffrey Sampson.

— Il y a une chose que je peux vous dire, les amis... répondit Dan d'une voix qui se brisait. Je... je ne serai pas capable de piloter ce gros joujou bien longtemps. »

Robert se pencha sur lui et le saisit par l'épaule. « Accrochez-vous, Dan. Et c'est pas juste pour vous remonter le moral que je vous dis ça. Nous allons y arriver *ensemble*. On va trouver un moyen de vous faire tenir jusqu'au bout, d'accord ? »

Dan secouait la tête de plus en plus violemment. « Non, non, non, NON ! » Il inhala avec un hoquet, ou peut-être un sanglot. « Vous ne comprenez pas ? Je ne peux pas ! Nous n'avons plus de pilote automatique, plus de contact radio. Nous sommes *seuls* en l'air. On ne peut parler à personne, on ne peut pas naviguer, et nous n'avons aucun moyen d'atterrir ! Je n'ai même pas été capable de rester dans l'axe pendant les derniers cent mètres...

— Il faut bien qu'il y ait une solution, objecta Dallas, d'une voix basse et tendue. Et Robert a raison. Nous devons tenir.

— Bon Dieu ! Vous croyez que je ne le sais pas ? » répliqua le copilote en tournant sa tête bandée vers la gauche. « Merci pour votre coup de main, Geoffrey. S'il vous plaît, laissez votre place à Miss Nielson. C'est vous qui allez piloter, Dallas.

— Jamais de la vie, mon chou !

— Britta m'a dit que vous étiez ingénieur de vol sur 747 !

— Pas du tout. Je suis un ingénieur en télécommunications qui a quelques centaines d'heures de vol sur un simulateur Microsoft... J'ai peut-être oublié de mentionner que c'était en télécommunications, mais si je lui avais dit, votre hôtesse ne m'aurait pas laissée monter.

— Microsoft ? demanda un Dan incrédule. *Microsoft* ?

— Exact. C'est un programme de simulateur de vol avec lequel on peut jouer sur son ordinateur. Ils ont même un cockpit de 747, mais étant donné que ça se passait au bureau, je devais me contenter d'un clavier comme manche à balai.

— Ce qui explique que vous connaissez les principaux instruments du tableau de bord, n'est-ce pas ?

— Tout juste. Et pour l'instant, je lis que votre aile gauche plonge. Remontez légèrement et redressez le nez d'un ou deux degrés.

— Bon sang ! Si vous n'aviez pas été aussi efficace, je vous ficherais à la porte. Mais puisque vous savez si bien lire les instruments, Dallas, vous devriez pouvoir piloter l'appareil.

— Niet ! Jamais de la vie ! Je ne tiens pas à mourir aussi vite. On volerait probablement sur le dos le temps de le dire. »

Geoffrey Sampson avait posé calmement les mains sur le manche à balai qu'il avait devant lui. « Laissez-moi essayer, Dan.

— Vous voulez dire... essayer de piloter ? demanda Dan.

— En effet. Miss Nielson ? M'aideriez-vous à lire les instruments ?

— Vous pouvez parier sans risque votre arrière-train de Britannique que je vais vous aider. »

Dan lâcha son manche à balai et décrocha le combiné de l'interphone, branchant la sono de l'appareil.

Les amis, c'est encore moi, Dan Wade, votre pilote. Vous avez évidemment compris... que la tentative d'atterrissage a été un désastre, et j'en suis terriblement désolé. La foudre est tombée au moment précis où nous allions nous poser et elle a détruit le système d'atterrissage aux instruments... et, euh, le pilote automatique ne peut rien sans eux. Nous avons dévié de la piste, fauché le haut d'une balise et perdu le moteur deux, sur l'aile gauche ; nous n'avons plus de radio et... il faut que je trouve un endroit où atterrir et imaginer comment le faire sans mes yeux et sans contact avec le sol. Je... je m'adresserai de nouveau à vous quand on aura décidé de la marche à suivre.

Lorsqu'elle avait senti le fuselage racler brutalement contre quelque chose, Britta avait bondi sur ses pieds et parcouru le pont inférieur de l'avant à l'arrière ; les passagers étaient terrifiés, mais elle n'avait constaté aucun dégât. Elle s'apprêtait à faire demi-tour, à hauteur de l'office arrière, lorsqu'une main se tendit et la saisit par le bras.

« Quoi ? » dit-elle sèchement en se tournant. *Ah, le gamin insolent à la radio...* Elle adopta une expression sévère et le regarda dans les yeux. « Puis-je faire quelque chose pour vous ?

— Ce type ne va jamais s'en sortir ! » répondit le gamin avec un geste vague en direction des haut-parleurs. Il avait un accent nettement américain.

Britta lui fit les gros yeux. « Il fait du mieux qu'il peut.

— Et moi je vous dis, madame, qu'on est fichtrement dans la merde s'il est aveugle et sans pilote automatique.

— Commencez donc par surveiller votre langage, jeune homme ! Je n'ai pas de temps à perdre.

— Avez-vous besoin d'un autre pilote là-haut ou non ? »

L'hôtesse hésita. À son âge, le garçon ne pouvait leur être d'aucune aide. À moins que... « Prétendez-vous que vous sauriez piloter ? »

Il hocha la tête, mais le geste était hésitant. « Nous sommes bien sur un 747-400, n'est-ce pas ?

— Oui.

— Alors je peux le faire voler. »

Le faire voler ? s'étonna Britta. *Ce n'est pas la façon dont un pilote aurait répondu.* Elle mit un genou au sol pour lui parler directement en face. « Écoutez, sans vouloir vous traiter par le mépris, j'ai quand même du mal à croire qu'un garçon de votre âge aurait la formation lui permettant de maîtriser un tel engin. Ou alors, il faut m'expliquer ce miracle.

— Écoutez, on a failli s'écraser il y a dix minutes et le pilote dit qu'il est aveugle. J'en sais largement assez pour faire mieux qu'un pilote qui ne voit rien !

— Mais où avez-vous appris à piloter ? *Comment ?* Soyez plus précis !

— Mon père dirige une entreprise de simulateurs de vol. Je peux tous les piloter. Je n'ai évidemment pas de brevet, mais je sais tenir les commandes du simulateur du 747-400.

— Et atterrir ?

— Ah... parfois.

— Parfois, ça ne suffit pas.

— Ouais, peut-être, mais j'ai pas vu beaucoup de pilotes courir jusqu'au cockpit, jusqu'ici.

— Quel est votre nom, déjà ? demanda Britta, luttant contre les sentiments peu amènes qu'elle éprouvait pour le gamin.

131

— Steve Delaney, rétorqua-t-il, acerbe. Et le vôtre ? »

Elle ignora le ton. « Je vais parler de votre proposition au pilote, monsieur Delaney.

— Ouais, que tu dis », grommela-t-il.

Britta s'était relevée. Elle se pencha sur lui. « Jeune homme, quand je dis que je vais faire quelque chose, vous pourriez parier votre tête dessus. Je vais expliquer ce que vous m'avez dit au pilote et c'est lui qui décidera si votre expérience peut lui être utile. Dans ce cas, je reviendrai vous chercher sur-le-champ. »

Elle fit demi-tour et remonta rapidement l'allée, ayant du mal à ne pas perdre l'équilibre, car l'appareil traversait une zone de turbulences et commençait à être secoué.

« Il y a pas mal d'éclairs devant nous, Dan », observa Dallas, dont les yeux ne cessaient d'aller du tableau de bord aux nuages dans lesquels ils entraient.

« Oh, Seigneur, dit Dan, j'avais oublié le front orageux... Est-ce que le radar fonctionne ? »

La Noire regarda l'écran et secoua la tête. « Non. Il est vide.

— Dans ce cas, on risque un sacré rodéo. » Sa main tâtonna sur le tableau supérieur, à la recherche du bouton qui allumait le signal des ceintures de sécurité, qu'il fit clignoter plusieurs fois. Puis il prit l'interphone et ordonna que tout le monde reste assis et attaché.

« Est-ce que nous retournons à Hong Kong, Dan ? demanda calmement McCabe depuis sa place.

— Je... euh... je ne sais pas encore ce que nous allons faire. Je... n'ai pas eu le temps d'imaginer un plan. » Le copilote se tourna vers la gauche. « Geoffrey ? Gardez-nous à la même altitude et tournez lentement à l'ouest. Et attachez-vous tous. »

Geoffrey Sampson se bagarrait avec l'avion, réagissant trop vivement à chaque fois, et le nez de l'appareil piquait ou se cabrait constamment. Peu à peu, cependant, avec l'aide de Dallas, il commença à prendre le coup de main.

« Je fais tout ce que je peux, Dan. C'est très dur. J'ai l'impression de toujours réagir à contretemps !

— Je sens ce qui se passe. Restez comme ça, Geoff ! Attendez avant de pousser le manche... Laissez-le se stabiliser... voilà. Maintenant, poussez le manche. Votre précipitation tient à ce que vous êtes trop tendu. » Dan sentait le manche à balai tiré vers lui, puis repoussé, puis tiré à nouveau et les réactions de piqué ou de cabré du 747 devenaient plus prononcées chaque fois.

« Je me demande bien pourquoi je suis si tendu, répliqua Geoffrey.

— Je vais arranger ça, Geoff. Laissez-le-moi pendant quelques secondes.

— Volontiers. »

Dan prit le manche à balai et atténua les sauts de carpe de l'appareil au feeling. « Dallas ? Est-ce que nous volons à l'horizontale et virons à droite ?

— Presque, répondit Dallas, qui remarqua à cet instant que la responsable du personnel de cabine venait d'entrer dans le cockpit. Baissez très légèrement le nez et appuyez un peu à gauche... Britta est arrivée, Dan. »

Le copilote s'affaissa légèrement dans son siège. « On a bien failli... y passer, Britta. Tout le monde va bien, en bas ?

— Oui. J'ai entendu ce que vous avez dit, sur la Public Adress. Ils ont tous très peur, mais personne n'a été blessé. Aucun dommage dans la cabine. »

Il acquiesça sans faire de commentaires. Alors que Robert lui dressait un tableau complet de la situation, elle se rendit compte que c'était Dan qui avait les mains sur le manche à balai. Ses yeux s'écarquillèrent. « Comment pouvez-vous piloter manuellement ? Est-ce que... Mr Sampson ne pourrait pas prendre les commandes ?

— Il essaie, mais il manque d'expérience.

— Et la dame qui est ici ? Elle n'en a pas ? »

Dallas leva une main. « Non ! Je vous ai dit que je pouvais lire les instruments, mais je suis incapable de faire voler cet engin.

— Geoffrey ? Reprenez les commandes, dit Dan. La main légère. Restez calme quand vous corrigez. »

Les mains de l'Anglais se refermèrent sur le manche à balai et il déglutit laborieusement. « Entendu.

— Mais alors... » commença Britta. La peur lui faisait écarquiller encore plus les yeux tandis qu'elle étudiait le cockpit et, de l'autre côté du pare-brise, la nuit noire ponctuée d'éclairs toutes les quatre ou cinq secondes. Le grand vaisseau frémit et vibra en passant au milieu de turbulences, puis tout rentra dans l'ordre. « Que... qu'est-ce que nous allons faire ? »

Dan soupira. « Nous sommes dans une situation désespérée, Britta. Sans radio et sans mes yeux, nous sommes très exactement sourds, muets et aveugles. Et non seulement nous ne pouvons avoir aucun échange avec le sol, mais sans le pilote automatique je ne pourrais même pas régler une nouvelle approche si nous trouvions un aéroport. Il y a bien une deuxième balise ILS à Hong Kong, mais elle ne nous servirait à rien, en admettant qu'on la trouve. Nous serons peut-être obligés... de nous crasher. S'il n'y a pas d'autre moyen, je tâcherai de me poser aussi en douceur que possible sur l'eau, le long d'une côte. Mais pour ça, il faut attendre le jour.

— Mais est-ce qu'on ne peut pas... est-ce que vous... oh, mon Dieu ! »

Dallas prit la main de Britta.

La brutale entrée du 747 dans une averse de grêle ne fut précédée de turbulences violentes que pendant quelques secondes ; l'appareil venait de plonger à l'aveuglette dans un orage. Britta et Robert furent plus ou moins jetés l'un sur l'autre, puis en l'air, tandis que toute la carcasse du Boeing roulait et tanguait dans les courants ascendants et descendants. Des rideaux de foudre se déployaient devant eux, accompagnés de roulements de tonnerre tellement forts qu'ils étaient audibles à travers les parois. Dallas, agrippée d'une main au bras de son siège, rattrapa Britta de l'autre. La transpiration emperlait le front de Geoffrey ; l'Anglais se battait comme un beau diable pour conserver le contrôle de l'appareil, et son corps était coupé en deux par la ceinture à chacun des soubresauts du 747.

« Accrochez-vous, Geoffrey ! lui cria Dan. Essayez de garder le nez trois degrés en l'air et les ailes horizontales, inutile de vous occuper de votre altitude ou de votre taux de montée.

— J'essaie, j'essaie ! réussit à dire Geoffrey d'une voix étranglée et tendue.

— Britta ? Dallas ? Robert ? Ça va ?

— On tient le coup », répondit McCabe. Un autre impact de grêle s'abattit sur l'appareil dans un vacarme de tonnerre, couvrant tous les autres bruits. Les secousses étaient telles qu'il était presque impossible de lire les instruments.

« Quel est... notre... cap ? cria Dan, la voix pratiquement noyée par le bruit.

— Quoi ? hurla quelqu'un.

— Le cap ! Quel est... notre cap ?

— Deux cent quarante degrés ! » fit Dallas sur le même ton.

La grêle s'arrêta aussi brusquement qu'elle avait commencé et c'est dans des rideaux de pluie qu'ils s'enfoncèrent. Dallas vit la main de Dan tâtonner nerveusement sur le tableau supérieur, à la recherche d'une commande précise. Il haletait péniblement.

« Que voulez-vous, Dan ?

— Le dégivrage ! voilà ! » Il brancha le système de dégivrage des ailes et des moteurs, non sans que sa main rebondisse à plusieurs reprises contre le panneau, tant les turbulences étaient encore violentes ; on avait l'impression que le Jumbo allait être mis en pièces.

« Geoffrey ! redressez à droite ! » lui cria Dallas à l'oreille.

L'Anglais ne répondit pas, se contentant d'acquiescer, mais le 747 réagit et le rétablissement de l'appareil les envoya tous rouler sur la gauche.

Puis ce fut à nouveau une averse de pluie et de grêle mêlées, traversée d'éclairs, et des turbulences plus fortes que jamais se mirent à secouer l'appareil, qui commença à perdre de l'altitude, alors que Geoffrey s'escrimait à conserver le nez légèrement relevé et l'assiette à peu près correcte. L'appareil s'enfonçait à plus de deux cents nœuds dans des courants d'air en perpétuel changement, si bien qu'ils étaient secoués en permanence et si violemment que les instruments devenaient par moment illisibles ; Geoffrey devait parfois tenir tête à des embardées qui l'expédiaient à droite ou à gauche, ou cabraient ou faisaient piquer l'appareil.

« Geoffrey ! hurla Dallas, on descend ! On vient de repasser les trois mille pieds ! Remontez ! Remontez !

— J'essaie !

— On dirait un grand courant descendant, cria Dan. Altitude ?

— Deux mille cinq cents, et ça dégringole encore !

— Tirez sur le manche, Geoffrey ! tout de suite ! ordonna Dan.

— On est passés en dessous de deux mille ! » cria Dallas dans l'oreille de l'Anglais, le voyant tirer trop timidement sur le manche. Le nez se cabra à dix degrés, mais l'appareil continua à perdre de l'altitude.

« Qu'est-ce qui arrive ? Expliquez-moi, Dallas ! » voulut savoir Dan qui, les mains posées sur le manche à balai, essayait de comprendre ce qui se passait au feeling. « Quelle est l'altitude ?

— Douze degrés positifs ! La vitesse diminue aussi, on est à deux cent vingt nœuds ! »

Dan prit le manche à deux mains et tira dessus sans avertir. « Dites-moi quand nous serons à trente degrés ou à moins de cent cinquante nœuds !

— On vient de passer en dessous de mille pieds, Dan ! Oh, mon dieu, on va s'écraser ! » L'angoisse faisait trembler la voix de Dallas tandis que le 747 poursuivait sa chute ; les trois moteurs restants tournaient à plein régime et l'appareil était cabré à un angle effrayant. À sa droite, McCabe et Britta s'accrochaient à leur siège amovible, et regardaient, dans un silence engoissé, l'aiguille de l'altimètre qui dégringolait toujours.

« Angle, trente degrés. Vitesse, cent soixante-dix.

— Altitude ?

— Cinq cents pieds... quatre cents pieds... Ça ralentit, Dan, mais on descend toujours ! »

13

Tour de contrôle de Hong Kong
Chep Lap Kok/Hong Kong International Airport
13 novembre — jour deux
02.31 heure locale/1831 zouloue

Le patron de la tour s'assit lourdement à côté de ses contrôleurs et secoua la tête, sans quitter des yeux l'écran de radar contrôlé par ordinateur. « Vous l'avez vu descendre, et vous avez perdu le contact avec son transpondeur ? »

Les yeux agrandis, le contrôleur bredouilla précipitamment : « Oui, monsieur.

— Quand l'avez-vous perdu ? À quelle altitude ?

— À deux mille pieds. Il descendait de plus de deux mille pieds par minute. Il avait entamé un grand virage à l'ouest.

— Il y a combien de temps ?

— Sept minutes. Je vous ai appelé tout de suite. »

L'homme prit une profonde inspiration et secoua la tête, écrasé par l'idée de la catastrophe qui venait d'avoir lieu. Il y avait plus de deux cents personnes à bord de cet appareil ; mais si le 747 avait heurté la surface de l'eau à un taux de descente aussi rapide et en pleine nuit, les chances de trouver des survivants étaient bien minces.

« Très bien. Déclenchez les procédures. Vous savez ce qu'il faut faire. »

Le contrôleur s'attela aussitôt à sa tâche : alerter les secours et faire savoir au monde que le vol Meridian 5 s'était écrasé en mer.

137

La Maison Blanche, Washington DC

Le Président des États-Unis franchit la porte de ce qui est sans doute le bureau le plus célèbre au monde et adressa un signe de tête au chef d'état-major de l'Air Force — un général quatre étoiles — et à l'attaché de presse. La réunion, pour une conférence téléphonique d'urgence, avait pour but de déterminer comment réagir devant la crise provoquée par la catastrophe aérienne de Hong Kong. Le Président serra la main du général et s'assit dans le fauteuil placé devant la cheminée, où brûlait un feu. Puis il regarda son attaché de presse, Jason Pullman, dont la main obturait le micro d'un téléphone. « Qui avons-nous en ligne, Jason ?

— Richard Herd, Jack Rhoades et le Dr Stella Mendenhall, monsieur le Président. »

Autrement dit, le directeur de la CIA, l'adjoint au directeur du FBI et l'une des principales responsables du Comité de Sécurité des Transports nationaux, le NTSB.

Le Président acquiesça et l'attaché de presse pianota sur son clavier. La conférence pouvait commencer.

Le Président répondit brièvement aux salutations puis entra tout de suite dans le vif du sujet. « Je me trouve ici avec notre chef d'état-major de l'Air Force, le général Tim Bauer, et Jason Pullman, que vous venez d'entendre. Qui a convoqué cette conférence ?

— Moi, monsieur le Président, répondit aussitôt Herd, le patron de la CIA. Des rumeurs commencent à courir sur cette affaire et j'ai pensé qu'il fallait que vous soyez briefé le plus rapidement possible.

— Quelles rumeurs, Richard ?

— Des bruits sans fondement qui voudraient relier l'accident de Hong Kong au crash de SeaAir près de Cuba, ou qui prétendent que c'est un acte terroriste.

— Sans fondement ?

— Ni dans un cas ni dans l'autre, à notre avis, monsieur le Président ; mais en fait nous n'en savons rien pour le moment. »

Le Président poussa un soupir. « Bon, allons-y pour ce briefing. »

Le directeur de la CIA rapporta les faits connus et commença à énumérer les raisons qui militaient pour l'hypothèse d'une collision aérienne plutôt que celle d'une attaque terroriste, mais le Président l'interrompit bientôt.

« Attendez. Vous dites que le pilote survivant a aussi mentionné la possibilité d'une explosion *nucléaire* ?

— Oh, nous sommes déjà tout à fait sûrs qu'il n'y en a pas eu, monsieur. Nos services de veille confirment que leurs détecteurs n'ont rien signalé.

— De quoi s'agit-il alors ? Vous avez parlé d'une collision en vol ou d'une forme d'attaque, mais pour une collision il faudrait un deuxième avion.

— Précisément. Il manque un avion », répondit le directeur de la CIA, qui raconta alors la mystérieuse apparition du jet d'affaires, ajoutant que la FAA n'avait pu encore déterminer à qui appartenait l'appareil.

Le Président se pencha, coudes sur les genoux, jouant machinalement avec un stylo. « La troisième possibilité est donc une attaque... mais quel genre d'attaque ? Militaire ? Terroriste ? Et à l'aide de quoi ? D'un missile ? »

Le général Bauer leva la main. « Nous n'avons aucune raison, monsieur le Président, de soupçonner un acte d'hostilité de caractère militaire. Il s'agit d'un vol commercial régulier, l'incident a eu lieu à dix nautiques — dix milles marins, si vous préférez — de Hong Kong, sur une route aérienne habituelle. Les forces aériennes chinoises ne peuvent en aucun cas être impliquées. Reste que si nous voulons savoir quel genre d'attaque a bien pu aveugler deux pilotes...

— Oui, il y a de quoi être perplexe, intervint le Président, secouant la tête. Le commandant est mort, et le copilote aveugle. Comment une chose pareille est-elle possible ? »

Le directeur de la CIA reprit la parole avant le général. « N'importe quel type d'embrasement soudain et violent, comme la foudre frappant directement l'appareil ou l'explosion d'un réservoir de carburant au cours d'une collision, pourrait faire perdre temporairement la vue à des pilotes. Par contre, nous n'avons jamais entendu dire qu'une décharge lumineuse, aussi forte soit-elle, puisse tuer ; c'est cependant ce qui est à l'origine d'une réaction secondaire chez le commandant, crise cardiaque ou hémorragie cérébrale.

— Vous n'aviez pas fini, général, dit le Président.

— Je voulais ajouter, reprit le général Bauer, que l'intensité de cette soi-disant explosion rapportée par le pilote survivant n'est pas sans faire penser à celle d'une charge au phosphore, s'embrasant à très courte distance. La foudre ne peut avoir un tel effet.

— Une charge de quoi ? s'exclama le Président, se redressant sur son siège.

— De phosphore, monsieur le Président. Son intensité, surtout de nuit, est absolument insupportable. Si on leur a envoyé un petit missile équipé d'une telle charge, un missile destiné à exploser devant le nez de l'appareil, il semble bien que l'éclair pourrait sérieusement affecter la vision des pilotes pendant plusieurs heures.

— Si j'ai bien compris, un missile entraînant une cécité temporaire ? » Le Président vit le général hocher affirmativement la tête. « Ce qui implique qu'il s'agit d'une attaque terroriste ? »

Une fois de plus, le patron de Langley répondit le premier. « Cette hypothèse nous semble peu vraisemblable, monsieur le Président. Nous pensons plus probable qu'il y a eu une collision aérienne suivie d'une explosion. Les terroristes auraient eu non seulement besoin d'un missile perfectionné, mais d'un endroit d'où le lancer ; de plus, comment être certain que le fait d'aveugler les pilotes entraînerait obligatoirement l'écrasement de l'avion ?

— C'est juste.

— Sans compter, ajouta le directeur de la CIA, qu'il y a la question du modèle de missile. Il ne pourrait s'agir d'un missile à détecteur d'infrarouges, car il se serait dirigé sur les moteurs. Si vous préférez, il leur aurait fallu disposer d'un engin particulièrement sophistiqué, capable d'évoluer jusqu'à proximité du cockpit et d'exploser sans entraîner de dommages matériels. Tout cela rend cette hypothèse bien improbable. »

Le regard du Président se porta sur le chef d'état-major, qui faisait des mouvements de dénégation. « Vous n'êtes pas d'accord, général ?

— Pas du tout. Un missile sophistiqué n'a rien d'improbable, au contraire. En fait, on a là la signature d'un missile guidé par laser. Cet appareil soi-disant manquant a très bien pu agir comme déterminateur de cible, verrouillant un point sur la carlingue du 747 par un rayon infrarouge, par définition invisible, pendant qu'un acolyte tirait un missile depuis le sol. Il suffisait de programmer le missile pour qu'il explose au moment où son radar interne lui indiquait qu'il était à cent mètres de sa cible.

— C'est votre hypothèse ?

— Non, monsieur. Notre conclusion. Elle cadre avec les faits.

— Un missile équipé d'une tête au phosphore ?

— Exactement.

— Pour les archives, intervint le patron de la CIA, je tiens à dire que la CIA penche plutôt pour l'hypothèse d'une collision aérienne. N'oublions pas que l'autre appareil a disparu, lui. S'il n'était là que pour identifier la cible, où est-il passé ?

— Monsieur le Président ? C'est Jake Rhoades.

— Je vous écoute, Jake, l'encouragea le Président.

— On nous dit que l'avion d'affaires qui a disparu aurait coupé la route du Meridian juste avant l'explosion. Nous tenons l'information directement de la tour de contrôle de Hong Kong. Qu'il soit entré en collision avec le 747 ou qu'il ait joué un rôle dans le lancement d'un missile, cet appareil nous paraît de toute façon plus ou moins directement impliqué. »

Le Président hocha lentement la tête. « Cela n'est pas sans rappeler l'affaire du SeaAir. Les deux avions survolaient la mer. Un missile tiré d'un bateau, voilà qui cadre assez bien, dans les deux cas.

— N'oublions pas, monsieur le Président, que nous ne savons toujours pas quelle est la cause de l'accident du SeaAir MD-11.

— C'est vrai, admit le Président. Attendez une minute... Dites-moi, général, est-ce qu'un indicateur de cible aurait pu endommager la vue des pilotes ? »

Le général secoua la tête. « Sûrement pas comme ça. Peut-être au bout d'un certain temps, mais c'est un rayon infra-rouge invisible. Il se contente de placer un point chaud de lumière codée sur le flanc de l'objet qu'il faut atteindre ; le missile reconnaît ce point et vole en se dirigeant dessus. Le déterminateur n'est pas conçu pour entraîner lui-même des dommages.

— Bon.

— En revanche, une petite bombe au phosphore ou, pour être tout à fait complet, l'éclair accompagnant l'explosion du carburant en cas de collision, comme l'a postulé le directeur Herd, pourraient aveugler temporairement des pilotes. »

Depuis le quartier général du NTSB, Stella Mendenhall prit la parole. « Monsieur le Président, il y a deux éléments différents, par rapport au SeaAir. Tout d'abord, l'accident du SeaAir s'est produit en plein jour, et une bombe au phosphore n'arriverait pas, dans ces conditions et même à courte distance, à aveugler temporairement un pilote. Lui ferait-elle mal aux yeux et aurait-il de la difficulté à voir à la périphérie d'une grosse tache brillante, au centre de son œil ? Sans aucun doute. Mais en plein soleil, les pupilles seraient fortement contractées et je ne pense pas que quoi que ce soit puisse aveugler complètement quelqu'un, mis à part une explosion nucléaire. C'est pourquoi je ne vois pas comment établir un rapport entre les deux incidents.

— D'accord, mais cependant...

— Encore autre chose, si vous me permettez, monsieur le Président. Je ne peux pas imaginer non plus comment un 747 pourrait entrer en collision avec un gros appareil privé, un avion de la taille d'un Global Express, et provoquer une explosion de carburant assez puissante pour aveugler les deux pilotes, sans que son nez et probablement aussi son cockpit soient détruits par la même occasion. D'après ce que nous avons entendu dire, le copilote n'a signalé aucun dégât matériel jusqu'au moment où l'appareil a heurté une balise d'ILS, en cherchant à se poser à Hong Kong.

— Cependant, est-ce que — au moins en théorie — l'hypothèse du directeur Herd vous paraît tenir ? demanda le Président.

— Vous voulez dire, l'explosion provoquée par une collision pourrait-elle être assez intense pour aveugler quelqu'un ?

— Oui. » Le Président savait que la représentante du NTSB allait choisir ses mots avec soin pour éviter toute polémique avec la CIA.

« Je ne peux pas affirmer que c'est impossible, monsieur. »

Le Président poussa un soupir. « Rien à dire. D'accord. Il peut s'agir d'une attaque sophistiquée, ou d'une collision en plein vol, mais rien ne permet de décider si c'est l'une ou l'autre et qui, s'il y a eu agression, en est l'auteur. Cela résume-t-il bien la situation ?

142

— Oui, monsieur, c'est bien cela, répondit le directeur de la CIA.

— Dites-moi, Jake, dit soudain le Président, où en est-on exactement au FBI dans l'enquête sur le SeaAir ? Quelle est l'hypothèse la plus probable ? »

Jake s'éclaircit la gorge avant de répondre. « Pour le moment, monsieur le Président, nous ne disposons que de fortes présomptions. Il nous manque plusieurs minutes d'enregistrement de la boîte noire, celle des conversations du cockpit, alors que ces quelques minutes nous auraient certainement fourni des données intéressantes ; mais sans cela, et en l'absence de preuves matérielles quelconques de sabotage, ni nous ni Stella et ses gens du NTSB ne pouvons dire catégoriquement pour quelle raison les pilotes du SeaAir ont perdu le contrôle de leur appareil, et encore moins répondre à la question de savoir s'il y a eu acte criminel ou non. Nous savons que le MD-11 n'a pas explosé. Rien ne nous permet de soupçonner l'envoi d'un missile : aucune raison, aucun indice. Tout s'est passé comme si les pilotes avaient soudain débranché leur pilote automatique et fait plonger l'appareil, sans la moindre raison apparente. Naturellement, nous avons tous en mémoire, au FBI, le souvenir des conclusions trop hâtives auxquelles nous étions parvenus dans l'affaire du désastre du TWA 800, il y a quelques années, et il est vrai que nous avons été particulièrement prudents dans le cas présent, mais le fin mot de l'histoire n'en est pas moins que rien ne nous permet de pencher pour une hypothèse plutôt que pour l'autre. »

Le Président acquiesça. « Comme je le disais encore il y a à peine une heure, si quelqu'un peut me prouver que Cuba est responsable de la catastrophe du SeaAir MD-11, Fidel aura droit sur-le-champ à des représailles. Admettons cependant que Cuba ne soit pour rien dans cette affaire ; admettons que vous finissiez un jour ou l'autre, au FBI, par déterminer qu'il s'agit d'un acte terroriste ; admettons encore que l'affaire de Hong Kong soit aussi un acte terroriste ; enfin, pour pousser la spéculation jusqu'au bout, admettons que nous arrivions à la conclusion qu'une même organisation soit probablement responsable des deux. Nous avons alors affaire à un véritable spectre : *qui* s'attaque aux compagnies aériennes ? Comment s'y prennent-ils et qu'est-ce qu'ils veulent ? C'est la seconde catastrophe de ce genre en six semaines. Ces questions deviendraient alors, me semble-t-il, un problème de sécurité nationale urgent, d'autant plus qu'aucun groupe ne revendique ces attaques, qu'on ne nous soumet aucune exigence... ce qui signifierait que nous serions face à une organisation terroriste qui continuerait à agir de la même façon jusqu'à ce qu'elle se sente prête à sortir du bois et à poser ses conditions.

— Avec tout le respect que je vous dois, monsieur le Président, intervint le directeur de la CIA, voyez-vous une réponse à l'une de ces questions ? »

Le Président secoua la tête. « J'ai bien peur que non, Richard. Je suis inquiet, c'est tout.

— Comme vous le savez, monsieur, en dehors de l'éventuelle implication de Cuba, nous n'avons rien qui vienne étayer l'hypothèse d'un acte terroriste dans l'accident du SeaAir, encore moins venant d'un groupe jusqu'ici inconnu. Et peut-être la meilleure raison pour cela est ce que vous avez vous-même observé : le fait qu'il n'y ait pas eu la moindre revendication. Une organisation capable de décider d'abattre un Jumbo jet et ses passagers n'hésiterait pas à crier rapidement sur les toits qu'elle est l'auteur de cet exploit. Et pourquoi laisser planer autant d'ambiguïtés ? Quand on monte une opération visant à abattre un appareil civil et à tuer massivement les gens pour prouver quelque chose, pourquoi courir le risque qu'on assimile la catastrophe à un accident ?

— Très bien, Richard, je prends note de vos réserves, que j'apprécie. Stella ? Est-ce qu'il existe quelque chose, dans l'accident du SeaAir, qui le rapproche de ce qui s'est passé à Hong Kong ? »

Il y eut un long silence, à l'autre bout du fil, comme si la responsable du NTSB était mal à l'aise. « Une seule chose, monsieur le Président. L'itinéraire final du MD-11 ressemble à celui d'un appareil que ses pilotes ne contrôlent plus. Si le 747 a bien été victime d'une attaque, l'objectif était vraisemblablement de rendre les deux pilotes incapables de contrôler l'appareil afin qu'il s'écrase. Pour une raison que nous ignorons, l'un des pilotes n'a pas été complètement neutralisé. Si le SeaAir a été attaqué avec les mêmes objectifs, alors oui, on peut faire le rapprochement entre les deux affaires.

Mais dans le cas du SeaAir, nous n'avons pas le moindre indice sur ce qui aurait pu neutraliser les deux pilotes, et une explosion ultra-lumineuse, comme je l'ai déjà dit, n'est pas une explication satisfaisante.

— Merci, Stella. »

Le secrétaire du Président était entré silencieusement dans le Bureau ovale et venait de glisser une note au chef de l'État. Les personnes présentes virent sa bouche s'ouvrir et ses yeux s'assombrir. Il poussa un soupir et leva les yeux, l'expression triste et sévère. « J'ai le chagrin de vous apprendre, mesdames et messieurs, que la tour de contrôle de Hong Kong vient de perdre Meridian 5 de son écran radar et qu'ils estiment qu'il s'est écrasé. » L'information venait de la Salle de Situation, qui avait une ligne ouverte directe avec Hong Kong. « La disparition aurait eu lieu en mer, à environ cinquante kilomètres au sud de Hong Kong. » Il transmit le communiqué à Jason Pullman, qui secoua la tête.

« OK, reprit le Président avec un nouveau soupir. Nous avons deux mystères et toujours pas de solution. Si cet avion a été attaqué, nous sommes en guerre avec quelqu'un, et nous avons besoin de savoir avec qui — Fidel ? Saddam ? Milosevic ? Un autre excité ? Je veux que vous procédiez à l'évaluation la plus précise possible de l'éventualité suivante : utilisation d'une nouvelle méthode de terrorisme, se fondant sur l'emploi de charges au phosphore destinées à aveugler les pilotes. C'est, à mon sens, la direction la plus prometteuse, même si c'est aussi la plus inquiétante. Et je voudrais que le FBI, Jake, me confirme le plus rapidement possible s'il y a eu ou non un attentat terroriste derrière ces deux accidents.

— Oui, monsieur, répondit Jake. Nous avons deux cent dix personnes assignées à l'affaire du SeaAir, et il se trouve que l'un de nos meilleurs agents est en ce moment à Hong Kong. »

Le Président se leva. « Bien. Nous devons trouver des réponses à ces questions le plus rapidement possible. Si jamais l'idée se met à circuler que les avions de ligne américains sont la cible systématique d'un mystérieux nouveau groupe terroriste, utilisant une arme redoutable tirée par missile et guidée par laser, c'est l'ensemble du transport aérien qui sera paralysé et nous serons tous pris en otages par la panique. Et avec un peu de chance, ces maudits missiles auront été fabriqués aux États-Unis. »

Au quartier général du FBI, non loin de la Maison-Blanche, Jake Rhoades coupa la communication et se leva pour quitter son bureau. Deux de ses agents parmi les plus anciens l'attendaient dans le bureau attenant et se levèrent à leur tour à son entrée.

« Comment ça s'est passé, Jake ? » demanda l'un d'eux.

Jake eut un petit reniflement de mépris et secoua la tête. « L'Air Force a hypnotisé le boss en parlant missile et laser. L'idée qu'un missile avec une charge au phosphore puisse exploser de lui-même, comme par magie, juste devant un cockpit semble le séduire.

— Et pas vous ? »

Jake haussa les épaules. « Je ne sais que penser. Une chose est sûre : la femme du NTSB n'avait pas tort de dire que pour le moment nous n'avons pas le moindre indice. »

Tour de contrôle de Hong Kong
Chep Lap Kok/Hong Kong International Airport

Kat Bronsky remercia le chef contrôleur et quitta la tour de contrôle, à l'extérieur de laquelle l'attendait la voiture du consulat. Elle se sentait comme assommée, vide et nauséeuse, et les mots employés par le chef d'escale retentissaient encore dans sa tête : « Terrible déflagration... on a parlé d'explosion nucléaire, mais c'est exclu... copilote aveuglé, commandant mort... autre appareil manquant dans le secteur... possibilité d'une collision aérienne... »

Les dernières images radar, avait-il dit aussi, étaient celles d'une descente rapide pendant 2 000 pieds, en plein milieu d'une cellule orageuse.

Elle ferma les yeux et secoua la tête, essayant de se débarrasser de cette image. Il ne faisait aucun doute que le Boeing n'était plus qu'une masse de débris éparpillés sur la mer de Chine. Elle ne put s'empêcher de penser à Robert McCabe et au siège qu'elle aurait occupé à côté de lui, si le destin n'en avait pas décidé autrement.

« Où souhaitez-vous vous rendre, madame ? lui demanda le chauffeur chinois.

— Quoi ? Oh... répondit Kat, sentant la fatigue lui tomber dessus. Donnez-moi une minute. » Elle soupira et sortit le téléphone par satellite de son sac, dans l'intention de faire le point avec Jake Rhoades, à Washington. Mais tout d'un coup, ce que lui avait dit le chef contrôleur lui revint à l'esprit : possibilité d'une collision aérienne avec un autre appareil. *Oui, mais quel autre appareil ?* Sous le choc, elle n'avait pas pensé à le demander.

Elle rouvrit brutalement la portière et retourna dans la tour de contrôle.

14

National Reconnaissance Office (NRO)
(Services de Reconnaissance nationale), Maryland
12 novembre — jour un
13.48 heure locale/1848 zouloue

L'appel en urgence extrême du FBI pour un soutien satellite dans l'affaire du Meridian 5 avait déclenché une intense
activité au centre de surveillance du NRO, près de Washington. Trois sentinelles en orbite dans l'espace pointaient
maintenant leurs sondes sur le secteur de Hong Kong ; quatre personnes, trois hommes et une femme, étaient réunies
devant un grand écran vidéo, dans une petite salle où se trouvait tout ce qui se faisait de mieux en matière de haute technologie. L'un des hommes, qui était en communication
continue avec une équipe de la CIA, à Langley, mit la ligne
en attente pour mieux suivre, sur l'écran, le petit curseur que
manipulait l'analyste en chef du NRO.

« Tout à droite, nous avons Hong Kong, dit Janice
Washburn. Le satellite que nous utilisons est pratiquement à
la verticale de la ville. À cause de l'épaisse couverture nuageuse qu'il y a au-dessus comme au-dessous de l'altitude où
se trouve l'appareil, nous utilisons une imagerie à base d'infrarouges traités par ordinateur.

— Nous sommes en temps réel, n'est-ce pas ?

— Oui, monsieur, répondit la femme. Mais n'oubliez pas
qu'il s'agit d'une image retravaillée. Une information en

148

temps réel pour un tableau composite. Nous avons le reste sur enregistrement.

— Résumons-nous, Janice. Avez-vous trouvé quelque chose ? »

Elle acquiesça. « J'ai éliminé par filtrage tous les autres avions gérés par Hong Kong, le Viêt Nam et toutes les autres tours de contrôle du secteur.

— Et ?

— Regardez », dit-elle en dirigeant le curseur sur un minuscule point blanc, au sud-ouest de Hong Kong. Elle manipula à plusieurs reprises une commande qui permettait de zoomer sur une cible. « Là, on couvre vingt-deux milles d'un bord à l'autre de l'écran ; à présent, dix milles. Cinq... Deux... Un. » Le point blanc devenait chaque fois plus grand et on commençait à voir les traînées blanches qu'il laissait derrière lui, tandis qu'il maintenait son cap au sud-ouest. « Bon, je vais zoomer au maximum, quelques dizaines de mètres. »

Soudain, une grande forme fantomatique argentée, qui ne pouvait être qu'un 747, remplit l'écran. Le moteur intérieur gauche ne dégageait manifestement pas de chaleur, étant le seul à ne pas produire de traînée. En revanche, on distinguait la traînée plus petite du moteur auxiliaire, en queue d'appareil.

« Et vous êtes sûre qu'il s'agit du Meridian ? » murmura George Barley.

Elle acquiesça. « Nous avions l'acquisition-image de l'avion avant son atterrissage manqué ; autrement dit, nous disposions d'une confirmation radar par son transpondeur, qui fonctionnait encore. C'est bien lui et, comme vous pouvez le voir, il vole toujours très bien, même si sa trajectoire est erratique. Au fait, George, j'ai entendu dire que les Chinois avaient envoyé des secours à sa recherche. Devons-nous leur dire que l'appareil ne s'est pas écrasé ? »

Barkley haussa les épaules. « La décision ne nous appartient pas, mais vous savez quel est notre souci majeur : donner trop d'informations sur ce que nous avons vu, c'est donner aussi des informations sur nos capacités à voir.

— En d'autres termes, on ne leur dit rien. »

Il répondit d'un hochement de tête et porta le combiné à son oreille. Il souriait. « On peut cependant le dire aux nôtres, et cela va me faire du bien de donner des bonnes nouvelles, pour une fois. »

À bord du Meridian 5, en vol

Dan Wade s'était sincèrement cru mort.

Incapable de voir par lui-même l'aiguille de l'altimètre enregistrer la dégringolade du 747 vers la mer de Chine alors que l'avion était pris dans la gueule d'un formidable courant descendant, il ne comprit que leur chute s'était arrêtée qu'en entendant la voix de Dallas Nielson retentir dans sa tête.

« Ça y est ! Oh, Seigneur Dieu, on ne tombe plus ! Trois cent cinquante pieds... non, on remonte ! Merci, mon Dieu ! »

Les puissantes turbulences continuaient de les secouer rudement. Les éclairs ne cessaient de fuser tout autour de l'appareil. Soudain, il y eut un tapage assourdissant dans le cockpit qui s'illumina un instant avant que tout retombe dans l'obscurité. Tous les contrôles électroniques s'éteignirent, et seuls quelques témoins restèrent allumés en dessous du tableau de bord avant.

« Nous n'avons plus de jus ! » hurla Dallas.

La main gauche de Dan tâtonna au-dessus de sa tête, et il brancha deux interrupteurs électriques. La lumière revint. « Question réglée ? demanda-t-il.

— Oui. Qu'est-ce qui s'est passé ?

— La foudre. Elle a dû court-circuiter le générateur auxiliaire. »

Il y eut encore quelques éclairs épouvantables, mais sans accompagnement de tonnerre, pendant qu'ils négociaient la paroi occidentale de la masse nuageuse ; en moins d'une minute, ils se retrouvèrent sous une voûte étoilée, mais entourés de toute part de cumulus d'orage comme des tours.

« Altitude ? demanda Dan d'une voix redevenue à peu près normale.

— Mille cinq cents, et on monte vite... Deux mille.

— Reprenez le manche pendant que j'abaisse un peu le nez. Laissez-le tout de même cabré... on remonte à huit mille pieds, d'accord ?

« — Je vais faire de mon mieux », répondit l'Anglais, d'un filet de voix fatigué.

Sur la droite, la partie supérieure du cumulonimbus qui culminait à quelque soixante mille pieds crépitait d'éclairs, tandis que sur la gauche s'élevait aussi une paroi de nuages d'orage ; devant eux, cependant, clair de lune et étoiles se reflétaient sur l'océan.

« Dieu du Ciel ! Qu'est-ce qui nous est arrivé ? demanda Geoffrey.

— Nous... nous nous sommes jetés à l'intérieur d'une énorme cellule orageuse, j'en ai bien l'impression, et nous avons été entraînés par un fort courant descendant... Tout le monde va bien ? » Il secouait lentement, avec précaution, sa tête bandée.

« Sacrée dégringolade, commenta doucement Robert.

— Tout le monde va bien ici, Dan », répondit Britta, pianotant sur l'interphone pour faire un appel général. Elle échangea quelques mots avec chacun des membres du personnel de cabine, puis raccrocha. « Personne n'a été blessé, en bas. Tout le monde est terrifié, mais c'est tout. Bien entendu, les offices sont sens dessus dessous.

— Geoffrey ? Ça va ? demanda Dan.

— Sincèrement, Dan, je crois que Mrs Nielson devrait envisager de me remplacer. Je fais un boulot catastrophique. J'ai failli tous nous tuer. »

Dan commençait à répondre lorsque la porte du cockpit s'ouvrit. Britta se tourna et eut la surprise de voir le jeune Steve Delaney dans l'encadrement, arborant une expression hésitante et jetant autour de lui des coups d'œil effarés.

L'hôtesse s'approcha aussitôt de lui. « Mr Delaney ! Je ne vous ai pas dit que vous pouviez venir ici ! lança-t-elle d'un ton aigu et irrité qui fit reculer l'adolescent.

— Sur quoi on est tombés ? demanda Steve, d'une voix qui chevrotait de peur.

— Et qui es-tu, mon mignon ? voulut savoir Dallas.

— Un jeune casse-pieds prétentieux qui prétend savoir piloter un simulateur de vol, répliqua Britta, bien décidée à mettre le garçon dehors.

— Houla, Britt », fit Dallas. Elle leva une main apaisante avant de quitter son siège. « On ne peut pas dire que nous croulions sous les pilotes, ces temps-ci. Et comment t'appelles-tu, mon mignon ?

— Je, euh... Steve Delaney.

— Serais-tu capable de piloter cet avion, Steve ? »

Il acquiesça et répéta ce qu'il avait déclaré à propos des simulateurs de vol de son père.

« Il t'a appris ? Ton père t'a appris à piloter ?

— Non. Il ne voulait pas me voir dans le hangar, mais j'ai tout de même volé dessus — de nuit.

— Mon sauveur ! Un autodidacte, alors ? » Dallas lui tendit la main paume ouverte, et il la claqua timidement.

Dan Wade avait écouté cet échange sans faire de commentaire, et Dallas se tourna pour vérifier les instruments. « Dan ? Cabrez légèrement le nez et redressez un peu à droite de dix degrés, environ.

— Merci.

— Écoutez-moi un instant, intervint Geoffrey, les mains agrippées au manche à balai. Il est temps de voir les choses en face : je ne vous suis d'aucune utilité. Je vous le répète, je fais un boulot catastrophique. Je n'ai pas l'impression qu'on ait tellement le choix et, si vous me permettez cette audace, je suggérerais que si ce jeune homme pense pouvoir piloter, pourquoi ne pas le laisser essayer ? »

Dallas hochait la tête. « Vous devriez peut-être lui laisser votre place, Geoffrey, en effet.

— Quoi ? aboya Dan.

— Hé, il peut peut-être nous donner un coup de main, dit Dallas. De toute façon, c'est comme le bouillon de poulet. Ça ne fera peut-être pas de bien, mais ça ne peut pas faire de mal. »

Le copilote tourna la tête. « Mais bon Dieu, qui est le patron, ici ? »

La réaction de Dallas Nielson fut instantanée et vigoureuse. « On croyait que c'était vous, Dan, mon gars. Mais vous paraissiez vouloir laisser tomber — c'est bien vous qui disiez qu'on allait s'écraser, non ?

— Oui, moi et pas un autre ! Comment osez-vous vous permettre... »

Robert posa une main ferme sur l'épaule de Dan et la secoua légèrement. « Je vous en prie, Dan, gardez votre calme. On n'y arrivera pas si on ne fait pas équipe. Notre

152

amie a avancé une bonne suggestion, et vous devriez l'écouter. Ce n'est pas une mutinerie, mais du travail d'équipe.

— Écoutez, Daniel, intervint Dallas à son tour. Jusqu'ici, vous avez fait des miracles pour nous garder en vie, mais vous ne devriez pas écarter d'emblée toute autre solution. Il faut avoir l'esprit ouvert.

— Je n'ai... pas besoin... d'un baratin psy à la mode californienne... pourquoi pas un bain à bulles, tant que vous y êtes ?

— Je ne suis pas de Californie, Dan, je m'appelle Dallas, je n'ai pas de jacuzzi chez moi et nous, nous n'avons pas tellement le choix. Le fait est que j'étais sur le point de vouloir auditionner tous les passagers pour déterminer celui qui saurait apprendre à piloter le plus rapidement. »

Une voix juvénile arriva du fond du cockpit, son ton sarcastique quelque peu tempéré par la peur. « Ce n'est pas si dur que ça de piloter un avion. C'est rien de plus qu'un grand jeu vidéo avec des ailes, au fond. »

Dan tourna de nouveau la tête, dans la direction de la voix. « Tu sais ce que c'est qu'un indicateur d'attitude, fiston ?

— Ouais. Et je ne suis pas votre fils.

— Eh bien, lis donc mon indicateur d'attitude. Tout de suite. »

Steve passa devant Britta et vint étudier le tableau de bord, devant Geoffrey. « Vous piquez du nez d'un degré et vous plongez à gauche d'environ cinq degrés.

— Je prends les commandes, Geoffrey », dit Dan en faisant les corrections appropriées. Il commença à hocher lentement la tête. « Très bien, mon petit gars. Dis-moi simplement le nombre de degrés à droite ou à gauche et de combien l'appareil pique ou se cabre.

— Je ne suis pas non plus votre petit gars, monsieur. Je m'appelle Steve.

— OK, Steve. Es-tu capable de faire cela ? De donner les indications de correction ?

— Je viens juste de le faire. »

Dan acquiesça de nouveau, de meilleure grâce, cette fois. « Entendu, Dallas, j'accepte. Britta, aidez Mr Sampson à quitter son siège et installez... Mr Delaney à sa place. Vite.

— D'accord, Dan, répondit l'hôtesse d'un ton résigné. Ensuite, j'irai vérifier comment ça se passe en bas. » Elle aida l'Anglais à se hisser hors du fauteuil du pilote et fit signe à l'adolescent de se glisser à sa place.

« Le siège du commandant ? s'étonna Steve tandis que Britta quittait rapidement le cockpit, suivie de Geoffrey.

— Oui. Tu seras mes yeux et mes mains. Le pilote automatique est mort. Il n'y a que moi, et je suis aveugle. Si quelqu'un d'autre... est capable de maintenir l'avion dans son assiette... » Dan s'interrompit et prit une longue inspiration. « ... alors je pourrai peut-être imaginer le moyen de nous poser quelque part sans trop de casse. Il faudra continuer à me lire l'indicateur d'attitude... utiliser le manche pour corriger l'assiette... garder le petit point à environ quatre degrés positif... Tu penses pouvoir faire ça ?

— Bien sûr. Vous voulez que je programme l'ordinateur de vol, aussi ?

— Tu saurais le faire ?

— Oui. J'ai étudié le manuel.

— Commençons par voir si tu peux piloter. »

Tour de contrôle de Hong Kong
Chep Lap Kok/Hong Kong International Airport

Kat remercia à nouveau le chef des contrôleurs et se dirigea vers la voiture du consulat, revoyant dans sa tête les images enregistrées des écrans radar. Elle était encore stupéfaite que l'homme ait été aussi compréhensif et ait accepté de lui montrer des documents qui joueraient forcément, et dans peu de temps, un rôle fondamental dans une enquête sur un accident majeur ; et cependant, il n'avait hésité que quelques secondes avant de lui ouvrir ses archives.

Le transpondeur du Global Express Bombardier avait été coupé sans avertissement à huit nautiques devant le Meridian 5, mais la tour avait cependant continué à recevoir des échos radar indistincts. Kat savait que les transpondeurs envoyaient régulièrement une réponse électronique aux radars, mais aussi chaque fois qu'ils étaient interrogés par un radar de contrôle aérien dans le champ duquel ils venaient d'entrer. Sans transpondeur opérationnel, cependant, la tour ne voyait plus qu'un écho radar brut sur ses écrans. Cet écho, rebondissant sur la paroi métallique d'un appareil, était apparu juste à trois nautiques du 747.

Kat avait soigneusement relevé la vitesse et l'altitude du Global Express N22Z au moment de sa disparition, et la vitesse de l'écho radar brut : les deux concordaient parfaitement. L'équipage du Global Express avait débranché son transpondeur et viré pour couper la route du Meridian 5. Non pas une fois, mais *deux* fois. Et la deuxième fois, à l'instant précis où les pilotes du 747 avaient été aveuglés par une explosion de lumière, il y avait eu encore d'autres échos radar, que les contrôleurs de Chep Lap Kok interprétaient comme les débris d'une collision aérienne. Le superviseur lui avait donné le numéro d'immatriculation du Global Express, loué en tant qu'appareil d'assistance sanitaire, et précisé qu'il était sorti du terminal réservé aux avions d'affaires.

Kat se glissa à l'arrière de la voiture et demanda au chauffeur de la conduire jusqu'au terminal en question ; puis elle déplia l'antenne du téléphone par satellite pour appeler Jake.

15

*À bord du Meridian 5, en vol, au-dessus de la mer de Chine
13 novembre — jour deux
02.48 heure locale/1848 zouloue*

Dallas Nielson était restée inhabituellement silencieuse depuis plusieurs minutes, suivant des yeux chacun des mouvements que faisaient les mains de Steve Delaney tandis qu'il manipulait les contrôles et calmait progressivement le jeu de saute-mouton auquel paraissait se livrer l'avion.

Finalement, elle se pencha et lui parla à l'oreille. « Tu es fabuleux, Steverino ! Tu arrives à garder ton altitude à cent pieds près et à maintenir ton cap. Je suis impressionnée. Est-ce que tu te sers de l'horizon artificiel comme première référence ?

— Ouais.

— C'est le conseil que j'ai lu dans un manuel d'instruction de vol. Tu as l'air de faire ça naturellement. »

Steve jeta un coup d'œil de côté et prit sa première inspiration profonde depuis plus de cinq minutes. « Ouais, merci. »

Dallas se tourna vers le copilote. « Il s'en sort vraiment bien, Dan. C'est de la graine de pilote. »

Il n'y eut pas de réaction depuis le siège de droite. Le copilote se tenait penché sur le manche à balai, la tête dans les mains.

« Dan ? Vous m'entendez, Dan ? »

Du bout des doigts elle lui toucha l'épaule, et le contact le fit sursauter. « Qu'est-ce que...

156

— Il faut rester avec nous, Dan. C'est l'effet de l'analgésique, peut-être ? »

Il resta sans rien dire pendant quelques secondes, puis hocha la tête. « Il me rend vaseux.

— Mais est-ce que vous avez toujours aussi mal ? Avez-vous besoin d'une autre piqûre ? Je peux aller chercher le docteur...

— Non », répondit le pilote, comme s'il se rendait compte seulement à présent de son état. Il commença à se redresser, faisant mentalement l'inventaire de ce qu'il ressentait. « Non... j'ai toujours mal, mais ça va tout de même fichtrement mieux.

— Dieu soit loué ! »

Dan acquiesça de nouveau, puis se raidit brusquement, comme sous l'effet d'un choc, posant aussitôt les mains sur le manche à balai, une note de panique dans la voix. « Mais... où sommes-nous ?

— Tout va bien, Dan, répondit Dallas. C'est Steve qui pilote et il contrôle bien l'appareil. Il s'en sort de façon sensationnelle.

— On est... stable ?

— C'est incroyable, hein ?

— Altitude ?

— Huit mille pieds, répondit Steve.

— Vitesse ?

— Deux cent dix nœuds.

— Cap ?

— Deux deux zéro. J'ai gardé le même, mais je ne sais pas où vous voulez aller.

— Dan, intervint Dallas, nous devons encore décider où nous rendre et comment nous y rendre. Faut-il retourner à Hong Kong ? J'espérais que vous auriez quelque chose à proposer.

— Ouais. Trop de choses sont arrivées trop vite. Je n'avais qu'une idée, rester en l'air. Je... j'ai bien cru qu'on allait tous y rester.

— Nous aussi, répondit méditativement la Noire. Mais le Grand avait d'autres plans.

— Le Grand ?

— Le bon Dieu. »

Le copilote déglutit. « Ah... tout d'abord, je crois qu'il ne

157

faut pas courir le risque de tomber encore au milieu d'un orage... Ce qui veut dire qu'il n'est pas question de faire demi-tour. Il faut oublier Hong Kong. Je me rappelle les prévisions météo. Le ciel était bien dégagé à l'ouest. On n'aura pas de problème météo sur ce cap, mais nous ne devons pas revenir sur nos pas.

— Mais... qu'est-ce qu'il y a dans cette direction, Dan ? » demanda Robert.

Dan prit une profonde inspiration. « Eh bien... le Viêt Nam... la Thaïlande. Écoutez, non seulement il faudrait retrouver Hong Kong au milieu des orages, mais éviter les collines qui l'entourent. Impossible d'utiliser notre ILS, vu que le récepteur est hors d'usage... et il serait bien trop dangereux de tenter un atterrissage guidé par vos seuls commentaires, surtout de nuit. Nous devons avoir suffisamment de carburant pour tenir près de sept heures... dans ce cauchemar. Mais ce n'est pas assez pour... » Il s'interrompit et eut de nouveau une inspiration profonde et hachée. « ... pour aller en Australie, ou assez loin au sud... sauf peut-être jusqu'à Sumatra... et franchement, je préférerais un aéroport plus moderne au cas où nous aurions besoin... d'aide médicale. Techniquement, on pourrait rallier les Philippines mais du fait des dégâts sur la carlingue, nous ne pouvons plus pressuriser, ce qui signifie qu'on ne peut grimper au-dessus de dix mille pieds et il y a un énorme front orageux entre Hong Kong et Manille. Au nord, c'est la Chine continentale. Ils ne nous abattraient pas, mais je ne connais aucun aéroport chinois.

— Autrement dit, nous ne pouvons aller nulle part, sinon à l'ouest ? » l'encouragea Dallas.

Dan acquiesça. « Ouais. Le Viêt Nam, ou encore la Thaïlande. Bangkok possède une piste très longue, de même que la grande base aérienne de U-Tapao. Longue dans un paysage plat, et en principe le temps sera clair.

— Mais comment va-t-on le trouver ? s'inquiéta Robert.

— Ah oui, j'ai oublié de programmer l'ordinateur de navigation. » Le copilote tourna ses yeux aveugles vers la gauche. « Tu as bien dit que tu savais programmer un ordinateur de vol, Steve ?

— Ouais. C'est pas bien sorcier.

— Tu ne manques pas de prétention, jeune homme. Il faut plusieurs semaines de formation intensive à la plupart des pilotes pour le maîtriser.

158

— C'est pas flatteur pour les pilotes », répliqua Steve.

Dallas vit l'étincelle prête à bouter le feu. Dan inspira fortement et se redressa, épaules tendues, comme pour se battre. « Et à qui donc crois-tu parler, jeune homme ?

— Ça suffit, intervint Dallas. Toi, Steve, tâche de montrer un peu de respect pour tes aînés, tu veux bien ? Vous pourrez vous agonir d'injures quand nous aurons atterri. Ce n'est vraiment pas le moment de se déclarer la guerre. »

Elle vit le garçon prendre sur lui-même. « Désolé, dit-il finalement.

— Bon, ça va, lui répondit Dan, conciliant. Regarde l'écran de l'ordinateur de gestion de vol, sur le côté, et dis-moi ce que tu vois.

— Rien.

— Il faut peut-être monter l'intensité de l'image.

— J'ai déjà essayé et l'écran est resté noir, répondit Steve. Il ne fonctionne pas.

— Et l'écran placé de mon côté ?

— Pareil. »

Le copilote parut pris de court et resta un moment frappé de silence, avant de pointer en direction du tableau supérieur. « Il y a... euh... un petit écran de contrôle des systèmes de navigation par inertie. Est-ce qu'on voit des chiffres allumés dessus ? »

Dallas posa une main sur l'épaule de l'adolescent. « Je vais regarder, Steve. Toi, tu pilotes. » Elle étudia attentivement le tableau de bord et secoua la tête — se rappelant seulement ensuite que Dan ne pouvait la voir. « Cet écran est noir aussi, Dan.

— Oh, Seigneur ! Bon. Je vais vous demander de vérifier pour moi le panneau des coupe-circuits, Dallas. » Il lui indiqua, les uns après les autres, les interrupteurs qui commandaient les divers systèmes de navigation et leur ordinateur.

« Ils sont tous branchés, dit-elle enfin. Je les ai tournés à fond pour être sûre. »

Les épaules de Dan retombèrent. « J'arrive pas à y croire !

— Quoi donc ? » demanda Steve, une note d'appréhension dans la voix.

Dan secoua la tête. « J'arrive foutrement pas à y croire !

— À croire quoi ? voulut savoir Dallas.

— Le peu d'équipements qui nous restait, la foudre nous

l'a fichu en l'air. On a aussi perdu le transpondeur, et ils vont donc penser qu'on s'est écrasés. Nous sommes complètement muets, sourds et aveugles, cette fois ! Je n'ai ni pilote automatique ni radio de navigation, aucun instrument pour nous diriger, je ne peux parler à personne, le radar est en rideau... La seule chose en notre faveur est que trois de nos quatre moteurs tournent encore et que les contrôles de vol fonctionnent !

— Qu'est-ce qu'on fait, alors ? Comment trouverons-nous la Thaïlande ? »

Il y eut un silence qui se prolongea pendant plusieurs longues secondes. « On pourrait, dit-il enfin, avec assez de carburant... et si je peux estimer à quel moment nous serons au-dessus du Viêt Nam, tourner en rond jusqu'au jour, puis suivre la côte jusqu'à ce qu'on ait trouvé la Thaïlande.

— Vous voulez dire... visuellement ? demanda Dallas. Juste en regardant par la fenêtre ? »

Dan acquiesça. « Avec vos yeux et ma mémoire, et avec l'aide des cartes... si nous arrivons à trouver les bonnes... c'est jouable.

— En admettant que nous repérions la côte, observa Robert.

— Je me disais aussi, reprit Dan, qu'il y a peut-être quelqu'un à bord qui possède une radio ou un téléphone cellulaire... et qu'on pourrait alors entrer en contact... avec n'importe quelle tour de contrôle... » Sa voix mourut.

Dallas le relança. « Mais même en admettant que nous trouvions le bon aéroport, Dan, comment allons-nous atterrir ? Steve arrive à tenir son cap et l'avion bien droit, mais croyez-vous que vous arriverez à poser ce monstre, à tous les deux ? »

Steve jeta un coup d'œil plein d'anxiété au copilote, qui tourna la tête vers lui. « Je ne suis pas sûr que nous ayons le choix, finit-il par répondre. Il faut commencer par trouver un aéroport adéquat. Tout ce dont j'ai besoin, c'est de connaître ma position par satellite pour déterminer où nous devons aller. Même les avions légers disposent d'un système GPS[1], à l'heure actuelle — et nous, on est là plantés comme

---

1. Global Positionning Satellite, Système de positionnement par satellite. (*N.d.T.*)

160

des idiots, dans le cockpit d'un avion de ligne de cent soixante-quinze millions de dollars — même Lindbergh était mieux équipé que nous ! »

Robert McCabe contemplait le plancher depuis un moment, plongé dans ses pensées. Il releva soudain la tête et claqua des doigts. « Attendez une minute. Je parie qu'il doit y avoir quelqu'un, parmi les passagers, qui possède un GPS, un de ces nouveaux portables comme ils en vendent en pagaille dans les boutiques détaxées de Hong Kong. Je vais aller demander. » Il défit sa ceinture et s'apprêtait déjà à partir lorsque Dan se tourna vers lui pour lui parler, la voix de nouveau pâteuse.

« Robert... euh... demandez aussi s'il n'y en a pas un qui a un téléphone cellulaire, d'accord ? Pourrait peut-être servir. »

Le journaliste fut de retour en moins de dix minutes. « Dan, c'est Robert. Je suis juste derrière vous. »

Le copilote tourna un peu la tête pour écouter. « Allez-y.

— Pas de chance, j'en ai peur. Il y a bien un passager qui a un GPS portable, mais il est dans son bagage de soute. »

Dan poussa un soupir. « Naturellement. Et il n'y a aucun moyen d'aller dans la soute en vol.

— Mais Britta m'a dit, reprit Robert, qu'elle connaît un endroit par où on peut passer sous le plancher. C'est quelque part derrière la première classe.

— *Quoi* ? Ah, elle pense à l'écoutille de la première classe. Elle ne va que dans le compartiment du matériel électronique... celui-là même que nous avons endommagé à Hong Kong. De là, on ne peut pas passer dans la soute à bagages... on ne peut même pas s'en approcher. C'est exclu. Le passage est coupé par un gros réservoir de carburant, sans même parler de la structure qui supporte les ailes.

— Je l'ignorais, répondit le journaliste. À force de voir des films, j'étais convaincu qu'il y avait des cuisines, là en bas, qui donnaient sur la soute à bagages.

— Ouais... les cambuses des parties basses. Il y en avait sur certains modèles de Jumbos, mais pas sur celui-ci. J'ai bien peur que nous ne soyons dans une impasse.

— Attendez une minute, intervint Dallas. Vous devriez vous entendre, les mecs ! J'arrive pas à y croire ! Vous avez besoin de ce GPS pour aller jusqu'en Thaïlande, oui ou non, Dan ? »

Le copilote réfléchit un instant avant de répondre. « Il serait d'une aide précieuse, aucun doute... sinon, ça va être difficile de trouver notre chemin sans aucun système de navigation, et il ne nous reste plus que les boussoles. On peut tenir n'importe quel cap, mais sans GPS, comment savoir lequel prendre ? De toute façon, le seul que nous ayons à bord étant dans la soute à bagages, Dallas, autant ne plus y penser. En plus, même si on pouvait y passer, comment savoir dans quel compartiment il se trouve ?

— En fait, remarqua Robert, nous le savons. Son propriétaire m'a dit qu'il avait vu sa valise monter dans l'appareil sur un tapis roulant. Soute arrière droite.

— Peut-être, mais cela ne change rien au fait que nous ne pouvons pas passer dans la soute. Bel effort. »

Dallas Nielson ouvrit brutalement sa ceinture et se leva, mains sur les hanches. « Attendez une minute, bon sang ! lança-t-elle. Je suis juste derrière vous, Dan, avec une bonne envie de vous étrangler ! Hé, les mecs, qu'est-ce que ça veut dire, *bel effort* ? » Manifestement, au vu de son regard désapprobateur, McCabe aussi était visé. « J'ai pas aperçu le moindre effort, jusqu'ici ! Même pas un petit ! Et sûrement pas un *bel effort* ! Rien que des propos défaitistes ! »

Dan poussa un soupir fatigué. « Écoutez, Dallas. Il n'existe ni porte ni écoutille pour passer de la cabine à la soute en vol. Est-ce que ce n'est pas suffisamment clair pour...

— Oh là là ! Quel esprit d'initiative ! Est-ce que, oui ou non, nous trimballons ce GPS dans la soute, ou est-ce qu'on a laissé tout le bazar à Hong Kong ? »

Le copilote se tourna un peu plus sur son siège pour faire face à la voix de Dallas. « Je ne demanderais pas mieux que d'avoir ce fichu GPS, mais...

— C'est pas mon avis ! le coupa-t-elle. Sans quoi, vous feriez tout votre possible pour trouver le moyen de résoudre le problème au lieu de rester là à gémir qu'il n'y a pas de solution !

— Mais il n'y en a pas !

— Conneries, mon lapin ! S'il y a la volonté, il y a un moyen. »

Dan secoua la tête et poussa un soupir exaspéré. « Pour qui vous prenez-vous, à la fin, chère madame ? »

Elle éclata d'un rire puissant et bref. « Pas la peine de me donner du madame, champion. Je suis une femme qui a appris à ses dépens comment survivre, avec le temps, et la première leçon nous dit de ne jamais renoncer. Jamais.

— Je commence à en avoir marre ! s'exclama le copilote. C'est... c'est la deuxième fois que vous m'accusez de renoncer. Non, je ne renonce pas, mais je ne vais pas rester assis à souffrir le martyre pour discuter sur un truc auquel nous ne pouvons rien. »

McCabe se pencha vers eux, paume tendue. « OK, OK, tous les deux. Ce n'est pas en nous disputant que nous... »

Dallas l'ignora, et le volume de sa voix ne fit que s'amplifier. « Qu'est-ce que vous me racontez, Dan ? Qu'il n'y a matériellement aucun moyen de passer dans cette soute, ou simplement que votre manuel du parfait usager n'en donne aucun ?

— JE VOUS DIS QU'IL N'Y A AUCUN MOYEN D'Y PASSER SANS DÉMOLIR CE PUTAIN DE PLANCHER ! » hurla-t-il.

Dallas laissa le silence se prolonger dans le cockpit, pendant que le copilote se rendait compte de ce qu'il venait de dire.

« M'a tout l'air d'un plan, ça. Il me semble même avoir vu une hachette quelque part. »

Dan Wade leva la main et secoua la tête. « Non, vous n'y pensez pas ! Surtout pas ! Imaginez ce qui se passerait si vous coupiez un câble de contrôle !

— Et votre petit manuel ne nous apprend pas par où passent ces câbles ?

— Si. Ils passent par le plafond..., commença Dan, s'interrompant soudain. Ah... à vrai dire, ils *sont* dans le plafond. J'avais oublié. Ils ne risqueraient rien. Mais il pourrait tout de même y avoir des lignes électriques dans le plancher. Et c'est à du métal qu'il faut s'attaquer.

— Le plancher n'est pas tellement épais, Dan, fit remarquer Dallas. On le sent qui cède légèrement sous le pied, en marchant dans les allées. Est-ce que le personnel, en bas, a une idée de l'emplacement des compartiments à bagages, par rapport au plancher de la cabine ? »

Le copilote réfléchit une seconde. « Peut-être. Mais ce ne

sera pas facile. Il faudra détacher une feuille de métal et s'ouvrir ensuite un chemin à la hache dans de la fibre de verre.

— Existe-t-il une *vraie* raison de ne pas y arriver ? » insista la Noire.

Il réfléchit un bon moment, puis secoua finalement la tête. « Non, je n'en vois pas. Veillez simplement à ce que ceux qui manieront la hache le fassent avec prudence. Repliez la feuille de métal après avoir fait la découpe, et surtout ne coupez aucun longeron, aussi petit soit-il. Et n'oubliez pas que les bords seront tranchants comme une lame de rasoir.

— Allons-y. Robert, si vous voulez bien vous charger de la hache, nous allons aller à la chasse au GPS. » Puis Dallas se tourna vers Steve et lui tapota l'épaule. « Tu t'en sors de manière fantastique, mon mignon ! Continue de voler bien droit. Ça va ? Tu tiens le coup ? »

L'adolescent acquiesça. « Ouais.

— Et les téléphones cellulaires, demanda Dan. Personne n'en avait ?

— Britta leur a demandé par la sono et on lui en a proposé une douzaine, mais aucun n'a pu accrocher de signal.

— OK. Demandez à Britta s'il n'y aurait pas un passager ayant ces nouveaux téléphones relayés par satellite, puisque ceux de l'appareil sont fichus.

— Elle s'en est déjà occupée. Il n'y en a pas.

— Merveilleux, fit Dan avec un soupir épuisé. Dites-lui que c'est d'accord. Que je vous ai autorisée à passer dans la soute par le plancher. Elle est restée très allemande et voudra en être sûre. »

Dallas avait déjà quitté le cockpit lorsque Dan se tourna une nouvelle fois, espérant arrêter le journaliste. « Un instant, Robert ! J'ai oublié de vous parler des panneaux d'évacuation, dans les allées. Vous les verrez quand vous soulèverez la moquette. Ils sont là pour empêcher le plancher de s'effondrer au cas où une des portes de la soute s'ouvrirait en vol.

— Je ne vous suis pas.

— Si la soute était brutalement dépressurisée alors qu'il y a encore une pression d'un kilo par centimètre carré dans la cabine, le plancher s'effondrerait aussitôt, sans l'existence de ces panneaux. Là où je voulais en venir, c'est qu'il serait peut-être plus facile de passer par un de ces panneaux ; il devrait vous procurer un accès plus direct vers la soute à bagages. »

164

À cinquante mètres vers l'arrière, Dallas trouva Britta dans l'office du fond et lui expliqua le plan.

« Et il a dit qu'il était d'accord ? »

Dallas acquiesça au moment même où Robert, la hache à la main, les rejoignait. « Demandez au *Washington Post*, si vous ne me croyez pas.

— Oh, je vous crois, Miss Nielson, répondit Britta en jetant un coup d'œil au journaliste.

— Avez-vous une idée de l'endroit où il faut ouvrir ? »

Le chef de cabine fit la grimace, regarda le plancher et se tourna de nouveau vers Dallas. « Je crois. Je n'y avais jamais pensé, mais je sais exactement d'où viennent les bruits que l'on entend lorsque les bagagistes chargent les valises et les colis.

— Est-ce qu'il ne faudrait pas expliquer aux passagers ce que nous voulons faire ? demanda la Noire. Vous auriez dû voir leur tête, quand ils ont vu Robert passer avec sa hache. »

Britta se tourna, décrocha l'interphone et appuya sur deux chiffres.

Mesdames et messieurs, ici votre chef de cabine. Nous nous apprêtons à découper un passage dans le plancher de l'appareil pour essayer d'accéder au compartiment des bagages. L'un d'entre vous a, dans une de ses valises, un appareil de navigation dont notre pilote a le plus grand besoin. Veuillez nous aider en dégageant la voie et en gardant votre calme. Merci.

Elle remonta rapidement l'allée et s'agenouilla à hauteur d'une des coutures de la moquette. « Ici ! » dit-elle en commençant à arracher l'adhésif jaune qui maintenait le tapis collé au plancher ; on vit l'angle d'un panneau qui cédait à la pression de la main. « Le voilà. Un panneau d'évacuation.

— Et c'est ici qu'on coupe, Brits ? » demanda Dallas, qui s'était mise à quatre pattes.

Britta ne répondit pas et se tourna vers McCabe, tendant la main vers la petite hache.

« Je vais m'en occuper », proposa Robert en s'avançant.

Britta leva les yeux vers le journaliste, puis se tourna vers Dallas, une expression déterminée sur le visage. « Si quelqu'un doit se mettre à démolir ma cabine, ce sera moi.

— Comme vous voudrez, mon chou, dit Dallas. Donnez-lui la hache, Bob. »

L'hôtesse brandit la hachette, visa et l'abattit vigoureusement, crevant du premier coup la surface du plancher. Elle la leva à nouveau et se mit à porter, en mesure, une série rapide de coups.

« Une chose...

Pan !

— ... que je voudrais...

Pan !

— ... que vous sachiez bien...

Pan !

— ... c'est que je m'appelle...

Pan !

— ... Britta !

Pan !

— Et pas Brits...

Pan !

— .. ou mon chou...

Pan !

— Mais BRITTA ! » Elle s'arrêta et foudroya Dallas du regard. « Compris ? »

La Noire souleva les sourcils. « Vous ne croyez tout de même pas que je vais discuter avec une femme en colère qui tient une hache, si ? »

Britta resta un instant immobile et silencieuse, acquiesça et porta un nouveau coup.

« Très bien...

Pan !

— ... dans ce cas, on devrait parfaitement s'entendre. »

Steve Delaney n'avait pas lâché un mot depuis que Dallas et Robert avaient quitté le cockpit. Concentré de toutes ses forces sur la tâche de maintenir le cap et l'assiette du 747, il commençait cependant à se détendre un peu et, du coup, à envisager ce qui les attendait.

« Vous croyez qu'on va s'en sortir ? » demanda-t-il soudainement.

Dan pivota pour lui faire face, cherchant comment lui répondre. « Ah, Steve... il n'y a pas de raison pour qu'on n'y arrive pas, au fond. Mais...

166

— Mais c'est moi qui vais devoir poser l'appareil, c'est ça ? enchaîna l'adolescent, d'une voix dans laquelle la tension était sensible.

— Non, nous le ferons ensemble.

— Et comment ? Vous êtes aveugle ! Comment allez-vous m'aider ? » La panique semblait gagner le jeune garçon, et des alarmes commençaient à retentir dans la tête du copilote. Il y avait trop de choses auxquelles ce gosse allait devoir faire face, songea-t-il. Ses corrections devenaient plus prononcées, les mouvements du 747 plus erratiques.

« Écoute, mon gars — euh, Steve — je suis sûr qu'on va s'en sortir. Voilà comment on va faire. Tu me diras ce que tu vois, et moi je te dirai ce que tu dois faire. Ça ne sera pas compliqué. Je m'occuperai du train d'atterrissage et des volets. Ton boulot à toi consistera à aligner l'appareil sur la piste et à le guider avec la gouverne de profondeur, comme sur le simulateur de ton père.

— Sur le simulateur, on fait juste semblant. Ici... » Il avait du mal à respirer. « Ici, c'est pas du chiqué. C'est pour de bon. Si je fais un crash au simulateur, j'ai juste à appuyer sur le bouton RÉTABLIR.

— Écoute-moi, Steve. Commence par te calmer.

— Et si je rate mon coup et que je crashe l'appareil, hein ?

— Ça n'arrivera pas. Tu t'en sors de manière sensationnelle. Ton père serait fier de toi.

— Oh, tu parles !

— Je t'assure, insista Dan. Tu pilotes cet engin comme un vieux de la vieille.

— Je n'ai pas envie de devenir pilote. Et ne me parlez pas de mon père !

— Hé, je ne suis peut-être pas très adroit avec les mômes, mais... »

Steve se tourna brusquement vers le copilote ; ses petites mains tremblaient sur le manche à balai. « Vous êtes juste comme lui, oui ! Juste comme tous les foutus pilotes que je connais ! Quand on a mon âge, on ne vaut rien pour vous, sauf si vous avez besoin de nous — et encore, vous n'êtes jamais contents !

— Voyons, Steve... »

La voix du garçon prit un ton aigu et moqueur. « Tu es tellement godiche que tu n'es même pas fichu de tenir une

167

lampe torche droite, Steven ! Je savais bien en te demandant ça que tu saloperais le boulot, Steven ! Je parie que tu sais même pas pisser sans le mode d'emploi de ta braguette, Steven ! » Il se tut une seconde, avant de reprendre de plus belle. « Eh bien, moi, j'ai voulu lui montrer que j'étais pas si godiche que ça ! J'ai passé des heures et des heures sur les simulateurs, en pleine nuit, et j'ai appris tout seul à piloter ses foutus avions si précieux ! »

Il lança un bref coup d'œil au copilote, puis ses yeux revinrent sur les instruments. « Je ne suis plus un gamin, et je ne suis pas un crétin ! Je pilote votre bon Dieu d'avion, non ?

— Oui, dit Dan, choisissant ses mots avec soin, tu pilotes cet avion et tu t'en tires admirablement bien, et je m'excuse de t'avoir traité de gosse ou de gamin.

— Ouais, vous dites que vous êtes désolé parce que vous avez besoin de moi, en ce moment. Si on était au sol, ce serait une autre chanson. J'aurais droit à des trucs du genre, *tire-toi, le môme, tu nous casses les pieds* — c'est l'une des préférées de mon paternel !

— Désolé d'apprendre ça.

— Ouais, tu parles !

— Écoute un peu. Tu veux que je te traite comme un adulte, et je trouve ça normal. Mais cela veut dire aussi qu'il faut que je puisse te parler franchement. D'accord ? »

Steve respirait fort et de toute évidence il était encore terrifié, mais il acquiesça lentement. « Ouais... d'accord.

— Très bien. Nous avons un boulot à faire, toi et moi. Tu es le seul, à bord de cet appareil, à avoir à la fois de bons yeux et une expérience dans le pilotage des avions. Moi, je suis le seul pilote qualifié. Si... nous sommes capables de conjuguer nos capacités, de faire équipe, on peut se tirer d'affaire. Mais il faut que tu te concentres sur ta tâche et que tu essaies d'oublier ta peur et ta colère et, avant que tu répondes quoi que ce soit, j'ajoute tout de suite que c'est la même chose pour moi. Je suis mort de frousse. Vraiment mort de frousse, je n'exagère pas. Je suis terrifié à l'idée de rater l'atterrissage et de tuer tout le monde, moi compris. J'ai peur aussi de... de ne jamais retrouver la vue. Et donc, de ne plus jamais pouvoir faire la seule chose que je sache faire : piloter. Je m'en veux affreusement d'avoir salopé le boulot et d'avoir touché la balise de l'ILS, à Hong Kong. Et en plus, je souffre horriblement... et... j'ai un besoin pressant d'aller aux toilettes, ce qui signifie qu'il me faut remettre entre tes mains la vie des deux cent et quelque personnes qui sont à bord. »

Il y eut un long silence, dans le siège voisin. « C'est pour le coup que j'ai la frousse, dit finalement Steve, esquissant néanmoins un timide sourire.

— OK. Rien de plus facile, pour deux types morts de frousse, que de s'en prendre l'un à l'autre. Sauf qu'on ne peut pas se le permettre. Es-tu d'accord avec ça ?

— Vous voulez dire... pour qu'on travaille ensemble ?

— Exactement. Sans que tu me compares à ton père.

— Et vous ne me traiterez plus de môme ?

— Promis. Mais si jamais je suis furieux contre toi, comment devrai-je t'appeler ?

— *Steven Julius Delaney.* Je n'ai jamais autant la frousse que quand ma mère m'appelle de cette façon.

— Parfait. Alors, accord conclu ? Et... surtout, ne te crois pas obligé de lâcher les commandes pour me serrer la main.

— Accord conclu. »

Steve entendit le cliquetis d'une ceinture qu'on détachait. Il sentit des papillons dans son estomac lorsque Dan Wade s'extirpa de son fauteuil et fit passer avec prudence ses jambes derrière la console centrale avant de partir à tâtons. Il s'accrocha au dossier de l'un des sièges amovibles. « Je vais dans les toilettes qui sont juste à l'extérieur du cockpit, Steve. J'en ai pour deux minutes, maximum.

— Et si quelque chose arrive pendant ce temps-là ?

— Tu t'en occupes. Je sais que tu pourras. »

16

À bord du Meridian 5, en vol, au-dessus de la mer de Chine
13 novembre — jour deux
03.37 heure locale/1937 zouloue

À l'arrière de la cabine touriste, Britta s'appuya contre un siège inoccupé et regarda le trou béant qu'elle venait de taillader dans le plancher. Son ouverture avait nécessité plus d'efforts qu'elle ne l'aurait cru, même si Dallas et McCabe l'avaient remplacée au bout d'un moment.

Elle apercevait la tête de Dallas qui se déplaçait au milieu des bagages, en dessous, une lampe torche à la main, à la recherche de la valise qui contenait le système de positionnement global par satellite. L'annonce, sur la sono du bord, qu'on allait ouvrir une trappe dans le plancher avait réduit tout le monde à la paralysie et au silence, et c'est avec de grands yeux que les passagers avaient suivi la manœuvre. Dès que le trou avait été assez large pour qu'une personne puisse s'y glisser, Robert était retourné au cockpit.

Britta regarda autour d'elle, faisant mentalement l'inventaire de ses passagers. Elle avait demandé à neuf personnes de se déplacer vers l'avant, de manière à dégager l'allée. La plupart appartenaient au groupe des touristes de retour de Chine continentale, tandis qu'une douzaine d'autres regardaient le déroulement des opérations à distance respectueuse, sous la surveillance de leur accompagnatrice, Julia Mason.

Britta adressa un sourire d'encouragement à Julia.

170

« Ça va ? lui demanda celle-ci en retour.

— Juste un peu fatiguée », se vanta l'hôtesse, essayant d'empêcher la peur qui la rongeait de s'afficher sur son visage. *C'est sûrement un cauchemar... je vais me réveiller bientôt !* se disait-elle, trop consciente que ce qui arrivait était bien réel.

Elle pensa à ses passagers de première classe et à la délégation commerciale. Elle ne leur avait guère prêté attention depuis que la crise avait commencé, mais Claire, l'hôtesse plus spécialement chargée de leur bien-être, lui avait dit qu'ils étaient tous restés calmes. Un tiers des passagers de la classe touriste étaient des natifs de Hong Kong, de Chine continentale ou d'autres pays d'Extrême-Orient. La plupart étaient restés vissés sur leur siège, arborant des expressions allant d'une neutralité indéchiffrable à la panique à peine dissimulée, et presque tous cherchaient à croiser le regard de Britta pour y lire une raison d'espérer, lorsqu'elle parcourait les allées. Jamais la nécessité professionnelle d'afficher un sourire crédible ne lui avait paru aussi difficile à respecter.

Le bruit des bagages qui dégringolaient dans la soute, en dessous, tira brusquement Britta de ses réflexions.

« Dallas ? Tout va bien, en bas ? »

C'est sur un ton dégoûté que la réponse lui parvint. « Super-bien, Britta ! Une fois que j'aurai viré les deux cents valises que j'ai sur les pieds, retrouvé mon calme et passé les vingt prochaines années à essayer d'oublier tout ça, j'irai très bien. »

Dallas avança précautionneusement la tête hors du trou, se méfiant de ses bords cisaillés. « On a bien dit brun clair, Britta ?

— Oui, brun clair.

— Et le nom du type est Walters ?

— Oui, répondit Britta, soudain envahie d'espoir. Vous l'avez trouvée ? »

Dallas secoua la tête. « Non. Mais je crois savoir où il faut chercher, à présent. »

Elle disparut une fois de plus et l'on entendit un tintamarre de valises malmenées jusqu'à l'autre bout de la cabine principale.

Dans le cockpit, Dan Wade reprit les commandes pour que le jeune Steve Delaney puisse aller à son tour aux toilettes ;

Robert McCabe se chargea, pendant ce temps, de décrire en permanence et à haute voix ce qu'il lisait sur les instruments de bord.

« Vous savez, ça ne marche pas si mal, dit Dan, tandis que Steve regagnait son siège dans le cockpit. Vous avez une façon de décrire l'horizon artificiel... j'arrive à le visualiser, et à piloter presque comme si je le voyais moi-même.

— J'ai l'impression que c'est parfait, observa Robert.

— Pas assez pour pouvoir atterrir, cependant.

— Vous en êtes sûr ? »

Le copilote se tourna vers le siège de gauche. « Prêt à reprendre les commandes, Steve ? »

L'adolescent acquiesça — puis se rappela que Dan ne pouvait le voir. « Ouais, je suis prêt.

— Elles sont à toi. Conserve un cap de deux deux zéro sur le cadran inférieur, là.

— Entendu. »

Dan soupira et se tourna légèrement vers Robert. « J'imagine que nous devrions survoler la côte vietnamienne dans environ vingt minutes ; il devrait faire jour dans une heure et demie. Quoi que nous décidions, il serait plus prudent de le faire tout de suite pour avoir le temps de nous entraîner. »

Il entendit le journaliste qui se levait. « Si vous me le permettez, tous les deux, je vais sortir un petit moment. » Il laissa la porte du cockpit entrouverte derrière lui en passant dans la cabine ; il n'avait eu d'autre intention que d'échapper quelques minutes à la tension.

Susan Tash le prit par la manche au passage. « Qu'est-ce qui se passe là-dedans ? » demanda-t-elle. Le Dr Graham Tash le regardait lui aussi avec inquiétude, et Robert s'accroupit pour leur parler.

« Dan tient le coup de manière remarquable ; et Steve, le jeune garçon, se débrouille étonnamment bien avec les commandes, mais...

— Y a-t-il moyen d'atterrir ? » demanda Susan, allant droit au fait.

Le journaliste soupira et eut un sourire fugitif. « Je suppose qu'il y en a toujours un si le garçon se révèle capable de poser l'appareil pendant que Dan lui donnera ses instructions. De toute façon, on est obligés d'attendre le lever du jour et d'avoir trouvé une piste d'atterrissage suffisamment longue. »

172

La jeune femme pinça les lèvres et jeta un coup d'œil à son mari avant de revenir à Robert. « Ils pensent pouvoir y arriver ? »

Le journaliste chevronné étudia un instant les yeux de Susan, se disant qu'elle était vraiment ravissante, puis il regarda Graham. « Ils le pensent, dit-il en acquiesçant. Nous le pensons tous.

— Ça peut faire un sacré papier, pas vrai ?

— Écoutez, je ne... »

Graham avait levé la main. « Je ne veux pas dire que vous êtes ici pour de basses raisons mercantiles, mais simplement que si nous nous en sortons, ce sera assez extraordinaire d'avoir eu un journaliste avec nous pour nous décrire avec talent une aventure exceptionnelle. »

Robert réfléchit une seconde et sourit au médecin, acquiesçant lentement. « Merci du compliment, docteur. Je n'y avais pas pensé de cette façon, mais vous avez raison. Voilà qui ne peut que me motiver un peu plus. »

Susan lui pressa la main quand il se releva. « Merci. »

Robert parti, Graham se leva et fit signe à sa femme de l'accompagner jusque dans l'office, à l'arrière de la cabine supérieure. Tout le personnel de cabine se trouvait sur le pont inférieur. Le médecin referma les rideaux et serra sa femme contre lui, les mains en coupe derrière sa tête.

« Comment tu te sens, Graham ?

— Je ne sais pas, Suze. » Il se recula légèrement et la regarda dans les yeux. « Et toi ? Tu tiens le coup ?

— C'est toi qui me le dis le premier. Tu as l'air commotionné. »

Il hocha la tête. « Je crois que je n'ai jamais eu aussi peur de ma vie, ma chérie. Je... j'aimerais pouvoir te dire que nous allons nous en sortir, que j'en suis convaincu... »

Elle se mit à pouffer, le laissant légèrement décontenancé.

« Qu'est-ce qui te fait rire ?

— Pense à la situation : nous sommes dans un avion de ligne géant, sans radio, piloté par un aveugle et un gosse de quatorze ans ! »

Graham inclina la tête et esquissa un sourire. « Ouais, vu comme ça...

— C'est au-delà du ridicule, ajouta-t-elle en continuant à pouffer nerveusement.

173

— Le sérieux de la situation t'échapperait-il ? »

Elle s'arrêta aussitôt. « Non. J'en ai bien conscience. C'est tellement ridicule de penser qu'il n'y a aucun moyen de s'en sortir...

— Que veux-tu dire, Suze ?

— Nous sommes baisés, mon chou, voilà ce que je veux dire.

— Attends une minute ! Il nous reste une chance de nous en tirer. Tu as bien entendu ce qu'a dit le journaliste ? »

Elle lui prit le visage entre les mains. « Je ne prétends pas qu'il ne faut pas tout essayer, mon chéri, et je ne dis pas non plus qu'il n'y a aucune chance pour que ça marche, mais je crois qu'il vaut mieux voir la réalité en face : nous ne nous en sortirons probablement pas vivants. »

Il garda le silence pendant quelques secondes, étudiant ce visage et ces yeux bleus, où des larmes commençaient à grossir.

« Ma chérie...

— Tu sais ce qu'on devrait faire ? Aller dans les toilettes et faire l'amour jusqu'au moment où on s'écrasera. Si on doit y passer, c'est de cette façon que j'aimerais que ça se termine. »

Ce fut au tour de Graham de rire.

« Quoi ? Ce n'est pas une bonne idée ?

— Je me disais justement tout à l'heure que c'était exactement ce que tu suggérerais, si tu étais convaincue que nous allions mourir. » Il la regarda et vit le sourire se brouiller sous le voile des larmes. Susan attira son mari contre elle, le prit par le cou à deux bras et l'étreignit de toutes ses forces.

« Je t'aime, Graham. Tiens-moi serrée contre toi. Ne parle pas. »

À l'arrière de la classe touriste, un cri d'excitation soudain monta du trou déchiqueté donnant sur la soute à bagages. Britta se précipita pour regarder, et une valise arriva droit sur elle. D'un geste instinctif, elle la rattrapa.

La tête de Dallas apparut à son tour ; elle affichait un grand sourire qui lui découvrait toutes les dents. « J'ai bien l'impression que nous le tenons, Miss Franz !

— Merveilleux !

174

— Mr Walters est-il là pour récupérer le GPS, ou dois-je fouiller dans ses sous-vêtements ? »

Britta montra la valise à un homme à l'air inquiet qui se tenait à deux ou trois mètres de là.

« Vous l'avez trouvée ! » s'exclama-t-il en s'avançant. Il prit le bagage, l'ouvrit rapidement et, de ses profondeurs, retira l'instrument.

Britta lui montra, à l'autre bout de la cabine, l'escalier qui conduisait au pont supérieur. « Allons-y. Le commandant... » Elle s'interrompit, soudain prise au dépourvu, envahie par une image : celle du corps de Pete Cavanaugh, tassé sur le petit lit de repos, derrière les rideaux du local réservé au personnel. Un frisson glacé la parcourut.

Le propriétaire du GPS le remarqua. « Quelque chose ne va pas ?

— Le pilote, se corrigea-t-elle, en a besoin tout de suite. »

L'homme sortit l'appareil de son étui, appuya sur le bouton MARCHE et regarda, sur l'écran à cristaux liquides, défiler une procession de symboles, tandis que le système automatique cherchait un signal-satellite.

Britta lui fit signe de la suivre, et elle l'entraîna jusque dans le cockpit. « C'est Britta, Dan. Nous avons récupéré le GPS ! »

Le copilote pivota sur son siège. « Merveilleux ! Mais je vais avoir besoin de quelqu'un pour m'aider...

— J'ai amené le propriétaire avec moi, Dan. Mr Walters ? Voici Dan Wade, notre copilote faisant fonction de commandant de bord. » Elle poussa sa nouvelle recrue par le bras jusqu'à l'emplacement situé juste derrière la console centrale, entre les sièges des pilotes. Les deux hommes échangèrent une poignée de main.

« Vous avez entendu... l'annonce que j'ai faite, Mr Walters ? Vous avez compris quelle est notre situation ? »

Walters était sidéré de voir les efforts que déployait le copilote pour simplement parler. « Oui, et appelez-moi John, je vous en prie.

— OK, John. Vous ne seriez pas pilote, par hasard ?

— Non, monsieur. J'ai un bateau à voile. C'est pour aller en mer que j'ai acheté le GPS.

— Vous savez que je ne peux rien voir. Le jeune homme que vous voyez assis ici, à ma gauche, s'appelle Steve Delaney. Steve... possède une grande expérience des simulateurs de vol, et c'est lui qui pilote en ce moment. Mais nous avons besoin de savoir... où nous nous trouvons et où nous allons. Voulez-vous nous aider ?

— Et comment, commandant Wade !

— Dan, simplement Dan, je vous en prie. Votre appareil possède-t-il une antenne interne ou devez-vous le coller à une fenêtre ?

— Il a des petites ventouses pour tenir sur une vitre.

— Utilisez la fenêtre latérale qui est juste au-dessus du siège amovible, derrière moi. Les autres ont des résistances noyées dans le verre qui bloqueraient le signal-satellite. »

Dan entendit Walters s'installer sur le siège que Robert McCabe venait de laisser vacant. Bientôt, l'antenne fut installée contre la vitre.

« Dites-moi, John, l'appareil prévient-il quand il a repéré suffisamment de satellites de navigation ?

— Oui, bien sûr. Il émet des bips.

— Dans ce cas, pouvez-vous... lui communiquer... les coordonnées de l'aéroport que nous recherchons ?

— Tout à fait. Il nous donnera la vitesse, le cap exact, la distance jusqu'à notre destination et le nombre de minutes.

— Peut-il nous donner aussi les coordonnées de vol ?

— Bien sûr. Cet appareil est d'ailleurs conçu avant tout pour les avions, mais il convient aussi très bien aux bateaux. »

Il y eut un petit bip électronique dans le dos du copilote. « Voilà ! dit John, il est connecté.

— Tenez, voici une carte de la région. Pouvez-vous trouver nos coordonnées sur celle-ci, puis me dire... à quelle distance nous sommes de la côte du Viêt Nam ? »

Walters prit la carte avec précaution et la déploya. Il garda une expression anxieuse pendant une minute, mais celle-ci changea brusquement et il se redressa sur son siège. « Ça y est ! J'ai trouvé où nous sommes. À moins de cent nautiques de la côte. On devrait passer au sud de Da Nang et de China Beach. »

Dan inclina la tête, intrigué. « Auriez-vous été dans l'armée, John ?

— Ouais. Sergent-chef dans l'Air Force. J'ai été en poste à Da Nang pendant la guerre. Et vous ?

— Moi aussi, je viens de l'Air Force. J'ai été contrôleur aérien avancé pendant deux longues années, là en bas. » Il

176

prit une profonde inspiration et se frotta de nouveau le front. « Voici ce dont j'ai besoin, John. Regardez sur l'autre partie de la carte et donnez-moi les coordonnées d'U-Tapao. Vous devez connaître U-Tapao, au sud de Bangkok, n'est-ce pas ?

— Que trop. J'y ai passé un siècle qui n'a duré, hélas ! qu'un après-midi. »

Dan ne répondit pas tout de suite, réfléchissant. « J'ai l'impression qu'il y a là une histoire que j'aimerais bien entendre raconter... plus tard.

— Ouais, fit John avec un petit rire. Je me souviens même de son nom. »

Dan esquissa un sourire. « Si vous arriviez... à capter U-Tapao et à... me donner un cap, et le temps de trajet à cette vitesse, vous nous aideriez immensément. »

Walters travailla pendant quelques minutes avec la carte et le GPS, puis il griffonna des chiffres sur un bout de papier pris dans la poche de sa chemise ; il le tendit au pilote, paraissant avoir oublié que celui-ci était aveugle. Il eut l'air embarrassé, ramena sa main vers lui et lut le cap à haute voix.

« Il faut prendre au deux trois zéro degrés, cap magnétique. »

Dan acquiesça. « Je ne m'étais pas beaucoup trompé. Nous avions pris deux deux zéro.

— Alors on passe à deux trois zéro tout de suite ? demanda Steve.

— Oui, une petite correction en douceur vers la droite. » Dan tourna une fois de plus sa tête bandée vers le navigateur improvisé. « Quelle distance ? Combien de temps ?

— Pour U-Tapao, quatre cent quatre-vingts nautiques et un peu moins de deux heures, à cette vitesse. » Walters marqua un temps d'arrêt, regarda Steve, puis revint sur Dan. « Voulez-vous que je reste ici pour vous donner un coup de main ? »

Le copilote n'hésita guère plus d'une seconde avant de répondre. « Oui. Non seulement votre aide est précieuse avec le GPS, mais j'aurai une autre mission à vous confier. Vous allez devoir vous empiler à plusieurs derrière nous pour lire à haute voix les instruments, pendant l'approche et l'atterrissage. Steve pilotera, j'écouterai les chiffres ; vous serez l'une des voix.

— Entendu, mais... vous croyez que ça va marcher ? »

177

Dan tourna une fois de plus la tête vers la gauche. « Il le faudra bien, John. Nous n'avons pas d'autre choix. »

Chep Lap Kok/Hong Kong International Airport

Le fait que le Meridian 5 volait encore n'avait pas été divulgué, mais Jake Rhoades estima que Kat Bronsky devait être mise au courant. Le coup de téléphone fut comme une illumination pour l'agent du FBI, même s'il était douloureusement évident, pour elle comme pour Jake, que la crise était loin d'être terminée et que ce qui l'avait déclenchée demeurait toujours aussi mystérieux.

« Dieu soit loué ! Vous ne pouvez pas savoir... à quel point je suis soulagée », dit Kat, surprise d'avoir à refouler ses larmes. Elle fit un effort de volonté pour se reprendre avant de continuer. « En fait, je suis soulagée, mais je suis aussi particulièrement concernée par le sort de l'un des passagers, à cause de ce qu'il sait peut-être sur le crash du SeaAir.

— Ah ? fit Jake, d'un ton de voix qui montrait qu'il était soudain sur ses gardes.

— Il faudra que je vous en parle plus tard.

— J'ai bien peur de ne pas comprendre.

— Vous comprendrez en temps utile. Pour l'instant, je dois avant tout chercher à déterminer ce qui a pu provoquer ce désastre. Ce dont je suis sûre, c'est que le copilote du Meridian a signalé une lumière d'une intensité incroyable, à la suite d'une explosion ayant eu lieu devant le nez de l'appareil. J'ai pu écouter l'enregistrement de la tour de contrôle.

— Et vous faites des recherches là-dessus ? demanda Jake.

— Plus exactement, j'essaie de comprendre pourquoi un avion d'affaires américain, chargé en principe d'une mission d'évacuation sanitaire, aurait coupé la route d'un vol commercial avant de disparaître. Hong Kong parle d'une collision aérienne, mais le 747 n'a signalé aucun impact. Il faut contacter d'urgence les services d'immatriculation de la FAA[1], à Oklahoma City, et rassembler toutes les informations

_____

1. Federal Aviation Administration, Administration fédérale de l'Aviation. (*N.d.T.*)

possibles sur le Global Express Bombardier November-Two-Two-Zulu : à qui il appartient, qui le pilote, quelle est sa destination, et s'il n'aurait pas été modifié d'une manière ou d'une autre.

— Vous croyez qu'il a quelque chose à voir avec ce qui s'est passé ?

— Je ne sais pas, mais vous en avez vu souvent, vous, des jets d'affaires qui jouent à cache-cache avec des Jumbos ? Je n'ai pas la moindre idée de ce qui a pu arriver, mais leur transpondeur s'est coupé, et ils ont volé dangereusement près du Boeing.

— Les hypothèses vont de la collision aérienne au missile lancé depuis la mer ; un missile avec une tête chargée au phosphore, et qui aurait été commandé par un système d'identification de cible guidé par laser — embarqué sur l'appareil d'affaires. Quant à l'identification de ce jet, Kat, nous ne vous avons pas attendue, je devrais l'avoir dans les minutes qui viennent. »

Kat émit un petit sifflement. « Bien joué, Jake, je vais attendre. »

Les installations destinées à accueillir les avions privés, à Hong Kong, appartenaient à une société américaine, et son directeur accourut aussi vite qu'il le put, lorsqu'il apprit qu'un agent du FBI posait des questions à son personnel sur le coup de trois heures du matin. Son aide se révéla inappréciable. Ayant la permission de parler, les employés qui avaient assuré le plein et l'entretien du N22Z donnèrent à Kat une description détaillée de l'appareil, de ses deux pilotes et de ses deux passagers — tous de sexe masculin, tous restés bouche cousue et tous Américains, pour autant qu'ils avaient pu en juger.

Lorsque Kat eut terminé, le gérant la raccompagna jusqu'au bâtiment principal du nouveau et superbe aéroport de Hong Kong. Il avait donné à Kat, dans un sachet en plastique, la facture signée par le pilote du Global Express, pour qu'on puisse éventuellement y trouver des empreintes digitales, ainsi qu'une bande plastique sur laquelle l'employé qui avait rempli le document avait apposé les siennes.

« J'espère que vous pourrez trouver quelque chose avec ça, lui dit l'homme.

— Merci. J'apprécie beaucoup l'aide que vous nous avez apportée », lui répondit-elle.

Il lui sourit et s'inclina en tenant la porte ouverte pour elle.

Kat était sur le point de remonter dans le véhicule du consulat lorsque le téléphone par satellite sonna dans son sac. Jake Rhoades la rappelait.

« J'ai le rapport de la FAA, Kat, dit-il tout de suite. N22Z est une immatriculation qui ne correspond pas à un Global Express Bombardier. Même pas à un jet. Cette immatriculation est définitivement bidon.

— Dans le mille ! Je m'y attendais. Cela semble bien confirmer qu'ils sont impliqués.

— Vous croyez ?

— Il n'y a jamais eu de collision, Jake. »

Il y eut un silence de quelques secondes à l'autre bout de la ligne, avant que vienne la réponse quelque peu contrainte de Rhoades. « Langley est pourtant convaincu que si, Kat. Qu'est-ce que vous savez d'autre ?

— Je connais la signature radar du transpondeur, sur un petit jet, et j'ai vu les enregistrements du radar. Il ne s'est pas écrasé, je peux vous le dire. Il s'est éloigné de l'antenne et a plongé jusqu'à la surface de la mer pour disparaître. Il faut absolument savoir à qui appartient cet appareil.

— Très difficile, sans le numéro de série du fabricant, objecta Jake.

— Les types qui ont fait le plein de l'appareil ici, à Hong Kong, n'ont pas relevé le numéro de série, mais c'est une procédure normale. L'immatriculation était peinte là où elle devait l'être, et leur carte de crédit a été acceptée sans problème. Je vous faxerai la facture lorsque j'aurai relevé les empreintes. »

Elle s'interrompit une seconde, se rendant compte qu'elle dictait pratiquement la conduite à suivre à son supérieur hiérarchique. « Écoutez, Jake, je sais bien que je n'ai pas été officiellement chargée de traiter cette affaire, mais je crois que je peux faire des progrès significatifs avant que le NTSB entre dans la danse. D'autant — mais corrigez-moi si je me trompe — que c'est le FBI qui devrait jouer le premier rôle dans l'enquête, non ?

— Si c'est un acte criminel, un sabotage, une tentative pour abattre l'appareil, la question ne se pose pas, Kat. Il y a au moins l'Air Force qui est d'accord avec vous. Ils pensent que c'est un missile.

— Ai-je votre feu vert pour continuer ?

— Cela ferait-il une différence, si vous ne l'aviez pas ?

— Bien entendu ! Ne suis-je pas votre employée obéissante, monsieur le directeur adjoint ? »

Jake eut un petit rire. « Si vous croyez que je vais mordre à l'hameçon !

— Je vois qu'on ne vous la fait pas... Mais sérieusement, m'autorisez-vous à continuer ?

— Tout à fait. Que Langley aille se faire voir. Que suggérez-vous exactement ?

— Je... je crois qu'il vaut mieux que je reste ici... Je dispose de la voiture et du chauffeur du consulat... jusqu'à ce que l'avion se pose quelque part... en espérant que tout le monde sera sain et sauf... Je pense à voix haute, voyez-vous.

— Je comprends, continuez.

— À mon avis, s'ils atterrissent au Viêt Nam ou en Thaïlande, par exemple, j'annulerai la réunion prévue tout à l'heure au consulat et je prendrai le premier vol pour Bangkok, afin d'interroger le pilote et tous ceux qui pourraient nous donner des informations sur ce qui les a touchés.

— Je suis d'accord. Je ne sais pas comment nous obtiendrons les autorisations diplomatiques, mais attendons de savoir où ils se sont posés.

— Est-ce que la CIA nous fournit les mises à jour minute par minute ?

— En fait, Kat, c'est Langley qui se charge de transmettre les mises à jour du National Reconnaissance Office. Je vous rappelle dès qu'il y a du neuf.

— Que disait la dernière, Jake ? Où en est l'appareil ?

— Il vole toujours. En ce moment, il se rapproche de la côte vietnamienne. Langley estime qu'il dispose d'assez de carburant pour aller jusqu'à Bangkok ; c'est cette direction qu'il semble avoir prise.

— Le faux numéro d'immatriculation tend à me faire croire qu'il s'agit d'une opération clandestine de très haut niveau. Ce serait peut-être une très bonne idée de la part du NRO de surveiller l'espace aérien, dans le secteur du 747... au cas où N22Z serait dans les parages.

— Vous voulez dire que le Global Express pourrait encore être aux trousses du Meridian ?

— Exactement. Si c'est le cas, il faudra prendre des mesures de sécurité exceptionnelles dès que le 747 aura touché terre, car le Global Express atterrira juste derrière lui. S'ils ont des intentions hostiles, ils ne seront pas contents de voir que l'appareil ne s'est pas écrasé.

— Je vais transmettre cette demande immédiatement.

— Vous comprenez mon inquiétude, n'est-ce pas ? » demanda-t-elle.

Elle entendit Rhoades, à l'autre bout de la ligne, qui soupirait. « Malheureusement, oui, je la comprends. Ceux qui se trouvaient dans ce jet, quels qu'ils soient, sont très certainement déterminés à finir leur travail. »

17

À bord du Meridian 5, en vol, au-dessus de la mer de Chine
13 novembre — jour deux
04.42 heure locale/2042 zouloue

Depuis que ses yeux lui faisaient nettement moins mal et qu'il avait pu constater que le jeune Steve Delaney pilotait l'appareil avec une surprenante aisance, Dan Wade s'autorisait à espérer de nouveau. Il s'était laissé aller contre le dossier de son siège et respirait profondément, se forçant à réfléchir, lorsque le son perçant d'une alarme le tira brutalement de sa méditation.

Qu'est-ce que... Oh, Seigneur, un autre moteur en feu !

Il se tourna involontairement vers le tableau de bord avant, frustré de ne rien voir, se demandant lequel des trois témoins restants s'était allumé, ce coup-ci. Incendie, ou simple surchauffe ? se demanda-t-il.

« Que... qu'est-ce que c'est ? » demandait déjà Steve.

Dan sentit le manche à balai osciller légèrement sous l'effet de la giclée d'adrénaline dans le sang de l'adolescent, provoquée par ce bruit aigu et agressif.

« Incendie de moteur, répondit Dan. Regarde bien ce que je t'indique, Steve. Vite ! Un témoin rouge doit clignoter sur l'une de ces quatre poignées. Laquelle ? Il y a un chiffre au bout, en gros caractère.

— Ah... numéro un ! »

Oh, Seigneur ! Dire que nous avons déjà perdu le gauche intérieur ! Il faut couper l'extérieur, à présent !

Dan posa la main sur la commande du moteur extérieur gauche.

« C'est bien la seule poignée qui soit allumée, n'est-ce pas ?

— Oui, répondit Steve d'une voix tremblant de frayeur.

— Continue de piloter, Steve. L'appareil va vouloir virer à gauche. Ne le laisse pas faire. »

Dan se morigéna. *Contrôle tes émotions, nom d'un chien ! S'il sent que tu paniques, il va paniquer aussi ! Calme-toi !*

« Bon. Nous avons des procédures prévues pour ce genre de situation, Steve. Je vais commencer par te poser quelques questions, puis nous allons... traiter le problème.

— OK.

— Tout d'abord, regarde la partie centrale du tableau de bord, celle que je montre du doigt. Certains des contrôles des moteurs sont-ils passés au rouge ?

— Oui.

— Lesquels ?

— Numéro un. »

Le copilote inspira à fond, s'efforçant de se concentrer. « Regarde cette rangée de cadrans et trouve-moi celui étiqueté EGT. Lis-moi la température.

— Euh... elle donne quelque chose comme... un petit peu plus de sept cents.

— Elle monte ?

— Oui. Lentement.

— OK, Steve. Je vais... je vais couper le moteur numéro un. Je repose ma main sur la poignée du numéro un. Il est vital de ne pas se tromper. Ma main est bien posée sur la poignée où le témoin clignote ?

— Oui.

— Certain ?

— Oui ! cria Steve. Vous êtes sur le un !

— Très bien. Je vais le couper et brancher l'extincteur. Un témoin s'est-il allumé ?

— Oui. »

Mon Dieu, faites que ça marche ! Je n'ai plus qu'un seul extincteur de ce côté !

Il y eut soudain un BOUM ! énorme, sismique, et tout l'appareil vibra.

Oh, mon Dieu ! Il a explosé !

184

« Qu'est-ce que c'était ? » s'écria Steve d'une voix étranglée.

Dan ne répondit pas à la question. « Les contrôles du moteur numéro un viennent-ils tous de retomber à zéro ?

— Oui.

— Le témoin est toujours allumé, sur la poignée ? demanda Dan, retenant sa respiration.

— Oui. »

Ça peut prendre trente secondes. Pas de panique ! Mais si le moteur a sauté...

« Surveille le témoin, Steve ! Dis-moi quand il s'éteindra, mais continue à tenir ton cap.

— OK... il tire à gauche, Dan, IL TIRE À GAUCHE !

— Garde ton calme. Ramène-le à droite. Il fera ce que tu lui diras de faire. Regarde l'horizon artificiel. Remets l'avion dans l'axe. Je compense avec la gouverne de direction, ça va t'aider. N'oublie pas que cet appareil peut très bien voler avec seulement deux moteurs sur un même côté. »

Dan sentait les mouvements de plus en plus brusques que faisait le manche à balai, sous l'effet des corrections que s'efforçait d'apporter le garçon qui occupait le siège du commandant. Dan corrigea la gouverne de direction de plusieurs degrés sur la droite pour contrecarrer la perte de poussée de l'aile gauche, ignorant le fait que la sonnerie de l'interphone retentissait dans le cockpit.

« Il tend toujours à virer à gauche, Steve ?

— Oui. Pas autant, mais... j'ai du mal à le redresser.

— J'augmente la correction... c'est mieux ?

— Je crois... oui, beaucoup mieux.

— Est-ce que tu vois l'indicateur de dérapage, juste dessous l'ADI ?

— Je... je crois.

— La petite bille est-elle bien centrée, ou bien est-elle décalée vers la droite ou la gauche ?

— Elle est... un peu décalée à droite. »

Dan donna un peu plus de correction. « Et maintenant ?

— Presque parfaitement centrée, répondit Steve, d'une voix qui devait être une bonne octave au-dessus de la normale.

— Parfait. Il devrait voler droit, à présent. Ne laisse pas l'aile droite embarquer. Toute notre poussée vient à présent de l'aile droite, et il va constamment vouloir tourner à gauche. Le témoin est-il éteint ?

— Non, il clignote toujours. »

La sonnerie de l'interphone n'avait pas cessé, et cette fois Dan décrocha le combiné. « Oui ?

— Dan ? C'est Britta ! L'aile gauche est en feu !

— Que... Vous voulez dire, le moteur gauche ? Le moteur extérieur de l'aile gauche ?

— Non, Dan. C'est dans ce secteur, mais c'est l'aile qui est en feu !

— Ah, génial... Britta ? Vérifiez que tout le monde est attaché. Rendez-moi compte toutes les trois minutes, à peu près... de l'état de l'aile gauche. OK ?

— OK. » Dan raccrocha. « Steve, altitude ?

— Huit mille.

— Vitesse ?

— Je peux pas tout faire à la fois !

— Ne t'énerve pas, Steve. Tu t'en sors sacrément bien. Tu ne vas pas craquer maintenant. Cet appareil peut même voler avec un seul moteur, s'il le faut.

— Je sais.

— Jette un coup d'œil à la vitesse.

— Euh... deux cent... cinq.

— Très bien. Ne la laisse pas descendre en dessous de cent soixante tant que je ne te l'ai pas dit.

— Qu'est-ce que je fais pour ça ?

— Dis-moi simplement quand on ralentit, je mettrai un peu plus de gaz. » Dan tourna légèrement la tête. « Mr Walters ? Toujours là ?

— Oui, répondit immédiatement l'ancien sergent-chef.

— Pouvez-vous introduire les coordonnées de Da Nang et me donner le cap et la distance ?

— Je... je crois... attendez... »

Dan entendit le bruit d'une carte qu'on déployait à la hâte. « Prenez votre temps, John, reprit-il. Travaillez méthodiquement. »

L'interphone retentit de nouveau.

« Dan ? Britta. L'aile brûle toujours ! On voit une longue flamme partir d'un point qui est à un peu moins de dix mètres du bout de l'aile. Les passagers commencent à paniquer ! Ça devient très rouge — le métal de l'aile. Est-ce qu'on peut faire quelque chose ?

« — J'essaie, Britta. Continuez de me rendre compte. »

Il enclencha la Public Adress. « *Robert McCabe... Dallas Nielson... sur le pont supérieur, tout de suite... Les amis, on va tenter un atterrissage d'urgence. Attachez-vous.* »

Dan entendait la respiration haletante de l'adolescent, dans le siège voisin. « Comment ça va, Steve ?

— Je le contrôle, mais il n'arrête pas de vouloir tourner à gauche !

— Trois cent quarante degrés, annonça Walters, et environ quarante nautiques. »

Dan acquiesça. « Nous allons devoir virer à droite, Steve. En douceur. À droite. Jusqu'à ce que tu sois au cap trois cent quarante. D'accord ?

— D'accord.

— Le virage effectué, nous commencerons à descendre, en faisant bien attention. » Dan entendit quelqu'un entrer dans le cockpit. « Qui est là ?

— Ce qui reste de Dallas, mon chou ! dit Dallas Nielson.

— Et Robert, Dan. Qu'est-ce qui se passe ?

— Bon... voilà où on est. Nous avons dû endommager aussi le moteur extérieur gauche, à Hong Kong. Je crois qu'il a explosé il y a quelques minutes et il a probablement... criblé l'aile de débris. Je suppose que l'un d'eux a dû crever un réservoir de kérosène... et que c'est ce qui alimente l'incendie. Il faut à tout prix atterrir ou nous crasher. Nous sommes à quarante nautiques de Da Nang, au Viêt Nam, où il y a une longue piste d'atterrissage. Je n'ai pas le temps de prendre toutes les dispositions. Dallas ? Asseyez-vous derrière Steve et aidez-le... attachez-vous et veillez à ce qu'il garde bien le contrôle des commandes. On va entamer notre descente, à présent... jusqu'à cinq mille pieds sur un cap de trois quarante. La vitesse ne doit pas tomber en dessous de cent soixante. Robert ? Prenez le strapontin du milieu, s'il vous plaît. John ? Restez debout pour le moment, vous vous attacherez dans la cabine un peu avant l'atterrissage. »

Dan entendit Dallas, qui parlait à voix basse et sur un ton apaisant à Steve. « Steve, mon mignon, respire lentement et à fond, et reste calme. Tu t'en sors admirablement.

— Comment comptez-vous procéder, Dan ? » demanda Robert.

187

Dan lui tendit un manuel relié en cuir, contenant les procédures d'approche aux instruments. « Trouvez-moi les pages concernant Da Nang. Les aéroports sont classés alphabétiquement par pays... cherchez à Viêt Nam. Ce sont les procédures pour atterrir aux instruments. J'aurai besoin des indications concernant la piste et... John, s'il vous plaît, vérifiez que votre GPS nous donne bien les coordonnées exactes de l'aéroport. » Le copilote s'interrompit, la respiration haletante.

« Tenez bon la rampe, Dan ! lui dit Robert tout en tournant les pages frénétiquement, d'une main qui tremblait.

— Je la tiens, je la tiens, dit-il en relevant la tête. Voici comment je vois les choses. Steve est techniquement capable de piloter. Je le suivrai par les contrôles. Dallas ?

— Oui mon chou ? répondit-elle aussitôt, sans quitter un instant des yeux le tableau de bord.

— Je vous charge de lire les chiffres du cap et... de la vitesse. D'accord ? »

La sonnerie de l'interphone retentit une fois de plus, et Dan s'empara précipitamment du combiné.

« Oui ?

— Toujours pareil, Dan, dit Britta. Une partie du métal est rouge cerise, à présent. Vous ne pouvez rien faire ?

— J'essaie, Britta. Continuez à rendre compte. » Il laissa retomber le combiné sur ses genoux. « Très bien, tout le monde... si on n'arrive pas à trouver cette piste, on se posera tout de même, en catastrophe. Cet incendie ne nous laisse pas beaucoup de temps. Steve ? Dallas ? Voyez-vous quelque chose, dehors ?

— C'est noir comme dans un four, Danny. C'est toujours la nuit. J'ai l'impression d'apercevoir des éclairs, assez loin sur la gauche, mais... qu'est-ce que nous cherchons au juste ?

— Un groupe de lumières sur la côte, à environ trente-cinq nautiques devant. Nous devons encore être au-dessus de l'eau. La piste de Da Nang est nord-sud, si je me souviens bien. C'est notre seule chance, mais il faut la voir pour pouvoir s'y poser.

— Autrement dit, je cherche les lumières d'une petite ville ?

— Et celles d'un aéroport.

— Entendu, je ne fais que ça.

— Descendons en douceur à deux mille pieds. Le taux de descente ne doit pas dépasser mille pieds par minute. Pour l'instant, Dallas, veillez à ce que Steve ne descende pas en dessous de mille pieds. *Maintenant, Steve !*

— OK.

— Robert ? J'ai besoin que vous me donniez en continu le taux de descente et l'altitude. Faites ainsi : moins cent, à deux mille trois cents pieds... Vous vous en sentez capable ?

— Je crois, répondit le journaliste.

— C'est ce contrôle, là, ajouta Dan en indiquant les instruments de son propre tableau de bord.

— Moins huit cents, à quatre mille huit cents pieds, à présent. Comme ça ?

— Oui, parfait. Et vous John...

— Oui ?

— Pouvez-vous me lire l'horizon artificiel ? Savez-vous ce que c'est ?

— Non.

— Dallas ? Pourriez-vous montrer rapidement à John comment on fait ?

— Je vais essayer. » Dan l'entendit qui se rapprochait de l'homme et lui parlait à l'oreille d'un ton sérieux.

« Moins mille, à trois mille huit cents pieds.

— Merci, Robert. Steve ? Ralentis ton taux de descente. Vitesse ?

— Deux cent cinquante. »

Dan posa la main sur les commandes des moteurs trois et quatre de l'aile droite, et les tira légèrement à lui. « Je réduis la poussée pour contrôler la vitesse. L'appareil a-t-il tendance à virer à droite, à présent ?

— Non.

— Il vole droit ?

— Oui.

— Bien. Avons-nous ralenti ?

— Un peu. Deux cent quarante, à présent.

— Voit-on des lumières, vers l'avant ?

— Quelques-unes. Mais je ne peux pas les regarder en même temps que les instruments. »

La sonnerie de l'interphone retentit. « Dan ? Britta. L'incendie diminue légèrement. Je ne sais pas ce que vous avez fait, mais on dirait qu'il décroît.

189

— C'est peut-être le fait d'avoir ralenti. Merci, Britta. »

Dallas en avait fini de ses explications, et Dan demanda au propriétaire du GPS à quelle distance ils se trouvaient à présent de Da Nang.

« Vingt-huit nautiques. Le cap est bon... parfait, même, répondit-il.

— Très bien. Dallas ? On ne pourra faire qu'une tentative. Lorsque nous ralentirons davantage, il y a des chances pour que l'incendie reparte de plus belle. Distinguez-vous une balise clignotant alternativement vert et blanc, droit devant ? »

Il y eut quelques secondes de silence. « J'espère bien qu'on me remboursera ce voyage, si je dois faire partie de l'équipage ! ne put-elle s'empêcher de grommeler. Oui ! s'exclamat-elle avec une note d'excitation dans la voix. On la tient, Dan ! Droit devant !

— Très bien. » Le copilote ne put retenir un profond soupir. « Nous ne verrons les lumières de la piste qu'au dernier moment ou presque. Nous devons garder le cap sur cette balise, mais n'oubliez pas qu'elle n'est pas placée à l'extrémité de la piste. Robert ? Avez-vous trouvé les coordonnées de Da Nang ?

— Oui, à l'instant.

— Voyez s'ils donnent des indications sur... je ne sais pas très bien comment expliquer cela, mais il y a peut-être moyen de contrôler les lumières de la piste par un signal radio.

— Avons-nous une radio en état de marche ? » demanda Dan.

Les épaules du copilote s'affaissèrent légèrement. « Bon sang, non ! J'avais oublié.

— Moins mille cinq cents, à deux mille trois cents pieds.

— Steve ? On va garder cette altitude. Pour cela, cabre le nez de trois ou quatre degrés.

— OK.

— Dallas ? Nous nous dirigeons toujours droit sur cette balise ?

— Toujours.

— Voyez-vous quelque chose qui ressemble à un aéroport ?

— Je... pas encore, mais le cap est bon.

— Bien. Vitesse ?

190

— Cent soixante, répondit Steve.

— Je vais commencer à nous ralentir, Steve. Il faudra corriger davantage avec le manche, et tu auras l'impression que l'appareil réagit plus mollement. C'est normal. » Il tira un peu plus à lui les manettes des deux derniers moteurs en état de marche et effectua des corrections d'assiette, gardant une main sur le manche pour sentir ce que faisait son jeune coéquipier. Trente secondes interminables s'écoulèrent.

« Vitesse ?

— Cent quatre-vingt-dix, dit Steve.

— Altitude, Robert ?

— Stable à deux mille pieds.

— Exactement ?

— Exactement.

— Boulot sensationnel, Steve ! Pour l'instant, on ne change rien... John ? Distance ?

— Dix-sept nautiques.

— Parfait. La piste est au niveau de la mer. Quand nous serons à sept nautiques, on entamera la descente d'approche à un taux qui ne devra pas excéder sept cents pieds minute. C'est clair pour vous, Robert ?

— Oui.

— Si vous constatez un taux de descente supérieur à sept ou huit cents pieds minute, dites à Steve de redresser d'un poil. Vous le lui direz directement, et j'aiderai. Steve ? Même si tu sens que je touche des contrôles, tu continues comme ça. Je peux faire des petites corrections, mais toi, tu ne bouges pas ! D'accord ?

— OK.

— Vitesse ?

— Cent soixante-dix.

— Je vais essayer de sortir les volets. Robert ? Vous voyez le témoin des volets, ici ? demanda Dan en agitant le doigt devant le cadran correspondant. Et les deux aiguilles ?

— Oui.

— Si elles commencent à se séparer, criez STOP VOLETS !

— Entendu.

— Bon. Volets, un. » Dan déplaça la commande des volets d'un cran. « Steve ? L'avion va te donner l'impression de vouloir se cabrer et de monter, et je modifie donc l'assiette longitudinale.

191

— OK.

— Volets, cinq. » Il poussa de nouveau la commande des volets et le bruit et les vibrations de la manœuvre se ressentirent dans toute la carlingue.

« Robert ? Les deux aiguilles sont-elles pointées sur cinq ?

— Oui, toutes les deux.

— Parfait.

— Volets, quinze. Distance, John ?

— Quatorze nautiques.

— Altitude ?

— Toujours stable à deux mille pieds, répondit Robert.

— Notre vitesse ?

— Cent cinquante, dit Steve aussitôt.

— Dan ! s'écria Dallas, j'ai bien l'impression de voir les lumières d'une piste, droit devant nous !

— Bien ! Est-ce qu'elles sont blanches et clignotent ? Est-ce qu'elles forment une série, une sorte de tache blanche ?

— Oui, quelque chose comme ça.

— Autrement dit, on se dirige toujours tout droit sur le bout de cette piste ?

— On dirait bien, dit Dallas.

— Continuez à aider Steve à garder ce cap. Nous allons sortir le train. »

Dan retint sa respiration lorsqu'il poussa la poignée qui commandait le train d'atterrissage sur la position BAISSÉ ; mais on ne pouvait se tromper au bruit que fit le système en sortant du ventre du 747 pour se mettre en position.

« Combien de témoins verts ou rouges, là-dessus ? demanda Dan en montrant les contrôles réservés au train.

— Ils sont tous verts, Dan. Pas un seul rouge, répondit Robert.

— Alléluia ! Distance, John ?

— Onze nautiques.

— Qu'est-ce que tu sens, Steve ? Est-ce que tu dois pousser ou tirer pour rester stable ?

— Je dois tirer. »

Le bruit de la correction d'assiette emplit un instant la cabine. « Et maintenant ?

— C'est mieux.

— Si tu relâches le manche, est-ce que le nez a tendance à plonger ?

192

« — Ça ne change pratiquement rien.

— Vitesse ?

— Cent trente.

— Houla ! » Dan remit un peu de gaz et modifia le réglage de la gouverne de profondeur. « Dis-moi quand nous serons remontés à cent quarante, Steve. Il ne faut pas descendre en dessous de cette vitesse. »

Britta vint une fois de plus rendre compte. « L'incendie repart, Dan ! Ça brûle fort, à présent !

— Attachez-vous, Britta ! Nous touchons dans... trois minutes !

— OK. Je suis sur le pont supérieur, juste derrière le cockpit, Dan. »

Dan reposa le combiné sur ses genoux. « Distance à la piste ?

— Huit nautiques, répondit John Walters.

— Les amis, on va y arriver ! dit Dan, en mettant dans sa voix autant d'énergie qu'il le pouvait, sans doute pour se convaincre aussi lui-même.

— Un éclair devant nous, Dan ! On dirait qu'il y a de l'orage de l'autre côté de l'aéroport. J'ai pu distinguer l'aéroport et la piste, un instant.

— Merci, Dallas. À présent, Steve... notre objectif est de continuer à descendre régulièrement, sans essayer de toucher en douceur. Garde l'appareil bien dirigé sur la piste, et quand nous serons à une centaine de pieds, fais les mouvements les plus légers possibles vers la droite ou la gauche pour rester entre les lumières de la piste. On touchera brutalement, mais ça ira. Ils sont costauds, ces avions. Il tiendra le coup.

— Entendu.

— Il faut que les ailes soient horizontales à ce moment-là, d'accord ?

— Compris.

— Distance ?

— Sept nautiques, répondit Walters.

— C'est bon, Steve, on commence à descendre. Pas plus de sept cents pieds minute. Je vais réduire légèrement la poussée et changer l'assiette d'un poil... John ? Confiez le GPS à Robert, montrez-lui comment lire la distance et allez vous attacher dans la cabine.

— Je préfère rester.

— Non ! Vous n'avez pas de siège !

— Six nautiques. Je reste, Dan. »

Le copilote eut un instant d'hésitation. « Comme vous voudrez, John. Merci. Altitude ?

— Moins huit cents pieds minute, mille huit cents pieds.

— Bien. Dallas ? Commencez à lire vos instruments.

— Cap, trois cent cinquante degrés, vitesse, cent cinquante.

— Attitude, John ?

— Euh... un degré positif. Ça vous va comme ça ?

— Oui. Distance ?

— Cinq nautiques.

— Dallas ? Est-ce que nous sommes bien alignés sur l'axe de la piste ? On n'arrive pas en biais ? »

Mais c'est Steve qui répondit le premier. « Je dérive vers la gauche... D'environ vingt degrés ! QU'EST-CE QUE JE FAIS ?

— Ne t'énerve pas. *En douceur*, incline l'appareil sur la droite de dix degrés, puis redresse doucement juste avant d'être dans l'axe de la piste. Compris ?

— Je... je crois.

— Vas-y tout de suite ! Doucement ! Robert ?

— Oui, euh... moins huit cents pieds minute, altitude mille cinq cents.

— Vitesse, quelqu'un ?

— Cent quarante-cinq, dit Dallas.

— C'est bon ! s'écria Steve. On est alignés ! C'est bon !

— Robert ?

— Six cents, altitude mille deux cents.

— Attitude ?

— Plus un degré.

— Reste comme ça, Steve... bien aligné. Fais les corrections longitudinales ou latérales les plus petites possible. Compris ?

— Ouais !

— Robert ?

— Moins huit cents minute, maintenant, altitude juste en dessous de mille pieds.

— On doit être à trois nautiques, John, c'est ça ?

— Oui. Trois.

— Voit-on bien la piste, Dallas ? Elle paraît vide ?

— Oui, elle a l'air vide. Il y a des éclairs côté nord.

— Concentrez-vous sur la piste. Est-ce qu'il y a des lumières des deux côtés ?

— Oui.

— Neuf cents, altitude six cents pieds.

— Steve ? Je vais tirer très doucement. Il faut descendre légèrement moins vite. Le début de la piste se présente-t-il devant nous ou bien est-il déjà sous nous ?

— Euh... il est déjà dessous.

— Vitesse ?

— Cent quarante.

— Pique du nez d'un poil, Steve. Toujours dans l'axe ?

— Oui, on dirait.

— Neuf cents pieds minute, altitude deux cents pieds », annonça Robert.

Dan, en tâtonnant, vérifia que les phares d'atterrissage étaient bien allumés. « Parfait... on est bien toujours dans l'axe ?

— Oui, répondit Steve. Mais... quelque chose cloche... OH, NON ! Y'A UN BÂTIMENT EN PLEIN MILIEU DE LA PISTE !

— Dallas ? Qu'est-ce que... ?

— Bon Dieu ! ce n'est pas la piste ! Il y a...

— Dan, c'est une voie d'accès, ça se termine sur un bâtiment ! »

Dan Wade enfonça à fond les commandes de moteur de la main gauche, tira le manche à lui et enfonça le palonnier droit pour garder l'alignement de l'appareil.

« On va le contourner ! fit le copilote d'une voix étranglée. Poussée maximum. Steve, essaie de garder les ailes de niveau !

— C'est ce que je fais !

— On monte ?

— Oui, un peu !

— Je vais... on va tout droit, Steve... On est au large des collines ?

— Je ne sais pas... la piste est là, juste en dessous de nous... Oh, mon Dieu, je me suis trompé de piste !

— Steve ? Continue de nous faire monter doucement et tout droit. À mille pieds, vire à l'est. L'appareil ne voudra pas. Ne te laisse pas faire.

195

— Il y a une colline par là... juste devant ! cria l'adolescent. Et des éclairs partout, devant aussi !

— Dégage-nous, dit Dan, qui sentit le manche aller à gauche.

— Huit cents pieds minute, altitude cinq cents pieds, dit Robert.

— Vitesse ?

— Dan ! Où je vais ?

— Reste calme, Steve ! Accroche-toi et mets le cap sur la gauche de cet orage... et passe au large des collines. La plupart sont à l'ouest. Continue de monter.

— Faut serrer plus à l'est ! dit Steve d'une voix qui s'étranglait de plus en plus. Y'a des éclairs !

— Oui, à gauche ! fit Dallas en écho. On ne peut pas dire à quelle distance. On ne voit rien, avec ces nuages — on est dans les nuages à présent, Dan !

— Reste calme, Steve. Continue de monter, continue d'aller droit. On va décrire un virage à l'est, autour de l'orage, et essayer à nouveau. »

Invisible pour le pilote, un puissant éclair inonda le cockpit de sa lumière blafarde.

« Ça y est, Dan, on est dans l'orage, dit Robert aussi calmement qu'il le put.

— Ne tourne surtout pas, Steve ! Continue de grimper sur le même cap ! Faudra encaisser les turbulences. »

Un nouvel éclair vint illuminer la carlingue de son effrayante lueur, suivi presque instantanément par un coup de tonnerre assourdissant.

« Seigneur Jésus, aidez-nous ! gémit Dallas.

— Dan, fit Steve, s'étouffant presque, on est en plein dedans ! » L'appareil avait commencé à rouler et tanguer, dans les violents courants d'air de la cellule orageuse.

« Continue de grimper. Robert ?

— Euh... mille pieds minute, altitude maintenant à... mille deux cents.

— La vitesse, quelqu'un ?

— Je n'y vois presque plus rien, après cet éclair ! se plaignit Steve.

— Cent soixante, dit Dallas. Cap au deux cent quatre-vingts.

— Je n'y vois plus rien, Dan ! » hurla Steve.

Dan leva une main. « Attendez, vous avez bien dit *deux cent quatre-vingts* ?

— Oui.

— Il faut aller plus au nord ! Sers-toi de tes instruments, maintenant ! Tourne à droite ! Continue de monter. Je vais relever le train. »

Dan plaça la commande du train d'atterrissage en position RELEVÉE et on entendit — et sentit — les roues se remettre docilement en place. « Altitude ?

— Mille sept cents pieds, mais on ne monte plus.

— Attitude, John ?

— Euh... cinq degrés positifs.

— Nous descendons de trois cents pieds par minute, intervint brusquement Robert.

— Surveille ton assiette, Steve ! » Dan poussa les moteurs à fond et augmenta la pression sur le manche pour forcer le nez à se relever. « Attitude ?

— Sept, non, huit degrés positifs.

— On ne descend plus, Dan. Mais on n'est qu'à mille trois cents pieds. »

Dan ne parut pas entendre la sonnerie de l'interphone et Dallas prit le combiné de ses genoux pour répondre, raccrochant aussitôt. « La pluie a éteint le feu, Dan ! annonça-t-elle.

— Merci mon Dieu, dit Dan. Si on vire au nord, à présent, on devrait être au-dessus de la côte. On est encore un peu trop bas. »

Une formidable rafale de vent vint secouer le 747 en même temps qu'une série stroboscopique d'éclairs aveuglait tout le monde, sauf Dan. L'effroyable roulement de tonnerre qui s'ensuivit les ébranla jusqu'à l'âme, tandis que les turbulences s'amplifiaient. Les instruments étaient tellement secoués qu'ils étaient impossibles à lire.

« ACCROCHEZ-VOUS TOUT LE MONDE ! hurla Dan. Steve ! DÉBROUILLE-TOI POUR GARDER L'APPAREIL CABRÉ ! QUINZE DEGRÉS ! LA VITESSE, QUELQU'UN ?

— PEUX PAS LA LIRE ! cria Dallas.

— LE CAP ? LE CAP, PAR PITIÉ !

— DEUX CENT QUELQUE CHOSE ! s'égosilla Dallas.

— NON ! NON ! NON ! NON ! hurla Dan. IL Y A DES MONTAGNES À L'OUEST ! TOURNE À DROITE ! »

Ce fut au tour de Robert de s'époumoner. « DAN, ON REDESCEND ! ON ARRIVE À MILLE... »

Un impact d'une effroyable violence les jeta tous en avant, avec une force incroyable, contre les ceintures de sécurité. Le ventre du 747 venait de toucher une ligne de crête. John Walters se sentit propulsé en avant et son corps parut pétrifié, pendant une fraction de seconde, dans la lumière d'un éclair. La crête rocheuse arracha tous les moteurs et la plupart des ailerons, et le reste de la structure dérapa à cent nœuds, se désintégrant au fur et à mesure ; après avoir franchi la crête, elle commença à être ralentie par la canopée de la forêt. L'appareil décéléra rapidement après avoir perdu l'essentiel des ailes et surtout la partie inférieure du fuselage. Tout le pont inférieur, comprenant les classes touriste et affaires, fut progressivement passé à la moulinette par les troncs d'arbres, au milieu de grincements et de craquements de bois de plus en plus violents, tandis que les morceaux du 747 s'éparpillaient dans la végétation, en dessous.

Les occupants du cockpit furent soumis à une insupportable surtension sensorielle. Les choses s'étaient déroulées trop vite pour qu'on puisse comprendre quoi que ce soit. L'appareil finit par se désintégrer comme du fromage frais jeté sur une grille, dans une pluie de plus en plus serrée de morceaux et de composants, jusqu'au moment où sa partie supérieure, comprenant les première classe et le cockpit, se désolidarisa du fuselage, et se retrouva à peu près intacte. Et finalement, tout ce qui restait de ce qui avait été un avion géant alla s'arrêter au milieu d'une clairière verdoyante, dans la jungle vietnamienne.

Dans les minutes qui suivirent, l'orage se déplaça vers l'est, laissant derrière lui les sons habituels d'une forêt embrumée dans les moments qui précèdent l'aube — mais aussi, par endroits, des chuintements de liquide en contact avec des objets incandescents.

18

National Reconnaissance Office, Maryland
12 novembre — jour un
16.30 heure locale/2130 zouloue

Janice Washburn toucha le technicien à la manche et lui fit signe de cadrer plus serré avec le zoom. En temps normal, les scènes que les spécialistes de l'interprétation d'images contrôlaient depuis un satellite en orbite n'entraînaient pas de réactions émotionnelles, mais ce cas était différent.

L'image reconstituée par ordinateur s'assembla enfin d'elle-même, réunissant et conjuguant les informations en provenance de deux satellites. Janice Washburn en eut un instant la respiration coupée. « Est-ce que je vois...

— J'en ai bien peur, Janice. C'est le point chaud que j'ai trouvé il y a quelques minutes, exactement sur l'itinéraire suivi par l'appareil. Par ailleurs, il n'y a plus trace de 747 en vol dans le rayon d'action du Meridian 5, par rapport au contact précédent. Ils se sont écrasés. »

Sur l'écran, on voyait des taches d'un blanc intense, définissant le trajet suivi par le Boeing échoué dans la jungle.

« Vous croyez qu'il peut y avoir... des survivants ? demanda-t-elle, osant à peine prononcer le mot.

— C'est possible, mais l'accident vient de se produire. Jusqu'ici, je n'en vois pas. »

Elle se tourna de manière à croiser le regard du technicien. « Cet appareil transportait plus de...

— Deux cents personnes. Oui, je sais. On ne peut qu'attendre.

— On ne peut *vraiment* rien faire d'autre ? »

Il acquiesça. « Tout ce secteur couvert de débris est encore trop chaud, il y a trop d'incendies. La chaleur nous empêche de voir s'il y a des survivants ; n'oubliez pas que nous nous servons d'une sonde à infrarouges. »

Elle porta à l'oreille le combiné qu'elle tenait à la main, afin d'en référer à son supérieur, George Barkley. Après un bref échange, elle se tourna vers le technicien. « George voudrait savoir si vous pouvez retrouver la vue que vous avez prise de ce petit jet ? »

Il acquiesça et se mit à pianoter sur son clavier. L'image fixe d'un petit bimoteur à réaction apparut sur l'écran.

« Où se trouve-t-il ?

— Quand le cliché a été pris, il était à dix nautiques à l'est de Da Nang, au large des côtes. Mais nous l'avons perdu sous un orage qui est passé au-dessus de Da Nang, il y a un moment. Il était juste au-dessus du site de la catastrophe, un peu plus tôt, mais il est revenu vers la côte ; on dirait qu'il tourne en rond.

— Avec quel degré de certitude peut-on dire qu'il suivait le Meridian ?

— Un très haut degré. Très, très haut. »

Janice reporta de nouveau l'écouteur à son oreille, toujours intriguée, se rappelant qu'il lui fallait transmettre ces dernières informations tout de suite à Langley.

Dans la jungle,
À 20 km au nord-ouest de Da Nang, Viêt Nam

Robert McCabe mit un certain temps à comprendre qu'il était encore en vie.

Au loin, les flammes orangées de nombreux foyers d'incendie brasillaient, mais sinon l'obscurité était totale — et le froid mordant. La sensation de l'air humide sur son visage et l'absence des bruits de fond familiers d'un vol commercial le rappelèrent brusquement à la réalité : il ne se réveillait pas d'un cauchemar — c'était le cauchemar qui continuait.

On essayait de tenir en l'air... non, d'atterrir... et il s'est passé quelque chose...

Il essaya de bouger le bras droit et constata qu'il était encore en place et fonctionnel. Il vérifia le gauche, puis tout le reste de son corps et ne se trouva rien de cassé.

Où suis-je ? Il resta quelques secondes plongé dans la confusion la plus totale, jusqu'à ce que ses souvenirs les plus récents lui reviennent à l'esprit, et il se redressa brusquement dans le siège amovible de droite, au milieu de ce qui restait du cockpit.

Oh, mon Dieu ! Nous nous sommes écrasés !

Il essaya de se lever mais n'y parvint pas. *Je dois être blessé !* Il ne ressentait cependant aucune douleur.

D'une main hésitante, il se mit à se palper le corps à hauteur de la taille, sentant planer la menace de la paralysie, tout au fond de sa tête.

Il se débattit à nouveau et entendit des pièces métalliques s'entrechoquer. Pourtant, il n'arrivait pas à se lever. Il était coincé à hauteur de la taille, attaché au siège à moitié démoli.

La ceinture de sécurité, pardi !

Immensément soulagé, il chercha la boucle à tâtons, l'ouvrit et se leva avec précaution, l'esprit encore en proie à la confusion, cerné qu'il était par des images vacillantes et des formes fantomatiques. Il se trouvait toujours dans le cockpit, et l'encadrement des fenêtres était encore intact.

Il vit une silhouette affaissée juste en dessous des vitres brisées. Le journaliste s'en approcha, se prenant les pieds dans des débris, dans l'obscurité. Il redressa le buste de l'homme et le reconnut aux bandages qu'il avait sur les yeux. Le copilote.

« Dan ! Dan ! Vous m'entendez ? » Robert eut tout d'abord l'impression que la voix qui venait de parler appartenait à quelqu'un d'autre, tant elle était étranglée et tendue. « Dan ! C'est Robert ! Répondez-moi ! »

Le copilote bougea et essaya de se redresser. « Que...

— Dan, c'est Robert McCabe. Vous m'entendez ? »

Dan secoua la tête. « Je... je n'arrive pas à vous voir...

— On vient de s'écraser, Dan. Quelque part au Viêt Nam. Vous vous en souvenez ? »

Il y eut un bruit sur la gauche, un faible gémissement, et

201

Robert se tourna vers le siège du commandant, délogé de sa place et renversé, et qu'il voyait donc par en dessous.

Dan hochait lentement la tête, une main sur le crâne. « Oh, mon Dieu...

— Ne bougez pas, Dan. Je vais voir comment vont les autres. » Il se fraya un chemin au milieu des débris et redressa le fauteuil du commandant, dans lequel Steve Delaney se trouvait toujours attaché. L'adolescent commençait lui aussi à reprendre ses esprits et, mis à part quelques coupures sans gravité à la tête, n'était pas blessé.

Dallas essayait de s'extraire de l'amas hétéroclite dans lequel elle était prise ; elle était sonnée et tremblait comme une feuille.

John Walters, qui n'était pas attaché au moment de l'impact, était effondré contre le tableau de bord central brisé. Robert chercha son poignet, conscient de l'angle anormal que faisait le cou de l'homme par rapport à sa tête. Il ne trouva pas de pouls.

« Où diable sommes-nous ? marmonna Dallas en s'accrochant à l'épaule de Robert.

— Rien de cassé, Dallas ? Vous allez bien ? »

Elle acquiesça, porta la main à sa tête ; sa peau sombre la rendait presque invisible dans la lueur orangée et sourde. Elle s'assit sur le siège amovible resté miraculeusement intact. « Mais de là à dire que je vais bien... et vous ? »

Robert se rassit sur ce qui restait de son siège et essaya de s'éclaircir les idées. « Je ne sais pas. Je ne comprends pas que nous soyons encore vivants. »

À un peu plus de dix mètres de là, dans la moitié fortement endommagée de ce qui restait du pont supérieur, autrement dit de la cabine de première classe, le Dr Graham Tash avait du mal à s'extraire du fouillis de câbles et de tubes (tout ce qui restait du plafond) qui le retenait prisonnier. Il se rappelait vaguement d'une tentative manquée d'atterrissage, mais qu'était-il arrivé ensuite ?

Susan ! pensa-t-il soudain. *Oh, mon Dieu, Susan !*

Il se tourna vers la gauche et commença à dégager les débris qui recouvraient le siège voisin du sien, apercevant bientôt les cheveux blonds de sa femme.

« Susan ! »

Elle bougea et il sentit l'espoir renaître tandis qu'il se hâtait de la dégager.

« Graham ?

— Oh, mon Dieu, ma chérie, tu n'as rien ? »

L'hésitation de la jeune femme se prolongea, le temps qu'elle fasse l'inventaire de ses membres ; puis elle hocha la tête, ouvrit les yeux et cligna des paupières devant les reflets orangés qui dansaient sur sa peau, se demandant qui avait bien pu allumer un feu de camp. Quant à sa voix, elle lui donnait l'impression de se perdre dans le vide.

Elle se mit brusquement sur son séant et regarda autour d'elle, dans un état de confusion et de sidération. Les restes du pont supérieur du 747 ressemblaient certes à une cabine d'avion, mais qui se serait réduite à son ossature mise à nu et plus ou moins rattachée à des lambeaux de plancher. On voyait également une partie des sièges, mais le plafond s'était presque entièrement effondré et elle se rendit compte que tout n'était que débris autour d'elle.

Elle inspira profondément. « Graham... qu'est-ce que... que...

— L'avion s'est écrasé, Suze ! L'avion s'est écrasé, mais on s'en est sortis ! »

Le PDG de Meridian n'avait pas attaché sa ceinture ; assis dans la première rangée, il avait été catapulté contre la paroi du cockpit, au pied de laquelle il gisait à présent, gémissant d'un ton bas.

Susan se leva, les jambes flageolantes ; s'accrochant à son mari pour ne pas tomber, elle se dirigea vers l'homme. « Il est blessé, Graham, dit-elle tandis qu'il la soutenait. Il nous faudrait une lampe. »

Le rayon d'une torche tomba sur son épaule et se dirigea vers le sol jonché de débris. Susan se tourna et vit la silhouette d'une femme dans des vêtements déchirés, ne tardant pas à reconnaître Britta.

« Nous en avons toujours avec nous, dit celle-ci d'un ton naturel.

— Vous n'avez rien ? lui demanda Graham.

— Non, rien », répondit l'hôtesse tandis qu'elle repoussait en arrière ce qui était devenu une crinière hirsute et essayait de remettre de l'ordre dans une blouse bonne à faire un chiffon.

Il y eut du bruit vers l'avant et Britta dirigea le rayon de sa lampe directement sur le visage de Robert McCabe ; celui-ci franchissait d'un pas mal assuré ce qui restait de la porte du cockpit. Il fit la grimace.

« Excusez-moi, dit Britta en détournant le faisceau vers le sol.

— Qui est là ? demanda le journaliste d'une voix enrouée, méconnaissable.

— Britta Franz et deux passagers, le docteur...

— Graham et Susan Tash », dit le médecin.

Robert acquiesça, l'expression hagarde. « Dan... Dallas... (il s'interrompit pour se racler la gorge) et Steve... s'en sont sortis. Ils sont là, devant. Faites attention. Le plancher est déchiqueté par endroits. »

Britta acquiesça.

« Et comment vont les autres, en bas ? »

Britta le regarda, l'air de ne pas comprendre ; elle leva la main droite puis la laissa retomber mollement, dans une tentative avortée pour montrer quelque chose derrière elle.

« Je... je ne les ai pas trouvés... Il n'y a plus d'escalier. »

Graham avait continué à se diriger vers le corps inerte de Rick Barnes, se préparant à s'agenouiller à côté de lui pour l'examiner. Il se tourna et regarda, derrière lui, la procession de points d'incendie qui brûlaient et brasillaient par centaines, et qui paraissaient indiquer l'horizon, sur lequel on devinait une lueur violette plus claire.

Un éclair zébra le ciel, un peu plus loin, et le médecin sentit un frisson de terreur lui parcourir l'échine, comme s'il avait été touché par la foudre. Il comprit que c'étaient les derniers soubresauts de l'orage qui avait bien failli tous les tuer.

« Je crois... que les autres doivent être quelque part par là, dit Britta, regardant d'un air hébété dans la même direction, manifestement toujours sous le choc. Il faut... il faut les trouver. »

Graham suivit son regard et comprit que le sillon ouvert dans la forêt, jonché d'arbres décapités, était la trace effrayante laissée par le dernier atterrissage du 747. On distinguait encore des formes, fragments et morceaux du fuselage, une paroi avec ses hublots d'un côté... mais aussi d'autres silhouettes, plus terribles, indistinctes dans la pénombre. Mais rien d'assez grand et intact pour qu'on puisse espérer trouver un survivant à l'intérieur.

Il y avait deux cents passagers dans cet avion, pensa-t-il. *Mon Dieu ! Il y a peut-être des centaines de blessés !*

« S'il vous plaît, docteur, lui disait Britta. Mr Barnes est blessé. »

Le médecin se tourna et s'agenouilla auprès du PDG dont Britta éclaira le visage. « Vous m'entendez, Mr Barnes ? »

L'homme poussa un gémissement mais ne répondit pas.

Britta trouva la trousse d'aide d'urgence ; Graham s'occupa des plaies les plus visibles sur le visage de Barnes, puis il redressa le corps inerte et en arriva à la conclusion qu'il devait souffrir de traumatismes internes dus au choc violent qu'il avait subi.

« Si vous avez fini ici, docteur, j'ai besoin de la lampe pour aller voir comment vont les autres. » Graham acquiesça et l'hôtesse dirigea le faisceau de la torche vers l'amas de débris, à l'avant de l'appareil où se trouvaient encore Dan, Dallas et Steve.

À l'est, les premières lueurs timides du petit jour laissaient la place aux couleurs plus vives de l'aube. De partout montaient les bruits, nullement menaçants, d'une jungle qui s'éveille : chants d'oiseaux, appels des singes, stridulations d'insectes, petites rafales de vent.

Graham Tash se releva et soutint sa femme pendant que le couple regardait le chemin chaotique jonché des débris du 747. « Il doit y en avoir d'autres dans un état épouvantable, Susan. Il faut aller les secourir. »

Elle acquiesça sans rien dire et prit la trousse d'urgence. Graham emprunta la lampe torche de Britta et, enjambant les tôles déchiquetées de la carlingue, sauta sur le sol de la jungle, qui n'était plus qu'à cinquante centimètres. Puis il se tourna pour aider Susan à le rejoindre. L'air empestait le kérosène. Ils s'avancèrent à pas prudents entre les débris agressifs, et les odeurs de caoutchouc brûlé qui leur parvenaient d'un peu plus loin les firent grimacer. À une cinquantaine de mètres, ils se retournèrent pour regarder le spectacle qu'offraient les restes du 747.

En fait, tout le pont supérieur, cockpit compris, avait été comme cisaillé juste en dessous de son plancher, et séparé du reste de la carlingue. Et cette partie, sans doute pour ne pas avoir rencontré directement d'obstacle sur son chemin, était venue s'échouer, à peu près intacte, dans ce qui était apparemment une clairière naturelle. C'était la partie inférieure du fuselage qui avait absorbé l'essentiel de la vitesse et de l'impact.

Derrière eux, c'est-à-dire vers la trouée chaotique balisée de feux et de débris, le chemin dessiné par les arbres brisés témoignait de la violence de cet impact. Utilisant la lampe, ils empruntèrent la voie ainsi ouverte ; Susan, chaussée de talons relativement hauts, se tordait les chevilles tandis qu'ils progressaient avec précaution, à travers ce macabre paysage de fragments d'objets naturels ou fabriqués. Ils avancèrent régulièrement, sans parler, jusqu'au moment où ils tombèrent sur les premiers sièges broyés, auxquels étaient encore attachés des fragments humains, et découvrirent ce qui restait de la cabine principale du vol Meridian 5.

Au bout de dix minutes de fouilles, il devint évident qu'ils perdaient leur temps.

Graham et Susan revinrent sur leurs pas mais, avant de regagner les débris de la carlingue, ils s'arrêtèrent aux limites de la clairière et s'étreignirent pendant ce qui leur parut une éternité. N'avoir pu trouver un seul survivant parmi les passagers du pont inférieur avait quelque chose d'écrasant, d'insupportable.

« Quand j'étais aux urgences, dit l'ancienne infirmière d'une voix qui s'étranglait, j'ai eu affaire à des gens qui avaient survécu à des accidents où d'autres avaient trouvé la mort. Tu sais, le syndrome du *pourquoi moi* ? Pourquoi en ai-je réchappé ? » Elle haletait, et Graham la serra contre lui autant qu'il l'osa. D'un mouvement hésitant de la main, elle montra les restes éparpillés de l'avion, tandis que des larmes lui roulaient sur les joues. « Je... je n'avais jamais vécu ça moi-même. Mais aujourd'hui... aujourd'hui, nous sommes vivants, et... tous... tous les autres sont morts ! Pourquoi ? »

Elle enfouit son visage contre la poitrine de Graham et pleura en silence, les épaules secouées de sanglots retenus. Graham continua de la serrer contre lui, pleurant lui-même, essayant de chasser de son esprit les images de corps déchiquetés qu'il venait de voir.

« Ne restons pas ici, dit-il au bout d'un moment, aussi gentiment qu'il le put. Les autres rescapés ont besoin de nous. »

Elle eut un hochement de tête mal assuré et s'accrocha à lui, tandis qu'à pas prudents ils se rapprochaient de ce qui avait été un pont supérieur, la bosse de baleine qui rendait immédiatement reconnaissable le fuselage d'un Boeing 747.

Dallas se réveilla sans avoir la moindre idée du temps pendant lequel elle avait perdu conscience. Elle se souvenait de Robert lui adressant la parole, mais elle s'était soudain sentie fatiguée et s'était laissée aller contre son siège, avec l'idée de se reposer quelques instants. Lentement, elle s'obligea à remonter à travers les couches superposées et indistinctes de fatigue, s'obligea à reprendre pleinement conscience, se rendant plus ou moins vaguement compte qu'une personne dont la voix ressemblait furieusement à celle de Britta aidait Dan Wade à sortir du cockpit défoncé.

Elle se remit debout et se tourna pour suivre le mouvement. Mais à l'arrière de ce qui restait du pont supérieur, elle se rappela Steve Delaney. Elle revint sur ses pas juste à temps pour rattraper l'adolescent qui venait de trébucher sur quelque obstacle encore invisible dans la pénombre de la carlingue.

« On n'y est pas arrivés, hein ? demanda le garçon, d'une voix haut perchée qui tremblait.

— Hé, ce n'est pas à un fantôme que tu parles, mon chou. Si, on y est arrivés, mais c'est sûr qu'on a bousillé l'avion de Dan. »

Steve respirait difficilement, au bord de la panique. « Je... j'ai fait de mon mieux...

— Quoi ? »

Il secouait la tête ; il tremblait de tout son corps, et il eut un geste en direction du cockpit. « J'ai essayé... j'ai tiré... et ... je ne voulais pas... je me suis aligné sur les mauvaises lumières... Je...

— Regarde-moi, Steve ! dit Dallas en saisissant le garçon par les épaules. JE TE DIS DE ME REGARDER ! »

Il obéit, les yeux agrandis par l'état de choc dans lequel il était.

« Tu as tout fait parfaitement bien. Tu m'entends ? Tu as tout fait parfaitement bien ! Les choses... les choses ont simplement mal tourné. »

Il se mit à respirer de plus en plus fort et elle le serra dans ses bras, le berçant contre elle, avec douceur, debout dans l'obscurité de l'épave.

« Ça va, Steve. Ce n'est absolument pas de ta faute. »

L'adolescent resta sans réaction.

« Tu m'entends ? cria-t-elle, le scrutant jusqu'à ce qu'il

finisse par hocher la tête. Bon. Allons retrouver les autres et essayons de nous réfugier en lieu sûr. » Elle franchit les longerons tordus de ce qui restait de la porte du cockpit, et s'avança sur le plancher bosselé de la cabine, voyant Britta venir vers elle.

« Il faut sortir d'ici, dit l'hôtesse en allumant une deuxième lampe torche qu'elle venait de trouver.

— Bien, d'accord, répondit Dallas. Qui est là ? »

Britta se tourna lentement, s'appuyant contre un pan restant de la paroi, et Robert apparut à ce moment-là.

« Le docteur et sa femme sont allés aider les autres, mais le reste des passagers ici... les sièges et même la cuisine... Tout a disparu. Et je n'arrive pas à trouver... l'escalier. »

Dallas comprit bien les mots, mais pas le sens de la phrase. Comment pouvait-on ne pas trouver un escalier ? Ils l'avaient emprunté pour monter sur le pont supérieur, et donc...

Elle regarda autour d'elle pendant que Britta promenait son faisceau de lumière sur les restes de l'épave ; alors qu'ils auraient dû se trouver à dix mètres au-dessus du sol, ils étaient pratiquement à son niveau, au milieu de branches, de buissons et d'arbres renversés.

Cela n'a aucun sens ! pensa la Noire.

« Nous avons le docteur et sa femme, plus Mr McCabe, plus Mr Barnes, plus vous. Et nous avons Dan et... » Elle fit un geste en direction de Steve.

« Steve ?

— Oui.

— Et les autres ? »

Britta secoua la tête.

« Mais où sont passés tous les autres ? Où est le reste de cet avion ? » demanda Dallas, incrédule.

Britta eut un geste en direction de l'avenue de débris en flammes, derrière eux, et la Noire suivit le mouvement des yeux ; la réalité de leur situation s'imposa progressivement à elle. Ses épaules retombèrent légèrement, sa bouche s'entrouvrit.

« Oh, Seigneur Jésus ! Tous ? »

Britta haussa les épaules, et c'est dans un murmure à peine audible qu'elle répondit : « Je ne sais pas... Mais pour le moment, il n'y a que nous. »

19

Chep Lap Kok/Hong Kong International Airport
13 novembre — jour deux
05.46 heure locale/2146 zouloue

Une ultime charge de l'orage avait mitraillé l'aéroport de grêlons de la taille de balles de golf avant de s'éloigner, laissant derrière lui un splendide ciel étoilé qui s'estompa bientôt avec la venue du jour.

Kat avait passé l'heure précédente à réfléchir, assise au fond de la voiture du consulat, pendant que le chauffeur dormait à l'avant. Elle le réveilla en sursaut quand elle descendit du véhicule pour s'étirer, et elle contemplait les étoiles lorsque son portable sonna.

« Kat ? dit Jake. Langley nous fait savoir que le Meridian s'est écrasé quelque part au Viêt Nam. »

Elle se sentit soudain les jambes en coton et s'adossa à la voiture. « Oh, mon Dieu...

— Les seuls renseignements dont nous disposons sont le lieu probable du crash, à une quinzaine de kilomètres à l'ouest de Da Nang, une ville côtière, dans une zone de montagnes de faible hauteur. Aucune information sur d'éventuels survivants.

— L'appareil est-il... intact ? » demanda-t-elle tout en comprenant parfaitement bien qu'un Jumbo ne pourrait jamais supporter sans casse un atterrissage en pleine forêt.

« Euh... il est question de débris éparpillés sur plus d'un

209

kilomètre, Kat. Plusieurs incendies se sont déclarés. Cela ne laisse guère d'espoir... »

Elle avait l'image de la cabine, dans laquelle elle n'était restée assise que quelques instants, gravée dans la tête ; elle s'efforça d'ouvrir les yeux et de se concentrer.

« OK, Jake, voici ce que je vous propose. » Elle s'éloigna de la voiture, obligeant ses jambes à la soutenir. « Je vais prendre le premier vol pour le Viêt Nam et me rendre aussi rapidement que possible sur le site. Pouvez-vous approuver formellement cela et me confier officiellement l'affaire — et me débarrasser de cette mission au consulat ? Je crois qu'il va aussi falloir nous coordonner avec le NTSB.

— Donnez-moi vingt minutes.

— Rappelez-moi. Je vais aller m'occuper de trouver un avion. Et au fait, Jake, est-ce qu'on n'aurait pas vu un Global Express en vol dans le secteur ?

— Langley prétend que non.

— Est-ce qu'on ne peut pas vérifier directement auprès du NRO ? »

Jake resta quelques instants silencieux, suffisamment pour laisser percer le malaise qu'il ressentait. « Vous êtes bien consciente, Kat, que le NRO peut probablement connaître la teneur de cet appel ?

— Oui, ils l'enregistrent sans doute. Mais j'ai quelques raisons de ne pas faire confiance à Langley sur ce point. Je trouve qu'ils ont protesté un peu trop vigoureusement quand on a évoqué l'hypothèse d'un attentat terroriste plutôt que celle d'un accident. Si le NRO a vu le Global Express, Langley préférera passer l'identification sous silence, parce qu'elle va à l'encontre de leur hypothèse d'une collision en vol et qu'il ne reste donc que l'autre. C'est pourquoi je redoute qu'ils ne nous mettent des bâtons dans les roues, en cas d'enquête criminelle.

— Vous venez de prononcer les paroles magiques, Kat. Vous ne les estimez pas beaucoup, n'est-ce pas ?

— Je ne suis qu'une néophyte, en ce qui concerne la CIA ; disons simplement qu'ils manifestent une volonté très nette de ne pas voir, dans l'accident de Cuba et dans celui-ci, le résultat d'attentats terroristes, et je n'ai pas confiance dans leurs motivations. Bon sang, Jake, dissimuler les choses est ce qu'ils savent le mieux faire. Mais nous avons besoin de leur aide. L'équipage de ce Global Express est toujours une menace grave, dans l'état actuel de la situation.

— Que voulez-vous dire ?

— Ils vont être très inquiets, car rien ne leur prouve qu'il n'y a pas de survivants, et il y a une chance que des indices matériels de la tactique qu'ils ont employée puissent être retrouvés dans les débris. Ils vont donc essayer d'y aller et de faire le ménage. Il faut retrouver le site du crash le plus rapidement possible, le sécuriser et récupérer les survivants... s'il y en a. »

Dans la jungle,
À 18 km au nord-ouest de Da Nang, Viêt Nam

Les premières lueurs commençaient à illuminer la jungle, révélant la forme précise des branches et des buissons, là où il n'y avait eu que des masses sombres, auparavant. S'aidant mutuellement, le petit groupe des rescapés s'était extrait de l'épave et avait trouvé un gros panneau métallique où s'asseoir lorsque Graham et Susan Tash revinrent, le visage blême.

« Alors ? » leur demanda Robert.

Le médecin se contenta de secouer la tête. Le silence se prolongea pendant quelques secondes lourdes de sens, jusqu'au moment où Dan, levant ses yeux aveugles vers les autres, voulut savoir pourquoi personne ne parlait.

Graham Tash s'agenouilla à côté du copilote. « Nous avons été, Susan et moi, jusqu'à l'endroit... où il y avait le plus de débris... ils étaient éparpillés devant nous, au moins sur un millier de mètres. » Le médecin s'arrêta pour s'éclaircir la gorge. « Nous n'avons trouvé aucun survivant. »

Dan resta assis quelques instants, dans un silence stupéfait. « Vous voulez dire que... tout le monde... en bas... dans la cabine principale...

— J'en ai bien peur. Toute la partie inférieure de l'appareil a été... je ne vois pas comment expliquer cela... déchiquetée. Par un hasard miraculeux, la partie supérieure a à peu près conservé son intégrité, avec nous dedans... mais rien de ce qui était en dessous n'a résisté. Il n'y a aucun autre survivant.

— Deux cents... fit Dan à voix basse. Mon Dieu ! Et Mr Sampson, qui a fait tout ce qu'il a pu pour nous aider, est-ce qu'il...

— Il était retourné sur le pont inférieur, s'asseoir à côté de sa femme, Dan, répondit Britta en touchant le copilote à l'épaule. Il n'est pas là. »

Robert McCabe faisait les cent pas. « Qu'allons-nous faire ? demanda-t-il. Nous devons prendre une décision.

— Je crois que le mieux est de rester ici et d'attendre les secours », proposa Dallas.

Britta leva les mains en un geste de frustration. « Comment se fait-il qu'ils ne soient pas encore arrivés, au fait ? »

Robert faillit répondre quelque chose, pinça les lèvres et se reprit. « Nous sommes tous capables de marcher, non ?

— Mis à part Mr Barnes, fit remarquer l'hôtesse.

— Bon, reprit le journaliste. Nous avons survolé Da Nang quelques instants avant de nous écraser. On ne doit pas en être à plus de quinze ou vingt kilomètres, car nous ne sommes restés en l'air que très peu de temps. La jungle, ici, est loin d'être dense. Vous avez connu ce secteur à l'époque où vous étiez dans l'Air Force, n'est-ce pas, Dan ? »

Le copilote hocha lentement la tête.

« Qu'est-ce qui nous empêche de nous rendre à pied jusqu'à la ville ? »

Dan resta quelques instants silencieux, la tête entre les mains, puis il se redressa. « De jour, sans tireurs isolés pour faire un carton sur nous, la marche ne devrait pas être difficile.

— Mais enfin, objecta Dallas, est-ce qu'il ne vont pas envoyer des hélicoptères, ou au moins des secours terrestres, faire *quelque chose*, en tout cas ? »

Dan secoua négativement la tête. « Ils ne savent probablement même pas que nous nous sommes écrasés. Nous sommes passés au ras des installations primitives d'un aéroport plus ou moins à l'abandon, en pleine nuit, et en plus pendant un orage ; puis nous avons disparu dans l'obscurité, et nous n'avons eu aucun contact radio depuis Hong Kong. Qui diable pourrait savoir que nous sommes ici ?

— Mais est-ce qu'il n'y a pas au moins quelques villages, dans les environs ? » demanda Britta.

Une fois de plus, Dan secoua la tête vigoureusement.

« Non. Pas dans ces montagnes. Il y a bien une route, pas très loin d'ici, celle qu'on appelle la piste Hô Chi Minh, mais personne ne nous a vus nous écraser, ni ne nous a entendus, si nous sommes bien là où je pense que nous sommes. Les Charlie...

— Les Charlie ? s'étonna Britta.

— Oui, les Viêt-congs, répondit Dallas à la place du copilote. C'est bien ça, Dan ?

— C'est dur de perdre de vieilles habitudes de prudence, reconnut ce dernier. Je suis à peu près sûr que nous sommes loin de tout, dans ce coin. Nous avons dû nous écraser sur un plateau montagneux.

— N'empêche, quelqu'un va bien finir par arriver, non ?

— Oh, sans doute, quelqu'un va bien finir par arriver... mais Dieu sait quand.

— Alors, s'impatienta Britta, que faisons-nous ?

— On part à pied, répondit Robert, qui remarqua que Dan hochait aussitôt vivement la tête. Et s'il n'y a que dix à douze kilomètres jusqu'à l'océan, on devrait y être en cinq ou six heures. » L'image de son ordinateur lui passa fugitivement dans la tête, ainsi que le fait qu'il venait de le voir posé sur le plancher de l'appareil. Il retourna jusqu'à la carcasse pour aller le récupérer ; il lui parut intact.

« Et si jamais les secours arrivaient alors que nous sommes déjà loin ? fit remarquer Britta.

— Dans ce cas, Mr Barnes recevrait de l'aide encore plus rapidement, et nous, nous aurions fait une petite promenade de santé, répondit Robert qui venait de rejoindre le groupe.

— Il est à moitié inconscient, intervint le Dr Tash. Il faudra laisser une note pour expliquer que nous sommes partis à pied.

— Il y a mieux à faire. S'ils viennent, je le leur dirai », dit alors Susan Tash. Graham la regarda, l'air inquiet.

« Je vais rester ici, expliqua-t-elle. Je suis infirmière — tu n'as pas oublié ?

— Non, Suze ! C'est moi qui vais rester.

— J'ai mal à la cheville et je porte des talons hauts. Pas question pour moi de marcher sur une certaine distance en talons hauts ou pieds nus.

— Dans ce cas, je vais rester, moi aussi.

— Non, Graham. Tu es un bon marcheur, et s'il arrive

213

quoi que ce soit au groupe... s'il y a quelqu'un de blessé ou qui va mal, autant que tu sois avec eux. Ça va aller très bien. Hé, je serai probablement sauvée la première.

— Et les tigres, les serpents, les cochonneries de ce genre ? » observa Dallas.

La mine inquiète, le Dr Tash ne quittait pas sa femme des yeux, prenant vaguement conscience que la robe d'un jaune éclatant qu'elle portait devenait de plus en plus lumineuse avec le jour qui se levait. Au bout de plusieurs longues secondes, il secoua la tête. « Il n'y a pas de tigres, par ici, et il faudrait vraiment le chercher pour se faire piquer par un serpent. Il n'y a que des singes, des milliers de singes. »

Dallas les regardait tour à tour. « Très bien. Et vous, Dan, que voulez-vous faire ?

— Je préfère y aller. Tout vaut mieux que de rester ici à se morfondre. Je... je n'aurai qu'à tenir quelqu'un par le pan de sa chemise.

— Dans ce cas, ne perdons pas de temps », les pressa Robert.

Britta regarda autour d'elle, mal à l'aise, prise entre son sens du devoir et la répulsion qu'elle éprouvait à l'idée de demeurer une minute de plus que nécessaire au milieu d'un tel carnage. « Je viens aussi, à moins que Susan ne veuille emprunter mes chaussures. »

Susan secoua la tête.

Le Dr Tash tira doucement sur la manche de sa femme tout en regardant le reste du groupe. « Euh... accordez-nous une minute, voulez-vous ? Britta, il faut aussi que je vous donne quelques conseils sur l'utilisation de la trousse, juste au cas où. »

L'hôtesse fit signe qu'elle avait compris et retourna jusqu'à la carcasse du 747. Graham et Susan s'éloignèrent de quelques pas pour parler. Finalement, il se tourna vers elle et lui mit les mains sur les épaules. « Je suis terrifié à l'idée que tu vas rester ici toute seule, ma chérie.

— C'est absurde. Nous sommes encore en état de choc, tous les deux, mais si je ne m'étais pas tordu la cheville, nous irions parfaitement bien, physiquement. On ne peut pas laisser cet homme tout seul, et le reste du groupe pourrait avoir besoin de toi. Nous sommes des professionnels de la santé, toi et moi, Graham. Il ne faut pas faire intervenir nos sentiments personnels.

— Tu parles, qu'ils n'interviennent pas ! Tu es toute ma vie, mon amour. Je t'aime ! »

Elle porta la main à la joue de son mari. « Moi aussi, je t'aime. Mais je ne peux pas croire que Dieu nous ait sauvé la vie juste pour nous séparer maintenant. Occupe-toi de ces gens et va chercher des secours. Il y a longtemps qu'il n'y a plus de tireurs embusqués, ici. Ça se passera très bien. »

Graham attira sa femme à lui et la serra dans ses bras, lui caressant les cheveux, jusqu'à ce qu'elle le repousse. Elle lui sourit et lui donna un baiser léger, puis fit demi-tour pour retourner dans l'épave.

À bord du Global Express N22Z, en vol,
nord-ouest de Da Nang, Viêt Nam

Assis au bord d'un fauteuil de cuir confortable, Arlin Schoen prit le combiné du téléphone par satellite, adressant un signe de tête à l'individu corpulent et aux larges épaules qui avait décroché pour lui.

La voix qui s'éleva à l'autre bout de la ligne était parfaitement contrôlée, et l'homme parlait avec aisance, sans se presser, comme si rien n'avait été de travers. « Quelle est exactement la situation, Arlin ?

— J'étais sur le point de vous appeler. Ils se sont écrasés à environ vingt kilomètres à l'ouest de Da Nang, dans les montagnes. Pour l'instant, nous tournons en rond au large. Jusqu'ici, nous n'avons pas été repérés.

— Avez-vous survolé le site ?

— Oui. On n'a rien pu voir, sinon des incendies. C'était avant le lever du jour. » Il y eut un soupir à l'autre bout de la ligne. « On ne peut pas exclure la possibilité qu'il y ait des survivants. Mais je ne peux rien faire de plus pour vous, pour le moment. À vous de jouer pour résoudre cette affaire. »

Schoen changea le récepteur de main et répondit en pesant soigneusement ses mots. « Je sais. Certains ont pu s'en sortir. Jusqu'ici, les Viêts n'ont envoyé aucun secours sur place. J'ai l'impression que ces crétins ne se sont même pas rendu compte qu'un avion s'est écrasé chez eux.

— Il faut respecter nos délais. Et ne laisser derrière nous ni indices matériels ni gens trop bavards qui iraient raconter des histoires et ficheraient en l'air tout ce que nous avons lancé. Vous le savez. »

Schoen prit une profonde inspiration. Aller sur place revenait à prendre de gros risques, mais ils ne pouvaient se permettre de mettre l'opération en péril, au stade où ils en étaient. « Nous allons nous rendre sur les lieux, bien sûr.

— Très bien, fit la voix au téléphone. Et faites vite. Dans vingt-quatre heures, toute la planète sera au courant. N'oubliez pas que nous avons un calendrier à respecter.

— Comptez sur moi.

— C'est vous le patron dans cette affaire, Arlin. Vous m'avez assuré que c'était la meilleure solution et que vous pouviez la régler ainsi.

— C'est toujours le cas. Détendez-vous. Je la réglerai. »

Cinq minutes après, le Global Express atterrissait à Da Nang après avoir déclaré l'état d'urgence à bord. Les aiguilleurs de la tour de contrôle n'avaient pas très bien compris d'où arrivait cet appareil privé. Mais après qu'un paquet de billets verts eut changé de mains à la porte du jet, le commandant de la garnison locale, un officier vietnamien qui se mourait d'ennui, repartait dix minutes plus tard avec sous le bras une discrète mallette contenant deux cent mille dollars américains en petites coupures.

Un quart d'heure plus tard, le patron et l'équipage du Global Express décollaient, mais dans un vieil hélicoptère américain Bell UH-1, cette fois-ci.

20

Dans la jungle, à dix-huit kilomètres au nord-ouest de Da Nang, Viêt Nam
13 novembre — jour deux
05.48 heure locale/ 2248 zouloue

Robert McCabe plissa les yeux pour examiner l'horizon, essayant de calculer la distance qu'ils avaient parcourue, après presque une demi-heure de marche.
Peut-être cinq cents mètres, ou un peu plus.
Randonneur depuis toujours ou presque, il avait naturellement pris la tête de la petite troupe, même si la jungle de la côte nord du Viêt Nam lui était inconnue.
La guerre du Viêt Nam n'était pas celle de sa génération, mais son père y avait participé en tant qu'officier d'état-major de la Navy, au Pentagone ; une guerre qui avait conduit certains à sombrer dans des formes extrêmes d'hystérie, comme à lancer le mouvement de protestation des hippies. Le reste n'était qu'un tumultueux épisode de l'histoire américaine pour manuel scolaire. Il était enfant lorsque les hélicoptères avaient emporté les derniers Américains réfugiés sur le toit de l'ambassade, à Saïgon.
Le journaliste et le médecin regardèrent Britta qui aidait Dan à se remettre debout. Pour la troisième fois en moins de dix minutes, le copilote avait trébuché sur la végétation qui tapissait le sol de la jungle ; sa main avait échappé à celle de Britta et il avait plongé au milieu des herbes odorantes, certes, mais bourrées d'insectes.

217

« Ça va, Dan ?

— Ouais, ça va », répondit le copilote, chassant les brindilles qui s'étaient prises dans ses cheveux ; des gouttelettes d'eau brillaient sur sa veste d'uniforme, que Britta était allée récupérer dans le cockpit.

Robert eut un frisson, regrettant de ne pas avoir sa veste de sport, qu'il avait laissée sur Rick Barnes, avant de partir. Il consulta sa montre et fit signe aux autres de le suivre. Britta lui emboîta le pas, Dan en remorque, ainsi que Graham Tash, Steve Delaney et Dallas Nielson ; et ils reprirent leur laborieuse progression au milieu des rayons de soleil qui se coulaient dans les frondaisons peu épaisses de la forêt.

Seul Dan, pour en avoir fait l'expérience dans des conditions infiniment plus dangereuses, reconnaissait les odeurs qui montaient de la jungle, en ces petites heures du matin. L'air frais et l'humidité pesante concouraient, avec le côté anesthésiant de la marche, à produire un effet psychologique réparateur qui leur faisait du bien.

Des chœurs d'oiseaux pépiaient et chantaient dans la lumière de plus en plus vive, les appels se répercutant dans tous les sens. Les bananiers poussaient entre des arbres beaucoup plus grands, culminant à près de vingt mètres ; et si ce n'était pas la canopée impénétrable des forêts pluviales, ils se trouvaient néanmoins dans une jungle, avec ses bataillons de moustiques et ses mouches énormes.

« Attendez ! ordonna brusquement Robert d'un ton autoritaire, la main levée.

— Quoi ? demanda Dallas.

— Chut ! répondit-il, tête inclinée, tendant l'oreille. J'ai entendu quelque chose. »

On devinait presque les lumières de Da Nang au loin, en contrebas de la montagne, et le bruit venait de cette direction. La rumeur encore ténue de ce... *quelque chose*... commença à enfler, à s'amplifier, se transformant en un battement grave et rythmique que Dan identifia sur-le-champ.

« Des hélicos ! s'écria-t-il d'une voix gagnée par l'excitation. Un hélicoptère, au moins !

— Ils savent peut-être que nous sommes là, en fin de compte », observa Dallas.

Le bruit se rapprochait de seconde en seconde.

« Il arrive de la direction de Da Nang, ajouta Dan. Ce sont forcément les secours.

— Nous ne sommes pas encore bien loin, remarqua Robert. Je propose que nous retournions là-bas le plus vite possible. »

Dallas approuva vigoureusement. « Et comment ! Mais inutile de se presser, Robert. Une fois qu'ils auront trouvé le site, ils ne repartiront pas tout de suite. »

L'hélicoptère passa en un éclair au-dessus de leurs têtes pendant que le petit groupe faisait demi-tour ; ils ne purent s'empêcher d'accélérer le pas derrière le journaliste.

Ce n'est qu'au bout de quinze minutes de marche forcée qu'ils entendirent à nouveau le bruit de l'hélicoptère, qui paraissait en vol stationnaire ou bien décrire des cercles au-dessus de l'épave du 747, à la recherche de survivants.

« Ils ont... manifestement... trouvé... l'épave », observa Robert, haletant légèrement — mais sans cesser de presser le pas pour autant.

Ils apercevaient de temps en temps l'appareil entre les arbres, depuis qu'ils se rapprochaient des premiers troncs qui avaient été décapités par l'avion en perdition. Pour partir, le groupe de rescapés avait emprunté une ancienne piste à peu près parallèle à l'axe du sillon ouvert dans la forêt par le 747, et c'était sur cette voie primitive qu'ils revenaient, aussi vite qu'ils le pouvaient.

« Je vais courir devant, dit soudain Dallas, arrivant à la hauteur de Robert. Vous n'aurez qu'à suivre en marchant normalement. Comme ça, ils sauront tout de suite où vous trouver. » Elle s'élança aussitôt, bondissant par-dessus les branches basses et les pièges de la végétation ; bientôt, elle ne fut plus qu'à une courte distance de la clairière où gisaient le cockpit et le pont supérieur.

Lorsqu'elle se trouva à un peu moins de cent mètres, elle ralentit le pas et regarda derrière elle, mais le reste du groupe était invisible. Quand elle se retourna, elle eut le soulagement de voir que l'hélicoptère se posait, bien qu'il y eût encore des buissons et quelques arbres entre elle et la clairière. Elle aperçut plusieurs silhouettes qui sautaient au sol et se dirigeaient vers les restes de la carlingue. Elle cligna des yeux pour mieux distinguer ce qui se passait, dans la lumière de plus en plus intense du matin, se demandant pour quelle raison bizarre des sauveteurs vietnamiens seraient habillés en costumes trois-pièces pour une opération de secours. Peu importait ; elle le leur demanderait, s'ils parlaient anglais.

Où sont les civières ? s'étonna-t-elle. Peut-être s'agissait-il d'une première équipe, et le gros des secours allait arriver un peu plus tard. Elle n'était plus qu'à une cinquantaine de mètres des limites de la clairière, à cet instant, et elle entendit s'élever une voix féminine, au loin : celle de Susan Tash, de toute évidence, même si elle ne pouvait comprendre ce que disait l'infirmière, avec le sifflement du rotor tournant au ralenti.

Dallas abordait le dernier repli de terrain avant la clairière, dont elle n'était plus cachée que par une rangée de bananiers, lorsqu'elle entendit les hommes échanger des propos d'une voix forte. *Parfait ! Ils vont sortir rapidement le blessé d'ici, sans même attendre l'arrivée des autres secours.*

Cependant, quelque chose ne cadrait pas et elle n'avança pas plus loin, sans très bien savoir pourquoi ; soudain, elle n'avait plus envie de se montrer.

Deux des nouveaux arrivants retiraient quelque chose de l'épave, sans aucun ménagement, ce qu'elle trouvait incompréhensible. *Qu'est-ce que c'est ?* se demanda-t-elle. Les hommes qui ne participaient pas à l'évacuation l'empêchaient de voir correctement ; mais surtout, elle entendait Susan qui criait, comme si elle était en colère.

Finalement, les deux hommes entrés dans l'épave firent leur réapparition dans son champ visuel, et elle reconnut ce qu'ils transportaient. *Mon Dieu ! C'est le blessé ! Le patron de Meridian ! Mais qu'est-ce qu'ils fabriquent ?*

Arrivés à l'hélicoptère, ils balancèrent le corps inerte du PDG à l'intérieur.

Dallas regarda derrière elle. Les autres n'étaient toujours pas en vue. S'intéressant de nouveau à ce qui se passait dans la clairière, elle vit les deux autres hommes pénétrer dans l'épave et aperçut un éclair de couleur jaune ; elle comprit, avec un frisson de peur, que c'était à présent au tour de Susan Tash d'être entraînée de force ; la jeune femme protestait vigoureusement et se débattait entre les deux gaillards qui la tenaient. Les deux premiers revinrent de l'hélicoptère pour aider à la maîtriser. Ils la prirent l'un par les pieds, l'autre par les épaules, et la portèrent jusqu'à la porte ouverte de l'appareil, dans lequel ils la jetèrent comme un vulgaire sac de pommes de terre.

La Noire se laissa tomber à genoux dans le sous-bois, en proie à la plus grande confusion et cherchant désespérément à se dissimuler. Elle vit l'un des hommes reculer d'un pas, sortir un pistolet et le braquer sur Susan, puis celle-ci se recroqueviller dans un coin tout en regardant la forme immobile du PDG de la Meridian — l'homme qui avait été un temps son patient. Il y eut des bruits dans la jungle, derrière Dallas : les autres arrivaient. Heureusement, la végétation et les arbres les cachaient encore aux envahisseurs de la clairière. Elle se faufila sous le couvert de hautes fougères et vit les hommes grimper rapidement dans l'hélicoptère, l'un d'eux se mettant aux commandes. Le ronflement du moteur s'amplifia, et le bruit rendit impossible toute communication verbale. Elle se tourna et fit frénétiquement signe aux autres ; Robert, qui la vit le premier, accueillit son geste avec une expression inquiète, tout en conduisant le groupe vers elle.

L'hélicoptère décolla et gagna lentement de l'altitude.

« Qu'est-ce qui se passe ? demanda le journaliste, lorsqu'il arriva à la hauteur de Dallas.

— Baissez-vous ! »

Le Dr Tash les avait rejoints, arborant une expression intriguée. Elle le prit par le bras et l'obligea à se baisser, faisant signe aux autres de l'imiter.

« Susan est dans l'hélico. Ils l'ont emmenée, avec Barnes.

— D'accord, mais pourquoi se cacher ? »

Dallas le regarda, ne sachant trop comment s'expliquer. On entendait le Bell décrire des cercles à faible altitude. Ils étaient invisibles, sous les arbres, mais s'ils s'avançaient dans la clairière...

Graham la prit par les épaules et la fit pivoter vers lui. « Qu'est-ce qui ne va pas, Dallas ? voulut-il savoir, une expression effrayée et féroce à la fois sur le visage.

— Ils ont traité Barnes et Susan très brutalement », répondit-elle. Elle s'arracha aux mains de Graham et s'avança, lui faisant signe de la suivre en prenant la précaution de rester dissimulé. Ils arrivèrent à un endroit d'où on voyait assez bien l'ensemble de la clairière.

L'hélicoptère faisait du surplace à une cinquantaine de mètres juste au-dessus de l'épave.

221

« Je ne comprends pas, dit le médecin. Qu'est-ce qu'ils font ? »

L'appareil avait décollé la portière fermée, mais sous leurs yeux, celle-ci s'ouvrit.

Arlin Schoen se tenait à cette portière. Il eut un coup d'œil en direction du soleil levant. Ils ne disposaient que de quelques minutes pour récupérer ce qu'ils cherchaient et imaginer la marche à suivre, ensuite. Un coup de chance inespéré, pensa-t-il, que le passager aux trousses duquel ils étaient soit précisément celui qu'ils venaient de retrouver, encore en vie. Si son visage était méconnaissable, les papiers qu'il avait dans ses poches ne laissaient aucun doute sur son identité.

La femme en jaune, cependant, leur posait problème. Regrettable.

« Ça vous va, comme altitude ? » hurla le pilote à son intention.

Schoen acquiesça, et ses yeux se reportèrent sur les gorilles qui braquaient chacun une arme sur les rescapés. Il regarda alors le blessé et, levant le pouce, lui ordonna de se lever.

L'homme était manifestement très mal en point ; il avait le visage enflé, les traits défigurés et était tout à fait méconnaissable. Peu importait, puisque c'était McCabe, conclut Schoen. Il avait assez d'éléments prouvant son identité sur lui, même si son équipe n'avait pu le voir que fugitivement à Hong Kong.

« Amenez-le-moi ! » commanda-t-il. L'un des gros bras mit brutalement Barnes sur ses pieds et le propulsa en direction de la portière ouverte. L'homme se mit à mouliner des bras pour éviter de tomber, et son regard effrayé se tourna vers Schoen.

« OK, McCabe. Où est votre portable ?

— Quoi ? » La réponse interrogative avait été à peine audible, et Schoen se dirigea sur Barnes comme un cobra prêt à frapper ; il le prit par le col et le poussa jusqu'à ce qu'il soit à moitié à l'extérieur de l'appareil.

« Ou vous me dites où vous avez planqué votre fichu ordinateur, ou je vous lâche. À vous de choisir, mais vous n'avez que dix secondes, et vous devriez comprendre que les informations que vous avez transférées sur votre disque dur ne valent pas qu'on perde la vie pour elles.

« — Je... je ne vois pas de quoi... vous voulez parler. »

Ce qu'on pouvait deviner de l'expression, sur ce visage tuméfié, était surtout de la perplexité. Ses lèvres bougeaient, mais Schoen dut se rapprocher de lui pour distinguer les paroles.

« Je... ne suis pas... McCabe. Je suis Rick... »

Schoen le repoussa de nouveau à l'extérieur de l'hélicoptère, le regarda gigoter éperdument pendant quelques instants, puis le rapprocha une fois de plus de lui.

« Où est-il, McCabe ? L'aviez-vous mis dans un casier de la cabine ? Dernière chance de vous en tirer avant votre première leçon de vol plané. »

L'homme secouait furieusement la tête. « Je vous dis... que je ne suis pas McCabe ! Il... il était dans la cabine... je l'ai... rencontré, mais... »

Avec un geste de colère, Schoen repoussa brutalement Barnes vers le fond de l'appareil. Le blessé perdit l'équilibre et s'effondra lourdement sur le plancher, juste devant la banquette qui occupait la paroi arrière de la cabine. Schoen se tourna alors vers la blonde terrifiée en robe jaune, éprouva un instant quelque chose comme du regret, puis fit signe à l'un de ses hommes.

« Amène-la-moi ! »

Susan se débattit pour échapper à la poigne solide du gorille, mais elle n'était pas de taille à lui tenir tête et elle se trouva à moitié poussée et à moitié portée jusqu'à Schoen.

« Menotte-la », commanda ce dernier. Le garde du corps sortit un lien en plastique et attacha Susan par les poignets, mains devant elle.

Arlin Schoen prit alors Susan par les poignets et lui montra, d'un signe de tête, les marches métalliques soudées dans la coque de l'hélicoptère. « Mettez-vous sur celle du bas !

— Non ! Pourquoi... »

Une courte rafale, tirée par l'un des gorilles, passa en sifflant à côté de la tête de la jeune femme. Elle obéit alors avec mauvaise grâce, mettant un pied sur la première marche, puis sur la suivante ; elle essaya bien de s'agripper à la main de Schoen, mais sans y parvenir.

L'homme se tourna vers la forme recroquevillée de Barnes, sur le sol, et cria : « Très bien, McCabe ! Répondez à la question, ou bien cette jolie fille va faire une chute de plus de cinquante mètres ! »

223

Une fois de plus, le blessé parla, criant avec toute l'énergie qu'il put trouver en lui. « Je m'appelle... Rick Barnes ! Je suis... »

Schoen secoua la tête, arrêtant les protestations du malheureux, et poussa Susan un peu plus vers l'extérieur, de manière à ce qu'elle ne puisse pas reprendre l'équilibre si jamais il la lâchait.

« Je vous en prie, écoutez-moi ! implora le PDG de Meridian, se redressant à demi dans son coin. Je peux vous le prouver ! »

Arlin Schoen se rendit brusquement compte que son prisonnier venait de passer une main dans son dos, en direction de sa poche revolver. Avaient-ils vérifié qu'il n'était pas armé ? Schoen réagit instinctivement. De sa main libre, il extirpa le 9 mm qu'il portait à la ceinture, visa en pleine panique et tira quatre balles de suite ; les deux premières atteignirent Barnes à la poitrine, les deux autres à son visage déjà ensanglanté.

Le corps privé de vie s'effondra sur le sol, et une flaque de sang commença à s'agrandir dessous. La main droite de celui que le groupe prenait pour McCabe se détendit et il s'en échappa l'objet qui avait provoqué la réaction de Schoen : un portefeuille en cuir, qui glissa en direction de la portière. Le pilote de l'hélicoptère avait en effet réagi aux coups de feu en jouant du manche, si bien que l'appareil s'était brusquement incliné sur la droite, faisant perdre l'équilibre à Schoen. Il eut du mal à le retrouver tout en retenant la femme par les poignets, tandis qu'il voyait l'objet glisser vers le vide. Oui, c'était bien un portefeuille et non un pistolet que l'homme avait tenté de saisir. Un instant, il eut l'idée de s'en saisir, mais le poids de la femme l'entraînait vers la porte. Il n'eut aucune hésitation à lâcher sa prisonnière pour pouvoir se rattraper au montant, tandis que le portefeuille dégringolait à son tour de l'appareil.

Plus terrifiée que jamais, la blonde commença à tomber, mais Schoen crut entendre le bruit d'un impact contre la carlingue du Bell. Il se pencha par la portière et vit que la femme avait réussi à s'agripper au patin droit de l'appareil et qu'elle restait suspendue là, en dépit de ses poignets attachés. Ses doigts étreignaient le tube métallique tellement fort qu'ils en étaient livides.

Quel dommage, pensa-t-il. *C'est une battante, ravissante en plus, mais...*

Il braqua le canon du 9 mm sur elle, visant entre les deux yeux, faisant appel à ses trente ans de détachement professionnel pour ignorer leur expression suppliante. De toute façon, pensa-t-il, ce sera plus humain que de la laisser tomber et vivre les interminables secondes d'une chute, surtout de cette hauteur. Ils allaient devoir atterrir à nouveau et récupérer le corps. Un cadavre de passager avec une balle dans la tête était une preuve matérielle qu'il ne pouvait se permettre de laisser derrière lui.

Il se força à surmonter sa répugnance, mais il hésitait encore.

« NOUS NE SOMMES PAS LES SEULS SURVIVANTS ! lui cria-t-elle alors, l'arrêtant dans son geste.

— QUOI ?

— IL Y A D'AUTRES SURVIVANTS ! ILS SAVENT QUE JE SUIS VIVANTE ! »

Schoen eut un reniflement de mépris, mais se mit néanmoins à réfléchir à toute vitesse. Sans doute un mensonge pour gagner du temps, mais si jamais elle disait vrai, il leur restait un peu de nettoyage à faire. Il glissa l'arme à sa ceinture et fit signe à l'un de ses hommes d'aller chercher la blonde. Le résultat, de toutes les façons, serait le même. Elle mourrait, mais elle aurait gagné un peu de temps — celui dont il avait lui-même besoin pour analyser la situation.

Du point de vue des rescapés de l'accident, dont le groupe se tenait serré, les uns contre les autres, à l'abri des broussailles qui bordaient la clairière, le spectacle de l'hélicoptère faisant du surplace à une cinquantaine de mètres au-dessus de l'épave, portière ouverte, avec à son bord Rick Barnes et la femme du médecin, était à la fois incompréhensible et terrifiant.

Peut-être regardent-ils s'il n'y a pas d'autres survivants, avait tout d'abord pensé Graham, essayant de trouver une explication plausible à la manière brutale dont Susan avait été traitée.

Dallas s'est peut-être trompée.

Ils purent ensuite apercevoir un homme, puis un deuxième, qui se tenaient dans l'ouverture ; mais la lente giration de l'appareil au-dessus du site les leur cacha bientôt.

225

Tout d'un coup, ils virent de nouveau le flanc de l'hélicoptère dans lequel se trouvait la portière ouverte — mais aussi, à présent, la robe jaune et les cheveux blonds de Susan. On la forçait à se tenir sur le marchepied du Bell, et un des hommes la retenait par la main. La vision fut pour Graham plus horrible que tous les cauchemars qu'il aurait pu faire. Il n'y avait aucune raison, aucune explication vraisemblable : et pourtant, cela arrivait. Comment imaginer qu'une équipe de secours menace ainsi les rescapés d'un accident d'avion ?

« Mon Dieu, non ! Qu'est-ce qui se passe, Dallas ? » s'écria un Graham impuissant. Ils entendirent des détonations, l'appareil oscilla brusquement et Susan tomba.

Le cœur du médecin s'arrêta de battre — puis il la vit qui se raccrochait à l'un des patins de l'hélicoptère.

L'appareil pivota une fois de plus sur lui-même, les empêchant de voir la portière ouverte, mais non la jeune femme, désespérément accrochée au patin. Lorsque le Bell eut fait un tour complet, un homme était en équilibre à l'extérieur de la cabine pour la ramener en lieu sûr.

Graham fut envahi d'un sentiment de gratitude bizarre, comme s'il devait les plus grands remerciements à l'individu qui avait bien failli, un instant auparavant, provoquer la mort de sa femme.

Dallas avait empêché le médecin de se relever, comprenant instinctivement que s'il courait jusqu'à la clairière, c'était la mort assurée pour tout le groupe. Avec un cri d'angoisse, Graham réussit cependant à s'échapper de ses mains et bondit sur ses pieds, n'ayant qu'une idée en tête : aller se placer sous l'hélicoptère — tentative vouée à l'échec — pour rattraper Susan, au cas où elle tomberait.

La Noire bondit et le plaqua au sol, tandis que Susan continuait à lutter pour sa vie ; celle-ci ne tenait plus qu'à la bonne volonté de son kidnappeur, au bout du bras duquel elle se balançait, entièrement à sa merci. Il avait du mal à la faire remonter. Dallas avait l'impression de sentir ses propres jambes bouger à la place de celles de Susan, comme si elle avait pu l'aider à se soulever et à en passer une par-dessus le patin.

Avec une lenteur insupportable, la jeune femme y parvint finalement, réussissant à faire pivoter son corps pour s'asseoir sur l'étroite tubulure ; ensuite, aidée par l'homme qui lui tenait les mains, elle se mit debout à côté de lui, toujours sur le patin. Elle essaya alors de passer la jambe gauche par la portière, mais son pied droit glissa au même moment et elle retomba en arrière, comme au ralenti. Elle s'agrippa au bras de l'homme et l'entraîna avec elle ; depuis le sol, les rescapés virent le gorille perdre à son tour l'équilibre sans pouvoir se débarrasser de Susan, qui lui étreignait le bras désespérément. À cinquante mètres du sol, il chercha à s'accrocher à quelque chose, mais le poids de l'infirmière accélérait déjà : bourreau et victime tombèrent en même temps vers l'épave, tout d'abord tête la première, se débattant inutilement.

Pour Graham Tash, cette chute dura éternellement. Il resta paralysé d'angoisse devant le spectacle de sa femme dont la robe s'était relevée indécemment, quand elle avait pivoté, et claquait comme un drapeau au-dessus de sa tête, la rendant aveugle — puis il y eut un terrible bruit sourd contre la masse de ferrailles tordues, certaines effilées comme des rasoirs.

Le bruit de ces deux corps heurtant l'épave à plus de 250 kilomètres à l'heure resta pour toujours imprimé dans la mémoire des spectateurs. Il fut suivi d'un hurlement déchirant, inhumain, sorti du plus profond de la gorge de Graham Tash. Il se tenait les deux poings contre la bouche, tremblant de tout son corps, tandis que Dallas le retenait.

« Baissez-vous ! Baissez-vous, doc ! lui intima Dallas. Ou sinon, ils vont revenir pour nous descendre tous ! C'est fini pour elle, de toute façon ! » Elle le prit dans ses bras et l'obligea à s'allonger en tombant sur lui.

L'hélicoptère descendait. Dallas sentait les autres se recroqueviller au fond de leur cachette, dans un silence terrifié, tandis que le chagrin de Tash se transformait en rage homicide.

Robert McCabe avait suivi le déroulement du drame avec une complète incrédulité, trop obnubilé par l'horreur absolue de ce qu'il voyait pour analyser ses sentiments. Le bruit obscène des corps entrant en collision avec l'épave l'avait littéralement pétrifié sur place ; c'était comme si ses yeux enregistraient des événements dont son esprit n'acceptait pas la réalité.

Le Bell se posa dans un espace dégagé de la clairière. Deux hommes en costume de ville sautèrent de la portière qui faisait face aux rescapés et allèrent rapidement jusqu'à l'endroit où étaient tombés les corps. À mi-chemin, le premier s'arrêta un instant et se mit à parcourir le ciel des yeux, précisément au-dessus de la position occupée par les fugitifs. Robert sentit son estomac se contracter en une masse glacée. Il venait de reconnaître ce visage : c'était celui d'un de ses agresseurs de Hong Kong.

Soudain, aussi aberrant que cela lui parût, tout se mit en place : c'était lui qui était visé ! L'attaque du 747, l'accident, plus de deux cents victimes, l'arrivée de l'hélicoptère, le meurtre de Susan Tash, tout cela avait été fait pour l'empêcher de divulguer des informations qu'il ne possédait pas.

Il n'était nullement préparé à la lame de fond de culpabilité qui le submergea soudain et réussit même à étouffer la peur que lui inspirait cette bande d'assassins. Ces derniers paraissaient décider de ce qu'il fallait faire des deux corps tombés dans l'épave.

C'est dans une sorte de brouillard que Robert les vit envelopper le cadavre de l'infirmière dans une bâche en plastique et le ramener jusqu'à l'hélicoptère. Il entendait Dallas multiplier ses efforts pour empêcher Graham de crier et d'échapper à sa prise — sans doute pour se jeter sur leurs assaillants, dans une tentative suicidaire, afin de leur reprendre le corps de sa femme.

Trois hommes revinrent ensuite prendre le cadavre de leur camarade tombé avec Susan ; ils l'enveloppèrent de la même manière et le jetèrent sur le plancher métallique du Bell gluant de sang avant de remonter. L'hélicoptère décolla et monta en décrivant des cercles, puis il mit le cap au sud-ouest et disparut rapidement au-dessus de la jungle et de la crête la plus proche, s'éloignant de Da Nang.

Pendant plusieurs minutes, il n'y eut aucun bruit, aux limites de la clairière, sinon les sanglots étouffés et désespérés de Graham Tash. Dallas finit par le relâcher ; il se releva et c'est dans un état de stupeur hébétée qu'il se dirigea vers l'endroit où sa femme avait trouvé la mort.

Dallas se releva aussi, mais ne put trouver la force de le suivre. Elle entendit les autres qui venaient l'entourer, sans que ses yeux ne quittent le médecin, sans qu'elle puisse voir autre chose, dans sa tête, que la scène surréaliste qui venait de se dérouler ; elle aussi tremblait de tout son corps, à présent, l'esprit en déroute. Ils étaient les rescapés d'un accident d'avion et les hommes de l'hélicoptère étaient les secours... ils auraient dû l'être !

Quelqu'un vint se placer à côté de la Noire. Elle se força à regarder et reconnut Robert McCabe ; lui aussi paraissait terriblement secoué. Ses yeux revinrent sur l'épave, mais lorsqu'elle parla, ce fut d'une voix étranglée et tendue.

« Au nom du ciel, qu'est-ce que cela... ? » Elle ne put aller plus loin.

Robert ne répondit rien, mais Dallas l'entendait qui haletait.

Dan Wade était debout, appuyé sur Steve Delaney. Britta avait décrit ce qui se passait au pilote — du moins jusqu'au moment où les mots s'étaient étranglés dans sa gorge. Elle avait achevé son récit pendant que l'hélicoptère s'éloignait.

« Mais qui... qui étaient ces sauvages ? » demanda Dallas, les larmes ruisselant sur ses joues.

C'est d'une voix apparemment calme que le journaliste répondit, sans quitter des yeux ce qui restait de la carcasse du 747 : « Ceux qui ont tué le commandant et aveuglé Dan.

— Quoi ? fit ce dernier. Qu'est-ce que vous voulez dire ? »

Robert laissa la question sans réponse mais le copilote, estimant la distance de son interlocuteur au jugé, trouva ses épaules et l'obligea à se retourner. « Je vous ai demandé ce que vous avez voulu dire ! Qui sont-ils ?

— Je l'ignore, avoua Robert, qui eut pour le pilote aveugle un regard vide d'expression. (L'autre ne pouvait le voir.)

— Allons, mon vieux ! Répondez-moi ! Qu'est-ce qu'ils veulent ? »

Blême, l'angoisse lui creusant les yeux, Robert McCabe poussa un soupir et baissa la tête. Sa réplique fut presque inaudible :

« Moi. »

21

Chep Lap Kok/Hong Kong International Airport
13 novembre — jour deux
07.41 heure locale/2341 zouloue

« Où vous trouvez-vous, Kat ? lui demandait Jake Rhoades.

— Au guichet d'Air Vietnam, à l'aéroport. J'ai déjà mon billet pour Saïgon — ou Hô Chi Minh-Ville, comme vous voudrez. Je pars dans une heure, s'il n'y a pas de retard. Il me reste à trouver un vol pour Da Nang.

— OK. Vous êtes officiellement assignée à cette affaire, et vous avez toute autorité sur le site. Cet avantage ne durera guère que vingt-quatre heures, mais c'est toujours ça, pour commencer. Vous dites que vous devez décoller dans une heure ?

— Je l'espère. Mais ils n'ont pas confirmé que l'horaire serait respecté.

— Je ne suis pas sûr qu'une heure me suffira pour obtenir les autorisations diplomatiques, Kat. Nous avons demandé l'aide du Département d'État pour vous faciliter les choses au Viêt Nam, mais jusqu'ici le service responsable de l'Asie du Sud-Est n'a pas bougé. »

Elle hésita une seconde, l'allusion au Département d'État ayant évoqué dans l'esprit de Kat l'image de son patron actuel, Jordan James ; récemment nommé, celui-ci était un ami de toujours de son père.

« Je crois savoir qui contacter. Ne me demandez pas son nom. Je vous rappelle tout de suite. »

En vol,
À 22 nautiques au sud-ouest de Da Nang, Viêt Nam

« Arlin ! Tu ferais bien de regarder ça ! »

Arlin Schoen détourna les yeux du superbe spectacle qu'offrait la côte montagneuse, en dessous, et se tourna vers celui de ses hommes qui l'avait interpellé, du fond de l'hélicoptère, où il se tenait penché sur les restes ensanglantés de Rick Barnes. Il lui tendait quelque chose.

« Quoi donc ? cria-t-il pour se faire entendre par-dessus le bruit du moteur.

— J'ai trouvé une clef de valise avec un nom dessus ! »

Schoen s'avança rapidement, prit l'objet et examina soigneusement l'étiquette portant le nom du propriétaire. *Rick Barnes, Président Directeur général de Meridian Airlines.*

« Qu'est-ce que c'est que ce truc, encore ? Qui est ce Rick Barnes ?

— Lui », répondit l'homme en montrant le corps.

Schoen secoua la tête. « Non, on a vérifié... » Il s'interrompit et se pencha sur son subordonné pour ne plus avoir à hurler. « On lui a fait les poches. Il avait des cartes de crédit et des reçus à son nom, toujours McCabe ! »

Schoen s'agenouilla à son tour et inspecta les poches de la veste de sport imbibée de sang. Il trouva encore quelques reçus, dont un de l'American Express avec le nom du journaliste bien lisible. Il le tendit à l'autre.

« Tu vois ? Je te l'avais dit. Ce type est bien Robert McCabe, et... » À cet instant précis, il prit conscience de la différence de couleur entre la veste et le pantalon. Elles juraient entre elles.

« Oh, bordel de Dieu ! »

Il fouilla alors une des poches du pantalon ; il trouva bien encore deux reçus, mais l'un et l'autre étaient au nom de Rick Barnes.

Il se releva, dégoûté. « Bon Dieu de Dieu ! On a foiré le coup ! » Il alla s'accrocher à l'encadrement de la portière et respira à fond, secouant la tête et essayant de penser. Il avait tué un innocent et laissé s'écraser au sol une femme qui n'était pour rien dans l'affaire, sans parler de son équipier tombé avec elle. Pour quelque raison inconnue, ce Barnes avait endossé la veste de McCabe.

L'assistant de Schoen, Julius, vint à côté de son patron, l'air inquiet. « Qu'est-ce que nous allons faire, Arlin ?

— Une minute. Je réfléchis ! répondit sèchement ce dernier, se tournant vers le pilote. Pose ton foutu machin dans la clairière la plus proche, en vérifiant qu'il n'y a personne dans les environs. »

Le pilote acquiesça et inclina le Bell à droite pour trouver un endroit. Schoen se tourna vers Julius. « On va se débarrasser des corps, nettoyer l'intérieur et revenir sur le site de l'accident pour chercher ce salopard.

— Qui ?

— Comment, qui ? McCabe, pardi. Nous ne sommes venus dans ce trou à rats que pour être sûrs qu'il était définitivement réduit au silence.

— Il est probablement en bouillie quelque part dans l'épave, et ce type lui avait juste emprunté sa veste. On a intérêt à ficher le camp de Da Nang avant que cette punaise de commandant, à Da Nang, décide de nous doubler et de confisquer l'avion. Nous n'avons pas beaucoup de temps. »

Schoen secoua la tête. Ses lèvres se réduisaient à un trait. « Si ce type portait la veste de McCabe, c'est que McCabe a survécu au crash. Nous savons qu'il avait été installé en première classe, sur le pont supérieur, et nous n'avons pas trouvé son ordinateur. S'il retourne à la civilisation avec le disque dur intact, on est fichus. Il faut le trouver. Je suis sûr qu'il est parti, peut-être avec quelques autres, en direction de la côte. »

Une expression de panique envahit brusquement le visage de Julius.

« Quoi ? demanda Schoen.

— Je... je réfléchissais. Nous sommes arrivés très vite sur le site de l'accident. Si j'avais été à sa place et avais pris la décision de gagner la côte, et si j'avais entendu arriver un hélicoptère, j'aurais fait demi-tour en pensant que c'étaient les secours qui arrivaient... Il a très bien pu nous voir nous débarrasser de la femme. »

Arlin Schoen se retourna vers la portière, soudain envahi par une vieille peur : qu'à cause d'une simple négligence, il se retrouve en fin de compte prisonnier du piège qu'il avait lui-même tendu. Son adjoint avait raison. Les deux meurtres de sang-froid qu'ils avaient commis avaient peut-être eu un témoins — ou plusieurs.

Il se tourna de nouveau vers Julius. « Il faut faire disparaître tous ceux qui ont pu nous voir là-bas. Nous n'avons pas le choix.

— Et s'il y a vingt ou trente personnes, Arlin ? On ne peut tout de même pas abattre tous les survivants. »

Le Bell était à une dizaine de mètres du sol et s'apprêtait à se poser dans une petite clairière.

« Si, on peut, Julius. Bonté divine, nous venons tout juste de faire s'écraser un 747 archiplein... Nous ne pouvons nous offrir le luxe d'ergoter pour dix ou douze personnes de plus. Et dois-je te rappeler ce qui est en jeu ? Deux milliards de dollars... et nos vies. »

Chep Lap Kok/Hong Kong International Airport

La voix chaude et grave qu'elle connaissait bien, à l'autre bout du téléphone par satellite, fit remonter en elle une foule de souvenirs agréables.

« Katherine ! Comment vas-tu ?

— Tout à fait bien, Oncle Jordan... mais je suis un peu pressée par le temps et je voudrais vous demander un service.

— Où es-tu ? — Question stupide, comme si ton père et moi avions jamais su où tu te trouvais.

— À Hong Kong, et j'ai besoin des autorisations diplomatiques pour aller enquêter au Viêt Nam. Tout de suite. » Elle lui parla en deux mots de sa mission et du problème. « Vous ne pouvez pas savoir combien cette histoire m'a fichu la frousse. On m'a fait descendre de l'avion parce que le FBI avait une fleur à faire au consulat et que j'étais sur place.

— Juste ciel ! C'est vrai ? s'exclama Jordan, de toute évidence stupéfait. Mon Dieu, Kat, tu l'as échappé belle... Et je ne savais pas que tu étais mêlée à des affaires d'État.

— Eh bien, vous avez promis à Papa de veiller sur moi, n'est-ce pas ? C'est ce que vous avez fait.

— Indirectement, peut-être, mais c'est Dieu qu'il faut remercier. Bon, comme tu pars dans une demi-heure, je dois m'y mettre tout de suite. Donne-moi le numéro auquel je dois te rappeler. »

Elle le lui donna et ajouta, « Dites-moi, Oncle Jordan, allez-vous rester à titre permanent secrétaire d'État ? » Pendant des décennies, Jordan James avait été l'incarnation du parfait conseiller présidentiel.

« Je n'en voulais pas, Kat. Je n'avais pas envie de ce genre de responsabilités, mais quand le Président t'appelle, tu viens. Donne-moi dix minutes.

— Merci, Oncle Jordan. »

Dans la jungle,
à une vingtaine de kilomètres au nord de Da Nang, Viêt Nam

Aux limites de la clairière, Robert McCabe, toujours agrippé à son portable, l'œil fou, suppliait les autres rescapés de fuir avant que l'hélicoptère ne revienne. Il expliqua ses soupçons, parla de Walter Carnegie, du rapport possible avec l'accident du SeaAir et de la tentative d'enlèvement de Hong Kong, finissant par les convaincre qu'il pouvait avoir raison.

Tandis que Graham Tash restait dans un état de prostration proche de la catatonie, ils pillèrent rapidement la cabine, s'emparant des trousses de première urgence, de couvertures, de nourriture et d'eau, ainsi que de quoi transporter tout cela ; Steven Delaney, lui, récupéra son sac à dos, qu'il avait laissé dans le cockpit. L'hélicoptère n'était reparti que depuis dix minutes lorsqu'ils se retrouvèrent tous à couvert, de nouveau prêts à prendre le large.

« La question est de savoir la direction qu'il faut prendre, fit remarquer Britta.

— Gagnons la côte le plus rapidement possible, proposa Dallas.

— Non ! intervint Robert, haletant. Non... C'est exactement ce qu'ils supposeront que nous allons faire. Ils suivront le sentier et la végétation n'est pas assez dense pour nous dissimuler parfaitement, sur cette pente à l'est. Vous avez bien vu.

— Mais où voulez-vous aller, dans ce cas ? demanda Dallas, les mains sur les hanches.

— À l'ouest. Aussi vite que nous pourrons. La végétation est plus dense, il y a plus d'endroits pour se cacher, et ils ne commenceront pas les recherches par là. »

Dallas voulut savoir ce qu'il y avait à l'ouest, mais le copilote intervint à ce moment-là.

« À l'ouest, c'est le même type de jungle qu'ici sur environ huit à dix kilomètres ; après quoi, on débouche sur une plaine. Sur les parois de la crête qui descend jusqu'à cette vallée, on trouve de nombreuses grottes très profondes. Elles étaient utilisées par le Viêt-cong. On s'y cachera, au besoin. Il y a également une route importante, qui relie Da Nang à la vallée en question, et il y a probablement un aérodrome ou deux, aussi.

— Il faut donc se tenir à l'écart des routes ? » demanda Dallas.

Robert montra la direction de l'ouest. « On arrête de discuter et on y va. Tout de suite ! »

La Noire regarda le journaliste sans dissimuler son agacement, se demandant qui l'avait désigné comme chef de groupe. Le fait qu'il ait toujours son maudit ordinateur portable à la main était également agaçant. Ce qu'il disait tenait cependant debout et il ne faisait plus de doute pour personne que les hommes débarqués du Bell étaient des tueurs ne voulant surtout pas laisser de témoins derrière eux.

« J'en ai vu largement assez pour être convaincue », dit finalement Dallas en consultant des yeux Britta, Steve et Graham. Elle regarda son tailleur-pantalon en soie, la veste trois-quarts rebrodée qui lui descendait aux genoux et les chaussures légères qu'elle portait, puis se tourna vers les autres. « Nous n'avons peut-être pas la tenue idéale du randonneur, mais je crois encore entendre ma mère me dire : *Ma fille, fiche-moi le camp d'ici !* et j'ai toujours écouté ce que me disait ma maman. Allons-y ! »

Ils endossèrent les sacs à dos improvisés et Britta se pencha pour aider Graham à se relever.

« Je refuse de bouger d'ici. » Le médecin avait les yeux gonflés et rouges, et son visage portait les stigmates d'un homme qui aurait eu trente ans de plus.

« Il faut partir », lui dit Britta.

Il secoua lentement la tête. « Ma vie s'est arrêtée avec la mort de Susan. Allez-y, vous. Je leur dirai que je suis McCabe.

— Vous ne lui ressemblez pas du tout, et il n'est pas question que je perde un passager de plus. Et maintenant, levez-vous, docteur. »

Robert était revenu sur ses pas et avait suivi l'échange.

« Ou vous vous levez, docteur, ou je vous entraîne de force. »

Graham ne bougea pas d'un pouce, les yeux fixés sur l'épave. Il y eut un bruit à peine audible en provenance de l'est ; Robert regarda dans cette direction, de plus en plus inquiet.

« Pour l'amour du ciel, docteur, vous allez tous nous faire tuer si vous...

— Je vous ai dit de partir sans moi ! » rétorqua-t-il sans lever les yeux.

Britta s'agenouilla et lui parla véhémentement à l'oreille. « Nous ne pouvons pas vous laisser, docteur, ce qui veut dire que notre vie est entre vos mains. Sans compter que nous avons en plus Dan, qui est gravement blessé, et qui va sûrement avoir besoin de votre aide pendant son calvaire. Mais il y a autre chose. Si Susan pouvait se matérialiser devant nous, et si j'en crois ce que j'ai vu et entendu pendant le peu de temps que je l'ai connue, je suis absolument sûre qu'elle vous dirait de vous lever et de filer d'ici. Elle voudrait que vous viviez, pas que vous vous suicidiez en refusant d'essayer. »

Graham leva les yeux vers l'hôtesse. « J'apprécie ce que vous essayez de faire, mais...

— Ça suffit ! » s'écria Robert. Il posa son portable au sol, passa les mains sous les bras du médecin et le mit debout sans trop de ménagements. Puis il lui fit faire volte-face pour le regarder dans les yeux. Tash se laissa faire.

« Écoutez ! dit le journaliste, commençant un discours haché, entrecoupé de brefs silences. Je ne peux... même pas... me faire le début... d'une idée de ce que... vous ressentez, mais je vous jure que je vous assomme et que je vous traîne comme un paquet si vous ne venez pas volontairement. S'il vous plaît ! S'IL VOUS PLAÎT ! »

Graham poussa un soupir et regarda au sol. Les larmes lui coulant de nouveau des yeux, il se tourna ensuite vers Britta.

« Pour Susan, vous avez raison, vous savez. »

Ils commencèrent à s'enfoncer rapidement au milieu des buissons et des arbres qui bordaient la clairière, à l'ouest, juste au moment où le grondement sourd s'amplifiait nettement, trahissant sans aucun doute le martèlement d'un rotor et l'approche d'un hélicoptère.

« Dépêchons-nous, dépêchons-nous ! » cria Dallas, forçant tout le monde à adopter le pas de gymnastique. Elle-même prit le médecin par la main et l'entraîna.

Devant eux s'étendait un paysage à la végétation composée de bananiers et de palmiers, avec de temps en temps un arbre plus grand ; il n'avait rien d'idéal pour se dissimuler à la vue, or l'hélicoptère qu'ils entendaient se rapprocher ne devait pas être à plus de deux kilomètres.

Robert se tourna, marchant quelques instants à l'envers et cria : « Par ici ! » faisant signe aux autres de se presser et montrant un bosquet d'arbres entouré de fougères suffisamment denses pour former une canopée de faible hauteur. « Tout le monde au sol ! Asseyons-nous là-dessous ! » Robert prit Dallas et Steve avec lui, Britta guidant à la fois Graham et Dan sous les fougères.

Les coups sourds et cadencés typiques d'un Bell UH-1 Huey prirent des proportions assourdissantes derrière eux, puis diminuèrent soudain.

« Il atterrit, expliqua Dan.

— Que fait-on à présent, Robert ? demanda Dallas, essayant de baisser la voix. Nous n'avons pas d'armes. Est-ce que nous continuons ?

— Je m'attendais à ce qu'ils arrivent de notre côté, répondit le journaliste, encore haletant de l'exercice. Il ne faut pas se faire repérer d'en haut, surtout.

— Mais s'ils nous poursuivent à pied ?

— Ils sont toujours posés là-bas, intervint Dan. Je crois... que nous courons plus de danger avec des poursuivants à pied, en particulier parce qu'ils peuvent se baser sur nos empreintes. »

Il y eut un bruit de végétation froissée ; Robert se tourna et eut la stupéfaction de voir Dallas qui se levait, repoussait les fougères et quittait l'abri qu'elles fournissaient. « Dallas !

— Y'a pas de Dallas qui tienne ! Fichons le camp d'ici ! »

Britta hésita et regarda Robert McCabe qui, dans la pénombre, se demandait ce qu'il fallait faire. Soudain, il

237

s'élança à son tour et les fit tous sortir de leur cachette. Il consulta une petite boussole et ils reprirent leur progression vers l'ouest, avançant aussi vite que possible pour s'enfoncer dans une jungle plus dense. Tous avaient encore présente à l'esprit, et par trop clairement, l'image de Susan Tash dégringolant de l'hélicoptère.

Derrière eux, sur le site de l'accident, un appareil de secours vietnamien se posait.

Chep Lap Kok/Hong Kong International Airport

Kat replia l'antenne du téléphone par satellite et se dirigea vers la porte des départs pour le vol qui devait l'emmener à Saïgon. Jordan James avait mis un terme aux tracasseries administratives, obtenu le visa d'entrée au Viêt Nam de Kat et promis de faire savoir à Jake que tout était arrangé.

Elle hésita un instant et se tourna machinalement ; elle repéra alors un homme blanc de haute taille, aux cheveux blond clair, en costume de ville. Il se tenait à une trentaine de mètres d'elle et il fit semblant de ne pas la regarder. Mais elle n'avait pas été dupe, et elle dut surmonter son appréhension et l'impression que quelque chose lui échappait, quelque chose de très important et de très dangereux.

Elle regarda à nouveau en arrière, mais l'homme avait disparu.

22

Lieu de l'accident du Meridian 5, dix-huit kilomètres au nord de Da Nang, Viêt Nam
13 novembre — jour deux
07.23 heure locale/0023 zouloue

Arlin Schoen eut la désagréable surprise d'apercevoir un autre hélicoptère lorsque, arrivant du sud, ils s'approchèrent du site. Il demanda au pilote de rester discrètement à distance et poussa un soupir dégoûté. Il se mit à parcourir l'horizon, à l'est, se demandant combien d'autres hélicoptères allaient venir, à présent que l'accident était officiellement connu et que la lumière du jour ne pourrait que faciliter les choses.

« Qu'est-ce que tu proposes ? demanda le pilote avec un geste vers la clairière.

— Passe à l'ouest du site en restant à un mille de distance. Il n'est plus question d'aller chercher des empreintes de pas autour de l'épave, mais si des survivants se sont enfuis, ils ont dû prendre la direction de l'ouest.

— Et qu'est-ce qu'on fait, si nous les trouvons ? On les descend un par un depuis les airs ? »

Schoen acquiesça. « Si nous les trouvons.

— Et sinon ?

— On fonce dare-dare à Da Nang et on essaie de ficher le camp. » Il se pencha vers le tableau de bord. « Qu'est-ce qui nous reste de kérosène ?

— Nous pouvons tenir encore trois heures, mais cela dépend du temps pendant lequel on fera du surplace.

— Arlin, dit l'un des hommes qui se tenaient à l'arrière, le saisissant par l'épaule, si nous ne retournons pas tout de suite récupérer notre avion, ils vont nous coincer. Soit avec des histoires de papiers, soit avec un truc pire encore. Et dans ce cas, on ne repartira jamais ! Je t'en prie ! Laissons tomber et tirons-nous. De toute façon, je crois que c'est fichu. On ne le retrouvera jamais. »

Schoen secoua énergiquement la tête. « C'est pas dit. Et l'affaire ne peut être compromise que si ce journaliste refait surface.

— Mais bon sang, pour qui tu te prends ? Pour le capitaine Achab ? Nous avons complètement raté notre coup. Non seulement l'appareil ne s'est pas écrasé où il aurait dû, mais voilà que maintenant on tourne en rond au-dessus de la foutue jungle vietnamienne comme des Viêts à la recherche de GI qui se seraient fait descendre. Barrons-nous d'ici, et tout de suite !

— Non, je t'ai dit.

— Et pourquoi ?

— Parce que ce que détient ce salopard de journaliste vaut qu'on coure le risque. »

Dans la jungle,
ouest de Da Nang, Viêt Nam

Annoncés par de lointains coups de tonnerre, les nuages noirs qui montaient vers les six rescapés ne firent qu'accroître leur anxiété. Ils avançaient avec difficulté, trébuchant souvent, au milieu d'une végétation tropicale de plus en plus dense. Le tapage des singes qui se disputaient et se poursuivaient dans tous les sens se détachait du bourdonnement permanent des mouches et autres insectes volants. Même dans la relative fraîcheur du matin, l'humidité était telle qu'elle les oppressait tous.

Robert McCabe regarda par-dessus son épaule, peut-être pour la centième fois, pour s'assurer que tout le monde avançait au rythme frénétique qu'il avait imposé. Il avait encore la tête qui lui tournait d'avoir reconnu, parmi les passagers

240

de l'hélicoptère, l'un de ses agresseurs de Hong Kong. Et il était de nouveau envahi d'une écrasante culpabilité à l'idée de ne pas avoir pensé, une seule seconde, au risque qu'il avait fait courir aux autres, dans sa détermination paniquée de quitter Hong Kong. C'était à cause de cet égoïsme, lui semblait-il, que plus de deux cents malheureux, des innocents, avaient trouvé la mort. Et il y avait Susan Tash.

Il n'avait eu à aucun moment le temps d'interroger le copilote sur l'explosion qui avait eu lieu juste devant le cockpit du Meridian 5, mais le visage de Walter Carnegie ne cessait le hanter, ainsi que cette conclusion, aussi inquiétante que logique : ils étaient d'une manière ou d'une autre victimes des mêmes terroristes qui avaient abattu le SeaAir MD-11.

Puis il pensa à Kat Bronsky et à la chance extraordinaire qu'elle avait eue de devoir renoncer à ce vol.

À moins que...

Sitôt formulée, il rejeta cette pensée. La possibilité que l'agent du FBI ait été dans le coup ne tenait simplement pas la route. C'était lui qui l'avait sollicitée. Elle avait déjà sa réservation. Il y avait cependant quelque chose de bizarre dans le fait qu'elle avait été ainsi retenue au dernier moment. Mais évidemment, pour une personne appartenant au Bureau, ce n'était peut-être pas si étrange que cela.

Il se demanda si elle savait que l'avion s'était écrasé et ce qu'elle pouvait penser, ce qu'elle allait faire lorsqu'elle serait mise au courant. *Quelle impression ressent-on lorsqu'on apprend que l'avion que l'on devait prendre a eu un accident ?*

Il entendit quelqu'un trébucher derrière lui ; lorsqu'il se retourna, Britta aidait Dan à se remettre sur pied. Il en profita pour s'arrêter un instant et, étudiant le fouillis de végétation qui s'étendait devant lui, essayer de déterminer le meilleur chemin. Il décida d'infléchir leur course légèrement sur la gauche. Il avait entendu par intermittence un bruit d'eau courante, venant de devant eux, au cours des dernières minutes. Là où il y a de l'eau, il y a souvent des villages, et les Vietnamiens ne constitueraient pas un danger pour eux. S'ils pouvaient seulement atteindre une agglomération et prévenir les autorités, ils seraient en sécurité. Si leurs poursuivants les repéraient les premiers, cependant, ils se feraient sans aucun doute tous tuer.

L'épouvantable réalité du carnage qu'ils laissaient derrière eux n'était non plus jamais très loin de ses pensées. Le journaliste essayait d'empêcher ces images de s'imposer. Il prit une profonde inspiration de cet air de jungle imprégné d'humidité et du parfum des fleurs, puis se remit en marche, ignorant autant que possible les piqûres d'insectes qui le démangeaient et ne faisaient que le distraire. Il était de sa responsabilité de mettre ces personnes en sécurité. Ce serait une modeste réparation pour les événements qu'avait provoqués sa présence à bord de l'avion.

Il écarta plusieurs frondes qui retombaient dans son chemin, sans trop se préoccuper de la présence éventuelle d'un serpent ou d'insectes dangereux ; le bruit de l'eau devenait de plus en plus distinct. Dallas Nielson arriva à ses côtés, réglant son pas sur le sien. L'attention de Robert revint à leur situation immédiate.

« Permettez-moi de vous poser une question, Mr McCabe.

— Allez-y, répondit-il, essayant sans succès de déchiffrer l'expression de la Noire, tandis qu'il enjambait une souche et la lui montrait. Il vaut mieux parler à voix basse. » Elle sauta à son tour par-dessus la souche. « Vous nous avez dit tout à l'heure que ces salopards avaient essayé de vous enlever, probablement pour vous tuer, à Hong Kong, parce qu'ils pensaient que vous déteniez des informations compromettantes pour eux dans l'affaire du crash de Cuba, c'est bien ça ?

— Fondamentalement, oui, répondit-il en écartant une énorme fronde devant elle.

— Merci. Et vous avez été obligé d'en conclure qu'il devait s'agir du même groupe terroriste, n'est-ce pas ? Dans la mesure où vous n'étiez sur aucune autre affaire d'espionnage, il n'était pas bien difficile d'établir ce rapprochement, autrement dit.

— Quelque chose comme ça, oui. »

Dallas se faufila sous une épaisse masse de branchages et Robert la suivit.

« Bon. Mais alors, comment se fait-il que lorsque vous vous êtes rendu à l'aéroport, un grand reporter comme vous, un prix Pulitzer, ne se soit pas dit : *Houla, si des gens qui ont abattu un vol commercial essaient de me tuer et ont les moyens d'y parvenir, est-ce qu'ils ne seraient pas capables d'en abattre un deuxième juste pour me faire taire ?* »

Robert fit la grimace tandis que la Noire repoussait des fougères pour lui ouvrir le passage, en profitant pour étudier son expression.

« Enfin, Robert ! Voyons ! N'auriez-vous pas dû vous dire : je mets la vie de tous ces gens en danger en montant dans cet avion ?

— Je sais.

— Eh bien, figurez-vous que je suis pas mal remontée à l'idée que j'ai failli mourir à cause de ça... sans parler des quelque deux cent cinquante autres qui y sont restés, bien entendu. »

Le journaliste laissa échapper un soupir angoissé et ferma les yeux, menton baissé, lèvres serrées. Il releva finalement la tête et la regarda droit dans les yeux. « J'ai deux choses à vous répondre, Dallas. Tout d'abord, que je suis désolé, et que je ne serais jamais monté dans cet avion si, en effet, j'avais envisagé cette hypothèse. La deuxième est que j'y serais d'autant moins monté que j'aurais aussi mis ma vie en péril, dans ce cas-là. »

L'argument fit mouche ; au moins lui avait-il donné une raison de ne pas douter de sa sincérité, lorsqu'il disait que cette hypothèse ne lui était pas venue à l'esprit. Elle reprit sa marche, songeuse, puis regarda par-dessus son épaule. « N'empêche, vous n'êtes pas le représentant de l'humanité que je préfère, en ce moment. Ce n'est peut-être pas très charitable de ma part, mais lorsque vous en aurez assez de vous botter les fesses, je veux bien prendre le relais. »

Robert était sur le point de répondre quelque chose lorsqu'il s'arrêta soudain, l'oreille tendue. « Ça fait un moment que j'entends courir de l'eau, devant nous.

— C'est une bonne nouvelle ?

— Ça dépend, répondit-il en fouillant la jungle des yeux, devant lui, tandis qu'il écartait des fougères pour leur livrer passage. De toute façon, il faut continuer à avancer. »

Il trébucha, faillit perdre l'équilibre et se redressa. Il allait s'ouvrir un chemin dans un autre bosquet de fougères, lorsque Dallas l'arrêta d'un « Stop ! » autoritaire.

Il se figea sur place, se rendant compte qu'il avait un pied au bord d'une falaise d'une trentaine de mètres de haut. En dessous courait une rivière peu profonde et pleine de rapides, entre ses deux rives dues à l'érosion ; des rives presque verticales et couvertes d'un fouillis de lianes et de buissons.

« Bon Dieu ! » s'exclama-t-il en se mettant à distance respectable de l'à-pic.

Dallas fit volte-face et avertit les autres de la présence du danger. Tandis qu'ils se regroupaient prudemment, un bruit lointain de moteur parvint à leurs oreilles.

« J'ai entendu un camion ! dit Steve Delaney en montrant l'autre rive du cours d'eau.

— Moi aussi, confirma Britta. Devons-nous nous cacher ou au contraire nous montrer ? »

Dan se tenait à côté de Britta, lui serrant étroitement la main, la tête inclinée pour mieux tendre l'oreille au bruit qui paraissait se rapprocher, puis s'éloigner. « Il s'agit probablement de l'ancienne piste Hô Chi Minh qu'ils ont transformée en route, dit-il.

— Et fort judicieusement placée de l'autre côté d'une rivière, ajouta Robert.

— Quelle distance... avons-nous parcourue, à votre avis ? demanda le pilote, dont la voix étranglée et la respiration haletante trahissaient l'épuisement.

— Trois kilomètres, ou peut-être un peu plus.

— Et... quel est votre plan ? » Le copilote avait tourné la tête vers le point d'où émanait la voix de Robert.

« Que diriez-vous de nous tirer d'ici et de vivre heureux et longtemps ensuite ? » fit Dallas avec un petit rire sans joie. Mais elle redevint aussitôt sérieuse, lorsqu'elle remarqua l'expression hébétée de Graham, qui contemplait le sol, les mains dans les poches.

Robert s'éclaircit la gorge. « Voilà ce que je pense. Il faut longer cette rivière, en marchant le plus vite possible, jusqu'à ce que nous retrouvions la civilisation, ou au moins sortions de ces montagnes. »

Les crépitements d'une radio à ondes courtes firent sursauter tout le monde. Steve Delaney était en train de manipuler un objet qu'il venait de retirer de son sac à dos.

« Qu'est-ce que c'est que ce machin ? demanda Dallas.

— Les fréquences de l'aviation. On peut aussi envoyer un signal de détresse par satellite. Est-ce que je le branche ?

— Attends un instant ! dit Robert, levant les mains. Il vaut mieux bien réfléchir avant. Qui pourrait capter ce signal ? »

Les sourcils de Dallas remontèrent tellement qu'ils en touchaient presque ses cheveux. « Pourquoi pas un hélicoptère de fabrication américaine plein de tueurs parlant anglais qui ne cherchent qu'une chose, nous baiser le... le postérieur. »

Dan secouait la tête. « Dallas a raison... ce... signal simple pourrait être capté par... n'importe quel engin volant équipé d'un... détecteur de direction, mais... le système de recherche par satellite ne pourrait pas aider l'hélicoptère. Il est ... conçu pour localiser les avions qui ont été abattus... et relayer l'information aux organismes de recherche officiels.

— Alors, ces salopards n'ont pas de détecteur de direction ? demanda Dallas.

— Il y a peu de chances. »

Ils échangèrent des regards inquiets, essayant de se décider. C'est Robert qui rompit le premier le silence. « Attendons encore un peu. Essayons d'aller plus loin. La matinée n'est pas encore finie, et dans pas longtemps le site du crash va grouiller de secours et de militaires vietnamiens. On pourra à ce moment-là le brancher en toute sécurité. Je regrette simplement que nous ne puissions pas transmettre un message parlé par la même occasion.

— C'est possible, dit Steve, brandissant la radio portable. C'est un nouveau modèle. Si le satellite peut capter la balise, il peut capter aussi un message. Et comme il comporte un GPS, il peut aussi transmettre numériquement notre position exacte.

— Ce qui veut dire ? demanda Britta.

— Ce qui veut dire, enchaîna Dan avec un profond soupir, que quand nous le brancherons, le monde pourra savoir où nous sommes. Avec toutes les conséquences que cela peut avoir.

— Attendez ! dit soudain Dallas.

— Quoi ? fit Robert à voix basse.

— J'entends un hélicoptère, quelque part par là, répondit-elle en montrant l'ouest.

— Et l'endroit d'où nous venons se trouve juste derrière nous, n'est-ce pas ? » demanda Britta.

Le journaliste acquiesça. « Ce n'est probablement pas le même. Sinon, il chercherait le long de la piste.

— Combien de temps nous faudra-t-il ? voulut savoir Britta.

— Pour faire quoi ?

— Combien de temps nous faudra-t-il, à votre avis, pour

sortir d'ici et arriver en lieu sûr ? » Le menton de l'hôtesse tremblait légèrement, et le vernis commençait à craquer, sur la façade de calme et de sang-froid qu'elle avait jusqu'ici réussi à maintenir intacte. Elle essaya de lisser ses cheveux d'une main qui tremblait, à son grand embarras. « Je... euh... je suis épuisée, je meurs de soif et de faim, je suis abominablement crasseuse, bouffée par les moustiques et égratignée de partout et je... je voudrais seulement savoir s'il faut envisager en plus de dormir dans cet horrible endroit.

— Avec un peu de chance, ce ne sera pas nécessaire », dit doucement Dan. Le son de la voix du copilote fit jaillir, dans la gorge de Britta, des sanglots qu'elle regretta tout de suite.

« Oh, je ne voulais pas pleurer, Dan », dit-elle en chassant ses larmes d'un revers de main furieux. Sa bouche s'ouvrait et se fermait tandis qu'elle essayait de se contrôler. « Je sais que tu ne peux pas me voir, mais quand je pense à ce que tu endures, et à ce qu'endure le docteur Tash... et je suis là à chialer comme un bébé... je suis désolée. »

Dan passa un bras autour des épaules de l'hôtesse et la serra un instant contre lui, lui parlant doucement à l'oreille. « Ce n'est rien, Britta, tu n'es pas taillée dans l'acier, que je sache. Ça ira, tu vas voir.

— On va s'en sortir, vous croyez ? » Elle regarda les autres autour d'elle. « Bon sang, on ne peut pas faire ressusciter les autres, c'est vrai, mais on peut sortir d'ici et faire en sorte que le monde entier apprenne ce qu'ont fait ces salopards. »

En vol,
À 25 kilomètres à l'ouest de Da Nang, Viêt Nam

« Où, Arlin ? » demanda le pilote d'un ton dégoûté. C'était au moins la douzième clairière dans laquelle il proposait de se poser, et Schoen les avait toutes refusées les unes après les autres.

« Ici ! répondit le chef de la bande en pointant au loin.

— Je ne vois que la jungle, protesta le pilote.

— Suis mon doigt. Il y a une grande clairière près de cette rivière, avec un pont de l'autre côté. S'il est parti dans cette direction — lui ou un groupe — ils sont forcés de passer par là. »

Le pilote acquiesça et entreprit de préparer son approche. Leur plan était d'atterrir, de camoufler l'hélicoptère sous des broussailles et d'attendre l'arrivée de McCabe et des éventuels autres survivants.

« Et si on s'est trompés ? s'inquiéta Julius.

— Alors on décarre et on ramène ce coucou à Da Nang, on récupère notre avion et on fiche le camp d'ici. »

L'homme secoua la tête. « Tu as toujours réponse à tout, n'est-ce pas, Arlin ? »

23

Aéroport international de Ton Son Hut, Saïgon, Viêt Nam
13 novembre — jour deux
11.25 heure locale/0425 zouloue

C'est d'un pas vif que Kat Bronsky franchit la porte du vieil appareil de la compagnie vietnamienne, ayant l'impression de se heurter à un mur d'humidité parfumée. Elle suivit les autres passagers à travers un terminal à la décrépitude typiquement tropicale et se plaça dans la longue file qui attendait de passer la douane. Son passeport et ses accréditations du FBI à la main, elle évoqua les dernières recommandations que lui avait données Jordan James, par téléphone, juste avant son embarquement à Hong Kong.

« Je suis content que tu me permettes de t'aider, Katherine. Je ne souhaite à personne de subir les tracasseries d'une entrée au Viêt Nam.

— C'est à ce point ?

— Eh bien, les Vietnamiens ont appris de l'administration coloniale française tout ce qu'il fallait savoir sur l'arrogance bureaucratique et la manière d'ergoter pendant des siècles sur des détails absolument insignifiants. Ils ont en plus amélioré ce savoir-faire en le combinant avec la duplicité sans fond que *nous*, Américains, leur avons enseignée pendant la guerre. À quoi il faut bien entendu ajouter une injection à dose massive d'intransigeance marxiste, le tout couronné par une suspicion systématique, aussi inhérente que légitime, de

248

la part d'une culture que l'on a violée, et dont les contacts avec l'Ouest, depuis un siècle, se sont toujours soldés par des désastres.

— Ce qui veut dire ? avait demandé Kat, commençant à craindre qu'il n'ait pu lui obtenir le feu vert.

— Ce qui signifie que pour un passager normal, en particulier s'il est américain, venir à bout des formalités de police et de douane en moins d'une semaine relève du miracle. Si par exemple ils n'ont plus d'encre, ou égaré l'un des cent mille tampons en caoutchouc de leur collection, le pays peut finir paralysé.

— Je n'ai plus le temps, Jordan. Il faut que j'embarque tout de suite, si je dois y aller... Alors, j'y vais ?

— Désolé, Kat. Ah, moi et mes petites anecdotes pittoresques ! Oui, tu y vas. Tout est réglé.

— Vous n'aimez pas beaucoup les Vietnamiens, n'est-ce pas ?

— Eux ? Je les adore. Mais je déteste leur bureaucratie. Tu verras.

— Vraiment ?

— Disons les choses autrement. Si Bethléem avait été un patelin vietnamien, nous ne porterions pas de croix. Jésus serait mort de vieillesse en attendant que ses papiers soient en règle. »

Un policier se mit à adresser des signes frénétiques à la file dans laquelle se trouvait Kat. Il lança des ordres en vietnamien avec de plus en plus d'énervement, pour faire passer les gens par une porte. Le couple d'Asiatiques qui était en tête de file s'était arrêté pour chercher quelque chose dans un sac de voyage. Ils se relevèrent vivement pour s'engouffrer dans le passage, et Kat suivit le mouvement avec les autres.

Tout un dispositif d'hommes en uniforme les attendait de l'autre côté ; chacun avait sa petite guérite et ses inévitables tampons. Ils s'emparaient des passeports et documents que leur tendaient les passagers via la petite fente de leur vitre, les examinaient un à un avec une minutie et une attention proches de la ferveur, pour les bombarder ensuite d'une rafale de coups de tampon énergiques — après quoi le passager était admis à se présenter à la guérite suivante.

Kat était sur le point de se présenter devant le premier contrôle, se demandant comment il se faisait qu'on ne soit pas encore venu la chercher, lorsqu'une main se posa sans trop de douceur sur son épaule. Elle se retourna et vit plusieurs hommes en uniforme qui la regardaient, le visage fermé.

« Passeport ! » ordonna l'un des hommes. Kat lui tendit le petit document à couverture bleue, qu'il examina rapidement avant de dire quelque chose en vietnamien à ses acolytes. Puis il indiqua à Kat, d'un signe de tête, une porte au fond de la salle.

« Suivre ! »

Le ballet prétentieux des policiers et des douaniers avait été amusant, mais elle fut soulagée de ne pas avoir à subir le processus normal ; on lui fit franchir une première, puis une seconde, puis une troisième porte, et elle se retrouva dans un bureau minable ; au plafond, les dalles d'un blanc douteux se décollaient et le sol en plancher synthétique était couvert de taches. L'officier qui l'avait précédée lui fit signe d'un geste de s'asseoir sur une chaise bancale, placée près d'un bureau métallique qui devait dater de 1974 et provenir des surplus américains.

« Assis, maintenant.

— OK. Combien de temps ?

— Assis ! Assis, assis ! » exigea-t-il en gesticulant. Puis l'homme enleva sa casquette, la posa avec soin sur un coin du bureau, s'installa dans le fauteuil pivotant qui était de l'autre côté du meuble et décrocha le téléphone. Kat commença à ouvrir la bouche, mais il lui intima de se taire d'un geste coléreux, et elle n'insista pas. Deux autres hommes en tenue, appartenant probablement à la police, étaient aussi entrés dans la pièce pour se tenir à ses côtés, arborant une expression d'un sérieux mortel.

Il y eut tout un rituel compliqué — le téléphone, une antiquité, était à cadran — pour composer un numéro, le tout suivi de ce qui parut bien être un juron en vietnamien. Kat consulta sa montre et fronça les sourcils. L'officier sortit alors de sa poche un minuscule téléphone cellulaire, déploya l'antenne, pianota sur les touches et porta l'appareil à l'oreille.

L'échange fut bref, mais au milieu des termes en vietnamien elle distingua clairement son nom, suivi de nombreux hochements de tête et de l'esquisse d'un sourire. L'officier se leva brusquement, comme mû par un ressort, et la

250

regarda. « Vous attendre maintenant ! » ordonna-t-il. Puis il fit demi-tour et se précipita vers la porte.

Kat se tourna alors vers les deux policiers à la mine impassible, mais ni l'un ni l'autre ne s'autorisèrent à croiser son regard. « L'un de vous parle-t-il anglais ? » demanda-t-elle.

Aucune réaction.

« Pas même un peu ? *Parlez-vous français ?* »

Une voix masculine cultivée, s'exprimant dans un anglais teinté d'un léger accent étranger, lança une réponse derrière elle. « Non, pas s'ils veulent conserver leur travail. »

Elle se tourna et se trouva face à un homme de petite taille, rondouillard, en costume de ville, un badge de sécurité agrafé à sa pochette.

« Bonjour », fit Kat d'un ton légèrement interrogatif.

L'homme s'avança et lui tendit la main. Kat se leva pour la lui serrer.

« Mon nom est Nguyen Thong, et je suis le directeur des services de l'immigration à Hô Chi Minh-Ville. Nous vous attendions.

— Je vous remercie.

— Nous sommes heureux de pouvoir honorer la requête soumise par votre ambassadeur à Hanoï. Il a appelé au moment où vous quittiez Hong Kong. Il nous a expliqué que vous étiez un agent du FBI américain, et... comment dire ? l'antenne avancée pour représenter l'équipe d'investigation — celle qui doit venir enquêter sur l'accident de l'avion américain. On nous a demandé de faciliter votre transfert jusqu'à Da Nang, et c'est ce que nous allons faire. Nous avons pris nos dispositions pour qu'un hélicoptère vous conduise directement sur les lieux de l'accident. Vos bagages ont été mis de côté et vous les retrouverez à bord.

— Un hélicoptère ? C'est merveilleux.

— Appartenant aux forces aériennes du Viêt Nam. Vous allez embarquer ici même. Notre pays est déterminé à faire tout son possible pour vous aider. L'endroit se trouve à six cents kilomètres d'ici. Il vous faudra environ trois heures pour le rejoindre.

— Sachez que je suis extrêmement reconnaissante à votre gouvernement, Mr Nguyen. La rapidité est un élément vital, dans cette affaire.

— Je comprends. Je suis sincèrement désolé que ce soit

251

ces circonstances qui vous amènent dans notre pays, mais je vous souhaite néanmoins la bienvenue au Viêt Nam.

— L'aide que vous nous apportez sera hautement appréciée, croyez-moi, monsieur. »

Il lui sourit au moment où, sans faire de bruit, le premier officier revenait dans le bureau, le passeport de Kat à la main. Il le lui tendit et s'inclina légèrement.

« Merci », lui dit Kat, qui ne manqua pas de remarquer le regard effrayé que l'homme adressa furtivement au directeur de l'immigration, avant de quitter précipitamment la pièce. Elle se tourna de nouveau vers Nguyen, qui, constata-t-elle, examinait sans vergogne les différents détails de son anatomie, ayant l'air de tout à fait les apprécier. Elle eut pour lui un regard en dessous et la mimique qu'on peut avoir pour un adolescent qui se comporte mal. L'homme sourit et haussa les épaules, laissant ses yeux errer une dernière fois sur la courbe de ses seins avant de la regarder en face. Du bras gauche, il eut un geste un peu emphatique vers la porte.

« Vous êtes une femme ravissante, Miss Bronsky. »

Kat le regarda, les sourcils levés, son soulagement à l'idée de l'aide qu'elle recevait éclipsant, pour une fois, sa tendance naturelle à se hérisser à la moindre remarque sexiste.

« Vraiment ? répondit-elle en affichant un sourire tout de réserve. Merci. En réalité, il s'agit d'un vulgaire déguisement. Dessous, il n'y a qu'un simple agent du FBI. »

Dans la jungle, au nord-ouest de Da Nang, Viêt Nam

Britta Franz s'était éloignée du groupe, à la recherche d'un coin discret où se soulager. Ses vêtements déchirés une fois réajustés, elle regarda autour d'elle et eut la surprise d'apercevoir, devant elle, ce qui ressemblait bien à un sentier.

Elle aperçut alors Steve qui se déplaçait parallèlement à sa position ; il suivait Robert, lequel tenait Dan par le bras. Dallas fermait la marche et encourageait Graham à ne pas traîner. Steve était un ado malheureux, se dit l'hôtesse, mais brillant. Sa première impression d'avoir affaire à un enfant gâté et antipathique avait laissé place à des sentiments presque maternels d'envie de le protéger. Il avait fait de son

252

mieux, aux commandes du 747, et se sentait néanmoins responsable de l'accident.

Les images de la catastrophe se profilèrent une fois de plus dans son esprit, lui rappelant cette constatation démoralisante que plus de deux cents passagers et membres d'équipage n'y avaient pas survécu. Elle vit défiler les visages du personnel de cabine dont elle avait eu la responsabilité, et les larmes lui montèrent aux yeux. Nancy, Jaime, Claire, Alice — ils étaient tous morts. Et Bill ! Son ami depuis des dizaines d'années ! Solide comme un roc. Comment pouvait-il avoir disparu, lui aussi ? Elle pensa à ses triplés, tous les trois étudiants, à présent, et à sa femme, qui allaient devoir vivre les affres insupportables de tous ceux à qui on annonce qu'il n'y a pas de survivants dans l'avion où un être cher a pris place.

Oh, mon Dieu ! Britta dut secouer la tête pour chasser toutes ces pensées. On allait croire qu'elle aussi était morte ! Les autorités allaient avertir sa fille, si elle n'arrivait pas à les prévenir avant ! L'idée que Carly risquait d'apprendre d'un moment à l'autre la mort de sa mère au fin fond d'une jungle perdue était intolérable. Elle ne doutait pas que son ex-mari saurait protéger Carly aussi longtemps que possible de la conclusion qu'il n'y avait plus d'espoir, mais avec autant de corps en lambeaux, comment pourraient-ils savoir ? En dépit de leur divorce et du fait qu'il avait obtenu la garde de la fillette, Phil n'avait jamais rien fait, tout au contraire, pour s'opposer à l'amour et au respect que Carly éprouvait pour sa mère absente.

L'hôtesse se contraignit à lutter contre la panique qui la gagnait. Carly finirait par apprendre, le moment venu, que sa mère était en vie. Et Britta se fit des reproches d'avoir eu ces pensées ; le chagrin pour ses camarades et ses passagers défunts devrait lui aussi attendre. Pour l'instant, la priorité était d'assurer la survie de ceux qui avaient échappé à l'accident.

Elle regarda de nouveau vers la piste qu'elle avait repérée. Elle semblait s'éloigner dans la même direction que celle qu'ils avaient prise, c'est-à-dire vers l'ouest. *Elle est un peu envahie, mais encore tout à fait praticable.* Elle appela le reste du groupe. « Hé, j'ai trouvé une piste ! »

Elle venait juste de passer devant un petit arbre qui surplombait le chemin, lorsqu'une demi-douzaine d'objets s'abattirent sur elle. Elle s'immobilisa, intriguée de constater qu'elle venait de se prendre dans un filet de cordage auquel étaient accrochées des canettes de Coke lestées. Elle en était complètement prisonnière, mais un pressentiment la fit hésiter à tenter de se dégager.

Mais qu'est-ce que ça peut bien être ? « Hé, tout le monde ! Attendez une seconde. Je me suis prise dans quelque chose ! »

À une trentaine de mètres de là, Dan agrippa Steve par le bras. « Qu'est-ce que vient de dire Britta ? demanda-t-il d'une voix tendue.

— Qu'elle a trouvé une piste, mais qu'elle s'est prise dans quelque chose.

— Oh, mon Dieu ! » Le copilote mit ses mains en porte-voix et cria dans la direction d'où lui était venu l'appel de Britta. « Ne bouge surtout pas, Britta ! Ne bouge pas un seul muscle ! Tu m'entends ? »

Il n'y eut pas de réaction.

Dallas et Robert s'étaient retournés pour voir ce qui provoquait ces cris. Dan demanda à Steve de le conduire vers l'hôtesse, tandis que Dallas, perplexe, leur demandait ce qui se passait.

« Suivez-nous, Robert », dit Dan par-dessus son épaule sans répondre à la Noire. Steve s'enfonça dans le sous-bois en tenant le copilote par le bras ; il avait du mal à avancer à son rythme. Le journaliste vint les rejoindre au pas de course.

« Britta ! Tu es une statue de sel ! Tu ne bouges pas ! » criait Dan tout en pressant le pas, ce qui le faisait trébucher constamment, en dépit des efforts de l'adolescent.

Il y eut une réponse en provenance de Britta. Steve repoussa une dernière fougère géante et déboucha sur la piste que l'hôtesse venait de découvrir. Il l'expliqua à Dan qui, aussitôt, l'obligea à s'arrêter sur place. « Plus un mouvement ! Est-ce que tu vois Britta ?

— Non, répondit Steve, voyant arriver Robert et Dallas derrière eux.

— Qui est là ?

— Dallas et Robert. Graham est resté plus loin.

— N'avancez plus ! ordonna Dan. Et, en aucun cas, ne passez devant moi.

— Mais qu'est-ce que tout cela signifie, au nom du ciel ? demanda Dallas.

— Britta ? appela Dan, ignorant une fois de plus la Noire.

— Je suis par ici, Dan, fit une voix venant de la gauche.

— Est-ce que vous pouvez la voir, Robert ? »

Le journaliste scruta la piste et ne vit tout d'abord que de la végétation. « Où êtes-vous, Britta ?

— Par ici ! Je suis prisonnière dans une espèce de filet plein de canettes.

— Oh, mon Dieu ! gémit Dan. SURTOUT NE BOUGE PAS. TU COMPRENDS CE QUE JE TE DIS, BRITTA ? NE BOUGE PAS UN SEUL MUSCLE. N'ESSAIE PAS DE TE DÉGAGER TOUTE SEULE, COMPRIS ? »

Dan se pencha vers Steve et Robert. « Écoutez-moi attentivement. J'aurais dû vous avertir de ne surtout pas emprunter tout ce qui pouvait ressembler à une piste. Ce pays, et cette région en particulier, était plein de mines piégées posées par les Viêt-congs pendant la guerre. Il en reste toujours, de ces cochonneries.

— Nom d'un chien ! fit Steve entre ses dents.

— Il faut... que vous m'ameniez plus près d'elle et que vous me décriviez en détail comment les choses se présentent. Que tous les autres s'éloignent de ce sentier. Faites le tour et passez par le mur de végétation qui nous séparera de la piste.

— DAN ? appela Britta.

— TIENS BON, BRITTA. ET RESTE PARFAITEMENT TRANQUILLE.

— TU ME FICHES LA FROUSSE, DAN !

— Toi, tu restes ici, Steve », dit Robert, qui vit une fugitive expression de colère sur le visage du jeune homme lorsqu'il prit le bras de Dan à sa place.

Robert entraîna Dan au large de la piste trouvée par Britta, avançant prudemment. « Je la vois à travers les fougères, Dan, dit-il au bout de quelques instants.

— Écartez-les, mais en douceur, et si jamais vous voyez un fil de fer ou quoi que ce soit de fabriqué par l'homme, n'y touchez surtout pas. »

À l'oreille, Dan suivit les mouvements que fit alors Robert pour dégager la vue. « Ça y est. Je la vois bien. Elle n'est qu'à quelques mètres... elle semble prisonnière d'un bananier, avec une sorte de filet sur les épaules et les bras... on dirait que ce sont simplement de vieilles boîtes de Coke...

255

— Le pire truc ! marmonna Dan. OK, Robert. Regardez attentivement le fond de ces boîtes. Est-ce qu'ils sont découpés ? »

Le journaliste se pencha un peu et étudia quelques instants l'objet bizarre. « Les fonds ont l'air d'avoir été enlevés, oui. »

Britta les observait de l'endroit où elle se tenait. « Dans quel fichu truc je me suis mise, les copains ? Hé, vous me fichez vraiment la frousse, à présent, dit-elle doucement en voyant la manière angoissée dont Dan pinçait les lèvres.

— Ne bouge pas, Britta. Je vais t'expliquer dans une seconde. Mais surtout, surtout, NE-BOUGE-PAS !

— Toutes les boîtes paraissent reliées entre elles par une sorte de cordelette », précisa Robert.

Dan secoua la tête. « Et chacune a le fond découpé, chacune est reliée aux autres, c'est bien ça ?

— Exactement. De quoi s'agit-il ?

— N'importe laquelle de ces boîtes pourrait exploser et la mettre en morceaux, dit Dan à voix basse.

— Qu'est-ce que vous vous racontez tous les deux ? les interpella Britta d'un ton que gagnait la panique.

— Ne bouge pas ! ordonna Dan pour la énième fois. Ne parle que si je te pose une question. Quoi que ce soit qui se passe, tu ne bouges pas un seul muscle ! Et remue les lèvres aussi peu que possible, d'accord ? »

Les yeux de l'hôtesse s'agrandirent et se mirent à regarder en tout sens, tandis qu'elle essayait de parler en agitant les lèvres le moins possible. « Qu'est-ce... qui ne va pas ? C'est quoi, ces trucs ? »

Dan respirait rapidement, s'efforçant de trouver la bonne façon de traiter le problème tout en étant privé de la vue. Il s'adressa à Robert. « Tous les autres doivent rester à au moins vingt mètres d'ici. » Le journaliste transmit l'ordre.

« OK, reprit le copilote, tout d'abord, et sans bouger la tête, Britta, est-ce que tu peux apercevoir l'une de ces boîtes d'en dessus ? Et ne fais pas oui de la tête, je ne pourrais pas te voir, de toute façon. Regarde dans une boîte, et dis-moi simplement ce que tu vois.

— Eh bien... il y a un objet... il a l'air métallique, comme en bronze, avec quelque chose d'accroché à la partie supérieure. On dirait un mécanisme quelconque.

— Paraît-il lourd ?

— Oui. Très. »

Dan acquiesça et prit une profonde inspiration, réfléchissant à toute vitesse. « Tu es tombée dans ce qui reste d'un piège à grenades posé autrefois par les Viêt-congs. Il doit dater de 1969. Les objets couleur bronze, dans les canettes, sont des grenades défensives.

— Oh, mon Dieu ! s'exclama-t-elle, ne pouvant s'empêcher de tressaillir. Mais comment je vais me sortir de là ? »

Dan leva les mains. « Pas un geste ! C'est la première règle. Les soldats américains avaient donné un surnom à ce piège — une *daisy chain*[1]. Les grenades sont... (il s'efforça de ralentir sa respiration)... délicatement suspendues à l'intérieur, goupille enlevée. Tant qu'elles ne tombent pas des boîtes, on est en sécurité, mais... il y a un long fil qui traîne quelque part, relié à un arbre ployé.

— Je ne comprends pas.

— Ces pièges étaient destinés... à tuer nos hommes, Britta. Le lieutenant prenait la tête de sa section, parce que c'était son devoir et que c'était lui qui, normalement, devait assumer le plus de risques. Il se prenait le pied dans le fil, ce qui faisait sauter les fils plus petits tenant les grenades dans les boîtes. Elles tombaient alors toutes sur la piste aux pieds des soldats, et avant qu'ils aient eu le temps de réagir, le lieutenant avait perdu la moitié de ses hommes.

— Est-ce qu'au bout de tout ce temps... elles sont aussi dangereuses ?

— On va te sortir d'ici, Britta. Mais pour te dire la vérité, oui, elles sont toujours aussi dangereuses. Une seule suffirait...

— Oh, mon Dieu ! gémit Britta en déglutissant péniblement.

— Ce piège est très vieux, Britta. Ce qui signifie qu'il est encore plus dangereux, car il a pu se détériorer. Les grenades, elles, sont en revanche toujours mortelles.

— Je ne peux pas... juste... les enlever ?

— Non, pas encore ! Il faut le temps d'étudier sa disposition. S'assurer... que le fil de piégeage ne va pas jusqu'à toi. En particulier parce que le système a été dérangé. Il est resté

---

1. Guirlande de pâquerettes. (*N.d.T.*)

intact ici pendant des dizaines d'années, mais à présent, il suffit peut-être de la moindre chose...

— Comment procède-t-on ? » demanda Robert.

Dan haletait toujours. Il agrippa le journaliste par l'épaule. « Je... je n'ai aucun droit de vous demander de risquer votre vie, mais je ne peux rien faire, sans mes yeux.

— Vous avez le droit de tout me demander. C'est moi qui suis responsable de la situation dans laquelle nous sommes tous, et je ferai tout ce qui sera humainement possible pour vous en tirer. »

Ces fortes paroles laissèrent Dan un instant sans voix, mais il se reprit rapidement. « Très bien. Je vais vous décrire ce système le plus en détail possible... après quoi, vous direz à Britta comment vous comptez procéder. Il y a deux points fondamentaux. Tout d'abord, vous devez faire bien attention à ne pas vous prendre dans le fil de piégeage en vous approchant d'elle. Ce qui signifie que, sur la piste, vous ne devez faire que des déplacements lents et soigneusement étudiés. Aucun mouvement brusque. En second lieu, il faudra... prendre chaque canette par en dessous, votre paume formant le fond de manière à ce que la grenade ne puisse pas en tomber. Ensuite, vous la détacherez... après avoir acquis la certitude que cette action n'en fera pas tomber une autre. Et finalement, vous poserez chacune des grenades doucement sur le sol. Si elles ne sortent pas de leur boîte, elles ne peuvent pas exploser. C'est clair, jusqu'ici ? »

Robert commença par hocher la tête, puis répondit par un *oui* étranglé. Il avait la gorge sèche comme de l'amadou. Il avait certes une idée assez précise de ce qu'était une grenade, une mine et une bonne partie des engins de mort qu'utilisent les armées, mais une idée théorique ; n'ayant jamais eu de formation militaire, le fait de devoir manipuler ces objets était quelque chose de tout à fait différent. Il sentait la transpiration lui couler sur le front tandis que Dan lui expliquait tout ce à quoi il fallait penser pour ne pas commettre d'erreurs : la moindre d'entre elles serait fatale.

« Britta ? dit finalement Dan. Je vais à présent te confier à Robert. Je lui ai expliqué tout ce qu'il avait besoin de savoir.

— Vous... vous m'entendez, Britta ? demanda le journaliste.

— Oui.

« — Bien. Tout d'abord, je vais me diriger très lentement vers vous.

— Je vous en prie, faites attention !

— Bien sûr. » Robert prit le temps de regarder l'hôtesse. De grosses larmes coulaient sur ses joues. « Je vais vous sortir de là, Britta. Vous allez voir, ça va aller.

— Je... je ne veux pas mourir, Robert. »

Il secoua la tête énergiquement. « Vous n'allez pas mourir. Restez parfaitement immobile. » Il se mit à avancer pas à pas, lentement, soulevant exagérément le pied, tâtant le sol avant de s'appuyer dessus de tout son poids.

« Robert ? Dan ? Quelque chose me pique dans le dos.

— Laissez-vous faire, Britta ! Ne bougez pas ! lui lança Dan. Ne parlez qu'à Robert. Nous ne devons surtout pas secouer ces boîtes ! »

Robert voyait la douleur déformer les traits de Britta. « Ça fait très mal ? demanda-t-il.

— Oui. C'est peut-être un scorpion... une saleté dans ce genre. Mais je tiendrai. »

Il y eut un froissement de feuilles dans le dos de l'hôtesse. « C'est vous qui avez bougé, Britta ?

— Non. Vous... vous allez y arriver ? »

Il lui répéta une fois de plus les instructions que Dan lui avait données. Se retournant, il vit que le copilote lui adressait un signe de son pouce levé.

« Et si une grenade tombe par terre ? demanda-t-elle.

— Nous aurons dix secondes pour l'attraper et la lancer plus loin. Ne vous en occupez pas. C'est moi qui plongerai au sol. »

Un petit singe arriva d'un bond sur une branche et se mit à observer Robert, qui éprouva un frisson de peur avant d'avoir pu identifier de quoi il s'agissait. L'animal bondit sur un arbre voisin et continua de le regarder. Robert s'efforça de rester concentré sur Britta et d'ignorer les jacassements du petit primate, que vinrent rapidement rejoindre un deuxième, puis un troisième congénère.

« J'ai l'impression que je dois avoir trois ou quatre de ces grenades qui pendent derrière moi. Elles m'ont cogné le dos lorsque je me suis fichue dans ce truc. »

Moins de trois mètres séparaient maintenant le journaliste

de Britta, trois mètres pratiquement dégagés de toute végétation en hauteur. Il étudia attentivement une des boîtes qui pendaient devant l'hôtesse. Il vit quelque chose de rond dépasser du fond. Il crut tout d'abord que c'était une ombre portée.

Oh, mon Dieu ! Elle a commencé à glisser ! Le fil qui la retenait a dû casser et elle peut tomber d'un instant à l'autre, à présent !

Il étudia alors une à une toutes les boîtes visibles pour lui. Sur toutes les autres, le cul de la grenade reposait sur un fil de canne à pêche ; mais les fils étaient tous tendus et disparaissaient dans les broussailles, n'attendant que d'être tirés. S'il n'en touchait qu'un seul en s'y prenant mal...

« Très bien, Britta. Il va falloir que vous reteniez vous-même une des grenades dans sa boîte. Je vais vous dire comment faire. Remontez tout doucement votre main droite, centimètre par centimètre, le long de votre corps jusqu'à ce que vous touchiez le fond de la boîte qui pend juste devant votre estomac. Prenez-la par le fond de manière à ce que la grenade ne tombe pas.

— OK », répondit Britta, qui faisait des efforts terribles pour garder son sang-froid. Lentement, prudemment, elle suivit les instructions de Robert ; sa main finit par se refermer sur le fond de la boîte.

« Bien joué ! On ne risque plus rien avec celle-ci. Je vais m'occuper des autres. »

Les glapissements devinrent plus fort, sur leur gauche ; les trois singes s'étaient lancés dans une course-poursuite. Ils se mirent à sauter d'un côté à l'autre de la piste, devant Britta, puis ils escaladèrent un arbre proche.

« Maudites bestioles ! s'exclama Dan. Sans compter qu'elles ont un goût épouvantable.

— Je n'ai pas tellement envie de le savoir, répliqua Britta. Je crois que j'ai perdu l'appétit, pour le moment. »

Le grondement lointain d'un hélicoptère parvint à leurs oreilles — le sourd martèlement qu'ils connaissaient bien, allant peu à peu croissant.

« Ne vous occupez pas de l'hélico, Britta », lui ordonna Robert. Il s'arrêta, un pied en l'air, sentant quelque chose. Regardant attentivement ce qui le gênait, il vit que ce n'était que la tige d'une plante grimpante, et acheva son mouvement. « Encore un mètre, Britta, et je vais pouvoir commencer à vous en débarrasser », dit-il en adoptant un ton aussi confiant qu'il le pouvait.

Tandis que Robert continuait à se diriger vers elle au ralenti, Britta vit Dallas s'avancer sans bruit derrière Dan.

« Dallas ?

— Je suis là, Britta, répondit la Noire, faisant légèrement sursauter Dan.

— Je croyais vous avoir dit de rester éloignés, siffla le copilote, mécontent.

— Chut ! » répondit Dallas.

L'hôtesse l'interpella de nouveau. « Pourriez-vous me rendre un service, Dallas ?

— Tout ce que vous voudrez, mon chou.

— Si... s'il m'arrive quelque chose, pourriez-vous transmettre un message à ma fille, Carly ?

— Bien entendu. Mais je suis sûre que vous allez pouvoir le faire vous-même. »

Le visage de Britta brillait de larmes. Elle se mordit la lèvre. « J'espère bien ! Mais... j'ai toutes ces cochonneries qui pendent sur moi. Dans mon dos, sur ma poitrine, sur mon épaule... J'en ai même entre les jambes. Oh, mon Dieu ! » Elle tremblait de tout son corps.

« Calmez-vous, Britta ! lui intima Robert. Vous allez vous en sortir. Pas d'attitude défaitiste, d'accord ? Il faut rester parfaitement immobile.

— J'ai pas envie de mourir de cette façon, répondit la maman de Carly d'une voix ténue. Mais je crois qu'il vaudrait mieux vous éloigner, Robert. Je suis trop emmêlée.

— Ne racontez pas de bêtises ! Je vais vous sortir de là. Il faut simplement procéder avec méthode. »

Il s'attaqua à son pas suivant tandis que Britta fermait les yeux ; elle réussit à rester immobile pendant quelques instants, puis elle fut parcourue d'un frisson et émit un petit cri étouffé.

« Dallas... si jamais je... disparais, dites à Carly que sa mère l'aimait plus que tout au monde.

— Voyons, Britta... commença la Noire, mais elle n'alla pas plus loin.

— Non ! la coupa l'hôtesse d'une voix chevrotante mais insistante. Dites-lui que je l'aime, et... que je suis fière de la belle jeune femme qu'elle est devenue... et... » Elle eut un autre sanglot étouffé, et le frisson qui la secoua alors inquiéta Robert.

« Je vous en prie, Britta ! Ne bougez pas ! Je vous en prie !

— Et dites-lui que je suis... tellement désolée... » Elle essayait bien de se contenir, mais les sanglots la secouaient de plus en plus. « ... que nous ayons eu si peu de temps. Que ç'a toujours été ma faute. »

Dallas dut lutter contre la grosse boule qui lui montait dans la gorge quand elle voulut répondre. « Voyons, Britta, vous allez vous en sortir, mon chou. Accrochez-vous. Robert va vous tirer de là. »

Britta secoua légèrement la tête. « Non, non, on n'y arrivera pas ! Éloignez-vous, Robert ! J'en sens une qui glisse dans mon dos... Je vous en supplie, partez !

— Arrêtez ça, Britta !

— Ça ne marchera jamais, et je ne veux pas que l'un de vous meure à cause de moi. Je sens qu'elle glisse !

— S'il y en a une qui tombe, j'aurai le temps de la lancer loin d'ici. Calmez-vous. »

Une nouvelle bordée de glapissements et de cris monta des trois singes toujours perchés dans l'arbre, et Robert sentit un frisson glacé lui parcourir l'échine. Il dut faire un effort pour ignorer les bestioles, quand elles décidèrent de sauter sans avertissement au sol, sur la piste, et de filer à toute vitesse dans les fourrés. Celui qui était en tête fonçait tout droit sur la corde, vieille de trente ans, qui s'était tendue en travers de la piste au moment où Britta était entrée en collision avec la « guirlande de pâquerettes ».

Robert tourna la tête, sentant la brusque tension. Il fut impuissant à arrêter le mouvement, lorsque l'impact du singe contre la corde arracha les fils du fond de chacune des boîtes : ce furent six grenades qui tombèrent simultanément au sol, juste devant les pieds de Britta.

Il y eut une interminable seconde de silence, puis la voix de Britta s'éleva brusquement, avec une force surprenante. « FICHEZ LE CAMP, ROBERT ! NE DISCUTEZ PAS ! COUREZ !

— Bon Dieu, non ! » Le temps parut se dilater tandis que son esprit évaluait les possibilités. Il pouvait plonger au sol et récupérer quelques grenades — oui, mais combien ? Quatre ? Cinq ? Pouvait-il les récupérer toutes à temps ? Et les lancer ? Non ! Il fallait la sortir de là ! S'il pouvait l'extraire de ces cordes...

« BRITTA ! cria Dallas. DÉTACHEZ-VOUS ET COUREZ PAR ICI ! »

262

Robert s'élança vers Britta, à demi accroupi, mais Dallas avait déjà bondi vers lui et l'attrapait par le col de sa chemise avec une force surprenante, le ramenant rudement en arrière. Britta s'arracha à son état de stupeur et commença à se débattre pour se détacher, tirant sur les cordes dans tous les sens. Elle réussit à s'éloigner de près d'un mètre, mais l'un des cordages qui entouraient sa poitrine était attaché à un arbre. Elle se tourna pour l'arracher, sans succès, n'ayant que trop conscience des secondes qui s'égrenaient.

« Non ! » protesta Robert, qui tomba à la renverse, incapable de résister à la poigne de Dallas. Il essayait encore furieusement de se dégager tandis que la Noire l'entraînait par-dessus une souche, résistant à ses assauts. Robert apercevait encore Britta, sur le sentier. Elle y renonçait ! Elle se tourna et secoua la tête, articulant « Non ! » de la bouche.

Elle essaya une dernière fois de se dégager, le visage en larmes. Il la vit qui secouait finalement la tête et restait debout, épaules tombantes. Elle se tourna vers eux, ferma calmement les yeux, prit une profonde inspiration et baissa la tête.

« Continuez d'essayer, Britta, lui cria Dallas, assourdissant presque Robert.

— Lâchez-moi ! répliqua celui-ci.

— Couchez-vous, idiot ! » lui répliqua Dallas en l'écrasant dans la terre humide, à l'abri de la souche. Elle tomba sur lui au moment où la première grenade entamait son travail de mort.

La monstrueuse détonation de six grenades explosant en même temps à quelques mètres d'eux secoua la jungle et projeta dans tous les sens, juste au-dessus de leurs têtes, de multiples éclats métalliques au milieu de fragments de végétation et du corps de Britta. Mais la densité de la jungle amortit l'effet de shrapnel et les autres ne furent pas touchés.

Robert repoussa Dallas avec colère et bondit sur ses pieds, les larmes aux yeux, désorienté ; il se précipita en trébuchant vers le point calciné où s'était tenue l'hôtesse. Il n'arrivait pas à croire qu'elle fût morte, mais où qu'il portât son regard, d'épouvantables débris le lui rappelaient.

« Maudite Dallas ! » cria-t-il entre ses dents serrées. L'insulte fut en partie couverte par le bruit d'une course au milieu des broussailles.

263

Steve vint s'arrêter en dérapant à côté de la Noire, et il se mit à examiner, les yeux écarquillés, la portion du sentier où venait d'avoir lieu l'explosion. « Mon Dieu, où est-elle ? demanda-t-il d'une voix qui tremblait.

— Viens ici, Steve », dit Dallas en essayant de passer un bras par-dessus les épaules du garçon. Mais il la repoussa et s'avança, tournant la tête à droite et à gauche en mouvements saccadés, essayant de trouver une explication qui, tout en tenant compte de l'explosion, permettrait de croire que l'hôtesse était encore en vie. Mais à l'endroit où elle s'était tenue, les yeux du garçon finirent par découvrir, puis reconnaître, des lambeaux de chair et d'os, et une partie de pied parfaitement identifiable.

Il se tourna et se mit à vomir avec des hoquets violents. Dallas vint le soutenir, ruisselant elle-même de larmes, et chercha des mots pour le consoler comme pour se consoler elle-même.

« Ça va aller, mon mignon, Ça va aller... »

24

Lieu du crash du Meridian 5, 18 kilomètres au nord-ouest de
Da Nang, Viêt Nam
13 novembre — jour deux
15.30 heure locale/0830 zouloue

Un seul passage ne suffisait pas à mesurer l'étendue de la
catastrophe, loin s'en fallait.

Kat Bronsky se frotta les yeux et demanda au pilote de
l'hélicoptère de bien vouloir faire une nouvelle fois le tour
du périmètre. Ce qui lui était apparu tout d'abord comme
une trouée sombre dans la verdure de la jungle s'était rapidement transformé, au fur et à mesure qu'ils s'en étaient rap-
prochés, en une longue cicatrice noirâtre et hideuse, faite de
végétation calcinée, puis en un cimetière de tôles d'aluminium tordues, de sièges en lambeaux et de cadavres humains.

L'officier des Forces aériennes vietnamiennes acquiesça et
inclina son appareil.

« Oh, mon Dieu... » dit Kat pour elle-même, bouleversée
par le contraste entre le ciel bleu et limpide, au-dessus, et le
spectacle de totale désolation et de destruction, en dessous
d'elle. Une tape sur l'épaule la fit se retourner ; c'était l'interprète assigné par le gouvernement vietnamien qui se penchait vers elle.

« Désolé, agent Bronsky, mais je n'ai pas compris ce que
vous avez dit. »

Comment s'appelle-t-il, déjà ? se demanda Kat, au moment où

265

la mémoire lui revenait. *Phu Minh. C'est ça. Et son prénom occidentalisé est Pete.*

Elle secoua la tête. « Oh, rien, Pete », dit-elle. Elle se tourna de nouveau vers les restes méconnaissables du 747 et fit un geste dans leur direction. « Je n'arrive pas à y croire. » Elle se sentait prise de nausées.

L'hélicoptère se plaça lentement au-dessus de la traînée étroite du premier impact, puis il remonta le long du terrible sillon de plus en plus large creusé par le Jumbo au cours de sa désintégration, jusqu'au moment où il se retrouva à la verticale de la partie supérieure de la carlingue, déformée et lacérée, mais encore identifiable, posée au centre d'une clairière naturelle. Ils se trouvaient à environ deux kilomètres de l'endroit où les ailes de l'énorme appareil avaient commencé à faucher les arbres de la jungle.

Elle prit plusieurs photos, sachant bien que jamais celles-ci ne rendraient toute l'horreur étalée sous elle en trois dimensions. Et une fois de plus, elle tenta de chasser de son esprit la perspective de découvrir le corps de Robert McCabe.

« Encore ? » demanda le pilote en anglais.

Elle secoua la tête et lui indiqua d'un geste le petit groupe de personnes qui, au sol, se tenait non loin du débris principal de la carlingue. Elle observa le pilote pendant qu'il posait le Huey avec une précision qui paraissait naturelle, se remémorant les deux heures d'instruction qu'elle avait suivies, aux États-Unis, dans un appareil beaucoup plus petit. Ce souvenir lui permit d'oublier un instant qu'elle allait se retrouver au milieu d'un véritable carnage.

Les secours étaient placés sous les ordres d'un colonel qui, le visage blême, vint l'accueillir à sa descente d'hélicoptère.

Kat le salua, puis, avec un geste du menton en direction de l'épave, posa la question qui la hantait. « A-t-on trouvé... des survivants ?

— Aucun. Nous attendons notre ministre de l'Aviation, qui doit arriver de Hanoi. J'ai cru comprendre que vous apparteniez à un service qui s'occupe des accidents ?

— Si l'on veut. Techniquement, colonel, j'appartiens au FBI, mais je suis ici pour procéder à une première évaluation, avant l'arrivée de nos enquêteurs spécialisés.

— Vous ne... toucherez à rien ?

— À rien, bien entendu.

— Je vous en prie, dites-moi en quoi je puis vous aider.

— Permettez-moi tout d'abord de me rendre sur place afin que je me fasse une idée de l'accident. »

Le militaire acquiesça et s'éloigna.

Kat se dirigea d'un pas vif vers la partie supérieure de la carlingue, seul élément du 747 qui ressemblait encore à quelque chose. Elle enjamba avec prudence les fragments de parois déchiquetés et se retrouva dans l'allée centrale de la cabine des première classe. Elle eut un instant le tournis lorsqu'elle repéra le siège sur lequel elle aurait dû être assise. Elle se dirigea lentement vers l'endroit — et s'immobilisa, pétrifiée sur place. Le siège sur lequel McCabe avait pris place était intact et ne présentait aucune tache de sang. Celui qui avait été le sien un instant, s'il était toujours au même endroit, présentait un détail terrifiant : un morceau d'aluminium, déchiqueté et effilé, avait transpercé le dossier. Il l'aurait sans aucun doute empalée à hauteur de la poitrine.

Mon Dieu ! Cela ne fait plus aucun doute. Je serais morte, à l'heure actuelle.

Elle dut se secouer pour revenir au moment présent et regarder autour d'elle. On ne voyait nulle part le corps de McCabe.

Mais alors... où est-il ?

La cabine s'était rompue à la hauteur de la quatrième rangée de sièges. Kat explora soigneusement l'intérieur et les alentours de l'épave, et ne tarda pas à arriver à une conclusion logique : *Tout ceux du pont inférieur sont certainement morts, mais les quelques personnes qui étaient ici ont pu survivre. L'impact n'a manifestement pas été aussi violent pour cette partie de l'appareil.*

Elle vit une feuille de plastique noire qui pendait sur un côté de la cabine, devant ce qui aurait dû être un des hublots de gauche. Elle s'en approcha. Les années qu'elle avait passées comme auxiliaire de police, pendant ses études, l'avaient endurcie à la vue des corps atrocement mutilés qu'un accident pouvait produire. Pour se préparer au pire, elle évoqua quelques-uns de ses plus horribles souvenirs : images indélébiles des victimes du crash d'un petit avion, d'un accident de la route, de suicides avec arme à feu, et celle d'une femme qui avait sauté d'une fenêtre du dixième étage et dont le corps s'était réduit à un amas sanguinolent de chairs gélatineuses, sur le béton.

Elle repoussa le plastique, s'attendant plus ou moins à découvrir McCabe, mais il n'y avait aucun corps en dessous. Elle ne vit que beaucoup de sang et des restes de tissus humains déchiquetés par les tôles tordues et effilées comme des rasoirs. *Ils ont dû commencer à retirer les cadavres. C'est la seule explication.*

D'un point de vue professionnel, c'était une idée inquiétante. Le NTSB n'avait aucun pouvoir pour contrôler l'enquête d'un accident d'avion s'étant produit à l'étranger, mais il pouvait en revanche fournir des conseils en tant qu'expert, et la première et la plus universelle des recommandations était de ne toucher à rien tant que l'examen préliminaire n'avait pas été fait. Dans les pays n'ayant pas de services spécialisés dans ce genre d'enquête, on déplaçait bien trop rapidement les cadavres et les débris, ce qui brouillait ou faisait disparaître des indices vitaux, quand cela n'interdisait pas, parfois, de découvrir les véritables causes de l'accident.

Elle remit la feuille de plastique là où elle l'avait trouvée et entreprit d'explorer plus en détail tout le pont supérieur, à la recherche du moindre indice. Il n'y avait de traces de sang nulle part, sauf sur l'un des sièges ; même dans le cockpit, la seule indication de la violence de l'impact était fournie par le cadavre d'un homme projeté contre le pare-brise ; cette victime, un homme en vêtements civils, était encore coincée sur la console centrale, celle où se trouvent les commandes des moteurs, le cou manifestement rompu. Le corps du copilote, néanmoins, restait introuvable.

Attends un peu... Un copilote aveugle avait forcément d'autres personnes avec lui dans le cockpit, et pas seulement le type projeté dans le pare-brise. Où sont-ils passés ? Il n'y avait aucune trace de sang sur les fauteuils des pilotes, ni sur les sièges rabattables derrière eux, même si ces derniers avaient plus ou moins été délogés de leur emplacement par les déformations de la carlingue.

Kat prit une série de clichés avant de visiter la minuscule cabine de repos, juste derrière le cockpit. Elle y trouva le corps du capitaine recroquevillé contre la paroi, mais il ne présentait aucune blessure majeure. Elle commit alors un acte dont en principe elle aurait dû s'abstenir : elle fit délicatement pivoter le cadavre vers elle. Elle ne découvrit effectivement aucune blessure. Cependant, tandis qu'elle examinait attentivement son visage, elle fit une constatation étrange. Ses yeux, ou plus exactement ses pupilles, présentaient le même aspect laiteux que s'ils avaient eu une double cataracte. *C'est probablement la conséquence de l'explosion,* se dit Kat. *Elle a dû être d'une intensité effrayante. Il faut absolument qu'un ophtalmologue participe à l'autopsie.* Elle remarqua la chemise déchirée et des marques sur le buste de l'homme. *Massage cardiaque, je parierais.*

Kat émergea du cockpit et alla jusqu'au bout de ce qui restait de la cabine avant de sauter au sol. Elle regarda à ses pieds et nota la présence d'un nombre important d'empreintes, à l'endroit où il était le plus facile de descendre de l'épave, qui paraissaient aller et venir entre l'appareil et la clairière. Le sol était boueux et plusieurs de ces empreintes étaient profondes. Quelques-unes revenaient vers les restes de l'avion, mais plusieurs personnes semblaient avoir pris la direction du nord et de l'ouest, c'est-à-dire de la jungle.

Elle s'agenouilla pour examiner ces traces de plus près. Deux avaient été indéniablement laissées par des chaussures de femme ; avec la petite marque imprimée par les talons, on ne pouvait s'y tromper. Et une troisième, plus petite encore que des talons de femme, partait dans une direction différente.

Kat alla retrouver le colonel vietnamien, et son interprète se précipita pour les rejoindre. « Est-ce qu'il y a des femmes avec vous dans l'équipe de secours, colonel ? »

Le colonel fronça les sourcils et secoua la tête. « Non, seulement des hommes.

— Encore une question, s'il vous plaît. Est-ce que des corps ont été retirés de l'avant de l'appareil ?

— Non, aucun. Puis-je savoir pourquoi vous me posez la question ? »

Kat pinça les lèvres et hocha la tête. « Parce que je me demande où sont passés les restes de toutes les personnes qui se trouvaient dans cette partie du fuselage », répondit-elle en montrant l'épave.

Le militaire fronça de nouveau les sourcils. « Je ne sais pas. C'est dans cet état que nous avons trouvé l'appareil quand nous sommes arrivés, il y a quelques heures. »

Kat retourna rapidement à l'endroit où les traces de pas étaient les plus nombreuses et prit mentalement note des différents types d'empreintes visibles dans le sol mou, ainsi que des pistes laissées par des hommes se dirigeant vers l'ouest — l'un d'eux marchant à reculons et ayant laissé une marque profonde qui permettait de supposer qu'il portait quelque chose de lourd.

Elle repéra aussi une petite flaque, le long de ces empreintes ; s'accroupissant à côté, elle y plongea un bâton.

Du sang... beaucoup de sang. On a transporté un corps, et ce corps saignait à mort.

Elle retourna dans l'épave et alla s'asseoir sur un des sièges de passager intact.

Bon, d'accord. Qu'est-ce qui a pu se passer ici ? On aurait dû retrouver des survivants. Y en a-t-il eu ? Robert figure-t-il parmi eux ?

Elle se souvint de la question qu'elle avait posée à Jake à propos du Global Express. Rien n'avait filtré de la NRO sur le fait que cet appareil aurait suivi le 747. Mais Kat commença à éprouver des doutes : le Global Express n'aurait-il pas pu le faire ? Auraient-ils pu atteindre les premiers le lieu de l'accident ?

Ces empreintes de pas racontaient une histoire. Au moins trois femmes avaient survécu à l'accident, ainsi que plusieurs hommes. Où étaient-ils donc tous ?

Elle se leva et regarda en direction de l'est, c'est-à-dire de Da Nang. *Si j'étais sortie vivante d'un tel accident et si j'avais su qu'il y avait une ville par-là, est-ce que je serais partie à pied ?*

Elle retourna jusqu'à la feuille de plastique noire, qu'elle souleva de nouveau pour examiner l'emplacement. *Quelque chose est entré en collision avec ce point de l'appareil, et à une vitesse importante.* La façon dont le métal était tordu devenait soudain parlante ; en cet endroit précis, il présentait des déformations différentes. *Un corps aurait-il pu être catapulté ici au cours de l'accident ?*

Elle aperçut un petit objet brillant fiché sur une pièce métallique. Elle dut ramper pour le récupérer, glissant une main prudente au milieu des pointes déchiquetées d'aluminium ; elle dut même écarter un morceau de chair humaine. Quand elle se redressa et examina la chose, elle reconnut une boucle d'oreille de femme.

Oh, mon Dieu !

Kat sauta de l'épave et suivit les empreintes qui se diri-geaient vers le sud et le bord de la clairière, puis vers l'est et Da Nang. Elle était sur le point d'arrêter là ses investigations lorsqu'elle tomba sur une zone où la terre et le sous-bois avaient été piétinés, et d'où partaient des empreintes de pas — mais en direction de l'ouest, c'est-à-dire des montagnes et du cœur de la jungle. Elle s'agenouilla pour les examiner de près.

Au moins quatre hommes, et seulement deux femmes. L'une d'elles manque. Celle avec les petits talons.

Elle revint une fois de plus soulever le plastique noir. Elle se souvenait d'avoir aperçu, sous le fouillis des tôles tordues, quelque chose de jaune. Il lui fallut plusieurs minutes d'ex-ploration, mais elle finit par récupérer une chaussure de femme jaune, déchirée et imbibée de sang, et dont l'em-preinte correspondait parfaitement à certaines de celles entourant l'épave ; elle ne la retrouva cependant pas dans le groupe qui, depuis les limites de la clairière, avait pris la direction de l'ouest.

Elle laissa la chaussure dans l'épave et dut lutter contre une forte envie de se précipiter vers l'hélicoptère et de fuir ce lieu. La femme à la chaussure jaune avait été vivante et capable de marcher *après* l'accident. Mais plus tard, elle était tombée, d'une grande hauteur, sur ce qui restait du fuselage avant. Une tentative de sauvetage en hélicoptère aurait-elle mal tourné ?

Ou bien l'avait-on laissée tomber intentionnellement ?

Les survivants qui s'étaient réfugiés dans la jungle devaient le savoir, conclut-elle, car ils ne se seraient certainement pas enfuis s'ils n'avaient pas été témoins de quelque chose qui les avait paniqués. *Les salopards sont arrivés ici les premiers ! Les types du Global Express sont passés par ici !*

Kat fit signe à l'interprète et se dirigea vers l'hélicoptère. « Nous allons voler lentement et à basse altitude en direction de l'ouest, dit-elle au pilote, en suivant le même chemin que n'importe qui suivrait pour essayer de sortir d'ici. »

Elle lut une question dans les yeux du pilote. « Ne me demandez pas pourquoi.

— Je vais avoir besoin de refaire le plein à Da Nang, observa le militaire, mais d'accord pour le temps de vol qui nous reste. »

Pete Phu grimpa à bord comme les pales du rotor commençaient à tourner. Kat s'installa dans le siège de toile le plus proche de la porte ouverte et boucla sa ceinture de sécurité, bien consciente qu'elle respirait trop vite.

C'est à cause de McCabe. Où qu'il soit, c'est pour l'avoir qu'ils ont provoqué cette catastrophe.

Conclusion qui ne tenait pas debout, à un certain niveau, mais qu'elle aurait pourtant pu anticiper à Hong Kong. L'idée la rendit malade.

Dans la jungle,
nord-ouest de Da Nang, Viêt Nam

Les cinq survivants du vol Meridian 5 étaient assis sur un tronc couché couvert de mousse, pelotonnés les uns contre les autres, sous une averse violente, à un peu plus de cent mètres à peine de l'endroit où Britta avait trouvé la mort.

La pluie avait commencé quelques minutes auparavant ; ils restaient immobiles, sans mot dire. Ce n'est qu'au bout d'un long moment que Dallas Nielson rompit la première le silence, lorsque, clignant des yeux pour en chasser l'eau, elle se tourna vers le ciel. « Dieu soit loué pour ses petites faveurs. Ça nous débarrasse des mouches, au moins. »

Robert McCabe secoua la tête et soupira, se redressa et essaya de faire le point. Dallas tenait le coup, comme lui-même, mais il voyait bien que Dan était malade d'angoisse, tant il s'en voulait de ne pas avoir pensé à les avertir du danger que représentaient encore ces pièges.

Steve Delaney contemplait le sol, les épaules secouées de sanglots rentrés, et essayait de surmonter le cauchemar qu'il venait de vivre.

Puis il y avait Graham Tash, dont le visage dépourvu d'expression, le silence et l'attitude passive trahissaient qu'il était encore sous le choc d'avoir vu sa femme assassinée. Au point que Robert n'était pas sûr que le médecin avait bien conscience de ce qui était arrivé à Britta.

Il comprenait qu'ils ne pouvaient s'éterniser davantage ici, et il se leva. « Il est temps de partir », dit-il avec un mouvement de la tête en direction de l'ouest.

Ils se levèrent l'un après l'autre et le suivirent.

La végétation qui tapissait le sol de la jungle était terriblement glissante, sous leurs chaussures de ville, et c'était un combat permanent pour simplement rester debout ; ils en oubliaient presque le désagrément de la pluie qui les trempait jusqu'aux os.

Le superbe ensemble en soie beige à la veste rebrodée que Dallas portait depuis son départ de Hong Kong lui collait à présent à la peau. Ses cheveux retenaient l'eau comme une éponge et lui donnaient l'air d'une apparition sortant des marais, dans un film d'horreur. Elle n'arrêtait pas de perdre l'une ou l'autre de ses chaussures, dans la terre trop meuble, et ne pouvait s'empêcher d'évoquer avec nostalgie son appartement douillet et ses confortables pantoufles de satin — bien sèches.

« Robert ? demanda-t-elle. Que comptez-vous faire ? »

Il s'arrêta et se retourna. « Mon idée est de rejoindre la route et, de là, de demander de l'aide avec la radio de Steve. »

Durant ce qui leur parut des heures, ils descendirent à un rythme régulier les pentes de la montagne, tandis que la pluie cessait et que le soleil revenait, filtrant à travers une canopée dont la densité variait du plus clair au plus sombre. De la buée s'élevait d'eux au fur et à mesure que séchaient leurs vêtements et le sol devint peu à peu moins glissant sous leurs pieds, avec l'évaporation de l'eau qui le détrempait et imbibait fougères et plantes rampantes. Les bruits de créatures invisibles cachées dans les fourrés les accompagnaient en permanence, comme les claquements de mains sur la peau, avec le retour de nuages de mouches et de moustiques — contrepoint régulier et désagréable aux pas de cinq personnes terrifiées s'ouvrant un chemin dans le sous-bois.

25

Aéroport de Da Nang, Viêt Nam
13 novembre — jour deux
16.45 heure locale/0945 zouloue

L'hélicoptère transportant Kat Bronsky survola la limite occidentale de l'ancienne base aérienne américaine de Da Nang et ralentit pour atterrir. Les portières ouvertes, elle et l'interprète avaient vainement cherché des survivants au cours du vol de vingt minutes ; cet échec n'avait cependant fait que renforcer sa conviction que si survivants il y avait, ceux-ci s'étaient enfuis en direction de l'ouest, craignant trop pour leur vie. Le pilote posa le Huey devant un hangar décrépit, sur un parking à la dalle de béton craquelée où étaient rangés plusieurs petits avions, quelques hélicoptères militaires et un jet d'affaires luxueux qui paraissait particulièrement déplacé au milieu de tous ces appareils vieillissants.

C'est curieux, pensa Kat en voyant le jet sans en identifier tout de suite le type. *On ne s'attendrait pas à trouver ce genre d'appareil ici...* Elle se pencha par la portière pour le voir en entier, clignant des yeux dans les tourbillons d'air soulevés par le rotor, et lut son numéro d'immatriculation : N22Z.

Oh, mon Dieu !

Le Global Express Bombardier de Hong Kong !

J'avais raison. Ils étaient là — non ! se corrigea-t-elle, *ils sont là ! Qu'est-ce que je fais, à présent ?* se demanda-t-elle tandis que le rotor ralentissait. Le pilote s'était retourné et la regardait, mais elle se sentait prise au dépourvu, incapable d'avoir une

274

réaction normale. Elle dut faire un effort pour ne pas lui laisser voir sa confusion et lui adressa un sourire accompagné du geste juvénile du pouce en l'air.

« Que souhaitez-vous faire ? demanda l'officier vietnamien.

— Euh... eh bien, lorsque vous aurez refait le plein... pourrez-vous m'attendre ? Il faut retourner là-bas et poursuivre les recherches jusqu'à la tombée de la nuit, au besoin. »

Le pilote acquiesça, mais l'attention de Kat était déjà retournée au Global Express, un appareil de 40 millions de dollars, capable de boucler le tour du monde, et qui attendait sur le parking, portière fermée. Un homme faisait les cent pas sous le nez de l'appareil, un jeune soldat vietnamien solitaire montant la garde avec un AK-47.

Kat descendit du Huey et passa derrière l'appareil, prenant soin d'être hors de vue lorsqu'elle déploya l'antenne de son téléphone satellitaire. Il devait être près de minuit à Washington. Elle connaissait par cœur le numéro personnel de son supérieur et le composa, espérant que Jake (ou sa femme) ne serait pas trop furieux d'être appelé à une heure pareille.

C'est Jake qui décrocha, et elle l'entendit qui bâillait tandis qu'ils échangeaient leurs salutations.

« Où en êtes-vous, Kat ?

— Je viens de faire une découverte extrêmement inquiétante ici même, à Da Nang, dit-elle, parlant à voix basse. J'ai sous les yeux le Global Express Bombardier immatriculé N22Z. »

Au bruit, elle comprit que Jake venait de se redresser ; il émit un petit sifflement et une exclamation surprise.

« Le lieu de l'accident est à quinze kilomètres d'ici et c'est aussi horrible qu'on pouvait s'y attendre. Plus de deux cents personnes ont péri ; elles ont été littéralement taillées en pièces lorsque le 747 s'est abattu sur la jungle.

— Pas de survivants, alors ? »

Elle se força à respirer calmement et à ne pas parler trop vite, mais sa voix tremblait tout de même de manière peu professionnelle. « Ah, c'est la question. Les secours m'ont dit qu'ils n'en avaient trouvé aucun, mais j'ai découvert sur place des preuves matérielles convaincantes, autour des restes du cockpit et de la cabine de première classe, qu'au moins cinq ou six personnes ont survécu, y compris le copilote et la personne à laquelle j'ai déjà fait allusion... le journaliste qui m'a approchée à Hong Kong et qui détiendrait des informations sur le SeaAir.

— Ce qui nous mène où, Kat ?

— J'ai la conviction qu'ils se sont enfuis dans la jungle, pour essayer d'échapper à la mort, après avoir assisté à un meurtre sur le lieu de l'accident. » Sur quoi, elle lui donna les détails des indices qu'elle avait relevés et qui l'avaient conduite à conclure qu'une survivante avait été assassinée. « Voyez-vous une autre explication rationnelle, Jake ? Le sang, la chaussure, les empreintes de pas, la boucle d'oreille ? »

Il y eut une longue hésitation à l'autre bout de la ligne, puis un soupir. « Non... je suis obligé d'arriver aux mêmes conclusions que vous.

— Et le fait que ce jet soit ici ne fait que les renforcer, aussi fou que cela paraisse.

— Il y a du monde autour de cet appareil, Kat ?

— Oui, un soldat qui monte la garde. Je ne m'en suis pas approchée.

— Il nous faudrait son numéro de série. Si j'ai bien compris, il est gravé sur une plaque métallique qui se trouve sous la queue. Si vous pouviez vous le procurer... et peut-être même jeter un coup d'œil à l'intérieur...

— Compris. Je vais essayer de vérifier s'il n'y a pas un système d'arme particulier installé à bord, aussi, comme l'identificateur de cible dont les types de l'Air Force vous ont parlé.

— Je ne souhaite pas vous pousser à faire des choses dangereuses, Kat, mais le Bureau a un besoin désespéré d'éléments probants, dans cette affaire. Je dois vous dire que les médias parlent tous d'un attentat terroriste, depuis qu'ils savent que le copilote a signalé une explosion devant l'appareil ; les tentatives de Langley pour soutenir l'hypothèse d'une collision aérienne ont pratiquement cessé depuis votre dernier appel. Il est évident qu'il n'y a pas eu collision. On discute déjà ouvertement, sur toutes les chaînes de télé, de la possibilité que l'accident du Meridian 5 ne soit que le deuxième, après celui du SeaAir, dans une série d'attentats terroristes. »

Kat se mordilla la lèvre pendant une seconde. « Ça me fait mal de le dire, mais vous venez de résumer mes pires craintes. »

Jake eut un petit reniflement. « Les miennes aussi. Mais Langley fait tout pour prouver le contraire. »

Kat avait fait les cent pas derrière l'hélicoptère, depuis le début de cette conversation, tout en surveillant d'un œil le soldat qui montait une garde nonchalante devant le Global Express, lorsqu'un détail que lui avait donné McCabe à Hong Kong lui revint brusquement à l'esprit. Elle se concentra en regardant vers le sol.

« Jake ? Au sujet de Langley, ne se pourrait-il pas qu'ils mettent la pédale douce parce qu'ils redouteraient réellement qu'il y ait un groupe dont ils ne savent rien ? Une organisation capable de voler l'un de nos systèmes d'arme à base de missile, par exemple ?

— Je ne sais pas, Kat. J'essaie de laisser la politique à ceux dont c'est le métier.

— Langley a-t-il dit en toutes lettres que le NRO n'a jamais observé le Global Express depuis l'espace ? »

Il y eut une légère hésitation de la part de Jake. « Non... pas que je sache.

— Bon, parce que je suis prête à parier que le NRO pouvait très bien voir l'appareil depuis là-haut, et Langley décider de ne pas partager l'information. Pouvez-vous savoir ce qu'il en est ? »

Il y eut un léger changement de ton dans la voix de Jake. « Vous vous avancez en terrain miné, Kat. Pourquoi ?

— À cause d'une chose que m'a dite le journaliste. Celui que j'aimerais beaucoup retrouver vivant.

— Concernant les craintes et les réactions de Langley ?

— Oui.

— Eh bien, vous venez de virtuellement confirmer mes propres soupçons. Je vais appeler le NRO. Je suis prêt à parier que vous avez raison, sans très bien savoir ce que cela prouve. Et pour nous, ça ne change rien. »

Le regard de Kat se reporta sur le soldat, qui s'était assis sur le sol, manifestement mort d'ennui. « Il vaut mieux que j'y aille, dit-elle.

— Soyez prudente ! Mais appelez tout de suite si vous trouvez quelque chose, quelle que soit l'heure. »

Elle coupa la communication et revint chercher l'interprète, qui se reposait sur le siège du fond, dans l'hélicoptère.

« Pete ? Vous voyez ce jet, là-bas ? J'ai besoin de vous pour convaincre le soldat que j'ai l'autorisation officielle de regarder cet avion. »

Les yeux de Pete Phu s'agrandirent. Elle leva la main et sourit. « Dites-lui simplement que je suis une grande admiratrice de ce type d'avion... j'ai juste besoin d'une excuse pour l'examiner de plus près. »

Au bout de quelques instants, il hocha lentement la tête. « Je dois pouvoir y arriver. »

Le soldat ne resta soupçonneux que quelques secondes, le temps que l'interprète lui explique dans leur langue la fonction éminente de l'Occidentale qu'il escortait.

« C'est une personnalité américaine très haut placée, en mission officielle. C'est Hanoi qui a fourni l'hélicoptère, et moi, son interprète, et on demande à tout le monde de coopérer. »

Le soldat acquiesça et les laissa passer.

L'entrée principale était fermée à clef, et l'appareil n'étant pas branché sur l'alimentation électrique au sol, il ne devait pas être climatisé ; autrement dit, il n'y avait personne à l'intérieur, où la chaleur devait être suffocante. On aurait dit que l'équipage et les occupants avaient disparu.

Elle se dirigea d'un pas tranquille vers l'empennage du Global Express, notant au passage qu'on ne voyait aucun rail ou rampe d'où on aurait pu lancer un missile. *Il a sans doute été lancé par un bateau ou un autre avion*, se dit-elle. Elle trouva la plaque du fabricant et mémorisa le numéro de série, tout en souriant et faisant semblant d'être ravie de pouvoir examiner un tel appareil de près.

Celui-ci paraissait être d'un modèle tout à fait standard, mis à part les numéros fantaisistes de son immatriculation. De près, on se rendait facilement compte qu'on avait peint celle-ci par-dessus l'ancienne, et que le travail n'avait pas été très soigné ; on pouvait presque arriver à lire les anciens numéros.

La soute à bagages était elle aussi verrouillée, et elle eut droit à un regard inquiet du soldat lorsqu'elle essaya la poignée. Elle lui sourit et le salua de la main, fit signe à Pete et retourna vers le Huey, devant lequel un camion-citerne venait de se garer. Il faudrait quelques minutes pour faire le plein, et elle avait une décision à prendre.

Elle regarda une fois de plus le Global Express, déchirée entre l'envie de partir au plus vite à la recherche de McCabe et des autres survivants, et celle de rester pour trouver le moyen de pénétrer dans le jet. Elle alla s'appuyer contre la carlingue de l'hélicoptère pour peser le pour et le contre. Les inconnus qui s'étaient posés à Da Nang avec cet appareil avaient sans aucun doute possible suivi le Meridian 5 et savaient donc exactement où le 747 s'était écrasé. Il devait y avoir des monceaux de preuves à charge sur le site, voire même l'indicateur de cible. La clef de ce dangereux mystère n'était peut-être qu'à cent mètres d'elle.

Mais il y avait aussi des survivants perdus au milieu d'une jungle hostile, des survivants traqués, peut-être, par les inconnus du jet.

Elle s'efforça d'imaginer le dilemme qui s'était imposé à l'équipage du Global Express, au lever du jour. S'il s'agissait réellement des responsables de l'écrasement au sol du Meridian 5, ils avaient dû éprouver le besoin désespéré d'aller directement sur place pour achever leur travail d'assassins. Chose qu'ils n'avaient pu faire par la route.

Kat se redressa brusquement et regarda l'homme qui assurait le plein de l'hélicoptère. Elle alla chercher Pete dans la cabine et lui fit signe de les suivre.

« J'ai encore besoin de vous, Pete. »

L'homme hocha la tête, un peu sur ses gardes.

« Voulez-vous aller demander au type qui fait le plein pour nous quand les gens du jet vont revenir, dans leur hélicoptère ? S'il paraît comprendre de quoi vous voulez parler, demandez-lui aussi si c'était un Huey, comme le nôtre. »

Pete Phu descendit à terre et alla engager la conversation avec le pompiste ; les sonorités vives et colorées du vietnamien venaient jusqu'à elle, accompagnées d'éclats de rire. L'interprète revint au bout de quelques minutes et se pencha vers Kat.

« Il dit qu'il ne sait pas, parce qu'ils ont pris l'hélicoptère juste au moment où le soleil se levait. Et c'est bien le même type d'appareil. »

Kat le remercia et sortit de nouveau son téléphone pour transmettre l'information à Jake.

Dans la jungle, nord-ouest de Da Nang, Viêt Nam

Arlin Schoen resta un instant au milieu de la partie dégagée, dans la grande clairière, et essaya de distinguer l'hélicoptère dont ils venaient juste d'achever le camouflage.

Bon boulot ! pensa-t-il. En ayant tourné le nez de l'appareil vers le centre de la clairière, il avait suffi d'un peu de végétation pour qu'il se fonde complètement avec l'arrière-plan.

Il consulta sa montre et leva les yeux, essayant d'estimer à quelle vitesse avait pu progresser le gibier qu'il pourchassait. Gibier qui était contenu par la rivière, d'un côté ; et avec la route qui se trouvait sur l'autre rive, dont la présence était régulièrement attestée par le grondement d'un moteur de camion ou de voiture, le ou les survivants allaient chercher un endroit leur permettant de franchir le cours d'eau.

De plus, le pont, situé à un kilomètre de là, où il comptait s'embusquer, était visible à au moins cinq cents mètres en amont de la petite gorge. Autrement dit — et telle était la conclusion de Schoen — dès qu'ils auraient repéré le pont, l'excitation leur ferait perdre toute prudence et les jetterait directement dans le piège qu'il leur tendait.

Parfait.

Il retourna jusqu'à l'hélicoptère caché, prenant le pas de gymnastique, pressé de fourbir ses armes.

À un peu plus d'un kilomètre à l'est, Robert McCabe fit signe aux autres de s'arrêter et s'avança jusqu'au bord de la falaise pour étudier la rivière, en contrebas.

Dallas avait remplacé Britta pour guider Dan, qu'elle tenait par les épaules, tandis que Steve Delaney escortait Graham Tash. Ils s'arrêtèrent tous les quatre et attendirent, aussi épuisés psychologiquement que physiquement.

« Euh... Dan ? C'est Graham. »

Tous se tournèrent au son de la voix du médecin.

« Est-ce que... euh... vous avez besoin d'une nouvelle piqûre ? »

Dallas le regarda, surprise. *Bonne chose, qu'il commence à sortir un peu de son hébétude,* se dit-elle.

Dan secoua lentement la tête. « C'est peut-être simplement de l'engourdissement, docteur, mais je n'ai pas trop mal, pour le moment. Pas aux yeux, en tout cas.

« — OK. Euh... reprit Graham avec un soupir, trouvez-moi Susan et... » Il se mit à cligner des yeux en se rendant compte de ce qu'il venait de dire, et l'idée qu'il venait de perdre sa femme l'écrasa de nouveau. Il eut un léger mouvement de recul, trébucha et se laissa maladroitement tomber au sol, tête baissée, puis il se mit à se balancer d'avant en arrière. « Je suis... désolé... Je suis... »

Dallas s'agenouilla vivement à côté de lui et passa un bras autour de ses épaules. « Ça ne va pas être facile, docteur. Mais il faut vous accrocher, rester avec nous. »

Robert réapparut, les cheveux hérissés en tout sens d'avoir frotté contre des branches. « J'ai l'impression d'avoir aperçu un pont un peu plus bas, dit-il. C'est notre billet de sortie. Il y a pas mal de circulation sur cette route. »

Dallas ne put retenir un début de fou rire, et cette manifestation spontanée provoqua une esquisse de sourire sur le visage de Steve.

« Quoi ? Qu'est-ce qu'il y a ? s'offusqua Robert.

— Vous devriez voir votre tête. On dirait que vous venez de mettre les doigts dans une prise électrique, répondit-elle tandis qu'il rabattait à la hâte ses mèches en désordre.

— Tout de même, Dallas ! protesta-t-il.

— Que voulez-vous, vous aviez l'air comique.

— À force de pleurer, oui. Je ne vois vraiment pas ce qu'il y a de drôle...

— Je crois, le coupa-t-elle, tandis que s'effaçait son sourire, je crois que j'aime autant rire que pleurer, et c'est bien la première chose drôle que je vois depuis un bon moment. »

Robert marqua un temps d'arrêt, acquiesça, les yeux sur Dan et Graham. « Oui, je comprends.

— Mais soyons sérieux. J'ai une question à vous poser, si nous voulons sortir d'ici. Si nous arrivons à rejoindre cette route et faisons du stop, comment saurons-nous que ce ne seront pas ces tueurs qui s'arrêteront ?

— Ils étaient en hélicoptère, objecta Steve.

— Ils ont très bien pu l'échanger entre-temps contre un camion », fit observer Dan.

Robert avait écouté attentivement. Il soupira. « Et vous, Dallas, qu'est-ce que vous en pensez ?

— Eh bien, d'après Stevie, sa radio peut transmettre notre position exacte ainsi qu'un message vocal. Nous devrions peut-être nous arrêter juste avant d'atteindre la route, rester cachés, et brancher son appareil. Les secours pourront toujours nous rejoindre, à condition que les salopards n'interceptent pas l'information.

— C'est un système numérique qui passe par satellite, dit Steve.

— Si bien qu'il n'y a guère de chances pour que nos poursuivants aient accès à celle-ci. Bon. Avançons encore d'un petit kilomètre. »

Le journaliste en tête, le petit groupe reprit sa marche, se déplaçant un peu plus vite, car la végétation était moins dense le long de la rive sud. La température était encore clémente, même si le soleil commençait à être haut dans le ciel. Au bout de vingt minutes, ils s'arrêtèrent en bordure d'une grande clairière, restant dissimulés à la vue. Steve mit en marche son appareil de secours, brancha le GPS et mit la balise en route. Ceci fait, il donna l'appareil à Dan pour que celui-ci envoie un message vocal.

« *Mayday, Mayday, Mayday* ! Nous sommes un groupe de cinq survivants du vol Meridian 5. Nous étions huit au départ, mais deux d'entre nous ont été assassinés par les occupants d'un hélicoptère de construction américaine, un Huey, qui est arrivé sur le lieu de l'accident tout de suite après l'aube. Un troisième a été tué par... une explosion dans la jungle. Nous avons besoin immédiatement d'aide et de protection à ces coordonnées. *Mayday, Mayday, Mayday* ! »

Aéroport de Da Nang, Viêt Nam

Kat regarda le superbe Global Express Bombardier devenir tout petit, tandis que le Huey gagnait de l'altitude ; elle se demandait si elle avait pris la bonne décision. Si l'appareil n'était plus là à son retour, il serait à peu près impossible à retrouver. Avec un rayon d'action de près de dix mille kilomètres et le transpondeur coupé, ils pouvaient s'échapper de pratiquement n'importe où sur la planète et sortir presque tout de suite des couvertures radar.

Le vol de retour jusque sur les lieux de l'accident lui parut très bref. Lorsque le pilote lui indiqua l'affreuse cicatrice qui entaillait la jungle, Kat enjamba la barrière qui séparait le poste de pilotage de la cabine et se coula dans le siège du copilote, à gauche.

« Bien. Volez juste au-dessus du sommet des arbres et partez de l'angle nord-ouest de la clairière, direction ouest. »

Le pilote acquiesça et régla ses instruments en fonction de ce qu'elle lui avait demandé. Mais il y avait un bruit, outre les rugissements qui constituaient le fond sonore permanent de l'hélicoptère. Un bruit intermittent, aigu, comme un signal électronique, et très lointain. Elle essaya de se concentrer sur l'étude du paysage, sous elle, mais le bruit continuait de la distraire. Jusqu'au moment où elle comprit d'où il provenait.

Elle se tourna et fit signe à Pete, lui indiquant son sac à main. Il le lui tendit et elle l'ouvrit précipitamment pour en retirer le téléphone et déployer l'antenne.

« Allô ? »

La voix, à l'autre bout du monde, était trop atténuée.

« Un instant ! Nous sommes en l'air et j'entends mal ! » dit-elle en poussant le bouton du volume à fond. Puis elle reporta le combiné à son oreille.

« Kat ? Vous m'entendez, Kat ?

— Qui est là ?

— Jake !

— OK, Jake. Parlez fort !

— Nous venons de recevoir un appel de détresse par satellite. Vous aviez raison. Il y avait huit survivants. Trois sont morts. Les cinq qui restent ont besoin qu'on leur porte immédiatement secours. » Jake lui répéta ensuite le message qui avait été enregistré et lui donna les coordonnées.

« Grâce au ciel, on doit pouvoir les retrouver, Jake. Je vous rappelle dès que nous les avons. » Elle coupa la communication et se pencha vers le pilote. « Avez-vous un GPS ? »

Le militaire secoua négativement la tête.

« Et une carte du coin ? »

Il acquiesça, cette fois, et lui tendit la carte de navigation aérienne de la région. Kat se mit à l'étudier, un stylo à la main, très concentrée, et finit par faire se croiser deux lignes et encercler le point qui en résultait. Elle se remit alors à examiner le paysage, suivant les méandres de ce qui avait bien l'air d'une rivière jusqu'à un point juste à l'est d'un pont. Puis elle rendit la carte repliée au pilote.

« Là-bas. Nous avons cinq personnes à récupérer juste ici. »

L'officier eut une expression de scepticisme lorsqu'il régla le Huey de manière à tourner en rond, le temps qu'il fasse correspondre la carte et le paysage qui se trouvait sous eux. Au bout d'une minute, il releva les yeux, sourit à Kat, poussa les gaz et inclina le nez de l'appareil en direction de l'ouest. « Pas de problème. C'est à environ dix kilomètres. »

26

Dans la jungle, 30 kilomètres au nord-ouest de Da Nang, Viêt Nam
13 novembre — jour deux
17.43 heure locale/1043 zouloue

Dallas Nielson posa doucement la main sur l'épaule de Dan, ce qui fit néanmoins un peu sursauter le copilote.

« C'est Dallas, Danny. Comment vous vous sentez ? »

Il lui tapota la main. « Un peu mieux, je crois. Je me berce peut-être d'illusions, mais je commence à me dire que ma cécité ne sera pas permanente. J'ai beaucoup moins mal. Quelle qu'ait été la nature de l'explosion, je ne l'ai pas vue en face.

— Avez-vous l'impression de voir un peu de lumière à travers le bandage ?

— Il me semble, mais Graham m'a conseillé de le garder. »

Elle lui serra la main. « Il faut espérer et prier.

— Que voyez-vous, d'où vous êtes ?

— Eh bien, nous sommes à environ dix mètres de la lisière d'une clairière, ou en tout cas d'un espace naturel ouvert dans la jungle. Elle est assez vaste, et je dirais que la forêt recommence à environ quatre cents mètres, de l'autre côté. Je dois vous avouer, Dan, que cela n'a rien à voir avec la jungle effrayante infestée de serpents et de tigres à laquelle je m'attendais — les insectes, par contre, sont à la hauteur de leur réputation.

285

— La jungle à laquelle vous pensez est beaucoup plus au sud. Elle est superbe, mais elle peut aussi être mortelle. »

Le son lointain d'un rotor brassant l'air à une vitesse considérable parvint à leurs oreilles.

Dallas se tourna vers Steve. « J'ai l'impression que ta radio a attiré l'attention.

— Espérons », répondit l'adolescent, parcourant le ciel des yeux, derrière eux, en direction approximative du bruit. Celui-ci croissait régulièrement. Robert se leva et imita Steve dans sa tentative de repérer l'hélicoptère.

Le Huey surgit au-dessus d'une crête, le cognement rythmique des pales les giflant au moment où il passa juste au-dessus d'eux ; puis l'appareil se redressa, ralentit rapidement, tourna et descendit au-dessus de la clairière. Le pilote le maintint un peu au-dessus du sol, à moins de vingt mètres de la lisière orientale de la clairière, et entreprit de la longer lentement. Une silhouette ouvrit la portière latérale gauche, s'encadra dedans et fit de grands signes avec les bras.

« Une femme ! s'exclama Dallas, excitée.

— Mon Dieu, s'étrangla Robert McCabe, ne pouvant détacher les yeux du visage qu'il reconnaissait. Je n'arrive pas à y croire... C'est Kat Bronsky ! »

Kat se pencha vers le pilote pour mieux se faire entendre. « Continuez d'avancer lentement. Ils doivent se trouver quelque part par là. » Puis elle se remit à gesticuler tout en parcourant des yeux les abords de la clairière, sans voir personne.

Et soudain, cinq silhouettes bondirent de la lisière, agitant eux aussi les bras en direction du Huey.

« Là ! cria-t-elle au pilote. Atterrissez tout de suite ! »

Il se tourna et se tapota l'oreille, puis comprit le geste qu'elle fit, la main tournée paume vers le bas, et il changea l'angle d'attaque du rotor qui, donnant moins de portance, laissa l'appareil se poser en douceur.

Kat sauta à terre, continuant d'adresser des signes de la main aux silhouettes qui se précisaient : une Noire, un homme avec un gros pansement sur le visage, un jeune garçon, un autre homme... et Robert McCabe ! Elle ressentit un petit frisson d'excitation et agita les bras de plus belle.

Pete Phu avait sauté au sol et il aida lui aussi les cinq survivants à grimper dans le Huey. Kat était restée la dernière et Robert lui tendit la main pour la faire remonter ; il la serra alors vigoureusement dans ses bras et l'embrassa sur la joue, puis, affichant un grand sourire, il singea (assez maladroitement) l'accent de Bogart pour lui dire : « De tous les coins pourris de toutes les jungles pourries de la planète, il a fallu que ce soit dans le mien que vous tombiez !

— Vous n'imaginez pas à quel point je suis heureuse de vous retrouver vivant », dit-elle en le repoussant pour aller fermer la portière ; après quoi, elle ordonna au pilote de décoller.

À peine venait-elle de le lui dire qu'il y eut un bruit sec, assez fort, en provenance de la droite ; du verre brisé tomba dans le cockpit. La possibilité qu'il y ait un problème mécanique traversa un instant l'esprit de Kat, tandis qu'elle se demandait pourquoi le pilote se penchait autant sur sa gauche. C'était le pare-brise de droite qui s'était brisé, et le Vietnamien continuait de s'affaler sur la console centrale.

« On nous tire dessus ! » cria Dallas, tandis qu'une autre voix ordonnait à tout le monde de se jeter à plat ventre. Kat s'approcha du pilote, lui souleva la tête et la laissa retomber, les doigts rouges de sang. L'homme avait un simple petit trou dans la tempe droite.

Les balles continuaient à claquer et à siffler dans le cockpit et l'une d'elles lui passa au ras du nez. Elle défit la ceinture de sécurité du pilote, arracha le corps inerte au siège et le laissa retomber à l'arrière, dans un effort désespéré.

Elle se glissa vivement à sa place, ignorant le sang qui avait tout éclaboussé, et prit le contrôle collectif, un levier, à sa gauche, qui comportait une poignée de gaz semblable à celle d'une moto. Pas le temps de se demander si elle allait pouvoir piloter cet appareil sans s'écraser, car la seule autre solution était de rester là et de mourir sous une pluie de balles tirées par des assaillants inconnus. Elle mit la poignée dans le coin, et le rotor, qui tournait juste en dessous de la vitesse de sustentation, commença à accélérer. Parcourant le tableau de bord des yeux, elle trouva le compte-tours et vit l'aiguille sortir du rouge ; elle tira sur le manche. Elle sentit le Huey se redresser sur ses patins et se soulever, tandis que le rotor mordait dans l'air, les pales créant suffisamment de portance pour contrecarrer le poids de l'hélicoptère. Puis l'appareil fut en l'air, entamant un mouvement de recul tandis que d'autres balles le touchaient ; cette fois-ci, elles ouvrirent un trou déchiqueté de la taille d'un poing dans le pare-brise avant, juste devant elle.

« Mon-Dieu-Seigneur-Jésus, je vous en prie, faites qu'on fiche le camp d'ici ! » gémit Dallas à l'arrière.

Les pieds de Kat trouvèrent le palonnier et elle poussa à fond à gauche pour faire basculer la queue du Huey en direction des tireurs, afin de protéger la cabine. Les arbres, sur la lisière orientale de la clairière, mesuraient entre quinze et vingt mètres, et elle savait qu'il lui fallait gagner davantage d'altitude avant de pouvoir envisager d'augmenter sa vitesse horizontale.

Le Huey se mit à tanguer dangereusement lorsque Kat poussa le levier de contrôle entre ses jambes, cherchant à stabiliser l'appareil. Mais elle y était allée trop fort, et l'hélicoptère bascula vers l'avant, échangeant une partie de l'énergie consacrée à la portance contre de la vitesse horizontale, si bien que le sol se précipita à leur rencontre.

« Bon Dieu ! » s'entendit-elle crier tandis qu'elle tirait le manche à elle, manquant de peu de heurter le sol avec les patins.

Le Huey s'éleva de nouveau, mais pas assez vite, et les arbres paraissaient se précipiter vers eux tandis qu'une nouvelle rafale de balles trouait la cabine.

Elle tira une fois de plus sur le contrôle collectif, poussant les gaz autant qu'elle le pouvait et l'osait. Kat sentit l'appareil se mettre à vibrer, tandis qu'il mordait plus vivement l'air, obéissant ; mais elle se rendit alors compte qu'ils n'allaient pas réussir à franchir les cimes.

Le Huey toucha les frondaisons à une vitesse de vingt nœuds, ses énormes pales hachant le haut du feuillage aussi facilement qu'un taille-haie rectifie un thuya. Elles écimèrent avec encore moins de mal les deux derniers mètres de l'arbre suivant, puis l'hélicoptère jaillit au-dessus de la forêt et continua à grimper et à accélérer, sorti apparemment indemne de l'expérience.

« En principe... ça se pilote... comme un avion normal au-dessus de quarante nœuds », dit-elle à voix haute, répétant ce que lui avait expliqué son instructeur, quelques années auparavant. Elle regarda le badin ; il venait de franchir les trente nœuds et l'aiguille continuait de monter. Elle jouait des deux manches à sa disposition pour essayer de contrôler l'assiette de l'appareil.

Ils étaient maintenant loin au-dessus des arbres et se stabilisaient ; le moteur tournait rond et aucun témoin lumineux inquiétant ne clignotait sur le tableau de bord ; le courant d'air en provenance du trou dans le pare-brise commença à devenir un sérieux problème quand elle atteignit les cinquante nœuds. Elle vérifia qu'elle prenait bien le cap de Da Nang, à l'est, et continua de monter.

Quelqu'un fit son apparition à la gauche de Kat. Elle jeta un coup d'œil et vit Robert McCabe, affichant une expression faite d'affolement et de stupéfaction mêlés. « Grâce au ciel, vous savez piloter ces engins, Kat !

— Moi ? Pas du tout. C'est à peine si j'ai une idée de ce que je fais. »

Il la regarda, incrédule, et elle lui sourit. « Bienvenue à bord pour mon premier vol solo, Robert. Je n'ai qu'un brevet de pilote d'avion. J'ai cependant suivi une formation pour les instruments.

— Et... cela peut-il vous aider ?

— Non.

— Oh, merveilleux. Allez-vous savoir atterrir ?

— J'sais pas. Jamais essayé. Pourrait être intéressant. » Elle lui sourit, amusée de le voir aussi inquiet. « Pas de blessés, là-derrière ?

— Eh bien, Steve devra changer sa raie de côté. C'est tout.

— Quoi ? demanda Kat, qui n'avait pas été très attentive.

— Une balle lui a éraflé le crâne. La blessure est très superficielle. Il a surtout perdu une rangée de cheveux...

— Grâce au ciel !

— Cela n'inclut évidemment pas notre malheureux pilote, bien entendu. Savez-vous qui sont ces salopards qui nous tirent dessus ? »

Elle secoua la tête, mais le mouvement lui fit bouger aussi le manche trop brutalement ; le Huey tangua et Robert faillit perdre l'équilibre.

« Désolée... non, je ne sais pas. Je ne les ai jamais vus. Les coups de feu venaient de la droite. Vos poursuivants sont peut-être arrivés par la route. »

Robert acquiesça. « Probablement. Est-ce que je peux faire quelque chose pour vous aider ? »

Elle se tourna un instant et lui sourit. « Dire une petite prière ? Ou bien ouvrir le mode d'emploi à COMMENT ATTERRIR et me le lire très lentement. »

Le journaliste secoua la tête. « OK ! À présent, je suis réellement terrifié ! »

Grâce à leurs efforts frénétiques, les trois hommes, sur le côté ouest de la clairière, réussirent à dégager l'hélicoptère de son camouflage en moins de deux minutes. Le pilote sauta dans le siège de droite et appuya sur le démarreur alors que tombaient les dernières branches, et fit grimper les tours du rotor aussi rapidement qu'il le put. Arlin Schoen monta et referma la portière derrière lui au moment où l'appareil décollait avant de gagner de la vitesse et de s'élancer dans la direction prise par le Huey tombé du ciel. Déjà, les hommes rechargeaient leurs armes.

« Vitesse maximum ! Je ne sais pas qui pilote ce zinc, mais il n'a pas l'air très doué. Tu devrais pouvoir le rattraper ! »

Le pilote acquiesça, passa au ras des cimes, sur le côté est de la clairière, puis commença par accélérer au maximum avant de chercher à prendre de l'altitude. Le Huey atteignit et dépassa les cent nœuds, et les pales qui laminaient le paysage se mirent à faire un tapage infernal.

Au bout de cinq minutes, la silhouette de l'autre hélicoptère apparut à l'horizon, se déplaçant à une vitesse très inférieure à la normale.

« Comment comptes-tu t'y prendre, Arlin ? demanda le pilote.

— On va se placer à leurs cinq heures. Tu resteras un peu au-dessus, et je te guiderai.

— Tu vas essayer d'avoir le moteur ? »

Schoen secoua la tête. « Il pourrait se mettre en autorotation et se poser. Non, je vais essayer de toucher le moyeu du rotor pour que l'appareil devienne complètement incontrôlable.

— Cette pièce est particulièrement résistante, Arlin. Je ne suis pas sûr que notre puissance de feu soit suffisante.

— D'accord. As-tu une autre idée ? »

Le pilote eut un geste du menton vers l'autre hélicoptère,

qui n'était plus qu'à environ un kilomètre devant eux. « Si j'arrive à coller un de mes patins entre les pales, près du centre, je peux les faire tomber.

— Houla ! Et nous, dans cette histoire ?

— C'est un risque.

— Non. On garde mon plan. Je vais tirer. Rapproche-toi. »

Schoen repartit dans la cabine et ouvrit la portière latérale, s'attachant à une sécurité. Julius, son second, fit de même. Schoen passa la bandoulière de l'Uzi autour de son cou et vérifia la sécurité de l'automatique calibre 45 qu'il avait à la ceinture. Lorsqu'ils furent à moins de cent mètres, il aperçut le pilote par intermittence et se rendit compte, incrédule, que c'était une femme. Ses cheveux châtains volaient autour de sa tête, à cause du courant d'air provoqué par les trous dans le pare-brise, des mèches passant même parfois par la vitre latérale.

Schoen fit signe à son propre pilote de se rapprocher encore, se cala contre le montant de la portière, visa soigneusement la pièce maîtresse du rotor et pressa sur la détente.

Kat sentit une rafale d'impacts via les commandes du Huey et l'écho d'un choc lui parvint par la vitre cassée. Dallas, qui avait aussi senti quelque chose, alla presser son visage contre la vitre de la porte coulissante.

« Il y a un hélicoptère derrière nous ! cria-t-elle. Il nous tire dessus !

— Accrochez-vous ! » ordonna Kat, qui enfonça le palonnier droit, changeant l'angle du rotor de queue. L'appareil vira brutalement à droite, précipitant tous les passagers à gauche.

Leur poursuivant parut soudain remplir toute la surface vitrée, à leur droite ; pris par surprise, le pilote dut faire une manœuvre tout aussi brutale pour éviter la collision.

Kat essaya d'envisager à toute vitesse les différentes possibilités qui lui étaient offertes. Si jamais elle en demandait trop à l'appareil, elle risquait d'en perdre le contrôle — d'autant plus qu'elle était loin d'en maîtriser le maniement.

Une nouvelle rafale de balles vint crépiter contre l'axe du rotor, la forçant à prendre une décision. Elle ramena le manche à elle et engagea le Huey dans un virage serré à gauche, changeant de cap et prenant de l'altitude, ce qui le ralentit.

Elle serra encore un peu plus le virage. Le Huey réagissait bien, les vibrations que le rotor communiquait au contrôle de cycle restant à un niveau normal : elle n'en demandait pas trop.

Elle consulta le badin. Sa vitesse était retombée à trente nœuds et l'appareil commençait à osciller ; le manche devenait mou et de plus en plus capricieux, d'autant plus que les corrections qu'elle tentait d'apporter se faisaient plus nerveuses. Elle essaya de stabiliser son cap en attendant que l'autre hélico atteigne son altitude. Il montait vite. Dès qu'il y fut, elle poussa le contrôle collectif au plancher, ce qui provoqua une dégringolade proche de la chute libre, et son estomac protesta immédiatement devant un tel traitement.

« Hé ! Qu'est-ce que vous nous faites, ma grande ? » ne put s'empêcher de crier Dallas, tandis que l'autre Huey paraissait bondir dans le ciel, son pilote surpris par la soudaineté de la manœuvre.

L'altimètre se dévidait à toute vitesse et, quand il fut à mille pieds, Kat commença à incliner l'appareil vers l'avant pour lui faire prendre de la vitesse, tandis qu'elle relevait le collectif et retrouvait un vol horizontal. Mais elle n'attendit pas un instant de plus pour entamer un nouveau virage serré à droite.

Comme elle s'y était attendue, l'autre pilote avait suivi le mouvement, mais il l'avait dépassée et essayait à présent d'arrêter sa propre descente.

C'est toi qui es vulnérable, maintenant ! pensa Kat, qui fonça droit sur lui en visant exactement le sommet du rotor de l'autre appareil.

J'arrive presque à contrôler parfaitement cet engin ! s'émerveilla-t-elle, ressentant une brève bouffée de soulagement tandis qu'elle passait à moins de vingt mètres au-dessus de son adversaire ; elle vira à gauche pour rester au-dessus de lui pendant qu'il virait à son tour pour la retrouver.

La vitesse horizontale baissait à nouveau et il fallait une fois de plus renoncer aux procédures identiques avion-hélico, pour reprendre celles propres au pilotage d'un hélicoptère. Elle dut se bagarrer pour maintenir l'assiette, mais, tout d'un coup, les commandes ne répondirent plus. Elle se mit à pousser le manche dans tous les sens : on aurait dit qu'elle venait de perdre la capacité qu'elle avait encore, l'instant d'avant, de communier avec cette machine. Le Huey se mit à tanguer de manière anarchique, la vitesse tomba à moins de vingt nœuds tandis qu'elle essayait de l'immobiliser, mais ne réussissait qu'à déraper vers la gauche ou la droite, montant ou descendant par à-coups. Elle dut lutter pour jouer plus modérément des commandes. De la sueur lui coulait sur le front. C'est le moment que choisit l'autre pilote pour se remettre en position d'ouvrir le feu.

Vole, bon Dieu, vole ! gronda-t-elle entre ses dents serrées. Elle jouait en même temps du palonnier, ce qui ne faisait qu'augmenter encore les oscillations et le tournoiement de l'appareil.

L'autre Huey passa sur la droite de Kat, et sa portière gauche, ouverte, devint visible. Tandis qu'elle se démenait comme elle pouvait pour essayer de contrôler les ruades et soubresauts de son hélico, Kat aperçut les deux hommes épauler leurs armes, prêts à lâcher une nouvelle salve lorsqu'ils seraient à portée. Elle avait perdu l'avantage tout aussi vite qu'elle l'avait pris. Elle était redevenue une cible facile ; son altitude était insuffisante pour refaire le coup du plongeon soudain en chute libre, et elle manquait trop de puissance et de savoir-faire pour au contraire grimper brusquement. Son adversaire se rapprochait, le pilote ralentissant sa vitesse de passage pour donner tout leur temps aux tireurs.

Robert McCabe était resté agrippé derrière elle, juste derrière la console centrale. Il éleva soudain la voix. « On va se faire canarder, Kat !

— Je sais.

— Vaudrait peut-être mieux tourner... faire n'importe quoi... »

Elle se contenta de hocher affirmativement la tête ; sa main droite, cependant, retrouvait un minimum de rythme sur le manche. Les mouvements désordonnés se calmèrent et l'appareil acquit un peu de vitesse horizontale ; aussitôt Kat vira à droite et mit le cap directement sur l'autre hélicoptère.

« Euh... je suis pas sûr que ce soit la bonne solution », observa Robert d'une voix étranglée.

Mais elle maintint sa direction sans en dévier d'un degré. Elle put même voir la tête du pilote adverse qui, surpris par

293

la manœuvre, dut changer brusquement de cap pour passer sur leur droite.

Kat tira sèchement le manche à elle, échangeant le peu de vitesse horizontale qu'elle avait acquise contre de l'altitude, tandis que son assaillant passait sous elle.

Une grêle de balles s'abattit de nouveau sur le Huey, le long du côté gauche.

« Maintenant ! » aboya-t-elle, enfonçant le palonnier. L'hélicoptère s'inclina trop brutalement à gauche et donna l'impression de s'immobiliser, tandis qu'elle essayait de passer derrière l'autre.

« Attention, Kat ! » cria Robert.

L'empennage de leurs agresseurs, avec sa petite hélice verticale, s'élevait vers eux à une vitesse effrayante, tandis que leur propre appareil continuait son embardée à gauche, laquelle paraissait ne pas vouloir finir.

« Non ! »

L'impact contre le patin gauche fit violemment vibrer toute la carlingue ; il produisit, pendant quelques secondes, un bruit de scie circulaire entamant du métal, et le Huey roula brutalement sur la droite ; il resta un instant déséquilibré puis retrouva son assiette, ses capacités de vol apparemment intactes. Le patin gauche n'était plus qu'une ferraille tordue, après avoir produit une formidable gerbe d'étincelles.

« Nom de Dieu, Kat ! s'exclama le journaliste, recommençant tout juste à respirer.

— Pas fait exprès », s'excusa-t-elle. Elle fit virer l'appareil à droite et se lança dans une série de dérapages, s'attendant à ce que les autres se placent de manière à ouvrir de nouveau le feu.

Mais sur sa droite, le ciel était vide.

Elle continua de décrire sa boucle et resta médusée lorsque Robert l'agrippa à l'épaule et, de son autre main, lui indiqua un point en dessous de l'appareil.

« Là ! »

« Accrochez-vous ! » avait hurlé le pilote à Arlin Schoen et Julius, tandis qu'il s'escrimait sur les pédales du palonnier secoué de vibrations pour essayer d'interrompre le tournoiement du monde autour d'eux. Il avait complètement repoussé le manche de pas collectif pour entamer une descente dès qu'il avait compris que l'autre pilote, tout inexpérimenté qu'il fût, avait néanmoins réussi à endommager son empennage. Le rotor de queue était de toute évidence gravement touché, car l'appareil vibrait furieusement. Les pales devaient sans doute être encore en place, cependant, et peut-être lui restait-il quelque possibilité de contrôler leur dégringolade.

Après une embardée soudaine, les vibrations cessèrent et le rotor de queue se détacha carrément de son moyeu, le laissant sans aucun moyen de contrôler l'effet de giration. Et effectivement, le Huey se mit à tourner de plus en plus vite autour de son rotor principal. Le pilote essaya tous les trucs du manuel : augmenter la vitesse avant, se mettre en chute libre, réduire brusquement les gaz, mais rien n'y fit. Il perdait la partie, et la jungle montait vers eux très vite, dans une spirale brouillée.

La gerbe de flammes et le nuage de poussière qui suivirent le contact avec le sol traduisaient un impact trop violent pour que quiconque puisse y survivre, estima Kat. Elle maintint une vitesse supérieure à quarante nœuds pendant qu'elle décrivait un grand cercle, à distance respectueuse, autour du bûcher funèbre surmonté de fumée qu'était devenue l'épave.

« Vous pilotez comme un as, Kat ! s'exclama Dallas, venue à son tour s'agripper au siège du pilote.

— Pur coup de chance, oui, répondit-elle. J'ai bien cru que nous étions tous morts.

— Vous les avez eus, Kat, observa Robert d'un ton tranquille, sans quitter des yeux la fumée qui montait de l'appareil accidenté.

— La question n'en demeure pas moins : qui sont-*ils* ? »

Elle dut faire un effort pour quitter l'épave des yeux et se concentrer sur le pilotage, afin de prendre un peu d'altitude. Da Nang ne pouvait pas être à plus d'une quinzaine de kilomètres à l'est, et un plan commençait à s'esquisser dans sa tête. Il y avait néanmoins un petit détail à prendre en compte : auparavant, il lui faudrait atterrir sans les tuer tous.

Au milieu d'un buisson de fougères, d'arbustes et de broussailles, à une vingtaine de mètres de l'épave en feu du

295

Huey, quelque chose bougea. C'est un véritable matelas formé par un entrelacs de branches qui avait amorti la chute du corps projeté par la portière, lorsque l'hélicoptère s'était écrasé et que son empennage avait heurté un tronc.

La silhouette humaine bougea à nouveau et essaya de se lever.

Arlin Schoen se frotta les yeux et regarda autour de lui, entendant s'éloigner un bruit de moteur — celui de l'hélicoptère qu'il avait eu l'intention de détruire. Il recracha un débris végétal, fit l'inventaire de ses membres et évalua sa situation.

27

Aéroport de Da Nang, Viêt Nam
13 novembre — jour deux
18.31 heure locale/1131 zouloue

L'aire de stationnement de l'aéroport de Da Nang était maintenant à moins de huit kilomètres.

Kat plissait fortement les yeux pour distinguer le paysage, gênée par le violent courant d'air provoqué par le trou dans le pare-brise. Elle ralentit la vitesse du Huey autant qu'elle le put et fit signe à Robert de se rapprocher.

« Dites-moi, Robert, avez-vous une idée sur l'identité de ces assassins ?

— Non. Mais un détail vous intéressera peut-être : sur les lieux de l'accident, j'en ai reconnu un. Il faisait partie de l'équipe de gorilles qui a essayé de m'enlever à Hong Kong. »

Sur quoi, le journaliste raconta rapidement les différents événements qui s'étaient déroulés après le crash, y compris la mort affreuse de Susan Tash.

« Mais comme je vous l'ai déjà expliqué, en fin de compte, je ne sais rien. C'est ça qui est ridicule. Ces salopards ont en quelque sorte validé le fait que Walter Carnegie possédait bien des informations essentielles à leurs yeux, mais j'ignore toujours complètement de quoi il s'agit.

— Nous ne disposons pas de tellement de temps, Robert, et il faut que j'essaye de poser ce machin. Mais (elle lui jeta un coup d'œil par-dessus son épaule) ils ont laissé leur avion à Da Nang. »

Dan s'était rapproché pendant le récit de Robert et avait jusqu'ici écouté sans intervenir. Il glissa une main jusqu'au dossier du siège et la posa à tâtons sur l'épaule de Kat. « Je suis Dan Wade, le copilote. Mais vous, qui êtes-vous dans cette affaire ?

— Agent spécial Kat Bronsky, du FBI, capitaine Wade. Désolée, mais nous n'avons guère eu de temps pour faire les présentations, et...

— Ne vous excusez pas ! Vous nous avez sauvé la vie. Il n'y a pas meilleure recommandation. Vous venez de parler d'un avion... de quel type est-il ? Est-ce que ce ne serait pas un Global Express Bombardier, par hasard ? »

Kat se tourna un peu pour essayer de voir le visage de Dan, mais celui-ci se tenait juste derrière elle et cette diversion se traduisit par un début de roulis. Elle reporta son attention sur les commandes pour stabiliser le Huey, et ralentit.

« Oui, c'est un Global Express, capitaine Wade. Je pense qu'il peut s'agir de celui qui a tiré sur votre 747, ou qui l'a saboté. »

Dan garda un bon moment le silence avant de répondre. « C'est effectivement un Global Express qui a décollé juste devant nous, à Hong Kong... Il est sûrement dans le coup. Il y avait peut-être aussi un chasseur, puisqu'un missile est venu exploser devant notre nez...

— D'après l'Air Force, il pourrait s'agir d'une charge au phosphore, destinée à vous aveugler, dit Kat.

— Ouais. Ça tient debout. L'éclat était abominable, insupportable. J'ai tout d'abord pensé à une explosion nucléaire distante, mais étant donné que nous avons subi tout de suite l'onde de choc, il ne pouvait s'agir que d'un missile. »

Da Nang était à présent en vue, à trois kilomètres. Kat sentait monter sa frustration à l'idée que l'obligation de s'occuper de la procédure d'atterrissage l'empêchait de réfléchir à des questions plus essentielles. Elle examina l'aire de stationnement, devant elle, et eut le soulagement d'y apercevoir le Global Express, toujours garé au même endroit. « Nous parlerons de tout ça plus tard. En attendant, j'envisage de leur voler leur appareil ; je le fouillerai et je le ramènerai au pays en tant que preuve.

— Vous... vous êtes capable de ça ? De piloter un jet ? s'étonna Robert.

— Ce sont les hélicoptères que je ne sais pas piloter. Évidemment, je n'ai pas suivi la formation sur Global Express, mais je dois pouvoir le faire voler... avec un petit coup de main. » Elle manœuvra de manière à trouver la bonne combinaison de vitesse et d'inclinaison pour ralentir encore le Huey et continuer de perdre de l'altitude, visant le même endroit qu'elle avait occupé quelques heures auparavant, à une trentaine de mètres du Global Express.

« Attention, tout le monde... Ça risque de secouer sérieusement ! Attachez-vous !

— Voulez-vous que je me mette là ? » demanda Robert en montrant le siège du copilote.

Elle lui jeta un bref coup d'œil et acquiesça. « Oui. Pour le soutien moral, au moins. Attendez ! Regardez tout d'abord sur le côté gauche, pour savoir dans quel état est le patin. Je me demande s'il pourra supporter le poids de cet engin. »

Elle tira légèrement sur le manche à balai, oubliant cependant de modifier l'angle d'attaque des pales — et donc leur portance — à l'aide du manche de pas général, sur sa gauche. Avec moins de puissance appliquée à avancer, l'appareil se mit à remonter rapidement.

Faut pas oublier d'abaisser le manche de pas quand je ralentis comme ça.

Elle procéda à l'ajustement et ils recommencèrent à descendre. La vitesse tomba à moins de trente nœuds, et cette fois-ci elle pensa à contrer, avec les gouvernes de profondeur, la tendance qu'avait le Huey à pivoter sur son axe, tendance d'autant plus forte qu'elle ralentissait.

Robert vint s'asseoir dans le siège du copilote, à gauche. « La partie avant du patin a disparu, mais la partie arrière est encore là, et j'ai l'impression qu'elle tiendra ; elle est toujours solidement fixée au montant arrière.

— S'il ne tient pas, l'hélico va s'incliner à gauche au moment où on se posera et les pales toucheront le sol. »

Ils étaient à présent à moins de trente mètres de leur cible, sur l'aire, avançant toujours à dix nœuds. Kat ramena le manche à balai légèrement en arrière et abaissa un peu plus le manche de pas pour compenser le changement dans la dynamique du vol. Elle se rendit compte qu'elle poussait trop sur le gouvernail de profondeur, et l'appareil tanguait et roulait, tandis qu'elle obligeait le Huey, aussi délicatement que possible, à faire ce qui pouvait passer pour du surplace, tout en continuant à descendre. Ses mouvements étaient beaucoup mieux calculés, mais on sentait que l'hélicoptère dansait encore.

Elle vit le Global Express, juste devant eux, mais aussi autre chose qui lui fit passer un frisson dans le dos : la porte avant du jet était ouverte et l'escalier avait été déployé.

Cette courte perte de concentration fut de trop. Soudain, elle eut l'impression de se trouver aux commandes d'une machine incontrôlable, donnant du manche à droite quand elle aurait dû le donner à gauche, jusqu'au moment où l'appareil se mit à se balancer violemment sur tous ces axes, tandis qu'elle bataillait avec les manches.

« En douceur, toujours en douceur ! lui cria Dan, qui avait tout de suite compris ce qui se passait. Calmement... on *pense* aux contrôles... on n'y touche même pas ! »

Elle se rendit compte qu'elle se tendait. Ses mains tremblaient, en dépit des efforts qu'elle faisait pour se calmer. À la moindre correction sur le manche de pas, soit ils s'élèveraient brusquement, soit ils tomberaient brutalement. Dès qu'elle contrôlait le roulis, c'était le tangage qui reprenait, et quand ce n'était ni l'un ni l'autre, elle partait dans une pirouette à gauche ou à droite ; on se serait cru dans un manège.

Elle haletait mais s'accrochait ; elle estima qu'elle se trouvait à six ou sept mètres du sol et, sans pratiquement bouger le manche à balai, elle s'obligea à simplement *penser* à repousser le manche de pas d'un cheveu.

Obéissant, le Huey commença à descendre très lentement, mais il se mit à dériver vers la droite. *Pense à gauche !* s'ordonna-t-elle. À sa stupéfaction, l'appareil arrêta de dériver. *Trois mètres ! Parfait, continue comme ça...*

Ils se trouvaient à un mètre du point visé et n'avançaient plus du tout. Le Huey tourna lentement sur la gauche sous l'effet de la nouvelle technique qu'elle utilisait, et elle sentit les patins qui touchaient le sol avec une délicatesse surprenante, celui de gauche s'affaissant légèrement avec un balancement vers l'avant.

Puis elle sentit son cœur bondir dans sa poitrine lorsque, soudain, l'hélicoptère plongea en avant et sur la gauche.

L'extrémité des pales descendit vers le tarmac. Instinctivement, elle tira sur le manche de pas, ce qui souleva les pales ; le mouvement de bascule continua encore un peu, puis s'arrêta. Les pales tournoyaient encore sans rencontrer d'obstacle, mais le point le plus bas de leur trajectoire n'était situé qu'à quelques centimètres du sol.

Lentement, Kat repoussa à fond le manche de pas, réduisant la portance à zéro. Puis elle coupa l'alimentation ; le moteur à turbine s'arrêta et les pales ralentirent, puis s'immobilisèrent.

« Ça va ? » lui demanda Robert, qui la voyait haletante, les mains encore crispées sur les commandes, le cou tendu. Elle lui jeta un coup d'œil et un début de sourire vint jouer sur ses lèvres. Elle acquiesça et poussa un soupir de soulagement qui n'en finissait pas.

Une fois le rotor arrêté, Dallas, Graham, Dan, Steve et Pete Phu s'entraidèrent pour négocier le plancher incliné de la cabine et descendre par la portière de gauche. Un formidable craquement ébranla l'appareil, les propulsant en avant : une partie du patin endommagé venait de céder, et l'avant du fuselage reposait maintenant sur le sol.

Une jeep militaire approchait rapidement. Kat déverrouilla la portière du cockpit et sauta au sol, d'où elle fit signe à l'interprète de s'approcher.

« Ce que je vais vous demander est extrêmement important, Pete. Expliquez ce qui s'est passé, que nous avons été attaqués et que le pilote... a été tué. Dites-leur que nous sommes entrés en collision en l'air avec nos agresseurs et que c'est pour cette raison que l'hélicoptère a été endommagé. Mais surtout, surtout, ne leur dites pas que ces agresseurs sont les gens du Global Express, le jet que nous avons inspecté tout à l'heure. D'accord ? »

L'homme acquiesça. « Entendu, pas de problème.

— S'ils veulent nous conduire quelque part pour faire un rapport ou régler des problèmes administratifs, dites-leur que nous le ferons dans une heure, mais pas tout de suite.

— Vous voulez rester ici, sur le parking, pendant une heure ?

— Non. Racontez-leur que le Global Express est notre avion, que nous avons auparavant quelque chose à vérifier à bord. »

Une expression étrange passa sur le visage de l'homme, mais il acquiesça néanmoins une nouvelle fois avant de se tourner vers l'occupant de la jeep, un capitaine de l'armée vietnamienne. Il s'ensuivit des propos vifs, une certaine agitation, pas mal de gesticulations, un examen minutieux du Huey en piteux état ; le capitaine étudia chaque trou de balle et les différentes vitres brisées avant de sortir son walkie-talkie.

« Qu'est-ce qu'il raconte ? voulut savoir Kat.

— Qu'il va falloir faire tout un tas de rapports. Une propriété du gouvernement a subi des dégâts et le pilote est mort. Il veut aussi savoir qui sont ces personnes, ajouta-t-il avec un geste vers le petit groupe des survivants.

— Dites-lui... hésita Kat, essayant de penser à toute vitesse ... dites-lui que ce sont les rescapés de l'accident, que tous sont des citoyens américains et, comme tels, placés sous ma protection. Demandez-lui s'il désire parler de cela avec l'ambassadeur des États-Unis. »

Pete sourit. « À mon avis, il voudra pas. » Il se tourna pour relayer la réponse de Kat ; les sourcils de l'officier se soulevèrent brusquement lorsqu'on lui proposa de vérifier à l'ambassade.

« Non, non, non ! Qu'ils attendent tous ici ! Mon colonel a dit qu'ils devaient tous attendre ici !

— Peuvent-ils aller vérifier quelque chose dans leur avion ? N'oubliez pas que ce sont les hôtes de notre gouvernement. Vous ne voudriez pas que votre colonel ait des ennuis avec les autorités de Hanoi, je suppose ? » ajouta habilement l'interprète.

Le capitaine réfléchit une seconde, jeta un coup d'œil au Global Express et acquiesça. « Très bien. Mais qu'ils attendent dans l'avion. »

Pendant cet échange, Kat s'était rapprochée de Robert et de Dallas pour leur parler à voix basse. « Je vais monter dans le Global Express et essayer de le sécuriser. Je ne sais pas pourquoi il est ouvert, je ne sais pas non plus s'ils n'auraient pas laissé quelqu'un derrière eux. Restez ici, et quand je ferai clignoter les phares d'atterrissage, montez tous à bord. J'ai réussi à gagner un peu de temps avec les autorités locales, mais si on ne fiche pas rapidement le camp d'ici, nous risquons d'y rester coincés pendant je ne sais combien de temps.

— Pourquoi ? demanda Dallas.

— On leur ramène un tas de ferraille et un pilote tué par balles... mais en plus, il y a un responsable, ici, qui a laissé ces criminels garer leur jet sans poser de questions, et qui leur a en plus prêté un hélicoptère hors de prix ; je suis prête à vous parier qu'ils n'ont même pas dû voir la police et la douane, et encore moins exhiber un passeport diplomatique. Ce qui signifie qu'une très forte somme d'argent a changé de mains et que celui qui l'a touchée va être fichtrement nerveux : il se retrouve avec un accident ayant fait plus de deux cents morts, un hélicoptère abattu et un autre endommagé. Je crains qu'il ne prenne des initiatives dangereuses et inconsidérées, profitant de sa position officielle.

— Je comprends, dit Robert, tandis que Dallas acquiesçait.

— Et soyez gentil, vous m'apporterez mon sac de voyage quand vous monterez à bord... je vous le confie. Maintenant, je vais aller prendre quelque chose dans l'hélico. »

Elle alla jusqu'au Huey et subtilisa l'automatique 9 mm au pilote défunt. Elle ouvrit son sac à main, vérifia la présence des menottes en plastique et les plaça de manière à pouvoir les sortir rapidement.

Elle fit des détours tortueux pour couvrir la courte distance qui la séparait du Global Express, afin de ne pas se faire repérer. L'appareil, rare exemplaire de l'un des jets d'affaires les plus impressionnants de la dernière génération, disposait d'un rayon d'action lui permettant de parcourir presque onze mille kilomètres sans refaire le plein. Il était élégamment posé sur son train d'atterrissage et possédait des ailettes d'extrémité de voilure pour diminuer sa consommation. C'était un spectacle curieusement déplacé, sur cet ancien terrain militaire dans un état de semi-abandon qu'était devenu Da Nang, depuis la fin des hostilités.

Le soleil bas sur l'horizon l'obligeant à plisser les yeux, Kat contourna l'appareil de manière à remonter le long du fuselage depuis la queue, et à rester invisible pour quiconque se serait trouvé à l'intérieur. Quand elle fut à la hauteur de l'escalier mobile, elle l'escalada aussi prestement et silencieusement que possible.

Une fois en haut elle s'immobilisa, tendit l'oreille et entendit les ronflements réguliers d'un dormeur, à l'intérieur.

Jetant un bref coup d'œil par la porte qui donnait sur le cockpit, elle aperçut un homme de type occidental affalé dans le siège de droite. Il portait une chemise blanche de pilote.

Elle prit une profonde inspiration pour se maîtriser, vérifia qu'il n'y avait personne derrière elle, puis regarda sur sa droite, vers l'intérieur de la cabine. Ses aménagements, splendides, étaient typiques d'un jet de grand patron, mais il n'y avait personne. Il en montait un arôme raffiné de cuir de luxe.

Elle parcourut la cabine sur toute sa longueur pour aller vérifier les toilettes et la cabine arrière. Tout était vide. Elle enleva alors ses chaussures, vérifia que le cran de sécurité de l'automatique était bien enlevé et repartit vers le cockpit, s'arrêtant dans l'alcôve qui le précédait. En un seul mouvement, elle se pencha sur le pilote et lui plaça le canon de son arme sur la tempe tout en exhibant son badge.

« FBI ! Ne bougez plus ! Pas un mouvement ! »

L'ordre lancé à pleine voix réveilla le pilote en sursaut ; il se redressa brusquement et sa tête alla heurter sèchement le panneau supérieur. Il poussa un cri, voulut se tourner vers sa gauche mais se pétrifia dès qu'il entendit le bruit de culasse du 9 mm. Ses yeux finirent par trouver Kat et il leva les bras en l'air. « D'accord, d'accord ! C'est quoi, cette plaisanterie ?

— Mains au plafond ! Et plus vite que ça ! Appuyez les deux paumes !

— Mais qu'est-ce qui se passe ? Où sont les autres ?

— Comme si vous ne le saviez pas, ordure ! Vous êtes en état d'arrestation pour le meurtre de plus de deux cents civils, entre autres choses.

— Le... le *meurtre*? Mais... je ne suis qu'un simple pilote syndiqué, et...

— Tu parles ! Faites bien attention à ce que je vais vous dire. J'ai la gâchette très, très sensible, en ce moment, et j'aurais toutes les raisons du monde de vous faire sauter la cervelle, espèce de salopard, alors allez-y, le premier prétexte venu sera le bon. Allez-y ! Faites un geste brusque, balancez une vanne... » Le pilote ne dit mot et ne broncha pas. « Très bien, enchaîna la jeune femme. Sans quitter le plafond des mains, vous allez vous lever tout doucement de votre siège,

304

passer encore plus doucement dans l'alcôve et vous mettre à genoux, mains dans le dos.

— Oui, madame ! dit-il avec conviction, hochant vigoureusement la tête. Je vous en prie, faites attention avec la gâchette ! Qu'est-ce qui se passe ? Un problème de rivalité dans le Bureau ? » L'homme avait une quarantaine d'années et paraissait extrêmement nerveux. Il avait le visage en sueur et il écarquillait les yeux, tout en exécutant point par point ce qui lui avait été demandé.

Kat lui passa prestement les menottes et le fouilla avec soin ; puis elle lui prit son portefeuille et le laissa le nez dans la moquette, tandis qu'elle passait à l'avant et faisait un double appel de phare. Elle examina rapidement le contenu du portefeuille, mémorisant le nom qui figurait sur les différents documents.

« Le plein a-t-il été fait ?

— Oui, madame.

— Rayon d'action ?

— Euh... autour de dix mille kilomètres.

— Où deviez-vous conduire les autres, à leur retour ? »

Il essayait de secouer la tête, mais il ne réussit qu'à se frotter le menton contre le sol. « Je... je ne sais pas. Le commandant m'a donné l'ordre de faire le plein de carburant, de café et de glace, et puis d'attendre.

— Vous êtes bien partis de Hong Kong, la nuit dernière ? »

L'homme ne répondit pas, et comme son hésitation se prolongeait, elle lui donna un solide coup de pied. « Répondez à la question.

— Euh... oui. Je ne sais pas si j'ai le droit de vous parler...

— Vous allez répondre à toutes mes questions, vous m'entendez ? Par exemple, avez-vous décollé juste avant un 747 de Meridian Airlines ?

— Je ne m'en souviens pas. »

Nouveau coup de pied, encore plus vigoureux.

« N'oubliez surtout pas, Pollis — si tel est bien votre nom — que je peux décider de vous tuer tout de suite, ici. Votre association préférée des Droits de l'Homme est à dix mille bornes d'ici. Elle ne peut rien pour vous. Vous avez trois secondes pour répondre.

— Écoutez... oui. Probablement.

« — Et pour quelle raison avez-vous arrêté le transpondeur et coupé la route du 747 ?

— Parce qu'il y avait un type aussi vache que vous qui m'a ordonné de la fermer et qui a pris les commandes. Je n'aurais jamais imaginé qu'il voulait s'amuser à faire l'idiot avec un Jumbo. »

Très fort, le coco, pour improviser du roman... devrait écrire, ce type, pensa Kat, s'arrêtant un instant. « Comment s'appellent les hommes qui étaient avec vous ?

— Je... je n'en connais que deux. Celui du chef. Arlin Schoen. Et celui du commandant, Ben Laren.

— Et les autres ?

— Je ne sais pas. Vraiment pas. Pourquoi faites-vous ça, madame ? Je suis de votre bord. »

Il y eut du bruit en provenance de l'extérieur, et Kat vit Dallas et Robert aider les autres à monter l'escalier. Elle leur montra le prisonnier et expliqua la situation. « Enjambez-le, et quand on filera, l'un d'eux lui collera une couverture dessus.

— Excusez-moi, dit Pollis.

— Quoi ? aboya Kat.

— Êtes-vous certifiée pour piloter ce type d'appareil ? Avez-vous un pilote parmi vous ?

— Non. Le pilote, c'est moi. Et tout ce que je sais piloter, ce sont les petits Cessna, lui répliqua Kat, observant sa réaction. Formation sur le tas.

— Euh... écoutez... si vous avez l'intention de... de... partir avec moi à bord, laissez-moi au moins vous aider. Je ne tiens pas à me faire descendre, mais je ne tiens pas non plus à crever dans un accident d'avion... »

La chaussure droite de Dan entra violemment en collision avec les côtes du pilote. Sans rien voir, il avait visé juste. L'homme resta un instant le souffle coupé puis poussa un cri. « Quoi ? Qu'est-ce que j'ai fait ? » gémit-il entre deux halètements.

Dan se pencha, guidé par la voix, et lui releva sèchement la tête en l'agrippant par les cheveux. Il lui parla à quelques millimètres de l'oreille. « Je suis le copilote du vol Meridian 5, ordure, assassin ! Toi et tes acolytes, vous avez tué mon commandant, vous m'avez probablement rendu aveugle pour la vie et vous avez massacré plus de deux cents passagers et membres d'équipage, dont certains étaient de vieux amis. Je vais te dire un truc : t'as pas à t'inquiéter d'un accident d'avion, parce que tu n'arriveras jamais vivant dans une prison. Je t'aurai mis en pièces avant. »

Le pilote menotté écarquillait plus que jamais les yeux, au comble de la peur. « Mais je n'ai tué personne ! On m'a juste engagé pour faire ce vol et ensuite... ils ont fait quelque chose là-derrière, je ne sais pas quoi. »

Dan laissa brutalement retomber la tête du pilote. « Quand nous serons en l'air, je vais prendre un canif et commencer à t'enlever les bijoux de famille un par un jusqu'à ce que j'aie la vérité. »

Dallas plaça une main ferme sur le bras du copilote et lui parla à l'oreille. « J'ai autant envie que vous de le descendre, Dan, mais ce n'est probablement pas ce que vous avez de mieux à faire, en particulier en présence d'un agent du FBI — vous voyez ce que je veux dire ? Ce sont des témoins dont l'honnêteté peut faire des ravages, pour expliquer comment quelqu'un s'est retrouvé en morceaux dans des sacs en plastique. »

Pendant ce temps-là, Kat étudiait le tableau de bord. Robert se pencha vers elle. « C'est vrai que vous ne savez piloter que les petits Cessna ? »

Elle secoua la tête. « En réalité, je suis certifiée sur les Learjet et les Cessna Citation, mais pas pour piloter des appareils aussi récents et compliqués. »

Il laissa échapper un soupir et sourit. « J'espérais bien que vous alliez me dire quelque chose dans ce genre. Je ne vous cacherai pas que j'en ai plus que largement soupé, des formations qui se font sur le tas. »

28

*À bord du Global Express N22Z, en vol, au-dessus de Da Nang,
Viêt Nam
13 novembre — jour deux
18.56 heure locale/1156 zouloue*

Il y eut une certaine agitation vers l'arrière de la cabine, et
lorsque Dallas se retourna, elle vit Robert émerger de derrière un rideau, tenant une grande boîte métallique à la
main.

« Regardez ce que j'ai trouvé ! » dit-il en la posant sur le
sol pour l'ouvrir. Il en retira un objet apparemment pesant,
qui faisait penser à deux petits réservoirs de plongée sous-
marine, et sur lequel on aurait monté un viseur télescopique
et un panneau comportant des instruments de contrôle à
cristaux liquides. Il le manipula et découvrit une ouverture à
une extrémité, une poignée à une autre.

« Qu'est-ce que c'est que ce truc ? demanda Dallas.

— Aucune idée. » Le journaliste s'avança jusqu'au prisonnier, lui releva la tête et pointa l'engin sur lui. L'homme
n'eut aucun mouvement de recul.

« C'est quoi, ce machin ?

— Je ne sais pas — vraiment, ajouta hâtivement le pilote.

— Dans ce cas, vous permettez que je vous tire dessus
avec ?

— Écoutez, mon vieux, je suis de toutes les façons un mort
en sursis, si j'ai bien compris. Vous voulez que je vous dise ?

Vous me paraissez une belle bande de cinglés, tous tant que vous êtes. Pour commencer, je suis engagé par des types contre lesquels vous paraissez avoir une dent, et pour finir je tombe entre les mains d'une équipe de paranos sortie tout droit de l'enfer. Faites ce que vous voulez. C'est la première fois que je vois ce truc. »

Kat venait de réapparaître. « Est-ce que vous étiez commandant de bord ou copilote, Pollis ?

— Copilote. Mais je suis qualifié pour être commandant sur cet appareil. »

Kat exhiba un couteau et coupa les menottes en plastique qui le retenaient. « Eh bien, vous voilà promu. Mr McCabe, ici présent, va garder un pistolet à la main, avec ordre de vous abattre au moindre geste suspect — c'est clair ?

— Oui, madame.

— Levez-vous, allez vous asseoir dans le siège de gauche et lancez les moteurs. Ne *touchez* pas à la radio, ne *mettez* pas vos écouteurs. »

Elle répéta ses instructions à Robert et lui confia l'automatique 9 mm.

« Ah, un dernier détail, Pollis. Comprenez bien que je suis capable de piloter cet appareil sans vous, alors n'allez surtout pas vous imaginer que vous êtes indispensable.

— Euh... agent Bronsky ? l'appela Steve Delaney qui, depuis un moment, regardait par un hublot sur la gauche de l'appareil.

— Tu peux m'appeler Kat, Steve. »

L'adolescent acquiesça. « Il y a des véhicules et des soldats avec des fusils qui viennent d'arriver, Kat.

— Qu'est-ce qu'ils font ?

— Pour l'instant, ils ont l'air de discuter entre eux et font des gestes dans notre direction.

— Ce qui signifie que même dans le meilleur des cas, nous ne disposons que de quelques minutes. » Elle regarda les autres. « Attachez-vous. On fiche le camp d'ici. »

Elle alla jusqu'à l'entrée pour remercier et saluer Pete, qui attendait au bas des marches. Puis elle remonta l'escalier, verrouilla la porte et retourna dans le cockpit, où elle se glissa dans le siège du copilote. Pollis avait déjà commencé à égrener la *check-list.* Il fit démarrer le générateur auxiliaire et brancha l'électricité, continuant sa lecture à haute voix, puis il lança le moteur gauche.

Kat ajusta les écouteurs sur sa tête et vérifia la fréquence de la tour de Da Nang sur la planchette encore clippée sur le manche à balai. Elle composa la fréquence et enfonça le bouton de transmission. « Da Nang sol, ici Global Express N22Z. »

Il y eut une courte hésitation, puis une voix nasale et haut perchée répondit, dans un anglais laborieux.

« Nous devons faire un essai moteur et train pour des raisons de maintenance, enchaîna Kat. Nous allons démarrer les moteurs. Demandons l'autorisation de rouler jusqu'en bout de piste et de revenir sur cet emplacement. »

Le contrôleur répondit d'un ton légèrement plus assuré. « N22Z... demande acceptée... essai moteur... Autorisation de rouler jusqu'en bout de piste.

— Bien compris. »

Le moteur gauche tournait au ralenti tandis que le droit commençait à monter dans les tours.

« Dès que vous êtes prêt, Pollis, roulez jusqu'à l'extrémité sud de la piste. »

Le pilote acquiesça.

« Steve, lança Kat par-dessus son épaule. Regarde ce que fabrique notre escorte, tu veux bien ? »

Il y eut un petit moment de silence, puis la réponse du jeune homme lui parvint. « Ils nous suivent... Il y a trois jeeps pleines d'hommes... des soldats, on dirait. »

Ils étaient sur le point de rejoindre l'extrémité de la piste, et Kat s'assura qu'il n'y avait aucun appareil sur le point d'atterrir avant d'ordonner à Pollis d'aller y prendre position, puis de faire rapidement pivoter le Global Express à 180 degrés pour faire face aux jeeps ; celles-ci s'arrêtèrent aussitôt.

« Mettez les freins de parking... non ! Poussez les gaz à fond et foncez sur les jeeps jusqu'à ce qu'elles se soient écartées. »

Le pilote exécuta docilement la manœuvre et Kat eut la satisfaction de voir les trois jeeps faire un demi-tour précipité pour aller se réfugier à distance respectueuse.

« Parfait. Continuez votre check-list. Dès que c'est fini,

tournez rapidement et engagez-vous sur la piste, en un seul mouvement. Compris ? »

Pollis répondit d'un hochement de tête tout en poursuivant la récitation de sa liste. « Vous êtes prête ? demanda-t-il enfin.

— Allez-y ! »

Il poussa la commande des gaz et commença à s'éloigner de la piste de quelques mètres, attendant que les jeeps fassent mouvement dans la même direction.

« La piste est-elle bien dégagée sur la droite ? demanda-t-il.

— Oui, répondit Kat avant que Robert ait seulement eu le temps de vérifier. Il y a bien une voiture de pompiers garée sur la voie de circulation, à mi-piste, mais elle n'est pas gênante. »

Pollis fit brusquement pivoter le Global Express.

« On y va ! dit Kat en appuyant sur TRANSMISSION. Da Nang ? Nous avons besoin de faire un nouveau passage pour essai moteurs. Demandons autorisation.

— Accordée. »

D'un mouvement sec de la main gauche, Kat fit signe au pilote d'aligner l'appareil sur la piste de décollage. Elle surveillait attentivement tous ses gestes. « Très bien. Mettez les gaz. On décolle... et n'oubliez pas qu'il y a un pistolet braqué sur votre tête, Pollis. »

Le Global Express commença à accélérer. Pollis brancha l'automanette et Kat put voir les deux commandes des gaz se déplacer jusqu'à la position de poussée maximum.

« Les jeeps nous suivent sur la gauche, Kat. Je crois qu'elles vont essayer de se placer devant nous, l'avertit Robert. Ah, et le camion de pompiers commence à avancer, lui aussi !

— Allons-y », ordonna Kat. L'avion se mit à prendre de la vitesse.

« Ces abrutis sont capables de nous tirer dessus ! » observa Pollis avec une certaine anxiété dans la voix.

Kat consulta l'indicateur de vitesse, sur le tableau de bord électronique. Ils venaient de dépasser cent nœuds et s'approchaient des cent trente-cinq nœuds, la vitesse de décollage.

« Les jeeps se dégonflent, signala Robert.

— Ils nous tirent dessus ?

— Pas encore, en tout cas », répondit le journaliste qui,

311

penché sur la vitre latérale du pilote, essayait de deviner ce que les soldats allaient faire.

Cent dix ! se dit-elle, tandis qu'elle suivait des yeux le véhicule des pompiers. Le camion fonçait vers la bretelle de raccordement à la piste la plus proche.

« Il va arriver avant nous ! » s'écria Pollis.

Le Global Express avait beau accélérer, il n'allait pas assez vite. Le camion paraissait manifestement avoir l'intention de venir se placer sur leur trajectoire, au centre de la piste.

Cent vingt.

« Euh, Kat... commença Robert.

— Je crois qu'il vaudrait mieux tout arrêter », dit Pollis. À sa grande stupéfaction, il vit la main de Kat se poser sur la sienne pour l'empêcher de couper les gaz.

« N'y pensez même pas ! Continuez ! ordonna-t-elle sans cesser un instant d'observer l'indicateur de vitesse.

— Je ne blague pas, agent Bronsky... on ne va jamais y arriver !

— CONTINUEZ ! » aboya-t-elle.

Le camion de pompiers avait atteint le bord de la piste et se déplaçait à quelque chose comme 50 kilomètres heure ; tout d'un coup, la portière du véhicule s'ouvrit et le chauffeur sauta sur le tarmac, ayant donné suffisamment d'élan à son véhicule pour que celui-ci roule tout seul jusqu'au centre de la piste.

« Kat... KAT ! » s'étrangla Robert.

Le camion n'était plus qu'à environ six ou sept cents mètres devant eux et ralentissait ; mais il ne s'en trouvait pas moins sur leur passage, même s'ils tentaient de passer le plus à droite possible.

« On ne va jamais y arriver ! cria Pollis, dont l'inquiétude n'était pas feinte.

— Si ! Calmez-vous ! Je vous donnerai le top cabrage... *Cent trente, ça doit suffire...* C'est bon, cabrez ! »

Pollis tira sur le manche et le nez de l'appareil se redressa rapidement de dix degrés, mais les roues principales restèrent en contact avec la piste.

Le camion était toujours sur leur trajectoire, à moins de deux cents mètres d'eux, l'avion fonçant sur lui à quelque chose comme soixante-six mètres par seconde. Kat empoigna le manche qui se trouvait de son côté et fit cabrer encore plus l'appareil lourdement chargé ; mais il se mit néanmoins à monter. Simultanément, elle plaça la commande du train en position RENTRÉ.

Le camion de pompiers disparut sous le nez de l'appareil qui continuait d'accélérer ; les deux groupes latéraux du train remontèrent en direction de leurs logements respectifs et avaient fait à peu près la moitié du trajet au moment où l'avion passait au-dessus du véhicule, à présent pratiquement à l'arrêt. Les roues, encore à quarante-cinq degrés, passèrent à trente centimètres du camion, mais la queue de l'appareil cabré heurta violemment la carrosserie rouge, secouant toute la cabine avec un bruit métallique assourdissant qui réduisit tout le monde au silence.

La voix de Pollis s'éleva lorsque l'angle du cabré dépassa vingt-cinq degrés. « Houla ! C'est beaucoup trop ! » Il poussa sur le manche et réduisit la pente longitudinale. « Il ne faut pas dépasser dix-huit degrés », expliqua-t-il. Une fois l'angle de la pente réglé, Kat s'autorisa à respirer de nouveau. L'avion montait rapidement, à la vitesse satisfaisante de cent quatre-vingts nœuds.

« Nous l'avons touché, n'est-ce pas ? » demanda Robert d'une voix tendue.

Kat acquiesça. « Oui, mais tout paraît normal. Les sensations sont bonnes.

— Sauf mon rythme cardiaque, commenta le journaliste.

— Volets rentrés, dit le pilote.

— Volets rentrés », répéta Kat, dont la main tremblait légèrement lorsqu'elle se posa sur la console centrale afin de placer le levier en position. « Très bien, virez à droite, Pollis, reprit-elle. Nous allons contourner cette colline. Prenez de la vitesse et restez à basse altitude. »

Le pilote entama un virage serré pour passer juste au nord de la colline, cap à l'est, à un taux de montée minimal pour prendre de la vitesse. Arrivé à trois cents nœuds, il réduisit les gaz et recommença à prendre de l'altitude.

« Où est la commande du transpondeur ? demanda Kat.

— Ici, répondit-il avec un geste de la main. Je le branche ?

— Non. Je voulais être sûre qu'il était coupé. » De la main, elle vérifia que la commande était bien sur la bonne position. « Très bien. Et maintenant, Pollis, vous allez régler le système de navigation de manière à mettre le cap sur Guam, en m'expliquant exactement ce que vous faites. Compris ?

— Comme vous voudrez, madame. Cependant... vous tenez à vous passer des autorisations de vol ? Certains pays prennent ça vraiment très mal, vous savez... »

Elle lui jeta un regard venimeux. « Quand je voudrai avoir votre opinion sur ma stratégie, je vous la demanderai, c'est clair ? En attendant, faites ce que je vous dis, un point c'est tout. »

Il se tourna un instant vers elle. « Je sais bien que vous n'en avez rien à faire, agent Bronsky, mais ne pouvez-vous pas au moins *envisager* un instant que je vous dis la vérité ? J'ai simplement été engagé comme copilote pour ce voyage et je n'avais pas la moindre idée, je vous le jure, de ce qu'ils faisaient. Je ne sais même pas où ils ont loué cet appareil, étant donné que je doute fort qu'il appartienne au Bureau. »

Kat lui jeta un regard intrigué. « Qu'est-ce que vous racontez, le Bureau ?

— Le FBI.

— Quoi ? s'exclama Kat, une expression peinée se peignant sur son visage.

— Vous êtes bien un agent du FBI comme eux, non ? »

Kat secoua la tête pour s'éclaircir les idées. De son côté, Robert se penchait vers le pilote, comme pour vérifier si l'homme était sérieux.

« OK, Pollis, dit-elle. Si j'ai bien compris, vous essayez de me faire croire que les types qui vous ont engagé pour ce vol se sont présentés comme étant des agents du FBI ?

— Vous voulez dire.... Ce n'était pas vrai ? » s'étonna le pilote avec une expression de pure stupéfaction sur les traits.

Ce type est vraiment un grand acteur ! pensa Kat. Le pilote écarquillait les yeux, et sa voix trembla légèrement lorsqu'il enchaîna. « Je... écoutez, madame, ils m'ont dit qu'ils étaient du FBI. Ils avaient des plaques d'identité, exactement comme la vôtre. »

La main gauche de McCabe vint brutalement empoigner le col de Pollis et serra, tandis que le pilote se débattait pour maintenir le cap de l'avion. « Hé, vous voulez qu'on se casse la figure ?

— Ça vous a pris combien de temps, gronda le journaliste, pour mettre au point cette histoire à dormir debout ? (Il adopta un ton de voix geignard.) Si on se fait prendre, je raconterai que j'ai été engagé par le FBI !

— Mais c'est la vérité ! protesta Pollis. Chaque fois que j'ai voulu savoir ce qu'ils faisaient, leur patron m'a envoyé paître en me disant que j'interférais avec une opération fédérale. »

Robert serra le col un peu plus et secoua le pilote. « Et maintenant, la véritable histoire, ordure ! Pour qui travailles-tu vraiment ?

— Je vous l'ai dit... Je croyais que c'était le FBI. Ce n'étaient pas des agents fédéraux ? »

Kat surveillait les instruments, parcourant de temps en temps le ciel des yeux, devant eux. Elle savait que ce mensonge ne méritait même pas qu'on y réponde, mais elle ne put s'en empêcher. « Quoi que vous pensiez, Pollis, et qui que vous soyez vous-même, sachez que les agents du FBI ne mènent pas des opérations clandestines n'importe où dans le monde pour déstabiliser des gouvernements, et que nous ne descendons pas les appareils commerciaux. »

29

Quartier général du FBI, Washington DC
13 novembre — jour deux
08.00 heure locale/1300 zouloue

Jake Rhoades s'était endormi à peine deux heures avant, sur le canapé de son bureau, lorsqu'il fut tiré d'un profond sommeil par un appel de Kat Bronsky.

« Je dois avouer que je répugne fortement à vous le demander, Kat, mais dans quel foutu merdier avez-vous été vous fourrer ? demanda-t-il tout en essayant d'ajuster sa vision au plafonnier que son assistant venait juste d'allumer.

— Qu'est-ce que vous croyez, Jake ? Que je faisais le tour des monuments de Hanoi ? répliqua-t-elle, légèrement blessée.

— J'étais inquiet, voilà tout... Cela fait des heures que j'attends cet appel. Vous en êtes où ?

— Beaucoup de boulot de fait, patron. Pour me résumer, j'ai récupéré cinq survivants, dont Mr McCabe et le copilote, non sans nous être fait canarder par les mêmes personnes, à mon avis, qui ont atterri à Da Nang dans le Global Express.

— Et maintenant, où êtes-vous ?

— À bord de ce même Global Express. Nous venons de quitter Da Nang... et le Viêt Nam. »

Jake changea le combiné d'oreille. « Quoi ?

— C'est une longue histoire, Jake. » Elle lui raconta alors les détails de la mission de secours, et l'embuscade qui leur avait été tendue. « Notre pilote vietnamien a été tué juste

316

avant le décollage, et ça s'est terminé par une collision en vol avec l'hélicoptère de nos assaillants.

— Mais comment est-ce arrivé ?

— J'ai fait une fausse manœuvre et je lui suis rentrée dedans.

— Vous... vous l'avez heurté ? Vous pilotiez l'hélicoptère ? Mais comment ça ?

— Nous étions un peu à court de pilotes d'hélicoptère et les balles pleuvaient.

— J'ignorais que vous saviez piloter un hélicoptère, Kat.

— Moi aussi. C'est marrant ce qu'on arrive à faire, quand des types vous tirent dessus avec des fusils d'assaut.

— Je savais que vous aviez votre licence de pilote, mais...

— En fait, j'ai fait quelques heures de formation sur hélico, l'an dernier. Bref, les types qui cherchaient à nous tuer nous ont poursuivis et ont continué à nous tirer dessus jusqu'à la collision — mais c'est eux qui se sont écrasés. J'ai eu l'impression qu'il n'y avait pas de survivants.

— Si bien que vous êtes revenue à Da Nang et que vous leur avez barboté leur avion.

— Exact. Le Global Express N22Z, même si ce n'est sûrement pas son immatriculation officielle. C'est de l'appareil que je vous appelle, en ce moment. Mais il y a plus.

— C'est bien ce que je redoutais, dit Jake en se frottant le front.

— Ils avaient laissé le copilote pour garder l'avion. Je l'ai fait prisonnier. C'est d'ailleurs lui qui est aux commandes, sous bonne garde. L'un des rescapés est dans le cockpit avec lui et lui pointe un automatique sur la tête. » Elle lui donna ensuite le nom du pilote et des deux hommes qu'il avait identifiés.

« Quoi, c'est votre prisonnier qui pilote ? Non, attendez, ne m'expliquez pas !

— C'est compliqué. En dehors de ces deux noms, il ne nous a rien dit qui soit exploitable. Vous devez aussi savoir que j'ai choisi de quitter Da Nang sans autorisation de décollage, ce qui pourrait entraîner des problèmes diplomatiques. Et qu'en ce moment même nous volons en direction de la base aérienne Anderson, sur Guam. Je vais avoir besoin de pas mal d'aide, là-bas. »

Jake s'était mis à prendre des notes à toute vitesse. « Vous

317

avez été fichtrement occupée, dit-il en se laissant tomber dans son fauteuil. Je suis fou de joie que vous ayez récupéré les rescapés, mais je n'arrive pas à croire que vous ayez subtilisé ce jet.

— Hé, patron, je suis un agent des forces de police fédérale qui n'a fait que son devoir, récupérer un bien volé. »

Rhoades réfléchit un instant. « Ma foi, c'est vrai. »

Elle lui raconta alors comment le pilote du Global Express lui avait affirmé qu'il croyait avoir été engagé par le FBI.

« C'est absurde ! fut la réaction de Jake.

— Je le sais bien, mais il prétend qu'ils lui ont montré leur plaque et, franchement, je me demande si on ne doit pas le croire. » Elle lui donna alors les numéros de passeport, de permis de conduire et de brevet de pilote de Pollis. « Les photos d'identité correspondent parfaitement à sa tête, que cela prouve ou non quelque chose. Je tiens avant tout à le remettre aux nôtres, à Guam, et qu'il soit inculpé de tellement de chefs d'accusation qu'il restera bouclé jusqu'à la prochaine période glaciaire. Il faut aussi le protéger d'éventuels assassins qui chercheraient à le faire taire.

— Je crois que nous pouvons nous occuper de tout cela. Restez en ligne. » Deux agents étaient de service dans le bureau de Jake. Celui-ci leur fit signe de s'approcher et déchira la feuille sur laquelle il avait pris ses notes. « Faites-moi une vérification d'identité et sortez les gens de la FAA du lit ; qu'ils procèdent à une vérification complète des antécédents de ce type en tant que pilote. Et joignez le responsable de nos services à Guam. »

Jake reprit le combiné. « Au fait, Kat, nous avons vérifié le numéro de série de l'appareil sur lequel vous volez.

— Ah ? N'allez pas me dire que c'est l'avion personnel de Warren Buffet ou de Ross Perot !

— Presque. Il est flambant neuf et appartient à une société de Dallas. Il se trouvait stationné à San Antonio pour recevoir un appareillage électronique spécial, mais il a disparu de là-bas il y a huit jours. L'entreprise de San Antonio a tout d'abord cru que son client avait repris l'appareil plus tôt que prévu. C'est peu de dire qu'ils sont aux cent coups. C'est une machine qui vaut plus de quarante millions de dollars.

— Bon sang ! Ça fait un paquet. » Puis Kat reprit, d'un

ton plus bas et plus sérieux : « On a trouvé dans l'avion un objet qui est peut-être la clef de tout ce mystère, Jake.

— Et quoi donc ?

— J'ignore de quoi il s'agit, mais je vais vous le décrire. » Elle fit de son mieux pour expliquer l'aspect de l'étrange appareil trouvé par Robert.

« Deux petits réservoirs, dites-vous ? Aucune idée de leur contenu ?

— Non, aucune. Mais il y a une ouverture d'un côté et un viseur télescopique ; cet engin tire donc quelque chose, et étant donné qu'il n'y a aucune écoutille particulière sur cet avion, ce quelque chose doit passer à travers un hublot. Vous avez dit que d'après l'Air Force, il pourrait s'agir d'une bombe au phosphore guidée par un indicateur de cible à laser.

— Exact.

— Mon hypothèse est que nous avons trouvé cet indicateur de cible, le truc qui imprime une marque au laser pour qu'on puisse tirer un missile. Je n'en ai jamais vu, mais ça correspond à la description.

— L'appareil n'a pas de numéro de série, une identification quelconque ?

— Pas de marque de fabricant, mais tout un tas de chiffres et quelques instructions mystérieuses.

— En quelle langue ?

— Vous êtes sûr de vouloir le savoir ? Dans quelle mesure la ligne sur laquelle nous parlons est-elle sécurisée ?

— Elle est numérique, répondit Jake, mais elle est commerciale et donc non codée. En principe, on ne devrait rien mentionner de ce qui est classé secret ou secret-défense.

— Je m'y attendais. Très bien. Je vais juste vous dire ceci : il y a bien des inscriptions sur ce bidule, mais c'est quelqu'un situé beaucoup plus haut que vous dans la hiérarchie qui devra en déterminer les implications.

— Allez-y, dites-moi tout, Kat. Le temps est un élément trop critique, dans cette affaire.

— Très bien. Elles sont en anglais, Jake. Je ne sais pas à quoi sert cet engin, mais il a l'air fichtrement américain, il a l'air fichtrement militaire et il a l'air d'être de la haute technologie. Pas d'un bricolage sorti d'une arrière-boutique. »

319

Il y eut un long soupir en provenance de Washington. « Vous confirmez mes pires craintes.

— Nous ne savons toujours pas d'où a été tiré ce missile, mais le copilote du Meridian m'a confirmé que l'explosion a très bien pu être du phosphore. Un dernier point, avant de nous séparer. Je peux vous affirmer que cette organisation est diablement efficace, qu'elle dispose de fonds énormes et qu'elle est très déterminée. Pourrais-je le prouver devant un tribunal ? Non. Pas encore. Cette conclusion se fonde trop, pour l'instant, sur des intuitions et des extrapolations. Mais à moins qu'ils n'aient déjà fait part de leurs exigences, je crains que nous ne perdions encore un ou deux appareils de ligne. Il nous reste quelques inconnues à résoudre pour boucler cette affaire ; en particulier, découvrir d'où provenaient les missiles et ce qui est exactement arrivé au SeaAir.

— Ce n'est pas ce que pense le NTSB, Kat. Ils ont l'impression que la source qui a aveuglé les pilotes du SeaAir était différente et ils savent, d'après l'épave, que l'appareil n'a pas été détruit par un missile explosif.

— C'est peut-être simplement parce que les autres ont changé de tactique ; mais quoi que veuille cette organisation, ils ne l'ont pas encore obtenu ; sinon, ils n'auraient pas eu recours à des moyens aussi extrêmes pour faire taire une source potentielle de fuite comme Robert McCabe.

— Je vois.

— L'Air Force pourrait peut-être envoyer un SR-71 à Anderson pour prendre l'engin que nous avons trouvé, aux fins d'analyse. C'est pour cette raison que j'ai pensé à Guam, Jake.

— Bien reçu.

— Oh, encore une chose. Est-ce que quelqu'un de chez nous ne pourrait pas rencontrer l'enquêteur chargé de l'accident du SeaAir et voir si les restes des pilotes permettent de vérifier l'état de leurs rétines ?

— De quoi ?

— Je ne suis pas médecin, mais il est sans doute possible de regarder si leurs rétines n'ont pas subi de dommages. En d'autres termes, un traumatisme par exposition à une source lumineuse intense. Dans ce cas, il y aurait un lien évident entre les deux accidents. »

Kat donna ensuite à Jake l'heure estimée de leur arrivée et

lui demanda que des dispositions soient prises pour que Dan puisse être aussitôt examiné par un ophtalmologue. Puis elle coupa la communication, replia l'antenne et alla reprendre sa place dans le cockpit.

Ils volaient à 42 000 pieds, une altitude anormalement élevée, afin de ne pas croiser la route de vols commerciaux réguliers. « Nous sommes probablement invisibles pour tout le monde, sauf pour les satellites de surveillance, avait-elle expliqué à Robert hors de portée des oreilles de Pollis. C'est Dan qui m'a dit comment il fallait faire. Au pire, nous sommes une espèce de cible fantôme qui apparaît et disparaît sur les écrans radar. »

Elle parcourut des yeux les instruments de bord et le tableau des indicateurs électroniques de vol donnant le cap, l'itinéraire programmé et la destination ; puis elle vérifia à nouveau les réserves de carburant. Ils en avaient plus que suffisamment pour rallier la base aérienne Anderson, à Guam, et même pour se rendre jusqu'à Honolulu. Mais la Côte Ouest des États-Unis était hors de portée.

Vingt minutes auparavant, Dallas était venue raconter à Kat les détails de ce qui s'était passé dans le cockpit du Meridian 5, ainsi que l'assassinat de Susan Tash et l'effroyable sort qu'avait subi Britta Franz, dont Kat se souvenait.

Soudain, un signal électronique se déclencha quelque part dans la cabine, et Dallas revint jusqu'au poste de pilotage.

« Excusez-moi, Kat, mais un téléphone sonne, là-derrière, et je me demandais si vous vouliez ou non répondre, vu que cet appareil ne nous appartient pas.

— Où ça, là-derrière ?

— À peu près au milieu de la cabine. Si vous voulez, je peux m'asseoir ici et surveiller que tout se passe bien, pendant ce temps. » Dallas sentit son estomac se soulever à l'idée de recommencer le calvaire qu'elle avait vécu dans le cockpit du Meridian.

« Vous sentez-vous capable de... après tout ce que vous avez vécu ? »

La Noire sourit et acquiesça. « Je suis engourdie, comme assommée. Mais ça ira... tant que vous ne sauterez pas en parachute, bien sûr. »

Kat n'eut qu'une seconde d'hésitation. Elle détacha sa

ceinture, se demandant si le téléphone allait sonner assez longtemps.

L'appareil était un modèle satellitaire dernier cri. On pouvait le joindre de partout sur la planète, même si c'était à un prix exorbitant. Elle eut un nouveau mouvement d'hésitation lorsqu'elle tendit la main vers le combiné, perplexe sur la manière dont elle allait répondre à la personne inconnue, à l'autre bout de la ligne. Il pouvait s'agir des véritables propriétaires de l'appareil, ou peut-être de Jake, voire même d'un faux numéro, se dit-elle.

« Oui ?

— On est à Da Nang un jour, le lendemain à Guam... n'est-ce pas, agent Bronsky ? » Une voix masculine, venimeuse, glaçante, s'exprimant avec le laconisme d'une condamnation à mort. Un ton lent, menaçant, définitif.

« Qui est à l'appareil ? demanda-t-elle, s'efforçant d'avoir l'air de maîtriser la situation.

— Eh bien... disons quelqu'un qui n'apprécie pas l'intervention d'une chienne dans son jeu de quilles. Ou quelqu'un qui envisage de remettre les pendules à l'heure.

— Qui êtes-vous ? Que voulez-vous ? » Elle avait parlé d'un ton aussi calme que possible, mais le timbre chargé de férocité froide et dépourvu de toute émotion de son interlocuteur lui faisait passer des frissons dans le dos.

C'est d'un geste délibéré, sans se presser, que l'inconnu raccrocha, dans un bruit qui rappelait le craquement du cuir ; elle eut l'impression qu'il s'enfonçait tranquillement dans quelque fauteuil luxueux, reposant avec soin le combiné sur son berceau — le numéro d'un homme contrôlant totalement la situation et tenant à le faire savoir.

Lorsqu'elle releva la tête, Kat rencontra les yeux chargés d'interrogation de Robert, qui avait confié le pilote à la garde de Dallas et était venu la rejoindre. Elle baissa la main pour lui cacher le fait qu'elle tremblait et lui sourit.

« J'ai l'impression que le cerveau de l'affaire n'apprécie pas nos interférences dans ses plans.

— Qu'est-ce qu'il vous a dit, Kat ? De qui s'agit-il ? C'était un homme ? »

Elle acquiesça. « Oh, que oui... je crois que c'est la voix la plus effrayante et la plus douce que j'aie jamais entendue.

— Mais qu'est-ce qu'il a dit ? insista le journaliste.

« — Qu'il était très fâché et que nous sommes morts si nous atterrissons à Guam.

— Il sait déjà que nous allons à Guam ?

— Oui, il l'a dit sur le mode de la plaisanterie : "Un jour à Da Nang, le lendemain à Guam."

— Mais comment a-t-il pu savoir que nous voulions aller là ? » demanda Robert dont le haussement de sourcils trahissait la stupéfaction.

Kat en eut légèrement le tournis. *Oui, comment, en effet ?* Elle n'avait pris sa décision qu'après le décollage. Elle n'y avait même pas pensé avant ! Son regard se tourna vers le cockpit. « Qui surveille Pollis ?

— Dallas. J'ai gardé l'automatique.

— Vous n'avez pas quitté le prisonnier des yeux un seul instant, n'est-ce pas ?

— Pas un seul. Et croyez-moi, elle le surveille aussi attentivement que moi. Je sais ce que vous pensez, mais il n'a absolument pas pu communiquer.

— Alors c'est de la déduction pure et simple.

— Quoi ?

— Guam est aujourd'hui la seule et unique base américaine qui ne soit pas trop loin du Viêt Nam. Il n'a fait que le supposer, mais je me demande si je n'ai pas confirmé son hypothèse sans le vouloir.

— Oui, mais c'est tout de même une base militaire. Comment pourrait-il l'infiltrer aussi vite ? »

Kat secoua la tête. « Aucune idée. Ils ne peuvent cependant pas être partout à la fois. S'il y a la moindre chance qu'aller à Guam nous fasse courir un risque, nous ne devons pas nous y rendre.

— Où, alors ?

— Ah, merde ! s'exclama soudain Kat, baissant les bras et se laissant aller sur son siège.

— Quoi donc ?

— C'est mon coup de téléphone à Jake qui a été intercepté. C'est la seule explication.

— Vous avez parlé de Guam ?

— D'Anderson, de tout... Seigneur ! C'est forcément comme ça qu'il l'a appris.

— Mais comment pourraient-ils savoir que vous avez un téléphone satellitaire ? »

Elle s'était posée sur le bras d'un fauteuil pivotant. Elle se mit à se caresser le menton, songeuse, vaguement consciente de la présence de Steve Delaney qui, sur un siège voisin, faisait passer chanson après chanson sur la sono de bord haute-fidélité.

« Non, dit Kat à voix basse. Impossible que ce soit ça. Mon appareil est numérique, et même si les communications ne sont pas sécurisées par codage, elles sont très difficiles à intercepter, en particulier sur le nouveau réseau de satellite que j'utilise.

— On retombe donc dans l'explication par la déduction ? Il aurait trouvé tout seul ? »

Kat regarda Robert et pensa alors à une autre possibilité. Une possibilité effrayante, dont elle ne voulait discuter ni avec lui ni avec personne : celle d'une fuite en provenance du quartier général du FBI.

Elle se leva et retourna au cockpit, faisant signe à Dallas de rester dans le siège du copilote, lorsque la Noire voulut lui céder la place. « Non, pas encore.

— Au fait, Kat, il y a là-derrière une cuisine avec tout ce qu'il faut, question nourriture et boisson. Nous avons tous besoin de manger un morceau. Si vous voulez, je vous ramènerai quelque chose, tout à l'heure ?

— Oui, un peu plus tard », répondit Kat avec une esquisse de sourire. Puis elle se tourna vers Pollis. « Est-il possible d'interroger l'ordinateur de bord sur la distance jusqu'à une autre destination sans le faire changer de cap ?

— Oui, bien sûr. Que voulez-vous savoir ? »

Elle hésita un instant, se demandant s'il n'avait pas un moyen de faire connaître tout changement de plan de vol à ses employeurs. *Non, pas si je le surveille comme le lait sur le feu.* « Programmez-le pour Los Angeles.

— Ah, c'est beaucoup trop loin. » Il n'en introduisit pas moins les nouvelles données, puis attendit le résultat. « Tenez. Nous sommes à 6 214 nautiques, ce qui nous prendrait environ treize heures, en fonction des vents. Impossible.

— Essayez Seattle. »

Il s'exécuta à nouveau, et s'il obtint des chiffres un peu inférieurs, le rayon d'action du Global Express restait toujours insuffisant.

« Effacez-moi ça, et voyez pour Honolulu. »

Le résultat était inférieur à 5 000 nautiques. *Dix heures... Et nous avons douze heures de carburant.* « OK, Pollis, mettez le cap sur Honolulu. »

Kat surveilla attentivement le pilote pendant qu'il activait le nouveau plan de vol. L'avion exécuta un lent virage géré par le pilote automatique en fonction du changement de données. À présent, ils se dirigeaient directement sur Honolulu International Airport.

« Je reviens tout de suite, Dallas. Assurez-vous qu'il ne touche ni la radio ni le clavier de l'ordinateur de bord.

— Bien compris. »

Kat retourna dans la cabine et s'assit dans un fauteuil situé près d'un hublot, prenant fugitivement plaisir au confort et à l'agréable odeur du cuir de luxe. Une minute plus tard, elle dépliait à nouveau l'antenne de son téléphone satellitaire et composait le numéro confidentiel qui la mettrait directement en contact avec Jordan James.

30

À bord du Global Express N22Z, en vol, 10 heures plus tard
13 novembre — jour deux
13.00 heure locale/2300 zouloue

« Kat ? Réveillez-vous, Kat. C'est Robert », fit une voix à travers le coton qui lui embrumait le cerveau.

« Quoi ? » Elle ouvrit les yeux et cilla, aveuglée par l'éclatante lumière du soleil qui se réverbérait sur le Pacifique, à 42 000 pieds en dessous. Elle essaya de comprendre le rapport entre la présence du journaliste dans le cockpit et la sonnerie qu'elle entendait.

« Vous avez un coup de fil, Kat », dit-il à quelques centimètres de son oreille.

Elle s'était assoupie dans le siège de droite — combien de temps, elle n'en avait aucune idée. Elle se redressa en sursaut et chercha des yeux, sur le panneau électronique, l'indicateur de la distance restante.

Calme-toi ! Nous sommes encore à trois cents nautiques !

Pollis était toujours à son poste, sur le siège de gauche, et la regardait d'un œil morne. Elle se tourna vers Robert.

« Avez-vous toujours été là ? »

Il acquiesça. « Ce type est resté sous surveillance sans discontinuer, Kat. »

Elle déplia l'antenne et appuya sur le bouton. « Allô ?

— Agent Bronsky ? fit une voix masculine.

— Elle-même. Qui est à l'appareil ?

— Votre contact au quartier général de la CIA, à Langley.

J'appelle de la part de votre supérieur hiérarchique, qui préfère éviter tout contact direct, pour les raisons que vous avez évoquées avec lui un peu plus tôt. »

Elle fut parcourue d'un frisson glacé à l'idée que Jake prenait en compte l'éventualité d'une fuite au Bureau même. Jordan James s'était montré sceptique devant cette hypothèse, mais n'en avait pas moins accepté, neuf heures plus tôt, de trouver pour elle un moyen de communication différent afin qu'elle puisse joindre Jake Rhoades. De toute évidence, Oncle Jordan avait tenu sa promesse, comme toujours.

« Très bien, je comprends. Êtes-vous sûr que ce canal est bien sécurisé ?

— Il l'est, mais votre patron pense aussi qu'il va avoir besoin d'un plombier chez lui.

— Je suis... désolée de l'apprendre. Qu'avez-vous à me dire ?

— À votre arrivée à Honolulu, vous vous rendrez directement avec l'avion au centre d'opérations que nous avons à l'aéroport. Une équipe du Bureau vous y attendra.

— Aurons-nous un autre pilote pour remplacer celui-ci ?

— Non. Vous et les autres emprunterez un vol commercial pour Washington sous des faux noms. Des dispositions ont été prises pour que l'objet que vous avez trouvé à bord du Global Express soit transporté jusqu'à destination par un vol spécial de l'Air Force.

— Pourquoi ne pas nous faire prendre le même avion ? Ne vaudrait-il pas mieux éviter un vol commercial ?

— C'est que, euh... ce type d'appareil ne transporte pas de passagers. »

Kat hocha la tête, comprenant que les « dispositions prises » correspondaient à ce qu'elle avait elle-même envisagé : un SR-71, capable de rallier Honolulu à Washington en deux heures, bref, de traverser le continent américain à une vitesse phénoménale.

L'armature de son soutien-gorge s'enfonçait de plus en plus entre deux de ses côtes, depuis quelques minutes, et la sensation devenait intolérable ; mais il n'y avait pas moyen de l'ajuster devant Robert McCabe, qui se tenait à côté d'elle.

« Écoutez, dit-elle en roulant de l'épaule pour essayer de se soulager, cette idée d'un vol commercial ne me plaît pas du tout. Tout notre groupe est une cible, en particulier moi-même et une autre personne. Je refuse qu'un appareil de ligne coure le risque d'une attaque à cause de notre présence à son bord.

— Nous avons tenu compte de cela, agent Bronsky, répondit le contact de la CIA. Nous serons les seuls à savoir que vous êtes à bord de ce vol.

— N'empêche, cela m'inquiète tout de même. Je vous prie... de faire savoir à mon supérieur... que j'aimerais qu'il reconsidère cette option.

— Je vais le faire, mais n'essayez pas, je répète, n'essayez en aucun cas de le joindre directement. Compris ?

— Oui, monsieur. C'est très clair. La fuite est-elle due à un problème électronique, ou humain ?

— Je ne saurais le dire, agent Bronsky. Je n'ai pas cette information.

— Donnez-moi un numéro auquel vous rappeler, en cas de nécessité. »

Il lui en donna un qui la faisait passer par le central téléphonique de Langley, l'avertissant de ne l'utiliser qu'en cas d'urgence, mais c'était bien son intention.

Elle changea l'écouteur d'oreille, jeta un coup d'œil à Robert et lui sourit. « Pouvez-vous confirmer qu'un ophtalmo sera là à notre arrivée ?

— Je vous le confirme.

— A-t-on pris des dispositions pour notre entrée dans l'espace aérien d'Hawaii ?

— J'y venais. Le code de votre transpondeur est 4, 6, 6, 5. Votre signal d'appel est Sage-16. Appelez Honolulu-sol quand vous serez à deux cents nautiques. » Puis il lui donna la fréquence radio et coupa la communication, laissant Kat agitée. Elle replia l'antenne et vérifia la distance restante. *Deux cent quatre-vingts nautiques.*

Elle se tourna vers Pollis. « Vous avez de quoi écrire ? »

Il acquiesça.

« Alors, notez ceci. » Elle lui donna les informations concernant le code du transpondeur et la fréquence radio.

« Où est Dallas ? » demanda Kat.

Robert disparut et revint un instant plus tard avec la Noire, qui prit la place de Kat dans le siège du copilote. Puis Kat et

Robert se rendirent dans la cabine, hors de portée des oreilles de Pollis.

« Ce n'est pas que j'aie été indiscret, commença Robert, mais je n'ai pas bien saisi toute la conversation. »

Kat le mit donc au courant de ce qu'elle avait appris, avant de conclure : « Apparemment, j'avais raison. Il y a bien eu des fuites à Washington même. C'est pour ça qu'ils savaient que nous allions à Guam.

— Mais, au moins, on est tranquilles, à présent ? »

Elle acquiesça et poussa un soupir. « L'appel venait de la CIA, à Langley. Ils servent de relais à mon patron. L'opération devrait se dérouler en toute sécurité.

— Cependant... pourquoi nous faire prendre un vol commercial, une fois de plus ?

— Je ne sais pas, et ça ne me plaît pas. J'ai l'impression qu'ils n'ont pas bien analysé la situation.

— Nous sommes en danger, Kat. Moi, du moins. Et après ce coup de téléphone menaçant tombé du ciel, j'aurais tendance à dire que faire prendre un vol commercial à l'un d'entre nous est une très mauvaise idée. Une idée qui me met très mal à l'aise. »

Elle le voyait qui devenait de plus en plus agité et elle leva la main pour l'arrêter. « Moi aussi, elle me met mal à l'aise. On étudiera ça de plus près à l'arrivée. Je tiens avant tout à expédier cette arme à son destinataire et à placer Pollis sous bonne garde, avec protection maximum. » Elle eut un geste de la tête en direction du cockpit. « Mister l'Innocent s'en tient toujours à sa version, ce qui me convient très bien. Tant qu'il continuera à essayer de nous convaincre de ses bonnes intentions, il se tiendra à carreau. Il espère sans doute qu'on finira par le ranger parmi les victimes. »

Robert regarda par le hublot. « Dans combien de temps, l'arrivée ?

— On devrait entamer la descente dans environ une demi-heure. »

Le journaliste se leva et, une main appuyée à la paroi pour garder l'équilibre, se pencha sur Kat et la regarda de très près, l'expression songeuse.

« Qu'est-ce qu'il y a ? demanda-t-elle doucement.

— J'étais en train de me dire que l'un et l'autre, nous

avions vécu pas mal de trucs invraisemblables, depuis... quoi ?
vingt-quatre heures ?

— Un peu plus.

— Mais pas tellement. J'ai l'impression que cela fait un an
que nous avons parlé, à Hong Kong, de l'accident du SeaAir
et de mon pauvre ami défunt, Walter. »

Elle secoua la tête. « Eh bien, c'est sur le point de se termi-
ner, Robert. D'une manière ou d'une autre, nous allons rendre notre poignée de rescapés à la vie civile, après un bon
débriefing, et vous et moi devrons nous asseoir autour d'une
table et passer au crible tout ce que vous avez, ce que vous
pensez que cela signifie, et où vous estimez que le Bureau
pourrait trouver ce qu'il a besoin de trouver. Je... considère
comme acquis que je peux compter sur vous, et que vous
retarderez la publication de votre papier le temps qu'il faudra ? Quelques jours, au moins ? »

Il la regarda, l'air blessé. « Ma parole, vous avez oublié que
c'est moi qui suis venu vous demander de l'aide ! »

Elle lui sourit et lui tapota le bras. « Ce n'est qu'une question de... protocole. Il faut que tout soit bien clair entre nous.

— Ne croyez-vous pas que ce truc que nous avons trouvé
va répondre à pas mal de questions ?

— Je l'espère, mais ça me tracasse encore beaucoup. S'il
s'agit bien d'un illuminateur de cible — non, pas un illuminateur...

— Un indicateur.

— Un indicateur de cible, c'est qu'il y avait un deuxième
avion ou un bateau, n'importe quoi, d'où on a tiré le missile
que cet engin désignait.

— Pourquoi cela vous tracasse-t-il ? À cause de l'ampleur
de l'organisation que demande le fait de lancer un missile
au large de Hong Kong ?

— Exactement. Dites-moi, Robert, à quel moment avez-
vous réservé votre billet de retour sur ce vol de Meridian ? »

Il réfléchit pendant quelques secondes. « En fait, j'avais
changé ma réservation. En principe, j'aurais dû prendre un
autre vol, le lendemain.

— C'est bien ce dont je me souvenais. Ainsi, si l'on part
du principe que c'est après vous qu'ils en ont, il a fallu qu'ils
changent tous leurs plans au dernier moment pour intercepter le Meridian 5.

330

— Et si ce n'était pas après moi qu'ils en avaient ? »

Elle se mordilla la lèvre. « Non. La coïncidence est trop forte. Après tout ce qu'ils ont fait pour essayer de vous avoir, ça ne tient pas, à mon avis.

— D'accord. Mais je ne comprends toujours pas ce qui vous inquiète dans cet indicateur de cible à laser, si c'est bien de ça qu'il s'agit.

— D'après vous, combien pèse cet engin ?

— Une quinzaine de kilos, à peu près.

— Il mesure environ un mètre cinquante pour soixante-quinze centimètres de large, y compris les deux réservoirs, c'est bien ça ?

— Ouais. On dirait presque un de ces fusils à eau, un jouet d'enfant... un fusil qui aurait deux réservoirs et, bien entendu, l'électronique qui va de toute évidence avec.

— C'est beaucoup, pour un laser à infrarouge, vous ne croyez pas ? Les stylos à laser dont se servent les conférenciers tiennent dans la poche. Et s'il s'agissait d'autre chose ? Et s'il n'y avait pas de missile, juste ce machin ?

— Ce machin ? répéta Robert en regardant autour de lui dans la cabine.

— En dehors d'une explosion de phosphore, avec quoi pourrait-on aveugler un pilote quand il est aux commandes de son avion ? Avec quel genre de technologie ? »

Robert secoua la tête et leva les mains, paumes ouvertes. « Aucune idée... un accélérateur de particules, peut-être ? Vous savez, comme ceux qu'ils ont essayé de mettre au point pour la fameuse guerre des Étoiles de Reagan. L'appareil qui était supposé balancer un puissant flux de particules sub-atomiques sur tout missile nous attaquant.

— Non, je pense à quelque chose d'encore plus simple, dit Kat. Pourquoi utiliser un missile, objet coûteux et encombrant, sans compter qu'il faut le tirer sur une trajectoire de vol bien précise ?... Pourquoi ne pas se servir d'un puissant fusil à laser qu'il suffit d'épauler pour faire directement le boulot ? »

Robert prit une profonde et brusque inspiration et regarda vers l'arrière de la cabine. « Évidemment ! Comment se fait-il que nous n'y ayons pas pensé plus tôt ?

— Parce que nous avons été fichtrement occupés, et parce que Washington pense missile. »

331

Le journaliste hocha vigoureusement la tête à plusieurs reprises. « C'est aussi comme ça qu'ils ont pu facilement descendre le SeaAir.

— Dans ce cas, on devrait retrouver la trace d'un autre avion dans le secteur, juste avant le crash.

— Mais cela peut ouvrir une nouvelle ère dans les attaques terroristes, Kat !

— Et si c'était une arme fabriquée aux États-Unis ? poursuivit-elle. Si un groupe avait volé un de nos projets militaires secrets et décidé de l'utiliser contre nous ? Vous comprenez, nous n'avons pas le moindre indice sur ce qu'ils veulent, et encore moins sur qui ils sont. Est-ce une attaque contre le Grand Satan, comme nous appelle le gouvernement iranien ? Est-ce le plan tortueux d'un groupe privé, d'un méchant à la James Bond qui tenterait de faire chanter toute la planète ?

— En d'autres termes, enchaîna Robert, nous allons peut-être recevoir une lettre, au bout du sixième accident, exigeant un milliard de dollars pour que les catastrophes s'arrêtent...

— Quelque chose comme ça, oui. Mais, mon Dieu, si jamais il s'agit d'un système d'arme américain utilisé pour détruire la vue...

— Avez-vous eu le temps d'interroger Pollis ?

— Oui, il y a quelques heures, pendant que vous dormiez.

— Vous a-t-il dit quelque chose d'utilisable ? »

Elle haussa les épaules. « S'il nous ment et joue un rôle, tout ce qu'il a pu déclarer n'avait qu'un seul objectif, m'éloigner le plus possible de la piste. S'il dit la vérité, il n'est rien de plus qu'un participant involontaire. D'après lui, leur chef, un certain Schoen, parlait avec un accent prononcé ; il aurait appartenu à la CIA plutôt qu'au FBI, comme il le prétendait. Pollis affirme qu'ils ne lui ont absolument rien dit de leurs projets, qu'il ne savait même pas que votre avion s'était écrasé et qu'il ignorait tout d'une arme dont ils se seraient servis en tirant à travers le hublot.

— Est-ce que vous vous souvenez de ce vieux paralogisme, voulant que si tout ce que je dis est un mensonge, alors je mens aussi quand je prétends ne jamais dire la vérité, ce qui signifie que par moments il m'arrive de la dire ?

— Je suis trop fatiguée pour vous suivre, Robert.

— C'est votre Pollis tout craché, ça. Nous ne pouvons pas croire un seul mot de ce qu'il dit.

— Je le sais bien. »

Une fois Kat réinstallée dans le siège du copilote, Dallas regagna l'arrière de l'élégante cabine, où Steve et Dan étaient assis en compagnie de Graham. Elle se laissa tomber sur le canapé de cuir à côté du médecin et lui prit la main. Il réagit à retardement, s'efforçant de sourire lorsqu'il la regarda ; il avait une expression effrayante, dans laquelle on lisait un désespoir absolu.

« Je... euh... je voulais vous demander comment ça allait, docteur, mais... j'ai l'impression que je connais la réponse, dit-elle doucement. C'est simplement que... ça prend du temps, n'est-ce pas ? »

Graham baissa la tête et se remit à contempler le sol.

Steve Delaney vint s'asseoir à côté d'eux. « Dallas ? Combien de temps encore ?

— Bientôt. Ensuite, nous changerons d'avion à Honolulu.

— Je voudrais appeler ma mère... Vous croyez que Kat me le permettra ? »

Dallas secoua la tête. « Voyons, Stevie, nous sommes encore les premiers sur la liste des personnes à abattre, aux yeux de je-sais-pas-qui.

— Rien qu'un rapide coup de fil depuis un taxiphone. En PCV, même.

— Non, pas sans l'approbation de Kat. Il faut lui faire confiance. »

Elle le vit hocher la tête et comprit qu'il allait néanmoins essayer.

31

À bord du Global Express N22Z, en vol, en approche de Honolulu
13 novembre — jour deux
13.46 heure locale/2346 zouloue

L'élégant Global Express flambant neuf se posa sans effort sur la piste 8 gauche de l'aéroport international de Honolulu ; puis Pollis dégagea vers une voie d'accès pour rouler jusqu'à un parking déjà encombré par d'autres jets privés. Le personnel au sol dirigea alors l'appareil vers trois berlines noires, d'aspect officiel, devant lesquelles étaient plantés cinq hommes en costume sombre.

Kat attendit que le pilote ait terminé sa check-list, puis elle prit une nouvelle paire de menottes souples qu'elle lui passa aux poignets. « Si vous nous dites la vérité, Pollis, votre coopération pourra vous faire pardonner beaucoup de choses. Mais si vous nous racontez des histoires, que Dieu vous protège. Vous n'aurez plus que Lui pour avoir pitié de vous.

— Je vous ai dit la vérité, madame. J'espère sincèrement que vous les attraperez. »

Elle quitta son siège et alla ouvrir la porte ; une bouffée d'air hawaiien, embaumé par les bougainvillées, envahit la cabine. L'un des hommes en noir attendait au pied de l'escalier, tenant en main le porte-cartes contenant sa plaque ; la lumière qui passait à travers les branches agitées par la brise jouait sur son visage.

« Agent Bronsky ? Je suis l'agent Rick Hawkins, du bureau de Honolulu. Voici les agents Walz, Moncrief et Williams. »

Elle serra la main de Hawkins et étudia son visage. Approchant la quarantaine, conclut-elle. Un Noir, d'une beauté frappante, avec un sourire qui lui rappela l'un de ses camarades étudiants. Il mesurait plus d'un mètre quatre-vingts, était taillé en athlète et avait un timbre de voix cultivé. Elle ne put s'empêcher de sourire. L'homme lui montra l'appareil.

« Vous avez un prisonnier à nous livrer, n'est-ce pas ? »

Kat soupira et repoussa ses cheveux de la main droite, tandis que, de la gauche, elle remettait en place le cran de sûreté sur le 9 mm qu'elle tenait dissimulé au fond de son sac.

« Oui. S'est identifié comme étant Bill Pollis. Le motif de sa détention est : vol d'un avion immatriculé aux États-Unis et violation des frontières internationales, et plus de deux cents chefs d'accusation de meurtre... mais si ça ne suffit pas, je peux en rajouter une louche. »

Hawkins sourit et poussa un grognement d'approbation. « Avec ça, je serais surpris qu'il puisse encore beaucoup voyager.

— Vous trouverez ce salopard menotté dans le cockpit. Mais tout d'abord, il faut conduire le copilote du Meridian 5 auprès du médecin.

— Il attend à l'intérieur. »

Dès qu'on eut fait descendre Dan au sol pour l'escorter jusqu'à l'un des confortables salons du terminal réservé aux jets privés, deux des agents allèrent rapidement s'emparer de Pollis. Rick Hawkins se rapprocha de Kat et baissa la voix. « Et j'ai cru comprendre qu'il y avait aussi un objet très important qui devait retourner le plus rapidement possible sur le continent, n'est-ce pas ? »

Kat acquiesça. « Dans le fond de la cabine. Une caisse métallique. Sécurité maximum, secret-défense, tout maximum. Perdez-le, plus la peine de venir pointer à la boutique. Vous voyez ce que je veux dire ?

— Compris. »

Encadré par les deux agents, Pollis descendit les marches. Il chercha à croiser le regard de Kat, mais celle-ci l'ignora et se détourna au moment où Graham, Dallas, Robert et Steve émergeaient à leur tour de la cabine.

« Allez m'attendre dans le terminal qui est juste ici », leur dit-elle.

Tout le monde acquiesça, sauf Robert, qui paraissait hésiter. Elle lui adressa un regard sévère accompagné d'un mouvement de tête vers les portes.

Hawkins ajusta ses lunettes type aviation et se fendit d'un grand sourire, manifestement satisfait de son allure. Il se tourna et fit signe à un autre de ses hommes d'aller récupérer la boîte métallique dans l'appareil ; puis il inclina la tête vers le principal bâtiment commercial de l'aéroport, de l'autre côté de la piste. « Nous avons fait dégager une salle et établi une zone de sécurité autour ; c'est là que vous attendrez le départ de votre vol. Nous nous sommes organisés de manière à ce qu'on ne vous voie même pas monter à bord. Le décollage est prévu dans quatre heures. Nous avons vos billets. Sécurité assurée.

— Je voudrais vous demander une faveur, agent Hawkins.

— Je vous en prie, appelez-moi Rick.

— OK. J'apprécie tout ce que vous faites, Rick, mais s'il y a un vol de l'Air Force pour le continent, je préférerais de beaucoup l'emprunter. Les gens auxquels nous avons affaire sont des tueurs impitoyables et l'idée de faire courir un risque à un autre vol commercial me répugne beaucoup.

— Je comprends. Des tueurs impitoyables, n'est-ce pas ? » Il secoua la tête, la mine déconfite. « J'ai mes ordres, mais je vais voir ce que je peux faire. » Il s'inclina vers elle et lui toucha le bras. « Une chose très importante, agent Bronsky. Vous ne devez essayer de communiquer avec personne pendant votre escale à Honolulu. Cet ordre est une question de sécurité et vient directement de l'adjoint au directeur, Jake Rhoades. Silence radio total. Y compris sur le téléphone satellitaire.

— Je comprends.

— Ils ont particulièrement insisté là-dessus, ajouta-t-il avec un sourire, avant de retrouver une expression sérieuse. J'ai cru comprendre que ces personnes ont vécu un enfer. »

Kat lui résuma brièvement les faits, de l'accident à la récupération des rescapés sous une grêle de balles, mais n'alla pas jusqu'à lui livrer ses réflexions sur les soupçons qu'elle nourrissait ou le système d'arme qu'ils avaient trouvé.

336

« On devrait aller à l'intérieur, proposa-t-il avec un geste vers le salon.

— Je suis d'accord. Je voudrais voir comment Dan Wade s'en sort.

— Puis-je vous poser une question à titre personnel ?

— Vous pouvez toujours, dit-elle avec un petit rire.

— Avez-vous découvert des indices prouvant que la catastrophe du SeaAir et celle du Viêt Nam auraient la même cause ? Je suppose que vous êtes aussi sur la première affaire. »

Kat prit une profonde inspiration, pensant aux éléments qu'elle avait rassemblés ; mais, après une brève hésitation, elle préféra faire preuve de sa prudence habituelle, lorsqu'il s'agissait de discuter d'informations potentiellement explosives. « Eh bien... c'est une excellente question, agent Hawkins, mais je préfère laisser à nos supérieurs hiérarchiques le soin de déterminer comment il faut y répondre, si vous n'y voyez pas d'inconvénient.

— Non, bien sûr », répondit l'homme avec un haussement d'épaules. Il s'avança pour ouvrir la porte et la tenir pour elle, puis il arbora l'air coupable de quelqu'un qui se sent pris sur le fait. « Je suis désolé, je ne voulais pas avoir l'air sexiste... »

Kat inclina la tête et lui tapota l'épaule. « Ne vous excusez jamais parce que vous vous conduisez en gentleman. »

Il lui rendit son sourire et la suivit à l'intérieur.

L'ophtalmologue avait examiné Dan dans une pièce voisine, où l'on avait fait l'obscurité. Il en émergeait au moment où Kat entra. « Il y a une possibilité pour qu'il retrouve partiellement la vue, lui expliqua-t-il lorsqu'ils se furent assis. Les récepteurs, autrement dit les cellules en cônes et en bâtonnets de sa rétine, ont été endommagés, mais pas détruits. Il peut distinguer la lumière, mais il doit conserver son pansement et faire preuve de patience ; c'est surtout de temps qu'il a besoin. S'il part pour Washington, je vous suggère l'hôpital Johns Hopkins, mais c'est le genre de cas où, avant tout, l'organisme se répare lui-même.

— Je vous remercie, docteur.

— Désolé d'avoir appris ce qui était arrivé au commandant de bord. »

« — À ce propos, docteur, croyez-vous qu'un rayon de lumière ou d'énergie puisse être assez puissant pour tuer un homme à travers les yeux ? »

Le médecin secoua la tête et haussa les épaules. « Je l'ignore. Il faudrait qu'il le soit assez pour traverser le fond de l'œil et provoquer une hémorragie massive dans le cerveau. Le traumatisme provoqué par la douleur pourrait aussi, peut-être, entraîner une crise cardiaque.

— Un laser pourrait-il le faire ? Un laser très, très puissant ? »

Il hésita un instant et haussa de nouveau les épaules. « C'est imaginable.

— Et un rayon de particules ? »

L'homme sourit et roula les yeux. « Écoutez, je n'ai aucune formation technique en dehors de la médecine. Ces histoires de rayons de particules style guerre des Étoiles me passent au-dessus de la tête. Quant aux lasers, nous nous en servons en chirurgie esthétique pour brûler les couches de peau l'une après l'autre ou pour cautériser les petits vaisseaux sanguins. Un laser très puissant pourrait-il très gravement endommager un œil ? Certainement. Pourrait-il tuer ? Aucune idée. »

32

Honolulu International Airport, Hawaii
13 novembre — jour deux
16.15 heure locale/0215 zouloue

Le transfert du terminal pour les jets privés à celui réservé aux passagers des vols commerciaux ne prit que cinq minutes, mais l'itinéraire compliqué qu'ils suivirent, une fois dans le bâtiment, et qui les fit passer par un quai de chargement et un escalier de service, leur prit plus de temps. Hawkins en tête, Robert et Kat escortèrent Dallas, Steve, Graham et Dan jusqu'à la salle qu'on avait mise à leur disposition ; c'était en fait une pièce modeste comportant plusieurs bureaux métalliques, mais d'où la vue embrassait l'ensemble des rampes d'accès aux avions et le hall principal. On leur apporta des sandwichs, mais pendant deux heures ils passèrent leur temps à poireauter, entre deux visites de Hawkins et des instructions répétées de n'appeler personne. Leurs demandes insistantes de pouvoir aller prendre une douche restèrent sans effet, et en dépit de tous les efforts qu'ils avaient faits pour se tenir propres et se laver avec les moyens du bord, tout le groupe avait piteuse allure.

« Nous sommes atteints d'une épidémie de crassite », avait plaisanté Dallas.

À quatre heures et quart, Rick Hawkins fit une nouvelle apparition. « Nous avons des places pour vous sur un vol de l'Air Force, Kat, dit-il. Il part dans une heure. »

Elle lui sourit et le remercia, refermant la porte derrière

339

lui. Robert McCabe, remarqua-t-elle, avait une expression étrange. « Il y a quelque chose ? lui demanda-t-elle.

— Non, rien. » Mais il avait hésité avant de répondre.

Elle prit une chaise et alla s'asseoir en face de lui. Dallas était allongée sur un canapé, Steve étudiait l'aéroport avec une paire de jumelles qu'il avait trouvée sur un appui de fenêtre, et Dan parlait tranquillement avec Graham du diagnostic formulé par l'ophtalmologue.

Elle avait frôlé un instant le genou de Robert en s'asseyant, et la petite stimulation qu'elle avait ressentie, après tant de fatigue et d'adrénaline dépensée, l'avait étonnée. Elle s'écarta discrètement, inquiète à l'idée d'avoir envoyé un message involontaire. Mais Robert paraissait n'avoir rien remarqué.

« Il y a quelque chose qui vous tracasse, Robert. Qu'est-ce que c'est ?

— Ce qu'il a dit, un détail, en fait, lorsqu'il nous a apporté nos sandwichs, il y a environ une demi-heure.

— Hawkins ?

— Oui. Évidemment, vous êtes agent du FBI et si cela sonne juste à vos oreilles... »

Elle se pencha vers lui, coudes sur les genoux, le fixant du regard. Ses cheveux retombèrent le long de son visage. « J'ai une formation de psychologue, Robert. Je suis agent du FBI depuis un petit peu moins de trois années, mais des années très remplies. Je ne sais pas tout sur le jargon interne du FBI, et je ne fais pas partie du réseau des anciens.

— « Je n'ai jamais été un marine. »

— Quoi ?

— Voilà ce qu'il m'a dit quand je lui ai demandé à quelle époque il avait été à Quantico. Il s'est mis à rire et m'a répondu qu'il n'avait jamais été un marine.

— Quantico est avant tout une base des marines, non ? »

Robert acquiesça vigoureusement. « Certes. Mais c'est aussi là que se trouve la seule et unique académie du FBI et, corrigez-moi si je me trompe, on ne peut devenir agent du FBI sans avoir suivi un entraînement à Quantico... non ? »

Kat le regarda longuement, sans bouger. « C'est étrange... mais il est du FBI, aucun doute. Sa plaque est normale. Il y a même un... bon, je ne peux pas vous le dire, mais nous avons le moyen d'authentifier sur-le-champ l'un des nôtres et croyez-moi, je l'ai fait. »

Robert leva la main dans un geste d'apaisement. « Parfait. J'espérais bien que ce n'était que ma parano. »

Il y eut un bruit de clef dans la porte et Hawkins réapparut, passant seulement la tête par la porte. « OK, agent Bronsky. L'Air Force rassemble un équipage pour vous faire voyager sur l'un de ses Gulfstream. Vous atterrirez à Andrews. Nous avons encore des dispositions à prendre pour vous conduire d'ici à Hickham. »

Kat se leva, souriante, et s'avança dans la direction de son collègue. « C'est super... Dites-moi, j'ai l'impression que votre nom me dit quelque chose. Je me demandais si vous ne seriez pas passé par l'académie à peu près à l'époque où j'y étais moi-même. »

L'homme sourit et leva un doigt. « Il faut que je retourne là-bas. Nous pourrons parler de tout ça dans quelques minutes, d'accord ?

— D'accord », répondit-elle, restant bras croisés pendant qu'il refermait la porte. Puis elle se tourna et regarda Robert, se mordillant la lèvre. Finalement, elle se dirigea vivement vers l'un des bureaux, sur lequel un ordinateur était branché. Les petits dessins d'un économiseur se succédaient sur l'écran. Elle tapa sur ENTRÉE et tomba sur un programme Windows standard. Elle se mit à pianoter furieusement pour joindre une adresse e-mail.

« Qu'est-ce que vous faites, Kat ? » lui demanda calmement Robert.

Elle releva un instant la tête. « Simple vérification. »

Elle se concentra de nouveau sur son clavier et tapa rapidement un message qu'elle classa « à livrer immédiatement — urgent », à communiquer à Jake Rhoades.

Jake pouvez-vous confirmer si OK transport par USAF pour notre groupe de Honolulu à Andrews ? Aussi, confirmer mission accueil confiée aux agents FBI de Honolulu Hawkins, Williams, Walz, Moncrief, ici avec nous. Répondez seulement par mon beeper. KB

Elle cliqua sur ENVOYER et attendit la confirmation, par l'ordinateur, que le message était bien parti. Puis elle l'effaça et sortit le beeper de son sac à main pour s'assurer qu'il était en marche, avant d'aller s'asseoir avec Dallas et Dan.

Moins de six minutes plus tard, le beeper se mit à sonner. Elle appuya sur le bouton de réception, et la réponse apparut sur le petit écran.

Où êtes-vous ? Le sec. d'Ét. JJ m'a informé destination Hono-lulu, puis changée pour Midway. Êtes-vous à HNL ? Aucun agent FBI sous ce nom au bureau de HNL ou ailleurs sur la Côte Ouest. Soyez prudente.

Soudain, Kat eut l'impression que la pièce ondulait, comme s'il y avait eu un tremblement de terre. Elle jeta un coup d'œil vers le lustre du plafond, mais il était parfaitement immobile.

« Kat ? » dit Robert, surpris par sa réaction.

Sans répondre, elle bondit de sa chaise et s'approcha rapidement de Steve, qui montait la garde près de la baie vitrée. « Passe-moi les jumelles, vite ! » dit-elle d'un ton sans réplique. L'adolescent, ouvrant de grands yeux, les lui tendit aussitôt, et elle les braqua en direction du terminal des jets privés, les réglant en même temps. C'était à ce terminal qu'on avait fait stationner le Global Express, après leur arrivée.

Il n'y était plus. Elle parcourut le reste de l'aéroport avec les jumelles, et retrouva l'appareil au bout de la piste de décollage 4L.

« Oh, merde !

— Qu'est-ce qu'il y a, Kat ? Qu'est-ce qui se passe ? » demanda Robert, se faisant insistant.

Elle abaissa les jumelles et montra une direction. « Vous voyez ce jet sur le point de décoller ? »

Il acquiesça.

« C'est N22Z. » Ses épaules s'affaissèrent. « Mon Dieu, Robert ! J'ai perdu le système d'arme, j'ai perdu l'avion et je suis sûre d'avoir aussi perdu Pollis. » Elle lui tendit le beeper et il lut rapidement le message.

Kat se tourna vers l'intérieur de la pièce, parcourant le reste du groupe des yeux, puis fit volte-face et commença à regarder comment elle pourrait ouvrir l'une des fenêtres.

Mais Dallas remarqua son agitation et se dirigea vers eux. « Qu'est-ce qui se passe, les enfants ? »

Robert leva un doigt pour la faire taire, puis il bondit vers l'autre bout de l'ensemble formé par les baies vitrées. « Kat ! En passant par ici, on peut rejoindre une issue de secours, lui cria-t-il.

— Ouvrez ! Cassez la vitre avec une chaise s'il le faut !

— Hé, qu'est-ce qui vous prend ? » demanda Dallas.

Kat prit la Noire par les épaules, mais ses yeux allaient et venaient entre elle et les autres. « J'ai complètement foiré mon coup, Dallas ! Ces types ne sont pas du FBI ! Mais nos ennemis. Pas le temps d'expliquer — il faut avoir fichu le camp d'ici avant leur retour.

— Je croyais qu'on allait prendre un avion de l'Air Force...

— Si jamais nous montons dans leur bahut, Dallas, on ne retrouvera jamais nos corps. »

La Noire eut du mal à déglutir. « Voilà qui a l'avantage d'être limpide. Allons-y ! »

Pendant ce temps Robert, aidé de Steve, était venu à bout d'une poignée de fenêtre récalcitrante. « Ça y est, Kat !

— OK. Graham ? Prenez Dan avec vous. Dallas et Steve, sortez ensemble. C'est vous qui ouvrirez la marche, Robert. Nous devons rejoindre le hall principal sans être vus. »

Kat s'arrêta pour contempler son sac de voyage, se demandant si elle devait risquer de l'emporter avec elle. Graham, Dallas et Dan n'avaient rien récupéré. Robert avait son portable et Steve son sac à dos. L'adolescent remarqua son hésitation et se précipita pour prendre le sac.

« Non, Steve, j'aime autant le laisser.

— Ce n'est pas un problème », répondit le garçon, lançant le sac par la fenêtre.

L'air humide et parfumé d'Hawaii envahissait la pièce. Ils sortirent rapidement et s'engagèrent sur la passerelle conduisant à l'escalier de secours, que McCabe atteignit rapidement. Ils dégringolèrent deux volées de marches et se retrouvèrent sur un toit asphalté qu'ils traversèrent en courant pour rejoindre une porte qui attendait, grande ouverte.

« Par ici, vite ! » intima Robert à chacun au fur et à mesure qu'ils en franchissaient le seuil. Kat le prit par le bras en passant et referma la porte derrière elle.

« Non, attendez un peu », dit-elle après être passée devant

plusieurs portes de bureau fermées, pour aboutir dans un hall vitré ; là, une porte donnait dans le hall principal, c'est-à-dire à l'intérieur du périmètre sécurisé.

Elle se tourna et leur fit signe de se rassembler autour d'elle. « Il faut passer dans la zone sécurisée, mais je ne peux pas me contenter d'exhiber ma plaque ; en plus, si nous empruntons la mauvaise porte, les alarmes vont se déclencher et les types du poste de sécurité vont se comporter comme des crétins. Par contre, si nous sortons par ici, nous passerons par les portiques de détection, et nous nous regrouperons de l'autre côté. Il y en a trois. Séparons-nous tout de suite.

— Et où nous retrouverons-nous, de l'autre côté ? » demanda Dallas.

Kat se passa la langue sur les lèvres et secoua la tête. « Je ne sais pas... Il y a les accès aux avions, un peu plus loin. Retrouvons-nous dans la salle d'attente, et ensuite on avisera. Dallas ? Vous passez la première, avec Dan et Steve. Nous suivrons. Hawkins va découvrir notre évasion d'une minute à l'autre. »

La Noire acquiesça et ouvrit la porte vitrée, escortant Dan et suivie de Steve qui portait son sac à dos et le sac de voyage de Kat. Lorsque tous trois furent passés sans problèmes, Kat fit signe à Graham et Robert d'y aller à leur tour.

« Vous venez ? demanda le journaliste.

— Ouais. Je me demandais ce que je devais faire de mon arme.

— Servez-vous de votre plaque. Vous n'avez pas le choix. »

La jeune femme acquiesça et décida de passer la dernière. Graham et Robert récupérèrent leur monnaie après avoir franchi le détecteur de métaux.

Kat s'avança alors jusqu'à la femme qui assurait le contrôle ; elle lui indiqua l'officier de police qui se trouvait un peu plus loin, tout en exhibant sa plaque. « FBI. Veuillez demander à votre supérieur de venir par ici, s'ils vous plaît. »

La femme ouvrit de grands yeux et se précipita, revenant bientôt avec l'officier. Kat lui tendit aussitôt sa plaque et s'adressa à lui à voix basse, mais avec de l'urgence dans le ton. « Quoi que vous fassiez, n'attirez pas l'attention sur moi,

OK ? Nous avions prévu de coincer quelqu'un, mais les choses ont mal tourné, et vous risquez de faire échouer une opération fédérale rien qu'en soulevant un sourcil. Je porte un 9 mm réglementaire sur moi, mais en tant qu'officier fédéral je suis autorisée à pénétrer armée dans une zone de sécurité.

— Oui, madame, répondit l'homme en écarquillant lui aussi les yeux.

— Lorsque vous aurez vérifié ma plaque, remettez-la discrètement dans mon sac à main, et donnez comme instruction à votre subordonnée de me laisser passer sans faire de commentaire. Compris ?

— Bien compris, agent Bronsky. »

Kat entendait déjà des cris et les bruits de plusieurs personnes lancées au pas de course derrière elle, lorsqu'elle se retrouva de l'autre côté du portique de détection. Elle fit signe aux autres de la suivre dans le hall, puis risqua un coup d'œil par-dessus son épaule. Elle eut le temps d'apercevoir Hawkins faire un arrêt en dérapage contrôlé au même point de sécurité qu'ils venaient de quitter ; il exhibait ce qui était de toute évidence une fausse plaque fort bien faite.

Il y avait un panneau DÉPART près d'eux, et Kat le parcourut rapidement des yeux, choisissant un DC-10 à destination de Seattle, plusieurs portes plus loin, en cours d'embarquement. « Par ici ! » ordonna-t-elle, partant au petit trot. Les autres la suivirent, marchant le plus vite qu'ils pouvaient sans toutefois courir. Hawkins et deux de ses acolytes pénétrèrent à ce moment-là dans le hall principal et se mirent à jeter des coups d'œil dans tous les sens. Kat se glissa devant Robert. « Ne regardez pas derrière vous ! » lui dit-elle au passage.

Hawkins s'était arrêté et continuait à tourner la tête dans toutes les directions. Il envoya ses deux hommes vers l'est et partit lui-même vers l'ouest. Kat comprit qu'il ne les avait pas vus, mais il n'en venait pas moins vers eux.

« OK ! Par ici ! » ordonna Kat, entraînant son petit groupe derrière une paroi en béton formant la frontière de l'un des accès aux rampes ; là, ils étaient dissimulés à la vue de leur poursuivant.

L'accès était toujours ouvert, et l'hôtesse de la compagnie aérienne triait les cartes d'embarquement qu'elle venait de récupérer avant de fermer la porte.

Kat courut jusqu'à elle et s'identifia. « Je n'ai pas le temps de tout vous expliquer, lui dit-elle. Je prends sur moi de vous donner l'ordre de nous faire embarquer sur cet avion, puis de fermer les portes derrière nous et de ne dire absolument rien à personne, sauf aux employés de votre compagnie responsables de ce vol. »

Pour la troisième fois en deux minutes, Kat vit quelqu'un écarquiller les yeux à ce qu'elle disait. La bouche de l'hôtesse s'ouvrait et se fermait, mais il n'en sortit, au début, aucun son articulé. « Je... je... ne...

— Le vol est-il complet ?

— Non, mais... »

Kat fit signe aux autres de passer. « Bougez-vous ! Et vous, appelez le chef de cabine. Qu'il m'attende à la porte pour me conduire auprès du commandant de bord. »

Comme l'hôtesse restait pétrifiée sur place, Kat lui prit le visage à deux mains et le tourna vers elle. « C'est une question de vie et de mort pour nous tous, vous entendez ? Un homme va faire irruption ici d'un instant à l'autre. Il vous présentera une fausse plaque du FBI. Il est armé et dangereux. S'il me voit vous parler, ou si vous l'aidez d'une manière ou d'une autre, il finira probablement par vous tuer, tout comme moi. Compris ? »

La jeune femme déglutit et hocha affirmativement la tête.

« Bien. J'y vais. Et n'oubliez pas : je m'appelle Bronsky. B-R-O-N-S-K-Y. Appelez le bureau du FBI d'Honolulu. Ils régulariseront notre situation. Et maintenant baissez la tête, triez vos cartes et attendez pendant une minute pleine. Fermez la porte d'un geste naturel. »

Kat fit demi-tour et courut jusqu'à l'entrée de la passerelle mobile, entrant dans le court boyau au moment même où Hawkins se présentait à hauteur de l'accès aux avions. Il évalua la situation, vit l'hôtesse occupée à trier ses cartes, hésita un instant puis repartit, ayant remarqué un groupe de personnes agglutinées devant l'entrée de l'accès suivant.

Kat franchit la porte du DC-10 d'un bond et se retrouva face à face avec une hôtesse aux cent coups qui s'en prenait à Robert ; elle brandit aussitôt sa plaque du FBI.

« Vous prétendez que quelqu'un vous poursuit ?

— Oui.

— Que vous êtes réellement du FBI, mais pas les autres ?

— Exact.

« — Qu'ils sont armés ?

— Probablement. »

Dan avait eu un instant d'hésitation, après être entré, et il tira sur le bras de Dallas pour revenir vers la voix de Kat. Celle-ci le vit qui tendait l'oreille, puis qui fouillait dans ses poches et en retirait son portefeuille. Il l'ouvrit pendant que l'hôtesse bombardait Kat de ses questions.

« Écoutez, Miss...

— Bronsky. Agent spécial Bronsky.

— Écoutez, reprit l'hôtesse, vous vous présentez ici à la tête d'un groupe de six personnes en tenue débraillée, sans billet, sur la seule caution d'une plaque d'identité du FBI — comment voulez-vous que je sache si ce n'est pas la vôtre qui est fausse ? »

La main de Dan s'agitait à hauteur de l'épaule de la jeune femme. Il finit par l'atteindre, et il l'obligea à se tourner vers lui.

« Regardez dans ce portefeuille. Vous allez y trouver ma carte d'identité et mon brevet de pilote.

— Quoi ?

— Faites ce que je vous dis ! Vous n'avez donc pas entendu parler de la catastrophe du 747 de Meridian, hier, au Viêt Nam, qui a provoqué la mort de plus de deux cents personnes ?

— Si, bien sûr », répondit la jeune femme en faisant défiler les fenêtres plastifiées du portefeuille, d'une main hésitante. Elle s'arrêta lorsqu'elle tomba sur la carte professionnelle de Dan.

« Très bien, ma grande. J'étais le copilote. Nous avons été abattus, et j'ai été aveuglé. La femme que vous interrogez en ce moment nous a arrachés à la jungle au milieu d'une grêle de balles. Elle est très exactement ce qu'elle dit être, et si vous ne nous aidez pas, nous sommes morts. »

L'hôtesse étudia attentivement la carte d'identité professionnelle, vérifia le brevet de pilote de la FAA qui était dessous, puis referma le portefeuille et le rendit à Dan.

« Écartez-vous, dit-elle, se tournant vers la porte pour la refermer au nez de l'hôtesse au sol qui regardait la scène, médusée. Faites reculer la passerelle et ne bougez pas. Vous n'avez rien vu de tout ceci, c'est clair ? »

L'autre hôtesse acquiesça.

Dès que la porte fut verrouillée, l'hôtesse, qui était le chef de cabine, leur fit signe de la suivre. « Allons-y. C'est au commandant qu'il faut raconter tout ça. »

Kat entra dans le grand cockpit du DC-10 avec l'hôtesse, suivie de Dan et Dallas, et Kat répéta ses explications. Le commandant, assis à sa place et à demi tourné, un bras passé sur le dossier de son siège, l'écouta et examina d'un air sévère le groupe hirsute qui avait envahi son avion, ne disant rien, même lorsque le chef de cabine, non sans quelque nervosité, expliqua qu'elle avait vu la carte d'identité professionnelle et le brevet de pilote du copilote aveuglé.

Kat sentit ses craintes s'aviver lorsque le commandant fit signe à l'hôtesse de s'écarter et resta assis sans bouger pendant quelques secondes. Il ne rompit pas davantage le silence pendant ce temps-là, et son copilote et le navigateur, qui avaient suivi les échanges sans rien dire, se gardèrent bien d'intervenir. Finalement, le commandant tendit la main.

« Je n'ai pas besoin de vos papiers d'identité, agent Bronsky. Je suis fier de vous avoir à bord. Et comment, que je vais vous aider !

— Merci, commandant.

— Je sais ce que vous avez fait pour mettre un terme au détournement de l'AirBridge, l'an dernier, et avec quelle humanité vous avez traité ce malheureux capitaine. » Il se tourna vers le chef de cabine. « Judy ? Mettez-les tous en première classe, si nous avons assez de place. Prenez bien soin d'eux, et donnez à l'agent Bronsky tout ce qu'elle vous demandera. C'est d'ailleurs une collègue, puisqu'elle est aussi pilote. Elle a son brevet pour les vols commerciaux et aux instruments, si j'ai bonne mémoire.

— C'est exact, répondit Kat. Merci, commandant...

— Holt, Bob Holt.

— Commandant Holt, lorsque nous serons à Seattle, je veillerai à ce que le prix de nos billets soit payé.

— Je vais vous dire, agent Bronsky. Après le décollage, lorsque nous serons en régime de croisière, dites à Judy de vous ramener ici... j'ai une foule de questions à vous poser. D'accord ?

— Entendu. »

Kat s'apprêtait déjà à faire demi-tour, lorsqu'elle établit brusquement un rapprochement qui la fit frissonner de la tête aux pieds. Elle se laissa brutalement tomber sur le siège amovible, derrière le commandant, l'index tendu. C'était avec l'arme qu'elle avait découverte dans le Global Express que le Meridian 5 avait été attaqué, et cette arme se trouvait toujours dans ce même Global Express, qui venait de décoller quelques minutes auparavant et naviguait quelque part dans le secteur de Honolulu. *Et si jamais ils découvraient où je me trouve ? Où Robert se trouve aussi ? Je ne peux pas les laisser risquer une autre attaque sans les avertir du danger !*

« Ah, commandant Holt, reprit-elle après avoir pris une profonde inspiration, il y a une dernière chose qu'il vaut mieux que je vous explique en détail à présent, car en montant à bord de votre appareil, je vous fais peut-être courir un grand risque. »

33

Honolulu International Airport, Hawaii
13 novembre — jour deux
16.40 heure locale/0240 zouloue

Un jeune couple de vacanciers s'approchait d'une cabine téléphonique, dans le hall ; d'humeur joyeuse, ils bavardaient et riaient. L'homme tendait déjà la main vers le combiné lorsqu'un bras passa devant lui pour s'en emparer. Il ne lâcha pas les épaules de sa petite amie, mais lança néanmoins un regard de reproche à l'intrus — lequel répliqua par un froncement de sourcils reptilien, glaçant, et une attitude faite de défi et de fureur rentrée.

Le jeune homme battit aussitôt en retraite, entraînant son amie, et leva une main. « Houla ! Désolé ! » La cabine voisine était libre, mais le couple l'ignora et préféra s'éloigner dans le hall.

L'homme qui s'était présenté sous le nom de Hawkins porta le combiné à son oreille et composa un numéro. Il était en sueur, après son marathon de recherches aux différents accès aux avions, et le temps perdu à tenter de deviner où étaient passés les six évadés. Le nombre des possibilités ne faisait que croître avec chaque minute qui s'écoulait, avec chaque avion qui décollait. On aurait dit que les fuyards avaient disparu sans laisser de traces et l'usage quelque peu abusif qu'il avait fait de la plaque du FBI ne lui avait valu que de l'hostilité, de la part du personnel au sol de l'aéroport.

« J'écoute. » À l'autre bout du fil, l'homme avait parlé d'un

350

ton calme, délibéré, parfaitement contrôlé, qui contrastait furieusement avec ce qu'il éprouvait.

« C'est Taylor, à Honolulu.

— Vous n'allez tout de même pas me dire que vous les avez perdus, n'est-ce pas ?

— Malheureusement, si. Je suis désolé...

— Vous pouvez, le coupa froidement la voix masculine dans laquelle s'était glissé, toutefois, un rien de colère. Schoen a raté lamentablement son coup, et maintenant, vous !

— Écoutez, monsieur, se défendit Taylor, nous avons tout de même récupéré l'avion, l'appareil dans sa boîte et l'un de nos pilotes.

— Merveilleux, en effet. Sauf que ce n'est pas l'avion qui pourra courir après les gens qui détiennent des informations capables d'anéantir tout le projet, que je sache, fut la réponse sarcastique de la voix.

— Non, monsieur. Nous avons fait du mieux que nous avons pu. Ils se sont enfuis par une fenêtre.

— Le temps nous manque avant le lancement de la prochaine phase, Taylor, et je trouve que trop de mes hommes sont dispersés dans la nature pour assurer des missions de nettoyage qui n'auraient pas lieu d'être. Schoen est le seul survivant de la débâcle de Hong Kong, et il est sur le chemin du retour. Et maintenant, ça ! » Il y eut un long soupir. « D'après vous, sont-ils toujours à Honolulu ?

— Non. Nous pensons qu'ils ont quitté Hawaii par l'un des derniers vols. J'aurai trouvé lequel d'ici une demi-heure. C'est soit Los Angeles, soit Denver, soit Seattle.

— Quand vous aurez confirmation, coordonnez leur interception directement avec San Francisco, étant donné que vous avez les noms et pouvez donner leur description. Si vous y parvenez dans ce laps de temps, nos hommes disposeront d'une marge suffisante pour prendre position n'importe où dans l'Ouest. Dites-leur qu'ils doivent s'attendre à une présence en force du FBI, où que les six atterrissent. Il faudra donc les faire proprement disparaître avant que les fédéraux aient une chance de leur mettre la main dessus. Mes ordres sont simples, Taylor : conduisez-les dans le premier entrepôt venu, abattez-les, assurez-vous qu'ils sont bien morts, récupérez l'ordinateur de McCabe et détruisez-le, puis débarrassez-vous des corps de manière qu'on ne les retrouve jamais.

351

Jamais, vous m'entendez ? Ceci fait, que tout le monde rapplique ici.

— Oui, monsieur. »

À bord de l'United 723, en vol
Entre Honolulu et Seattle

Kat quitta le cockpit et referma doucement la porte derrière elle, éprouvant un profond soulagement à l'idée qu'ils avaient atteint leur altitude de croisière sans encombre. *S'il y avait une médaille pour récompenser les pilotes civils capables d'aller au-delà de leurs responsabilités pour aider le FBI, cet équipage y aurait droit,* pensa-t-elle.

Le capitaine avait écouté attentivement, quand Kat lui avait fait part de ses soupçons sur la possibilité que la catastrophe du Meridian 5 ait été due à une attaque visant à aveugler les pilotes, et de ses craintes que le même groupe puisse s'en prendre à leur avion. Sur la suggestion du mécanicien de bord, ils avaient utilisé des cartes, des oreillers et des couvertures pour aveugler le pare-brise, côté copilote.

« De cette façon, déclara le commandant, au moins l'un de nous deux restera parfaitement opérationnel. Peu importe le système qu'ils emploient, mais à moins de faire sauter le cockpit, ils ne peuvent atteindre des yeux dans ces conditions.

— Ce serait peut-être le meilleur moyen de protéger les vols commerciaux contre ce genre d'attaque, suggéra Kat.

— À condition que ce soit bien un système destiné à aveugler les pilotes et que les équipages bouchent leur pare-brise dès après le décollage. Mais pour le décollage lui-même et l'atterrissage ? Il suffirait qu'il y ait une colline ou même un bâtiment élevé non loin pour servir de plate-forme de lancement, si j'en crois la description que vous m'avez donnée de leur appareil. En tant que pilotes de lignes commerciales, nous serions vulnérables lors de chaque vol ; quoi qu'on fasse, il y a toujours un moment où nous devons regarder à l'extérieur.

— Autrement dit, il n'existe aucun moyen de parer définitivement à ce genre d'attaque ? »

Holt secoua la tête. « Si jamais des terroristes décident de l'adopter, nous resterons cloués au sol. Bon sang, un simple laser du commerce est capable d'endommager des yeux. C'est arrivé deux fois à Las Vegas au cours des dernières années, à partir de vulgaires appareils de démonstration. Alors imaginez, si celui-ci est une version antipersonnel...

— Antipersonnel ?

— Je suis réserviste de l'Air Force, Mais je... disons que je me suis occupé de renseignement pendant les années où j'ai été en service actif. Je peux vous le confier, à présent : l'une des choses que nous redoutions le plus, dans la communauté des pilotes de chasse, était la perspective qu'un jour les Russes, les Chinois, ou l'un des pays du Moyen-Orient qui ne nous aiment pas beaucoup, mettent au point un laser portatif puissant et maniable, n'ayant pour but que de détruire la vision des pilotes.

— L'Air Force a étudié la question ? »

Il acquiesça. « Pendant plusieurs dizaines d'années. On donnait aux pilotes des B-52 des caches en feuille d'or, afin qu'il leur reste au moins un bon œil, si jamais il y avait une explosion nucléaire à une centaine de nautiques devant eux. Mais les pilotes de chasse volent beaucoup moins aux instruments et ont donc besoin de leurs deux yeux, comme les pilotes d'avions de transport. Qu'est-ce qui se passe, en fin de compte, lorsque nous ne pouvons regarder le paysage sans perdre la vue ? C'est simple : impossible de voir, impossible de se battre.

— Savez-vous s'ils ont mis au point un système qui... que...

— Qui neutraliserait l'attaque et protégerait les yeux ? Ils ont essayé. Sans résultats probants. Un rayon laser ou un rayon de particules voyage à la vitesse de la lumière. Un système d'obturateur, de diaphragme, de lunettes — bref un système mécanique — met un temps fou à se fermer, en comparaison. Si l'explosion est assez puissante, elle vous fait frire la rétine. Littéralement frire. Sur-le-champ et définitivement.

— Seigneur !

— Pouvez-vous imaginer la valeur qu'aurait un tel système d'arme, aux yeux d'une nation sans le sou, disposant d'une force aérienne datant de la guerre de 1914 ? Il leur suffirait d'acheter une centaine de ces appareils et de s'en servir à partir d'un vulgaire Cessna pour neutraliser nos meilleurs chasseurs. J'exagère peut-être un peu, mais c'est l'idée générale.

— À votre connaissance, commandant, avons-nous construit de tels systèmes d'arme ? Comprenez ce que je veux dire : nous avons décidé de bannir les armes biologiques, mais si jamais on soupçonnait nos adversaires d'en préparer, il nous faudrait avoir un arsenal meilleur et plus puissant que le leur.

— Un cycle infernal, n'est-ce pas ?

— Oui, mais vous n'avez pas répondu à ma question.

— Ce n'était pas la peine, Kat. La poser, c'est y répondre. »

Elle hésita, esquissant un sourire. « Quel était votre grade dans l'armée, commandant Holt ?

— Dans l'Air Force ? Brigadier Général.

— Je me disais, aussi... Je vous voyais bien avec deux ou trois étoiles sur les épaules, étant donné votre niveau de connaissances.

— Et vous voudriez me poser d'autres questions, n'est-ce pas ? »

Elle acquiesça. « Par exemple, j'aimerais savoir s'il n'existerait pas quelque part un stock de canons laser antipersonnel de construction américaine.

— Quel dommage que je ne puisse ni confirmer ni infirmer cette possibilité », répondit Holt avec un sourire.

Kat sentit un frisson lui courir dans le dos, mais elle ne trahit pas son émotion et sourit elle aussi, s'apprêtant à partir.

Le commandant la retint par la manche. « Kat ? Si c'est bien un tel système que l'on a utilisé contre le SeaAir et le Meridian... En d'autres termes, si on trouve ces trucs sur le marché... il faut absolument faire passer le mot, quel que soit l'impact sur l'économie de l'industrie aéronautique, et qui que ce soit qui les construit.

— Compris.

— Non, je suis sérieux. Vous comprenez, personne ne voudra en entendre parler. La FAA va tout faire pour étouffer la rumeur et il leur faudra un siècle pour pondre un rapport non concluant ; quant à l'Association des Transporteurs aériens, ils affirmeront qu'il ne s'agit que de cas isolés qui ne se reproduiront plus. Sans compter que les services de renseignement qui ont mal fait leur boulot et n'ont pas vu arriver le coup voudront enterrer toute l'affaire pendant que leurs clandestins se démèneront comme des beaux diables pour coincer l'organisation qui a décidé d'utiliser ces engins. Et pour ce qui est du public, il n'aura qu'une envie, mettre la tête dans le sable, en se faisant croire que c'est une question trop technique pour qu'il la comprenne... et le Congrès, enfin, se réunira et décidera, comme d'habitude, qu'il est urgent d'attendre. Mais si ces armes sont vraiment dans la nature aujourd'hui, si elles se vendent et s'achètent — il faut les bannir sur toute la planète, comme les mines. »

Judy, le chef de cabine, aperçut Kat au moment où elle quittait le cockpit et elle alla l'installer en première classe, où une place l'attendait à côté de Robert. Celui-ci avait regardé s'éteindre les dernières lueurs du couchant par le hublot, et un grand sourire éclaira son visage lorsqu'il vit la jeune femme arriver.

« Ah, Kat, vous me manquiez. »

Elle lui rendit son sourire, ressentant un bien-être extraordinaire à se retrouver assise auprès de lui, comme s'ils étaient de vieux amis, deux personnes se connaissant depuis des années et non depuis deux jours. Dallas était installée à côté de Steve et Dan à côté de Graham Tash. Ce dernier s'était endormi, mais il se réveilla brusquement et se tourna vers Kat.

« Comment ça va, docteur ? »

Graham se frotta les tempes. « J'essayais de ne pas rêver et de ne pas penser, répondit-il en se redressant sur son siège.

— Et vous, vous tenez le coup ? demanda Robert à Kat.

— Vous voulez parler de fatigue ? répondit-elle avec un petit rire. Je ne suis pas blessée et je ne suis pas la survivante d'un crash... et je n'ai pas vu les horreurs dont vous avez été les témoins. »

Elle commença à se lever, pour sortir le téléphone satellitaire de son sac et changer la batterie — elle en avait une en réserve dans son sac — mais le souvenir de ce que lui avait confié le commandant de bord lui revint à l'esprit et elle se rassit. « Nous avons à parler, dit-elle à Robert. Carnegie devait savoir quelque chose d'extrêmement important, de vital, même, et il faut trouver ce que c'était. Nous n'avons pas beaucoup de temps.

— Je croyais que vous en étiez déjà convaincue.

— Il y a autre chose dont je suis convaincue, Robert. Indépendamment des deux catastrophes du SeaAir et du Meridian, plus je réfléchis à la question, plus je suis persuadée que l'engin que nous avons trouvé dans le Global Express est destiné à brûler les yeux. Un laser, une arme à particules, un truc exotique genre rayon de la mort... en tout cas un appareil conçu uniquement pour aveugler. Il semble que l'armée ait étudié ce procédé depuis des dizaines d'années, ce qui signifie qu'ils en ont construit. Forcément. Ma conclusion est qu'une bande de gens prêts à tout s'est trouvé un nouvel outil à mettre au service des terroristes les plus offrants de la planète, et qu'ils ont probablement volé ces appareils à l'armée américaine.

— Et où tout cela nous mène ?

— Au téléphone, dans une seconde. Il faut que je rende compte à mon patron, et nous devons trouver où se cache le stock de ce système d'arme, afin que quelqu'un aille voir s'il n'en manque pas quelques-unes.

— La plaque avec les numéros de série laissait à penser que c'était un engin militaire fabriqué aux États-Unis.

— Exactement. » Elle essaya d'étouffer un énorme bâillement et fit un mouvement de tête vers l'allée. « Je vais aller me débarbouiller un peu et me recoiffer ; mais si vous êtes capable de rester éveillé, nous pourrions essayer de brancher votre ordinateur à l'un des téléphones de l'avion et aller à la pêche. Il faut absolument découvrir ce que savait votre ami. »

Il acquiesça. « J'ignore comment vous allez vous y prendre, mais je vais sans aucun doute rester éveillé. Je suis trop fatigué pour dormir, d'ailleurs. Et j'ai probablement déjà franchi le seuil des bonnes manières, de toutes les façons. »

Elle eut un petit rire et secoua la tête. « Vous savez, pour quelqu'un qui non seulement a dormi dans ses vêtements depuis deux jours, mais survécu à une catastrophe aérienne, couru dans la jungle et volé dans un hélicoptère piloté par une dingue, vous êtes fan-tas-ti-que !

— Vous ne sentez pas encore l'odeur... Remarquez, on a pu prendre une minuscule douche, dans le Global Express. Mais je me sens tout de même encore crasseux.

— Eh bien, cher monsieur, ça ne se voit pas. C'est sans doute ce qu'on appelle le chic jungle. Je crois qu'il nous convient. »

Sa main gauche était posé sur l'appuie-bras, entre les sièges ; Robert avait posé si doucement la sienne dessus qu'elle ne s'en rendit compte que lorsqu'elle voulut se lever. Elle le regarda avec un sourire esquissé ; il le lui rendit, accompagné d'une petite pression des doigts.

« Vous savez, madame Bronsky, j'aime bien ce que vous avez dit... ce *nous*.

— Vraiment ? demanda-t-elle, feignant la surprise. Et pourquoi donc ?

— Je ne sais pas. C'est probablement parce que les filles avec un beau...

— Un beau quoi ? le coupa-t-elle, les sourcils arqués.

— Un beau pétard dans la poche...

— Tiens-tiens... et qu'est-ce qu'il a de spécial, ce pétard ?

— Il me branche.

— Il ne s'agit que d'un modeste 9 millimètres, lui rappela-t-elle.

— J'aurais horreur que vous disiez ça de moi », répliqua-t-il.

Elle se leva alors, roulant des yeux et se retenant de rire. Puis, redevenue sérieuse, elle prit son téléphone et la batterie de rechange dans son sac.

« Vous m'inquiétez, Mr McCabe. »

Après s'être entendus avec les hôtesses, Kat et Robert déployèrent l'antenne du téléphone satellitaire et la mirent en place contre le hublot en plexiglass ; puis ils vérifièrent l'indicateur de signal et composèrent le numéro de Jake Rhoades.

Il répondit dès la première sonnerie.

« Jake ? C'est Kat.

— Bon Dieu, Kat, qu'est-ce qui se passe ?

— Je n'ai pas eu la possibilité de vous appeler avant.

— OK, OK. Où êtes-vous ?

— Et vous, Jake, *où* êtes-vous ? Pas au quartier général, j'espère ?

— Non. Je suis revenu chez moi pour quelques heures. Comment avez-vous eu l'idée d'appeler sur cette ligne ?

— Il fallait que je vous parle en minimisant le plus possible les chances que cette communication soit interceptée. Mon appel précédent l'a été. Je crois que nous avons une fuite au Bureau même.

— *Quoi !* »

Elle lui raconta en quelques mots comment la fausse équipe du FBI avait bien failli les avoir.

« Jake... j'ai honte de devoir vous l'avouer, mais nous avons perdu le jet, l'arme et le prisonnier. » Elle lui raconta comment elle avait vu partir le Global Express avec, supposait-elle, l'arme à bord.

Il y eut un long soupir à l'autre bout de la ligne. « Oh, nom d'un chien... Et moi qui croyais qu'on les tenait, Kat ! L'arme, ou leur espèce d'engin, était un élément crucial.

— Vous nous avez sauvé la vie en répondant rapidement, il y a quelques heures. Nous étions en péril de mort sans le savoir, et vous nous en avez apporté la preuve.

— Je n'arrivais pas à comprendre ce que vous fabriquiez à Honolulu, alors qu'on m'avait dit que votre nouvelle destination était les îles Midway. Personne ne vous attendait à Hawaii. Ces noms que vous nous avez envoyés étaient donc des faux.

— Exact.

— Ces types devaient être fichtrement convaincants.

— Vous n'imaginez pas. Même les marques spéciales et l'hologramme sur leur carte d'identité étaient parfaits, Jake. Je ne sais pas d'où ils sortent, mais ce sont des professionnels de haut vol, utilisant du matériel dernier cri. Et pour couronner le tout, ce sont d'excellents acteurs. Je n'ai pas eu un instant de doute.

— Dans ce cas, vous ne pouviez rien faire, sinon m'appeler à votre arrivée.

— Ils ont eu l'astuce de me dire que l'adjoint du directeur Jake Rhoades avait donné un ordre bien précis : je ne devais en aucun cas vous appeler.

— Attendez un instant, Kat... ils ont employé mon nom ?

— Oui. L'un d'eux, en tout cas. Celui qui disait s'appeler Hawkins. Comme je vous le disais, tout cadrait parfaitement. C'est tout juste si on a pu leur échapper. Comment se fait-il qu'ils aient pu disposer d'autant d'informations ? Avez-vous une idée ?

— Aviez-vous dit à quelqu'un d'autre où vous alliez ? Après tout, c'est peut-être votre téléphone qui est sur écoute.

— Hautement improbable, étant donné la nature numérique et brouillée du signal. Vous vous souvenez de nos briefings : cela revenait pratiquement à envoyer des messages codés, et mon nom ne figure nulle part en face de ce numéro. »

Elle pensa un instant à la conversation qu'elle avait eue avec Jordan James, mais chassa cette idée. D'ailleurs, elle n'avait à aucun moment mentionné sa destination au cours de l'appel. « Voulez-vous que je vous dise pourquoi je suis si sûre que la fuite vient du coup de fil que je vous ai donné, Jake ?

— Oui, bien sûr.

— Un ophtalmologue attendait à Honolulu. C'était à vous, et à vous seul, que je l'avais demandé.

— Doux Jésus, dit-il doucement.

— Sans compter qu'il n'y a pas que ça. J'ai reçu un appel en vol, pendant que nous faisions route vers Honolulu. Il provenait soi-disant de Langley. Il faut que je vous en parle, car c'est à cause de cet appel que je suis tombée dans le panneau.

— Vous n'êtes pas la seule, Kat. Nous avons été promenés, nous aussi, probablement par la même personne se prétendant notre correspondant à la CIA.

— Alors ? Vous en concluez quoi ? À qui diable avons-nous affaire ?

— Il y a bien une hypothèse qui a cours ici... commença-t-il.

— Laquelle ? l'encouragea-t-elle.

— Eh bien, ce qui me frappe, c'est que tout ce que vous m'avez dit jusqu'ici ne fait que la renforcer.

— Mais encore ?

— Que nous sommes finalement en face d'un phénomène que certains analystes ont prévu depuis longtemps : une organisation pratiquant le terrorisme pour le profit et qui ne fait que s'éclaircir la gorge pour obtenir toute notre attention.

— Des mercenaires ?

— Pire encore. Ils travaillent peut-être pour eux-mêmes. On peut imaginer une organisation déterminée à bien faire connaître son pouvoir avant de demander une rançon faramineuse pour ne plus tuer.

359

— Ça me fait mal au cœur de le dire, mais cette idée m'était aussi passée par la tête.

— À ce propos, le NTSB a tenu ce matin une nouvelle conférence de presse pour réagir devant les spéculations lancées par les médias. Pour résumer ce qu'ils ont dit, la chute du SeaAir en mer serait due au fait que les deux pilotes ont perdu la vie en même temps pendant le vol.

— En d'autres termes, il s'agirait du même scénario que sur le Meridian.

— Sauf que sur le Meridian, l'un des pilotes s'est accroché à la vie, ajouta Jake. Le NTSB n'a pas dit comment les deux pilotes avaient été occis, et même si la presse a posé des questions sur la possibilité de trucs comme des explosions et des fumées toxiques, le bureau de sécurité a dit qu'il ne savait pas. »

Kat réfléchit pendant quelques secondes avant de répondre. « Si c'est vrai, Jake... si cette organisation est responsable des deux catastrophes, et s'il s'agit d'une affaire d'extorsion de fonds sans précédent qui débute... alors, le fait qu'ils n'aient pas revendiqué les attentats ni soumis leurs exigences signifie sans l'ombre d'un doute qu'ils vont frapper de nouveau.

— Exactement. Nous avons fait la même évaluation.

— Bon Dieu ! Mais comment une telle association peut-elle aller aussi loin rien que pour tuer Robert McCabe et les autres rescapés, et seulement parce qu'il existe une vague chance qu'ils sachent quelque chose ?

— Si l'on considère l'ampleur de ce qu'ils ont déjà accompli et le fait qu'ils sont capables de conduire leurs opérations dans le monde entier, il n'est pas tellement surprenant, au fond, qu'ils remuent ciel et terre pour se débarrasser de McCabe et de tous ceux à qui il aurait pu parler.

— Moi y comprise, évidemment.

— Vous y comprise. Bon. Et maintenant, que faisons-nous ?

— N'est-ce pas plutôt à moi de vous poser la question ? Je suis épuisée, Jake. Nous sommes tous épuisés. » Elle lui dressa alors un tableau de l'état du petit groupe. « Je me demande même si l'ophtalmo de Honolulu n'était pas bidon.

— Ce que je voulais savoir, Kat, c'était l'endroit où nous allions nous retrouver, à votre arrivée. Il ne faut pas rater notre coup, cette fois, et étant donné que vous êtes sur un vol commercial, il ne devrait pas y avoir de problème de diversion.

— Au Sea-Tac Airport de Seattle, répondit-elle, lui donnant aussi l'heure d'arrivée prévue.

— Nous serons là en force, Kat. À la porte. »

Kat hésita, résistant à un violent désir de soulever la question du système d'arme destiné à aveugler qu'aurait peut-être mis au point l'armée américaine ; mais elle comportait trop d'implications politiques redoutables. Il valait sans doute mieux réfléchir encore avant de discuter de tels soupçons avec un haut responsable du FBI.

« Je vous appellerai de Seattle », dit-elle finalement avant de raccrocher. Elle jeta un coup d'œil à Robert et resta assise en silence pendant quelques instants, se demandant si on n'avait pas tendance à voir d'autant plus de conspirations partout qu'on était fatigué. Pourquoi n'avait-elle pas mis Jake Rhoades au courant ?

La soudaine sonnerie de son téléphone la prit au dépourvu ; elle sursauta, l'appareil lui échappa des mains et elle dut littéralement jongler pour le rattraper avant qu'il ne heurte le sol. Robert s'efforçait de ne pas rire, et elle lui sourit d'un air quelque peu déconfit lorsqu'elle déroula l'antenne et appuya sur le bouton.

« Katherine ? C'est toi ? demanda Jordan James.

— Oui, Jordan ! Vous n'imaginez pas combien cela me fait plaisir de vous entendre. D'où appelez-vous ?

— De chez moi. J'utilise la ligne sécurisée qui a été installée la semaine dernière par mes services.

— Vous êtes seul ?

— Oui. Pourquoi ? »

Elle répéta une fois de plus son récit, qui s'acheva sur la question potentiellement offensante qu'elle ne pouvait pas ne pas poser. « Oncle Jordan ? Je suis désolée de vous demander une telle chose, mais il faut que je sache... Êtes-vous sûr des gens avec lesquels vous avez parlé, à Langley ? Car quelqu'un a intercepté tout ce que je vous ai dit. »

Elle l'entendit qui s'éclaircissait la gorge. « C'est la raison pour laquelle j'ai cherché à te joindre à tout prix, Kat. Nous avons une fuite très sérieuse.

— Que voulez-vous dire ?

— Que le problème n'est ni Langley ni mes téléphones... mais le Bureau. Tu ne dois rien leur dire tant que cette fuite n'aura pas été colmatée.

— C'est... ça n'a pas de sens !

— Toujours est-il que tu es dans le collimateur de quelqu'un, et que toutes les informations dont les autres ont eu besoin ont leur origine dans tes appels à Jake Rhoades.

— Voyons, Jordan, c'est mon patron ! Il est absolument impossible que Jake soit...

— Jake n'est évidemment pas concerné. D'ailleurs, je serais sérieusement étonné que de véritables agents du FBI soient impliqués ; n'empêche, il y a quelqu'un qui dispose d'un accès au Bureau. Il faut me faire confiance à présent, Kat. Ne m'as-tu pas dit que les cartes d'identité de ces types, à Honolulu, étaient irréprochables ?

— Oui.

— Pour la bonne raison qu'elles étaient authentiques.

— C'est impossible ! Nous n'avons aucun agent portant ces noms.

— Ce n'est pas la question. Ces cartes d'identité ont très bien pu être fabriquées dans le même service que celui qui fait les bonnes — comme la tienne, Kat. Ces gens ont pénétré l'organisation. Est-ce qu'ils ne connaissaient pas le jargon ? Est-ce qu'ils n'avaient pas l'allure générale de tous tes collègues ?

— Si. » Elle avait la tête qui tournait, et sa résistance à une idée aussi folle s'effritait devant l'autorité de Jordan et la logique de ses arguments.

« Le problème est grave, Kat. Le type qui mène le bal a accès à tout ce dont il a besoin pour te repérer, toi et tes protégés. Je ne peux pas te dire comment je le sais, parce que je l'ai obtenu d'une source, disons, surprenante, mais j'espère surtout qu'il n'y a qu'une seule taupe au FBI et qu'elle est parmi le personnel administratif. »

Elle resta quelques secondes sans rien dire ; elle sentait le sang battre à ses oreilles et n'arrivait pas à croire que tout cela était réel.

« Mais alors, Jordan, qu'est-ce que je dois faire ?

— Avant tout, j'insiste là-dessus, tu ne peux faire confiance à aucun de tes collègues du Bureau tant que nous n'avons pas repéré l'origine de la fuite. Tu dois partir du principe que, virtuellement, toutes les conversations que tu as avec eux par téléphone sont répercutées à l'étranger, jusqu'au cerveau qui se cache derrière cette opération.

— À l'étranger ? Vous en êtes sûr ?

— Sinon, rien ne cadre plus. N'oublie pas que j'ai été directeur de la CIA, il y a une quinzaine d'années. Il m'en est resté quelque chose...

— Vous avez tenu tellement de postes importants, Oncle Jordan. J'avais oublié la CIA.

— Eh bien, crois-moi, ma petite Kat. Quelle est votre destination, à l'heure actuelle ? »

Elle réfléchit rapidement et décida qu'il suffisait de l'avoir déjà donnée à Jake. « Je... je ne pense pas que je devrais en parler sur cette ligne, Jordan.

— Oui, bien sûr. C'est une bonne précaution. L'as-tu donnée à Jake Rhoades ?

— Oui.

— C'était bien ce que je craignais. OK, écoute-moi bien, à présent. Quoi que tu envisages, ne quittez pas cet appareil d'une manière normale, et ne prends surtout pas le risque d'être interceptée par de soi-disant agents du FBI ; ne te laisse accompagner par aucun. Si tu as donné votre destination à Jake, il est à peu près certain que tu auras droit à un comité d'accueil, mais pas celui que tu souhaiterais.

— Je suis sûre que Jake va tout faire pour que cela ne se reproduise pas.

— Il s'est fait avoir à Honolulu, non ? Qui que soient ces gens, ils trouveront le moyen de détourner, contenir, distraire, voire neutraliser l'équipe que t'enverra Jake. Nous sommes incapables de distinguer entre le vrai et le faux, dans cette affaire, et nous ne le pourrons pas tant que nous n'irons pas au fond des choses — et au fait, je vais aller en parler à la Maison-Blanche tout de suite après ce coup de fil. Et tant que nous n'aurons pas identifié la fuite, tu devras rester planquée et ne rien dire à personne du Bureau ; parce que si tu le fais, l'information ira directement à l'ennemi.

— Oncle Jordan, je...

— Plus de questions, Katherine. Fais ce que je te dis, un point c'est tout. Ta vie en dépend. Compris ?

— Oui, mais je suis un agent du FBI, Jordan. Comment voulez-vous que je fuie mes propres collègues ?

— Si tu ne le fais pas, Kat, je te perdrai et nous perdrons tous les rescapés que tu as ramenés avec toi. Écoute... j'ai promis à ton père, avant sa mort, de m'occuper de toi chaque fois que tu aurais besoin d'un coup de main, et je sais qu'il te dirait exactement la même chose que moi : trouve-toi une planque et restes-y sans bouger avec tes protégés. Une fois que tu auras la certitude que personne, absolument personne, ne sait où tu es, appelle-moi. Mais pas au département d'État. Seulement sur cette ligne. Nous avons besoin de temps pour débusquer les gens qui sont là-derrière. Et nous les débusquerons. Ta responsabilité est de te protéger et de protéger les cinq personnes qui sont avec toi. Ne t'occupe que de ça.

— Entendu, Oncle Jordan. Merci.

— Tu vas t'en sortir, Katherine. »

Elle coupa la communication et se mit à se frotter le front du bout des doigts, dans un état de confusion plus grand que jamais, consciente que Robert, à côté d'elle, mourait d'envie de la bombarder de questions.

« Un oncle ? » demanda-t-il, d'un ton aussi peu intrusif que possible.

Elle lui expliqua alors quel était son mystérieux correspondant.

« Quoi ? *Le* Jordan James ? s'exclama Robert, se redressant dans son siège et prenant un air excité. Vous connaissez Jordan James ? »

Elle acquiesça. « C'était un ami de toujours de mon père, et je l'ai considéré toute ma vie comme un oncle.

— Vous m'impressionnez, Kat. James joue dans la cour des grands, celle des Foster Dulles, Clark Clifford et Henry Kissinger. L'incontournable conseiller du Président.

— Eh oui. C'est mon Oncle James. » Elle se tourna vers le journaliste et le regarda droit dans les yeux. « Dites-moi, Robert, est-ce que Walter Carnegie n'aurait pas pu trouver un moyen de sauvegarder ce qu'il avait découvert pour vous le faire parvenir, d'une manière ou d'une autre ? »

Robert hocha lentement la tête. « S'il a pu en trouver un, il l'a certainement fait. Évidemment, je ne sais pas ce qui a pu lui faire peur ou l'empêcher de venir à notre rendez-vous. Mais c'était un véritable scientifique et je suis convaincu qu'il a tout fait pour mettre sa découverte en lieu sûr.

— Autrement dit, il doit y avoir pour vous, quelque part, un message de lui ; un document qu'il a rédigé avant sa mort et qui contient les informations dont nous avons besoin, ou au moins des indications sur la manière de le trouver. C'est bien ça ?

— Oui, mais où ? Dans une lettre ? Dans un e-mail ? Glissé sous mon paillasson ? Vous comprenez, les possibilités sont infinies.

— Non, pas pour un homme pris de panique, Robert. Nous devons nous efforcer de penser comme lui, essayer de voir les choix que lui-même envisageait, et nous n'avons pas beaucoup de temps. J'ai le sentiment très désagréable que notre sinistre bande de terroristes est prête à frapper à nouveau, et que quoi que Carnegie ait voulu vous faire savoir, c'est l'antidote. »

Le journaliste soupira. « Dans ce cas, le mieux est de brancher tout de suite mon portable sur cet incroyable téléphone futuriste et de se mettre au boulot. »

34

À bord du vol United 723, en vol
150 nautiques à l'ouest de Seattle, État de Washington
13 novembre — jour deux
23.50 heure locale/0750 zouloue

Pendant près de deux heures, Robert McCabe multiplia les tentatives sur son portable, branché par modem au téléphone de l'avion. Il consulta son courrier électronique personnel, celui qu'il avait au *Washington Post,* fit des recherches du côté de son secrétariat, et s'efforça, en vain, de s'infiltrer dans le courrier électronique de Walter Carnegie. Sa frustration ne fit que croître lorsque le DC-10 entama sa descente sur Seattle.

« Vous n'avez pas d'autres boîtes à lettres électroniques ailleurs, un site Internet, quelque chose ? lui demanda Kat.

— Non, répondit-il, réfléchissant pendant quelques secondes. Attendez un instant... » Il pianota sur son clavier et l'ordinateur appela un nouveau numéro.

« Qu'est-ce que vous faites ?

— Oh, une idée qui m'est passée par la tête, mais qui ne donnera probablement rien. » On vit apparaître le logo d'un service Internet sur l'écran ; Robert attendait, les doigts au-dessus des touches.

« Oui ! s'exclama-t-il, faisant sursauter Kat.

— Oui quoi ?

— Une seconde. » Il tapa sa réponse à une requête de mot de passe. Puis une deuxième. La troisième fut la bonne. Il se tourna vers Kat, triomphant. « Walter a créé un nouveau site

366

sous mon nom dans son service Internet, et il s'est servi de son propre nom comme mot de passe.

— Comment y avez-vous pensé ?

— Pure intuition, j'en ai peur.

— Fichtrement impressionnant, Watson, remarqua Kat. Je vois que vous avez même un message.

— Je l'appelle à l'écran. »

Robert,

Depuis que tu as trouvé ceci, il est probable que plusieurs semaines se sont écoulées et qu'il m'est arrivé quelque chose. J'ai calculé que lorsque tu recevrais une facture pour un compte e-mail que tu n'avais pas créé, tu irais à la pêche. J'ai la conviction que tout ce que j'aurais pu envoyer sur ton site normal sera contrôlé.

Je suis absolument désolé de n'avoir pu être à notre rendez-vous. On me suivait et il m'a fallu disparaître ; je ne voulais pas te mettre en danger en prenant contact avec toi à ce moment-là. Je ne sais pas qui sont ces gens, mais je peux t'assurer que je n'ai ni visions ni hallucinations. Quelqu'un (ou un groupe de personnes) paraît extrêmement contrarié que je ne me sois pas sagement contenté de retourner à mon bureau de la FAA et de la fermer. Si bien que, quel que soit mon sort au moment où tu liras ceci, il est temps que tu sois mis au courant de ce que je sais. Tu pourras peut-être achever de reconstruire le puzzle et rendre la chose publique.

Le message qui suit est générique, et comporte des références que, j'espère, tu n'auras pas de mal à identifier rapidement. Il y a tout d'abord un homme que tu dois trouver dès que possible. Te souviens-tu de notre discussion sur ton article concernant la guerre en Irak et la technologie, et ce que tu m'as dit des autres nouveaux tours que l'Oncle Sam avait dans son sac ? OK. Ce type les connaît et sait pourquoi personne n'en a parlé. Tu devrais être en possession de son nom et de ses coordonnées au moment où tu liras ceci, sans peut-être le savoir encore. Réfléchis bien. Ça se termine par le chiffre 43. Les pièces essentielles du dossier sont LOCalisées dans mon refuge favori sous le nom WCCHRN.

Une dernière chose. N'oublie pas les exhortations de Pogo sur l'identité de l'ennemi et sois très prudent, car ils sont à nos trousses ! Walter.

Kat prit un carnet de notes et recopia le message avec soin. « Bon, dit-elle à Robert, et maintenant, qu'est-ce que ça signifie ?

— La discussion sur la guerre d'Irak et la référence à l'Oncle Sam concernent très probablement les nouvelles technologies militaires, mais... je ne m'en souviens que très mal. Cela remonte à longtemps.

— Et son refuge favori, qu'est-ce que c'est ?

— Je suppose qu'il fait allusion à un restaurant, sans doute celui du Willard Hotel, mais pourquoi et comment y déposer une disquette ?

— Qu'est-ce qui vous fait croire que c'en est une ?

— Je connaissais bien Walter. C'était devant un ordinateur qu'il pensait le mieux.

— Mais pourquoi dire que les dossiers sont enfermés ? »

Robert se gratta un instant le menton. « Je ne sais pas. Il va falloir y réfléchir. Peut-être voulait-il parler de son domicile, en fin de compte.

— Où se trouve-t-il ?

— À Arlington. Une petite maison. Il avait divorcé, il y a quelques années. Elle voulait profiter de la vie, lui voulait se consacrer avant tout à son travail. Cette maison lui ressemble — lui ressemblait, le pauvre vieux. Meublée dans le style "rebut de la guerre de Sécession".

— Son fantôme va certainement venir vous tirer les pieds pour celle-là, Robert. Encore une question. Il parle d'un message que vous devriez avoir reçu ; mais vous avez vérifié tout votre courrier électronique, n'est-ce pas ?

— Attendez ! » Il débrancha l'ordinateur et composa un numéro spécial sur le téléphone ; après quoi il tapa quelques chiffres de plus et regarda Kat pendant qu'il attendait la réponse. « J'ai perdu mon beeper quelque part dans la jungle, mais le système-mère garde les messages pendant des semaines. » Il se pencha pour écouter ce qu'un lointain ordinateur avait en réserve pour lui, et nota les messages sur le carnet de sténo que Kat avait encore sur les genoux. Soudain il se redressa, souriant, écrivit un nom et le mot *Las Vegas*, puis reposa l'écouteur.

« C'était ça, Kat ! Walter s'est servi de mon beeper. Le nom de son *Gorge Profonde*[1] est Brett Thomas, médecin à Las Vegas. Le message se terminait sur 43.

---

1. Allusion à l'informateur, demeuré secret, des journalistes du *Washington Post* pendant l'affaire du Watergate. (*N.d.T.*)

— On ferait mieux de le trouver rapidement. On ne doit pas être les seuls à le chercher. »

Kat était retournée s'asseoir derrière le commandant de bord au moment où le gros DC-10 abordait le Puget Sound par le sud. Le copilote enleva les couvertures et coussins qui obturaient le pare-brise, de son côté, pendant que l'appareil virait au-dessus d'Elliot Bay et se branchait sur l'approche aux instruments, en vue d'un atterrissage sur la piste 16 de l'aéroport de Seattle.

« Train d'atterrissage baissé, prêt pour la check-list », entonna Holt au moment où l'appareil s'engageait sur le rail invisible de l'ILS et entamait sa descente finale. « Jerry ? ajouta-t-il à l'intention du copilote, tu règles ton siège au plus bas et tu ne regardes pas à l'extérieur, juste au cas où.

— Jusqu'au moment où on touche ? »

Holt acquiesça et se tourna vers l'ingénieur de vol. « Toi aussi, Joe. Je sais que c'est contre la procédure habituelle, mais je tiens à ce que vous soyez protégés tous les deux.

— Vous craignez qu'on puisse tirer sur nous depuis l'un des bâtiments qui bordent l'aéroport, n'est-ce pas ? » demanda Kat.

Le commandant acquiesça. « Un avion n'est jamais aussi vulnérable qu'au moment du décollage et de l'atterrissage, comme vous le savez. Et avec vous à bord...

— Je comprends, et j'approuve votre prudence.

— Cinq cents pieds, tout au vert », lança le copilote, concentré sur les instruments. L'avion passa au-dessus des derniers bâtiments situés avant les pistes, puis, sans incident, franchit la route nationale qui les bordait et se posa délicatement sur le tarmac. Holt entama la procédure de freinage, inversa la poussée des trois gros moteurs tout en gardant le train avant sur la ligne blanche centrale.

Kat, qui avait détourné les yeux jusqu'au moment où l'avion avait touché le sol, aperçut alors, du côté du satellite nord que l'appareil était supposé rallier, un certain nombre

369

de grosses limousines noires et de voitures de police disposées autour de la passerelle de débarquement.

La réalité de ce que cela signifiait la fit frissonner de la tête aux pieds. Il avait été convenu avec Robert et les autres rescapés qu'ils resteraient dans l'appareil après le débarquement des autres passagers et que l'équipage refermerait les portes sur eux, mais la précaution serait-elle suffisante ? Judy avait promis de n'ouvrir à personne tant que Kat n'aurait pas vérifié par téléphone le nom des agents chargés de les accueillir.

Malgré ces précautions, les mises en garde de Jordan James continuaient à lui trotter dans la tête et remettaient en question sa décision de faire confiance à Jake. *Ils sont là, comme Jake l'a promis. Mais si Jordan avait raison ?*

Ils passaient à présent devant le satellite nord, à proximité du terminal principal, et ralentissaient en douceur. La tour de contrôle leur demanda de quitter la piste pour les voies d'accès au tout dernier moment, ajoutant un post-scriptum que Kat faillit ne pas remarquer.

« ... Et prenez immédiatement contact avec votre compagnie. »

Le copilote régla la radio sur la fréquence de United et appela.

« Bien reçu, 723, lui répondit-on. Changement de plan. Du fait d'une... requête des douanes américaines et du FBI, vous devez vous garer brièvement au satellite sud, porte S-10. Que tout le monde reste à bord. Lorsque ces messieurs en auront terminé, vous serez tracté jusqu'à N-8. »

Kat sentit son rythme cardiaque s'accélérer lorsque le commandant se tourna vers elle. « On dirait qu'on prend des précautions exceptionnelles pour vous. Nous ne nous garons jamais devant le satellite sud, sur des vols intérieurs. »

Holt engagea le DC-10 dans un virage à gauche pour quitter la piste ; Kat restait pétrifiée et silencieuse, derrière lui, réfléchissant aussi vite qu'elle le pouvait. *Il y avait des voitures de police et des véhicules banalisés devant le satellite nord. Soudain, on nous demande de nous arrêter au terminal sud. Pourquoi ?*

Les paroles de Jordan lui revinrent à l'esprit : *Qui que soient ces gens, ils trouveront le moyen de détourner, contenir, distraire, voire neutraliser l'équipe que t'enverra Jake. Nous ne savons pas en qui nous pouvons avoir confiance.*

Le DC-10 s'était engagé sur la voie d'accès et roulait en direction du nord ; le satellite sud n'était distant que d'environ quatre cents mètres.

Kat se pencha sur l'épaule de Holt. « Commandant, veuillez m'écouter. Tout me fait penser que mes collègues ont été doublés, et qu'ils nous attendent en réalité au terminal nord. Cette diversion ne peut vouloir dire qu'une chose : que les gens auxquels nous ne voulons surtout pas avoir affaire nous attendent au sud. »

Holt se tourna. « Pas de problème. Nous allons rouler jusqu'au terminal nord et faire comme si nous n'avions rien compris.

— Non ! Cela... pourrait mettre tous les autres passagers en danger. Il vaut mieux marquer un arrêt ici et vous continuerez ensuite jusqu'au terminal sud.

— Que voulez-vous faire ?

— Nous allons descendre par la porte arrière droite en utilisant le toboggan. »

Le commandant réfléchit quelques secondes et acquiesça. « Entendu. Je vais m'arrêter à un endroit où l'on ne pourra pas voir la manœuvre depuis le terminal, puis Judy s'occupera de vous faire évacuer. D'accord pour utiliser le toboggan, mais je vais avoir besoin de votre témoignage d'ici une semaine ; sinon, la compagnie va me licencier pour l'avoir utilisé sans motif.

— Je le ferai, promis.

— Qu'est-ce qu'on va leur dire, au terminal ? demanda Holt.

— Que vous n'avez rien compris à ce qu'on vous avait demandé. Que vous n'avez rien vu. Il faut que vous gagniez du temps pour nous. L'un de ces groupes n'appartient pas au FBI. Si vous dites que vous allez vérifier leurs noms au quartier général du Bureau et qu'ils partent, vous aurez compris.

— Entendu. Allez-y. Appelez-moi par l'interphone avant d'ouvrir la porte. »

Kat lui tapota l'épaule, le remercia et se leva pour quitter le cockpit. Elle s'efforça de ne pas avoir l'air trop paniquée lorsqu'elle rassembla les rescapés. Steve prit son sac et celui de Kat sans qu'elle le lui demande et tous se pressèrent de gagner l'arrière de l'avion.

Le DC-10 se déplaçait avec une lenteur anormale, ce qui n'échappa pas à la tour de contrôle. « 732, ici Seattle. Avez-vous un problème ?

— Négatif, Seattle. C'est simplement un passager un peu agité qui s'est levé trop tôt de son siège. Nous allons attendre ici, le temps qu'on l'ait convaincu gentiment de se rasseoir. »

Kat avait informé Judy de ce qui avait été prévu pendant qu'ils s'avançaient dans l'allée, sous le regard médusé (qu'elle cherchait à éviter) des autres passagers. Le chef de cabine tira le rideau qui séparait la dernière rangée de l'arrière de l'appareil et plaça la main sur la commande de la porte, tandis que Kat décrochait l'interphone pour appeler le cockpit.

« Commandant ? Nous sommes prêts.

— Très bien. L'appareil est dépressurisé et à l'arrêt. Allez-y. Faites attention en glissant sur le toboggan... et bonne chance. »

Kat le remercia et raccrocha ; Judy ouvrit la porte et déclencha le gonflement du toboggan.

« Attendez ici, sautez quand je vous le dirai et mettez-vous en position assise. Une fois au sol, courez !

— Il faut sauter *et* s'asseoir ? demanda Dallas. Vous êtes bien sûre que c'est dans cet ordre ? »

L'hôtesse acquiesça. « Nous le faisons tout le temps. »

La Noire parut sincèrement étonnée. « Les passagers descendent tout le temps comme ça ?

— Bien sûr que non ! répondit Judy avec un sourire, secouant la tête. Seulement nous, pendant les entraînements. Allez-y ! »

Steve sauta le premier, suivi de Graham et de Dan, que Robert avait guidé jusqu'au bord de la glissière. Le journaliste s'élança à son tour, mais Dallas restait plantée à côté de la porte, immobile, suivant les autres des yeux.

« Nom d'un chien, c'est fichtrement haut !

— Nous n'avons pas le temps d'épiloguer là-dessus, lui dit Kat.

— Écoutez, mon chou, allez-y tous, si vous voulez, mais je crois que je vais plutôt me cacher dans les toilettes en attendant le printemps.

— Pas question !

— Je n'ai aucune envie de sauter là-dessus, Kat ! La gravité et moi, on ne s'entend pas.

— Rien de plus simple, vous verrez, l'encouragea Judy.

— Alors, allez-y à ma place. Un peu de maquillage foncé, et vous pourriez sans peine passer pour moi. Je resterai ici pour servir les boissons et chouchouter les pilotes.

— Dallas ! s'énerva Kat en la prenant par les épaules. Sautez tout de suite ! » C'est tout juste si elle ne lui botta pas les fesses pour l'expédier sur le toboggan, où la Noire atterrit avec un petit cri angoissé, ayant déjà parcouru un quart du chemin. Elle toucha le sol et se releva avec l'aide de Robert et de Steve. Kat se tourna vers Judy.

« Il a dit de le larguer, ensuite.

— Je m'en occuperai. Allez-y, et je vous expédierai les bagages. Bonne chance ! »

La descente de Kat fut très rapide. Elle trébucha un peu en arrivant au sol, se redressa et se retourna à temps pour voir arriver le portable de Robert et les deux sacs de voyage. Puis le toboggan abandonné tomba lentement au sol, à moitié dégonflé ; Judy les salua de la main et referma la porte.

« Bon, et maintenant ? cria Dallas dans l'oreille de Kat pour couvrir le bruit des moteurs qui remontaient en régime. Qu'est-ce qu'on fait ? »

Ils se trouvaient à proximité des bâtiments de service réservés à l'aviation privée, ceux que Kat avait repérés avant de descendre. L'obscurité avait contribué à rendre leur fuite invisible.

« Par ici ! » dit-elle en courant vers le bâtiment en préfabriqué qui faisait office de bureau. Ils passèrent devant deux Learjet, un Cessna Citation, un King Air et un Gulfstream, tous rangés sur une petite rampe de garage, aux limites des grands ateliers de maintenance d'Alaska Airlines.

Robert courait à côté d'elle ; elle jeta un coup d'œil par-dessus son épaule pour s'assurer que tout le monde suivait bien et elle ralentit, car Graham avait un peu de mal avec Dan.

« Dépêchez-vous ! » lança-t-elle tout de même.

Elle se remit à marcher normalement pour monter les marches ; elle ne voulait pas faire une irruption trop brutale dans le bureau, où elle découvrit deux hommes, chacun devant un écran d'ordinateur. Cela ne les empêcha pas de sursauter. « Hé ! s'exclama l'un d'eux, est-ce qu'on aurait manqué une arrivée ? »

Kat sourit et secoua la tête. « Non, nous sommes du Gulfstream. Est-ce que vous avez un moyen pour nous conduire jusqu'au terminal ?

— Bien sûr, répondit le plus âgé des deux. Juste devant la porte. Venez. »

Robert adressa un regard intrigué à Kat, pendant qu'ils suivaient l'homme jusqu'au véhicule de service qui portait en grosses lettres, sur sa carrosserie, le nom de sa société.

« Qu'est-ce que vous fabriquez, Kat ? demanda-t-il à voix basse. Je croyais que vous vouliez éviter le terminal. » Elle porta un doigt à ses lèvres et lui fit signe de monter dans le van, dont elle referma la portière lorsque tout le monde fut à bord.

Le chauffeur les laissa devant l'un des grands parkings proches du terminal, et Kat lui tendit un billet de vingt dollars.

« Hé, ce n'est pas nécessaire », protesta l'homme.

Elle se pencha vers lui et baissa la voix. « Non, mais c'est pour vous remercier et aussi vous demander un petit service. Vous ne nous avez jamais vus, vous et votre collègue, OK ? »

L'homme sourit et passa une vitesse. « Bien pigé, madame. Et je peux vous dire que Jerry va être en congé dès que je serai de retour. »

Steve et Dallas fermant la marche, Kat guida rapidement son petit groupe jusqu'aux ascenseurs les plus au nord du parking. Ils descendirent jusqu'au rez-de-chaussée et elle leur donna rapidement ses instructions avant l'ouverture des portes.

« Bon. En sortant, tournez à droite, suivez le couloir et rendez-vous jusqu'à l'allée, à l'extérieur. Attendez-moi là et soyez prêts à bondir dès que j'arriverai.

— Qu'est-ce que vous allez faire ? demanda Robert. Louer une bagnole ?

— En quelque sorte, admit-elle avec un sourire. On a démantelé un réseau de voleurs de voitures qui faisaient exactement ce que je vais faire. Alors ne me posez pas de questions, et n'hésitez pas quand vous me verrez arriver. »

Kat trouva le coin qui convenait, dans le complexe des comptoirs appartenant aux sociétés de location et réservés aux véhicules que l'on ramenait ; elle l'avait choisi parce qu'il était loin de ceux où se trouvaient les autres employés. Elle s'empara d'une planchette à pince. Dans quelques minutes, les hommes qui les attendaient au terminal sud allaient découvrir qu'ils s'étaient fait rouler, et l'équipe de Jake allait converger sur le même lieu. Les événements risquaient de se précipiter, mais elle estimait qu'il leur restait encore une chance de s'enfuir avant que l'aéroport ne soit fermé.

Une première voiture arriva, qu'elle laissa passer. Trop petite. La deuxième était un peu plus grande, mais insuffisante. Puis un minivan se présenta, avec à son bord un couple et trois enfants. Kat s'avança et feignit de consulter le document placé sur sa planchette. « Bonsoir, vous êtes bien monsieur et madame...

— Roger », voulut bien préciser l'homme.

Elle regarda encore un peu sa planchette, releva la tête et sourit. « Oui, le clan Roger, c'est bien cela. Vous êtes mes derniers clients de la journée, et nous avons décidé, pour simplifier la vie aux familles nombreuses, de les faire passer par l'ascenseur nord. C'est plus court. Vous avez votre contrat ? »

L'homme acquiesça, gara le véhicule et détacha sa ceinture.

Robert plissa les yeux pour distinguer la personne au volant, dans le minivan qui venait de ralentir pour s'arrêter à leur hauteur. La portière s'ouvrit, lui révélant Kat qui leur adressait des signes frénétiques. Ils s'entassèrent rapidement dans le véhicule et, quelques minutes plus tard, ils fonçaient sur la nationale 5, en direction du nord.

Dallas Nielson, qui se trouvait assise au milieu, sur le siège arrière, se pencha vers la conductrice et secoua la tête. « Mon chou, lui dit-elle, il m'est déjà arrivé des aventures assez effrayantes, quand j'étais plus jeune, mais cette descente en toboggan a été la pire. J'aurais même juré que quelqu'un m'avait poussée, depuis la porte.

— Pas possible ! rétorqua Kat, feignant la surprise. Vous croyez ?

— Oui, je le crois. J'ai bien envisagé de me plaindre au FBI, mais je vais laisser tomber. »

Kat fit une grimace comique. « Sans doute la blague d'un adolescent qui a voulu vous... pousser à bout.

— Hé là ! » protesta Steve directement dans le dos de Kat. Dallas lui tapota le genou tandis qu'elle se tordait le cou pour regarder Kat. « Bon, blague à part... »

Kat lui jeta un coup d'œil. « Quoi ?

— Désolée, c'est une expression ancienne de radio pour dire qu'on en a assez d'un sujet.

— Vous avez fait de la radio ?

— En tant qu'ingénieur du son, en fait. À New York. J'ai aussi animé des émissions. Mais figurez-vous que là-dessus, j'ai gagné à la loterie — six millions — et j'ai pris ma retraite.

— La loterie ? Vraiment ?

— Oui. Vraiment. Et maintenant, j'ai une question pour vous, Jane Bond.

— Et laquelle ? demanda Kat, dubitative.

— Après avoir survécu à une catastrophe aérienne majeure, commença Dallas en énumérant les points sur ses doigts, après avoir vu la femme de Graham faire une chute mortelle et mon amie Britta réduite en pièces, après avoir été sauvée in extremis, sous une grêle de balles, par un hélicoptère piloté par quelqu'un qui n'avait même pas lu le manuel, après m'être évadée d'un pays communiste dans un avion volé avec un criminel aux commandes et avoir échappé à une fausse équipe du FBI, après, enfin, avoir joué les passagers clandestins sur un vol commercial et avoir été jetée en pleine nuit quelque part du côté de l'aéroport de Seattle, puis-je me permettre de vous demander *quand* cette bon Dieu de cavale va s'achever ? Parce qu'enfin, trop c'est trop, non ?

— Sans compter que j'ai oublié de mentionner, répliqua Kat qui avait du mal à ne pas pouffer de rire, qu'il aurait été plus simple de mesurer un mètre de haut pour la balade finale.

— Voilà le problème !

— Je crois que ce que Dallas veut dire... » commença Robert. Mais la Noire se tourna vers lui et lui jeta un regard faussement indigné. « Hé, mon garçon ! Dallas est capable de dire elle-même ce que Dallas veut dire, d'accord ?

— Houla ! Désolé.

— Vous pouvez. » Elle garda le silence pendant quelques

secondes, puis se tourna de nouveau vers Robert. « Au fait, qu'est-ce que j'allais dire ? »

Le comique de la situation était tel, ainsi que la sensation de soulagement, que tous s'esclaffèrent — sauf Graham qui regardait sans rien voir par la fenêtre.

« Ça y est, je m'en souviens, reprit la Noire. Vous donnez l'impression de savoir où vous allez, Kat. Pourrions-nous être mis au courant de notre destination, nous aussi ?

— On commence par dévaliser un distributeur de billets, puis une épicerie ouverte vingt-quatre heures sur vingt-quatre. »

Dallas regarda Robert, acquiesça et leva le pouce avec une moue approbatrice exagérée, comme si l'idée était sensationnelle. « Bien. Et ensuite ? Des boissons fraîches ?

— En quelque sorte, oui. On va se procurer suffisamment de réserves pour tenir une semaine. Nourriture, lait, café, papier hygiénique, brosses à dents et ainsi de suite. Tout. Ensuite, nous nous rendrons à l'extrémité d'un lac inaccessible, de quatre-vingts kilomètres de long, de l'autre côté de la chaîne des Cascades. Un coin où on ne trouve pratiquement ni téléphone ni circulation, et surtout pas d'assassins. Là, on reste planqués pendant que j'essaie de découvrir à qui nous pouvons réellement faire confiance et qui, d'un autre côté, essaie de nous supprimer... sans même parler des avions qu'ils semblent prendre plaisir à abattre. » Elle se tourna un instant vers les autres. « Certes, je ne peux pas vous obliger à venir, mais vous courez tous un danger mortel ; même téléphoner est risqué pour vous. Alors, rentrer chez vous... »

Steve eut une expression chagrine. « Ma mère doit déjà être dans tous ses états... »

Dallas hocha la tête, sympathisant avec l'adolescent, puis Graham Tash prit la parole, pour la première fois depuis des heures. « Moi... je ne suis pas pressé, Kat.

— Et vous, Dan ? Qu'en dites-vous ? demanda Kat.

— Je ferai ce que vous pensez qui est le mieux pour nous, Kat. De toute façon, je suis célibataire. »

Dallas leva la main. « Excusez-moi. Question terre à terre, peut-être, mais prévoyez-vous des tentes et des sacs de couchage, ou un abri en dur — à moins qu'il n'y ait un quatre étoiles dans le coin ?

— Le frère de ma mère possède un chalet dans le coin. Il

n'y vient jamais pendant cette période de l'année, et j'en ai la clef. »

Robert intervint. « Voulez-vous dire qu'il n'y a ni téléphone, ni police, ni moyen de s'enfuir ?

— Vous ne verrez que des gardes, les rangers. C'est un parc national.

— Vous êtes sûre qu'il faut nous isoler à ce point ? »

Kat s'engagea dans une bretelle d'accès à l'autoroute avant de pousser un soupir et de répondre. « J'invente au fur et à mesure, Robert. Mais la seule personne en qui j'ai encore confiance, à Washington DC, m'a demandé de me trouver une planque et de ne pas en bouger de quelques jours, le temps qu'elle éclaircisse ce qui se passe. Et la meilleure idée de planque qui me soit venue à l'esprit est Stehekin, État de Washington.

— Je me disais aussi que vous donniez l'impression de connaître le pays », commenta Dallas.

Kat acquiesça. « J'adore cette région du nord-ouest américain, et en particulier le secteur entre Seattle et Tacoma. Je suis souvent venue ici, en effet. »

Des petits bips insistants montèrent du sac de Kat, et elle fouilla dedans d'une main, tout en conduisant de l'autre, pour en extraire son Alphapage. Elle le tendit à Robert pour qu'il lise le message à voix haute.

« Voilà ce qu'il dit... *Où êtes-vous ? Qu'est-ce qui s'est passé à Seattle ? Au fait, les médecins légistes du NTSB confirment rétine brûlée et détruite sur un des pilotes du SeaAir...*

— Nom d'un chien ! marmonna Kat.

— Qu'est-ce que cela signifie ? » demanda Dallas.

Kat tourna légèrement la tête avant de répondre. « Que c'est le même type d'attaque qui vous a aveuglé et qui a tué votre commandant, Dan, que ces terroristes ont lancé contre l'appareil de la SeaAir, puisqu'au moins un des deux pilotes a eu la rétine brûlée. Et cela confirme que nous sommes confrontés à une vague de terrorisme qui ne fait peut-être que commencer.

— Il vous ordonne aussi d'appeler ASAP, Kat », poursuivit Robert.

Elle secoua la tête. « Ça, il n'en est pas question. »

35

Sea-Tac international Airport, Washington
14 novembre — jour trois
01.30 heure locale/0930 zouloue

Les deux agents du FBI qui venaient de fouiller le terminal principal, au niveau inférieur, quittèrent les lieux. Sur la mezzanine du premier, un homme mince, à la chevelure sombre et à la peau grêlée, la trentaine finissante, observa soigneusement la salle, en dessous, pour s'assurer qu'ils ne revenaient pas. Cette vérification faite, il souleva un bras et parla à voix basse, à travers sa manche, dans un micro relié à un transmetteur qu'il portait à la ceinture.

« Vous avez pu dégager, Rolf ? »

La réponse lui parvint dans le minuscule écouteur qu'il avait à l'oreille. « Oui. On est là tous les deux. Et toi, où es-tu ?

— Coincé, pour le moment. Deux fédéraux sont à l'étage en dessous. Ils posent des questions sur nous. Je descendrai de mon perchoir dès qu'ils seront partis. As-tu été au rapport ?

— Tu es sûr de vouloir que je t'en parle ?

— Sûr.

— Eh bien, le patron n'est pas très content. En fait, je dirais même qu'il frise la folie homicide, même si, apparemment, il est toujours aussi imperturbable. »

L'homme de la mezzanine se pencha légèrement par-dessus le balcon, pour suivre la progression de deux authentiques agents du FBI dont l'équipe, initialement concentrée

379

dans le satellite nord, s'était dispersée dans l'aéroport après avoir découvert la mystification du satellite sud ; il leur avait fallu moins de dix minutes pour rattraper le temps perdu, et ils n'avaient pas eu le loisir de fouiller le DC-10 une deuxième fois de fond en comble. Les six rescapés avaient mystérieusement disparu — mais comment était-ce possible ?

L'homme à la peau grêlée regarda dans chaque direction pour s'assurer que le chemin était libre. Il déclencha de nouveau son micro. « Je sais bien qu'il doit être furieux, mais est-ce que vous lui avez bien expliqué ce qui s'était passé ?

— Il nous a répondu que c'était une excuse minable. Quand c'est que tu vas sortir de là, à la fin ? On a intérêt à disparaître vite fait !

— Pourquoi ? Qu'est-ce que tu vois ?

— Rien derrière quoi on puisse se cacher bien longtemps.

— Bon. J'arrive tout de... »

En sortant de sa cachette, l'homme à la peau grêlée se trouva nez à nez avec le canon d'un pistolet.

« Pas un geste ! FBI ! Vous êtes en état d'arrestation pour... »

Le faux agent porta un violent coup de poing à l'estomac du vrai, fit un mouvement d'esquive et redressa la main de son assaillant pour diriger l'arme vers le plafond. Il y eut un « ouf ! » étranglé et le bruit mat d'un corps tombant au sol. L'agent du FBI voulut se relever, mais quatre détonations, pas plus fortes que le bruit d'un bouchon de champagne, annihilèrent ses efforts. L'homme s'effondra dans une mare de sang qui se mit aussitôt à s'étaler ; sa vue se brouilla de plus en plus et il perdit conscience, sans même se rendre compte qu'un morceau de métal froid venait de se poser sur sa tempe pour lui porter le coup de grâce.

Le tueur s'éloigna aussitôt, se jeta dans la première cage d'escalier qu'il trouva et, d'un pas plus calme, passa devant les deux agents en uniforme de la police de l'aéroport plantés devant la porte du terminal ; là, l'homme monta directement dans un van qui attendait et démarra immédiatement.

« Un problème ?

— J'ai descendu un féd, répondit-il en tapotant l'arme, sous sa veste. Quelles sont les instructions ? »

Le chauffeur poussa un soupir. « Pas la peine que je te donne les détails, c'est trop déprimant. Des accusations de stupidité abyssale, et patati et patata. On a l'ordre de tout faire, sans regarder à la dépense, sans faire preuve de la moindre compassion, pour retrouver et faire disparaître ces six personnes. »

Lac Chelan, Stehekin, Washington

Le petit hydravion monomoteur faisait tellement partie du paysage qu'il n'attira guère l'attention lorsqu'il vira sur l'aile au-dessus d'une vallée verdoyante, juste au nord du lac Chelan. Le Beaver DeHavilland loué par Kat, avec son nez camus, était un chef-d'œuvre de beauté pour les pilotes qui l'utilisaient dans les régions nordiques. Authentique vétéran d'un constructeur canadien dont le premier modèle avait vu le jour dans les années quarante, la demande était restée telle, depuis, que cet appareil était en somme encore jeune. Ce qui manquait au Beaver sur le plan esthétique était plus que largement compensé par sa robustesse à toute épreuve et sa fiabilité. D'innombrables fois, son gros moteur en étoile et son hélice à trois pales avaient permis à des pilotes à la main hasardeuse de se tirer d'un mauvais pas qui aurait eu une issue fatale avec tout autre avion. Les Beaver n'étaient pas rapides, mais ils toléraient une impressionnante marge d'erreur, sans parler de leur bon comportement sur l'eau quand ils étaient équipés de flotteurs. Kat avait toujours ressenti une certaine excitation à en voir un se poser sur une étendue d'eau, avec une légèreté qui relevait de la caresse, puis commencer à soulever de grosses gerbes écumeuses quand il commençait à flotter au lieu de voler.

Le court trajet d'une demi-heure, au-dessus du lac tout en longueur et d'un bleu éclatant, avait été spectaculaire. La pointe nord de la retenue s'enfonçait comme un fjord entre des pics majestueux couverts de neige, culminant à plus de deux mille mètres. Mais la splendeur du paysage n'avait guère touché le petit groupe ; ils étaient épuisés, inquiets et bien conscients que même ici ils pouvaient encore être pris pour cible.

Kat avait beaucoup réfléchi à la meilleure manière d'abandonner le minivan emprunté. Il fallait choisir un endroit où personne ne signalerait sa présence, ou ne le ferait remorquer, ou même ne le remarquerait, pendant au moins une semaine. Elle avait finalement trouvé l'idéal : un parking payant pour les séjours de longue durée des caravanes et autres véhicules de loisir.

« Là-bas ! Vous voyez le toit, tout au bout de l'allée ? dit Kat, plus ou moins soulagée de constater que la maison qui était leur destination n'avait pas changé de place.

— Et Stehekin, c'est où ? demanda Dallas.

— Ce n'est pas une agglomération à proprement parler, mais une zone. On trouve le poste des rangers, un motel et deux ou trois boutiques près du ponton où nous allons nous amarrer. »

Le pilote réduisit les gaz du Beaver et se mit dans l'axe du plan d'eau sur lequel il atterrissait d'habitude, non loin du minuscule ponton. Avoir été réveillé à deux heures du matin pour partir à sept l'avait tout d'abord mis de mauvaise humeur, mais un vol était synonyme de rentrée d'argent et, en novembre, les clients devenaient rares. Dans deux semaines, d'ailleurs, il devait sortir le Beaver de l'eau pour l'hiver. Grognon au moment où il avait rencontré ses clients, il était devenu de meilleure humeur, surtout en voyant à quel point la matinée était belle.

Curieux groupe, avait-il pensé. Ils étaient dépenaillés et avaient l'air effrayés ; ils trimballaient des sacs d'épicerie mais peu de bagages, et leurs vêtements paraissaient avoir beaucoup souffert. Sans compter que l'un d'eux avait un problème grave avec ses yeux, cachés par un gros pansement. L'idée qu'il puisse s'agir d'une bande de criminels lui avait traversé l'esprit, mais il n'arrivait pas à voir à quel genre d'activité délictueuse aurait pu se livrer une troupe aussi disparate et manifestement épuisée.

Kat fut soulagée d'apercevoir la vieille voiture qu'elle connaissait bien garée sous un hangar, non loin du ponton, les clefs sous le tapis de sol. C'était le signe indiscutable que personne n'occupait le chalet. Pendant que le groupe, après avoir quitté l'avion, s'entassait dans le véhicule comme il le pouvait, Kat prit le pilote à part et lui tendit trois cent cinquante dollars en liquide ainsi que sa carte d'identité du FBI.

« Qu'est-ce que c'est ? demanda l'homme.

— Voyez vous-même. »

Il ouvrit le porte-cartes et lut à plusieurs reprises ce qui était écrit sur la plaque de plastique rigide laminée, l'expression de plus en plus inquiète. « Est-ce que je... quelque chose ne va pas ? »

Elle lui mit la main sur l'épaule. « Pas du tout. Mais j'ai besoin de votre aide, car nous sommes dans une situation extrêmement critique. Il s'agit d'une opération fédérale, et ces personnes sont sous la protection du FBI. Elles se sont trouvées, sans le vouloir, sur le chemin de criminels particulièrement dangereux qui constituent, au sens le plus littéral, une menace pour la sécurité du pays. En dehors de vous, personne ne sait que nous sommes ici. Si vous parlez à quiconque de ce transfert, vous pourriez parfaitement être responsable de leur mort. Je dis bien *quiconque*, c'est-à-dire même quelqu'un qui prétendrait appartenir au FBI et se présenterait avec une carte d'identité comme celle-ci.

— Je... ne comprends pas », dit-il, son regard allant nerveusement de la voiture à la jeune femme qu'il avait devant lui, et en qui il avait du mal à voir un agent du FBI.

« Vous avez bien dû entendre parler du programme de protection des témoins, non ?

— Ouais, dit-il, se détendant un peu.

— Bon. Ce que vous ne savez peut-être pas, c'est que même les autres agents du Bureau ne sont pas au courant, dans ce genre de cas.

— Vous allez installer ces gens ici ?

— Non. Il s'agit simplement de les mettre à l'abri pendant un certain temps. Sachez que votre licence de pilote commercial va dépendre du silence que vous allez garder et de l'aide que vous m'apporterez, mais que par ailleurs ça ne peut pas faire de mal d'avoir une amie au FBI qui vous devra quelque chose. Vous voyez ce que je veux dire ? »

Le pilote sourit et acquiesça. « Oui, madame. Je suis très content de ne pas vous avoir vue, lorsque j'ai effectué ce vol d'entraînement en solo, histoire de profiter de la belle journée qu'il faisait. »

Elle lui rendit son sourire. « Voilà... Bon, je vous rappellerai d'ici un jour ou deux pour fixer le moment où vous pourrez venir nous reprendre. Ça vous va ?

— Absolument. Ne vous inquiétez pas. Personne ne sera au courant.

— Et aucune trace écrite, bien entendu. Pas de mention dans votre journal de bord, pas de facture, rien. »

Il acquiesça, se demandant s'il devrait ou non déclarer les trois cent cinquante dollars au fisc.

La clef du chalet se trouvait exactement à son emplacement habituel : dans une petite cachette, simple trou pratiqué dans l'un des gros rondins de la massive construction. Elle ouvrit la porte avec précaution, espérant que son oncle n'avait pas fait poser, depuis la dernière fois, un système d'alarme ; mais l'intérieur était propre et bien rangé, prêt à accueillir de nouveaux hôtes.

« Manifestement, le gardien prend toujours aussi bien soin de la maison », observa Kat à l'intention de Dallas, tandis qu'elle branchait l'électricité et réglait le thermostat du chauffage central. Elle essayait de se rappeler le nom de l'homme, car il ne manquerait pas de venir à l'improviste vérifier que ces visiteurs inattendus avaient bien le droit d'être là. Elle devait aussi prévoir ce qu'elle allait lui raconter.

Il y avait deux canapés-lits dans le séjour ; on pouvait coucher à quatre dans les deux chambres, sur des lits individuels superposés quelque peu rustiques. La cuisine était petite mais bien équipée, et après une rapide séance de sandwichs, tout le monde alla s'effondrer sur sa couche, mis à part Kat et Robert, pour prendre ce que chacun espérait être un sommeil réparateur qui durerait toute la journée et la nuit suivante.

Kat tira les épais rideaux et remit une bûche dans la cheminée du séjour. Elle luttait contre le sommeil et essayait de rester concentrée, mais la bataille était perdue d'avance. Dehors, il faisait un temps radieux sous un ciel limpide, et la lumière du soleil se réfléchissait, aveuglante, sur la première neige tombée sur la vallée paisible et isolée. Elle éprouvait un intense désir d'aller faire une longue marche, mais ce désir était émoussé par une véritable chape de fatigue. Sa communication à Hong Kong lui paraissait remonter à des années lumière. Elle avait du mal à admettre qu'elle ne datait que de quelques jours.

Kat tira la vieille peau d'ours qui faisait office de tapis et dont elle se souvenait depuis toujours, pour la rapprocher de la cheminée en gros galets de rivière ; là, les coudes autour des genoux, elle se laissa envahir par la chaleur bienfaisante du feu. Le chalet était certes bien chauffé, mais le foyer était l'endroit le plus confortable et elle se demanda combien de fois, au cours des années, son oncle et sa tante avaient pu venir ici et profiter de cette retraite.

Pas aussi souvent qu'ils l'auraient aimé, se dit-elle, car elle savait qu'ils adoraient ce lieu. Sa tante et son oncle étaient pas mal portés sur la chose, comme elle l'avait découvert un été par inadvertance, le jour où elle était revenue d'une randonnée avec une demi-journée d'avance ; elle les avait surpris en tenue d'Ève et d'Adam, au beau milieu d'ébats passionnés qui se déroulaient sur ce même tapis. Le souvenir la fit sourire, même si elle avait été choquée, à l'époque, lorsqu'elle avait ouvert la porte, d'entendre sa tante pousser des cris à faire trembler les vitres tandis que la tête de son oncle surgissait d'un endroit inattendu et incongru. Elle avait battu prestement en retraite et attendu une heure avant de revenir, montant bruyamment les marches du porche à son arrivée. Cette fois, sa tante s'activait dans la cuisine et son oncle rédigeait du courrier sur la table du séjour — mais l'un et l'autre souriaient sans s'en rendre compte avec un air de satisfaction béate.

Elle entendit Robert McCabe revenir de la cuisine et elle essaya de chasser ce souvenir, prise d'une gêne soudaine, comme si le journaliste avait pu voir l'image scabreuse dans sa tête. Elle leva les yeux vers lui et lui adressa un sourire vaguement coupable, tandis qu'il s'installait sur le tapis à côté d'elle, tenant deux grosses tasses fumantes dans les mains.

« Je crois que j'ai trouvé, Kat !

— Quoi ? Comment faire le café ?

— Non. Où Walter a caché ses informations. »

Elle se réveilla aussitôt. « Et où ?

— J'ai aussi trouvé de quoi préparer un excellent cacao, répondit-il en lui tendant l'une des tasses.

— Génial... mais où les a-t-il cachées ?

— Comment, vous n'allez pas me faire des compliments sur mon chocolat chaud ? » la taquina Robert.

Elle secoua la tête, un peu perdue. « Quoi ?

— Le chocolat chaud que vous tenez. Goûtez-le. Vous m'en direz des nouvelles. Je vous répondrai ensuite. »

Elle regarda la tasse, la huma, et finalement goûta le breuvage. « C'est excellent ! Où avez-vous appris à le préparer comme ça ?

— Auprès d'un vieux petit bonhomme qui était chef au Crillon, à Lima. C'était là que je descendais quand j'allais en reportage au Pérou. Je commandais toujours des sandwichs œuf-tomate et un pot de ce chocolat. *Chocolate caliente*, en espagnol. Le nirvana, dans les autres langues.

— Bon, je suis suffisamment impressionnée. Où les a-t-il cachées ?

— Son repaire favori à Washington n'était pas un restaurant. J'ai failli oublier. C'est en repensant aux trois lettres en majuscule de *LOCalisées* que j'ai trouvé. LOC, ça veut dire *Library of Congress*, la bibliothèque du Congrès.

— Quoi ? Mais c'est chercher une aiguille dans une meule de foin, Robert. C'est gigantesque !

— Non, il ne les a pas mises dans la bibliothèque elle-même, mais dans l'ordinateur de l'institution. C'est sûrement le plus sécurisé de tout le pays ; il possède tellement de sauvegardes, sous une forme ou une autre, qu'il faudrait pratiquement détruire les États-Unis pour les faire complètement disparaître. »

Kat n'en revenait pas. « Comment ? Votre Walter Carnegie aurait glissé son dossier dans l'ordinateur qui gère la bibliothèque du Congrès ?

— C'est exactement ce que je viens de vous dire, mais nous n'en serons sûrs que lorsque je pourrai entrer dans le système et faire venir à l'écran le dossier en question, le WCCHRN.

— Bonté divine ! Et pourrait-on le faire par téléphone ?

— J'en doute. Avec ce genre de programme-maître, il faut probablement être sur place et branché sur le bon poste, avec tous les codes d'accès, si l'on veut naviguer au milieu des dossiers d'accès restreint. Il va donc nous falloir aller à Washington avant que les autres salopards n'y pensent à leur tour. »

Elle poussa un soupir et reprit un peu de chocolat. « Bon. Mais il nous faut aussi retrouver le Dr Thomas, s'il est toujours à Las Vegas. La question est de savoir par quoi nous devons commencer. »

Robert haussa les épaules. « Étant donné que nous ignorons ce que savait Walter comme ce que sait ce Thomas, on n'a plus qu'à tirer à pile ou face.

— Nous avons cependant l'avantage de savoir où se trouve le dossier de Walter ; je pense donc qu'il vaut mieux commencer par Washington.

— D'accord, mais pas avant ce soir. Nous avons besoin de sommeil.

— Je me sens presque coupable, en ce moment, vous savez.

— Quoi ? Parce que vous buvez ce chocolat exceptionnel, ou à l'idée de dormir ? »

Elle secoua la tête et s'assit en tailleur. « Non... Ce que je veux dire, c'est que lorsque je considère ce qui s'est passé... et nous voilà ici, dans ce coin splendide...

— Je sais », dit-il, les yeux perdus sur le feu.

Kat l'observa sans rien dire, jusqu'à ce qu'il sente son regard posé sur lui et se tourne vers elle.

« Un dollar pour savoir ce que vous pensez, dit-il, légèrement désarçonné.

— Un dollar ?

— Vous savez, avec l'inflation [1]... »

Elle rit doucement, étudiant le reflet dansant des flammes sur le visage du journaliste, non sans se dire que le perpétuel sourire qui lui plissait les yeux reflétait bien sa personnalité. Elle se força à détourner le regard. « Écoutez, Robert... Ils vont abattre encore un appareil, quelque part. Vous vous en doutez, n'est-ce pas ? »

Il garda longtemps le silence avant d'acquiescer. « Oui, je m'en doute, Kat. C'était aussi ce qu'avait compris Walter Carnegie, et c'est à cause de cela qu'on l'a tué.

— Qu'ils n'aient pas présenté d'exigences signifie qu'ils n'ont pas terminé leurs opérations préliminaires, reprit-elle avec un geste de frustration. C'est quoi, l'étape suivante ? Un 747 qui ira s'écraser sur les gratte-ciel de Manhattan après que les deux pilotes auront été neutralisés au décollage de Newark ou de Kennedy ? Et si jamais ils décidaient d'aveugler les pilotes de l'avion présidentiel, au moment où il quitte Andrews ? Ce qui me fait le plus mal, poursuivit-elle, c'est de

---

1. L'expression courante parle en effet en général de *cent*. (*N.d.T.*)

387

me dire que c'est peut-être avec l'arme que nous avons eue en mains que leur prochaine cible sera abattue. » Elle secoua la tête, soupira et ne fut pas tellement surprise quand elle sentit la main de Robert se poser sur son bras et la masser délicatement. « Je suis sûre que c'était une arme, ce truc.

— Il ne sert à rien de se torturer à cause de ce qui est arrivé à Honolulu, Kat. Je suis bien sûr que ce n'est pas la seule qu'ils possèdent.

— Je ne me torture pas, répliqua-t-elle avec une agressivité qu'elle regretta aussitôt. J'essaie simplement de comprendre les choses avant que deux cents autres malheureux aillent au tapis. Ne croyez pas que je joue au vengeur solitaire, Robert. Mais le fait est que je ne peux pas appeler Jake — que je ne peux appeler personne, en réalité. J'ai été formée pour bien travailler en équipe, mais la plupart du temps je me retrouve toute seule, et je suis obligée de me débrouiller par mes propres moyens. Voilà un truc que les gars du Bureau *adorent* chez une femme !

— Vous vous estimez victime de pressions du fait de votre sexe, si je comprends bien ? »

Elle ouvrit de grands yeux. « Vous ne pouvez pas imaginer ce que c'est. Je reste toujours médusée de voir comment des types, par ailleurs intelligents et rationnels, se sentent menacés par une femme qui refuse de faire le numéro de la petite fille impuissante.

— Et si vous leur faites ce numéro, ajouta-t-il, ça confirme à leurs yeux que vous n'êtes pas faite pour ce boulot d'homme.

— On dirait que ça sort tout droit de *Catch 22*. Mais à celui-là, il faudra lui donner un autre numéro.

— Pourquoi pas 99 ? Vous vous souvenez, l'agent 99 dans *Get Smart* ? »

Elle acquiesça. « Ouais. Vous avez raison. *Catch 99*. Mais c'est aussi le nom d'une association de pilotes-femmes à laquelle j'appartiens.

— Raison de plus pour l'appeler ainsi.

— Un nom parfait.

— Une équipe, ça commence à partir de deux personnes, Kat. Nous sommes une équipe, vous et moi. »

Elle roula des yeux. « Oui, si vous voulez, mais je ne peux

pas vous nommer adjoint. Nous ne sommes plus au Far-West. Je vais devoir aller seule à Washington.

— Quoi ? Il n'en est pas question.

— Vous devez rester ici pour vous occuper des autres. Je vous laisserai le téléphone. Je vous appellerai si j'ai besoin d'un renseignement. Vous voulez que j'appelle quelqu'un — votre femme, par exemple ? »

Il sourit. « On doit probablement trouver des centaines de madame McCabe sur la Côte Est, mais je ne suis le conjoint légal d'aucune. »

Elle inclina la tête de côté. « Quelle curieuse manière de me dire que vous n'êtes pas marié, sans parler de l'habileté avec laquelle vous laissez planer le doute sur un éventuel divorce. »

Il sourit de nouveau. « Je voulais simplement souligner le fait qu'en dehors de ma femme de ménage et de mon rédacteur en chef, personne ne s'inquiète de savoir si je suis mort ou en vie — et encore, pour mon rédac'chef, je n'en suis pas si sûr. Écoutez, Kat, je pense sincèrement que je devrais vous accompagner.

— Pas question. J'ai besoin de vous ici. »

Robert soupira. « Vous vous rendez compte ? Par votre faute, on va peut-être me mettre à la porte. Normalement, j'aurais dû retourner au *Washington Post* hier.

— Et je vous parie que les autres le savent aussi. Non, moi, je ne suis pas très reconnaissable. Mais vous, vous l'êtes.

— Ce n'est pas pour moi que je m'inquiète, Kat », répondit-il doucement, provoquant chez elle une rougeur dont elle se serait bien passée. Elle détourna les yeux et chercha dans son sac le numéro du pilote du Beaver. Elle le composa sur le téléphone par satellite, et le fait de porter le combiné à son oreille contribua à lui donner une contenance ; mais elle ne savait où poser les yeux pour éviter de croiser le regard de Robert. Elle n'avait pas le temps d'affronter la soudaine vague de chaleur qui l'avait envahie. *Nous ne sommes pas dans quelque nid d'amoureux au fin fond des montagnes, pour l'amour du ciel ! Mais dans une planque pour échapper à des assassins. Réveille-toi, ma grande !*

Le téléphone sonnait à l'autre bout de la ligne, et elle commença à se demander si le pilote n'avait pas eu un problème pendant son voyage de retour. Elle entendait la respiration de Robert ; puis elle sentit son regard sur elle, ce qui provoqua des réactions plus intimes.

On finit par décrocher et le pilote en personne lui dit qu'il pouvait venir la prendre le lendemain matin et non l'après-midi même, comme elle l'aurait voulu. « Un nouvel entraînement matinal, plaisanta-t-il, c'est une bien meilleure idée. Je suis pris, cet après-midi.

— Écoutez, je suis pressée de repartir d'ici.

— Désolé, madame, mais ce n'est pas possible. Je dois tenir mes engagements. Je suis un professionnel.

— Je vous paierai le double.

— Comprenez-moi, ce n'est pas une question d'argent. J'ai des obligations personnelles et mon mariage en dépend peut-être. Aujourd'hui, c'est tout simplement impossible. Pourquoi ne revenez-vous pas avec le bateau de l'après-midi ? »

Robert lui tira doucement la manche et la regarda, interrogatif. « Vous avez besoin de dormir. Partez demain. »

Elle soupira, réfléchit et acquiesça, roulant des yeux. « Très bien, demain matin. Encore une bonne journée où vous ne prendrez personne sur le ponton et où vous serez pourtant payé pour le faire.

— J'arriverai à huit heures pile, madame », répondit le pilote.

Elle le remercia et coupa la communication, replaçant le combiné à côté d'elle avec des précautions exagérées ; puis elle soupira profondément et se tourna vers Robert, bien déterminée à reprendre, elle aussi, une attitude professionnelle. Ils ouvrirent la bouche ensemble.

« Je, euh... commença-t-il.

— Il passera me prendre à... »

Il hocha énergiquement la tête. « Huit heures, oui, j'ai entendu.

— Exact.

— J'ai l'ouïe fine.

— Très bien, dit-elle sans le quitter des yeux.

— J'aurais juste voulu... ah...

— Que tout cela soit terminé ?

— En un certain sens, oui... mais dans un autre, non, Kat.

— Je sais. » Elle eut un grand sourire — un trop grand

sourire. « L'endroit est si beau ! Ce serait sensationnel d'être ici pour des vacances et non pas pour s'y planquer. »

Il eut un petit rire contraint. « Sans parler de la suite que nous trimballons.

— Exact... notre entourage.

— Ce serait génial d'être ici... Rien que nous deux. »

Elle croisa de nouveau son regard, et sentit une fois de plus une vague de chaleur l'envahir, tandis qu'elle luttait contre les tentations qui galopaient dans sa tête. Pendant une fraction de seconde, leurs corps eurent un mouvement presque imperceptible l'un vers l'autre ; puis ils s'immobilisèrent, mais pour rester encore quelques instants les yeux dans les yeux.

C'est Kat qui trouva la première la force de se détourner. « Hmmm... je crois qu'il vaudrait mieux... euh... retrouver nos lits respectifs et dormir pendant dix-huit heures. » Elle avait dû faire un effort pour parler, mais elle n'avait pas bougé. « Puisqu'il le faut », admit-il à regret, se mettant lentement debout. Il se pencha vers elle et lui tendit la main. Elle la prit et la retint le temps de se lever à son tour, puis se dégagea, évitant ses yeux.

« On se voit donc demain matin, dit-il.

— Oui. » Ses yeux erraient sur le plafond, le manteau de la cheminée, le reste de la pièce. « Je vous réveillerai avant de partir. J'ai des consignes à vous donner, pour le chalet. » Elle se dirigea vers la pièce que Dallas avait baptisée *chambre des filles*.

« Kat ? » fit-il à voix basse, mais avec beaucoup d'intensité dans le ton.

Elle ne put s'empêcher de se tourner et de le regarder. Elle s'éclaircit la gorge. « Oui, Robert ? »

Il sourit. « Dormez bien, Kat. »

Elle lui rendit son sourire. « Vous aussi, Robert. »

36

En vol au-dessus du lac Chelan, État de Washington
15 novembre — jour quatre
08.25 heure locale/1625 zouloue

Des ombres profondes tapissaient encore le flanc oriental du fjord quand le DeHavilland Beaver se présenta à cent cinquante mètres au-dessus de la rive droite du lac. Kat, assise dans le siège du copilote, admira en passant la beauté du paysage qui, tout d'abord de type alpin, passait à des collines arides dans la partie sud. Ses pensées retournèrent au chalet et aux émotions inattendues qui l'avaient agitée au moment de ce départ.

Elle avait décidé de traiter la question rationnellement, comme un exercice de logique effectué sous le feu de l'ennemi : ils étaient tous des cibles et devaient donc rester cachés, tandis qu'elle partait à la recherche des réponses qui pourraient leur rendre la sécurité.

Mais tandis qu'elle leur donnait ses instructions devant la cheminée, à sept heures du matin, les expressions pleines d'appréhension et de désespoir qu'elle lisait dans leurs yeux lui avaient brusquement fait comprendre, d'une manière qui lui avait serré le cœur, qu'elle se racontait peut-être des histoires lorsqu'elle leur garantissait qu'ils seraient en sécurité.

« Écoutez... quelques jours dans un abri sûr peuvent se révéler décisifs...

— Ne pourront-ils pas nous retrouver jusqu'ici, Kat ? demanda Dan. Dites-nous la vérité. »

392

Elle soupira et pinça les lèvres. « C'est peu vraisemblable. Il leur faudrait des recherches à n'en plus finir pour faire le rapprochement entre cet endroit et moi, et encore plus pour supposer que nous y sommes. Je vais retirer de l'argent d'un guichet automatique à Seattle, tout à l'heure, et cela ne fera que rendre leurs spéculations sur l'endroit où je vous cache encore plus compliquées.

— Ils pourraient cependant avoir un coup de chance. Le pilote du Beaver pourrait parler, par exemple. Ils pourraient trouver le van », insista Dan.

Elle dut lutter contre l'envie peu réaliste de les rassurer à tout prix. Les cinq personnes qu'elle avait devant elle venaient de vivre un drame trop terrible pour qu'on leur dise autre chose que la vérité sans fard.

Une bouffée de fumée odorante monta de la cheminée et détourna un instant le cours de ses pensées ; elle ne savait comment faire pour leur épargner la dure réalité, celle des dangers qui les menaçaient toujours.

« C'est vrai. Ils pourraient avoir un coup de chance et vous trouver. Ou moi. Nous ne savons que trop que ce sont des assassins avec un coefficient zéro de remords et de compassion, et que nous nous sommes mis en travers de leurs plans. Mais c'est pour cette raison qu'il faut rester dans ce chalet et hors de vue. Vous allez me conduire jusqu'au port, Dallas. Je laisserai un mot au gardien afin qu'il ne passe pas. Je vous ai montré où se trouvaient les armes et les munitions ; vous n'êtes pas sans moyens pour vous défendre.

— Et si quelqu'un arrive en prétendant être du FBI, Kat ? objecta Steve.

— Je... je ne peux rien vous garantir. Vous ne pouvez pas commencer par tirer sur tout ce qui bouge, vous comprenez... La première règle, c'est de garder tous les stores et les rideaux baissés et de ne pas aller ouvrir si on frappe. Si quelqu'un vient mettre son nez dans le secteur, filez. Que l'un de vous aille à la cabine, sur le quai, et m'appelle. Toi, Steve. Dallas, chargez-vous de les accueillir s'ils rentrent. Graham et Robert vous couvriront depuis les pièces du fond avec les armes.

— On va dresser un plan, dit Dallas, la mine déconfite.

— S'ils vous montrent leur carte d'identité du FBI, prenez

les noms, demandez-leur de revenir plus tard, et allez me téléphoner depuis la cabine.

— C'est un peu léger, Kat, vous ne croyez pas ? objecta Dan.

— Si, mais c'est le mieux que nous pouvons faire.

— J'ai appelé ma mère », annonça Steve sans avertissement.

Il se fit un silence stupéfait dans la pièce.

« Quand ça ? demanda doucement Kat.

— Je suis désolé si j'ai fait une gaffe, mais je ne pouvais pas supporter l'idée qu'elle pleurait toutes les larmes de son corps sur moi et... et...

— Quand l'as-tu appelée et d'où, Steve ? Que lui as-tu dit ? » Kat devait déployer de grands efforts pour contrôler la panique qu'elle sentait monter en elle.

« Depuis l'épicerie, à Seattle. Pendant que vous achetiez de quoi manger.

— Foutu môme ! s'exclama Dallas en roulant des yeux. Et qu'est-ce que tu lui as raconté ?

— Rien sur l'endroit où nous allions. Vraiment rien. Je lui ai dit que j'allais bien et qu'on était avec un agent du FBI, mais qu'on ne pouvait pas rentrer à la maison pendant quelque temps, parce que des gens nous poursuivaient.

— As-tu donné des noms ? demanda Kat.

— Oui, le vôtre. Je suis désolé.

— Mais tu n'as rien dit sur le fait qu'on allait au bord d'un lac, ou s'installer dans un chalet de montagne, tu n'as parlé ni de Chelan ni de Stehekin ? Tu dois jouer franc-jeu avec nous, Steve. »

Il secouait vigoureusement la tête. « Non, non. Rien de tout ça. Elle voulait que je lui dise, mais je lui ai répondu que je ne pouvais pas. »

Kat resta quelques instants immobile, puis hocha la tête. « C'est probablement sans conséquence. Mais je vous en prie, quoi que vous fassiez, n'essayez en aucun cas de téléphoner à des amis ou à des parents depuis cette cabine téléphonique, sur le quai. Ils sont capables de remonter jusque-là le temps de le dire.

— Nous ne sommes pas seuls dans la vie, objecta Dallas. Moi aussi, j'ai des parents que j'aimerais rassurer.

— Pas moi », dit laconiquement Graham.

Kat leva la main. « Je sais bien que nous avons — que vous avez — une famille et des amis qui nous croient peut-être morts. Si vous êtes réellement inquiets pour eux, donnez-moi les noms et les numéros de téléphone ; je les appellerai quand je serai à bonne distance.

— Croyez-vous que vous arriverez à résoudre cette affaire toute seule ? demanda doucement Dan.

— Peut-être. Cela dépend de ce que Walter Carnegie nous a laissé. Je pourrai au moins arriver à vous conduire dans un lieu absolument sûr, où ces salopards ne pourront pas nous toucher.

— À condition qu'ils ne vous aient pas avant.

— Il y a toujours ce risque. » Elle prit une nouvelle et profonde inspiration. Elle regardait le bout de ses chaussures et écoutait distraitement les craquements du feu, dans lequel quelqu'un venait de jeter une bûche. « Écoutez... si je ne suis pas de retour dans cinq jours (elle releva la tête et les regarda tour à tour), prenez le ferry jusqu'à Chelan, louez une voiture ou prenez le bus jusqu'à Spokane ; là, rendez-vous à l'antenne locale du FBI et racontez tout ce que vous savez. »

Dan avait eu un geste inattendu : au moment de partir, il l'avait serrée dans ses bras, puis s'était agrippé à elle lorsqu'il n'avait pu retenir ses larmes. Ses larges épaules s'agitaient tandis qu'il essayait de parler. « Merci... pour tout... ce que vous avez fait pour mettre fin à ce cauchemar, Kat. Je... suis désolé. Je ne voulais pas me mettre à pleurer comme un gosse. »

Kat lui rendit son étreinte, lui tapotant les bras pendant que Dallas massait les épaules du copilote aveugle. « Ça va aller, Dan. Vous en avez vu de dures.

— Ouais, on peut le dire », admit-il. Ses larmes continuaient à couler sous le bandage. Finalement il se détacha d'elle, mais à contrecœur.

Graham Tash commença par lui serrer la main, mais lui aussi ne put s'empêcher de la prendre dans ses bras et de pleurer. Même Steve, maladroitement, voulut en faire autant.

Robert attendait sur le seuil, redoutant de la serrer contre lui mais bien déterminé à ne pas la laisser partir sur une froide poignée de main. Kat lui passa brièvement un bras autour du cou, se sentant aussi embarrassée que lui.

« Allez, dit-elle avec un sourire forcé, tout en remontant la fermeture Éclair de la parka qu'elle avait trouvée dans un placard. Prête, Dallas ? »

Le Beaver venait juste d'arriver lorsque Kat descendit de la vieille Dodge cabossée ; elle salua rapidement Dallas de la main, mais celle-ci descendit de voiture et, elle aussi, la serra fraternellement dans ses bras. « Fais attention à toi, frangine, et reviens ! » lui dit-elle.

Kat salua le pilote et lui tendit son éternel sac de voyage avant de négocier l'étroite échelle. Les amarres avaient été jetées et le moteur tournait déjà lorsque quelque chose atterrit à l'arrière du flotteur droit.

« Mais, nom d'un chien ! s'exclama le pilote en essayant de regarder sur le côté. Vous voyez quelque chose, là-derrière ? demanda-t-il à Kat.

— Oui, un type debout sur le flotteur. Je n'arrive pas à... »

La porte côté passager s'ouvrit, et l'intrus jeta un sac-boudin à l'intérieur de l'appareil avant de se hisser lui-même dans la cabine. Puis il se tourna vers Kat, arborant un grand sourire.

« Robert ! Qu'est-ce que... ?

— Vous vous souvenez de notre conversation d'hier ? Le travail en équipe ?

— Vous deviez rester ici pour vous occuper des autres ! protesta Kat, chez qui la consternation le disputait à l'étonnement.

— Dallas est une force de la nature. Elle y arrivera très bien sans moi. Je crois qu'elle pourrait se faire Saddam et sa garde républicaine à elle toute seule. »

Le pilote avait mis le moteur au ralenti, mais l'appareil avait commencé à dériver vers le milieu du lac ; l'eau clapotait doucement contre les flotteurs, tandis que les parfums mêlés des montagnes et des pins leur parvenaient encore. Il regarda par-dessus son épaule, attendant que ses deux passagers se décident.

« Mais bon Dieu, Robert !

— Vous voulez que je reparte ?

— Je travaille seule.

— Vous avez dit exactement le contraire, hier.

— Ça pourrait être dangereux, pour l'amour du ciel !

— Hé, c'est moi qui ai survécu à l'écrasement d'un 747, couru dans la jungle comme un dératé et échappé à une bande d'assassins. Sans compter que je dois me faire tirer dessus au moins une fois par an si je ne veux pas perdre ma carte de correspondant de guerre. C'est écrit noir sur blanc dans mon contrat. »

Kat secouait la tête. « Non ! Je suis responsable de...

— Pas de moi ! Vous n'êtes pas responsable de moi. Nous pouvons décider que nous sommes chacun responsable de l'autre au sein de notre équipe, mais n'oubliez pas que je suis un sacré bon reporter d'investigation. Je sais comment on regarde sous les tapis, j'ai beaucoup de contacts, et vous allez avoir besoin d'un maximum d'aide. Sans compter que c'est une histoire trop sensationnelle, et que je suis en plein dedans. On ne peut pas raisonnablement demander à un journaliste de s'asseoir sur son derrière dans un paysage bucolique, où par ailleurs il pourrait se plaire, au risque de rendre son rédac'chef furax et de perdre son job. Bon. Vous tenez toujours à ce que je reparte faire du baby-sitting ? »

Elle regarda le plancher de l'appareil et secoua une fois de plus la tête avant de lever les yeux sur lui. « Oui... non. Très bien. Je vous nomme adjoint.

— Tiens, vous en avez le pouvoir, à présent ?

— Pas vraiment. » Elle se tourna vers le pilote. « Allons-y.

— Bien, madame. »

37

En route pour Seattle
15 novembre — jour quatre
Midi heure locale/2000 zouloue

Vers midi, la Snoqualmie Pass était déjà à trente kilomètres derrière eux, et la banlieue de Seattle déjà en vue. Kat conduisait. Elle jeta un coup d'œil à Robert, jusqu'ici resté profondément plongé dans ses pensées. Soudain, il changea de position et se tourna vers elle.

« J'ai une idée, dit-il. Allons dans un motel. »

Elle lui adressa un regard stupéfait. « Je ne sais pas pour qui vous me prenez, mais ce n'est pas mon genre. »

Le journaliste sourit. « Je savais que j'aurais toute votre attention. Non, je suis sérieux. Si on peut se trouver une bonne planque et avoir assez de temps pour travailler par téléphone, nous pourrons peut-être faire l'économie d'un voyage à Washington.

— Et comment ça ?

— J'ai un ami qui travaille à la bibliothèque du Congrès. S'il peut me donner accès à l'ordinateur par modem, nous n'aurons pas besoin de nous y rendre en personne. »

Le visage de Kat s'éclaira. « Génial ! Ça vaut la peine d'essayer. Nous pourrions peut-être aussi tenter de joindre le Dr Thomas. Nous manquons de temps.

— On prendra deux chambres communicantes, et on disposera ainsi de deux téléphones.

— Voilà qui est nettement plus convenable, Mr McCabe. Question hôtel, avez-vous une préférence ?

— Aucune. Ritz, Carlton, Motel Six, tout me va. »

Elle se mordilla quelques instants la lèvre inférieure. « À propos du SeaAir, Robert, je crois... »

Il leva la main. « S'il vous plaît, Kat. Nous nous sommes déjà creusé la tête pendant des heures sur ce sujet. Qu'avons-nous trouvé ? Rien. Seulement des spéculations. Que savons-nous ? Qu'il existe quelque part un groupe terroriste puissant ; que ce groupe dispose d'un système d'arme qui rend aveugle ; que, pour quelque raison pas très claire, le gouvernement en a peur ; qu'il y a probablement une taupe au FBI. En dehors de ça, nous tournons en rond.

— Pas d'accord. Il y a une logique, là-dessous. Le message de Carnegie ne fait que le confirmer. »

Il poussa un soupir. « OK, je mords à l'hameçon. Quelle logique ?

— Celle de hauts responsables qui ont fait des bêtises.

— Pardon ?

— D'une manière ou d'une autre, un organisme d'État ayant commis quelque chose d'illégal, ou participé à quelque chose d'illégal, est impliqué dans cette affaire, et ils ont une peur bleue que cela soit révélé publiquement. »

Robert garda le silence pendant quelques instants. « Vous... n'allez tout de même pas prétendre que les gens qui sont à nos trousses... seraient mandatés par notre gouvernement ?

— Oh, Seigneur, non ! répondit vivement Kat. Mais qui que soient ces vermines, l'administration risque d'être fichtrement dans l'embarras lorsque nous aurons découvert le pot aux roses.

— Voilà qui fait froid dans le dos. Mais inutile d'en parler davantage, tant que nous n'aurons pas pu consulter le dossier de Walter. J'ai la tête qui tourne. » Il brancha la radio. Ils avaient atteint, par la nationale 90, le pont qui enjambe le lac Washington, et il passa par un certain nombre de stations avant de s'arrêter sur un bulletin d'information. Il était question des réactions à la suite d'un grave accident d'avion intervenu à Chicago.

« Montez le son ! » dit-elle.

... tombé sur un secteur résidentiel à environ six kilomètres de l'aéroport O'Hare de Chicago. Tous les secours possibles ont été

mobilisés sur place, mais nous n'avons pour l'instant aucune information sur d'éventuels survivants. De très nombreux témoins oculaires ont raconté que l'Airbus A-320 se trouvait à environ trois cents mètres du sol, juste après son décollage, lorsqu'il s'est lentement mis sur le dos et a plongé le nez le premier vers le sol. Il y a eu un bruit formidable et un nuage de fumée est aussitôt monté dans le ciel. Nous avons pu joindre il y a quelques minutes le contrôleur en chef d'O'Hare qui nous a confirmé qu'il n'y avait eu aucun appel de détresse ni aucune indication de problème avant la catastrophe. Nous continuerons de...

Kat coupa la radio et regarda Robert, dont le visage était aussi blême que le sien. Elle déglutit péniblement. « Il ne fait aucun doute... commença-t-elle.

— Ouais. Je pense la même chose.

— Il pourrait évidemment s'agir d'autre chose. Panne des instruments de contrôle, panne aérodynamique massive des volets, ou encore... arrêt de la poussée d'un seul côté... voire même rencontre avec les tourbillons provoqués par la traînée d'un autre gros-porteur. »

Robert hochait lentement la tête. « Sauf que ce n'est probablement pas le cas. Les accidents de ce genre ont pratiquement disparu. C'est le troisième en six semaines. Nous savons à présent que deux, sur ces trois, ont eu la même origine. Vous avez dit vous-même la nuit dernière que ce n'était pas fini. »

Elle frappa le tableau de bord de la paume de la main, faisant sursauter Robert. Il se tourna vers elle. Elle avait les mâchoires serrées, les lèvres pincées par la colère.

« Bon Dieu de bon Dieu de bon Dieu !

— Kat...

— Et merde ! cria-t-elle.

— Ça va, Kat ? »

Elle tourna brusquement la tête vers lui. « Non, ça va pas ! J'ai horreur qu'on me demande si ça va quand on voit bien que ça va pas du tout !

— Désolé.

— Pas la peine d'être désolé. C'est mon problème ! Seigneur ! Je n'arrive pas à croire que je vous ai laissé prendre ce vol à Hong Kong ! J'aurais dû comprendre que vous étiez dans leur collimateur... et pour couronner le tout, j'ai laissé échapper une preuve matérielle, cette arme, ainsi que l'un des criminels à Honolulu...

— ... parce que vous avez été victime d'un traquenard particulièrement bien monté par des professionnels, un piège dans lequel n'importe qui serait tombé.

— Pas la peine d'essayer de me déculpabiliser, Robert. S'il y a bien une chose que mon père m'a enfoncée dans le crâne, c'est l'idée de responsabilité personnelle. Vous ratez votre coup ? Vous le reconnaissez et vous en supportez les conséquences.

— Bien. Mais qu'avez-vous raté, agent Bronsky ? Avez-vous manqué de clairvoyance ?

— Exactement, aboya-t-elle.

— Écoutez... je veux bien qu'on parle de responsabilité personnelle quand on a vraiment commis une faute, mais dans ce cas... »

Kat laissa échapper un long soupir et mit le clignotant à droite. Elle freina brutalement et engagea le minivan sur l'accotement. Ils s'arrêtèrent dans une embardée, au milieu d'un nuage de poussière et dans le crissement des gravillons.

« Qu'est-ce qui vous prend ? demanda Robert, inquiet.

— Regardez-moi.

— C'est ce que je fais.

— Je vous remercie de voir manifestement en moi une femme et je sais que votre instinct, en tant qu'homme, est de me protéger — mais vous avez affaire à une personne qui est aussi professionnelle et responsable que vous-même. N'essayez surtout pas de me protéger des conséquences qu'entraîne le fait d'exercer la profession que j'ai choisie... voilà pourquoi je voulais agir seule.

— Voyons, Kat, je n'essayais pas de vous protéger.

— Si ! Vous vouliez empêcher la petite fille de se sentir trop malheureuse parce qu'elle avait complètement raté son coup ! Je suis capable de supporter toute seule les reproches que je m'adresse.

— Si je comprends bien, je ne peux vous donner aucun encouragement, ni rien formuler de positif ?

— Ce n'est pas ce que j'ai dit. Je n'ai pas besoin de vos tentatives pour atténuer mes fautes.

— OK, OK. Vous voulez que je vous parle seulement de vos fautes ? Très bien, parlons-en. En voilà une : vous êtes tellement imbue de votre mission que vous devenez incapable de prendre en compte les sentiments de ceux qui vous entourent.

— Quoi ? C'est stupide ! La psychologue, c'est moi. »

Il hésita, puis eut un geste de la main comme pour dire qu'il renonçait. « Laissons tomber.

— Oh, pas question ! Vous avez ouvert la porte. Donnez-moi un exemple. »

Robert regardait droit devant lui, mais Kat se tourna de manière à croiser son regard. « Vous n'en trouvez pas, hein ? Vous savez très bien que je suis sensible aux sentiments des gens qui m'entourent. »

Il fronça les sourcils et se tourna pour la regarder dans les yeux. « Vraiment ? Alors comment se fait-il que vous n'ayez pas compris à quel point j'avais envie de vous embrasser, hier ? »

La stupéfaction la réduisit au silence. Robert était aussi estomaqué qu'elle d'avoir lâché ce qu'il venait de dire. Il leva une main conciliante et détourna les yeux. « Je suis désolé, Kat. Je ne voulais pas... c'est sorti comme ça. »

Elle le prit par le visage et l'obligea à se tourner vers elle. « Je suis contente. Bien sûr que si, je le savais — pour la bonne raison que je ressentais la même chose. Ce n'était ni le bon moment ni le bon endroit.

— Peut-être pas le bon moment, en effet, mais sûrement pas le mauvais endroit. » Il la regarda pendant quelques instants, et un sourire vint lentement éclairer son visage. « C'est même le plus pourri des moments, reprit-il. Je tombe sur une femme qui me branche sérieusement, et il faut que ce soit au beau milieu d'une croisade terroriste.

— Est-ce pour cette raison que vous avez décidé de m'accompagner ? » demanda-t-elle d'un ton plus calme.

Il secoua la tête. « En partie, mais la raison principale est bien celle que je vous ai dite : l'enquête, la poursuite, et le fait qu'il valait mieux être à deux pour résoudre le problème. »

Il y eut un petit pépiement électronique en fond sonore.

« Ce n'est pas votre beeper ? » demanda Robert.

Kat prit son sac, l'ouvrit, et le bruit devint plus fort. « Si. J'essayais sans doute de l'ignorer. » Elle ouvrit l'écran et appuya sur le bouton. Son expression s'assombrit. « C'est Jake qui m'ordonne, pour la dernière fois, d'entrer en contact avec lui et de prendre mes dispositions pour vous confier au FBI, vous et les autres, en tant que témoins.

— Témoins de quoi ?

— D'un acte de meurtres en masse, pour commencer, répondit-elle avec un soupir. Il a raison. On peut considérer ce que je fais comme une obstruction à la justice.

— C'est n'importe quoi ! »

Kat venait de sortir son téléphone par satellite et d'y mettre une batterie récemment rechargée.

« Vous êtes sûre qu'ils ne peuvent pas nous repérer, si vous appelez avec ce truc ?

— Oui, j'en suis sûre. C'est possible lorsqu'on utilise un réseau cellulaire au sol, mais je vais le programmer pour qu'il passe uniquement par les satellites. »

Le téléphone se mit soudain à sonner et, par réflexe, elle appuya sur le bouton MARCHE — comprenant aussitôt son erreur.

Robert parlait au même moment. « Ce n'est peut-être pas une bonne idée... »

Elle coupa la communication aussi vite que possible, avec l'espoir que celui qui avait appelé n'avait rien entendu.

Le téléphone se remit aussitôt à sonner, la faisant légèrement sursauter, et elle coupa la fonction.

« Est-ce qu'ils ne pourraient pas... nous repérer avec seulement ça ? » demanda Robert.

Elle lui adressa un regard dans lequel il lut une profonde inquiétude. « Je... ne sais pas. Filons d'ici et trouvons-nous ce motel. On a pas mal de recherches à faire, et nous devons rester mobiles. »

Las Vegas, Nevada

Le niveau de tension, dans la pièce, était proche de la rupture. Plusieurs hommes, le visage blême, tournaient plus ou moins en rond pendant que l'un d'eux pressait un combiné contre son oreille, son visage reflétant une concentration soudaine et intense.

« Taisez-vous ! » dit-il en levant l'index. Le silence se fit aussitôt dans la pièce, un bureau temporaire qui se trouvait dans une zone industrielle à proximité d'une base aérienne de l'Air Force. Le passage bruyant de deux F-15 Eagle fit grimacer l'homme au téléphone, et il regarda en l'air.

Il coupa la communication pour obtenir une nouvelle ligne et composa une deuxième fois le numéro. « Quelqu'un a décroché l'appareil de Bronsky... et il y a eu une voix d'homme à l'arrière-plan, pendant une seconde. On dirait qu'elle a coupé immédiatement après avoir accepté la communication. Je rappelle. » Il attendit au moins trente secondes. « Elle a décidé de ne pas répondre. » Soudain, une expression de surprise agréable éclaira le visage de l'homme. « J'arrive pas à y croire !

— Quoi ? demanda l'un de ceux qui attendaient.

— L'appel est passé par le système au sol qui appelle le satellite... et il a sonné.

— Ce qui signifie ?

— Que lorsqu'elle refuse de répondre, le système fait passer un message avec une identification. Elle est toujours à Seattle, Larry ! On a trouvé cette salope !

— Tu as dit qu'il y avait une voix masculine à l'arrière-plan ?

— Ouais », répondit l'autre avec excitation.

Un des hommes glissa une cassette dans un petit magnétophone. La voix de Robert McCabe, enregistrée lors d'une de ses récentes apparitions télévisées, emplit la pièce. L'homme l'arrêta au bout d'une demi-minute.

« Cette voix-là ? »

L'autre sourit et acquiesça. « On dirait bien, en tout cas.

— Dans ce cas, messieurs, dit alors celui qui paraissait être le chef du groupe, le bénéfice est double. Nous savons que McCabe est avec Bronsky, nous savons qu'ils sont quelque part à Seattle.

— Et les quatre autres ?

— Qui sait... Ils les ont peut-être planqués dans un coin, à moins qu'ils ne les aient encore en remorque. »

Il n'y eut qu'un instant d'hésitation, et les cinq hommes se précipitèrent chacun sur un téléphone. Un jet privé les attendait, prêt à prendre l'air en vingt minutes, sur l'aéroport McCarren de Las Vegas.

« Qu'est-ce qu'on emporte ?

— Toutes les armes qu'on peut. Elle commence à commettre des erreurs. Ce coup-ci, on va lui baiser son joli petit cul. »

38

Seattle, Washington
15 novembre — jour quatre
14.20 heure locale/2220 zouloue

Deux chambres, prises sous des noms d'emprunt dans un hôtel parfaitement quelconque de Renton, dans la banlieue de Seattle, n'écornèrent que peu la somme qu'ils avaient retirée à toute vitesse d'un distributeur automatique. Chacun s'installa dans la sienne, puis, au bout de quelques minutes, Kat ouvrit la double porte qui les faisait communiquer entre elles. Passant la tête par l'entrebâillement, elle eut un commentaire peu flatteur sur les œuvres d'art décorant les murs des motels, et jeta un coup d'œil au téléphone. « Et si vous commenciez tout de suite à chercher à entrer dans l'ordinateur de la bibliothèque, Robert ? Moi je vais essayer de joindre Jake par téléphone. »

Il acquiesça, se laissa tomber sur le lit, prit le téléphone et la regarda. « Je vais commencer par essayer d'impressionner mon contact là-bas. »

Elle laissa la porte entrouverte et prit bien soin de brancher son téléphone sur le réseau par satellite avant qu'il ne se mette automatiquement sur le réseau terrestre. Elle composa alors le numéro du quartier général du FBI, à Washington. La tension et la colère qu'elle détecta dans la voix de Jake Rhoades ne furent pas une surprise pour elle.

« Kat ! Dieu soit loué ! Mais bon Dieu, qu'est-ce que vous fabriquez ?

— Je nous garde tous en vie, Jake. Il y a une fuite chez nous. Vous vous en doutez, non ? Chaque fois que je vous ai dit quelque chose, hier, les autres ont aussitôt été au courant.

— Qu'est-ce que vous racontez ? Vous m'accusez, *moi* ?

— Bien sûr que non ! Ne soyez pas ridicule. Vous avez fait de votre mieux pour nous protéger à Seattle hier, et regardez ce qui est arrivé.

— Au fait, qu'est-ce qui est arrivé, Kat ? Tout ce que j'ai eu de vous, c'est un message mystérieux sur mon alphapage me disant que vous passiez dans la clandestinité. Après quoi mon équipe n'a pu que constater avec frustration que vous aviez sauté de l'avion avec les autres, et disparu dans la nuit sans laisser de traces. J'ai tenté de vous contacter toutes les heures, depuis, mais vous n'avez pas trouvé bon de me rappeler, alors que vous connaissez une bonne demi-douzaine de moyens sûrs de le faire.

— J'avais mes raisons... je n'ai pas le temps de vous les expliquer pour l'instant », dit-elle en choisissant soigneusement ses mots. Toute justification qui parlerait d'un endroit isolé et de difficulté d'établir un contact radio pouvait finir par faire penser à Stehekin et mettre ses protégés en danger. Elle préféra lui parler de la diversion de dernière minute du DC-10 vers le terminal sud.

« Oui, nous avons été mis au courant lorsque notre équipe y est allée et a découvert que d'autres s'étaient présentés avec de fausses pièces d'identité.

— Je suppose que vous ne les avez pas cravatés ? »

Jake hésita. « Ils avaient une longueur d'avance sur nous. Ils ont assassiné l'un de nos agents de Seattle qui tentait de les arrêter. Jimmy Causland. Marié, deux enfants. Cinq balles, dont trois dans la tête, en utilisant vraisemblablement un silencieux. Du fait de cette rencontre, nous *savons* que ces gens existent réellement, et nous *savons* aussi qu'ils utilisent de faux documents d'identité. Mais nous ignorons qui ils sont et d'où ils sortent.

— Raison pour laquelle, précisément, nous nous mettons à couvert pendant quelques jours.

— Le Bureau ne peut pas vous protéger, vous et vos rescapés, si vous la jouez solo.

— De toute façon, vous ne le pouvez pas. Pas tant que

nous avons une fuite. Auriez-vous déjà oublié ce qui s'est passé à l'aéroport de Seattle ?

— Peu importe. Vous devez les livrer sur-le-champ. C'est un ordre.

— J'ai besoin d'un peu de temps, Jake. Mais je ne sais pas exactement de combien. Parce que si on fait encore une nouvelle gaffe, ce sera la dernière. Ces salopards doivent être aux abois, à présent, et je suis convaincue que les derniers ordres qu'ils ont reçus ont été de tirer à vue.

— Au moins avons-nous un nom à leur coller dessus.

— Un nom ?

— Leur organisation, j'espère que vous apprécierez leur choix, s'intitule elle-même Nuremberg. La ville où on a jugé les crimes des nazis, après la guerre.

— Qu'est-ce que cela signifie ? Sait-on d'où ils viennent ?

— Pas la moindre idée. On parle d'un groupe derrière lequel se cacheraient des pays du Moyen-Orient — la Libye, l'Irak, l'Iran, vous avez le choix. Tous nos vieux et chers amis.

— Ce nom pourrait aussi signifier qu'il s'agit des représailles sanglantes de gens qui en veulent aux États-Unis pour... *quelque chose* ayant un rapport avec des crimes de guerre, ou pour leur attitude par rapport aux crimes de guerre d'un autre pays. La Serbie, par exemple.

— Nous ne le savons pas, mais une lettre est arrivée sur un bureau de CNN, ce matin. Aucune empreinte digitale, rien qui puisse permettre d'identifier d'où elle venait. Elle comprenait une liste de faits non dévoilés au public et suffisamment impressionnante pour nous convaincre de sa validité.

— Dieu soit loué ! Ils ont présenté leurs exigences ?

— Non. Seulement annoncé qu'ils existaient. Ce communiqué a comme unique objectif de nous faire comprendre qu'ils continueront à nous donner des preuves de leur capacité à frapper quand ils veulent, où ils veulent, sans nous dire comment, jusqu'à ce que nous soyons prêts — autrement dit devenus suffisamment conciliants — à nous soumettre à leurs exigences.

— Oh, mon Dieu... Et c'était juste après le crash de Chicago ?

— Oui, il était expressément mentionné. Les médias viennent de monter d'un cran de plus en hystérie, la Maison-Blanche nous met une pression inimaginable pour qu'on lui donne des explications, et on entend beaucoup parler de vous, mais pas exactement en bien. Écoutez attentivement à présent, Kat. C'est tout juste si je n'ai pas perdu le contrôle des choses. Je peux probablement vous protéger ici, au Bureau, au moins pour tout ce qui est arrivé jusqu'à maintenant ; mais lorsque je raccrocherai, si nous n'avons pas pris des dispositions précises pour le rapatriement des survivants et de vous-même, le directeur donnera l'ordre de vous poursuivre.

— Pour quel motif ? demanda la jeune femme d'une petite voix.

— Obstruction à la justice, enlèvement, et peut-être une autre demi-douzaine de chefs d'accusation.

— Ces gens sont avec moi volontairement, Jake.

— L'adolescent, le petit Delaney, est trop jeune pour décider légalement de son sort. Son père est en train de remuer ciel et terre pour le retrouver et parle de vous poursuivre.

— Son père ?

— Je n'ai pas tous les détails, mais ce type a pété les plombs. J'ignore comment il l'a appris, mais il sait que son fils est avec vous, et il vous accuse, et nous par la même occasion, d'arrestation illégale et de kidnapping. Il a même fait des allusions à des abus sexuels.

— Oh, pour l'amour du ciel, Jake ! C'est totalement absurde !

— Je me permettrai simplement de vous rappeler, Kat, que les agents du FBI ne peuvent s'offrir le luxe de séquestrer les gens, en particulier les mineurs, sans y avoir été autorisés par un magistrat et sans l'accord de leur autorité de tutelle. Apparemment, Delaney a obtenu la garde conjointe de son fils.

— Autrement dit, on me demande de rendre Steve pour le voir haché menu à coups d'armes automatiques dès qu'il voudra se jeter dans les bras de son père ? Splendide, votre plan !

— Nous sommes supposés agir conformément aux lois, Kat. C'est le serment que vous avez fait. Vous avez l'air d'oublier qu'en tant qu'officier de police, vous êtes chargée de veiller à l'application de la loi.

— Écoutez-moi, Jake. Toutes ces personnes se cachent volontairement, et je ne suis pas avec elles. Je m'en trouve même très loin. Une seule est avec moi, et ce n'est pas Steve Delaney. Nous essayons désespérément de trouver une piste. Même si je pensais qu'il n'y avait aucun danger, ce qui n'est pas le cas, je n'aurais aucun moyen de les remettre entre vos mains.

— Mais vous allez devoir me dire où elles se trouvent, Kat.

— Je ne peux pas.

— Bon Dieu, Kat, ça suffit ! C'est le dernier avertissement. Si je raccroche sans ce renseignement, vous perdez votre boulot, et peut-être même votre liberté. Ne me dites pas que vous allez passer, de gaieté de cœur, du rôle d'agent prometteur à celui de hors-la-loi, tout de même ? »

Kat laissa échapper un long soupir. De plus en plus tendu, le silence se prolongea sur la ligne.

« D'ici cinq jours, Jake, que j'aie tort ou raison, que je sois licenciée ou non, inculpée ou non, je me rendrai. Si d'ici là vous ne pouvez pas me faire confiance, je comprendrai. Mais la vie de ces personnes est sous ma responsabilité. Je suis... désolée de devoir vous désobéir, Jake.

— Moi aussi je suis désolé, Kat », répondit-il, lui aussi avec un gros soupir. Elle savait ce qu'il allait dire ensuite. « Parce qu'à partir de cet instant... »

Elle coupa avant de l'avoir entendu dire « ... vous êtes suspendue de vos fonctions », et resta assise sans rien dire, immobile, se mordillant la lèvre. Il s'écoula près d'une minute avant qu'elle ne relève la tête. Robert McCabe, le visage fermé, se tenait dans l'encadrement de la porte.

« Je dois vous avertir de quelque chose, Robert. » Penchée sur la table, elle s'efforçait de parler d'un ton bas et mesuré. « Il faut que vous sachiez que vous avez le droit de laisser tomber quand vous le voulez.

— Qu'est-ce que vous racontez ?

— À partir de cet instant, tout ce que vous ferez pour m'aider pourra être considéré comme complicité d'un acte criminel, ou conspiration volontaire pour commettre un acte criminel. Je n'ai pas été officiellement suspendue, pour autant que je sache. Je n'ai pas entendu prononcer la sentence. Mais je n'ai plus aucun soutien à Washington et ils me traitent à présent comme un renégat. » Elle lui raconta alors les détails de la conversation téléphonique. « Ça me fait mal au cœur de vous le dire, mais je crois qu'il vaudrait mieux

409

que vous me laissiez. Donnez-moi simplement vingt-quatre heures avant d'appeler Washington et de leur dire ce que vous savez.

— Ne comptez pas là-dessus, Kat.

— Je ne veux pas que vous vous retrouviez sur le banc d'infamie avec moi, si tout cela tourne mal. »

Il se pencha sur elle, appuyé des mains sur la table, et la regarda droit dans les yeux. « Je ne vous abandonnerai pas. Vous allez avoir besoin de mon aide. En fait, même avec une injonction de la cour fédérale, vous ne pourriez pas vous débarrasser de moi. »

Quartier général du FBI, Washington DC

Le directeur adjoint Jake Rhoades était assis à la table de conférence et contemplait le plateau. Il releva la tête, une expression féroce et menaçante sur le visage.

« Quoi ? » gronda-t-il.

Le jeune agent qui venait d'entrer dans la salle lui tendit un papier. « Désolé de vous déranger, monsieur, mais on m'a dit... »

Jake lui arracha la feuille des mains. « Qu'est-ce que c'est ?

— Nous avons localisé le secteur d'où est parti l'appel.

— Bien. D'où ?

— Ils... ne peuvent pas être plus précis. Ça couvre une zone d'une quarantaine de kilomètres carrés et il a fallu exercer les pressions les plus insistantes sur la société de communication pour...

— Où ça, bon Dieu ! Vous me croyez en vacances, ou quoi ?

— Seattle. Banlieues comprises.

— OK, merci. Désolé de vous avoir sauté dessus.

— Ce n'est rien, monsieur. » L'agent fit demi-tour pour partir, mais Jake le rappela.

« Vous comprenez, je connais Kat Bronsky depuis qu'elle est entrée chez nous, et j'en pense le plus grand bien... tout ça est très douloureux.

— Oui, je comprends.

— Vous vouliez m'expliquer comment vous aviez localisé le signal. »

L'agent acquiesça et revint vers Jake. « Il s'agit d'une entreprise de communication américaine opérant sur un plan mondial. Ils ont commencé par refuser de coopérer. Ils ont un peu plus de soixante-dix satellites positionnés à une altitude de 720 kilomètres, approximativement, et, par triangulation, leurs ordinateurs peuvent repérer d'où vient un signal parti du sol. Il a fallu qu'interviennent des amis appartenant à la Commission fédérale des Communications pour qu'ils cèdent.

— Une précision d'une quarantaine de kilomètres ?

— De kilomètres *carrés*, monsieur. Ils pourraient sans doute faire mieux, même s'ils ont dit le contraire. Et ils ont clairement fait savoir qu'ils n'ont accepté que parce que le téléphone appartenait à un membre du Bureau. »

Une fois le jeune agent sorti, Jake se tourna vers les autres personnes assises autour de la table. « OK, tout le monde. On passe à l'action. Kat Bronsky est quelque part à Seattle, et nous devons la trouver avant les types de Nuremberg. »

Renton, *État de Washington*

Robert avait branché la télé dans sa chambre, volume baissé, pendant qu'il multipliait les coups de téléphone pour essayer de retrouver son contact de la bibliothèque du Congrès. Mais Jerry Bell était parti en vacances. La sonnerie retentissait dans le vide, au dernier numéro qu'il appelait, lorsque son attention fut attirée par l'écran de la télé. Il prit la télécommande au moment où l'image du crash de Chicago laissait la place à une scène se déroulant à Dallas, et il monta le son. Il était question de la fermeture de l'aéroport.

Il se leva et alla rapidement jusqu'à la porte communicante. Kat était entre deux appels. « Vous devriez regarder sur la Quatre », lui dit-il.

Elle brancha aussitôt son propre appareil. Aux images de l'énorme aéroport de Dallas succédèrent des vues de passagers allant et venant dans le terminal, puis d'un journaliste devant une foule qui se pressait à un comptoir.

Merci, Bill. Ici, à l'aéroport de Dallas Fort Worth, c'est l'incertitude la plus totale qui règne, depuis l'annonce de l'annulation de tous les vols, départs comme arrivées, sur la foi d'un simple coup de téléphone de menace. À la suite du désastre aérien de ce matin à Chicago, un groupe se présentant sous le nom de Nuremberg a revendiqué l'attentat. Il prétend aussi être responsable du crash récent du 747 au Viêt Nam, ainsi que de celui du SeaAir, au large de Cuba, le mois dernier. Il y a deux heures, une personne affirmant appartenir à ce même groupe terroriste a annoncé son intention de détruire un avion à DFW, cet après-midi, à l'atterrissage ou au décollage. Il en a résulté un chaos inimaginable, et ce sont des milliers de voyageurs qui se trouvent bloqués sans qu'on leur donne beaucoup d'informations...

Il y avait eu un bruit de chaise raclant le sol lorsque Robert s'était assis pour écouter ; Kat, fascinée, n'avait pas quitté l'écran des yeux. Le reportage terminé, elle coupa la télé et secoua la tête lentement.

« Nous savons maintenant ce qu'est la phase 2. Brandir une menace qu'on ne peut pas ne pas prendre au sérieux.

— Mais dans quel but ?

— Bonne question, n'est-ce pas ? Qu'est-ce qu'ils veulent ? »

Elle se leva brusquement et montra la chaise qu'il avait prise. « Rendez-la-moi, s'il vous plaît, j'en ai besoin. Reprenons nos coups de fil. Il faut avancer. Je ne trouve personne du nom de Brett Thomas sur cette planète, même si j'ai encore un paquet de bases de données dans lesquelles je peux m'infiltrer. »

Robert expliqua alors que son contact était en vacances.

« Évidemment, il faut qu'il aille se faire dorer au soleil au moment où vous avez besoin de lui, dit Kat d'un ton sarcastique. Murphy ne dort jamais.

— Je vous demande pardon ? » dit Robert, intrigué.

Elle s'installa dans la chaise que le journaliste venait de libérer, posa son carnet sur la table et tendit la main vers le téléphone. « Vous savez, la loi de Murphy.

— Ah, oui. Ce qui peut aller de travers ira de travers.

— Mais connaissez-vous son principal corollaire ? »

Robert secoua lentement la tête.

« Mr Murphy était un optimiste. »

Pendant trois heures, ils travaillèrent dans la pénombre de

leurs chambres respectives, utilisant leurs portables branchés par modem lorsqu'ils ne composaient pas directement un numéro. Kat avait connecté le journaliste, puis elle, à leurs accès Internet respectifs, en passant prudemment par une série de numéros à huit chiffres difficiles à retracer. Les deux télés restaient branchées sur CNN, et les flashes d'information qui se succédaient à un rythme élevé soulignaient la rapidité avec laquelle s'instaurait la crise de confiance dans l'aviation commerciale ; Atlanta puis Salt Lake City rejoignirent la liste des grands aéroports américains temporairement fermés parce qu'ils avaient reçu des menaces téléphoniques.

Il était près de cinq heures de l'après-midi lorsque Robert entra silencieusement dans la chambre de Kat et s'approcha d'elle, un sourire aux lèvres. « Comment ça va ? demanda-t-il, la faisant légèrement sursauter.

— Je ne vous avais pas entendu entrer, répondit-elle en se tournant de nouveau vers son écran. Jusqu'ici, rien. Et vous ?

— Eh bien, pendant un moment, tout ce que j'ai trouvé a été la date et l'heure de l'enterrement de Walter, sans parler de deux menaces d'attentat lancées depuis que nous nous sommes bouclés ici, l'une contre l'aéroport d'Atlanta, l'autre contre celui de Salt Lake City. On peut dire qu'ils mettent le paquet.

— Ou alors, ce sont les mauvais plaisants qui s'en donnent à cœur joie, observa-t-elle pendant qu'il s'asseyait.

— J'ai finalement pu localiser Jerry.

— Où ça ? demanda Kat en se redressant.

— À Tahiti.

— Bon sang... Il va nous aider ?

— Il va essayer, en tout cas. En ce moment même, il devrait être dans la cabine téléphonique de la plage en train de tout faire pour m'obtenir une autorisation spéciale de recherche, pendant qu'une jeune personne très peu vêtue attend la reprise des activités au milieu desquelles je l'ai dérangé.

— Il fallait absolument que vous me sortiez celle-là, n'est-ce pas ? demanda-t-elle avec une mimique faussement désespérée.

— Bon, d'accord, je suis jaloux.

— Il doit vous rappeler ? » Elle préférait changer tout de

413

suite de sujet. « Mais comment ? Vous ne lui avez évidemment pas donné notre numéro ici ? »

Robert s'assit sur le lit et fronça les sourcils. « Bien sûr que non. C'est moi qui dois le rappeler. Mais ces histoires de numéros de carte téléphonique m'inquiètent. Est-ce qu'on ne peut pas remonter jusqu'à vous ? »

Elle acquiesça. « Si, mais pas tout de suite.

— Vous en êtes sûre ?

— Peut-être pas à cent pour cent, mais c'est une bonne probabilité, et on ne peut pas toujours utiliser le téléphone par satellite. »

L'ordinateur se mit à pépier. Kat leva un doigt et se tourna vers l'écran, puis pianota un instant sur le clavier.

« Qu'est-ce que c'est ?

— Un listing de scientifiques venant d'une base de données peu utilisées. Je n'ai pas pu... » Elle resta songeuse un instant, puis tapa sur quelques touches. « Attendez... Attendez une minute... attendez une minute !

— Quoi ?

— C'est juste... un nom que j'ai vu... qui m'a donné une idée. »

Robert profita du temps que prenait la réaction de l'ordinateur pour passer derrière la chaise de Kat ; il se trouva face à l'écran au moment même où un nom y apparaissait, suivi d'un court dossier.

« Mais... ce n'est pas Thomas ? »

Elle agitait la tête, tout excitée. « Non, bien sûr ! Carnegie a brouillé les pistes. Le type que nous cherchons ne s'appelle pas *Brett* Thomas, mais Thomas *Maverick*.

— Quoi ? Vous en êtes sûre ? » Il se pencha sur l'épaule de Kat, suivant son doigt du regard.

« Regardez donc son CV, Robert. Il a été en contrat avec le gouvernement au cours des trente dernières années ou presque. En poste à Los Alamos... à Oak Ridge, Tennessee... à la NASA... et à Las Vegas.

— Je me demande pourquoi Las Vegas. Qu'est-ce qu'il peut y avoir, là-bas ?

— Je ne sais pas exactement. Probablement des sous-traitants du gouvernement. Il y a aussi une base de l'Air Force dans le voisinage. À moins qu'il y ait tout simplement pris sa retraite.

« — Mais il n'y a aucun Thomas ?

— Aucun. Pas un seul doctorat de sciences n'a été attribué sous ce nom-là au cours des soixante dernières années dans le monde occidental... Mais celui-ci...

— Brett Maverick est le nom d'un personnage dans une série télévisée. Manipulation très habile du nom. Pas d'adresse ?

— Ne vous inquiétez pas. À présent que j'ai le nom, je vais trouver l'adresse. Retournez au travail. Appelez Tahiti. Essayez de ne pas trop baver.

— Il faudrait manger quelque chose, Kat.

— Pas encore. Nous devons tout d'abord avancer. »

Cinq minutes plus tard, il était de retour, la mine abattue. « Qu'est-ce qui se passe ?

— Il peut le faire, mais pas avant ce soir. Il y a une fenêtre horaire, chaque nuit, pendant laquelle ils remettent l'ordinateur à jour, et c'est seulement à ce moment-là qu'on peut ajouter le nom d'un utilisateur autorisé.

— Dans combien de temps, cette fenêtre ? »

Robert consulta sa montre. « Il est dix-sept heures trente. Il m'a dit de le rappeler ce soir vers vingt et une heures trente — heure locale. »

Kat paraissait profondément inquiète. « Je n'avais pas prévu que nous resterions aussi longtemps ici. Comment savoir qui remonte la piste jusqu'à nous, et où ils en sont ?

— Vous croyez donc qu'ils pourraient nous retrouver ? »

Elle soupira. « Les coups de téléphone, ma gaffe avec le satellitaire... je ne sais pas. Toujours est-il que l'idée de rester ici une seconde de plus que nécessaire m'inquiète beaucoup.

— Une intuition ? Je crois à ce genre de choses, chez un professionnel. »

Elle acquiesça. « J'ai aussi pensé à autre chose », dit-elle en lui faisant signe de s'asseoir sur le lit.

Il s'installa près de la chaise qu'elle occupait. Elle le regarda pendant quelques secondes. « Faisons le point... essayons de voir si quelque chose ne nous a pas échappé.

— Très bien.

— Tout a commencé avec le crash du SeaAir au large de Cuba, provoqué par quelque chose qui a aveuglé au moins l'un des pilotes. Ceci est un fait vérifié.

— Exact.

415

— Ensuite, le vol Meridian 5 est attaqué avec une arme identique — une sorte de truc électromagnétique — mais vous, et quelques autres, survivez au crash.

— Oui.

— Ce matin, attentat à Chicago, revendiqué par un groupe qui porte le nom de la ville allemande de Nuremberg. Puis dans la journée, Nuremberg formule des menaces qui obligent à fermer de grands aéroports.

— Jusqu'ici, tout est exact.

— Oui, mais quel est le but de la manœuvre ? Ces individus ont consacré des efforts considérables, tant en temps qu'en argent, sans parler des risques qu'ils ont pris, pour tuer et faire peur. Pourquoi ?

— Probablement pour de l'argent, comme nous l'avons déjà pensé. Il y a peut-être aussi une question de pouvoir, mais je pense que l'argent est leur première motivation.

— Et pour quelle raison ?

— Parce que... ils sont particulièrement bien organisés et financés, et qu'ils veulent un retour sur investissement.

— Exactement ! s'exclama-t-elle avec enthousiasme. Et pourtant, ils n'ont fait aucune demande en ce sens. Ils essaient peut-être de nous mettre complètement à leur merci ; mais si leur véritable objectif n'était pas de créer le chaos ? »

Robert se pencha vers elle, étudiant son visage. « Que voulez-vous dire ?

— J'ai pensé à ça il y a quelques minutes. Comment ramasser une fortune en employant les moyens qu'ils utilisent ? Et s'ils ne cherchaient pas simplement à s'emparer de l'industrie du transport aérien en faisant tomber le prix de ses actions ? Nous avons tout d'abord pensé qu'il s'agissait de terrorisme à visée politique, directement ou non. Mais pendant que nous nous attendions à une extorsion de fonds et à des demandes de rançon, ils ont peut-être déjà obtenu ce qu'ils voulaient par le biais de l'effondrement du marché, dans le domaine du transport aérien.

— Les actions ont-elles baissé, aujourd'hui ?

— Et comment. Une dégringolade de dix pour cent. Et si ça continue, leur prix sera en chute libre.

— Dans ce cas... nous devrions nous intéresser à tous ceux

416

qui rachètent ces actions à bas prix, ou à ceux qui les revendent à tout va ? »

Elle haussa les épaules. « Je ne sais pas, mais c'est logique. Des milliards contre des millions. »

Il l'avait très bien suivie dans son raisonnement. « En d'autres termes, toute cette affaire est une question d'argent.

— De beaucoup d'argent, en particulier si l'on considère que des professionnels prêts à agir clandestinement, possédant un sens moral de niveau zéro et des aptitudes confirmées au tir, sont non seulement difficiles à trouver, mais reviennent extrêmement cher. » Elle secoua la tête et s'enfonça à nouveau dans son siège. « Non... l'argent joue là-dedans un rôle à plus d'un titre. Forcément. C'est peut-être tout simplement Saddam Hussein ou un pays en plein chaos politique du Moyen-Orient, voire même peut-être cette ganache de Milosevic, qui dépensent sans compter pour faire ce qu'ils ne peuvent obtenir directement. Cependant... cela me semble plus relever de la logique des affaires... être organisé plus professionnellement, de manière impersonnelle... et pas politique. »

Elle se tourna et rebrancha la télévision, faisant défiler une douzaine de chaînes câblées avec la télécommande, si bien qu'elle ne remarqua même pas son image lorsque celle-ci passa un instant à l'écran.

« Attendez ! s'écria soudain Robert, montrant l'appareil. Revenez à la précédente !

— Pourquoi ?

— On aurait dit que c'était vous ! »

Elle lui adressa un regard intrigué et revint d'une chaîne en arrière.

« Oui, là, dit le journaliste. Vous n'êtes plus à l'écran, à présent, mais c'est la bonne émission. »

Le reporter, à l'image, se tenait devant le quartier général du FBI, à Washington.

... une photo récente de Steve Delaney, âgé de quatorze ans, qui serait retenu par un agent spécial du FBI, Katherine Bronsky, que l'on voit ici sur un cliché datant d'une année, à l'époque où elle a reçu son prix pour sa stratégie couronnée de succès, lors de la prise d'otages du Colorado. On pense que l'agent Bronsky, dont le comportement est inexplicable, est armée et dangereuse. Toutes nos

*tentatives pour obtenir un commentaire des responsables du FBI
ont été infructueuses jusqu'ici, ce qui ne fait qu'augmenter la
colère du père du jeune Delaney.*

La chaîne passa alors une interview du père de Steve,
dégoulinant de colère, d'inquiétude et d'indignation ver-
tueuse au prétexte que le FBI aurait kidnappé son fils sans
mandat, alors qu'il venait tout juste d'échapper au massacre,
lors de l'écrasement du 747 de Meridian, au Viêt Nam. « Je
ne demande qu'une chose, qu'on me rende mon fils. Je ne
sais pas si cette femme exige une rançon ou non, ou si c'est
une affaire d'abus sexuel, mais j'exige qu'elle soit poursui-
vie. » Kat coupa le son et se tourna en ouvrant de grands
yeux, muette de stupéfaction.

« Je suis foutue ! Non seulement ces crétins viennent de
me traiter de perverse sexuelle devant tout le pays, mais ils
ont envoyé mon portrait dans cent millions de foyers ! À
moins que ce ne soit une chaîne câblée ?

— Non, hertzienne. Mais le chiffre se rapprocherait
davantage de quinze millions.

— Sainte merde ! J'arrive pas à y croire ! D'un seul coup,
je ne vais plus pouvoir me promener dans la rue — il y aura
forcément un abruti en train de descendre une bière qui
aura trop regardé la télé et qui appellera la police dès qu'il
me verra. »

Elle s'assit lourdement à côté de lui sur le lit. « Me voilà
échec et mat.

— Heu...

— Évidemment, je pourrais me déguiser... »

Elle bondit sur ses pieds avant qu'il ait eu le temps de
répondre quelque chose, alla jusqu'à la porte, revint au
bureau et se mit à griffonner sur un bout de papier.

« Nous sommes une équipe, n'est-ce pas ? » demanda-t-elle
tout en continuant à écrire. Puis elle leva la tête, sentant son
étonnement.

« Bien sûr. Pourquoi ?

— Vous allez trouver un magasin et me rapporter un certain nombre de choses.

— De quoi avez-vous besoin ? »

Elle se redressa, une expression mortellement sérieuse sur

le visage. « Ça vous ennuie, si on vous voit en compagnie d'une poule blonde ?

— Une... quoi ?

— Posons la question autrement. Votre réputation risque-t-elle de souffrir, si vous vous baladez avec une cocotte blond platine accrochée au bras, faisant des bulles avec du chewing-gum ?

— Mais enfin, Kat, qu'est-ce que vous racontez ? »

Elle lui tendit sa liste. « Voici ce dont j'ai besoin. »

Il la prit et se mit à la lire. « *Une jupe en cuir archi-mini, taille 40, des collants noirs, une blouse en dentelle taille 40, de quoi se teindre en blond platine, Revlon ou L'Oréal, c'est pareil, des chaussures à semelles compensées...* » Il la regarda, l'air perplexe.

« Mais si, lui dit-elle, vous savez bien. Ces chaussures surélevées qui n'ont pas d'autres fonctions que d'attirer l'attention des mâles et de vous tordre les chevilles.

— Ah...

— Il faut qu'elles en jettent, mais pas trop. À vous de décider. Notre seul espoir est que je change si fondamentalement d'image que je puisse être cachée en m'exhibant partout. Je dois faire tellement poule que personne ne croira une seule seconde que je suis capable d'épeler FBI. Pas voyante au point d'ameuter la foule, mais le genre poulette de banlieue qui croit qu'il n'y a rien de plus chic que de se déguiser en poupée Barbie. »

Robert n'en revenait pas, mais il trouvait l'idée bonne. « Croyez-moi, ça fera l'affaire. Vous pouvez être sûre que je ne serai plus jamais reçu dans la bonne société, après ce coup.

— Ce qui sous-entend que vous l'étiez auparavant.

— Houla !

— Sérieusement... vous sentez-vous capable de faire ces achats ? »

Il consulta sa montre. « Si je trouve le bon magasin. Mais il faut que je fasse vite.

— Vous risquez de vous sentir gêné, Robert. Cela fait beaucoup de trucs de femme à acheter. »

Il soupira, esquissa un sourire et se leva. « Mais non. J'étais juste en train d'imaginer le cours, à l'académie du FBI, où l'on vous apprenait tout ça.

— Le cours était barbant, répliqua-t-elle en lui rendant son sourire. Mais les travaux pratiques étaient à mourir de rire.

— Tu m'étonnes ! »

39

Stehekin, Washington
15 novembre — jour quatre
20.10 heure locale/0410 zouloue

Dallas Nielson ouvrit brusquement la porte de la chambre dans laquelle dormaient Graham Tash et Dan Wade.

« Hé, les gars, Steve n'est pas avec vous ? »

Dan resta profondément endormi. Graham, en revanche, se redressa sur un coude, se frotta les yeux et regarda autour de lui dans la pièce avant de répondre par la négative, mais la Noire savait déjà ce qu'il en était. Elle referma la porte, tandis que le médecin se levait et la suivait dans la pièce de séjour.

« Qu'est-ce qui se passe ?

— Il m'a demandé tout à l'heure s'il n'y avait pas de risque à aller se balader, et je lui ai répondu non seulement qu'il y en avait, mais qu'il n'était *pas question* de mettre le nez dehors. » Elle regardait la porte comme si elle s'attendait à la voir s'ouvrir d'un instant à l'autre. « J'ai peut-être l'air d'avoir peur de mon ombre, doc, mais qu'est-ce qu'on va faire, si les tueurs arrivent ici ?

— Steve n'aurait pas dû sortir. »

Dallas commença d'enfiler une parka. « Je vais lui botter les fesses quand je mettrai la main sur lui. » Elle remonta la fermeture éclair, prit une lampe torche et ouvrit la porte sur l'air froid de la nuit. Graham lui tendit le fusil 30.30 qu'il venait de décrocher du râtelier. « Prenez ça.

« — J'ai prévu de le retrouver, pas de faire une arrestation, lui répondit-elle avec un sourire.

— Je vous attends ici. »

Elle referma la porte derrière elle et descendit avec précaution du porche, écoutant crisser la neige sous les après-ski trop grands qu'elle avait empruntés. L'idée d'appeler l'adolescent lui traversa l'esprit, mais elle trouva finalement plus prudent de le chercher en silence.

Elle leva les yeux vers la lune, qui venait d'apparaître, belle et austère dans son éclat et presque pleine, au-dessus de la chaîne orientale des montagnes ; le paysage enneigé baignait dans une lumière laiteuse, et seuls les endroits les plus à l'ombre étaient entièrement obscurs. Une bouffée d'une brise légère et glacée souffla, faisant froufrouter et gémir un chœur de millions d'aiguilles de pin.

Si je n'avais pas autant la frousse, je trouverais ça superbe, se dit Dallas. Elle regarda attentivement dans toutes les directions, laissant ses yeux s'ajuster à la pénombre. Des empreintes de pas, sans aucun doute celles de Steve, s'éloignaient du porche. Elles se dirigeaient vers un dépôt de bois en grumes, et la Noire les suivit sans y superposer les siennes.

Finalement, cela ne devrait pas être aussi difficile que je l'avais cru, se rassura-t-elle. Une ombre, devant elle, la fit frissonner, mais il s'agissait seulement de celle d'un petit arbre.

Elle s'arrêta et resta immobile pendant près d'une minute, sentant le froid la pénétrer peu à peu pendant qu'elle tendait l'oreille. Elle entendit de l'eau courir quelque part à l'ouest, l'appel d'un oiseau lointain, mais aucun bruit de pas, aucune voix humaine. Elle se remit à suivre la piste d'empreintes, non sans se demander si c'était le froid intense de la vallée montagneuse ou l'appréhension qui lui faisait trembler les genoux.

Une autre ombre attira son attention, sur la gauche. Celle-ci semblait se mouvoir. Dallas sentit une giclée d'adrénaline passer dans son sang, songeant un instant à s'enfuir en courant.

Oh, Seigneur ! Encore un arbre ! Elle s'efforça de calmer sa respiration, se tenant la poitrine à deux mains.

Elle étudia à nouveau les empreintes et eut un instant l'impression de voir double. Les marques avaient changé. *Il y en a d'autres !* Quelqu'un était sorti de la forêt et s'était mis à suivre l'adolescent.

Il y a une autre personne là-dehors ! Oh, mon Dieu, qu'est-ce que je fais ? Elle restait pétrifiée, le cœur battant. Elle regrettait amèrement d'avoir refusé le fusil que Graham lui avait tendu. Et si Steve avait des ennuis, si sa vie était en danger ?

Elle ferma les yeux et essaya de se concentrer sur les bruits de la nuit, s'efforçant de détecter tout ce qui aurait pu paraître inhabituel, comme deux hommes luttant, par exemple.

Steve est peut-être mort... non, ce n'est pas possible. Ils ne l'auraient pas tué, mais enlevé pour l'interroger avant. Puis elle entendit, d'abord à peine distincts, des bruits sourds et réguliers qui devenaient de plus en plus forts.

On courait !

Elle plissa les yeux pour mieux voir. Une forme se matérialisa entre les arbres, devant elle, une silhouette qui fonçait à toutes jambes dans sa direction, tête baissée.

« Steve ? » aboya Dallas. La silhouette releva la tête, et elle reconnut les traits de l'adolescent. Il paraissait mort de peur.

« Courez ! cria-t-il avec un geste en direction du chalet, lorsqu'il passa devant elle. Courez ! »

Elle fit demi-tour sur-le-champ et fonça à son tour vers l'habitation, se sentant pataude dans les après-ski. Elle voulut jeter un coup d'œil par-dessus son épaule pour voir ce qui se trouvait derrière elle.

« Ouvrez la porte ! cria Steve. Y a... un ours ! Derrière... nous ! »

Regardant vers le chalet, Dallas vit, au rai de lumière qui en sortait, que la porte était légèrement entrouverte ; Graham les attendait, la main sur la poignée. « Ouvrez, Graham, ouvrez ! » hurla-t-elle.

Ils n'étaient qu'à quelques mètres de la porte lorsque le battant s'ouvrit en grand, et la lumière qui en coula à flots fut comme un phare bienvenu dans la nuit. La respiration de Steve était haletante. Il franchit les deux marches du porche d'un seul bond, puis la porte comme une flèche, Dallas sur les talons. L'adolescent pivota et revint claquer le battant, poussant aussitôt le verrou. Ensuite il fit signe à Dallas et Graham de venir vers le centre de la pièce.

« Un ours... » répéta-t-il, haletant toujours avec force.

Un coup sourd ébranla le battant et résonna dans tout le

chalet. Ils entendirent des grognements graves et des reniflements, puis le bruit d'un corps pesant se déplaçant sur le porche. Les planches craquaient sous les pas de l'assaillant.

« Doux Jésus ! s'exclama Dallas en se dirigeant vers l'une des fenêtres.

— Qu'est-ce que vous faites ? » demanda Graham.

Sans répondre, elle jeta un coup d'œil dehors, puis se tourna vers les deux autres. « Je l'ai entendu, mais je n'ai... »

Dans un vacarme de verre brisé, une grosse patte noire jaillit au travers de la fenêtre, ne s'arrêtant qu'à quelques centimètres du visage de Dallas. Les griffes se mirent à battre en tous sens tandis qu'elle se précipitait vers le centre de la pièce.

Graham s'était emparé à nouveau du fusil ; il épaula, visant la fenêtre.

L'ours poussa un grognement de frustration, tandis que sa patte se balançait par la fenêtre brisée, faisant tomber ce qui restait des vitres et déchirant les rideaux. Il regarda alors à l'intérieur, vit qu'il y avait trois personnes et s'arrêta, observant le groupe de ses petits yeux. Elles le regardaient aussi, et l'un des humains pointait une arme directement à sa tête. Pendant plusieurs secondes, l'ours fut la proie d'un conflit intérieur entre ses instincts de base. Finalement, ayant sans doute appris à être prudent quand les humains étaient ainsi en groupe, le plantigrade secoua la tête et battit en retraite. Mais il parcourut le porche en long et en large pendant quelques minutes avant de s'éloigner dans la nuit, laissant derrière lui un homme, un adolescent et une femme dont les cœurs battaient encore la chamade.

« Je crois... qu'il est parti, dit finalement Steve, prenant une profonde inspiration.

— Pour le moment, en tout cas, observa Dallas, qui tremblait de tout son corps. Qu'est-ce qui lui prend de ne pas hiberner, celui-là ? Il pourrait pas apprendre les bonnes manières, cet abruti ? »

Dan, que Graham avait auparavant réveillé et qui avait suivi la scène à l'ouïe, intervint alors. « Il y en a qui ne s'y mettent que très tard dans la saison. Il était gros ?

— De belle taille, oui, répondit Graham. Un ours noir. Dans les cent cinquante kilos, au moins. Bon, il va falloir s'arranger pour condamner cette fenêtre. »

Dallas prit Steve par les épaules et le fit pivoter vers elle. « Mais enfin, Steve, qu'est-ce qui t'a pris de sortir ?

— J'en avais envie, répliqua l'adolescent en se dégageant.

— Où l'as-tu trouvé, ton copain ? Parce que c'est pas le genre chaton abandonné qu'on ramène à la maison, tout de même !

— Près de la rivière. Il était là, tranquillement assis au bord, dans le noir, et je lui suis arrivé droit dessus. Ça ne lui a pas plu du tout.

— Dis-moi, Steve, est-ce que tu as vu quelqu'un d'autre, pendant que tu étais dehors ? demanda Dallas.

— Non.

— Tu en es bien sûr ?

— Tout à fait. Pourquoi ? »

Dallas regarda Graham avant de répondre. Elle paraissait préoccupée. « Parce qu'en plus des tiennes, j'ai trouvé des empreintes fraîches, comme si quelqu'un s'était mis à te suivre dans la forêt. »

Les yeux du garçon s'agrandirent et il blêmit.

« Vraiment ? Quelqu'un m'a suivi ? Des empreintes humaines ? »

Elle acquiesça.

« À moins de cent mètres du chalet.

— Dans ce cas, intervint Dan, avec un geste dans la direction générale de la porte, il y a déjà quelqu'un par là qui nous observe. »

Il y eut un nouveau coup sourd, cette fois en provenance du côté opposé du chalet.

« Ah, dit Dan, merveilleux. Dans cette situation, on peut prévoir qu'un ours aura deux comportements : ou bien il voit qu'il a affaire à des êtres humains et il s'en va, ou bien l'attrait de la nourriture lui fait surmonter sa peur naturelle des hommes. Est-ce que tu avais de la nourriture avec toi quand tu es sorti, Steve ?

— Oui, j'ai pris un sandwich à la viande. Je l'ai toujours dans la poche, dans un mouchoir en papier. »

Dan pinça les lèvres. « À présent, il sait où se trouve la nourriture. Manger est le premier et le plus grand objectif, dans la vie d'un ours.

— Ce qui veut dire ? » demanda Graham, sans quitter des yeux les fenêtres situées à l'arrière du chalet. Les raclements et les coups sourds continuaient, toujours ponctués de grognements d'irritation.

« Que nous avons un problème d'ours, pardi ! répondit Dan.

— Il y a des volets à la fenêtre cassée, observa Graham. Je crois qu'il serait prudent de les fermer. » Il tendit le fusil à Dallas, s'avança jusqu'à la fenêtre, regarda des deux côtés, puis se pencha dans l'encadrement brisé pour tirer les volets.

« J'ai beau ne pas les voir, reprit Dan, et même si ces volets sont solidement construits, cela ne fera que le ralentir. Lorsqu'il essaiera de entrer par là, et il essaiera, il faudra être prêt à tirer. Vous n'aurez droit qu'à une balle.

— Je sais.

— Et si vous ne connaissez pas le vieil adage voulant qu'il n'y ait rien de plus dangereux qu'un ours blessé, permettez-moi de vous dire qu'il n'est pas exagéré. »

Seattle, Washington,
Secteur de Renton

La sortie pour faire les courses avait pris plus de deux heures à Robert. De retour au motel un peu avant neuf heures, il trouva Kat agitée mais néanmoins dans un état d'esprit optimiste.

« J'ai réussi à trouver les coordonnées du Dr Maverick ! Il habite bien à Vegas, mais il n'est pas chez lui. J'ai eu un de ses voisins au téléphone, et il m'a dit qu'il avait filé de chez lui il y a deux jours.

— Savez-vous où il est allé ? »

Elle acquiesça. « Juste une idée. Le voisin m'a donné quelques pistes. Il a un chalet à Sun Valley, dans l'Idaho, et je parie que c'est là qu'il est allé.

— Avez-vous envisagé, Kat, que... »

Elle leva la main. « Je sais, je sais. Si nous avons été capables de le trouver, les salopards de Nuremberg peuvent en faire autant. Mais il est notre unique ressource. J'ai l'adresse et le numéro de téléphone ; s'il est là-bas, il fait le mort et ne décroche pas.

— Quelle est votre stratégie, alors ? »

Elle fit la moue. « Nous prenons le premier vol en partance

425

pour Sun Valley, demain matin, et nous allons voir sur place. »

Elle prit l'un des sacs que tenait Robert, fouilla dedans et en retira le colorant pour les cheveux, qu'elle examina. « Bien, exactement ce qu'il me fallait. » Elle alla dans la salle de bains, lui fit un petit salut de la main et referma le battant derrière elle.

Robert se rapprocha et frappa deux coups légers à la porte. « Ça ne vous ennuie pas si je continue à vous parler, pendant ce temps ? »

Elle entrouvrit le battant de quelques centimètres et y passa un œil. « Pourquoi ?

— Oh, je ne sais pas. Peut-être pour tenter d'examiner quelques questions qui me laissent perplexe... comme par exemple : pourquoi parions-nous sur le fait qu'un type mort de frousse irait s'enfermer dans son chalet de montagne au lieu de filer à l'autre bout de la terre ?

— Appelez ça une intuition, Robert.

— Rien que cela, une intuition ?

— La même intuition professionnelle que celle en laquelle vous avez dit croire.

— C'était juste pour savoir. »

Kat continua de le regarder par l'entrebâillement de la porte. « Quand une dame entreprend ce genre de petite transformation, elle n'aime pas qu'on la surveille. Allez donc dans votre chambre, fermez la porte, et appelez Tahiti. Le temps nous est compté. »

Aéroport municipal de King County,
Seattle, État de Washington

Une demi-douzaine de voitures attendaient le long du trottoir. Un groupe d'hommes et de femmes en tenue stricte de couleur sombre sortit du hall de Galvin Flying Service.

L'agent spécial responsable du transfert présenta son équipe aux nouveaux arrivants — tout le monde avait l'air de consulter sa montre — et salua de la main le pilote du vol spécial qui, dans un appareil du gouvernement, avait amené les agents de la capitale fédérale. On chargea les bagages, on échangea des numéros de téléphone cellulaires et on répartit la troupe dans les différents véhicules, afin de gagner le plus rapidement possible le bureau du FBI, à Seattle. Le Bureau n'avait pas lésiné sur les efforts pour retrouver sa brebis égarée.

Tandis que les voitures s'éloignaient à vive allure, un homme au visage banal, qui attendait dans un van de location, composa un numéro sur son portable. « Nous avons de la compagnie, dit-il, ajoutant quelques détails sur la petite armée qu'il venait de voir débarquer.

— Voilà qui confirme le fait qu'elle est ici, non ? Retourne voir ce qui se passe sur l'autre aéroport pendant que nous continuons à gérer les recherches depuis ici.

— Elles avancent ?

— En y mettant le prix, on arrive à tout. »

40

Seattle, Washington
Secteur de Renton
15 novembre — jour quatre
23.15 heure locale/0715 zouloue

Kat arrêta le sèche-cheveux et se donna un coup de peigne pour redresser quelques mèches rebelles avant de se mettre de la laque. Elle eut une moue ironique en voyant sa nouvelle tête de « blonde platine provocante » dans le miroir, mais n'en ressentit pas moins, fugitivement, une certaine excitation à l'idée d'apparaître ainsi en public, avec des vêtements et un maquillage qu'elle ne porterait jamais en temps normal.

Elle fut soulagée de constater que la porte communicante était fermée lorsqu'elle sortit de la salle de bains. Elle enfila les bas noirs et se coula en se tortillant dans les vêtements moulants qui composaient le reste de sa tenue, sans oublier de mettre les chaussures compensées. Elle se regarda longuement dans la psyché de la chambre et tendit un instant l'oreille au chahut, dans le couloir, d'une équipe de basket universitaire qui rentrait vainqueur de quelque match.

Plus elle se regardait, plus elle se demandait si elle n'en avait pas fait un peu trop dans le genre voyante-vulgaire. *Hé bien, on va le savoir tout de suite, poupée ! C'est l'heure du show...*

Elle ouvrit la porte communicante et passa une jambe dans l'ouverture, ce qui lui valut un sifflement dans le style du

428

loup de Tex Avery, puis des applaudissements chaleureux de Robert quand elle entra et prit la pose, les mains sur les hanches, la tête inclinée de côté.

« Incroyable ! commenta-t-il, le combiné du téléphone coincé entre l'épaule et l'oreille.

— Du toc, rien que du toc ! » répliqua-t-elle, faisant semblant de mâcher du chewing-gum.

Les voix criaient plus fort que jamais dans le couloir, et on entendait courir dans une direction, puis dans une autre, sur fond de fous rires.

« Mais qu'est-ce qu'ils fabriquent ? demanda Robert.

— Juste des gosses qui s'amusent, répondit-elle après être allée regarder ce qui se passait par l'œilleton de la porte. Alors, des progrès ?

— Attendez un peu. » Il se tourna et se mit à parler à son correspondant. Lorsque Kat revint vers lui, il reposa le combiné, arborant un grand sourire.

« Je vais lancer l'ordinateur, Kat. Nous avons accès libre pendant la prochaine demi-heure.

— Merveilleux ! »

Elle s'assit à côté de lui sur le bord du lit et suivit les opérations. Il tapa les bons numéros de code et attendit que la liaison avec la bibliothèque du Congrès se mette en place. Suivant scrupuleusement les instructions de Jerry, il entra sans peine dans le dossier-maître des fichiers installés, et lança la recherche de celui qui portait comme référence WCCHRN.

« Très bien. On y est. Je suis convaincu que personne ne sait qu'il est ici.

— Avez-vous expliqué à votre ami de quoi il retournait ? demanda Kat.

— Non. En fait, j'ai eu l'occasion de lui rendre un jour un gros, gros service, et il était content de pouvoir faire quelque chose pour moi. Il n'a pas à craindre que je détruise des éléments ou laisse une trace de mon passage. Mais sans ces codes d'accès, impossible d'entrer dans ce dossier. Tout à fait impossible.

— Si nous arrivons à copier le document, pourra-t-on ensuite faire disparaître toute trace de son existence ?

— Avec les systèmes de redondance qu'ils ont ? Sûrement

pas. Ce fichier sera encore là, planqué quelque part, dans cent ans. Pour l'éternité, peut-être. »

Soudain, le nom du fichier apparut sur l'écran. Il tapa le mot de passe « Carnegie » et attendit, croisant les doigts.

L'écran se remplit d'une foule de symboles et de caractères sans suite apparente. C'était indéchiffrable.

« Nom d'un chien ! Il a rédigé ça en employant un code. Pourrait être simple, pourrait être redoutable. Nous devons tout d'abord recopier l'ensemble. »

Il fallut vingt-deux minutes pour faire passer le volumineux dossier de la bibliothèque par les lignes de téléphone. Finalement, Robert coupa la liaison et essaya d'ouvrir le document caché par Carnegie.

Toujours du charabia.

Le journaliste essaya d'autres approches, qui eurent toutes le même résultat frustrant.

« J'ai peur qu'on ne puisse y arriver sans l'aide d'un cryptologue, avoua-t-il.

— Me permettez-vous d'essayer ? » demanda-t-elle.

Elle alla chercher son propre portable et l'installa en face de celui de Robert, puis pianota quelques touches d'une main experte. « Je me sers du lien à infrarouge pour charger le fichier sur mon ordinateur.

— Pourquoi ?

— Juste une minute... c'est plus facile à faire qu'à expliquer. » La copie terminée, elle se rassit sur le lit et, le portable sur les genoux, lança un programme spécial. « Il va m'apprendre le format, la langue ou le code dans lequel ce truc-là est écrit. »

Le résultat apparut presque sur-le-champ, et elle éclata de rire.

« Quoi ? demanda Robert.

— Très fort. Pas tellement sophistiqué, mais très fort. Il a simplement converti le dossier en images. Il suffit de le reconvertir dans l'autre sens. »

L'ordinateur bourdonna pendant quelques secondes et un texte normal, parfaitement lisible, apparut alors.

« Ah ! s'exclama Kat, penchée vers l'écran. Un index. Il comporte une longue liste, et une introduction qui date d'un peu plus d'une semaine.

— Soit à peu près deux jours avant sa mort. Continuez. Il faut que j'aille faire un arrêt-pipi. »

Elle commença à lire, émettant de temps en temps de petits sifflements, sans s'en rendre compte. Elle avait déjà parcouru une douzaine de pages lorsque Robert revint.

« Pas étonnant qu'il ait été terrifié, vous savez.

— C'est-à-dire ?

— Je suis en train de lire son introduction. D'après lui, une personne appartenant à un service de renseignement, ayant appris qu'il était le spécialiste en terrorisme choisi par la FAA pour tenter d'éclaircir le mystère du SeaAir, serait venue lui demander son aide pour faire éclater au grand jour une affaire très grave ; une affaire que certaines personnes haut placées du gouvernement tentaient d'étouffer.

— S'agirait-il de notre Dr Maverick ?

— Non, de quelqu'un d'autre. Un type naviguant dans les allées du pouvoir. » Elle se tourna vers l'écran et recula de quelques pages dans le document avant de revenir sur Robert. « D'après ce que je lis, il y aurait un ordre exécutoire du Président, datant de plusieurs années et classé secret-défense, qui interdirait toute implication des États-Unis dans la recherche et la construction de systèmes d'arme à laser destinés à détruire la vue.

— J'ignorais tout de cela. Autrement dit, c'est à un laser très puissant que nous avons affaire.

— Apparemment. Le projet lui-même était aussi classé secret-défense, bien entendu. Il y est fait allusion, mais Carnegie dit qu'il n'a jamais pu découvrir son nom de code.

— Est-ce que, d'après lui, l'ordre du Président n'aurait pas été respecté ? » demanda Robert.

Elle parcourut la page et secoua la tête. « Non. Il faudra que vous relisiez tout ceci, vous aussi, mais à en croire votre ami, son informateur lui aurait affirmé qu'il y avait eu un projet clandestin extrêmement important contrôlé par le département de la Défense, qui aurait précisément fait ces recherches et qui aurait fabriqué des lasers portables destructeurs de la vue. Après l'ordre donné par le Président, les armes auraient été remisées quelque part, et non pas détruites. Mais dans un endroit où la sécurité n'était sans doute pas ce qu'elle aurait dû être.

431

« — Pas la peine que vous me disiez la suite : on les a volées. »

Kat acquiesça. « C'est ce qu'il dit, et c'est apparemment la raison principale du vent de panique qui a soufflé. C'est tout le stock qui a disparu et, étant donné le potentiel destructeur de ce matériel, les craintes des réactions de l'opinion publique, sans parler de celles pour la réputation du donneur d'ordre et pour le Pentagone, l'informateur de Carnegie lui aurait dit que les services concernés avaient lancé une énorme opération aussi clandestine qu'illégale pour dissimuler le fait qu'ils avaient non seulement joué les apprentis sorciers, mais effectivement construit un système qui détruit la rétine. Toujours d'après son informateur, le DOD, la CIA, la NSA, la DIA et le NRO seraient tous mouillés jusqu'au cou dans cette affaire et essaieraient de retrouver les prototypes volés, leur idée étant d'y arriver avant que cette technologie ne tombe entre les mains de terroristes.

— Et bien entendu, enchaîna, Robert, ils ont juré, croix de bois croix de fer, que jamais un accident comme celui du SeaAir ou du Meridian ne se produirait, non ? »

Elle acquiesça. « Ils ne l'ont pas déclaré explicitement, mais c'était sous-entendu. On lit également que la FAA avait un enregistrement des échos radar de la région de Key West, au moment où le SeaAir s'est abîmé en mer, et qu'il y avait en même temps un entraînement au tir de F-106 dans le secteur ; mais aucune autre cible, sinon un écho intermittent qui n'a jamais été identifié. » Elle regarda le journaliste. « De toute évidence, au moment de cet accident, celui qui voulait à tout prix faire le silence sur l'affaire devait parfaitement savoir que le scandale serait énorme, si jamais on apprenait que ce système d'arme était en cause. La boucle est bouclée. Une opération clandestine illégale de cette ampleur aurait des conséquences dévastatrices, si jamais elle était révélée.

— Ce qui était exactement ce qu'on pouvait craindre que Walter ferait, rien qu'en examinant d'un peu plus près ces allégations.

— Comme nous le faisons », ajouta Kat, sentant un frisson lui parcourir le dos.

Robert regarda vers le couloir, où le tapage qui filtrait par la porte était plus grand que jamais. « Mon Dieu, Kat ! J'ai failli dire *quand la presse apprendra ça*, oubliant presque que

432

la presse, c'était moi. Pas étonnant qu'ils se soient mis à grimper aux rideaux lorsque Walter m'a contacté, même s'il ne m'a jamais rien transmis.

— Qui que soient ces *ils,* ajouta Kat. Nous arrivons à ces conclusions en nous fondant uniquement sur celles de Walter Carnegie, mais indépendamment de ce qui lui est arrivé, le fait est que des gens étaient à vos trousses, et sont maintenant aux nôtres. Cela ne fait que confirmer au moins une partie de ses conclusions.

— Mon Dieu, vous rendez-vous compte des implications ? demanda-t-il, écarquillant les yeux. S'il n'y a que la moitié de vrai dans cette histoire, ce n'est qu'une question de temps pour qu'elle éclate publiquement, que ce soit moi qui lâche la bombe ou quelqu'un d'autre. Notre gouvernement était au courant de ces risques et personne n'a rien fait pour y mettre un terme.

— Il y avait pourtant le temps... si j'en crois tout cela, dit-elle avec un geste en direction de son écran. Ils auraient eu tout le loisir de tirer la sonnette d'alarme et de trouver un moyen de protéger l'aviation commerciale.

— À combien de temps ce vol peut-il remonter ? Quelques mois ? Ils pourraient s'abriter derrière une stratégie de prudence.

— Parlons plutôt de quatre ans, d'après l'informateur de Carnegie. Depuis, il y a eu de faux témoignages devant le Congrès, et il n'est même pas impossible que la Maison-Blanche soit compromise, à un niveau ou à un autre. Un mensonge initial, renforcé par toute une série d'autres, jusqu'à ce que toute l'administration se trouve prisonnière d'un invraisemblable méli-mélo de révélations explosives. »

Robert s'enfonça dans son siège et resta profondément plongé dans ses pensées pendant plus d'une minute ; puis il se pencha de nouveau vers elle, cherchant ses yeux. « Parle-t-il du groupe qui a récupéré ces armes ? A-t-il une idée sur ce qu'ils sont ? Les ont-ils obtenues sur le marché noir ou les ont-ils volées eux-mêmes ?

— Je n'ai fait que lire son intro, mais cette question paraissait déjà l'obséder. S'agit-il d'un groupe du Moyen-Orient à idéologie religieuse, ou d'une organisation ne visant qu'à extorquer des fonds énormes ? Ou encore, comme j'en ai avancé l'hypothèse, d'une énorme arnaque financière jouant sur l'effondrement des actions des compagnies aériennes ? Il y a tout de même une chose qui m'échappe totalement, pour l'instant. Où donc a été planqué ce stock d'armes, pendant quatre ans ? »

Robert la regarda sans rien dire. Elle inclina la tête, voyant l'inquiétude le gagner de plus en plus. « Qu'est-ce qu'il y a ?

— Qui est à nos trousses, Kat ?

— Comment ?

— Dans la ronde des acronymes, CIA, DIA, NRO... Vous n'en avez pas oublié un ? »

Elle secoua la tête comme pour s'éclaircir les idées. « Je ne vois pas...

— Vous n'avez pas oublié le FBI ? »

Les sourcils de la jeune femme s'arquèrent, et elle se redressa brusquement, une expression outragée sur le visage. « C'est une absurdité totale ! »

Robert baissa la tête et se frotta machinalement les tempes. « Je suis désolé, Kat. Mais il y a bien *quelqu'un* qui a tué Walter, et ce quelqu'un essaie maintenant de nous faire la peau. » Il releva la tête. « Quelqu'un que l'on voit systématiquement débarquer avec ce qui est, de votre propre aveu, tous les signes d'une appartenance indiscutable au FBI. »

Elle secoua énergiquement la tête et répondit d'une voix basse, au ton définitif. « Ne continuez pas dans cette voie, Robert.

— Écoutez, je...

— En tant qu'administration de l'État, le FBI n'est pas capable de donner un tel ordre ou de l'exécuter.

— Bien sûr, mais il peut toujours y avoir des traîtres dans les rangs d'une administration, objecta-t-il doucement. Ou des gens qui poussent un peu trop loin leur sens du devoir.

— NON ! » Elle posa le portable sur le lit, se leva et se mit à faire les cent pas devant lui, bras croisés, lui jetant de brefs coups d'œil et de plus en plus agitée. Puis elle se tourna à nouveau vers lui. « Non ! C'est faire quelque chose que je ne veux pas croire, que je ne peux pas croire. La CIA, à la rigueur : ce sont les spécialistes des coups tordus. Ou du moins certains, à l'intérieur de la CIA. Mais pas le Bureau.

— C'est la loyauté qui vous fait parler, ou la logique ? Pensez au nombre de fois où vos messages et coups de fil à Jake Rhoades ont été manifestement interceptés.

— Je reconnais que ma première réaction relevait de la loyauté. Mais le FBI ne pourrait ni ne voudrait faire une telle chose, Robert. C'est d'un assassinat en masse commis de sang-froid que nous parlons. Vous ne connaissez pas ces gens qui sont mes collègues, mais moi, si. D'accord, pour ce qui est d'accepter des femmes parmi eux, ils sont souvent aussi évolués que des Néandertaliens, mais ce sont de bons professionnels, solides et compétents, qui vivent pour servir leur pays et la loi. La plupart sont titulaires de diplômes universitaires, souvent de doctorats. Tous possèdent une formation supérieure. Certes, ils peuvent commettre des erreurs, comme dans les affaires de Ruby Ridge ou de Waco, mais ils... *nous* ne pourrions pas faire les choses que cette bande de meurtriers a faites.

— Admettons que ce ne soit pas votre agence. Dans ce cas-là, qui, alors ? Vous et moi savons parfaitement que les gens du contre-espionnage, la DIA, n'ont absolument pas les moyens de monter une telle opération sur le terrain. Pas plus que ceux du National Reconnaissance Office ou de la National Security Agency. Cela ne nous laisse que les renseignements généraux, et je sais que la CIA n'est pas candidate.

— Ah, génial ! Mon journaliste de référence refuse de croire que les espions de Langley puissent devenir incontrôlables, mais veut bien admettre qu'il y ait des traîtres parmi les gens du FBI.

— Je connais pas mal de monde à la CIA, d'accord ? Et oui, je refuse de croire — *j'espère* que je refuse de croire que la CIA puisse commettre de telles atrocités.

— Mais écoutez-vous parler, Robert ! Vous *espérez* que vous refusez de croire ? Voilà qui signifie précisément pour moi que vous pouvez les croire capables de meurtre. »

Il secoua la tête et détourna les yeux, mais elle se déplaça pour se mettre dans son axe de vision, l'obligeant à la regarder. « N'oubliez pas ce que je vous ai déjà dit, Robert. Que j'avais l'impression que l'affaire évoquait pour moi davantage le monde des affaires que le gouvernement.

— Je n'ai pas oublié.

— C'est dur de l'admettre, mais ni le FBI ni Langley n'ont les moyens financiers et logistiques pour organiser et coordonner une opération de cette envergure. Nous serions incapables de mettre en place et de faire fonctionner le dispositif mondial créé par ces gens, quelles que soient leurs intentions. Il y a tout simplement trop de personnes, trop de règles, trop de contraintes financières, trop de feux verts à obtenir, même pour une opération clandestine.

— En d'autres termes ? la pressa-t-il, bras croisés.

— Vous vouliez savoir qui nous avons aux trousses : ni le gouvernement ni l'armée, c'est certain.

— Pure spéculation.

— Donc, qu'est-ce qui nous reste ? »

Seattle, Washington
23.45 heure locale/0745 zouloue

Le responsable de l'équipe envoyée de Vegas à Seattle raccrocha le téléphone et sourit. Il avait suffi de trouver le bon système de décodage. Kat Bronsky avait eu beau employer des moyens très habilement détournés pour se brancher sur Internet, ils en étaient arrivés à la conclusion qu'elle appelait depuis le Holiday Inn de Renton, dans la banlieue sud de Seattle.

Rassembler tous les autres dans le parking de l'hôtel prit encore un quart d'heure, mais cette coordination était justifiée par la nécessité de créer un état d'esprit coopératif sans réserve de la part des deux réceptionnistes de l'établissement, en présence de quatre agents du FBI qui n'avaient pas l'air de plaisanter. Le responsable de nuit, mort de frousse, accompagné de son adjoint, les fit passer dans son bureau privé.

« Que voulez-vous que nous fassions ? demanda le jeune homme.

— Tout d'abord, l'un de vous a-t-il vu l'une de ces personnes ? » dit un des agents en disposant les photos de Kat et Robert, puis celle de Steve Delaney, sur le bureau. Les deux employés les étudièrent avant de secouer la tête.

« Non, monsieur. Mais nous n'avons pris notre service qu'à vingt-deux heures.

— Qui était à la réception, auparavant ? »

Ils donnèrent les noms, les adresses et les numéros de téléphone des employés qui n'étaient pas de service, signalant même que deux d'entre eux n'habitaient pas en ville.

436

« Il nous faut des photocopies des fiches de tous les clients que vous avez ce soir, et toutes les informations dont vous disposez sur eux. »

Les deux employés s'empressèrent de fournir tout ce qu'on leur demandait, se tenant respectueusement de côté pendant que les pseudo-agents du FBI épluchaient la liste. L'un d'eux se leva finalement et fit signe à son leader.

« Trois couples possibles. Tous les trois arrivés cet après-midi, ont payé en liquide, réservé pour une seule nuit. Mes candidats les plus sérieux sont ceux de la chambre 415. John et June Smith — fichtrement original.

— Smith ? Je l'aurais crue plus inventive. OK, allons-y », répondit le chef en faisant signe aux autres de le suivre. Puis il se tourna vers le gérant de nuit. « Ne parlez à personne de cette opération. Restez dans votre bureau et, surtout, n'appelez pas la police locale, quoi qu'il arrive. C'est une affaire de niveau fédéral. Vous continuez à nous aider comme vous l'avez fait, vous êtes des héros ; vous ne suivez pas nos instructions, vous êtes poursuivis pour obstruction à la justice.

— Pas de problème, monsieur », répondit l'homme.

Deux adolescents passèrent en se poursuivant devant la porte de Robert McCabe. À l'intérieur, Kat s'était remise à faire les cent pas, essayant de s'habituer à ses chaussures surélevées. Elle alla jusqu'à l'œilleton et regarda, se demandant s'il n'y avait pas d'adulte pour surveiller le groupe turbulent. Elle vit les deux adolescents freiner brusquement ; ils avaient failli se jeter sur plusieurs hommes en costume sombre qui venaient d'apparaître à l'angle du couloir, avançant d'un pas vif en direction de la chambre de Robert. Ils s'arrêtèrent deux portes plus loin, de l'autre côté du couloir ; Kat les distinguait très bien grâce à la déformation de la lentille.

« Qu'est-ce qui se passe ? » demanda Robert. Mais d'un geste, elle lui fit signe de se taire. Elle sentit son estomac se nouer lorsqu'elle vit les hommes se placer de part et d'autre de la porte portant le numéro 415. Elle s'écrasa le nez contre le battant pour mieux voir. Ils tiraient des automatiques de leur veston ; l'un d'eux introduisit une clef à carte dans la serrure. Il tourna la poignée, poussa le battant et tout le groupe chargea à l'intérieur en criant des ordres.

Kat se tourna et fit signe à Robert de s'approcher ; puis elle

437

remit son œil au mouchard, murmurant avec précipitation, la bouche tordue par l'effort : « Allez à ma porte ! Mettez la chaîne et regardez ce qui se passe !

— Quoi ? »

Elle lui expliqua en deux mots la scène à laquelle elle venait d'assister et il fila. Elle remarqua pendant ce temps qu'un petit groupe d'adolescents s'était rassemblé à l'extrémité du couloir pour ne rien manquer du spectacle. Il y eut des cris en provenance de la chambre prise d'assaut, et l'un des hommes réapparut, tirant sans ménagement derrière lui une femme, habillée d'une simple nuisette, qui protestait avec énergie. Elle fut suivie d'un homme entièrement nu, que tenaient par les bras deux des autres assaillants. Le quatrième consulta les papiers qu'il tenait et regarda le couple.

« C'est pas les bons », crut entendre Kat.

On repoussa aussitôt, sans plus de cérémonie, l'homme et la femme dans leur chambre, et la porte se referma sur leurs visages effarés. Les quatre hommes en noir reprirent leur progression à grands pas dans le couloir, dans la direction des chambres de Kat et de Robert. Ils passèrent devant l'œilleton à pleine vitesse, sans un instant d'hésitation, et disparurent à l'autre bout.

Kat s'adossa à la porte, respirant avec force. On lisait une panique grandissante dans son regard, et lorsque Robert revint de son poste d'observation, il arborait la même expression. « Bon Dieu, Kat...

— Ils nous ont trouvés. Dieu sait comment, mais ils nous ont trouvés.

— Ils ont déniché l'hôtel, mais... »

Elle n'eut qu'une seconde d'hésitation. « Faisons les valises. Vite. Il faut trouver le moyen de s'échapper d'ici. »

Il acquiesça et fit demi-tour, mais Kat le rappela.

« Attendez, Robert. Il y avait un couple, dans cette chambre. Ils ont fait un mauvais calcul. Nous avons peut-être quelques minutes d'avance, le temps qu'ils comprennent que nous avons pris deux chambres. »

Un bruit de voix de plus en plus fort montait du couloir. Elle regarda une fois de plus par le mouchard et ne fut pas étonnée de voir les adolescents qui parlaient avec animation de ce qu'ils venaient de voir. Deux d'entre eux étaient presque à hauteur de sa porte. Elle se passa la langue sur les lèvres et se tourna vers Robert pour murmurer : « Vite, dans l'autre chambre. »

Il s'exécuta, elle déverrouilla sa porte et ouvrit.

« Excusez-moi, les gars », dit-elle d'une voix aussi détendue et sexy qu'il lui fut possible. Son apparition cloua les jeunes gens sur place. Une splendide jeune femme, habillée d'une minijupe ultra-courte, au décolleté plongeant, leur faisait signe d'entrer dans sa chambre !

« Oui, madame ?

— Vous qui êtes des costauds, pourriez-vous venir une seconde ? »

Ils échangèrent le regard de ceux qui viennent de remporter le gros lot et bondirent, se bousculant pour passer le seuil le premier. Elle referma le battant derrière eux. Ils se retrouvèrent devant elle, bras ballants, le plus grand des deux paraissant incapable de détacher le regard des seins de Kat.

Celle-ci lui prit le menton et lui releva la tête. « Hé, mon mignon, je suis ici. »

L'ado rougit et son copain ricana, bien que ses yeux fussent aussi très occupés à enregistrer, jusque dans les moindres détails, les attraits physiques de cette splendide inconnue. « Désolé, madame, dit le premier.

— Je suis très flattée qu'ils vous plaisent, mais le reste de ma personne a besoin de votre aide. »

Les deux garçons ouvrirent de grands yeux. Il leur était totalement impossible de résister à cette occasion unique de venir au secours d'une créature aussi ravissante et sexy, avec la perspective d'une récompense encore floue mais prometteuse en prime. « Bien sûr ! Qu'est-ce qu'il faut faire ?

— Eh bien, vous avez vu ce qui s'est passé avec ce couple ? Comment ils ont été traités ?

— Oui madame, répondirent-ils à l'unisson.

— C'était moi qu'ils cherchaient.

— Pourquoi ? Qu'est-ce que vous avez fait ? demanda le plus petit des deux.

— Je n'ai pas pu payer tous mes impôts au gouvernement fédéral pour notre ferme, à Ellensberg. J'ai perdu mon mari l'an dernier. Je vais les payer, mais j'ai besoin d'un peu de temps, et ces crétins veulent m'arrêter.

— Ils ont le droit ?

— Et comment... Écoutez. J'ai simplement besoin d'une

diversion qui me donnera le temps de ficher le camp d'ici. Vous croyez-vous capables d'en créer une sans que vos copains le sachent ? »

Le plus grand sourit avantageusement. « Ouais, ça me paraît possible.

— Et comment tu t'appelles, mon chou ?

— Je, euh... Billy Matheson... de Yakima.

— Et toi, mon mignon ?

— Bobby Nash. Je suis de Yakima, moi aussi.

— Billy et Bobby, de Yakima. Matheson et Nash. Vos familles ont leur nom dans l'annuaire ? Je pourrai vous retrouver facilement, par la suite, histoire de vous remercier ? »

Les deux acquiescèrent avec enthousiasme.

« Parfait, dit-elle en passant les bras par-dessus leurs épaules et en les entraînant vers le milieu de la chambre. Voici ce que j'attends de vous. »

Le leader du quatuor de faux agents raya le nom, sur la photocopie qu'il tenait à la main. Adossé au mur du couloir, il n'avait que trop conscience que le temps filait. Le couple qu'ils avaient agressé, chambre 415, allait sans aucun doute appeler la police. D'ici une demi-heure, une heure tout au plus, une patrouille arriverait.

« Monsieur ? »

Il leva la tête et se trouva face à face avec un adolescent boutonneux monté en graine, accompagné d'un camarade plus petit. Le premier écarquillait des yeux qui ne cessaient d'aller dans tous les sens, et il paraissait dans tous ses états.

« Le réceptionniste... il nous a dit que vous étiez de la CIA... C'est vrai ?

— Pourquoi ?

— Ils... ils ont volé... mon pick-up... juste ici, dans le parking !

— Écoute, fiston, tu n'as qu'à appeler... attends une seconde. Qui ça, *ils* ? Et quand ? »

L'adolescent respirait tellement fort qu'il était presque en hyperventilation. *Seigneur*, pensa le faux agent, *il va se mettre à chialer, si ça continue.* Il jeta un coup d'œil à l'autre garçon, mais celui-ci restait bouche cousue.

« Juste... là-dehors... on était venus avec le pick-up de mon père — un Toyota bleu — et... il y a un type et une bonne femme qui m'ont fait descendre et m'ont crié comme quoi ils le réquisitionnaient au nom du FBI. Et ils sont partis avec. Je n'ai pas vu le moindre insigne, rien. À mon avis, ils n'étaient pas du FBI. Qu'est-ce que vous en pensez ? »

Ce fut au tour du leader des faux agents d'arquer les sourcils. Il jeta un coup d'œil à ses trois acolytes et revint sur l'adolescent. « De quoi avaient-ils l'air ? »

L'adolescent leur donna la description que lui avait fournie Kat — dans laquelle elle-même avait des cheveux châtain clair et portait un ensemble pantalon.

« Par où sont-ils partis ? Montre-moi ! » ordonna l'homme, entraînant les adolescents vers la porte.

« Combien en voyez-vous ? demanda Robert, tandis que Kat observait le parking entre les rideaux à peine écartés.

— Quatre. Ils s'empilent dans une sorte de van... Le jeune Billy mériterait un Oscar.

— Un coup de génie sous le feu ennemi, Kat.

— Un coup de sexe sous le feu de violentes poussées hormonales déclenchées par cette tenue », le corrigea-t-elle. Elle se retourna vers l'intérieur de la chambre. « OK. Appelez. Il faut s'assurer qu'ils n'étaient que quatre. »

Robert décrocha et fit le numéro de la réception. « Ces agents du FBI qui sont là... dit-il. Je souhaiterais parler à l'un d'entre eux.

— Ils sont partis, monsieur.

— Tous ?

— Oui, monsieur, tous. »

Robert fit signe à Kat, qui se dirigeait déjà vers la porte. « Merci. » Il reposa le combiné et la suivit.

Ils se faufilèrent à l'extérieur par une sortie latérale et Robert déverrouilla la voiture ; Kat repéra les deux adolescents, qui se trouvaient encore dans le parking.

« Merci, les gars. Je vous dois beaucoup.

— Oh, c'était rien, madame, répondit le plus grand. Ils sont partis par là, plein sud. Il vaudrait mieux que vous y alliez, maintenant.

— Oui, vous aussi. Restez dans vos chambres, cette nuit. »

Elle se glissa derrière le volant et les salua de la main, puis s'engagea dans l'avenue — et dans la direction opposée à celle prise par les quatre faux agents. Ils croisèrent à ce moment-là une berline noire avec des macarons officiels ; la voiture tourna dans l'allée pour aller se garer devant l'entrée du motel.

Lorsqu'il devint clair qu'ils n'allaient jamais rattraper le pick-up Toyota, l'équipe de Nuremberg appela la police et, se faisant passer pour des agents du FBI, signala le vol du véhicule et donna le numéro d'immatriculation. Ils demandèrent aussi les fréquences radio de la police locale et, avec un scanner portatif réglé sur les canaux appropriés, ils revinrent jusqu'au motel, restant en vain à l'écoute — au point qu'ils faillirent ne pas remarquer la présence des trois voitures, à l'aspect pourtant on ne peut plus officiel, garées devant l'entrée du Holiday Inn.

« Bon Dieu de merde ! Il faut foutre le camp d'ici !

— Demi-tour ! Fais demi-tour ! »

Le chauffeur se lança en marche arrière pour rejoindre la rue, au moment où une voiture de patrouille arrivait en renfort.

« Et maintenant, qu'est-ce qu'on fait ?

— On retourne au jet et on essaie de voir comment procéder. » Le chef du groupe avait répondu calmement, mais son visage était l'image même de la colère et de la frustration.

Route nationale 5
Au sud d'Olympia, Washington
16 novembre — jour cinq
01.45 heure locale/0945 zouloue

« J'ai tout d'abord pensé que c'était parce que j'avais malencontreusement décroché, lorsque le cellulaire avait sonné », dit Kat, sans cesser de surveiller les phares qui venaient dans l'autre sens. Parler était une façon de rester éveillé, pour tous les deux. « Mais à présent, je pense qu'ils ont dû reconstituer les codes que j'ai employés pour me brancher sur Internet. J'avoue que je n'en reviens pas ; normalement, il leur aurait fallu des jours pour y arriver, dans le meilleur des cas.

— Ils sont très forts, Kat, mais pas infaillibles. Sans quoi nous ne serions pas ici.

— C'est du super-grand banditisme. Je n'ai jamais entendu parler d'une telle maîtrise technologique et logistique de la part d'un groupe terroriste. Il est on ne peut plus évident qu'il ne s'agit pas d'une bande de péquenots d'extrême droite qui veut s'en prendre au gouvernement.

— Ce qui ne fait que renforcer mes pires craintes — autrement dit, que nous n'ayons affaire à une administration de l'État américain. »

Le panneau routier annonçant Centralia apparut dans les phares juste avant deux heures du matin. Ils avaient pris la

443

décision de se rendre directement à l'aéroport de Portland, dans l'Oregon, et de dormir dans le minivan. Il y avait un avion pour Sun Valley vers midi et Kat avait fait les réservations depuis une cabine téléphonique, en cours de route, à des noms qui étaient une déformation voulue des leurs.

La température, à l'extérieur, était d'environ six degrés, ce qui était relativement doux pour la saison, mais rendait à peu près impossible de dormir sans laisser le chauffage du véhicule branché. Le bruit du moteur, cependant, risquait fort d'attirer l'attention sur un parking d'aéroport qui serait pratiquement vide. Robert suggéra qu'ils se reposent sur une aire réservée aux routiers ; juste avant de traverser la Columbia, le fleuve qui constitue la frontière avec l'Oregon, ils se nichèrent le plus anonymement possible au milieu d'une flotte de semi-remorques dont les moteurs tournaient au ralenti.

« Kat ? demanda Robert à un moment donné, alors qu'elle se sentait sur le point de sombrer dans le sommeil.

— Oui ?

— Pas trop engourdie ?

— Non, ça va, je n'ai pas froid. Et vous ?

— Je ne parlais pas de la température. Mais sur le plan des émotions ? Moi, j'ai l'impression d'approcher de la zone du *plus rien à foutre*.

— Vous avez largement le droit de vous sentir comme ça, si on considère que vous avez commencé par survivre à un crash — sans compter tout le reste. »

Il prit une profonde inspiration. « Vous croyez qu'ils vont bien là-bas, à...

— Stehekin.

— Ouais, Stehekin. Je n'arrivais pas à me rappeler le nom de ce patelin.

— Il faut bien que je le croie. Mais j'ai...

— Peur ? »

Elle le regarda et esquissa un sourire avant de répondre. « Oui. Affreusement peur. » Elle se redressa et appuya la tête dans le creux de sa main. « Je me demande comment tout cela va finir, Robert.

— Pardon ?

— Ce que je veux dire (elle se mit toute droite sur son siège, cette fois), c'est que dans mes enquêtes normales tout

444

est beaucoup plus simple. Nous identifions les criminels, nous remontons leur piste, nous les arrêtons et nous les remettons à la justice. Tout est clair. Tout est en noir et blanc. Peut-être pas pour les avocats, d'accord, mais pour le FBI, c'est vraiment simple. Mais là... je suis prise dans une espèce de jungle sans la moindre piste, où des intérêts inconnus sont en conflit, où on ne sait à qui se vouer...

— Vous n'avez jamais vécu dans le monde des politiciens, ce qu'on appelle les allées du pouvoir, n'est-ce pas ?

— Non.

— Parce que la vie à Washington, c'est comme ça. Seulement des nuances de gris, pas de noir et blanc. D'un jour à l'autre, vous ne pouvez jamais être sûr de qui est avec vous, qui est contre vous, quelle faction va changer de ligne de conduite et saboter un avantage durement acquis par une autre.

— Vous parlez de politique, là.

— Et ce que nous vivons n'en est pas, peut-être ? Voyons, Kat, si Carnegie a raison, même partiellement, les forces contre lesquelles nous luttons peuvent même n'avoir rien à voir avec les terroristes qui ont abattu mon appareil. Elles ne font peut-être rien de plus que tenter de protéger les intérêts politiques d'une branche quelconque de l'État ou du Pentagone, dont elles sont les représentantes.

— Avec des meurtres, des enlèvements, des...

— Je sais. C'est bizarre. Où commence un groupe, où finit l'autre ? Ce sont des nébuleuses qui se superposent plus ou moins.

— Vous sous-entendez qu'une branche du gouvernement protégerait les terroristes qui ont volé les lasers de l'armée et s'en sont servis pour des assassinats en masse ?

— Je ne suis pas bien certain de ce que je sous-entends, Kat, sinon que nous représentons une menace pour les intérêts d'au moins deux ou trois organisations que je trouve terrifiantes.

— Vous croyez que le Dr Maverick pourra nous aider ? Et s'il s'avérait qu'il n'était pas l'informateur de Carnegie, qu'il ne l'a jamais été ? »

Robert secoua la tête. « Avons-nous le choix ? Même avec le dossier de Walter, nous n'avons que des spéculations et des bruits. Si nous ne trouvons pas Maverick, ou s'il n'a aucune information concluante à nous donner, comment savoir ? En qui pouvons-nous avoir confiance, à Washington ?

— Jordan James. C'est le seul que je voie », répondit Kat.

Stehekin, Washington

« Ça suffit, marmonna Dallas pour elle-même. Je suis bel et bien réveillée. » Elle consulta sa montre, constata qu'il était six heures et demie du matin, se glissa hors des couvertures et quitta la couchette du bas. Elle enfila un chandail trouvé dans un placard ; il était deux fois trop grand pour elle mais tombait du coup suffisamment bas sur ses genoux pour pouvoir être porté sans rien dessous. Les bras serrés contre elle pour lutter contre le froid de la chambre, elle se rendit discrètement dans la cuisine en passant par le séjour.

Un courant d'air glacial pénétrait dans le chalet, à travers les volets — qui n'avaient rien d'hermétique — tirés devant la fenêtre détruite par l'ours. Elle s'arrêta une seconde pour contempler le désastre, se demandant ce qu'elle ferait si jamais l'animal décidait de réapparaître à cet instant.

Graham était encore accroché à son fusil, quand elle était allée se coucher, et elle se dirigea vers le fauteuil où le médecin s'était installé pour la nuit. Elle le trouva endormi à son poste, les jambes protégées par une courtepointe, l'arme en travers des genoux, ronflant doucement.

Elle retourna à la cuisine sur la pointe des pieds et commença à rassembler tout ce qu'il fallait pour préparer du café ; le peu de bruit qu'elle produisait suffisait à masquer les craquements et grincements en provenance du porche.

Mais l'un d'eux, plus fort que les autres, la mit sur-le-champ en alerte rouge.

Elle reposa silencieusement la cafetière et jeta un coup d'œil à la petite ampoule qu'elle avait branchée sous la hotte. Il faisait encore nuit, dehors, et allumer brusquement les lumières reviendrait à trahir sa présence.

Autant rester comme ça, conclut-elle.

Elle se mit à quatre pattes et s'avança ainsi, après avoir contourné le comptoir, jusqu'au fauteuil où dormait Graham.

Il y eut un autre craquement bruyant de planches, en provenance du porche, qui lui confirma définitivement qu'il y avait quelqu'un, ou quelque chose, qui se déplaçait juste à l'extérieur du chalet.

Se redressant sur les genoux, elle posa une main sur la bouche du médecin et lui secoua le bras de l'autre. Comme il était prévisible, il s'éveilla en sursaut et émit un grognement étouffé. Elle se pencha sur lui, un doigt sur les lèvres pour lui intimer le silence, puis elle pointa en direction de la porte ; à nouveau, on entendit des pas qui allaient cette fois de gauche à droite. L'intrus avançait avec prudence, mais se dirigeait sans aucun doute vers la porte. Graham vérifia que le 30.30 était prêt à faire feu et passa derrière le gros fauteuil avec Dallas.

Soudain, la poignée de la porte se mit à s'agiter ; celui qui était de l'autre côté recommença à plusieurs reprises avant d'accepter le fait que le verrou était poussé.

Ce n'est donc pas l'ours ! C'est tout juste si la Noire ne le regrettait pas.

On voyait danser un faisceau de lumière, à l'extérieur. Une lampe torche, dont le rayon passait par les fentes des volets tirés.

Soudain, l'intrus se mit à secouer ces volets, et on entendit le bruit du verre brisé qu'il écrasait sous ses bottes. Un des battants céda brusquement et un faisceau lumineux brillant entra dans la pièce de séjour, tandis que Graham et Dallas se faisaient tout petits derrière leur fauteuil.

Le rayon se dirigea vers la cuisine, se posa un instant sur la peau d'ours, devant la cheminée, puis en différents endroits, éclairant tout à tour le sac à dos de Steve, l'ordinateur et plusieurs autres objets qui n'appartenaient pas au chalet.

Le médecin et la Noire attendaient, ne sachant trop que faire ; puis il y eut le bruit, impossible à ne pas identifier, d'un revolver qu'on arme. Dallas sentit Graham se tendre et réajuster sa prise sur le 30.30.

L'intrus ouvrit le deuxième battant et dégagea les derniers éclats de verre à coups de botte avant d'enjamber prudemment le rebord de la fenêtre. Dès qu'il fut à l'intérieur, il se tourna pour examiner les dégâts.

Bondissant avec une agilité et une rapidité déconcertantes,

Graham alla poser l'extrémité du canon de son arme sur la nuque de l'homme.

« Ne bougez plus ! Pas un geste ! ordonna le médecin. Et maintenant, levez lentement les bras en l'air en tenant votre arme par le canon ! »

L'intrus obéit. Dallas le débarrassa du revolver et de la lampe torche.

« Tout ce que vous voudrez, balbutia l'homme. Ne me faites pas de mal, c'est tout ce que je vous demande.

— Combien êtes-vous ?

— Pardon ?

— Il n'y a personne d'autre, là-dehors ? »

L'homme secoua la tête sans changer de position, restant toujours face à la fenêtre. « Non. Je suis seul.

— Mais alors, qu'est-ce que vous fabriquez ici ?

— Ce serait plutôt à moi de vous poser la question. Je suis le gardien. Cela fait trente ans que je m'occupe de cette maison. »

Graham regarda Dallas, qui tenait l'index en l'air. « Et quel est votre nom, monsieur ?

— Don. Don Donahue. »

La Noire haussa les épaules et acquiesça. « C'est bien le nom, Graham.

— Vraiment ? » demanda le médecin en regardant Dallas par-dessus son épaule.

Elle alluma le plafonnier et Graham abaissa son arme ; puis il dit à Donahue de se tourner et de lui montrer une pièce d'identité. Lorsqu'ils furent rassurés sur ce point, Dallas lui rendit son portefeuille et lui fit signe de s'asseoir.

« Vous n'avez pas eu le mot que Kat Bronsky vous a laissé ? » demanda-t-elle.

Donahue secoua la tête. « Je n'ai pas eu le moindre... quoi ? Kat est ici ?

— C'est-à-dire qu'elle est repartie depuis quelques jours, mais elle avait promis de vous laisser un mot, sur le quai. Nous sommes ses invités. »

Il continuait de secouer négativement la tête et de rouler des yeux. « Bon sang ! J'ai arrêté d'aller voir s'il y en avait depuis un an — depuis qu'on a le téléphone par satellite. Elle ne devait pas le savoir. J'en suis fichtrement désolé. Je ne savais pas qu'il y avait quelqu'un ici.

« — Et nous, on pensait que vous étiez au courant de notre présence et que vous aviez vu la fumée de la cheminée.

— Eh non. Le chauffage central reste branché tout l'hiver, et la fumée, on la voit tout le temps. Je n'ai pas fait attention. Combien de temps devez-vous rester ? »

Dallas consulta Graham du regard, pour être bien sûre qu'il savait qu'elle avait prévu la question. « Environ cinq jours, peut-être six. Nous sommes quatre, sans compter Kat : deux hommes, moi et un adolescent. » Elle eut un geste vers la fenêtre brisée et lui raconta l'incident de l'ours.

« Ouais, répondit le gardien. Nous avons des ennuis avec cet ours, depuis quelques mois. C'est en particulier pour cette raison que je suis venu vérifier l'état du chalet. Désolé pour le réveil matinal. Je me lève très tôt.

— Comment, vous connaissez cet ours ?

— Malheureusement, nous connaissons tous très bien ce bestiau. Les rangers vont devoir le changer de place, j'en ai bien peur. » Il se tut un instant et étudia Graham attentivement. « Dites, l'un de vous n'aurait pas été faire un tour près de la rivière, hier au soir ?

— Pourquoi ? répliqua Dallas, espérant entendre la bonne réponse.

— Eh bien, je suis venu vérifier que tout allait bien dans notre petite usine hydroélectrique, sur la rivière, et je suis tombé sur des empreintes de pas. Elles étaient plus légères que celles que vous laisseriez, j'ai l'impression, répondit le gardien avec un geste vers Graham.

— Dieu soit loué ! s'exclama Dallas avec un grand soupir de soulagement. Oui, c'était l'un de nous. J'ai trouvé vos empreintes qui recoupaient les siennes, et j'ai pensé que quelqu'un nous traquait. »

Donahue éclata de rire. « Non, c'est plutôt rare qu'on traque les gens par ici, vous savez, même si la petite troupe qui a débarqué hier ne m'a pas trop plu. (Il se tourna vers la fenêtre.) Dites, laissez-moi aller chercher un marteau et un bout de plastique dans l'abri, que je vous bouche ce trou à pneumonie.

— Euh... qu'entendez-vous par "petite troupe qui a débarqué hier" ? demanda Graham, qui s'assit lourdement sur une chaise.

— Oh, là-bas, sur le quai. Quatre hommes sont arrivés de

449

Chelan dans un bateau à moteur de location, un *cabin cruiser*, et se sont mis à poser tout un tas de questions bizarres sur qui était là et qui n'y était pas, en cette période de l'année. Ils faisaient semblant de ne pas connaître le secteur.

— Faisaient semblant ? s'étonna Dallas.

— Ouais. Voyez-vous, ça nous arrive régulièrement de voir débarquer ces types du gouvernement, déguisés en civil et pleins de bonnes manières. Mais ils sont juste là pour vérifier que les gens du coin ne violent pas le règlement du parc.

— Je ne vous suis pas.

— À la fin des années soixante-dix, ils étaient toute une bande de copains de chasse du sénateur Jackson qui voulaient nous faire décamper d'ici afin de transformer le parc en réserve de chasse privée. Certains d'entre nous, comme les Cavannaugh, sont là depuis la fin du dix-neuvième siècle. Nous nous sommes défendus et nous sommes arrivés à une espèce de compromis bâtard ; on a appelé le coin Aire récréative nationale. Autrement dit, un parc national avec des squatters. Depuis, nous avons des rapports plus ou moins tendus avec les services du parc.

— D'après vous, ces types étaient donc des agents du parc en civil ?

— À la vérité, maintenant que j'y pense, ils n'en avaient pas l'allure. Un regard froid, si vous voyez ce que je veux dire. Ils m'ont vraiment fait un effet bizarre.

— Nous sommes... commença Dallas. Euh... Vous leur avez parlé ?

— Oh, ne vous inquiétez pas, répondit vivement Donahue. Je n'ai pas dit un mot du chalet. De toute façon, je ne savais même pas que vous y étiez.

— Ils n'étaient pas armés, par hasard ?

— Je n'ai pas vu d'armes, mais on ne sait jamais. On aurait vraiment dit des agents du FBI. »

Quartier général du FBI, Washington DC

Jake Rhoades remercia les agents rassemblés dans la salle de conférence et retourna immédiatement dans son bureau, dont il referma la porte derrière lui. Il resta quelques instants

450

debout, appuyé contre le battant, se demandant ce qui pouvait bien se passer dans la tête de Kat Bronsky.

On frappa à la porte. Il se tourna et l'ouvrit brusquement, irrité qu'on ne respecte pas les quelques minutes de tranquillité qu'il avait demandé qu'on lui accorde.

« Est-ce que... » Il s'arrêta court, car il se trouvait en présence, non d'un de ses subordonnés, mais du directeur du FBI en personne.

« Vous avez une minute, Jake ?

— Bien sûr. Entrez. »

Le directeur alla s'installer dans l'un des gros fauteuils de cuir placés en face du bureau. « Quelles sont les dernières nouvelles ? Résumez-moi ça rapidement.

— À propos de l'affaire Bronsky ? »

Le directeur acquiesça et écouta attentivement pendant que Jake lui expliquait les développements les plus récents, notamment comment une équipe de l'autre groupe avait bien failli la capturer dans un motel de la région de Seattle.

Le directeur se pencha en avant. « La pression politique a dépassé la masse critique, Jake. L'administrateur de la FAA, le secrétaire d'État aux Transports et moi-même estimons que ce n'est qu'une question de jours pour que les fermetures d'aéroports, suite à ces menaces terroristes, se multiplient au point qu'elles engendreront une explosion publique ; on nous accusera de ne pas faire notre travail, sans parler du fait que prendre l'avion sera l'équivalent de se suicider. Les dégâts pour l'aviation commerciale sont déjà considérables, d'un point de vue économique, et le fait que nous n'ayons toujours pas reçu de demande de rançon — comme vous le savez — de la part du groupe Nuremberg signifie qu'ils vont descendre au moins encore un appareil avant de reprendre contact. »

Jake soupira. « Je ne vois pas ce que nous pouvons faire de plus que ce que nous faisons, monsieur le directeur.

— Où en est-elle ? »

Jake Rhoades inclina la tête et se pencha un peu en avant. « Je vous demande pardon ?

— Kat Bronsky. Elle travaille en solo, à présent, et nous nous efforçons de la retrouver avant les autres — tout ça c'est très bien, mais elle cherche à résoudre l'énigme. C'est vous-même qui me l'avez dit.

451

— Oui, monsieur.

— Ma question est : où en est-elle ? Sur le point de réussir ?

— Sincèrement, je n'en sais rien, avoua Jake en secouant la tête.

— Eh bien, je vais vous dire. Elle estime qu'elle est sur une piste solide, et franchement — et à moins que vous me démontriez le contraire — c'est encore ce que le Bureau a de mieux à offrir dans cette affaire, non ?

— Nous avons mis toutes les forces disponibles dessus, monsieur, et nous travaillons sur de nombreux fronts à la fois...

— Mais, le coupa le directeur, le seul de vos agents à *penser* qu'il est sur une piste solide est Bronsky, n'est-ce pas ?

— Pour autant que je sache, oui.

— Très bien. Je vais donc changer mes ordres. Lorsque vous la trouverez, tout le Bureau devra l'aider, mais sans se mettre en travers de son chemin. Mettez toutes nos ressources à sa disposition et qu'elle soit, au moins officieusement, à la tête de cette enquête spéciale. Mais si elle préfère continuer à travailler en solo, libre à elle. »

Rhoades en resta bouche bée. « Euh... très bien, monsieur le directeur. Mais il faut commencer par la trouver.

— La première de mes directives est la suivante : ne la harcelez pas, ne la suspendez pas, ne la menacez pas — soutenez-la, un point c'est tout. »

Le directeur se levait déjà lorsque Jake l'arrêta d'une question. « Puis-je vous demander, monsieur, ce qui a provoqué ce changement de stratégie... plutôt abrupt ? »

L'homme se retourna. « Vous pouvez toujours le demander, bien sûr, et je ne devrais sans doute pas vous répondre. Je vais cependant le faire, car la stratégie en question va à l'encontre de ce que je souhaitais personnellement encore hier.

— Je m'en souviens.

— Bien entendu, cela devra rester entre nous. Même elle ne devra pas l'apprendre.

— Bien entendu.

— J'ai reçu un coup de téléphone très inhabituel, il y a un moment, de notre secrétaire d'État en titre.

— Jordan James ?

452

— Lui-même. Il a connu Miss Bronsky toute petite. Il a été longtemps directeur de la CIA, comme vous le savez certainement, et il sait fort bien naviguer dans la jungle du renseignement. Je ne serais même pas étonné s'il émargeait encore à la Compagnie.

— Sérieusement ? Excusez-moi, mais il m'a appelé il y a deux jours pour me dire qu'il soupçonnait l'existence d'une fuite et qu'il mettait en place un relais via Langley... »

Le directeur acquiesça, ne paraissant nullement surpris. « Eh bien, Jordan m'a obligé, littéralement obligé, à me faire promettre que nous rappellerions nos limiers et laisserions Bronsky tranquille. Sinon, m'a-t-il dit, elle serait tuée.

— *Quoi ?*

— Oui, je sais. Dit comme ça, cela n'a aucun sens pour moi aussi, étant donné que nous nous efforçons de la récupérer, elle et les rescapés, avant tout pour les garder en vie, et secondairement pour obtenir les informations qu'ils détiennent. »

Jake secouait la tête, incrédule. « Il exige qu'on arrête nos recherches ? C'est tout juste si elle ne s'est pas fait tuer à Seattle ! La prochaine fois, elle n'aura peut-être pas autant de chance.

— Je vais vous dire comment j'interprète ce coup de fil, Jake — d'autant que je la soupçonne de s'adresser à lui plus souvent qu'à nous. Elle est sur la bonne piste. Je pense que le réseau personnel de James lui fournit de bonnes informations, et que sa loyauté vis-à-vis de sa protégée est plus grande encore que vis-à-vis de la Compagnie.

— Là, je ne vous suis plus, monsieur.

— Bref, je crois que les anciens amis de James à la CIA aimeraient que nous trouvions l'agent Bronsky et que nous lui enlevions l'enquête parce qu'elle se rapproche un peu trop de choses qu'ils veulent régler eux-mêmes. La bonne vieille rivalité. En revanche, si j'ai bien compris, James souhaite que Bronsky réussisse et ce n'est que si nous lui laissons carte blanche qu'elle y parviendra.

— Il lâche Langley pour que Kat leur dame le pion ?

— En gros, oui.

— Et si vous vous trompiez ? »

Le directeur haussa les épaules. « De toute façon, nous n'en sortons pas perdants, comme je vois les choses.

— Et Kat, dans tout ça ?

— Faites ce que je vous ai dit, Jake. Trouvez-la, proposez-lui votre aide, et laissez-la décider de ce dont elle a besoin. Franchement, je me fous complètement que ce soit nous ou la Compagnie qui résolve cette affaire. Les enjeux sont beaucoup trop graves pour les mettre en péril à cause de querelles intestines. N'empêche... ce serait tout de même agréable si le Bureau l'emportait, cette fois. »

42

Portland international Airport, Oregon
16 novembre — jour cinq
11.10 heure locale/1910 zouloue

Un bagage de cabine vola, il y eut un grognement de sur-prise — un homme d'affaires frisant la cinquantaine venait de heurter un autre passager, tout ça pour n'avoir pas détourné à temps son regard de la minijupe portée par la blonde qui venait juste de franchir l'entrée du terminal.

Robert roula les yeux et Kat dut se retenir de rire. Ils approchaient du contrôle de sécurité, après avoir acheté leurs billets au comptoir de la compagnie aérienne. L'auto-matique 9mm, déchargé et déclaré, était à l'intérieur de son sac ; du coup, elle se sentait mal à l'aise — plus encore qu'à cause de la tenue qu'elle portait.

Ils franchirent sans encombre les portails de détection et venaient de s'engager sur la longue rampe moquettée qui conduisait au hall de départ de la compagnie Horizon, lors-que Kat s'arrêta au bout de quelques pas.

« Je n'y arriverai jamais, Robert.

— Quoi ? À prendre ce vol ?

— Mais non, dit-elle en relevant un pied pour retirer la première de ses chaussures à plate-forme. C'est trop pour moi, ces trucs.

— Vous vouliez avoir l'air vulgaire.

— Oh, vous avez trouvé exactement ce qu'il fallait, mais... d'accord pour porter la mini-mini et jouer le numéro de la

455

vamp de banlieue, mais ces godasses me tuent. C'est pourquoi, ajouta-t-elle en se tortillant pour retirer la deuxième chaussure qu'elle laissa tomber dans son sac de cabine, j'ai pris mes précautions. »

Robert secoua la tête d'un air désapprobateur tandis qu'elle enfilait la paire de chaussures de secours.

« Raisonnable... beaucoup trop raisonnable.

— Peut-être, mais même dans cet attirail je dois conserver un minimum de dignité, non ? Sans parler d'une certaine capacité à me déplacer. J'ai failli tomber je ne sais combien de fois.

— En tout cas, le reste de la tenue me plaît.

— Ouais. Je pourrais presque finir par l'apprécier, dit-elle à voix basse. C'est trop drôle de vous voir vous rentrer dedans, les mecs, avec les yeux qui vous sortent de la tête. »

C'est en affichant l'expression *mon Dieu que les hommes sont bêtes* qu'elle repartit. Robert resta à sa hauteur pour lui parler de manière à n'être entendu que d'elle. « C'est la loi du genre, quand on est une poule.

— Oui, sauf que je ne suis pas une poule.

— On s'y tromperait, pouffa-t-il.

— Espèce de marlou !

— De marlou ? De marlou ! » Il se tourna vers elle et continua de parler à voix basse. « Cela fait bien trente ans que plus personne n'emploie ce terme, Kat.

— Préféreriez-vous que je vous traite de cochon de phallocrate ?

— Pas vraiment. »

Ils entrèrent dans le hall d'embarquement et Robert prit les billets dans sa poche de veste. « À qui l'honneur ? demanda-t-il.

— Le contrôleur est un homme. C'est donc moi », répondit-elle en prenant les billets. De la tête, elle lui indiqua une rangée de sièges. « Attendez-moi là. Moins on aura l'occasion de vous remarquer, mieux ça vaudra.

— Entendu, je ne bougerai pas. Pourriez-vous acheter mon journal, ou à défaut le *New York Times*, s'il vous plaît ? » Il lui indiqua le kiosque à journaux.

« Quand j'aurai nos cartes d'embarquement. »

Le visage du contrôleur, un homme d'une trentaine d'années à la tenue impeccable, s'éclaira dès la seconde où il vit

Kat s'approcher de lui. Comme on pouvait s'y attendre, son regard dégringola d'une trentaine de centimètres au-dessous des yeux de la jeune femme, et s'il remonta rapidement, ce fut au prix d'un effort inouï. Jamais il n'avait vu décolleté aussi prodigieux de sa vie.

Parfait ! Ce n'est pas un homo. Je vais en faire ce que je voudrais, pensa Kat.

Elle n'eut pas de mal à faire en sorte qu'il ne jette qu'un regard distrait sur ses papiers d'identité. Ceux de Robert n'avaient pas causé davantage de problème au comptoir où il avait acheté les billets. Elle récompensa l'homme d'un clin d'œil et d'un grand sourire, puis revint rapidement vers Robert, étudiant attentivement la foule des autres passagers et n'ayant que trop conscience des regards, intéressés chez les hommes, irrités chez les femmes, dont elle était l'objet tandis qu'elle traversait le hall en se déhanchant légèrement plus qu'il n'était nécessaire.

Dans d'autres circonstances, pensa-t-elle, *je pourrais trouver ça amusant*. Elle tendit les billets et les cartes d'embarquement à Robert, et se dirigea vers le kiosque à journaux. Elle parcourut rapidement les titres de quelques-uns d'entre eux et prit le *Washington Post*, où une grosse manchette annonçait un article sur la fermeture des aéroports. Elle supposa qu'il devait comporter au moins une photo d'elle à l'intérieur, mais elle commençait à se sentir réellement invisible, comme si Kat Bronsky était parfaitement dissimulée sous cette façade d'allumeuse.

« Excusez-moi », dit un homme bien habillé qui se tenait à sa droite et retirait sa main pour ne pas prendre le même journal qu'elle.

« Je vous en prie », répondit Kat avec un sourire. Il avait le bras gauche en écharpe et un bandage sur une partie du visage.

« Quelle est votre destination ? demanda-t-il, non sans promener ses yeux sur toute l'anatomie de la jeune femme.

— Oh, ici et là. »

Ses sourcils s'arquèrent légèrement. « Ah, je vois, une femme fatale.

— Non, le contra-t-elle, une femme prudente. » *Curieux accent, vaguement germanique*, pensa-t-elle.

Elle voulut faire demi-tour, mais l'homme n'était pas prêt

à renoncer aussi facilement à sa tentative de drague. « Excusez-moi d'être aussi direct, mais puis-je me présenter ? Ainsi, vous ne pourrez plus vous reprocher de parler à un inconnu. »

Elle l'étudia un instant, et comprit qu'il ne suffirait probablement pas de s'éloigner pour en être débarrassée. *Je suis comme une source de chaleur dans la mire d'un détecteur d'infrarouge et il ne va pas lâcher comme ça.* « Présentez-vous si ça vous chante, mais cela ne vous mènera pas loin. Je suis très prise.

— Et moi très épris, chère madame. Je m'appelle...

— Excusez-moi. » Un autre passager venait de passer entre eux pour prendre un journal. Kat en profita pour hausser les épaules et se tourner vers le comptoir, afin de payer le sien.

L'homme au bras en écharpe se matérialisa à nouveau à ses côtés en deux secondes et attendit qu'elle ait reçu sa monnaie. « Je n'ai pas fini de me présenter », dit-il.

Elle lui prit la main droite et la serra de manière purement formelle.

« Très contente de faire votre connaissance. Mon mari, un boss de la mafia particulièrement vindicatif et jaloux, ne le sera pas autant que moi, loin s'en faut, alors je vous conseille de vous éloigner et de vivre heureux et caché tant que vous en avez la chance. OK ? OK. Salut ! »

En vision périphérique, Kat voyait Robert qui s'approchait rapidement, tournant le dos à l'homme qui, avec un sourire, haussa les épaules.

« Comme vous voudrez. » Puis il fit demi-tour alors que Robert n'était plus qu'à trois ou quatre mètres d'eux.

Kat avait beau regarder Robert et non son dragueur, elle sentit ce dernier changer brusquement d'attitude ; son dos se raidit et il se pétrifia sur place, la tête tournée vers le journaliste, hérissé comme un chat prêt à combattre.

Robert avait fait deux pas de plus et s'était lui aussi immobilisé soudainement, une expression de surprise sur le visage. Il venait de reconnaître l'un des gangsters qui avaient tenté de l'enlever à Hong Kong. Kat suivit le regard stupéfait de Robert alors que l'homme lâchait son journal et passait la main droite à l'intérieur de son veston.

Le journaliste poussa un cri inarticulé, fit volte-face et détala vers la rampe qui conduisait au terminal ; l'homme au bras en écharpe se lança à sa poursuite.

Bousculant des gens au passage, Kat s'élança à son tour, franchit le poste de sécurité devant un policier à la mine effarée qui n'avait fait aucun effort, et n'avait manifestement aucune envie d'en faire, pour se mêler de ce qui se passait.

Robert disparut derrière le comptoir d'une compagnie aérienne au moment où son poursuivant se jetait tête la première contre des passagers ; s'il les renversa, il tomba lui-même. Kat se rapprochait, mais pas assez vite, car le gangster avait aussitôt rebondi sur ses pieds et repris sa poursuite. Robert s'était engagé dans un escalier qu'il grimpait quatre à quatre ; une fois en haut, il disparut sur la gauche, talonné par son poursuivant.

Kat vit l'homme atteindre à son tour le haut de l'escalier, mettre un genou en terre, prendre une position de tireur et viser dans l'axe de la mezzanine. Elle bondit aussi vite que possible, franchissant deux marches à la fois, et sa main droite plongea dans son sac de voyage alors qu'elle se rapprochait du tireur.

Celui-ci visait soigneusement et, au moment précis où elle arrivait en haut de l'escalier, elle aperçut Robert le dos au mur, à une trentaine de mètres, pris au piège d'un endroit sans issue. Elle se précipita droit sur le dos de l'agresseur, calculant sa trajectoire tandis qu'elle brandissait l'un des lourds souliers à plate-forme qu'elle avait tiré des profondeurs de son sac.

De son côté, le journaliste voyait Kat débouler à toute vitesse, tenant haut sa chaussure à deux mains, sans que le tireur ne l'entende.

Il voyait aussi qu'elle allait arriver trop tard.

Il se laissa tomber à terre, disparaissant ainsi de la ligne de mire du tireur. L'homme ajusta de nouveau rapidement l'axe de son canon, mais ce bref délai avait procuré à Kat les quelques dixièmes de seconde dont elle avait besoin pour abattre, de toutes ses forces et avec une précision et un timing parfaits, le lourd talon de la chaussure sur la nuque de l'homme. L'impact propulsa bruyamment l'automatique sur le sol dallé et le gangster s'effondra sur lui-même. Kat bondit au-dessus de lui comme une flèche, perdit l'équilibre et alla tomber tête la première contre Robert qui se remettait sur son séant quelques mètres plus loin. Il la rattrapa et empêcha que la tête de la jeune femme ne heurte le sol, son corps absorbant le reste de l'impact.

Ils se retrouvèrent tous les deux assis par terre sur les dalles froides, haletants et tellement submergés par les flots d'adrénaline qui avaient coulé dans leurs veines qu'ils étaient incapables de parler.

« Sainte... Mère de... finit par gargouiller Robert.

— Seigneur ! Qui c'était, ce type ? »

Robert le lui dit en l'aidant à se relever et alla récupérer le pistolet. Il vérifia qu'il était approvisionné et armé avant de viser la tête de l'homme, pendant que Kat s'approchait.

« Robert... dit-elle, haletant toujours, regardez dans mon... » Elle déglutit laborieusement et prit son sac à main par la bandoulière. « Regardez... au fond. Les menottes en plastique... attachez-le là-bas, à ce tuyau. »

Le journaliste lui tendit l'arme et fit ce qu'elle lui avait demandé, tandis qu'elle restait prête à faire feu.

« Très bien. Fouillez-le, à présent. Il a peut-être des papiers sur lui. »

Robert retira une fausse carte d'identité du FBI d'une poche intérieure. « *Agent spécial Dennis R. Feldman*, lut-il. La photo correspond. Il n'y a rien d'autre.

— Et je peux vous garantir que s'il existe un agent Feldman, ce n'est pas cet individu. »

Elle prit la carte d'identité des mains de Robert, sortit le chargeur de l'automatique et le plaça dans son sac, puis posa l'arme au sol et, d'un coup de pied, l'expédia à l'autre bout de la mezzanine. Elle récupéra la lourde chaussure avec laquelle elle avait assommé leur agresseur.

« Ces pompes à plate-forme sont des armes mortelles ! observa Robert.

— Bien pratique, hein ?

— Plus la peine d'avoir un pétard. Ces chaussures devraient faire partie de l'équipement standard, au FBI.

— Ah oui ? Vous devriez essayer d'en porter », le taquina-t-elle, haletante et luttant contre la forte concentration d'adrénaline qu'elle avait encore dans le sang.

« J'ai vu ce clown qui vous cassait les pieds. Je ne me doutais pas de son identité, mais je me suis dit qu'il n'y avait rien de mieux qu'un amoureux jaloux pour vous tirer d'embarras. »

Ils reprirent l'escalier et rejoignirent le rez-de-chaussée à l'instant précis où deux policiers de l'aéroport se précipitaient vers la mezzanine. « Dépêchez-vous ! leur cria Kat, qui prit une expression effrayée et montra l'étage. Il y a eu une bagarre, là-haut ! L'un des types est armé ! »

Les deux hommes s'élancèrent dans l'escalier et Kat, tranquillement, entraîna Robert vers un coin, non loin d'un autre sas de sécurité. Elle jeta discrètement le chargeur de l'automatique dans une poubelle et passa à travers le détecteur de métaux.

Des policiers arrivaient à présent en renfort, se dirigeant un peu dans tous les sens ; à la faveur de ce désordre, Kat et Robert purent finalement arriver juste à temps pour embarquer dans leur avion.

Kat s'installa près du hublot et Robert se glissa auprès d'elle.

« Flûte, marmonna Kat.

— Quoi ?

— J'ai oublié de vous demander de vérifier s'il ne portait pas une pochette quelque part.

— Je l'ai fouillé avec soin. Il n'avait pas d'autre arme.

— Non, c'est à une carte d'identité que je pensais. » Elle prit le téléphone satellitaire et composa le numéro de Jake, au quartier général.

« Appelez tout de suite l'aéroport de Portland, et faites confirmer que l'homme que l'on a trouvé menotté dans la mezzanine est un prévenu fédéral en fuite. » Sur quoi elle lui raconta le reste de l'histoire.

« Est-ce qu'il vous a reconnue, Kat ?

— Non. »

Jake lui parla alors rapidement du changement de stratégie du directeur.

« C'est génial, Jake, mais appelez tout de suite.

— Cela signifie qu'on peut vous apporter notre soutien, Kat. Nous n'essayons plus de vous attraper.

— JAKE ! S'il vous plaît ! Appelez tout de suite !

— OK. Vous me rappellerez ?

— Quand je pourrai. »

Elle coupa la communication et s'enfonça dans son siège, essayant d'analyser ce que venait de lui dire Jake. La porte de l'avion était encore ouverte, et les hôtesses ne pouvaient interdire l'usage des téléphones cellulaires tant qu'elle ne serait pas refermée, mais l'une d'elles surveillait Kat, manifestement irritée par sa panoplie.

« Il le fera ? demanda Robert.

— Oui, mais ils ont changé de tactique pour m'avoir. Ils déroulent le tapis rouge, à présent, et tout le Bureau est supposé m'aider.

— C'est peut-être vrai.

— Peut-être, en effet, mais je ne peux pas courir ce risque. »

Il y eut des bips étouffés en provenance de son sac à main, et elle alla à la pêche à l'Alphapage. Son expression s'assombrit lorsqu'elle lut le message.

« Qu'est-ce qui se passe ? » demanda Robert.

Elle lui tendit l'appareil.

MESS. URGENT : KAT, R. MCCABE PAS CELUI QUE VOUS CROYEZ. FILEZ AU PLUS VITE. NE LUI DITES RIEN. DONNEZ VOS INTENTIONS SUR NOUVELLE LIGNE, 8109464656. JAKE RHOADES.

Robert lui adressa un regard stupéfait. « C'est quoi, ce truc ? C'est moi l'ennemi, à présent ?

— C'est ce que Nuremberg veut me faire croire. Ce message ne provient pas de Jake.

— Vous en êtes sûre ?

— Tout à fait. Il ne signe jamais de son nom complet. C'est une procédure habituelle.

— Qu'est-ce que cela signifie, autrement dit ? »

Elle prit une profonde inspiration. « Qu'il commence à pénétrer dans mes informations personnelles. Ils ont trouvé le numéro de mon Alphapage et mon code PIN. À ce train-là, ils ne vont pas tarder à trouver les coordonnées du chalet de mon oncle. »

Arlin Schoen cligna des yeux et la forme des choses commença à se préciser de nouveau autour de lui. Il essayait de se rappeler où il se trouvait et pourquoi il avait aussi mal au crâne.

Il voulut s'asseoir, mais constata qu'il était menotté par-derrière. Puis il leva la tête et se trouva nez à nez avec le large visage d'un policier noir qui le fusillait du regard, mains sur les hanches.

Je me suis fait avoir par-derrière, conclut-il, après avoir fait tranquillement l'inventaire de tous ses membres — autant qu'il le pouvait avec les mains attachées.

« Il se réveille, dit le lieutenant qui était le patron de la brigade de l'aéroport, s'agenouillant à côté de Schoen pour le regarder en face. Qui êtes-vous ? »

L'homme fit tout un numéro, respirant péniblement et fermant les yeux. « Est-ce qu'il s'est échappé ?

— Qui s'est échappé ?

— Je... j'essayais d'appréhender un fugitif. Je ne sais pas ce qui est arrivé.

— Ouais, tu parles. Vous avez été mis KO par un agent fédéral, Toto. On vient juste d'avoir un appel du FBI. Le quartier général, même.

— Bon Dieu ! Ils savent déjà que je l'ai perdu ? »

Le lieutenant saisit Schoen par les cheveux et lui redressa la tête. « Je vais vous le demander une dernière fois gentiment, mon gros. Mais après, je risque de me mettre en colère. Votre nom ?

— Très bien, très bien ! Je suis l'agent spécial Don Duprey, du FBI, du Bureau de Cincinnati.

— Et moi la Sainte Vierge.

— Regardez dans le bas de la jambe gauche de mon pantalon. Vous trouverez une pochette avec ma carte d'identité, mon passeport et même mes résultats au tir. Qu'est-ce que vous racontez, qu'un agent du FBI m'a mis KO ? C'est moi, l'agent du FBI ! »

Le lieutenant fit signe à l'un de ses hommes de procéder à la fouille. Le petit portefeuille était à l'endroit indiqué et contenait ce que Schoen venait de décrire.

« Si... reprit Schoen, respirant toujours difficilement, si vous prenez le temps d'appeler le bureau de Cincinnati, ou même Washington, vous verrez que je suis bien ce que je vous dis. »

Ne sachant plus trop bien ce qu'il en était, les policiers aidèrent Schoen à se remettre sur pied, et l'un d'eux transmit sa requête par radio. On répondit au bout de cinq minutes par une confirmation et une description, et le tout fut répété au lieutenant. Les policiers s'éloignèrent de quelques pas pour conférer, sans perdre de vue leur prisonnier.

« Bon, qu'est-ce qu'on fait à présent ? » demanda l'un d'eux.

Le lieutenant fronça les sourcils et jeta un coup d'œil courroucé à Schoen. « Il a une carte d'identité valide, sa photo correspond et le FBI a confirmé. Quelqu'un a-t-il vu cet agent femme dont Washington nous a parlé ? »

Les hommes en uniforme échangèrent des regards perplexes.

« Quel était son nom ? demanda l'un d'eux.

— Agent spécial Katherine Bronsky, répondit le lieutenant. D'après Washington, c'est elle qui lui aurait mis les menottes. Jim ? Bill ? dit-il en regardant tour à tour les deux hommes. Vous étiez les premiers sur les lieux. Vous n'avez vu personne ? »

C'est Jim qui répondit, tandis que son collègue acquiesçait. « Rien que des civils. Il y avait bien un type et une nana au pied de l'escalier...

— La fille aurait-elle pu être l'agent Bronsky ?

— Ça m'étonnerait. C'était un sacré morceau. Des agents du FBI comme ça, on n'en a jamais vu.

— Attendez une minute, intervint Bill. Ce nom me dit quelque chose. Ce n'est pas d'elle qu'ils ont parlé aux informations, hier au soir ? L'agent du FBI qui aurait enlevé un petit garçon ?

— Ouais, c'est bien ce nom-là, répondit le premier, et j'ai même vu la photo, mais je peux vous dire que la fille de tout à l'heure ne lui ressemblait pas du tout. »

Le lieutenant poussa un soupir et secoua la tête. « Appelez le quartier général du FBI, faites-vous donner une description de cette Bronsky et voyez si elle correspond à la femme que vous avez vue. Sinon, on relâchera ce type. Je ne veux pas d'emmerdes avec le Bureau, et je n'ai rien que je puisse retenir contre lui. »

La réponse arriva au bout de cinq minutes. Les deux policiers arrivés les premiers sur les lieux écoutèrent attentivement, puis secouèrent la tête en même temps.

« Pas du tout elle, c'est sûr. »

Une fois relâché avec les excuses du lieutenant, Schoen se

464

fondit rapidement dans la foule, chercha une cabine téléphonique et composa le numéro qui le mettait en liaison directe avec son poste de commandement.

« Je croyais que tu devais revenir ici, Arlin.

— J'attendais le vol pour Vegas lorsque j'ai repéré McCabe. » Il fit un bref résumé des événements.

« Bronsky n'était pas avec lui ?

— Je ne sais pas, mais je me demande si ce n'est pas elle qui m'a assommé par-derrière. Quelqu'un l'a fait, en tout cas. » Il se frotta machinalement le crâne. « Pas la moindre idée de leur destination.

— Je la connais, moi. »

43

Stehekin, Washington
16 novembre — jour cinq
11.50 heure locale/1950 zouloue

Warren Pierce avait adopté un rythme régulier, sa respiration ponctuant d'un agréable contrepoint le chuintement des skis. Il n'avait que très peu neigé au cours de la nuit, mais la couche qui recouvrait les champs, de part et d'autre de la route principale, était substantielle et suffisait. C'était par des journées cristallines comme celle-ci, pensa-t-il, que le ski de fond était le plus roboratif ; un air vif lui emplissait les poumons et la masse sombre des résineux, de chaque côté de la vallée, devenait son domaine privé.

Il passa devant un autre chalet d'été. Comme tous les résidents de Stehekin, il le connaissait bien et c'est presque sans y songer qu'il se dit : *c'est celui des Caldwell.* Ses yeux allèrent du toit recouvert de neige à la traînée blanche duveteuse, en forme de point d'exclamation, laissée par un avion lointain au-dessus du lac Chelan.

Au sortir d'un virage, il traversa la route, infléchissant sa course en direction de la rivière. Le gros chalet en rondins s'élevait depuis toujours ici, à sa connaissance, et il se profila comme d'habitude dans le paysage, dominé par les volutes de fumée qui montaient de sa cheminée.

Warren s'arrêta, soudain intrigué ; quelque chose clochait, mais il ne savait pas très bien ce qu'il fallait faire.

Pourquoi la porte est-elle grande ouverte ?

Il se rapprocha, restant cependant sous le couvert des arbres ; il y avait une fenêtre fermée par des volets à la gauche de la porte. Mais aucun signe de vie.

La brise gémissait dans le haut des sapins et la porte s'ouvrit encore un peu plus, avec un grincement funèbre qui lui donna un petit frisson. Il devinait, à l'intérieur, une chaise renversée. Il ne voyait en revanche aucune lumière.

Une sensation désagréable dominée par l'appréhension commença à l'envahir, accompagnée d'une envie irraisonnée de tourner casaque et de s'enfuir. Il dut faire un effort pour la surmonter et s'obliger à aller voir de plus près. C'était Don Donahue qui s'occupait de ce chalet, et il savait que l'homme venait tous les jours. Il lui paraissait impensable qu'il ait laissé la porte ouverte.

Il s'obligea à s'avancer à ski jusqu'au bas du porche ; il remarqua alors les morceaux de verre brisé et les empreintes de pas dans la neige boueuse, mais aussi autre chose, près de la porte : une tache rouge qui paraissait bien être du sang.

Il fit demi-tour et, glissant aussi vite que possible, regagna la route pour prendre la direction du poste de garde des rangers, sur le quai. Une peur incontrôlable le poussait. Il fallait bien que quelqu'un aille voir ce qui s'était passé, mais ce quelqu'un ne serait pas lui.

À bord du Dash 8 d'Horizon Airline, en vol,
à quarante nautiques à l'est de Portland, Oregon

L'extrémité de la piste avalée en un instant, l'aéroport de Portland s'était mis à s'éloigner rapidement, en dessous ; le DeHavilland Dash 8 montait maintenant en direction d'un ciel couvert. Comme mû par le même instinct qu'un héron bleu qui replie ses pattes sous lui dès son envol, le train d'atterrissage d'aspect grêle de l'appareil remonta, d'un mouvement d'avant en arrière, et alla se loger sous les moteurs turbopropulsés montés sur les ailes — laissant à Kat une vue spectaculaire. Les avions comportant des ailes surélevées conviennent bien aux passagers rêveurs, se dit-elle. En particulier les plus petits, ceux qui volent à une altitude relativement basse au-dessus des paysages opulents de cette côte du Pacifique, où se succédaient les terrains de golf impeccablement tenus et les hauteurs tapissées de forêts.

Les collines verdoyantes à l'est de Portland défilaient lentement lorsque l'appareil atteignit le bas de la couche nuageuse et commença à y pénétrer ; bientôt, le monde se réduisit à une étendue sans fin d'un blanc laiteux. La vue ne portait pas plus loin que l'aile et le moteur droit, qui entraînait sans un raté l'hélice turbopropulsée.

Dans la cabine, l'unique hôtesse préparait son minuscule chariot de rafraîchissements lorsque la sonnerie d'un téléphone cellulaire l'alerta. Son attention se porta aussitôt vers la blonde vulgaire qui se trouvait en milieu de cabine, près d'un hublot. Elle quitta immédiatement l'office et s'avança d'un pas vif jusqu'à la rangée huit et arriva juste à temps pour attraper le téléphone, qui sonnait toujours, avant que cette passagère décidément trop blonde ne le porte à son oreille.

« Il faut arrêter ce téléphone, Miss », ordonna-t-elle, avec, dans le ton, la satisfaction d'exercer son autorité. Les autres passagers, curieux, tournaient la tête, mais c'était encore mieux. Cette femme méritait la désapprobation générale.

La blonde, cependant, ne se laissa pas faire ; elle arracha l'appareil des mains de l'hôtesse et le porta à son oreille, tout en fouillant dans son sac à main.

« Je vous ai dit de couper ce téléphone ! » aboya l'hôtesse, son ton montant de plusieurs crans.

De la main gauche, la blonde tendit un porte-cartes en cuir contenant un insigne et une carte d'identité sur laquelle l'hôtesse reconnut le sigle du FBI. Elle hocha la tête, battit piteusement en retraite et, prenant sa clef, entra dans le cockpit.

Kat replaça le porte-cartes dans son sac et se pencha, l'oreille tendue. C'était Jordan James. « Vous en êtes sûr ?

— Il faut trouver un lieu de rendez-vous, Kat. Je dois te parler en personne le plus tôt possible. J'ai un avion qui m'attend, et je peux vous retrouver ce soir, où que vous soyez sur la côte.

— Je... je ne suis pas sur la côte. Enfin, pas très loin non plus. J'essaie de retrouver une certaine personne pour l'interroger. Je préfère ne pas dire qui, ni où, par simple précaution.

— Il faut me faire confiance, Kat. La ligne est sécurisée. Où vas-tu te trouver ? »

Elle jeta un coup d'œil à Robert et soupira. Elle n'avait pas le temps de lui expliquer et, de toute façon, la décision lui appartenait. Elle commençait à se demander quelle ligne était sûre, quelle ligne ne l'était pas — peut-être qu'aucune ne l'était, en fin de compte. Avec les aéroports qui fermaient les uns après les autres, la confirmation que les systèmes d'arme à laser volés étaient très probablement impliqués, et l'idée de plus en plus inquiétante que plusieurs groupes ou organisations essayaient de les retrouver pour les réduire au silence, donner le nom de leur destination paraissait être tout aussi risqué qu'inévitable. Car, tout de même, c'était Jordan James qui le lui demandait, et si elle ne pouvait faire confiance à Jordan, c'est qu'elle était au pays des mirages.

« Je t'en prie, Kat. Où vas-tu ? »

Elle ferma les yeux et soupira. « À Sun Valley. Ne me demandez pas pourquoi. » Robert eut une réaction d'étonnement, mais il était trop tard.

« Bien. Je prends mes dispositions tout de suite. Je serai là-bas au plus tard... demain matin. Garde ton téléphone branché. Je t'appellerai de l'aéroport.

— Entendu. Mais qu'avez-vous découvert ? Si cette ligne est suffisamment sécurisée pour que je puisse vous donner ma destination... (Elle adressa un bref coup d'œil à Robert pour lui dire que tout allait bien.)

— ... alors pourquoi ne l'est-elle pas, enchaîna-t-il, pour que je te confie cela ? Je pense qu'elle l'est, Katherine, mais il y aurait trop de choses à expliquer. Nous sommes dans une situation extrêmement complexe, et extrêmement inquiétante.

— Vous êtes au courant pour les armes, Oncle Jordan ?

— Que veux-tu dire ? demanda-t-il, essayant de dissimuler sa méfiance.

— Savez-vous que celles que l'on a utilisées contre le SeaAir et le Meridian ont peut-être été volées dans une armurerie de l'armée américaine ? Qu'il s'agit d'armes dont la conception et la fabrication ont été formellement interdites par une directive du Président ? »

Il y eut un silence assez long à l'autre bout de la ligne. « C'est précisément pour cette raison que nous devons parler, Kat. Il y a beaucoup de choses que tu ne sais pas, même si je suis impressionné par ce que tu as découvert. C'est une question de sécurité nationale, à présent. On se voit ce soir, ou tôt demain matin. Garde ton téléphone branché. »

Elle coupa la communication et se tourna vers le journaliste ; devant son expression inquiète, elle essaya de se convaincre qu'elle ne venait pas de commettre une dangereuse erreur.

Une légère averse de neige commençait à tomber lorsque les pilotes du Dash 8 entamèrent une approche aux instruments impeccable pour atterrir sur Friedman Memorial Field à Hailey, dans l'Idaho, l'aéroport de Sun Valley. Le sol ne redevint visible que lorsqu'ils en furent à six cents pieds, et l'appareil se retrouva parfaitement aligné dans l'axe de la piste — tout ça par le miracle du système de positionnement par satellite qu'on appelle GPS.

Le temps que l'appareil roule jusqu'à son parking, devant le terminal, un début de blizzard commençait à souffler ; la météo prévoyait une forte chute de neige pour l'après-midi. La tension extrême dans laquelle ils étaient tous les deux ne baissa pas pendant la course en taxi qui les amena jusqu'à l'adresse du Dr Maverick, au sud de l'agglomération de Sun Valley. Le chalet du scientifique se trouvait au milieu d'une zone densément boisée où les habitations étaient très dispersées et les routes chichement identifiées ; au bout de deux ou trois demi-tours, la mauvaise humeur grandissante du chauffeur ne contribua pas à améliorer l'atmosphère.

Le petit chalet en rondins de Maverick apparut finalement. Kat paya rapidement le chauffeur et le renvoya, en dépit des protestations murmurées de Robert. « Et s'il n'est pas chez lui ? Nous ne sommes pas équipés convenablement.

— Ça ira », dit-elle en remontant la fermeture éclair du coupe-vent qu'elle avait pris à Stehekin.

« Ça ira ? On se gèle déjà ! On n'a même plus le choix. »

Personne ne vint leur ouvrir. Aucun feu ne brûlait dans la cheminée, apparemment, mais ils découvrirent des traces de pneus, dans l'allée, que la neige faisait disparaître rapidement. Kat, restant sur ses gardes, fit le tour du bâtiment, constata que toutes les portes étaient fermées à clef et qu'elle ne voyait rien d'anormal par les fenêtres ; elle revint vers

Robert qui, adossé sous l'avant-toit, faisait de son mieux pour se protéger du vent.

« S'il est ici, il se cache.

— Bon, et qu'est-ce qu'on fait à présent, patron ? comme dirait Dallas. Votre fidèle compagnon se gèle les fesses. »

Elle ignora sa tentative pour être drôle. « On attend.

— Là-dehors ?

— Non, dedans. On va essayer de rentrer en faisant le moins de dégâts possible. »

Normalement, pensa Robert, *j'aurais refusé de participer à ce qui est un acte fondamentalement délictueux.* Mais le froid prenait des proportions inquiétantes, et la nécessité de s'en protéger, n'importe où, devenait de plus en plus pressante.

Ils retournèrent ensemble jusqu'à la porte de derrière, et Kat fouilla dans son sac à main, en retira cette fois un petit outil de forme assez particulière.

« Vous savez aussi crocheter les serrures ? lui demanda Robert, qui claquait déjà des dents.

— Absolument pas. Et vous ? »

Il commença par acquiescer, puis fit un geste de dénégation. « Pas vraiment. Il m'est arrivé de m'y amuser, mais celle-là me paraît fichtrement solide. »

Elle se redressa. « C'est bien mon impression. Attendez. » Elle descendit les deux marches et alla choisir une bûche dans la pile rangée contre le mur du chalet. Elle s'en servit pour casser l'un des carreaux de la porte, passa la main à l'intérieur et déverrouilla la serrure.

« Ouf ! » fit Robert une fois dans la chaleur de l'intérieur, oubliant que le geste de Kat l'avait quelque peu choqué.

« C'est bon signe que le chalet soit chauffé, observa-t-elle, refermant la porte derrière eux. Il y a de bonnes chances que ce soit parce qu'il est ici. »

Kat alla sur le porche de devant, récupéra son bagage et en sortit immédiatement son pistolet, qu'elle rechargea avant de le glisser dans son sac à main. La voix de Robert lui parvint à travers la porte entrebâillée.

« Je vais voir si je ne peux pas trouver quelque chose à coller sur la vitre cassée. » Il alla fouiller dans un placard et revint dans la minuscule cuisine au moment où Kat y arrivait. « J'ai regardé partout. Il n'y est pas.

— Je suis sûre qu'il va arriver. Il va faire nuit vers cinq heures ; je suis prête à parier que c'est ce qu'il attend.

— Autrement dit... on se contente de poireauter ?

— Oui. Je vais en profiter pour me débarrasser de ce déguisement. Il a rempli son office.

— Vous allez rester cependant très blonde, chère madame », dit Robert avec un sourire. Kat ne réagit pas et garda son expression fermée. Il la prit par les épaules et la fit pivoter vers lui. « Je sais bien que vous êtes inquiète, Kat. Mais vous n'avez tout de même pas complètement perdu votre sens de l'humour, si ? »

Elle parut perplexe. « Quoi ?

— Votre sens de l'humour. De l'humour macabre, s'il le faut. »

Elle secoua la tête et fronça les sourcils tout en enlevant doucement les mains de Robert de ses épaules. « Je suis désolée, mais la nécessité de nous maintenir en vie est très... absorbante.

— N'empêche, il faut continuer à rigoler. Les blondes sont supposées avoir le sens de l'humour. »

Son visage ne se détendit pas, mais elle observa Robert quelques instants, puis lui donna un coup de hanche. « Et ça ? Blonde, c'est aussi une façon d'être.

— C'est mieux », admit-il, la regardant disparaître avec son sac de voyage dans la salle de bains.

Elle revint quelques minutes plus tard, habillée d'un jeans et d'un chandail. Robert se tenait près de la fenêtre donnant sur l'arrière du chalet et regardait tomber la neige. Elle était de plus en plus dense.

Il se tourna et lui sourit, avec un mouvement de tête pour la fenêtre. « Si ça continue ainsi, jamais James ne va pouvoir atterrir ici, Kat.

— Il a dit : jusqu'à demain matin. De toute façon, nous attendons », répondit-elle d'un ton neutre.

Aéroport international de Portland, Oregon

Le Lear 35 — le jet privé qu'Arlin Schoen avait attendu tout l'après-midi — roula rapidement jusqu'au terminal réservé au trafic privé et coupa le moteur gauche, juste le

472

temps de déployer l'escalier et d'admettre l'homme à bord. Il escalada vivement les marches et eut le plaisir de retrouver six de ses hommes qui l'attendaient dans la luxueuse cabine. Les pilotes de l'appareil de location relancèrent le moteur et reprirent l'air rapidement, mettant le cap directement sur Sun Valley à une vitesse qui approchait les cinq cents nautiques. À l'arrière, les passagers s'étaient réunis en conférence. Mais outre ceux-ci, on avait embarqué plusieurs lourdes caisses au départ de Seattle, et les pilotes étaient de plus en plus inquiets sur les buts que poursuivaient ces hommes et la nature des objets qu'ils transportaient — presque autant que des conditions météo qui se dégradaient sérieusement dans la région de Sun Valley.

Le chef du groupe, un homme un peu plus âgé que les autres, au regard froid, leur avait donné 8 000 dollars en liquide pour la location de l'appareil, étant entendu qu'à ce prix-là ils devaient atterrir quel que soit le temps. Néanmoins, au bout d'une troisième tentative infructueuse pour trouver la piste, même lui avait accepté qu'ils aillent se poser à Boise, dans l'Idaho, seule solution de rechange raisonnable.

Les passagers se trouvaient dans le terminal de Boise lorsque les pilotes de l'avion-charter prirent leur décision. Ils trouvaient l'affaire beaucoup trop louche, et ne voulaient pas y être mêlés de près ou de loin, surtout après le coup d'œil qu'ils avaient jeté dans l'une des caisses : ils y avaient vu un impressionnant lot d'armes d'assaut et de munitions.

Le commandant de bord calcula le prix du vol effectué, plaça le trop perçu dans une enveloppe qu'il scotcha à l'une des caisses. Puis les pilotes déchargèrent tous les bagages de leurs clients sur le parking et lancèrent le moteur droit.

« On n'a rien vu, rien entendu, nous n'avons rien à déclarer, dit le commandant.

— Amen », fit en écho le copilote.

L'un des hommes arriva au pas de course au bruit du moteur qui démarrait, mais le pilote avait poussé les gaz à fond et s'éloignait déjà sur un seul moteur, demandant par radio l'autorisation de décoller en urgence.

« Et maintenant ? demanda l'un des hommes à Arlin Schoen.

— Très simple. Les autres devraient arriver là-bas d'une minute à l'autre par la route. Appelle-les et dis-leur de ne pas

473

bouger, le temps que nous trouvions un autre avion. Équipé pour atterrissage toutes conditions, de préférence. On se débarrassera des trois d'un seul coup.

— Quels étaient leurs ordres ?

— Repérer le chalet de Maverick et essayer de trouver Bronsky et McCabe ainsi que notre mystérieux docteur. Au cas où McCabe et Bronsky seraient les premiers sur place, ne rien faire tant que le toubib n'est pas arrivé. »

Secteur sud de Sun Valley, Idaho

Robert sortit de la douche, se rhabilla et retourna dans le séjour où il trouva Kat qui somnolait dans un gros fauteuil. Les lumières n'étaient pas allumées, dans la petite pièce, et sans feu dans la cheminée, il y faisait frisquet. La lumière extérieure éclairait le porche et illuminait les flocons de neige, ne faisant que renforcer l'impression d'isolement en pleine montagne.

Robert s'assit silencieusement sur une chaise, mais Kat se réveilla néanmoins en sursaut.

« Tout va bien, dit-il, tendant la main d'un geste apaisant. Ce n'est que moi. »

Elle s'ébroua pour s'éclaircir les idées, se frotta les yeux et se redressa sur son siège. « Vous n'avez pas faim ? demanda-t-elle. Les réserves de notre bon docteur sont impressionnantes.

— Autrement dit, on casse la croûte aux frais de Maverick et on fait comme si on était chez nous ? »

Elle acquiesça. « Réquisitionné par le FBI. Il sera dédommagé.

— Au fait, je, euh... Ça m'embête de vous le dire, mais il n'y a qu'un seul lit dans cette bicoque, et pas de canapé. Si bien que... »

Kat laissa la question implicite sans réponse, se leva et se dirigea jusqu'à la chambre. Elle parcourut des yeux le mobilier en pin, sachant que Robert l'avait suivie et attendait dans l'encadrement de la porte.

« Jamais entendu parler des planches de séparation ? » demanda-t-elle en se tournant vers lui.

Il hocha négativement la tête, soupçonneux, ses yeux allant du lit à la jeune femme.

« Ça remonte au début de la colonisation. Si un homme et une femme non mariés devaient coucher dans un même lit... » Il s'arrêta, ayant compris ce qu'elle voulait dire.

« Vous y êtes. » Elle traversa la pièce et alla poser son sac sous la fenêtre. « Les parents disposaient une grande planche dans l'axe du lit, et il était interdit aux deux de passer les bras, les jambes ou n'importe quelle partie du corps de l'autre côté.

— Autrement dit, au lieu que l'un de nous soit obligé de dormir dans un fauteuil...

— Exactement. Nous utiliserons une planche de séparation, mais sans planche. »

Robert ne put retenir un sourire. *Il en fait un peu trop*, se dit-elle. « Pas la peine de vous exciter.

— Qu'est-ce que j'ai fait ?

— Vous laissez un peu trop vagabonder votre imagination.

— Moi ? Non. Je... je ne fais que sourire », dit-il en allant s'asseoir sur le bord du lit.

Elle en fit autant, mais à bonne distance. Ils voyaient leur reflet dans un grand miroir placé sur le mur. « Très bien, les règles de base, reprit Kat en se tournant vers lui. Nous sommes toujours en plein cauchemar.

— Je sais.

— Il fait pratiquement nuit, nous ignorons si le Dr Maverick va rentrer et, si oui, quand ; nous ignorons aussi si Jordan aura réussi à passer, et nos poursuivants peuvent faire leur apparition d'une minute à l'autre. J'ai dormi dans le van à l'aéroport, tout à l'heure, mais je suis toujours épuisée.

— On devrait commencer par dormir.

— Non, par faire un raid dans le frigo. On dormira ensuite. J'ai du mal à penser clairement. J'ai la pénible impression que nous sommes très exposés, ici ; mais je suis aussi convaincue que le Dr Maverick possède des informations dont nous avons un besoin désespéré, et que c'est notre seule chance de le trouver.

— Je suis d'accord. »

Elle brandit son index. « Je... je voudrais juste que vous sachiez...

— Quoi donc ?

— Que dans d'autres circonstances, ce serait une réelle tentation...

— Tentation ? répéta-t-il, prenant un air faussement étonné.

— Vous savez très bien ce que je veux dire. »

Robert se redressa un peu et la toisa, sourcils levés. « Quoi ? Vous auriez envisagé de... folâtrer avec moi ?

— Oh, arrêtez ce numéro, Robert, dit-elle, ne pouvant cependant pas retenir un petit rire qu'il prit pour un encouragement.

— Des pensées aussi licencieuses ne m'ont jamais traversé l'esprit, répliqua-t-il sans aucune conviction, trahi par ses yeux qui pétillaient.

— Je n'en doute pas. » Pour la première fois depuis des heures, elle sourit. « J'ai passé une journée à me balader sous votre nez avec une jupe qui me cachait tout juste les fesses et vous m'avez rappelé à plusieurs reprises que j'avais l'air terriblement sexy. »

Elle se leva brusquement et lui tendit la main. « Allons piller le frigo de Maverick, Robert. J'irai voir ensuite s'il n'a pas une parka en réserve.

— Vous voulez sortir ?

— Non. Pour me coucher.

— Vous avez froid ? »

Elle secoua lentement la tête, se mordillant la lèvre et esquissant un sourire. « Non, c'est juste le contraire. »

Andrews Air Force Base, Washington DC

« Nous sommes prêts à décoller immédiatement, monsieur le Secrétaire. »

Jordan James jeta un coup d'œil sur les pistes de service, brouillées par la pluie, de l'aéroport militaire où était basée la 89e escadrille aéroportée. S'il avait pu obtenir sur-le-champ qu'un Gulfstream soit mis à sa disposition pour le conduire jusqu'à Sun Valley, le décollage n'avait pu avoir lieu, pour des raisons techniques, avant deux heures du matin. Mais l'appareil et son équipage étaient prêts à effectuer le vol de six heures lorsque le secrétaire d'État arriva à la base.

« Merci, colonel, allons-y. »

Jordan James escalada les marches et tendit son porte-documents au steward ; puis il alla s'installer dans l'un des confortables fauteuils pivotants de la cabine, plongé dans des pensées qui toutes concernaient ce qui l'attendait. Sa mission avait un côté personnel insupportable, avec la vie de Kat dans la balance.

Au sud de Sun Valley, Idaho

Leur dîner improvisé terminé, Kat se dirigea vers la chambre dans un silence contraint, consciente que Robert faisait exprès de traîner sous prétexte de remettre de l'ordre dans la pièce. Il y avait un faux feu de cheminée au gaz dans un angle de la chambre et elle le brancha avant d'aller devant la fenêtre, d'où elle se mit à contempler le spectacle de la neige qui continuait à tomber.

« Et si jamais il débarquait dans le courant de la nuit ? lui demanda Robert depuis la porte.

— Non, répondit-elle en secouant la tête, mais sans se retourner. Il neige trop et il est trop tard. Il n'arrivera pas avant le matin. Si jamais il vient.

— Bon. » Il avait répondu doucement tout en s'avançant vers elle. Il posa ses mains sur les épaules de la jeune femme, qui ne dit rien pendant quelques secondes, puis se dégagea.

« Ce n'est pas du jeu, dit-elle, doucement elle aussi, toujours tournée vers la fenêtre.

— Désolé », fit-il avec un petit rire. Il n'était pas préparé à ce qui suivit. Elle lui reprit les mains et vint les poser autour de sa taille.

« Voilà. C'est là qu'elles doivent être. »

Robert continua à la tenir, osant à peine la toucher, presque incrédule ; Kat se tourna dans ses bras pour lui faire face, ses mains montèrent vers le visage du journaliste pour le caresser, puis elle attira ses lèvres vers les siennes.

44

Terminal de l'aéroport de Boise, Idaho
17 novembre — jour six
03.00 heure locale/1000 zouloue

Jordan James bougea dans son fauteuil et se réveilla lentement. Le commandant de bord du Gulfstream se tenait à côté de lui.

« Monsieur le Secrétaire ? »

Le pilote avait le grade de major, nota Jordan, mais l'air trop jeune pour occuper un tel rang, et encore plus pour être commandant de bord d'un appareil ayant un ministre à bord. Le secrétaire d'État se redressa, prenant soudain conscience, avec étonnement, que l'avion était immobile.

« Les conditions météo étaient beaucoup trop difficiles à Sun Valley, monsieur. Nous avons atterri à Boise pour attendre une amélioration. Celle-ci devrait se produire avant le lever du soleil.

— Quelle heure est-il, major ?

— Trois heures du matin, monsieur. On peut tout à fait attendre ici, sur la piste de service. Si vous voulez en profiter pour dormir encore un peu, on peut vous procurer une chambre quelque part...

— Non, je vais rester à bord. Je tiens à me rendre là-bas le plus vite possible, sans vouloir vous mettre la pression.

— Bien, monsieur. Nous partirons aussitôt que les conditions météo le permettront. Cela ne devrait pas prendre longtemps. »

Jordan remercia le pilote et fit pivoter son siège pour regarder, par le hublot, le parking réservé aux appareils privés. Son attention fut attirée par un groupe d'hommes qui se tenaient dans le froid au pied d'un gros monomoteur équipé d'un train de flotteurs, un Cessna Caravan.

Mais comment un hydravion peut-il se poser sur... — ah oui, roues rétractables dans les flotteurs... Mais où diable peuvent-ils bien aller à une heure pareille ? À la pêche, sans doute.

Arlin Schoen remonta complètement la fermeture à glissière de sa parka pour lutter contre le froid et escalada les quatre barreaux de l'échelle, sur le flotteur droit ; puis il se glissa dans la cabine, adressant un signe de tête à l'un de ses acolytes déjà à bord.

Celui-ci montra l'un des hommes qui se trouvaient encore au sol et demanda à Schoen : « Tu es sûr que Jerry pourra piloter cet appareil ? »

Schoen acquiesça. « Il n'avait pas la formation pour le Learjet, mais avec celui-ci, pas de problème. S'il le faut, on se débarrassera du pilote. »

Sud de Sun Valley, Idaho

La sonnerie insistante du téléphone satellitaire finit par la tirer du rêve qu'elle faisait et qu'elle oublia aussitôt ; Kat battit des paupières et ouvrit les yeux dans la pénombre annonciatrice de l'aube qui régnait dans la pièce.

La sonnerie s'était arrêtée. Ne l'avait-elle pas rêvée, elle aussi ?

Elle ne parvenait pas à bouger et elle se demanda dans quoi elle était empêtrée — puis se souvint, avec une bouffée de chaleur, de la nuit qu'elle venait de vivre. Nuit personnifiée par l'homme dont le corps épousait les contours de son dos et la tenait encore dans ses bras, les mains lui emprisonnant les seins. L'horloge numérique, sur la table de nuit, indiquait qu'il était six heures vingt-cinq.

Elle se dégagea doucement, à contrecœur, et posa ses pieds nus sur le plancher glacé pour gagner la salle de bains en tenue d'Ève. Elle s'efforçait en même temps d'établir une liste de leurs priorités. Avant d'entrer dans la pièce, elle se tourna et regarda par la fenêtre. L'averse de neige s'était arrêtée, et c'était un ciel limpide, encore piqueté d'étoiles, qu'elle voyait maintenant. Elle se demanda si elle ne venait pas de manquer un appel de Jordan. De toute évidence, il n'avait pas réussi à venir ; mais où pouvait-il bien être ?

Robert ronflait doucement. Il se mit sur le dos sans se réveiller pendant qu'elle contournait le lit sur la pointe des pieds, humant avec plaisir les odeurs fortes qui montaient de lui lorsqu'elle se pencha pour l'embrasser dans le cou et le réveiller.

Il sursauta et balbutia quelque chose.

« La planche de séparation n'a pas marché, lui dit Kat.

— Non ?

— Non. Je me suis conduite comme une dévergondée. »

Il sourit et, de la main, lui toucha le visage. « Je ne te le fais pas dire...

— Mais nous devons redevenir professionnels et commencer par nous rhabiller, ajouta-t-elle en tirant brusquement les couvertures.

— Hé ! nous avons de la visite ?

— Pas encore, mais ça ne saurait tarder, et je tiens à ce que nous soyons prêts. »

À moins de deux cents mètres de là, à l'arrière d'un van de location, une silhouette se profila avec précaution au-dessus du bas d'une fenêtre et étudia les images que lui proposaient ses lunettes spéciales à infrarouge. Une lumière s'était allumée dans la chambre du chalet ; une autre en fit autant dans la cuisine. L'homme aux lunettes à infrarouge se tourna vers son compagnon, qui se tenait recroquevillé sur le plancher, emmitouflé dans sa parka. « Hé, tu ferais bien de te brancher, vieux. »

Le deuxième homme poussa un grognement, se redressa sans enthousiasme et enfila des écouteurs ; puis il régla le disque de son capteur électronique sur les fenêtres du chalet. Un rayon laser, aussi fin qu'invisible, vint frapper les vitres. L'unité centrale de l'appareil enregistra les minuscules variations produites dans le verre par les ondes sonores des bruits provenant de l'intérieur. Et l'ordinateur traduisit les résultats en un signal audio.

« Qu'est-ce qu'ils racontent ? »

— Ils parlent d'œufs au bacon et de l'endroit où se trouvent les autres.

— Quels autres ?

— Nous... et quelqu'un...

— Le Dr Maverick, je suppose. »

L'homme aux écouteurs secoua la tête et s'inclina ; il fit signe à son compagnon de se taire, appuya les écouteurs contre ses oreilles et ferma les yeux pour mieux se concentrer, puis il marmonna quelque chose « Sainte merde ! Schoen va en avoir des vapeurs ! » L'homme regarda son compagnon. « Devine qui s'invite au petit déjeuner ?

— Qui ? *Qui donc* ? aboya l'autre.

— Le secrétaire d'État soi-même. »

Les phares d'une voiture apparurent au bout de la route, derrière eux, et les deux hommes se baissèrent au passage du véhicule. Le pick-up *camper* avançait laborieusement dans le chemin enneigé ; le conducteur se réduisait à une silhouette sombre, derrière le volant. Sous les yeux qui l'espionnaient, le véhicule parut ralentir en arrivant à la hauteur du chalet de Maverick, puis il accéléra de nouveau avant de disparaître au-delà du virage suivant de la route.

Une fraction de seconde, Kat eut l'impression d'avoir entendu un cliquetis métallique venant de quelque part dans le chalet ; mais elle ne vit rien d'anormal. Elle regarda Robert, assis en face d'elle à la petite table de la cuisine, et haussa les épaules.

« Il y a quelque chose ?

— Ce n'est rien. J'ai cru avoir entendu... »

La porte donnant sur l'arrière s'ouvrit soudain avec fracas, les faisant sursauter, et un personnage habillé comme pour une expédition polaire bondit dans la pièce, un pistolet à la main.

« ON NE BOUGE PAS ! » La voix était mâle, profonde et menaçante, mais néanmoins tremblait un peu.

Kat et Robert avaient bondi simultanément sur leurs pieds, les mains en l'air, tandis que le nouveau venu refermait le battant derrière lui d'un coup de talon. Puis il se dirigea vers un côté de la cuisine, les yeux agrandis, son arme tremblant littéralement dans sa main.

« Qu'est-ce que vous foutez ici ? »

481

Kat le regarda attentivement. « Dr Maverick ?

— Qu'est-ce que ça peut vous faire ?

— Je suis l'agent Katherine Bronsky, du FBI. Si vous me permettez, je vais vous montrer mes pièces d'identité. »

L'homme ne répondit rien et continua de l'étudier, puis il eut un coup d'œil pour Robert.

« Et lui ?

— Je m'appelle Robert McCabe, je suis journaliste au *Washington Post* et l'un des survivants de l'accident d'avion qui a eu lieu au Viêt Nam, il y a quelques jours. »

Le physicien se déplaça jusqu'à la porte du séjour, dans lequel il jeta un coup d'œil avant de faire signe à Kat en agitant son arme. « Où sont vos papiers ?

— Dans la... dans votre chambre, monsieur.

— Allez les chercher », ordonna-t-il. Kat s'empressa de lui obéir et il étudia soigneusement l'insigne ainsi que la carte plastifiée. Puis il les jeta sur la table, continuant à tripoter son pistolet. Ses yeux ne cessaient d'aller de l'un à l'autre de ses deux hôtes inattendus et à la porte d'entrée.

« OK. Disons que je vous crois. Le truc du *Washington Post* est trop bizarre pour avoir été inventé. » Il leur fit signe de se rasseoir.

« Dr Maverick ? demanda Kat, pourriez-vous éviter d'agiter cette arme dans notre direction ? »

L'homme jeta un coup d'œil à son calibre .38 et acquiesça, puis se tourna et tira une troisième chaise à lui. « Je suis désolé. Je vous ai vus chez moi et... j'ignorais qui vous étiez.

— Vous paraissez effrayé, docteur, reprit Kat d'une voix plus douce. Seriez-vous poursuivi par quelqu'un ? »

Il ignora la question. « Expliquez-moi plutôt ce que vous fabriquez chez moi.

— Connaissiez-vous Walter Carnegie ? »

À l'évocation de ce nom, son visage se crispa sur-le-champ en une réaction de peur.

« Pourquoi ?

— Parce que c'est lui qui nous a dit de vous chercher.

— Walter est mort, se contenta d'observer Maverick.

— Nous le savons, dit Robert. C'était l'un de mes amis. »

Le physicien poussa un soupir et secoua la tête.

« Il faut commencer par le commencement, intervint Kat.

Nous avons beaucoup de choses à vous expliquer, mais quelque chose me dit que vous en avez encore plus à nous raconter.

— Il faut surtout ficher le camp d'ici. On peut parler quelques minutes, mais il faudra partir ensuite. Ce chalet n'est pas sûr. »

Friedman Memorial Airport, Hailey, Idaho

Le Gulfstream bleu et blanc de l'Air Force quitta la piste d'atterrissage et s'avança prudemment, à petite vitesse, sur la piste de service enneigée qui conduisait au petit terminal commercial, où une voiture attendait dans l'ombre ; de minces volutes de fumée sortaient de son pot d'échappement au milieu de la neige qui continuait à tomber, mais avec moins de densité.

Jordan James récupéra son porte-documents et son bagage de cabine, se demandant s'il devait donner l'ordre à l'équipage de l'attendre. Il y avait un terrain réservé à l'Air National Guard à Boise, et ils iraient s'y mettre en *stand by* ; Jordan estima que cela suffisait. Car même s'il trouvait Kat tout de suite, il leur faudrait plusieurs heures pour être prêts.

Une fois les moteurs arrêtés et l'escalier descendu, l'un des hommes de l'équipage courut vérifier que le chauffeur qui attendait était bien celui qui avait été réservé pour conduire leur VIP là où il voudrait aller. Puis il revint à l'avion aider le secrétaire d'État à descendre.

« Le major vous fait dire d'appeler par le numéro que nous vous avons donné, et que nous serons là en moins de deux heures. Nous attendrons à Boise.

— Bien compris. À bientôt. »

L'homme lui adressa un salut martial, remonta rapidement dans l'appareil et releva l'escalier alors que le pilote lançait ses moteurs.

45

Kat se tut et se laissa aller dans son siège, à la table de la cuisine, étudiant les traits de Thomas Maverick. L'homme était taillé en hercule et devait approcher les cent trente kilos ; il avait le visage mangé par une barbe roussâtre qui lui montait jusqu'aux yeux et le crâne presque complètement dégarni. En tant que physicien, leur avait-il expliqué, il avait travaillé pendant vingt ans dans l'univers des projets « au noir » de l'armée, comme le bombardier furtif B-2, mais il n'avait la liberté de parler d'aucun d'eux.

Maverick se frottait machinalement le crâne, regardant Kat et Robert avec attention : il se demandait ce qu'il devait leur révéler.

« Bon. Tout d'abord, dites-vous bien que je ne tiens pas à aller en prison pour avoir parlé des projets sur lesquels j'ai travaillé. Cependant, je ne suis pas lié par le serment pour d'autres dont j'ai eu connaissance. (Il leva un doigt et fixa Robert des yeux.) Première règle fondamentale, monsieur McCabe : tout ceci est ultra-confidentiel. Si jamais vous citez mon nom ou faites en sorte qu'on puisse comprendre que je suis votre source de renseignement, croyez bien que je trouverai un moyen pour me venger. C'est clair ? »

Il y avait, dans le regard du physicien, une lueur froide que

484

Robert McCabe ne manqua pas de remarquer, et il comprit que l'homme ne plaisantait pas. Le journaliste acquiesça aussitôt. « Vous avez ma parole.

— Très bien. Je pense que certaines personnes me recherchent pour les mêmes raisons que vous. Elles sont persuadées que j'en sais davantage que ce que je connais en réalité.

— Une chose, tout d'abord, intervint Kat. En admettant que vous ne soyez pas la source secrète de Walter Carnegie, avez-vous une idée de celui ou celle qui aurait pu lui fournir ses renseignements ?

— Non, aucune. Il ne me l'aurait pas dit, de toute façon, mais ce qui est sûr, c'est que cette source connaissait bien la question.

— Vous avez parlé de projets *au noir*, insista Kat. C'est une expression curieuse.

— Je n'ai jamais travaillé sur les systèmes d'armes fondés sur les rayons laser. Ai-je eu vent d'un projet secret sur de tels systèmes d'armes ? Oui. Ce projet incluait-il des recherches fondamentales pour la défense dans le domaine des rayons pulsés, des rayons de particules, des particules chargées, et d'autres armes électromagnétiques ? Oui. La nation en a-t-elle tiré profit ? Oui, dans des proportions inimaginables. Ces projets, cependant, sont-ils suffisamment contrôlés par ceux qui en sont les responsables directs ? Dans la plupart des cas, oui. Mais il peut y avoir des exceptions. Et je crois que c'est ce qui s'est passé avec les recherches dans le domaine des lasers antipersonnel.

— Quoi ? Ces travaux auraient-ils échappé... »

Le Dr Maverick secoua la tête. « Pas exactement. Disons plutôt que ce projet particulier a en quelque sorte acquis une existence autonome, échappant au contrôle du Congrès et même du département de la Défense, du fait de trois hauts responsables, des individus tout aussi intelligents que dépourvus de la moindre éthique sur ce qui est bon pour la nation. Je n'avais vu ce genre de situation se produire qu'une fois auparavant, mais dans ce cas, les choses ont atteint une autre dimension, et le projet a effectivement échappé à tout contrôle du gouvernement.

— Je ne suis pas sûre de bien comprendre », dit Kat. Le physicien se leva pour aller préparer du café. Il ne cessait de

485

jeter des coups d'œil par la fenêtre et continua à le faire quand il reprit la parole.

« Vous devez tout d'abord comprendre que ces projets secrets sont par définition vitaux pour le pays, et qu'en général tout se passe très bien. Ils exigent l'injection de milliards de dollars et occupent des milliers de personnes. La majorité des chercheurs sont des civils, comme moi-même, qui acceptent de travailler dans le secret le plus complet sur des segments étroitement définis d'un ensemble que nous ne comprenons pas et sur lequel il nous est interdit de spéculer, afin de mettre au point des systèmes comme les avions furtifs, par exemple. Dans le cas des lasers antipersonnel, il y a eu un accident lors des essais, il y a quelques années, accident dont je ne devrais d'ailleurs rien savoir. Il a rendu aveugle un jeune technicien, neveu du chef d'État-major du Président, lequel était, et est encore, une personne d'une haute moralité et d'une grande humanité. Ayant appris quels étaient les objectifs de cette recherche, ce chef d'État-major, scandalisé, réussit à convaincre le Président d'y mettre un terme et d'en interdire à jamais la reprise. Mais ce faisant, le Président — je vous rappelle qu'il était profondément méprisé par les gens du complexe militaro-industriel — provoquait la perte de milliards de dollars de revenus parmi les principales entreprises directement intéressées au projet secret.

— Si bien que ces entreprises, ou les responsables du projet, n'ont pas tenu compte de l'interdiction ?

— Non, répondit Maverick en levant un index. Rien d'aussi spectaculaire. Le Pentagone fit cause commune avec les entreprises, et réécrivit et redéploya le projet de telle manière que les résultats acquis ne soient pas perdus et que ceux-ci soient intégrés à des travaux de recherche sur d'autres applications militaires du laser, autorisées celles-ci. En réalité, les responsables du projet ont menti à tout le monde, y compris au secrétaire à la Défense. Je le sais pour la bonne raison qu'un de mes amis intimes en a été profondément troublé, au point d'avoir besoin d'en parler à quelqu'un. Il a démissionné, a fait une dépression nerveuse et il gagne actuellement chichement sa vie comme prof de physique dans je ne sais quel bahut perdu.

« — Autrement dit — pardonnez cette interruption, intervint Kat, ils ont continué les recherches sur l'aspect antipersonnel du laser ? »

L'homme acquiesça. « Oh, ils ont aussi lancé de nouveaux programmes de travaux, bien entendu, mais ils ont fait passer les études sur la destruction de la rétine dans une sorte de trou noir, leur plan étant de garder la chose clandestine jusqu'au départ du Président. »

Le café était prêt et Maverick en remplit une tasse pour Robert et une pour lui-même, Kat ayant décliné son offre.

« Dites-moi, McCabe, avez-vous entendu parler du syndrome du Spoutnik ?

— Heu... je connais le Spoutnik, mais...

— Il en existe plusieurs versions. Pearl Harbor, par exemple. Il se fonde sur l'idée que si l'on veut aboutir à un consensus, lorsqu'il s'agit de mettre au point une arme ou un certain potentiel militaire, on a besoin d'une menace extérieure sérieuse. Si cette menace n'existe pas déjà, et qu'en tant que responsable du pays vous savez qu'il serait bon de créer cette arme ou de développer ce potentiel, la solution consiste à l'inventer. C'est ce que Roosevelt a fait, j'en suis convaincu, lorsqu'il a sacrifié Pearl Harbor, pour nous lancer dans la guerre à temps pour la gagner. C'est aussi ce qu'a fait le Spoutnik pour le lancement de notre programme spatial et nos capacités militaires dans l'espace.

— Autrement dit, vous prétendez que...

— Je prétends que jusqu'à ces derniers mois, rien ne pouvait nous permettre de penser qu'une autre puissance développait un système d'arme aveuglant, utilisable contre des cibles militaires ou civiles ; il n'y avait donc aucune raison de revenir sur l'ancienne interdiction. »

Kat avait écouté en silence. Elle se redressa soudain sur son siège. « Attendez un peu... Sous-entendez-vous que ce projet au noir pourrait redevenir officiel si des prototypes volés sont utilisés contre des appareils civils ? »

Le Dr Maverick sourit. « Pensez aux réactions prévisibles qu'entraîneront ces accidents mystérieux, lorsqu'on apprendra qu'ils ont été provoqués par de tels lasers. Publiquement, on demandera l'interdiction totale de ce système d'arme, bien entendu ; mais en privé, c'est-à-dire en secret, grâce à notre technologie de pointe dans ce domaine, nous pourrons sans difficulté faire progresser nos recherches tout en adhérant à l'interdiction internationale. En outre, nous disposerons d'une avance substantielle sur la recherche d'un système de défense contre une telle arme. Nous lancerons la fabrication de milliers d'armes à laser et nous les entreposerons, tout en continuant les recherches, pour être fin prêts au cas où un pays violerait l'interdiction. C'est la même démarche que celle que nous avons adoptée pour les armes chimiques et biologiques.

— Et les industriels ont survécu.

— Ils ont survécu, pour l'intérêt supérieur de la nation.

— Ce projet au noir a donc pu contribuer à laisser ces armes s'égarer ? »

Maverick secoua la tête. « Pas directement. Mais si jamais des systèmes d'arme à laser antipersonnel ont été volés et vendus au marché noir, les responsables du projet au noir doivent savoir deux choses : tout d'abord, qu'il s'agit de prototypes primitifs et d'une efficacité limitée par rapport à ce qui pourrait être mis au point par la suite ; et ensuite, que ce n'est qu'une question de temps avant qu'un groupe terroriste ou une armée ne l'utilise et ne crée un nouveau syndrome du Spoutnik, ce qui leur permettrait de sortir des limbes où les a confinés l'interdiction des recherches.

— Nous pensons, dit Kat en le regardant droit dans les yeux, que Walter Carnegie a assez bien démontré que le gouvernement des États-Unis s'est peut-être lancé dans des efforts frénétiques, à la suite de la catastrophe du SeaAir, pour dissimuler le vol de ces armes, ne serait-ce que parce qu'il est resté longtemps sans rien dire et sans rien faire. Vous semblez cependant affirmer que les responsables du projet au noir auraient pu ne rien vouloir faire à la suite du vol.

— Ils n'ont peut-être même pas signalé ce vol à leur autorité de tutelle, agent Bronsky. Nous avons peut-être davantage affaire à une réaction d'embarras, à la politique de l'autruche, qu'à une dissimulation.

— Dans ce cas, intervint Robert, regardant tour à tour Kat et Maverick, qui est à nos trousses, d'après vous ? »

Le physicien souleva ses sourcils broussailleux et regarda de nouveau autour de lui, portant une attention particulière aux fenêtres du séjour. « Les terroristes qui ont volé ces armes sont les meilleurs candidats, mais... je ne sais pas. Comprenez bien qu'on ne peut pas travailler dans le domaine des projets secrets sans devenir plus ou moins parano à propos de sa sécurité. Qui poursuit qui ? D'après mes amis, une bande de types en costard-cravate auraient sillonné Las Vegas à ma recherche. Est-ce que ce sont des terroristes, ou des gens de chez nous ?

— De qui voulez-vous parler, docteur ? Des gens de la sécurité ? En tout cas, ils ne sont pas du FBI, je peux vous le garantir. »

L'homme se passa la langue sur les lèvres et regarda par la fenêtre du fond avant de répondre. « Je ne sais pas. Mais il y a bien quelqu'un qui a eu tellement peur qu'il a tué ou fait tuer Walter Carnegie.

— Vous êtes absolument certain que... commença Robert.

— Non. Je sais seulement que jamais Carnegie ne se serait suicidé. Écoutez, j'aimerais bien qu'on s'en aille d'ici. Je ne voudrais pas vous paraître inhospitalier, mais je préférerais de beaucoup que nous fermions cette boutique et filions. J'étais simplement venu chercher des provisions, lorsque j'ai vu qu'il y avait de la lumière. »

Kat pianotait inconsciemment sur la table. « Dites-moi, docteur, connaissez-vous Jordan James ? »

L'homme parut simplement un peu étonné, remarqua-t-elle. Il acquiesça après avoir réfléchi quelques secondes. « Oui. L'ancien directeur de la CIA, n'est-ce pas ?

— En effet. Et l'actuel secrétaire d'État. » Elle lui expliqua leurs relations avant de consulter sa montre. « Il devrait arriver ici dans quelques minutes. »

Cette fois-ci, le physicien parut vraiment surpris. « Quoi ? Ici ? Chez moi ? »

Elle acquiesça.

« Pourquoi ? »

Le bruit d'un moteur et le crissement des pneus sur la neige leur parvinrent à tous les trois en même temps, tandis que le faisceau des phares traversait les fenêtres du séjour.

Kat vit Jordan James sortir de l'arrière du véhicule. Il se dirigea rapidement vers la porte d'entrée du chalet tout en boutonnant son lourd manteau. Le chauffeur resta derrière le volant, ne gardant que les veilleuses et laissant tourner le moteur au ralenti. Kat alla accueillir le secrétaire d'État et le présenta à Thomas Maverick et Robert McCabe.

« Je dois te parler en privé, Kat, dit tout de suite James, tandis qu'ils se tenaient, un peu gênés, dans la minuscule entrée. Messieurs, si vous voulez bien nous excuser une minute... »

Elle emprunta l'une des parkas de Maverick et fit signe au nouveau venu de la suivre par la porte de derrière. Les premières lueurs de l'aube éclaircissaient le ciel, à l'est, mais il faisait encore très sombre sous les arbres, et la forêt avait quelque chose d'un lieu secret. Ils s'éloignèrent en silence et, au bout d'une trentaine de mètres, Kat se tourna vers le secrétaire d'État. « Qu'est-ce qui se passe, Oncle Jordan ? »

Il se mordilla quelques instants la lèvre inférieure avant de répondre. « Je sais, de source certaine, Kat, qu'il y a un groupe de renégats, à l'intérieur du FBI, qui travaille pour Nuremberg. Il semble qu'ils aient été séduits par la promesse d'un enrichissement considérable. »

Inconsciemment, Kat s'écarta de James, les yeux écarquillés, se rappelant comment elle avait passionnément défendu le Bureau. Mais Robert n'était qu'un journaliste ; l'homme qui se tenait devant elle, en revanche, n'était pas seulement un proche, mais un des ministres les plus influents du gouvernement américain. Elle ne pouvait rejeter les paroles qu'il venait de prononcer sur la seule foi de sa loyauté vis-à-vis du Bureau.

« Mais comment, Jordan ? Pourquoi ? Dans quel but ? »

Il lui tapota le bras. « Il y a toujours au moins une pomme pourrie dans un panier, Kat, et l'adage voulant que tout homme ait un prix n'est, hélas ! que trop vrai. Le Bureau n'échappe pas à la règle.

— Vous dites... attendez une minute. Vous prétendez qu'il y aurait une faction de combien de personnes ? »

Il secoua la tête. « Au moins deux ou trois, et sans doute bien plus. Les services qu'ils procurent sont de plusieurs ordres, à commencer par de faux documents, cartes d'identité et plaques ; ils créent en outre des agents qui n'existent pas, leur donnent la formation indispensable et toutes les informations dont ils ont besoin, y compris, probablement, les techniques d'interception des transmissions. C'est pourquoi tous tes appels à Jake Rhoades étaient répercutés sur-le-champ vers ceux qui voulaient vous faire taire définitivement, toi et les autres. Ce que va exiger ce groupe Nuremberg, personne ne le sait, mais il dispose d'un financement phénoménal et c'est avec l'argent qu'ils se sont infiltrés dans le Bureau. Je sais que tout cela est difficile à avaler, Kat, mais tu dois me croire. »

La respiration de la jeune femme s'était accélérée tandis que son esprit courait après l'explication logique de ce qu'elle venait d'apprendre. Comment une telle chose avait-elle été possible ?

« En ce moment même, les agents de Nuremberg sont peut-être en train de cerner cette maison, reprit James. Il faut absolument que toi, McCabe et le Dr... Maverick, c'est bien ça ?

— Oui.

— ... preniez avec moi l'avion de l'Air Force. L'appareil est à Boise et n'attend que mon appel. Tant que tu seras à bord, sous ma protection, ils ne te toucheront pas.

— Et pourquoi pas ? » La question avait jailli de sa bouche sans se soucier du respect et de la déférence qu'elle éprouvait en temps normal pour le secrétaire d'État.

Celui-ci hésita avant de répondre, comme s'il était surpris par la question. Il arrêta un instant de lui tapoter le bras, puis il se ressaisit. « Parce qu'il y a une grande différence entre attaquer un avion de commerce et un avion de la flotte présidentielle. Dans le premier cas, il y aura une réaction unanime de la part du gouvernement, de la police et de la justice, et tous ces organismes seront bien déterminés à s'emparer des coupables pour les juger. Dans le deuxième, c'est la fureur des militaires que l'on déclencherait. Seuls des terroristes fous furieux pourraient oser se lancer là-dedans. »

Elle acquiesça. L'explication était parfaitement satisfaisante.

« J'en suis arrivé à la conclusion que je ne pouvais avoir pleinement confiance en personne, reprit-il, et qu'il fallait que ce soit moi qui vienne te chercher. C'est pourquoi... »

Kat le prit par la manche et lui fit signe de se taire. Elle scrutait le chemin, devant le chalet, où l'on distinguait encore mal, dans le faux jour du petit matin, la silhouette de la grosse Lincoln qui tournait au ralenti.

« Quoi ?

— Chut ! » Elle s'agenouilla et l'obligea à en faire autant, sans quitter le véhicule des yeux. « Votre voiture », murmura-t-elle.

La portière avant se referma sur une silhouette qui se glissa derrière le volant.

À moins que le chauffeur ne soit descendu un instant pour se dégourdir les jambes, pensa-t-elle.

Elle distingua à ce moment-là un mouvement à l'arrière de la Lincoln. Deux personnes, en fait, qui tiraient quelque chose sur la route puis disparurent entre les arbres. Elle se rendit compte brusquement qu'il s'agissait d'un corps. Jordan James se raidit : lui aussi venait de comprendre ce qui se passait.

« Restez ici, Jordan. Je vais chercher Robert et Maverick.

— Et ensuite ? »

Elle se contenta d'un mouvement de dénégation et partit, accroupie, en direction du chalet. Il la vit entrer par l'arrière. Les lumières s'éteignirent les unes après les autres, sauf celles de la pièce donnant sur le devant de la maison. Cette diversion l'empêcha de les voir sortir et ils approchaient déjà de lui, au pas de course, les bagages à la main, lorsqu'il les aperçut. Robert finissait de fermer une parka trop grande pour lui empruntée au physicien, lorsque le trio arriva à sa hauteur.

« Qu'est-ce qu'on fait ? » demanda Maverick, haletant.

Kat secoua la tête. « Je ne sais pas. Quelle est la topographie, derrière chez vous ? Y a-t-il une route, un commissariat de police, quelque chose ?

— Non, rien. On trouve bien un petit centre commercial à un kilomètre et demi d'ici, mais c'est trop loin, si l'on doit marcher dans la neige, au milieu des bois. »

Un autre véhicule venait de surgir du coude de la route. Il ralentit en arrivant en vue de la maison, s'arrêta à une centaine de mètres, derrière une voiture déjà garée là, et coupa ses lumières ; mais personne n'en descendit.

« Des renforts, murmura Kat. Ils ne vont pas mettre longtemps à comprendre que nous avons décampé. » Elle se tourna vers Maverick. « Est-ce que personne n'a de voiture qu'on pourrait réquisitionner, par ici ? Existe-t-il une autre issue, ou sommes-nous dans une impasse ? »

Le physicien réfléchit pendant plusieurs secondes, puis montra l'autre côté de son chalet. « Au-delà de ce coin de bois, on trouve une maison avec un garage dans lequel il y a un petit véhicule à chenilles. Je crois qu'on appelle ça un Sno-Cat. On peut y tenir à plusieurs. Mais je ne sais pas si on pourra le faire démarrer, et il faudra entrer par effraction dans le local.

— Son propriétaire est-il là ?

— Non. Pas à cette époque. Il passe les deux derniers mois de l'année en France.

— Allons-y », répliqua Kat, faisant signe à Maverick d'ouvrir la voie.

La porte du garage était munie d'une serrure solide, mais les vis des gonds ne l'étaient pas autant, et elles cédèrent sous la pression d'un manche de râteau. Il y avait assez de place, dans le véhicule, pour les quatre adultes. Kat sauta derrière le volant et constata avec soulagement qu'elle n'aurait pas besoin de bricoler les fils pour faire démarrer l'engin.

« Bon. Comment sortons-nous de là ?

— Tournez à droite au bout de l'allée. »

Elle fronça un instant les sourcils. « Mais... nous allons passer juste devant votre maison !

— C'est le seul chemin... Oh, que je suis bête ! C'est une chenillette. Tournez à gauche. On écrasera quelques plantes, dans les jardins, mais il y a une autre route à environ trois cent mètres d'ici, dans cette direction.

— Je ne vais pas allumer les phares », dit Kat. Elle lança le moteur et enclencha la première. « De toute façon, le jour ne va pas tarder à se lever. »

Le bruit du moteur, dans le calme qui précède l'aube, attira aussitôt l'attention d'Arlin Schoen ; il se tenait accroupi derrière l'une des deux voitures de location, des Suburban. Il porta à ses lèvres le micro de son walkie-talkie. « Qu'est-ce que c'est que ça ?

— Sais pas, arriva la réponse. C'est pas dans le coin. On dirait une déneigeuse ou un truc dans le genre. »

Schoen réfléchit un instant, étudiant les lumières qui brillaient dans le séjour du chalet. Il parla de nouveau dans le micro. « Combien sont-ils, dedans ?

— Euh... pour le moment, je n'en vois qu'un. Difficile à dire. On ne distingue aucun mouvement.

— Ils parlent ?

— Non. Ils doivent sans doute murmurer.

— Quelqu'un surveille l'arrière ?

— C'est pas la peine. On aperçoit la porte à travers la pièce.

— Ils ont fichu le camp, bande d'idiots ! ragea Schoen avant de se tourner vers les autres. Foncez ! Dirigez-vous sur le bruit de ce moteur... » Puis, de nouveau dans le micro : « Entrez tout de suite dans la maison, et au rapport ! »

Le moteur de la Suburban se mit à rugir, ses phares s'allumèrent. Le conducteur dérapa pour gagner le centre de la route et accéléra autant qu'il l'osa. Ses phares ne découvrirent rien, une fois de l'autre côté de la petite montée qui commençait au-delà du chalet ; il dut freiner brutalement pour ne pas se retrouver au milieu des arbres.

« Bon Dieu, c'est une impasse ! Mais alors, d'où vient ce bruit ? » demanda Arlin Schoen. Il ouvrit la portière et se tint sur le marchepied pour écouter. On entendait ronronner le moteur, un peu plus loin et, lui sembla-t-il, légèrement sur la droite. Il reprit vivement sa place et claqua la portière. « Fais demi-tour, vite ! Il doit y avoir une autre route par là ! »

La radio se mit à grésiller tandis qu'ils repassaient devant la maison. « Euh... tu avais raison. Il n'y a personne.

— Trouvez-moi le foutu ordinateur de McCabe et suivez-nous ! » aboya Schoen.

« Nous allons tomber sur une route un peu plus large, expliqua Maverick. Il suffira de la suivre sur environ deux cents mètres, et on pourra prendre la direction de la ville à travers des prés.

— Et pour l'aéroport ? demanda Kat.

— Même direction.

— À quoi pensez-vous, Kat ? » voulut savoir James.

Elle se tourna un peu vers lui tout en continuant de piloter sa machine à un rythme régulier. « Pouvez-vous rappeler votre avion ? J'ai mon téléphone », proposa-t-elle.

Mais Jordan James sortit son petit appareil cellulaire numérique. « J'ai le mien. » Il composa le numéro qu'on lui avait donné, donna ses ordres et coupa la communication. « Ils seront ici dans une heure et demie. »

Kat lui jeta un coup d'œil attristé. « Ce ne sera pas suffisant. »

46

Sud de Sun Valley, Idaho
17 novembre — jour six
09.20 heure locale/1620 zouloue

Le conducteur de la Suburban était en nage lorsqu'il s'engagea, pour la troisième fois, dans une impasse enneigée. Il repartit à toute vitesse vers la seule route dont il était sûr.

« Grouille-toi, bon Dieu ! » gronda Schoen, tellement penché en avant que son nez touchait presque le pare-brise, ses yeux fouillant le paysage à la recherche de la moindre trace qui aurait trahi le passage d'un véhicule.

« Il doit s'agir d'un genre de chenillette », observa le conducteur.

Schoen ne répondit pas.

Ils fonçaient sur la route principale lorsqu'ils franchirent un carrefour qu'ils ne virent qu'au dernier moment. Le conducteur freina trop fort et le véhicule fit une embardée. Ils repartirent en marche arrière et s'engagèrent sur cette nouvelle voie. Le faisceau des phares se refléta sur quelque chose qui traversait la route à moins d'un kilomètre devant eux.

« Les voilà ! gronda Schoen, dont les mains s'ouvraient et se refermaient sur une mitraillette Uzi. Fonce, fonce, FONCE JE TE DIS !

— Je fonce, mais y'a des limites !

— C'est un Sno-Cat. » Schoen vit l'engin passer sur le côté droit de la route et accélérer en direction d'un bouquet d'arbres, au-delà desquels s'étendaient des champs dégagés. Le

495

conducteur s'arrêta sur un dérapage plus ou moins contrôlé à la hauteur des traces laissées par les chenilles ; elles se perdaient dans le champ voisin.

« Suis-les !

— On va rester coincés.

— FAIS-LE ! »

Le conducteur braqua à droite et tenta de franchir le fossé, mais la Suburban s'y enfonça tout de suite jusqu'au bas de caisse et les roues se mirent à tourner inutilement, patinant dans la congère.

Schoen était déjà dehors et bondissait maladroitement dans la neige qui lui montait jusqu'aux genoux, comme pour rattraper le véhicule à chenilles. Il était évident qu'il ne pourrait jamais y arriver. Son seul espoir était de les arrêter d'une balle bien ajustée. Une fois arrivé au premier arbre, il s'en servit de point d'appui pour viser soigneusement, puis il écrasa la détente de l'arme automatique.

Le vacarme des balles ricochant sur la carrosserie du Sno-Cat était un bruit sur lequel on ne pouvait se tromper. Kat jeta un coup d'œil au rétroviseur pour essayer de déterminer où se trouvait le tireur. Elle enfonça l'accélérateur à fond et se tourna vers les autres. « Baissez-vous ! leur cria-t-elle le plus fort possible, pour couvrir le bruit du moteur. Personne n'est touché ?

— Non, personne, lui répondit Robert après avoir consulté les autres du regard. (Il se tourna pour regarder à son tour derrière eux.) Je crois qu'ils sont pris dans le fossé. Les phares sont allumés, mais ils ne bougent pas.

— Seigneur ! marmonna Maverick dans sa barbe, c'est la première fois qu'on me tire dessus.

— L'aéroport est droit devant nous, je dirais à moins de deux kilomètres. J'aperçois les balises. » La voix de Kat était toujours ferme.

« Ils vont se douter que c'est là que nous allons », lui fit observer Jordan James. Le secrétaire d'État était blême.

La jeune femme acquiesça. « S'ils sont coincés dans le fossé, il leur faudra du temps pour en sortir ou appeler des secours par radio. On pourrait peut-être faire appel au shérif local. »

Mais Jordan James n'était pas d'accord. « Non. Je pense que ces assassins ont dû se couvrir de ce côté-là aussi. »

Kat se sentit sérieusement inquiète. « Quoi ? Vous croyez qu'ils auraient pu l'acheter ?

— Je suis sûr qu'ils l'ont neutralisé, en tout cas, d'une manière ou d'une autre.

— Mais votre appareil ne sera ici que dans une heure, Jordan. Il faut trouver quelque chose... »

Robert était penché entre eux, depuis le siège arrière. « Nous sommes comme des cibles dans un stand de foire là-dedans, Kat. Nous n'avons rien parce qu'il a tiré trop bas, mais la tôle est mince, à notre hauteur.

— Je le sais bien, dit-elle en corrigeant la direction de son véhicule.

— Et qu'est-ce que tu proposes ? demanda doucement Robert, presque dans le creux de son oreille.

— On peut se planquer... ou trouver un autre avion. Mais il faudra faire vite.

— Se planquer, ça ne marchera pas. »

Elle se tourna vers le journaliste, puis regarda James et Maverick. « J'en ai bien peur aussi. On va réquisitionner un avion. Accrochez-vous. Je vais pousser cette machine au maximum. »

Arlin Schoen porta le micro à ses lèvres, non sans faire des efforts pour parler d'un ton contrôlé. « On abandonne notre voiture et on prend la vôtre. Rappliquez par ici. On les tient, à présent. »

Il glissa le combiné dans sa poche et mit la sécurité sur l'Uzi avant de retourner à la voiture immobilisée, pataugeant dans les bancs de neige, afin d'attendre au bord de la route. Il calcula qu'il ne faudrait pas plus de trois minutes à la deuxième Suburban pour les retrouver, puis dix minutes pour faire le trajet sinueux conduisant jusqu'à l'aéroport. Mais les autres n'auraient pas le moindre endroit où se cacher. En dehors de leur Caravan de location, il n'y avait pas un seul avion disponible sur les pistes, croyait-il se souvenir. Il se tourna vers son chauffeur et lui fit signe. « Prends les armes. Grouille. »

« Robert ? Je viens de me rappeler quelque chose », dit Kat. Le véhicule cahota brutalement, puis se stabilisa. L'aéroport était à présent à un peu plus d'un kilomètre.

Le journaliste se pencha vers elle. « Quoi donc, Kat ?

— Ne me demande pas comment ça m'est venu à l'esprit. C'est dans le dossier de Walter Carnegie. Il y affirme que l'Air Force a éludé toutes ses requêtes d'information à propos d'essais conduits à Key West avec un avion-cible, un vieux F-106, le jour même où le MD-11 de SeaAir s'est abattu en mer.

— Je m'en souviens aussi. Tu penses qu'il y a un rapport ? »

Elle ne répondit pas tout de suite et regarda une fois de plus dans le rétroviseur, s'attendant plus ou moins à voir les phares d'un véhicule lancé à leur poursuite. Mais le paysage était dégagé et il n'y avait rien ni personne en vue.

« Je me le demande, dit-elle finalement. Cela dit, l'avion que nous avons emprunté au Viêt Nam n'a été volé qu'après la catastrophe du SeaAir ; ce n'est donc pas de son bord qu'a été lancé le missile aveuglant. Ils auraient évidemment pu utiliser un autre appareil, mais c'est précisément ce qui me tracasse : d'après Carnegie, les enregistrements des tours de contrôle de la région de Key West n'ont détecté la présence d'aucun autre avion dans le secteur. Ce qui signifie que ce n'est pas un avion qui manque à l'appel, mais deux. Celui qui a tiré sur le SeaAir, et l'appareil que l'Air Force utilisait contre son avion-cible.

— Je ne comprends pas », avoua Robert. Le secrétaire d'État et le Dr Maverick suivaient très attentivement cette conversation.

« Eh bien, lorsqu'on fait voler un avion-cible, il y a forcément un chasseur en l'air pour lui tirer dessus, puisque c'est le but de l'exercice. On devrait donc avoir un enregistrement radar du deuxième avion de l'Air Force ; or, d'après Carnegie, il n'y en a pas. Et il devrait y avoir aussi un écho radar quelconque de l'appareil qui a abattu le MD-11 avec le système au laser.

— Le chasseur de l'Air Force était peut-être un avion furtif. Un F-117 ou un prototype encore plus récent », objecta Robert.

Kat négocia un passage difficile et accéléra de nouveau. « Non, ce que je veux dire... enfin, c'est une possibilité... Et s'il n'y avait eu qu'un seul autre appareil, pas forcément furtif, qui n'aurait pas branché son transpondeur ? Les enregistrements de la FAA font état de quelques échos intermittents.

— Ah, voilà la route par laquelle on est arrivés, Kat. Il va falloir la traverser.

— Je sais. Et s'il y a une barrière, je la défoncerai. »

Le Dr Maverick prit alors la parole. « Qu'est-ce que c'est, un transpondeur, Kat ?

— Une petite boîte noire qui capte électroniquement les faisceaux radar en provenance des tours de contrôle. Elle renvoie alors un signal radio qui comporte des informations sur son altitude et l'identification de l'appareil. Ainsi, les contrôleurs savent précisément qui vous êtes et où vous êtes.

— Et sans ça ?

— Sans ça, ou bien si on le débranche volontairement, tout ce que détecte le radar est un vague signal peu significatif, le simple écho de son faisceau sur le métal de la carlingue. C'est d'ailleurs à annuler cet effet que vise toute la technologie des avions furtifs. Leur revêtement absorbe le rayon du radar, et il ne se produit pas d'écho. Autrement dit, sans transpondeur, ils sont pratiquement invisibles pour les radars.

— Si je comprends bien, un appareil normal sans transpondeur renvoie tout de même un écho à la tour de contrôle ?

— En général, oui. Mais il est faible et intermittent, comme le décrit Carnegie. La question est de savoir pourquoi un avion de l'Air Force aurait coupé son transpondeur pour des essais de tir. »

Le véhicule rebondit sur une petite dépression et Robert s'agrippa à la poignée placée au-dessus de la portière. « Où veux-tu en venir, Kat ? Crois-tu que le F-106 soit impliqué ? »

Elle lui jeta un coup d'œil tandis qu'ils approchaient de la route. Aucune voiture ne venait vers eux, d'une direction ou de l'autre. Une barrière de fil de fer barbelé se profila devant eux et la jeune femme la montra d'un geste. « Accrochez-vous ! »

Le Sno-Cat n'eut pas de mal à la franchir et à remonter de l'autre côté, puis il s'engagea sur la route qu'il traversa pour repartir à travers champs en direction d'une rangée de hangars.

« Où je veux en venir ? L'Air Force emploie ses vieux F-106 comme avions-cibles. Ma question est donc : qui tirait sur celui-ci, et pourquoi essayait-il d'échapper au radar ? Nous savons que ce n'était pas un avion furtif, puisqu'un furtif n'aurait pas renvoyé d'échos intermittents.

— Attends, dit Robert en secouant la tête. Tu veux dire : qui tirait sur l'avion-cible, ou qui tirait sur le MD-11 ? »

Kat le regarda. « Et si c'était précisément un seul et même appareil ? Si l'essai avait mal tourné ? Si, au lieu de descendre leur vieux F-106, le pilote avait abattu l'appareil de ligne ? »

Dans la lumière du petit matin, les pistes leur parurent tout d'abord désertes. Puis ils virent une rangée de petits monomoteurs et quelques bimoteurs légers qui tous avaient manifestement passé la nuit sous la tempête de neige. Seul un Cessna Caravan équipé de flotteurs, à l'autre bout de l'aérodrome, ne disparaissait pas sous une couche blanche.

« Messieurs, c'est le moment d'emprunter un coucou.

— Celui avec des flotteurs, peut-être ? suggéra Robert.

— Éventuellement. Il est facile à piloter.

— Ne nous en approchons surtout pas, intervint Jordan James d'un ton ferme.

— Pourquoi donc ?

— Il était à Boise quand nous y sommes arrivés, Kat. Et maintenant je le retrouve ici, avec son équipe d'assassins. »

Kat freina et s'arrêta. « Mon Dieu ! Et vous pensez qu'ils sont venus avec ?

— Forcément », répondit le secrétaire d'État.

Elle regarda rapidement autour d'elle et repéra un hangar dont les portes étaient en partie ouvertes. Elle embraya et accéléra dans cette direction, essayant de voir le ou les appareils qui s'y trouvaient. Elle finit par distinguer de grandes ailes surélevées à travers l'une des hautes fenêtres du hangar. *Un Albatross !*

Elle arrêta le Sno-Cat, bondit au sol, courut au hangar et revint en moins de trente secondes. « Ça devrait faire l'affaire.

— Tu sauras le piloter, Kat ? » s'inquiéta Robert. Mais il leva aussitôt les deux mains pour l'empêcher de répliquer. « Laisse tomber. J'aime autant ne pas le savoir.

— Nous n'avons pas le choix », dit-elle simplement.

Robert et Jordan sautèrent du Sno-Cat et allèrent ouvrir les grandes portes du hangar pendant que Kat conduisait le véhicule à l'intérieur pour le dissimuler. Elle prit son sac et fit signe au Dr Maverick de la suivre, puis elle courut jusqu'au flanc arrière droit du gros appareil amphibie. L'échelle était baissée et elle l'escalada quatre à quatre avant de courir jusqu'au cockpit ; elle brancha le coupe-circuit général et regarda les jauges d'essence. *Dieu soit loué ! Les réservoirs sont pratiquement pleins.*

La fenêtre latérale du cockpit était ouverte. Elle cria aux trois hommes de grimper rapidement à bord et de remonter l'échelle.

La check-list... il doit bien y avoir une check-list quelque part... Elle fouilla rapidement parmi les documents rangés dans une poche latérale. La check-list figurait bien parmi eux, sous son revêtement plastifié. Elle parcourut la section AVANT DÉMARRAGE MOTEURS et repéra les commandes correspondant aux opérations à effectuer, ainsi que les démarreurs électriques des deux gros moteurs à hélice. Ce n'est qu'alors qu'elle brancha les différents systèmes, après avoir vérifié que les trois hommes l'avaient rejointe.

Elle appuya sur le démarreur, retenant sa respiration tandis que, la main sur la manette, elle mettait un peu de gaz. Elle attendit. Une fois, deux fois, trois fois, l'énorme hélice tourna. Elle envisageait déjà de réamorcer la batterie lorsque les cylindres commencèrent à cracher, lentement, puis sur un rythme régulier. Elle ajusta le mélange et fit démarrer le moteur gauche.

« Attachez-vous tous. Robert ? Viens à côté de moi.

— Tu es sûre de ce que tu fais ? » ne put-il s'empêcher de demander bêtement lorsqu'il se glissa dans le siège-baquet. Il eut du mal à fermer sa ceinture de sécurité.

Elle hocha la tête. « Évidemment. Et si tu crois un truc pareil, je connais quelque part un petit coin de paradis dont j'aimerais te parler.

— C'est bien ce que je craignais. »

« Trouvez-moi leurs traces, nom de Dieu ! » éructa Arlin Schoen, le doigt tendu vers la piste d'accès nord. La Suburban changea de direction et se mit à filer sur le béton recouvert de neige.

« Ah ! les voilà ! dit l'un de ses hommes avec un geste.

— Ils doivent se cacher quelque part. Sans doute dans un de ces hangars. Parfait. Ce sera d'autant plus facile de les... »

Sa voix mourut au moment où la Suburban fit irruption

au coin nord-est du hangar. Il venait de voir un Albatross jaillir des portes grandes ouvertes, ses vastes ailes se balançant tandis que le pilote dirigeait l'appareil vers la piste. D'où ils étaient, Schoen et ses hommes ne pouvaient distinguer ni le pilote ni les passagers, s'il y en avait.

Le conducteur de la Suburban s'arrêta, ne sachant que faire. « Et à présent, Arlin ? »

Schoen examina les lieux, étudia la porte du hangar, puis secoua la tête. « Non. Ils n'ont pas pu avoir le temps. Entre dans le hangar ! »

Le conducteur de la Suburban redémarra et franchit les grandes portes pour découvrir, avec les autres, le Sno-Cat rangé dans un coin, son moteur tournant toujours au ralenti. « Bon Dieu de merde ! rugit Schoen. Fais demi-tour ! Ils sont dans cet avion ! »

Le conducteur fit tourner son volant à toute vitesse pour effectuer la manœuvre et appuya à fond sur l'accélérateur, s'efforçant de diriger son véhicule de manière à offrir un angle de tir convenable à Schoen, tout en se rapprochant le plus possible de l'Albatross.

Dans le cadre d'un décollage normal, l'appareil aurait dû rouler jusqu'à l'extrémité nord de la piste, autrement dit parcourir encore plusieurs centaines de mètres. Mais la personne qui était aux commandes ne se montra pas aussi scrupuleuse. Elle s'élança en cahotant sur la bande d'herbe couverte de neige qui séparait la piste d'accès de la piste de décollage, tourna pour se mettre dans l'axe et lança ses moteurs à fond.

« On ne va jamais y arriver, Arlin.

— Essaie toujours ! Pied au plancher !

— J'y suis déjà. »

Schoen abaissa la vitre droite, se pencha à l'extérieur avec l'Uzi et visa les pneus de l'Albatross ; il tira une rafale qui partit dans la nature, car la Suburban venait à son tour de s'élancer sur la partie non bétonnée qui séparait les pistes et cahotait abominablement. L'homme lâcha néanmoins une nouvelle rafale en direction de l'appareil en pleine accélération, visant cette fois les ailes pour essayer d'atteindre les réservoirs, mais sans succès.

L'Albatross roulait à présent à cinquante nœuds, beaucoup

plus vite qu'eux en dépit des efforts déployés par le conducteur de la Suburban. Mais la voiture cahotait tellement sur la piste approximativement déneigée que Schoen fut même obligé de reprendre place à l'intérieur de la voiture.

« Laisse tomber. On retourne au Caravan. On les aura en l'air. »

La traversée tumultueuse de la partie en herbe séparant les pistes avait été particulièrement brutale, et la prise d'élan, sur la piste elle-même, l'avait été presque autant ; le gros appareil conçu pendant la Seconde Guerre mondiale n'en décolla pas moins à la vitesse modérée de quatre-vingt-dix nœuds, ses moteurs tournant à plein régime dans un grondement assourdissant. Kat ne redressa le nez de l'appareil que très légèrement afin de gagner de la vitesse ; puis elle repéra le levier commandant le train d'atterrissage et releva celui-ci. Elle entama ensuite un virage pour prendre un cap presque plein sud, vérifia le cadran de l'horizon artificiel et l'indicateur de vitesse, contrôlant la hauteur de son aile droite pendant la manœuvre.

Les moteurs... Réduire les tours, régler le pas des hélices... Je vais devoir le faire au pifomètre, je n'ai aucune idée du bon réglage.

« Où allons-nous, Kat ? » demanda Robert.

Elle lui adressa un coup d'œil et esquissa un sourire. « À Boise, si on peut trouver le terrain.

— Pourquoi ?

— Parce que le nombre est synonyme de sécurité, je suppose. Il y a une base de l'Air National Guard à l'aéroport, et Salt Lake City est trop loin au sud. »

Elle continua de prendre de l'altitude, à la recherche d'un passage entre les montagnes, à l'ouest, alors qu'il faisait de plus en plus clair. Elle repéra finalement un col et vira pour s'y engager, prenant l'altitude minimum pour le franchir sans risque et s'y maintenant ; elle voulait rester le plus près possible du terrain montagneux.

« Robert ? dit-elle avec un geste, j'ai posé mon sac là-derrière. Prends le téléphone et appelle la police de Boise ainsi que l'Air Guard. Qu'ils soient prêts à nous protéger lorsque nous atterrirons.

— Dans combien de temps ? Une heure ?

— Oui, au moins. »

Le responsable de l'aéroport de Hailey, tiré de son lit par l'annonce qu'un Gulfstream de l'Air Force allait atterrir sur son terrain, était arrivé juste à temps pour voir décoller l'Albatross venu leur rendre visite — bientôt suivi par un Caravan équipé de flotteurs. L'équipage de ce dernier avait jeté quelque chose sur la piste d'accès avant de prendre l'air, et il était allé voir de quoi il s'agissait. Il n'était pas préparé à ce qu'il découvrit : le corps recroquevillé d'un homme en chemise de pilote, gisant sur le sol dans une mare de sang.

47

En vol, à l'ouest de Hailey, Idaho
17 novembre — jour six
10.05 heure locale/1705 zouloue

« Je les vois, plein sud ! lança Arlin Schoen à Tim, le seul membre de son équipe qui savait piloter, tandis que le Caravan prenait de l'altitude. Monte aussi haut que tu peux, mais reste dans leur sillage.

— On a un peu plus de vitesse, mais pas tellement, Arlin. »

Le virage à l'ouest que prit l'Albatross fut une chance pour eux. Ils dévièrent de leur trajectoire pour l'intercepter et le remontèrent lentement pendant une dizaine de minutes. Schoen tapa alors de nouveau sur l'épaule de Tim. « Va te positionner sur sa gauche et assez haut pour qu'ils ne nous voient pas. »

Kat respirait un peu mieux depuis un moment. Bien calée dans son siège, elle surveillait les instruments et rendit grâce au ciel d'avoir une météo aussi clémente et une telle visibilité. Elle avait précisément les yeux sur l'indicateur de vitesse lorsque, soudain, celui-ci explosa sous une grêle de balles.

La mitraille avait troué la fenêtre latérale, en provenance d'un point situé au-dessus de l'appareil et en arrière. Elle poussa le manche à balai à droite, complétant la manœuvre par une poussée sur le palonnier, et le gros appareil commença à virer sèchement.

Il y eut une nouvelle rafale qui atteignit l'aile. Kat redressa l'Albatross et regarda à gauche. Elle découvrit alors, à son grand désespoir, la silhouette du Caravan ; sa porte latérale droite était ouverte et deux hommes armés se tenaient accroupis dans l'ouverture.

Elle fit rouler l'appareil à gauche et tira sans ménagement le manche à elle, jetant un bref coup d'œil à l'indicateur de vitesse qui lui restait, du côté du copilote. Le pilote du Caravan prit lui aussi de l'altitude, s'éloignant juste à temps de l'Albatross, mais celui-ci restait néanmoins dans la ligne de tir des deux hommes.

Une nouvelle rafale vint toucher le moteur gauche.

Kat sentit le lourd appareil amphibie déraper fortement sur la gauche ; le moteur numéro un avait perdu pratiquement toute puissance. Il y avait, pour chaque moteur, un gros bouton rouge à ailette sur le panneau supérieur ; elle l'enclencha en s'y reprenant à deux fois. Elle poussa le palonnier à fond sur la droite, tandis que l'hélice adoptait un pas plus conforme à l'écoulement d'air. L'appareil se redressa. Elle cherchait des yeux les contrôles permettant de couper l'alimentation lorsque la voix de Robert s'éleva soudain. « Kat ! Le gauche est en feu ! » Mais elle voyait déjà elle-même la lueur orangée des flammes qui s'étiraient du moteur ; et bientôt, ce fut l'odeur du kérosène et de l'huile brûlés qui leur parvint.

« Regarde si tu ne vois pas la commande des extincteurs ! »

Robert étudia le tableau supérieur tandis que de nouveau elle jetait un coup d'œil à gauche, où elle vit les flotteurs de leurs assaillants, un peu au-dessus d'eux. À sa droite, à moins de six cents mètres en dessous d'eux, s'ouvrait une étroite vallée de montagne. La jeune femme fit basculer l'Albatross dans cette direction en réduisant les gaz du moteur droit. Elle repéra alors une rivière assez large qui coulait dans le fond et qu'elle pouvait suivre. Ils étaient à présent à moins de trois cents mètres au-dessus du sol et elle continua à descendre, ne redressant que lorsqu'elle fut à environ cinquante ou soixante mètres au-dessus des arbres. Elle donna de nouveau plus de gaz au moteur droit, corrigea sa direction au palonnier pour compenser l'absence de traction à gauche, et jeta encore un coup d'œil du côté du moteur en feu.

Le ciel paraissait vide.

« Regarde à droite, Robert. »

506

Il cessa de rechercher la commande des extincteurs et se colla contre la fenêtre latérale. « Je ne vois rien par-là, Kat ! »

Cette fois-ci, la mitraille s'abattit sur le fuselage, vers l'arrière. Ils reconnaissaient parfaitement bien, à présent, le staccato brutal des balles déchirant la tôle. Elle vira sèchement sur la gauche et prit de l'altitude, et le Caravan apparut dans son champ visuel, de ce côté-ci. Mais cette fois, le pilote avait anticipé sa manœuvre et réussi à rester en arrière, assez près, toutefois, pour permettre aux tireurs de continuer à les mitrailler. Le Caravan n'avait aucun mal, en réalité, à s'adapter aux manœuvres de l'Albatross, appareil lent et peu maniable.

Kat se rapprochait dangereusement de la pente ouest de la vallée, et elle dut de nouveau virer sur l'aile pour s'aligner sur la rivière, sachant que le Caravan resterait sans peine dans son sillage. Il y eut une nouvelle rafale et un cri étouffé monta de l'arrière. Elle n'avait pas le temps de regarder ce qui se passait. L'incendie continuait de plus belle, à gauche, et elle se sentait perdre confiance. Elle n'ignorait pas que l'Albatross était simplement trop gros, trop lourd et trop endommagé pour distancer l'avion à turbopropulseur qui les poursuivait.

Soudain le moteur droit se mit à avoir des ratés — au moment précis où Robert, qui regardait par là, criait : « Regarde le moteur, Kat, y'a une fuite ! »

Elle ne donna qu'un bref coup d'œil, mais elle sentit son estomac se nouer à la vue de la traînée d'huile noirâtre qui recouvrait une partie du capot moteur. Il lui suffit d'un autre coup d'œil, à la jauge d'huile cette fois, pour ne plus douter de ce qui se passait.

Elle étudia alors le paysage qui s'étendait devant elle. La rivière était coupée par un petit barrage derrière lequel s'allongeait une retenue d'eau. Le temps de repérer les lieux, elle passait déjà au-dessus du barrage ; l'extrémité de la retenue d'eau paraissait beaucoup trop proche pour pouvoir faire amerrir ce gros appareil amphibie.

Je n'ai pas le choix !

« Accrochez-vous, là-derrière ! On va se poser dans cette flaque ! » cria-t-elle en tournant la tête pour être entendue par Jordan James et Maverick.

Le moteur droit toussait plus que jamais lorsqu'elle tira

507

brusquement le manche à elle pour se lancer dans une excursion à zéro G à leur retourner l'estomac. Elle réduisit les gaz à droite jusqu'à laisser tourner le moteur au ralenti, puis elle trouva la poignée qui commandait les volets et les abaissa complètement, visant la surface de l'eau — tellement calme et lisse qu'elle fut obligée d'estimer son altitude par rapport à la rive du lac.

On va beaucoup trop vite ! pensa-t-elle, tandis qu'elle continuait à tirer de toutes ses forces sur le manche, faisant remonter le nez de l'appareil au moment même où il était sur le point de toucher l'eau.

Le bout du lac se rapprochait à toute vitesse. Elle ne pouvait ni redécoller, avec un moteur en feu et l'autre sans la moindre pression d'huile, ni ralentir. Elle pensa trop tard à abaisser le train d'atterrissage pour les freiner ; déjà le fuselage effleurait l'eau.

C'est à peine si l'appareil ralentit, au début, et elle continua à tirer sur le manche pour relever le nez et faire perdre toute portance aux ailes, comme elle l'avait vu faire par des spécialistes de l'hydravion. Mais la coque n'était pas encore suffisamment enfoncée dans l'eau et l'Albatross, obéissant, remonta de cinq ou six mètres en l'air.

La rive n'était plus qu'à cent cinquante mètres et se rapprochait toujours presque aussi vite. Kat relâcha tout et laissa l'Albatross s'enfoncer pesamment dans le lac ; puis elle tira de nouveau sur le manche, et la pression hydrodynamique aspira la coque tandis que s'élevaient des gerbes d'écume et que, cette fois, l'appareil ralentissait nettement.

Ils avançaient cependant encore trop vite, et c'est à plus de soixante nœuds que l'Albatross atteignit la rive, nez redressé. Le fuselage protesta par des crissements stridents, tandis qu'il glissait sur l'étroite berge et dépensait ce qui lui restait d'énergie en allant se prendre dans un bosquet de sapins ; les gros arbres finirent par détacher complètement l'aile gauche avec son moteur en feu. Du coup, l'aile droite, déséquilibrée, se mit à labourer le sol et à faire pivoter l'appareil sur lui-même.

« Vire et pose-toi ! Vite ! » ordonna Arlin Schoen à Tim, lorsque le Caravan passa au-dessus de l'épave de l'Albatross.

Le pilote obéit, déploya les volets et fit monter les tours du moteur pour poser son appareil au milieu du lac ; après quoi il se dirigea à petite vitesse vers l'endroit où l'on voyait la queue d'un fuselage dépasser de la forêt.

Alimenté par une fuite de kérosène, ce qui restait de l'aile et du moteur gauche en feu explosa soudain, mais les projections de débris n'atteignirent guère que la partie arrière de la carlingue.

Schoen fit signe à l'homme assis derrière lui de vérifier l'état de leurs armes, puis il s'adressa à Tim. « Tu vas nous déposer sur la rive à gauche de l'épave. Coupe le moteur, attache ton appareil et rejoins-nous. »

Sous l'impact, la tête de Kat avait heurté le tableau de bord, mais pas suffisamment fort pour l'assommer. Elle s'ébroua et regarda Robert au moment où l'aile gauche explosait, quelque part derrière eux. Il essuyait du sang, sur sa figure, mais il ne paraissait pas gravement blessé.

« Il... il faut sortir d'ici, balbutia-t-elle. Ils vont se poser. »

Le journaliste détacha sa ceinture et se dégagea de son siège, se tournant ensuite pour aider Kat à en faire autant. Hors du cockpit, ils virent le Dr Maverick agenouillé à côté de Jordan James, lui-même allongé sur le plancher. « Il a été touché ! » leur dit le physicien, d'une voix une octave plus haut que la normale.

Kat se rapprocha et vit que si Jordan James avait les yeux ouverts, sa chemise était imbibée de sang. « Oh, mon Dieu, Oncle Jordan ! Vous avez été touché par une balle, n'est-ce pas ? »

Le secrétaire d'État prit une profonde inspiration et secoua la tête. « Ce n'est pas... si terrible, Kat. Je crois... »

Elle ouvrit la chemise ensanglantée de James et vit une impressionnante blessure sur le côté droit de sa poitrine, juste en dessous de la cage thoracique, qui saignait abondamment et régulièrement. « Est-ce qu'on peut vous déplacer ? Nous devons absolument sortir d'ici. »

Kat, Robert et le physicien entendaient le sifflement de la turbine du Caravan, dehors, tandis qu'ils peinaient à faire passer Jordan James par la porte, puis le posaient sur le sol. « Mon pistolet est dans mon sac, dit Kat à Robert.

— Je vais aller le chercher, avec la trousse de premier secours. »

Ils avaient allongé James devant le nez de l'épave. Robert se précipita à l'intérieur de l'avion. Quand il en ressortit, il tenait le sac de Kat et la trousse de soins. Kat s'empara de son sac et en sortit son arme, tandis que Robert s'agenouillait à côté du secrétaire d'État.

Le claquement de culasse d'un gros calibre parvint à ce moment-là à leurs oreilles et lorsque Kat leva les yeux, elle vit Arlin Schoen qui débouchait depuis l'autre côté de la carlingue.

« Lâchez ça, Bronsky », ordonna-t-il avec sa pointe d'accent. L'homme qui avait essayé de la cueillir à Portland l'observait, le visage dépourvu de toute expression.

« C'est une Uzi que je tiens, reprit-il. Vous n'aurez même pas le temps de tirer la première balle que vous serez réduite en purée. Posez votre pistolet. » Ses hommes, arme braquée, vinrent se disposer autour de lui.

Elle poussa un soupir et obéit.

« Poussez-le vers moi. »

Elle obéit encore et montra Jordan James. « Savez-vous au moins à qui vous avez affaire ? »

Schoen eut un sourire ironique. Ses acolytes ne bronchèrent pas. « Bien sûr. À notre vénérable secrétaire d'État. Comment allez-vous, Jordan ?

— Quoi ? fit James avec une grimace de douleur.

— Oh, voyons, monsieur le Secrétaire... en tant que l'un des directeurs de Signet Electrosystems, vous devriez vous souvenir de moi. Nous avons eu de nombreux entretiens, il me semble. »

Kat, interloquée, regardait tour à tour les deux hommes. « Vous connaissez cet homme, Jordan ? »

Le blessé prit une inspiration laborieuse et regarda Schoen sans tenir compte de la question. « Et qu'allez-vous faire maintenant, Schoen ? Nous tuer tous ?

— Bien entendu. Ai-je une autre solution ? »

Kat s'agenouilla à côté de James. « Je ne comprends pas, Oncle Jordan.

— McCabe ? Maverick ? dit Schoen, gesticulant avec son arme. Asseyez-vous derrière Miss Bronsky, s'il vous plaît. Vous ne vous imaginez pas la somme d'emmerdements que vous nous avez causée, tous les trois. Vous nous avez prêté des intentions homicides, alors que tout ce que nous voulions, c'était récupérer un document secret, vital pour nous, que nous avait volé un homme du nom de Carnegie — que vous connaissiez, je crois. » Il adressa un sourire parfaitement hideux à Kat et Robert.

Personne ne lui répondit.

« Vous avez tous les deux réussi à accéder au disque que nous recherchions. Si McCabe ne s'était pas montré si malin à Hong Kong, lorsqu'il nous a échappé, nous n'aurions peut-être pas été obligés d'abattre l'avion qu'il avait pris.

— Vous reconnaissez donc être l'auteur de ce massacre ? » rétorqua Kat.

Il l'ignora et poursuivit. « Oh, au fait, je ne me suis pas présenté. Je m'appelle Arlin Schoen et je suis le directeur de la Sécurité de Signet Electrosystems, entreprise de recherche dans les systèmes de défense. Ma tâche consiste à empêcher des irresponsables comme ce Carnegie et vous-même, McCabe, de s'emparer de secrets militaires vitaux pour la sécurité de notre pays. Je peux plus ou moins comprendre ce que l'agent Bronsky vient faire dans cette affaire ; elle croit qu'elle est à la poursuite de malfaiteurs et elle termine en dérobant des documents classés secret-défense. Quant au Dr Maverick, c'est surtout un monsieur qui parle trop.

— Signet Electrosystems ? Qu'est-ce que c'est que ça ? demanda Kat, qui haletait.

— Vous êtes cinglé, Schoen, intervint soudain Jordan James.

— C'est possible, répliqua le tueur. Mais mon boulot consiste à protéger ce projet.

— Mais enfin, de quoi parle-t-il, Oncle Jordan ? »

Elle sentit son cœur se serrer lorsqu'elle vit des larmes couler sur les joues du secrétaire d'État. On le sentait au comble de l'angoisse. « J'essaie de l'arrêter, Kat. »

Arlin Schoen se tourna vers ses hommes. « Allez-y, débarrassez-moi de ces poisons. Je ne suis pas d'humeur à écouter des confessions. » Il fit demi-tour et s'éloigna, passant sous l'aile droite à moitié arrachée qui pendait vers le sol.

« Schoen ? cria James, faisant appel à tout ce qui lui restait de forces. Toute cette histoire figure dans un dossier, noir sur blanc... Ce dossier... est entre les mains d'une tierce personne... de plusieurs, même... et pourrait bien vous sauter à la figure. Si vous tuez ou blessez l'une ou l'autre de ces personnes, ou moi, toute l'affaire sera rendue publique. »

Arlin Schoen se tourna. « Très habile, Jordan, très habile, mais je vous connais bien. Vous avez servi sous dix présidents. Vous préféreriez mourir que perdre votre réputation.

— Croyez-vous pouvoir courir ce risque, Schoen ? » demanda le secrétaire d'État. Il parlait à présent avec difficulté. « Si jamais je dis la vérité... vous terminerez dans une chambre à gaz, et le projet... tout comme l'entreprise, auront cessé d'exister... Tout y est. L'essai qui a mal tourné, le camouflage de l'accident du MD-11, tout. Et nous sommes quatre autres personnes à connaître tous les détails.

— Conneries. Ces documents n'existent pas, tout simplement parce que vous n'aviez aucune raison de vous attendre à ce que tout ceci se produise, James. Et nous nous sommes déjà occupés de ces quatre autres témoins, en dépit des efforts de Miss Bronsky pour les planquer.

— Que voulez-vous dire ? demanda Kat, alarmée.

— J'ai rédigé cinquante pages, Schoen... avec tous les détails... les noms... les documents... » James s'interrompit et se mit à tousser, hors d'haleine. « ... dès que j'ai compris que vous vouliez tuer Katherine.

— Si c'est vrai, nous les trouverons, répondit Schoen avec un haussement d'épaules.

— Impossible. Vous ne pourrez pas empêcher leur diffusion.

— Eh bien, c'est un risque qu'il nous faudra courir, je suppose.

— Ou bien vous pouvez nous laisser la vie sauve, enchaîna le secrétaire d'État, en sachant que... nous ne dirons rien par crainte de représailles de votre part. »

Arlin Schoen poussa un soupir et s'éloigna de nouveau, contournant la flaque de kérosène qui s'agrandissait sous l'aile. Puis il partit d'un rire sarcastique. « Je commence à comprendre comment vous avez fait pour tenir aussi longtemps à Washington, mon vieux, dit-il en se tournant une fois de plus vers James. Bon, examinons ça. Je m'abstiens de vous faire sauter la cervelle et vous garderez le silence pour ne pas aller en prison. Je laisse filer McCabe et il s'abstiendra de faire les révélations les plus sensationnelles dont un journaliste puisse rêver, simplement parce que je lui aurai demandé ? Vous vous fichez de moi, monsieur le Secrétaire d'État. Dans moins de dix minutes, il serait pendu au téléphone pour tout balancer, ce gauchiste antimilitariste. Tiens, envisageons encore une hypothèse, James. Je les tue tous, sauf vous, et vous serez obligé de la fermer parce que vous êtes coupable comme le péché. On pourrait même s'amuser un peu. Vous paraissez très entiché de Miss Bronsky... que diriez-vous si je commençais à découper en morceaux cette mignonne poulette blond platine sous vos yeux ? Jusqu'où devrais-je aller pour que vous me disiez où vous avez caché ce dossier ? Faudra-t-il que je la viole devant vous ? Que je lui coupe les seins ? Que je lui tire une balle dans la colonne vertébrale ? » Il se tourna vers Kat, sourcils froncés. « Très réussie, la couleur, Bronsky. Vous m'avez bien eu avec, à Portland.

— Si vous avez tué les autres, contre-attaqua vivement Kat, où étaient-ils ? Où les avais-je cachés ? Je crois que vous bluffez. »

Maverick et McCabe s'étaient efforcés d'arrêter l'hémorragie de James. Ignorant la question de Kat, Schoen les regarda avec mépris, puis alla se placer sous l'aile de l'avion, faisant signe à ses acolytes de le rejoindre. Lorsque son équipe se fut regroupée, le tueur se tourna de nouveau et fixa des yeux le secrétaire d'État.

« Non, je suis persuadé que vous mentez, James. Et c'est vraiment regrettable que vous et ces trois autres personnes aient été tuées lors d'une catastrophe aérienne survenue dans l'Idaho. Et que vos restes soient méconnaissables. Ouvrez le feu à mon commandement. Prêts ?

— Vous commettez une erreur fatale, Schoen, réussit à dire James d'une voix rauque.

— Fatale, oui, mais pour vous. En joue ! »

Les tueurs braquèrent leurs armes. En vision périphérique, Kat vit Robert lever le bras droit.

« Ah, j'allais oublier, Bronsky, ajouta Schoen. Le nom du patelin est Stehekin. »

Ce fut comme un coup de poignard pour la jeune femme. Elle ouvrait la bouche pour protester lorsqu'il y eut une faible détonation, suivie d'un chuintement ; une fusée de détresse brûlant du phosphore venait de partir de l'endroit où se tenait Robert et avait atterri dans la grande flaque de kérosène, sous l'aile. Le feu prit immédiatement.

Un mur incandescent de flammes s'éleva aussitôt entre les tueurs et leurs cibles, les entourant en l'espace de quelques secondes. L'homme à la droite de Schoen laissa échapper un hurlement hystérique lorsque le feu se communiqua à ses vêtements. Il recula, posa un talon dans du kérosène enflammé et s'embrasa, poussant des cris terribles.

Robert souleva Jordan James d'un seul mouvement et cria à Kat et Maverick de le suivre lorsqu'il partit en courant s'abriter au milieu des arbres.

Arlin Schoen avait entendu le premier cri de son acolyte, mais ne s'en soucia pas. Talonné par les autres, il se précipita dans un étroit passage, le long de la carlingue embourbée, où le feu n'était pas encore parvenu. Mais avant qu'ils aient pu se mettre en sécurité, l'un d'eux, énervé et pris de peur, appuya involontairement sur la détente de son arme, arrosant le réservoir d'essence d'une grêle de balles, au-dessus de sa tête.

L'explosion monstrueuse qui s'ensuivit réduisit en miettes non seulement l'aile et le fuselage, mais aussi Arlin Schoen et ses hommes, envoyant des débris incandescents dans tous les sens. Certains passèrent en sifflant au-dessus de la dépression dans laquelle Robert s'était jeté avec Kat, Maverick et James, mais sans leur faire de mal. Puis il y eut le tambourinement des gros débris de métal et autres parties mécaniques désarticulées qui retombaient bruyamment sur le sol. L'odeur d'essence brûlée empuantissait l'air.

Il fallut plusieurs minutes à Kat (c'est du moins l'impression qu'elle ressentit) pour qu'elle ose relever la tête et regarder ce qui s'était passé. Ce qui avait été la carlingue endommagée de l'Albatross se réduisait maintenant à une épave déchiquetée, méconnaissable, dont montait une fumée noire et dans laquelle on ne reconnaissait même pas les restes d'un avion. À travers les flammes et la fumée, elle distingua le Caravan toujours amarré à la rive, intact. Et vide.

« Robert ? dit-elle en se tournant vers le journaliste. Qu'est-ce qui s'est passé ? Comment avez-vous fait ?

— Il y avait une fusée de détresse dans... la trousse de premiers secours. On aurait dit un gros stylo. Ça m'a paru une bonne idée.

514

« — Une idée sensationnelle, oui !

— Agent Bronsky ? l'appela Maverick, qui se tenait près du blessé. L'hémorragie continue. »

Jordan James avait les yeux ouverts et s'étreignait la poitrine. Il essaya de s'éclaircir la gorge quand il vit Kat s'approcher de lui. Elle se sentait impuissante. « N'essayez pas de parler, Oncle Jordan. »

Il secoua la tête. « Non... je dois... tout te dire... il est mort ? Schoen ? »

Elle acquiesça.

Il hocha à son tour faiblement la tête. « Bien... Lui et Gallagher étaient cinglés. Ils étaient convaincus qu'il fallait faire n'importe quoi, absolument n'importe quoi... pour protéger le projet.

— Le projet ?

— Oui... Lance Brillante. Des lasers conçus pour aveugler et tuer. Un projet archi-secret. J'ai investi les économies de toute une vie dans Signet Electrosystems, Kat. Lorsque j'ai quitté la CIA, j'ai pensé... que ce serait mon dernier poste. Je... trouvais que c'était une entreprise remarquable... et ils avaient ce projet secret fabuleux qui avançait à toute vitesse... ce contrat. La plus grande invention en matière de défense, croyait-on...

— Avant que le neveu du chef d'État-major ne perde la vue, c'est ça ? » demanda Kat.

Jordan fit oui de la tête, toussa, grimaça. « Je faisais partie du conseil d'administration. Personne ne m'a déclaré ouvertement... que les recherches se poursuivaient... en cachette. Mais je le savais. Telle était l'arrogance... d'un ancien des renseignements. On se croyait plus malins... que cet idiot de Président.

— Et c'est alors que les armes ont été volées, n'est-ce pas ? »

Il secoua la tête et regarda tour à tour Kat, Robert et Maverick qui étaient agenouillés autour de lui. « Il n'y a eu aucun vol. Je t'ai juste laissée... parvenir à cette conclusion.

— Et aucune fuite au FBI non plus ? »

Il secoua la tête.

« Qui est Gallagher ? demanda Kat.

— Le PDG de... Signet Electrosystems. »

Elle le regarda pendant quelques secondes sans rien dire.

« Schoen a parlé d'un essai qui aurait mal tourné. La catastrophe du SeaAir aurait-elle été un simple accident ?

— Oui... Ils faisaient... une nouvelle série... d'essais secrets avec un modèle... encore plus puissant, et le pilote du C141 Wright-Patterson... devait avoir la gâchette facile... Il a tiré sur le mauvais écho radar.

— Mais alors, l'Air Force...

— Pas impliquée directement... On avait le pouvoir... de tout verrouiller. » Il s'arrêta pour reprendre sa respiration, qui se faisait de plus en plus laborieuse. « Ils ont retiré le mannequin du F-106 un peu plus tard... le même jour... s'attendaient à un impact normal. Ils avaient entendu parler du SeaAir, mais... ne se doutaient pas qu'ils étaient impliqués... et encore moins responsables... Mais il n'y avait pas trace d'impact laser sur le mannequin, alors que les enregistrements montraient... qu'il y en avait eu un... Ils ont agrandi l'image vidéo de ce que le laser avait touché... et c'est deux pilotes d'avion de ligne qu'ils virent dans le milieu de la cible... une microseconde avant que le laser... ne leur détruise la vue et ne les tue... probablement sur le coup... (Il se tourna vers Robert.) C'est une arme... d'une puissance incroyable... qu'une personne seule peut manipuler... Elle est terrifiante. J'ai toujours redouté qu'elle ne tombe... entre de mauvaises mains.

— Celles de terroristes, par exemple ? » proposa Robert.
Jordan acquiesça.

« Mais dans cette affaire, il n'y a aucune organisation terroriste, n'est-ce pas, monsieur le Secrétaire d'État ? »

Jordan James leva de nouveau les yeux vers le journaliste. « Oh, que si... Signet Electrosystems. Nous... sommes devenus des terroristes très efficaces... et nous nous sommes même dotés d'un nom... Nuremberg...

— Une idée de Schoen ? » voulut savoir Kat.

C'est avec difficulté que James hocha la tête, et il dut reprendre une fois de plus sa respiration pour continuer. « Sous la direction... si on peut dire... de notre PDG... Larry Gallagher.

— Êtes-vous en train de nous dire, monsieur le Secrétaire d'État, demanda doucement Robert, que Schoen est responsable de tout le reste, l'assassinat de Carnegie, l'attaque du

747 de Meridian, les fermetures d'aéroports, la catastrophe de Chicago... tout ça pour dissimuler un simple accident ? »

Jordan James ferma les yeux un instant, donnant l'impression de sombrer dans la somnolence, puis les rouvrit. « Je... j'ignorais ce qu'il faisait. Je savais seulement, par un coup de téléphone, que quelque chose se tramait... Pour faire diversion. J'ai essayé... oh, mon Dieu, j'ai vraiment essayé de les arrêter. » Il ferma les yeux et se mit à haleter pour retrouver sa respiration, se forçant à rester conscient. « Gallagher... n'a rien voulu entendre. Schoen non plus... J'ai soupçonné l'Australie, ou Hong Kong... même Tokyo... c'est pourquoi je t'ai fait débarquer de l'avion, Kat. J'avais compris qu'ils étaient devenus fous, à ce moment-là... Je ne voulais pas... je voulais... que tu ne prennes pas d'avion... pendant quelques jours... Savais pas... »

Cette fois-ci, il s'enfonça dans l'inconscience. La flaque sombre, sous lui, ne cessait de s'agrandir.

« Il est en train de perdre tout son sang, Kat, dit Maverick. Nous ne pouvons rien faire. »

Le secrétaire d'État rouvrit les yeux et fixa le visage couvert de larmes de Kat, qui sanglotait en silence.

« Si tu savais comme je suis désolé, Kat... Je t'ai fait perdre la foi... j'ai détruit cinquante années de bons et loyaux services envers l'État... Je ne savais... simplement pas quoi faire... Mes six cent mille dollars d'investissement... étaient devenus vingt millions... tout en actions... et risquaient de partir en fumée... J'ai pensé que s'ils avaient le temps... de nettoyer tout ça... peut-être... peut-être... » Il toussa violemment et fit un ultime effort pour reprendre. « Je n'avais qu'une idée, devenir riche... et me tailler une réputation de sage... Il y a même une école... qui porte mon nom.

— Qui était Schoen, Jordan ? demanda Kat.

— Allemand de l'Est... passé à l'Ouest dans les années soixante... puis CIA. Remercié pour services rendus aux États-Unis par la citoyenneté... C'est moi qui l'ai engagé à Langley.

— Je suis désolée, Jordan », dit Kat, dont les larmes coulaient toujours. Mais le secrétaire d'État venait de sombrer dans le coma.

Elle resta près de lui pendant la demi-heure suivante, alors que la vie le quittait peu à peu. Un hélicoptère d'évacuation sanitaire, appelé grâce au téléphone par satellite, finit bien par arriver, mais il était trop tard.

Kat se tenait à côté de McCabe, encore toute tremblante, lorsque Maverick monta dans l'hélicoptère pour accompagner le corps du secrétaire d'État jusqu'à Hailey. « Il faut que nous allions à Stehekin, Robert.

— Crois-tu qu'il bluffait ? »

Elle prit une profonde et chevrotante inspiration avant de le regarder, du désespoir dans les yeux. « Non... Il n'y avait aucune chance qu'il connaisse le nom de l'endroit, s'il ne les avait pas trouvés. J'aimerais me dire que ses tueurs ne les ont pas encore rejoints, mais je n'y crois pas moi-même. De toute façon, nous devons nous en assurer. Je suis capable de piloter un Caravan. »

Ils passèrent un coup de téléphone pendant le vol, si bien qu'un ranger du parc les attendait au quai de Stehekin avec une voiture. Ils sautèrent dans le véhicule à peine débarqués et filèrent à toute allure vers le chalet.

Des volutes de vapeur sortaient du système d'aération, mais aucune fumée ne montait de la cheminée, lorsqu'ils arrivèrent. Le ranger, pendant le trajet, leur apprit qu'il y avait eu une fausse alerte, la veille : un habitant du coin avait remarqué la porte laissée ouverte, alors qu'il n'y avait personne en vue. Le ranger était allé jeter un coup d'œil à l'intérieur ; il n'avait rien remarqué, sinon les restes d'une mangeoire à oiseaux dont la nourriture (un sirop rouge) avait coulé sur le porche, sur quoi il avait refermé la porte, considérant qu'il n'avait rien vu d'anormal.

Kat tourna la poignée ; la porte n'était pas fermée à clef. C'est l'arme à la main, prête à faire feu, qu'elle poussa le battant. Elle fut aussitôt accueillie par l'odeur familière et opulente du bois brûlé. Odeur un peu rance, comme si ce feu était éteint depuis quelque temps.

« Restez ici », dit-elle au ranger et à Robert, mais ce dernier ne lui obéit pas et entra avec elle dans le chalet, tandis que le ranger restait sur le porche.

La porte donnant sur l'une des chambres était ouverte. Kat s'efforça de voir à l'intérieur tout en s'en approchant à pas mesurés, appelant ses protégés par leur nom, mais sans obtenir de réponse.

Un craquement du plancher la fit frissonner, mais elle se força à continuer d'avancer.

« Il n'y a personne ? Steve ? Dan ? »

Elle aperçut finalement des pieds, au bout d'une couchette, et une main qui pendait sans vie le long du lit. Elle sentit son cœur se serrer, ayant une idée par trop précise de ce qu'elle allait trouver. Ils arrivaient trop tard. Schoen les avait bien trouvés, en fin de compte.

« Qui êtes-vous, mon chou ? »

Kat fit volte-face pour voir d'où provenait la voix rauque qui lui était familière. Dallas Nielson se tenait sur le porche, les bras chargés de bûches, et interrogeait le jeune ranger. Robert se précipita pour aller la serrer dans ses bras avec enthousiasme.

« Houla ! Robert ! *Robert*, mon héros ! » s'exclama Dallas en lui rendant son étreinte.

Kat, éberluée, se retourna vers la chambre. Les pieds et le bras avaient disparu, et c'est un Steve Delaney clignant des yeux, suivi de Dan Wade et de Graham Tash, qui s'encadrèrent dans la porte. « Kat ? »

Elle sentit les larmes lui monter aux yeux, mais en dépit de tous ses efforts elle ne put rien y faire et se mit à pleurer.

Épilogue

La secrétaire du rédacteur en chef passa la tête par la porte et montra l'ordinateur à son supérieur. « Ça y est, l'accroche de McCabe est dans la boîte, lança-t-elle. Il vous fait dire aussi que l'idée d'une publication en six parties lui convient parfaitement, et qu'il a terminé et corrigé la rédaction de l'ensemble. Il dit aussi qu'on lui a demandé deux interviews exclusives, une pour *Face the Nation* et l'autre pour *Meet the Press* dimanche, après les premiers lancements. Il voudrait savoir quelle émission vous recommandez.

— *Face the Nation*. J'ai toujours adoré Leslie Stahl.

— Heu... ce n'est plus elle qui anime l'émission, monsieur.

— Alors, en son honneur. Et de toute façon, ça fera du bien à CBS. »

Le rédacteur en chef retourna à son ordinateur et fit venir à l'écran l'article que McCabe avait rédigé pour annoncer la série qui, d'après tout le monde, ne manquerait pas de lui valoir, pour la deuxième fois, le prix Pulitzer.

ANATOMIE D'UN DÉSASTRE CLASSÉ TOP SECRET

À un moment donné,
le projet Lance Brillante est devenu un monstre digne
du Frankenstein de Mary Shelley.

Washington DC — Au milieu de l'indignation générale soulevée cette semaine à la suite des révélations sur l'affaire Signet Electrosystems, le Président a annoncé hier

521

que personne, dans son administration (y compris lui-même) ne pourrait se soustraire à l'enquête en cours sur la façon dont un projet de défense « au noir » des États-Unis a pu se métastaser et se transformer en menace terroriste. Nuremberg, pour donner au pseudo-groupe terroriste le nom dont il s'était lui-même affublé, a en fin de compte provoqué la mort de centaines de passagers de lignes aériennes, lors de deux accidents différents (on a démontré que la catastrophe de Chicago, intervenue à la même époque, n'avait pas de rapport avec l'affaire). La révélation que le groupe Nuremberg était la création des services de sécurité chargés de protéger un projet clandestin intitulé Lance Brillante a provoqué la démission du secrétaire à la Défense, qui, techniquement, est supposé contrôler ce type de projet ; celle du directeur de la CIA, dont les services ont peut-être, sans le savoir, contribué à aider Nuremberg ; et la découverte que plus de deux milliards de dollars — argent des contribuables — ont été dépensés au cours des quatre années passées pour faire avancer un projet pourtant explicitement annulé par une directive présidentielle.

Il faudra sans doute des mois, et peut-être des années, pour mesurer toute l'étendue d'un scandale qui prend de toute évidence les proportions d'un séisme. Mais on sait d'ores et déjà beaucoup de choses, y compris en ce qui concerne les origines du projet Lance Brillante, et les causes de la terrifiante catastrophe aérienne du 747 de Meridian dans la jungle du Viêt Nam, crime atroce qui s'est soldé par la mort de plus de deux cents personnes, passagers et membres d'équipage — celui qui écrit ces lignes en étant ressorti miraculeusement indemne, avec une poignée d'autres personnes.

Cette série de six articles prendra en compte le reportage d'un participant ayant vécu ce drame en première ligne, avec son point de vue personnel, mais aussi une analyse de ce qui est une véritable crise politique pour les États-Unis, crise qui ne peut que provoquer une nouvelle vague de méfiance vis-à-vis de nos institutions.

Que des citoyens américains puissent avoir été ainsi massacrés, que toute une industrie, l'aviation commerciale, ait pu être mise en péril, que la capacité de l'État à réagir